닥터 지바고 2

Доктор Живаго

세계문학전집 362

닥터 지바고 2

Доктор Живаго

보리스 파스테르나크

김연경 옮김

민음사

차례

1편 차례

등장인물

지바고 집안과 그로메코 집안(십체프 집)

유리(유라, 유로치카) 안드레예비치 지바고 어려서 부모를 잃고 그로메코 집안에서 성장한다. 직업은 의사지만 시를 쓴다.

마리야 니콜라예브나 유리의 어머니.

니콜라이 니콜라예비치 베데냐핀 유리의 외삼촌. 유리의 사상 형성에 큰 영향을 끼친다.

예브그라프(그라냐) 안드레예비치 지바고 아버지 지바고와 마담 알리스(스톨부노바-엔리치 공작 부인) 사이에서 태어난 사생아로 수시로 유리를 도와준다.

알렉산드르 알렉산드로비치 그로메코 농학자.

안나 이바노브나 그로메코의 아내로 결혼 전 성(姓)은 크류게르. 우랄 지역 부호의 딸이다.

슈라 실레진게르 안나의 친구, 이혼한 독신녀.

안토니나(토냐, 토넨카) 알렉산드로브나 그로메코의 딸. 유리와 결혼한다. 법학 전공.

마르켈 샤포프 이 집안의 하인이지만 지바고의 장인이 된다.

아가피야 티호노브나 마르켈의 아내.

마리나(마린카) 샤포바 마르켈의 딸. 지바고의 마지막 아내(사실혼)가 된다.

미하일(미샤) 고르돈 지바고의 친구. 철학을 전공한 유대인이다.

이노켄티(니카) 두도로프 지바고의 친구.

나데주다(나다) 콜로그리보바 니카의 첫 사랑, 라라의 친구.

티베르진 집(브레스츠카야 거리 28번지)과 기샤르 집안

파벨 페라폰토비치 안티포프 철도 노동자. 1905년 철도 파업을 주도한다.

키프리얀 사벨리예비치 티베르진 파벨의 동료.

푸플르이긴 파벨의 동료, 통신망 기사.

기마제트딘 티베르진 집의 문지기.

오시프(유숩카) 기마제트디노비치 갈리울린 기마제트딘의 아들. 혁명 이후 중위가 된다.

마르파 가브릴로브나 유숍카의 어머니. 혁명 이후 건물 청소부로 일하지만 아들의 존재를 두려워한다.

표트르 후돌레예프 늙은 장인(匠人). 유숍카의 어머니를 짝사랑한다.

파벨(파샤, 파툴랴) 파블로비치 안티포프 철도 노동자 파벨의 아들. 학교 졸업 후 교사가 되고 라라와 결혼한다. 1차 세계 대전에 참전했다가 스트렐니코프로 개명, 혁명과 내전에 뛰어든다.

아말리아 카를로브나 기샤르 벨기에인 기사와 결혼하지만 사별한다. 모스크바에서 양장점을 운영한다.

라리사(라라, 라루샤) 표도로브나 기샤르 기샤르의 딸. 파벨과 결혼한 후 교사가 되어 유랴틴으로 이주한다.

로디온(로다) 라라의 오빠. 사관 학교 생도로서 방탕한 생활을 한다.

올가(올랴) 데미나 양장점 직원이자 라라의 친구. 티베르진의 집에 산다.

빅토르 이폴리토비치 코마롭스키 기샤르 부인의 조력자이자 정부, 라라의 후견인 겸 애인이 된다.

콜로그리보프 집안 라라가 리파의 가정교사로 생활하던 집안.

멜류제예프, 우랄 지역(유랴틴, 바르이키노), 파르티잔

바샤 브르이킨 그로메코 집안과 지바고가 피난 갈 때 탄 기차에서 만난 청년. 훗날, 바르이키노를 탈출한 지바고와 재회, 함께 모스크바로 간다.

안핌 예피모비치 삼데뱌토프 부유한 사업가의 아들이자 자칭 볼셰비키-사회주의자. 지바고 가족을, 나중에는 라라를 많이 도와준다.

아베르키 스테파노비치 미쿨리츠인 과거의 정치범이자 공장의 지배인. 바르이키노에 온 지바고 가족의 편의를 봐준다.

아그리피나 세베리노브나 미쿨리츠인의 첫 부인으로서 결혼 전 성은 툰체바. 사별했다.

리베리(리프카) 아베르키예비치(레스느이흐 동지) 미쿨리츠인과 아그리피나의 아들로서 파르티잔을 이끈다.

아브도티야 세베리노브나 툰체바 자매, 도서관 사서.

글라피라 세베리노브나 툰체바 자매, 이발사, 선로 감시원(운전수), 재봉사 등 팔방미인. 파르티잔을 탈출한 지바고의 이발과 면도를 해 준다.

세라피마(시무시카, 시마) 세베리노브나 툰체바 자매. 다독가로서 라라에게 막달레나 마리아 관련 복음서를 읽어 준다.

옐레나 프로클로브나 미쿨리츠인의 두 번째 아내.

블라스(블라수시카) 파호모비치 갈루진 혁명가.

갈루지나 갈루진의 아내.

테렌티(테레시카) 갈루진 혁명가 갈루진의 아들. 산카 팝누트킨, 고시카 랴브이흐, 코시카 네흐발렌느이흐과 함께 파르티잔에 들어간다. 어머니를 구하기 위해 파벨 안티포프(스트렐니코프)의 마지막 은신처를 당에 알려 준다.

카메노드보르스키 연락 장교.

라이오시 지바고의 조수(의사)

안겔라르 간호장

시보블류이 '아타만의 귀'로서 일종의 이중 첩자 노릇을 한다.

스비리드 파르티잔 참모 중 한 명.

브도비첸코(검은 깃발) 무정부주의자. 자하르 고라즈드이흐, 코스토예드(리도치카 동지) 등과 반란을 시도했다가 발각, 처형된다.

팜필 팔르이흐 혁명에 혁혁한 공을 세운 농민이지만 발광하여 아내와 아이들을 살해한다.

즐르다리하(쿠바리하) 병사의 아내, 무당

블라제이코(포고레프시흐) 즈이부시노 독립 공화국 설립자, 농아.

마드무아젤 플레리 멜류제예프 시절, 지바고, 라라와 함께 일했던 스위스 여성.

긴츠 젊은 군사 위원. 광장 연설 중 도망치다 팜필에 의해 살해당한다.

아이들

사셴카(슈로치카) 지바고와 토냐의 아들.

마리야 그들의 딸. 지바고가 파르티잔에 잡혀 있는 동안 라라의 도움을 받아 태어난다.

카피톨리나(캅카, 카펠카) 지바고와 마리나의 첫째 딸.

클라브디야(클라바, 클라시카) 그들의 둘째 딸.

카텐카(카튜샤) 라라와 파샤의 딸.

타티야나(타냐, 탄카, 타뉴샤) 베조체레데바 라라와 지바고의 딸로서 에필로그에 세탁부로 등장한다.

일러두기

1. 이 책의 번역 대본은 파스테르나크 작품 선집(총 5권, 모스크바: 예술문학, 1990) 중 3권이다.
2. 러시아어 고유 명사의 한글 표기는 예외 없이 개정된 외래어 표기법을 따랐다.
3. 성경 번역은 『성경』(한국 천주교 주교회의, 2005)을 참조하여 옮겼다. 작가 나름의 변주가 있어서 성경 구절과 일치하지 않는 경우도 있다.

2편

8부

도착

1

지바고 가족을 이곳까지 싣고 온 기차는 아직도 다른 열차에 가려진 채 역 뒤쪽 선로에 서 있었지만, 길을 오는 내내 이어진 모스크바와의 인연은 이날 아침 툭 끊기고 끝난 느낌이 들었다.

여기서부터 다른 영토 지대가, 자기만의 인력 중심으로 끌어당기는 또 다른 지방의 세계가 펼쳐졌다.

이곳 사람들은 수도 사람들보다 서로를 더 가까이 알았다. 적국의 봉쇄로 유랴틴-라즈빌리예 철도 지대의 국외자들이 일소되었다고는 해도 인근 도시의 승객들은 기상천외한 방식으로 선로까지 비집고 들어와, 시쳇말로 '침투'했다. 이미 객실 안은 미어터져 난방차의 입구 통로도 가득 찼고 기차를 따라 선로를 걷거나 자신의 객실 입구 옆 철둑 위에 서 있는 사람들도 있었다.

모두 서로가 서로를 아는 사이라 멀리서부터 말을 주고받았고 거리가 가까워지면 인사를 나누었다. 그들은 수도 사람들과 옷차림도, 대화 방식도 좀 달랐고 먹는 것도, 습관도 같지 않았다.

그들이 무엇으로 사는지, 어떤 정신적, 물질적 양식을 먹고 사는지, 어떻게 난관을 이겨 내는지, 어떻게 법망을 피해 가는지 알아보는 것이 즐거웠다.

그에 대한 답은 가장 생생한 형태로 금방 나왔다.

2

소총을 땅바닥에 질질 끌며 지팡이처럼 의지하고 있는 보초병과 함께 의사는 기차로 돌아왔다.

날이 푹푹 쪘다. 햇볕이 레일도 객실 지붕도 달구고 있었다. 석유 때문에 시커메진 땅에 도금을 한 듯 노란빛이 이글거렸다.

보초병은 총의 개머리판으로 모래 위에 흔적을 남기며 먼지 이랑을 만들었다. 소총은 탁탁 소리를 내며 침목을 쳤다. 보초병이 말했다.

"날씨가 자리를 잡았군. 귀리, 봄밀이나 수수 같은 봄갈이 씨를 뿌리기에 제일 좋은 때지. 그래도 메밀은 아직 일러요.

우리 지방에서 메밀은 아쿨리나의 날[1]에 파종하거든요. 우리는 탐보프 도의 모르샨스크 출신이에요, 여기 사람이 아니라. 아휴, 의사 동지! 지금 이 병신 같은 내전, 염병할 반혁명만 없었다면 내가 왜 이런 철에 타지에서 빌빌대고 있겠어요? 그런 것이 계급이니 뭐니 하는 검은 고양이처럼 우리 사이를 지나가는 바람에, 봐요, 이런 꼴이라니까!"

3

"고맙습니다. 혼자 탈 수 있어요." 유리 안드레예비치는 도움을 거절했다. 난방차에서 사람들이 그를 태우려고 몸을 구부리며 손을 뻗었던 것이다. 그는 몸을 뻗은 다음 훌쩍 뛰어 객실로 올라서 두 발로 서고는 아내와 포옹했다.

"드디어 왔네. 이렇게 무사히 끝나다니 천만다행이지 뭐야." 안토니나 알렉산드로브나가 되뇌었다. "하지만 이 행복한 결말은 우리에게 뉴스도 아니었어."

"뉴스가 아니라니?"

"모두 알고 있었거든."

"어떻게?"

"보초병들이 전해 줬어. 그렇지 않으면 당신의 생사도 모른 채 우리가 어떻게 견뎠겠어? 나와 아빠는 거의 미쳐 버렸을

---

1) 율리우스력 6월 13일(그레고리력 6월 26일).

걸. 저기서 주무시고 계셔, 완전히 곯아떨어지셨어. 얼마나 불안하셨던지 짚단처럼 쓰러지셨어. 깨우지 마. 새로 온 승객들도 있어. 지금 누가 누구인지 소개할게. 하지만 먼저 주변 사람들이 하는 말을 들어 줘. 온 객실이 당신이 무사히 풀려난 것을 축하하고 있거든. 바로 이분이에요!" 느닷없이 화제를 바꾼 그녀는 고개를 돌리더니 어깨 너머로 남편을, 새로 탑승한 승객들 중 뒤쪽 난방차 깊은 곳, 옆 사람들 틈에 짓눌려 있는 어떤 사람에게 소개했다.

"삼데뱌토프라고 합니다." 저쪽에서 이런 말이 들려오고 몇 겹으로 쌓인 다른 머리들 위로 부드러운 모자가 일어나더니, 이름의 주인이 자기를 짓누르는 몸뚱어리들을 비집고 의사 쪽으로 다가왔다.

'삼데뱌토프라니.' 유리 안드레예비치는 그사이 생각했다. '옛 러시아 느낌이 나는 무엇, 영웅 서사시, 빽빽한 턱수염, 털외투에 장식이 박힌 혁대 같은 것을 생각했지 뭐야. 하지만 이건 무슨 예술 애호가 협회 회원 같은걸. 새치가 희끗희끗 섞인 곱슬머리에 콧수염하며 염소수염까지.'

"그래, 어땠소, 스트렐니코프를 보니 간담이 서늘했죠? 솔직히 말해 봐요."

"아니, 왜요? 진지한 대화를 나눴어요. 어쨌거나 강하고 훌륭한 사람입니다."

"여부가 있겠어요. 나도 그 인물에 대해서는 모종의 상을 갖고 있어요. 우리 고장 출신이 아니죠. 당신처럼 모스크바 사람입니다. 최근 우리의 신체제와 아주 똑같지요. 당신네 수도에서 들여왔달까요. 우리 자신의 머리로는 생각해 내지 못했을 것이죠."

"이쪽은 안핌 예피모비치라고 하는데, 유로치카, 만물박사라 모르는 게 없으셔. 당신과 당신 아버지에 대해서도 들은 적이 있고, 우리 할아버지며 모든, 모든 사람을 알고 계셔. 인사 나누세요." 그러고 나서 안토니나 알렉산드로브나는 지나가는 말처럼 딱히 표정을 바꾸지 않고 물었다. "이곳의 교사 안티포바도 분명히 아시겠죠?" 이에 대해 삼데뱌토프 역시 별다른 표정 없이 대답했다.

"한데 당신에게 왜 안티포바가 필요하죠?" 유리 안드레예비치는 이 말을 듣고도 대화를 거들지 않았다. 안토니나 알렉산드로브나가 계속했다.

"안핌 예피모비치는 볼셰비키야. 조심해, 유로치카. 이분과 얘기할 때는 정신을 바짝 차려야 해."

"아니, 정말요? 전혀 생각도 못했네요. 그냥 봐서는 오히려 어딘가 예술가 같으신데요."

"아버님께서 여관을 하셨어요. 트로이카[2]를 일곱 대나 부리셨죠. 한데 나는 고등 교육을 받았고요. 그리고 진짜 사회민주당원입니다."

"유로치카, 안핌 예피모비치의 말씀 좀 잘 들어 봐. 그나저나, 대단히 실례지만 당신의 이름과 부칭을 발음하려니 혀가 꼬이네요. 그럼 유로치카, 내가 지금 하는 말을 잘 들어 줘. 우

---

2) 세 필의 말이 끄는 삼두마차.

리는 정말 운이 좋았던 거야. 유랴틴시는 우리를 받아들이지 않는대. 도시에 화재가 잇따라 다리가 폭파돼서 지나갈 수가 없대. 기차는 지선을 통해 다른 라인으로 돌아서 갈 건데 마침 우리가 가는, 토르퐈나야 역이 서 있는 그 라인이래. 생각 좀 해 봐! 갈아탈 필요도 없고, 짐을 들고 이 역에서 저 역으로 도시를 돌아다닐 필요도 없어. 대신 열차가 진짜 출발할 때까지 여기저기 선로를 꽤 많이 이동해야 하니 피곤할 거야. 선로 바꾸는 작업이 오래 걸릴 거거든. 모두 안핌 예피모비치가 설명해 주신 내용이야."

4

안토니나 알렉산드로브나의 예언은 현실이 되었다. 원래의 차량을 바꾸어 붙이고 새 차량을 덧붙이고 하면서 기차는 인입선 위에서 끊임없이 앞뒤로 오갔는데, 그곳을 따라 다른 열차들도 움직이느라 들판으로 나가는 출구가 오랫동안 가로막혔다.

도시는 기복이 심한 지형에 가려져 멀리서 보면 그 절반이 시야에서 사라졌다. 집의 지붕, 공장의 굴뚝 끝, 종루의 십자가만이 간간히 지평선 위에 모습을 드러냈다. 도시 안에서 변두리 지역 한쪽이 불타고 있었다. 화재 연기가 바람에 실려 말갈기처럼 나부끼며 온 하늘로 퍼졌다.

의사와 삼데뱌토프는 난방차의 바닥 끝, 문지방에 발을 걸치고 앉아 있었다. 삼데뱌토프는 계속 한 손으로 먼 곳을 가리키면서 뭔가를 설명했다. 이따금씩 쿵쾅대는 난방차의 굉음에 그의 말이 묻혀 아무것도 알아들을 수 없었다. 유리 안드레예비치가 다시 물었다. 안핌 예피모비치는 의사 쪽으로 얼굴을 가까이 대고 귀에다 방금 한 말을 다시 외쳤다.

"'거인'이라는 영화관에 누가 불을 지른 거예요. 사관생도들이 잠복해 있거든요. 하지만 저들은 그 전에 항복했어요. 대체로 전투는 아직 끝나지 않았어요. 종루 위에 검은 점들 보이죠. 아군입니다. 체코군을 소탕하는 중이죠."

"내 눈에는 아무것도 안 보이는데요. 어떻게 그런 것까지 전부 분간하시죠?"

"저건 호흐리키, 즉 수공업 지대가 타는 거예요. 상가가 늘어선 콜로데예보는 저쪽이고요. 내가 왜 이런 데 관심을 갖느냐, 우리 여관이 저 상가들 쪽에 있거든요. 큰불은 아니에요. 일단 중심가는 무사합니다."

"다시 말해 주세요. 안 들려요."

"내 말은 중심가, 도시의 중심가 말이에요. 성당, 도서관이 있는 곳요. 삼데뱌토프 집안, 즉 우리의 성은 산도나토를 러시아 식으로 개명한 것이랍니다. 데미도프 가문에서 나왔다던가 하더라고요."

"이번에도 아무것도 못 알아들었어요."

"제 말은 삼데뱌토프 집안이 이름을 바꾼 산도나토라고요. 데미도프 가문에서 나왔다던가 하더라고요. 데미도프 공작 집안이 산도나토예요. 어쩌면 거짓말일 수도 있어요. 집안의 전설일 뿐이니까. 한데 이 지역은 스피르킨 니즈라고 불려요. 별장지에 유흥지죠. 사실 이름이 이상하긴 하죠?[3]"

그들 앞으로 들판이 펼쳐졌다. 철도의 지선이 그 들판을 여러 방향에서 가로질렀다. 그곳을 따라 전신주들이 7마일이나 되는 큰 걸음으로 멀어지며 지평선 너머로 사라졌다. 넓은 포장도로가 리본처럼 구부러지며 철도의 레일과 아름다움을 겨루었다. 그것은 지평선 뒤로 숨는가 하면 잠깐 굽이치는 활 모양의 모퉁이로 나타나기도 했다. 그러다가는 또다시 사라지는 것이었다.

"우리네 가도가 유명하죠. 시베리아를 가로지르거든요. 유형수의 노래에도 나와요. 지금은 파르티잔의 거점입니다. 대체로 우리 쪽은 괜찮지만요. 살다 보면 정이 들 겁니다. 도시의 신기한 것들도 좋아질 테고요. 우리네 급수장도 그렇습니다. 교차로에 있어요. 겨울에는 열린 하늘 아래로 여자들이 삼삼오오 모여들죠."

"우리는 도시에 살지 않을 겁니다. 바르이키노에 살려고 해요."

"압니다. 부인이 말씀하시더군요. 어쨌거나 볼일이 있으면 시내로 나오실 테죠. 나는 첫눈에 부인을 알아봤어요. 눈. 코. 이마. 크류게르의 판박이더군요. 전부 할아버지를 빼닮았어요. 이 고장 사람들은 모두 크류게르를 기억하거든요."

들판의 가장자리를 따라 원통형의 높은 석유 탱크가 빨갛

---

3) '스피르킨 니즈'는 '스피리카의 아랫도리'라는 뜻인 듯하다.

게 보였다. 높은 기둥 위로 회사 광고가 삐죽 나와 있었다. 두 번쯤 의사의 눈에 들어온 광고 중 하나에는 다음과 같은 단어가 쓰여 있었다.

"모로와 베트친킨. 파종기. 탈곡기."

"괜찮은 회사였어요. 우수한 농기구를 만들었죠."

"안 들려요. 뭐라고 하셨죠?"

"회사라고요. 아시겠죠, 회사요. 농기구를 생산했어요. 주식회사였어요. 아버지도 주주셨어요."

"여관을 경영했다고 하셨잖아요."

"여관은 여관이고요. 서로 방해가 되지는 않아요. 아버지는 바보가 아니니까 최고 기업들에 돈을 넣어 뒀죠. 영화관 '거인'에도 투자했어요."

"그걸 자랑스럽게 생각하시나요?"

"아버지의 명민함요? 여부가 있나요!"

"당신의 사회 민주주의는 어쩌고요?"

"아니, 무슨 상관입니까, 예? 마르크시즘에 따라 생각하는 사람은 침이나 질질 흘리는 바보 천치여야 합니까? 마르크시즘은 실증 과학, 현실에 대한 교리, 역사적 상황의 철학인걸요."

"마르크시즘이 과학이라고요? 아직 잘 모르는 사람과 이런 논쟁을 하는 것은 참 경솔한 일이죠. 하지만 기왕지사 내친 걸음이니까요. 마르크시즘은 과학이 되기에는 자신을 제대로 제어하지 못합니다. 과학이란 것에는 균형이 있어요. 마르크시즘이 객관적이라고요? 마르크시즘보다 더 폐쇄적이고 사실에서 유리된 사조가 있을 것 같지 않군요. 누구나 경험을 통한 자기 검증에나 신경을 쓰고 권력자들은 자신에겐 아무 죄도 없다는 우화를 만들려고 있는 힘껏 진실을 회피합니다. 정치는 나에게 아무것도 말해 주지 않아요. 나는 진리에 무심한 사람들을 좋아하지 않거든요."

삼데뱌토프는 의사의 말을 괴짜 재담가의 돌발 언행으로 간주했다. 그냥 웃을 뿐, 반박하지는 않았다.

그러는 동안 기차는 선로를 바꾸었다. 기차가 신호기 옆 선로 바꿈 틀까지 갈 때마다 허리춤에 우유 통을 찬 중년의 여자 운전수가 뜨개질감을 한 손에서 다른 손으로 바꿔 들고 몸을 구부린 다음 전환 레버를 움직여서 기차를 다시 후진시켰다. 기차가 조금씩 뒤로 가는 동안 그녀는 몸을 쭉 펴고 기차 뒤에다 주먹을 날렸다.

삼데뱌토프는 그녀의 몸짓이 자기를 겨냥한다고 생각했다. '저 여자가 누구한테 저러는 걸까?' 그는 생각했다. '눈에 익은데 혹시 툰체바인가? 그런 것 같아, 그 여자야. 아니, 내가 왜 이러지? 그럴 리가 있나. 글라시카라고 하기에는 심하게 늙었는걸. 게다가 나랑 무슨 상관이지? 어머니 루시[4]가 뒤집어지고 철도도 엉망진창이니 괄괄한 저 여자도 분명히 힘들겠지만, 내가 무슨 잘못을 했다고 저렇게 주먹질이람. 제기랄, 저런 여자 때문에 골머리를 앓다니!'

마침내 여자 운전수는 깃발을 흔들며 기관사에게 뭐라고 소리를 지른 다음 기차를 신호기 너머, 그 방향으로 뻗은 넓은

---

4) 러시아의 옛 이름.

길로 빼 주었는데, 열네 번째 난방차가 그녀 옆을 지나갈 때는 자꾸만 눈에 거슬리는, 객실 바닥에서 수다를 떠는 사람들에게 혀를 쑥 내밀었다. 삼데뱌토프는 또다시 생각에 빠졌다.

5

불타는 도시의 주변 지역, 원통형의 석유 탱크, 전신주, 회사 광고가 멀리 물러서며 모습을 감추고 다른 풍경, 즉 어린 나무숲과 사이사이로 종종 굽이진 큰길이 보이는 언덕이 나타나자 삼데뱌토프가 말했다.

"자, 슬슬 일어나서 흩어집시다. 나는 곧 내려야 합니다. 당신도 다음 역이고요. 지나치지 않도록 조심하세요."

"이 일대를 구석구석 잘 아실 테죠?"

"손바닥 들여다보듯 알죠. 사방 100베르스타는 아주 훤해요. 내가 또 법률가잖습니까. 이십 년이나 실무에 종사했고요. 사건들이 많았죠. 여기저기 뛰어다녔고요."

"지금도요?"

"아, 그럼요."

"요즘은 어떤 종류의 사건이 일어나는 편인가요?"

"별일이 다 일어나요. 아직 성사되지 않은 묵은 계약과 상거래 업무, 이행되지 않은 채무 등 몸이 두 개라도 모자랄 지경입니다."

"아니, 그런 종류의 관계는 모두 무효가 되지 않았던가요?"

"물론 명목상으로야 그렇죠. 하지만 실상은 상호 배제적인 것이 동시에 요구되고 있습니다. 기업들은 국영화되고 연료는 시(市) 소비에트, 우마차 설비는 도(道) 인민경제 소비에트 관할이에요. 이와 더불어 다들 살고 싶어 하죠. 이론이 실제와 일치하지 않을 때 나타나는 과도기의 특징입니다. 그러니까 나처럼 사려 깊고 기민하면서도 강단 있는 사람들이 필요한 겁니다. 아무것도 모르는 무지렁이는 축복받은 거죠. 아버지 말씀대로 어쩌다 따귀를 얻어맞는 것도 괜찮아요. 도의 절반은 내가 먹여 살리고 있어요. 목재 공급 문제로 당신들 집에도 들를 겁니다. 물론 말이 있어야 해요. 마지막 남은 말이 다리를 절게 됐거든요. 안 그러고 건강했으면 내가 이런 쓰레기 더미 위에서 덜커덩대며 가겠어요! 에잇, 빌어먹을, 이렇게 기어가면서도 주제에 기차라니. 내가 바르이키노의 당신네들을 찾아가면 좀 도움이 될 겁니다. 당신네 그 미쿨리츠인 집안을 훤히 알거든요."

"우리 여행의 목적, 우리의 의도를 알고 계십니까?"

"대충은요. 짐작이 되죠. 어떤 표상이 있습니다. 흙을 향한 인간의 영원한 끌림이겠죠. 자기 손으로 먹고살고 싶은 꿈."

"그래, 어떻습니까? 별로 독려하지는 않으시는 것 같은데요? 어떻게 생각하시나요?"

"순진한 꿈이죠, 목가적이고. 하지만 왜요? 주님이 도와주시길 바랍니다. 그러나 나는 믿지 않아요. 유토피아든. 가내수공업이든."

"미쿨리츠인은 우리를 어떻게 대할까요?"

"문지방도 못 넘게 빗자루로 쫓을걸요. 당연하죠. 지금 그의 집은 당신네가 아니라도 소돔이랄까, 천일야화랄까. 공장은 돌아가지 않고 노동자들은 뿔뿔이 흩어지고 당장 내일 아침 땟거리도 없는데 갑자기 당신네까지 납시면 참 얼씨구나 하겠소. 사실 당신네를 죽인다고 해도 그 사람을 나무라진 못할 거요."

"한데 당신은 볼셰비키인데도 이것이 삶이 아니라 뭔가 전례가 없는 환상, 얼토당토않은 것이라는 점을 부정하지 않는군요."

"물론이죠. 하지만 이 역시 역사적 필연이거든요. 어떻게든 통과해야 하는 겁니다."

"왜 필연이라는 거죠?"

"아니, 당신 어린앱니까, 아니면 그런 척하는 겁니까? 달나라에서 떨어진 겁니까, 예? 게걸들린 기생충들이 굶주린 일꾼들 위에 올라타 죽어라 달리도록 내모는데 이런 상태가 계속되어야 한단 말입니까? 또 다른 형태의 욕설과 전횡은 어쩌고요? 민중의 분노가 합당하다는 것이 정녕 이해되지 않습니까, 정의롭게 살고 싶은 소망과 진리를 향한 추구가? 아니면 두마에서 의회주의 방식으로 근본적인 타파가 성취되었다고, 독재 없이도 잘될 수 있다고 생각하는 겁니까?"

"우리는 각자 딴 얘기를 하고 있군요. 한 세기 동안 논쟁을 해도 접점을 못 찾을 겁니다. 나도 꽤나 혁명적인 쪽이지만 지금은 폭력으로는 아무것도 얻지 못한다고 생각합니다. 선으로 이끌려면 선으로 해야죠. 하지만 문제는 그게 아닙니다. 다시 미쿨리츠인 얘기로 갑시다. 만약 우리를 기다리는 상황이 그렇다면 갈 이유가 없지 않겠습니까? 돌아가야겠네요."

"무슨 헛소리예요. 첫째, 아니, 이 넓고 넓은 세상에 미쿨리츠인의 집만 있나요? 둘째, 미쿨리츠인은 죄스러울 만큼 착한 사람, 극도로 착한 사람입니다. 좀 싫은 소리를 하고 고집을 피우긴 해도 결국 마음이 약해져 루바시카까지 벗어 줄 거예요. 마지막 남은 빵 껍질조차 나눠 줄 거라고요." 그리고 삼데뱌토프는 이야기를 이어 나갔다.

6

"미쿨리츠인은 이십오 년 전 공과 대학 학생이었을 때 페테르부르크에서 온 사람입니다. 경찰의 감시하에 이리로 보내졌죠. 여기 와서 크류게르 집의 관리인 자리를 얻었고 결혼도 했어요. 그때 우리 마을에는 툰체프 집안의 네 자매가 있었어요, 체호프의 희곡보다 한 명 더 많죠.[5] 유랴틴의 학생들이 모두 이 자매들의 꽁무니를 쫓아다녔어요. 아그리피나, 예브도키야, 글라피라, 세라피마, 부칭은 세베리노브나였고요. 이 처녀들은 부칭을 따서 북국 아가씨들이라고 불렀어요.[6] 미쿨리

5) 안톤 체호프의 희곡 「세 자매」를 염두에 둔 말이다.
6) '세베리노브나'라는 말에 '북쪽', '북국'이라는 뜻이 포함되어 있다.

츠인은 북국 아가씨 중 맏이와 결혼했고요.

부부 사이에서는 이내 아들이 태어났어요. 자유사상을 숭배했던 아버지는 바보같이 소년에게 리베리[7]라는 희귀한 이름을 지어 주었어요. 줄여서 리프카라고 불린 리베리는 개구쟁이로 자라면서도, 다방면에서 범상치 않은 재능을 보여 주었어요. 전쟁이 났죠. 리프카는 출생증명서의 나이를 일 년 속여 열다섯 살에 의용군이 되어 전선으로 내뺐어요. 원래도 몸이 약했던 아그라페나[8] 세베리노브나는 충격을 이기지 못하고 몸져눕더니 더는 일어나지 못하고 재작년 겨울 혁명 직전에 죽었어요.

전쟁은 끝났죠. 리베리가 돌아왔어요. 그 사람이 누굴까요? 십자 훈장을 세 번이나 탄 영웅 소위보에, 철두철미하게 세뇌된 전선의 대의원-볼셰비키입니다. '숲의 형제들'이라고 들어 보셨죠?"

"아니요, 죄송하지만."

"그렇다면 이런 이야기가 의미 없겠네요. 효과가 반감될 테니까요. 객실 안에서 가도를 바라볼 필요도 없고요. 가도가 왜 그리 대단할까요? 요즘은 파르티잔 활동 때문에 그렇습니다. 파르티잔이란 또 무엇일까요? 이것이야말로 시민전쟁의 중추죠. 두 근원이 이 힘을 만드는 데 개입했어요. 혁명의 주도권을 쥐게 된 정치 조직, 패전 이후 옛 권력에 복종하기를 거

7) '자유'라는 의미가 있다.
8) 앞에서는 '아그라피나'라고 소개했다.

부한 하급 군인. 이 둘이 결합하여 파르티잔 부대가 나온 겁니다. 구성원은 각양각색이죠. 기본적으로는 중농층이 주축을 이루지만 그 안에서 온갖 사람을 다 만날 수 있습니다. 가난뱅이도 있고 파계승도 있고 제 아비와 투쟁하는 부농 아들도 있어요. 무정부주의자도 있고 여권 없는 부랑자도 있고 중학교에서 쫓겨난, 장가갈 나이의 늙수그레한 얼뜨기도 있죠. 자유를 주고 조국으로 보내 준다는 약속에 현혹된 오스트리아-독일 전쟁 포로들도 있어요. 자, 바로 이 '숲의 형제들,' 그런 이름을 가진 수천 명의 인민군 부대 중 하나를 지휘하는 자가 레스느이흐 동지, 즉 리프카, 리베리 아베르키예비치로서 아베르키 스테파노비치 미쿨리츠인의 아들입니다."

"정말입니까?"

"그럼요. 아무튼 얘기를 계속하죠. 아내가 죽은 다음 아베르키 스테파노비치는 재혼했어요. 새 부인인 옐레나 프로클로브나는 김나지움 학생으로서 교실 책상에서 곧장 결혼식장으로 직행했다고 할 수 있어요. 타고나길 순진하지만 잇속을 챙기고 순진한 척 굴기도 하고 가뜩이나 앳되지만 벌써부터 앳돼 보이려고 하기도 했어요. 이런 모습을 하고 재잘재잘 조잘조잘 지껄이고 순진한 척, 바보인 척, 들판의 종달새 흉내를 내는 거죠. 당신을 만나기가 무섭게 테스트를 하려 들 겁니다. '수보로프는 몇 년에 태어났어요?' '삼각형의 면적이 같은 경우를 열거하세요.' 그래서 당신이 막히거나 절절매면 환호성을 지를 겁니다. 하긴 몇 시간 뒤면 직접 보게 될 테니 내 말이 맞나 안 맞나 확인해 보세요.

'영감님'[9]에게는 다른 맹점이 있어요. 파이프 담배, 신학교에서나 쓸 교회 슬라브어 식 말투가 그것이죠. '추호의 의심도 없이 그렇도다.' 같은 말 있잖아요. 원래는 바다를 무대로 활동했어야 했죠. 대학에서 조선학과를 다녔거든요. 그것이 외모와 습관에 남아 있어요. 면도를 하고 꼬박 며칠간 입에서 파이프를 떼지 않고, 잇새로 천천히 단어들을 상냥하게 내뱉죠. 흡연자답게 아래턱이 튀어나와 있고 눈빛은 싸늘한 잿빛이고요. 하마터면 세부 사항 하나를 잊을 뻔했군요. 사회 혁명당 당원으로 이 지방의 제헌 회의 의원에 선출됐어요."

"그거야말로 중요한 일이군요. 그러니까 아버지와 아들이 서로 대립한다는 거죠? 정적(政敵)으로요?"

"물론 명목상으로야 그렇죠. 하지만 실은 타이가는 바르이키노와 싸우지 않아요. 아무튼 이야기를 계속하죠. 툰체프 집의 나머지 자매들, 즉 아베르키 스테파노비치의 처제들은 이날까지 유랴틴에 있어요. 영원한 처녀들이랄까요. 시대가 바뀌면서 아가씨들도 달라지긴 했지만요.

남아 있는 자매 중 맏이인 아브도치야[10] 세베리노브나는 시립 도서관에서 사서로 일합니다. 귀엽고 가무잡잡한 아가씨인데 수줍음을 엄청 타요. 밑도 끝도 없이 작약처럼 얼굴을 붉히곤 하죠. 열람실은 무덤처럼 고요하면서도 긴장이 흐릅니다. 만성 코감기 때문에 스무 번은 족히 기침을 해 대니 창피

9) 미쿨리츠인을 가리킨다.
10) 앞에서는 '예브도키야'라고 소개했다.

해 땅 밑으로 꺼져 버릴 지경이에요. 하지만 누구라도 별수 있겠습니까? 신경과민이라 그런걸요.

가운데 자매인 글라피라 세베리노브나는 자매들 사이에서도 축복이지요. 용감한 처녀에 훌륭한 일꾼이거든요. 어떤 일도 마다하지 않아요. 다들 파르티잔의 대장 레스느이흐가 이 이모를 닮았다고들 해요. 그녀가 재봉실이나 양말 공장에서 일하는 것도 다들 봤어요. 그런가 싶더니, 두리번거릴 여유도 없이, 어라, 벌써 이발사가 돼 있지 뭡니까. 유랴틴 철도의 여자 운전수가 우리를 주먹으로 위협하던 것 보셨죠? 전 어렵쇼, 글라피라가 철도 감시원이 되었군, 하고 생각했어요. 하지만 아무래도 아닌 것 같아요. 너무 늙었더라고요.

제일 어린 시무시카[11]는 집안의 십자가, 골칫거리입니다. 학구적인 처녀로 책을 많이 읽었죠. 철학을 공부하고 시를 좋아했어요. 그러다 혁명기에 전반적으로 고양된 분위기와 가두 행진, 광장 연단의 연설 등의 영향을 받아 정신이 이상해지더니 종교에 광적으로 심취했어요. 언니들이 출근하면서 문을 열쇠로 잠가 놓는데도 창문을 넘어 거리로 달려 나가서는 청중을 모으고 재림이니 세계의 종말이니 하면서 설교를 하는 겁니다. 그나저나 진짜 많이 떠들었군요. 내릴 역이 가까워졌어요. 당신들 역은 다음입니다. 준비하세요."

안핌 예피모비치가 기차에서 내리자 안토니나 알렉산드로브나가 말했다.

---

11) '세라피마'의 애칭.

"당신 생각은 어떤지 잘 모르겠지만, 내 생각에 그는 운명이 우리에게 보내 준 사람 같아. 우리가 살아가는 데 은인 역할을 해 줄 것 같은 느낌이 들어."

"정말 그럴 것 같아, 토네치카. 하지만 난 이곳 사람들이 할아버지를 닮은 당신을 알아보고, 그분을 그렇게 선명하게 기억하는 것이 반갑지만은 않아. 저 스트렐니코프도 내가 바르이키노를 입에 올리자마자 독살스럽게 한마디 하더군. '바르이키노, 크류게르의 공장들이라. 혹시 친척입니까? 상속자예요?'

나는 우리가 모스크바에서보다 여기서 더 사람들 눈에 띄지 않을까 걱정이야, 보는 눈을 피해 도망쳐 왔는데 말이야.

물론 이제는 어쩔 수 없지. 소 잃고 외양간 고치는 격인 걸.[12] 하지만 나서지 말고 몸을 사리는 편이, 좀 조심스럽게 지내는 게 좋겠어. 대체로 예감이 좋지 않아. 식구들을 깨우고, 짐을 챙겨 벨트로 동여매고, 내릴 준비를 하자고."

7

안토니나 알렉산드로브나는 객실에 두고 내리는 것이 없도록 사람과 물건을 수도 없이 세 보며 토르파나야 역 플랫폼에서 있었다. 그녀는 발에 밟히는 플랫폼의 모래알을 느끼면서

12) 직역하면 '목이 잘린 다음 머리카락이 아까워 운다.' 정도의 의미이다.

도 정차역을 그냥 지나칠까 봐 계속 공포에 떨었는데, 기차가 플랫폼 옆, 그녀 앞에서 꼼짝도 않고 서 있음을 자기 눈으로 확인했음에도 귓전에서는 계속 윙윙대며 기차가 달리는 소리를 들었다. 그 때문에 제대로 보고 듣고 생각할 수가 없었다.

오랫동안 함께 여행했던 사람들이 위쪽, 난방차 높은 곳에서 그녀에게 작별 인사를 했다. 그녀는 그들을 알아채지도 못했다. 기차가 어떻게 떠났는지도 알아채지 못했는데, 두 번째 선로 저편에 초록 들판과 푸른 하늘이 펼쳐지는 것을 보고서야 기차가 떠난 것을 깨달았다.

뒤쪽의 역들은 석조 건물이었다. 입구 양쪽으로 벤치가 두 개 있었다. 토르파나야 역에서 내린 승객들은 십체프에서 온 모스크바 여행객이 전부였다. 그들은 물건을 내려놓고 한쪽 벤치에 앉았다.

이 외지인들은 인적 없는 역의 정적과 조촐함에 깊은 감명을 받았다. 주변에 사람들이 북적대지 않고 욕설이 오가지 않는 것이 이례적으로 생각되었다. 이 산간벽지의 삶은 역사에서 뒤처지고 늑장을 부렸다. 어쨌거나 조만간 수도처럼 거칠어질 테지만.

역은 자작나무 숲속으로 자취를 감추었다. 기차가 역에 다가갈 때 내부가 어두워졌다. 흔들릴 듯 말 듯 움직이는 자작나무 꼭대기의 그림자가 손과 얼굴, 플랫폼의 축축하고 깨끗한 노란색 모래알, 땅바닥과 지붕 위로 어른거렸다. 숲속에서 지저귀는 새소리가 그 상쾌함에 잘 어울렸다. 무지(無知)처럼 있는 그대로의 순수하고 충만한 소리가 숲속 가득 울려 퍼지면서 속속들이 파고들었다. 숲을 가로질러 철길과 오솔길 등 두 갈래로 길이 나고, 자작나무 숲은 마룻바닥까지 늘어지는 널따란 소맷자락 같은 나뭇가지를 아래로 기울이고 활짝 펼치며 두 길에 똑같이 드리웠다.

갑자기 안토니나 알렉산드로브나의 눈과 귀가 열렸다. 모든 것이 일시에 그녀의 의식에 와닿았다. 새들의 낭랑함, 숲이 주는 순수한 고독, 주위로 흘러넘치는 느긋한 평온. 그녀의 머릿속에서는 이런 글귀가 생성되었다. '우리가 이렇게 무사히 도착할 줄 몰랐어. 그 사람, 그러니까 당신의 그 스트렐니코프가 당신 앞에서는 너그러운 척하느라 당신을 풀어 준 다음 우리가 내리면 모두 잡아 두라고 이쪽으로 전보를 쳤을 수도 있어. 여보, 나는 그들이 고결하리라고 믿지 않아. 전부 가식일 뿐이지.'

"너무 멋져!" 주변의 매혹적인 풍경을 보자 그녀의 입에서 이런 말이 튀어나왔다. 더 이상은 아무 말도 할 수 없었다. 눈물이 차오르며 목이 멨다. 그녀는 큰 소리로 울음을 터뜨렸다.

그녀가 흐느끼는 소리를 듣고 역장인 노인이 건물에서 나왔다. 그는 잰걸음으로 벤치에 다가와 한 손을 윗부분이 빨간 제모에 정중히 얹으며 물었다.

"혹시 젊은 마님에게 진정제라도 드릴까요? 기차역의 약국에 있는데요."

"별일 아니에요. 감사합니다. 곧 괜찮아질 거예요."

"여행 중에는 근심 걱정이며 불안이 많은 법이죠. 누구나 충분히 알 만한 일입니다. 게다가 우리 위도에서는 드문 일인데, 아프리카처럼 무덥군요. 덧붙여 유랴틴에서 사건까지 터졌으니.”

“오는 길에 기차 안에서 화재가 난 것을 봤습니다.”

“내 짐작이 맞다면, 러시아[13]에서 오시는 모양입니다.”

“벨로카멘나야 러시아죠.[14]”

“모스크바요? 그렇다면 마님의 신경에 이상이 온 것은 전혀 놀랄 일이 아니군요. 돌 하나도 다른 돌 위에 남아 있지 않다면서요?[15]”

“지나친 과장입니다. 하지만 고생을 많이 한 건 사실입니다. 자, 이쪽이 제 딸이고 이쪽이 사위입니다. 이쪽이 저들의 어린것이고요. 이쪽은 우리의 젊은 유모 뉴샤입니다.”

“안녕하세요, 안녕하세요. 정말 반갑습니다. 어느 정도는 미리 들었습니다. 삼데뱌토프, 저 안핌 예피모비치가 삭마 대피역에서 철도 전화로 알려 주었어요. 의사 지바고가 가족과 함께 모스크바에서 올 테니, 물심양면으로 돌봐 주라고 부탁하더라고요. 그 의사가, 그러니까 바로 당신이겠지요?”

“아니요, 의사 지바고는 이쪽, 나의 사위이고, 나는 다른 전공, 농업을 공부한 농학자 그로메코 교수입니다.”

“실례했군요, 잘못 알아보았네요. 죄송합니다. 이렇게 인사를 나누게 되어 정말 기쁩니다.”

“그러니까 말씀하시는 걸로 봐서는 삼데뱌토프를 아시는

13) 우랄산맥 서쪽의 (유럽적) 러시아를 말한다.
14) ‘하얀 석벽의 러시아’, 즉 모스크바를 말한다.
15) 「마태오 복음서」 24장 2절의 비유를 가리킨다.

거죠?"

"그 마법사 같은 분을 어떻게 모르겠어요. 우리의 희망, 우리를 먹여 살리는 분인걸요. 그분이 없었다면 우리는 진작 여기서 뻗었을 겁니다. 그래요, 물심양면으로 돌봐 주라고 하시더라고요. 그렇게 하겠노라고 말했어요. 약속했습니다. 그러니 말이든 뭐든 필요하시면, 또 뭐든 도와드릴 것이 있으면 말씀하세요. 어디로 가실 생각입니까?"

"우리는 바르이키노로 가는 길입니다. 어떻습니까, 여기서 멉니까?"

"바르이키노요? 아닌 게 아니라 따님이 누구를 닮았는지 도무지 생각이 안 나더라고요. 한데 바르이키노로 가신다니! 그렇다면 모든 것이 설명되는군요. 사실 저는 이반 에르네스토비치[16]와 함께 이 철도를 건설했거든요. 지금 대령하겠습니다. 사람을 불러 이동 수단을 마련하죠. 도나트! 도나트! 준비하는 동안 여기 짐을 승객 홀에, 대합실에 갖다 놓게. 말은 어떻게 됐지? 이봐, 찻집으로 달려가 말이 있는지 없는지 물어보게, 아침에 여기서 얼핏 바크흐를 본 것 같은데. 혹시 가 버린 건 아닌지 물어봐 주게. 바르이키노로 네 사람을 데려가야 한다고, 짐은 없는 거나 마찬가지라고 하게. 새로 오신 분들이라고. 냉큼. 한데 마님, 제가 아비 같은 심정으로 충고 한마디 하겠습니다. 마님이 이반 에르네스토비치와 몇 촌쯤 되는지는 굳이 여쭤보지 않겠지만, 이 점과 관련해 좀 조심하도록 하

16) 토냐의 외할아버지인 크류게르의 이름과 부칭.

세요. 누구에게도 속마음을 털어놓지 마시고요. 아무래도 시대가 시대다 보니까요, 마님께서도 잘 생각하세요."

바크호라는 이름을 듣자 일행은 깜짝 놀라 서로를 쳐다보았다. 그들은, 고(故) 안나 이바노브나가 해 준 이야기를, 동화 속의 대장장이가 철을 벼려 허물어지지 않는 창자를 만든 이야기를, 그 밖에 이 고장에 전해 내려오는 황당무계하고 재미나는 이야기를 아직 기억하고 있었던 것이다.

8

이제 막 새끼를 낳은 하얀 암말이 끄는 마차에 그들을 태우고 길을 나선 사람은 귓불이 축 늘어지고 머리가 헝클어진 백발 노인이었다. 그의 모든 것이 각기 다른 이유로 하얬다. 자작나무 껍질로 만든 새 신발은 아직 닳지 않아 더러워질 틈이 없었고 바지와 루바하는 오래 입어 하얗게 비래 있었다.

하얀 암말 뒤로, 집에서 만든 장난감 목마처럼 생긴, 밤처럼 새카맣고 머리가 곱슬곱슬한 수망아지가 아직 뼈도 여물지 않은 가냘픈 두 다리를 벌리며 까마귀처럼 달리고 있었다.

웅덩이 위를 달리며 껑충대는 짐마차의 가장자리에 앉은 여행객들은 굴러떨어지지 않도록 가로대를 꼭 붙잡고 있었다. 그들의 마음은 평화로웠다. 꿈이 실현되어 여행의 목적지에 다가는 중이었기 때문이다. 경이롭도록 해맑은 날, 저녁을 앞둔 시각이 너그러운 관대함과 화려함을 뽐내면서 늑장을 부리고 지체하고 있었다.

길은 숲으로, 또 탁 트인 평야로 이어졌다. 숲속의 쓰러진 나무등걸에 부딪치면 길손들은 한 무더기로 쏠려 몸을 움츠리고 인상을 쓰면서 서로에게 꼭 붙었다. 마음이 충만해져 모자를 벗어 던질 만큼 탁 트인 공간으로 나오면 여행객들은 허리를 펴고 한결 널찍하게 자리를 잡으며 고개를 흔들었다.

산이 많은 곳이었다. 항상 그렇듯, 산은 나름의 형상과 얼굴을 갖고 있었다. 그것들은 강력하고 도도한 그림자처럼 먼 곳에 어둡게 서서 길손들을 묵묵히 살펴보고 있었다. 즐거운 장밋빛 빛살이 들판을 따라 여행자들을 좇으며 위안과 희망을 주었다.

모든 것이 마음에 들었고 또 모든 것이 놀라웠다. 무엇보다 좋았던 것은 늙은 괴짜 마부의 끊임없는 수다였는데, 그의 말투에는 사라진 고대 러시아어의 흔적, 타타르어의 영향, 이 지방 특유의 사투리가 그 자신이 발명해 낸 불가해한 신조어들과 마구 뒤섞여 있었다.

망아지가 뒤에 처지자 어미 말이 걸음을 멈추고 기다렸다. 녀석은 철썩이는 파도처럼 뛰어오르며 유연하게 엄마를 따라잡았다. 기다란 다리를 서툴게 안으로 모아 가며 옆쪽에서 짐마차 쪽으로 다가가 기다란 목 위에 달린 조막만 한 머리를 끌채 밑으로 들이밀고는 엄마 젖을 빨았다.

"아무래도 이해가 안 돼." 마차가 너무 흔들려 간간히 이가 부딪치자, 뜻밖의 자극에 어쩌다 그만 혀끝을 무는 일이 없도록 하며 안토니나 알렉산드로브나가 남편에게 소리쳤다. "이

분이 정말 엄마가 이야기한 바로 그 바크호일 리는 없겠지. 저기, 기억나, 그 황당한 얘기? 대장장이인데, 싸움을 하다가 내장이 삐져나오는 바람에 새로 만들었다던. 한마디로 대장장이 바크흐는 배 안이 무쇠로 되어 있다고. 나도 이 모든 것이 동화라는 건 알아. 하지만 정말 이분에 대한 동화일까? 이분이 정말 그 사람일까?"

"당연히 아니겠지. 첫째, 당신도 이건 동화라고, 민담이라고 했잖아. 둘째, 그 전설이라는 것도 장모님이 말씀하셨을 때 벌써 백 년도 더 된 얘기였어. 그나저나 어쩌자고 이렇게 크게 말해? 노인이 들으면 속상할 텐데."

"아무것도 못 듣는걸, 귀가 먹었어. 듣는다고 해도 의미를 몰라, 머리가 모자라거든."

"에이, 표도르 네페드이치!" 노인은 왠지 암말을 남자 이름으로 부르며 몰았는데 물론 녀석이 암말이라는 것은 손님들보다 그가 더 잘 의식하고 있었다. "에이, 지랄같이 덥네! 페르시아의 불가마 속에 들어간 아브라함의 자손 꼴이군![17] 그런데도 이런 망할 놈! 네놈한테 하는 말이다, 마제파[18]!"

뜻밖에도 그는 옛날 옛적에 이곳 공장에서 만들어진 차스투시카[19] 가락을 구성지게 뽑았다.

---

17) 「다니엘서」 3장 8~30절 참조.

18) 이반 스테파노비치 마제파(1644~1709). 우크라이나 카자크의 두목으로서 표트르 대제 때 독립을 꾀했으나 패배했다.

19) 보통 4행으로 이루어진 러시아 속요.

안녕, 주요 사무소여,

안녕, 감독님, 안녕, 광산이여,

주인의 빵도 질렸네,

연못의 물도 다 마셨네.

백조가 물밑에서 갈퀴질을 하면서

강가로 헤엄쳐 가노라,

내가 비틀대는 것은 술 때문이 아니야,

바냐가 군대에 끌려가기 때문이야.

하지만 나는, 마샤, 허탕이 아니야,

하지만 나는, 마샤, 바보가 아니야.

나는 셀랴바 시로 갈 거야,

센테튜리하 집에서 일자리를 얻을 거야.

"에이, 이 암말이 하늘 무서운 줄 모르고! 여보시오들, 이 망할 년 좀 봐요, 이 몹쓸 년! 채찍을 휘두르면 주저앉네. 그래도, 페댜-네페댜, 언제 가려고? 이 숲은 별명도 타이가란 말이다. 가도 가도 끝이 없거든. 그곳에는 농민들이 아주 많단다, 우, 우! 거기에는 숲의 동지가 있단다. 에이, 페댜-네페댜, 또 섰군, 젠장. 이 죽일 년!"

갑자기 그는 몸을 획 돌리더니 안토니나 알렉산드로브나를 뚫어져라 쳐다보며 말했다.

"젊은 마님, 설마 마님이 어디 출신에 누구인지 내가 모를 줄 아쇼? 순진하기도 하지, 다 보인다오. 내가 땅 밑으로 꺼지면 모를까, 알아보았지! 알아봤어! 내 알맹이를 못 믿을 정도요, 영판 살아 있는 그리고프야!(노인이 알맹이라고 한 것은 눈이고 그리고프라고 한 것은 크류게르다.) 혹시 손녀가 아니신지? 이 눈으로 설마 그리고프를 못 알아볼 줄 알고? 한평생을 그분 집에서 보냈고 이가 빠지도록 일했는걸. 무슨 일이든 손을 안 대 본 게 없어! 갱목도 박고 분쇄기도 만지고 마구간에서도 일했죠. 그나저나 좀 움직여라! 또 멈췄군, 이 다리 병신! 중국의 천사들이냐? 사람 말이 안 들려, 엉?

아까 내가 무슨 바크흐가 아니냐고, 그 대장장이 아니냐고 했죠? 참 순진도 하셔라, 마님, 눈이 참 맵지만 그래도 바보네. 마님의 그 바크흐는 포스타노고프의 별명이오. 포스타노고프, 그 무쇠 배는 오십 년쯤 전 땅속으로, 관 속으로 떠났지. 우리는 지금, 반대로 메호노신 집안이오. 이름은 같지만 성이 달라, 페도트라고 해도 그 페도트가 아니지."

노인은 승객들에게 차츰차츰 미쿨리츠인의 집안 얘기를 자기 말로 풀어놓았는데, 전부 삼데뱌토프 덕분에 이전부터 알고 있던 내용이었다. 그는 남편을 미쿨리치라고, 또 부인을 미쿨리치나라고 불렀다. 관리인의 지금 아내는 재취라고 불렀고 '돌아가신 본처'에 대해서는 꿀 같은 여자, 하얀 케루빔이었노라고 말했다. 파르티잔의 지도자 리베리에 이르러서는 그의 명성이 모스크바까지 다다르지 않았음을, 모스크바에서는 숲의 형제들 얘기가 전혀 전해지지 않았음을 알고 믿을 수 없다는 투였다.

"못 들었다고요? 숲의 동지 얘기를 못 들었다고요? 중국의 천사들인가, 아니, 모스크바 사람들은 귀가 없는 거요?"

날이 저물기 시작했다. 더욱 길어진 그들의 그림자가 여행객 앞으로 달려갔다. 그들의 길은 넓고 텅 빈 광야로 이어졌다. 여기저기 명아주, 엉겅퀴, 분홍바늘꽃 나무처럼 높이 튀어나온 줄기들이, 끄트머리에 꽃송이들이 달린 외로운 꽃다발처럼 뻗어 자라고 있었다. 아래쪽 땅에서부터 석양빛을 받는 그 줄기들은, 들판을 순찰하기 위해 말을 탄 채 드문드문 서 있는 부동의 보초병 같은 윤곽을 그리며 환영처럼 자라 있었다.

저 멀리 앞쪽 끝에서 평원은 이랑처럼 높아지는 횡축의 고지대에 기대고 있었다. 그것은 벽처럼 길을 가로질러 놓여 있었는데, 그 밑으로 계곡이나 강이 흐를 것 같았다. 그곳엔 하늘이 담장처럼 둘러지고 대문 쪽으로 오솔길이 나 있을 것 같았다.

낭떠러지 위쪽에 길쭉한 모양의 하얀 단층집이 나타났다.

"저 산꼭대기에 망루 보이죠?" 바크흐가 물었다. "마님의 그 미쿨리치 혹은 미쿨리쉬나 집이오. 그 밑에 푹 꺼진 곳에 계곡이 있는데 이름은 슈티마고."

그쪽에서 총성이 두 번 잇따라 울리더니 덜덜 떨리며 메아리가 울렸다.

"저건 뭐죠? 설마 파르티잔인가요, 할아버지? 우리를 겨냥한 건 아닐까요?"

"천만에요. 파르티잔은 무슨. 스테파느이치가 슈티마에서 늑대들을 겁주는 거요."

9

도착한 사람들과 주인 내외의 첫 만남은 관리인 집의 마당에서 이루어졌다. 곤혹스러운 장면이, 처음에는 침묵이 흐르다가 그다음에는 앞뒤 없이 혼란스럽고 시끄러운 장면이 연출되었다.

옐레나 프로클로브나는 숲에서 저녁 산책을 하고 마당으로 돌아오는 길이었다. 석양빛이 그녀의 황금빛 머리카락과 거의 같은 빛깔을 띠는 나무들 사이로, 온 숲을 거쳐 그녀의 흔적을 따라 이어졌다. 옐레나 프로클로브나는 가벼운 여름 옷을 입고 있었다. 그녀는 얼굴이 빨갰고, 걸어오는 동안 붉게 상기된 얼굴을 손수건으로 닦고 있었다. 드러난 목에 고무줄이 휘감겨 있고 거기에 매달린 밀짚모자가 등으로 젖혀져 흔들거렸다.

그녀의 남편은 소총을 들고 맞은편에서 계곡을 올라와 귀가하는 길이었는데, 발사할 때 발견한 결함을 고려하여 그을음이 낀 총신을 당장 수리할 생각인 듯 보였다.

갑자기 난데없이, 돌이 깔린 입구를 따라 선물을 실은 바크흐가 기세 좋게 쩌렁쩌렁 소리를 내며 마당 안으로 들어섰다.

나머지 일행과 함께 얼른 달구지에서 내린 알렉산드르 알렉산드로비치가 우물거리며 모자를 벗었다 썼다 하면서 제일 먼저 해명을 하고 나섰다.

아연실색한 주인 내외는 얼마 동안 가식이 아니라 정말로 넋을 잃었고 불운한 방문객들은 너무 창피해서 진심으로 어쩔 줄 몰라했다. 당사자들, 바크흐, 뉴샤와 슈로치카에게 설명할 것도 없이 사태는 명확했다. 거북한 분위기는 이 암말과 망아지, 황금빛 석양, 옐레나 프로클로브나 주변을 맴돌다 그녀의 얼굴과 목에 내려앉은 모기에게까지 전해졌다.

"모르겠군요." 아베르키 스테파노비치가 마침내 침묵을 깼다. "모르겠어요, 정말 모르겠고 앞으로도 모를 일입니다. 아니, 여기 이 남부에 백군도 있고 빵도 풍부한 도가 있답니까? 어쩌자고 하필 우리를 골랐죠? 어쩌자고 이곳, 이곳의 우리를 찾아온 겁니까?"

"좀 궁금한데, 이러시면 아베르키 스테파노비치에게 얼마나 큰 부담이 될지 생각해 보셨나요?"

"레노치카, 방해하지 마. 그래요, 정말 그렇습니다. 이 사람 말이 전적으로 옳아요. 이러시면 저에게 얼마나 큰 짐이 될지 생각해 봤나요?"

"맙소사. 우리 말을 오해하셨군요. 무슨 얘기냐고요? 아주 작은 일, 그러니까 별일 아닙니다. 당신들, 당신들의 평화를 해칠 생각은 전혀 없습니다. 허물어진 빈집에 쪽방 한 칸이면 됩니다. 텃밭으로 쓸 만한, 아무에게도 필요치 않은, 그냥 묵히고 있는 땅뙈기 하나하고요. 그리고 아무도 보지 않을 때 숲에서 장작이나 한 짐 해 오고요. 이게 그토록 큰 건가요, 그토록 큰 침해인가요?"

"그야 그렇지만 세상은 넓잖습니까. 왜 하필 우립니까? 왜 다른 아무개가 아니라 정확히 우리가 이런 영광을 누리게 된 겁니까?"

"우리가 당신을 알고 또 당신도 우리 얘기를 들었기를 바라기 때문이죠. 우리가 당신에게 남이 아니기를, 우리가 남의 집에 온 것이 아니기를."

"그럼 문제는 크류게르인데, 당신이 그분의 친척이라는 거죠? 아니, 어떻게 요즘 같은 시대에 그런 것을 털어놓느라 입을 연단 말입니까?"

아베르키 스테파노비치는 이목구비가 반듯한 사람으로 머리카락을 뒤로 넘기고 보폭을 널찍하게 해서 걷고 여름에는 술이 달린 노끈으로 루바시카의 허리를 묶고 다녔다. 옛날 옛적이라면 우시쿠이니크[20]가 되었을 법한 이런 사람들이 새로운 시대에는 만년 대학생, 교사 노릇이나 하는 몽상가 유형을 이루었다.

아베르키 스테파노비치는 청춘을 해방 운동과 혁명에 바쳤고, 오직 혁명을 못 보고 죽으면 어쩌나, 혁명이 일어나도 너무 온건하여 자신의 과격한 유혈 열망을 만족시키지 못하면 어쩌나 하는 것만 걱정했다. 자, 이렇게 혁명이 찾아와 그의 가장 대범한 가정을 송두리째 뒤집었다. 그는 원래부터 또 한결같이 노동자를 사랑해 온 사람이자 '용사 스뱌토고르'에 최초로 제조-공장 위원회를 조직하고 노동자 관리 체계를 확립한 사람 중 하나였지만, 노동자들이 도망치고 그 일부는 그 와중에 멘셰비키 편으로 돌아선 텅 빈 마을에 얻은 것 하나 없이, 일거리 하나 없이 떨어지게 되었다. 그리고 지금 이 터무

---

20) 주로 북쪽에서 활약한 고대 러시아의 해적.

니없는 일, 크류게르의 후예인 이 불청객이 출현하자 이것이 운명의 조롱이자 의도된 속임수처럼 생각되어 인내심이 바닥나고 말았다.

"아니, 그건 기적을 바라는 거죠. 도무지 이해가 안 돼요. 당신이 나에게 얼마나 큰 위험이 되는지, 나를 어떤 상황으로 몰아넣고 있는지 알기나 합니까? 사실 난 미쳐 버릴 것 같아요. 모르겠습니다, 아무것도 모르겠어요, 결코 모를 일입니다."

"궁금한데, 당신들이 아니더라도 여기서 우리가 화산 위에 앉아 있다는 걸 모르시겠어요?"

"잠깐만, 레노치카. 아내의 말이 정말 옳습니다. 당신들이 아니더라도 꼴이 말이 아닙니다. 개 같은 인생에 정신 병원이죠. 항상 출구도 없이 두 개의 포화 사이에 끼여 있어요. 한쪽에서는 어쩌다 이런 빨갱이 아들이 나왔냐, 볼셰비키다, 민중의 총아다, 하는 이유로 욕합니다. 다른 쪽에서는 대체 왜 제헌 의회에 선출됐는지 마뜩지 않아 합니다. 그 누구의 마음에도 들지 못하고 이렇게 버둥대고 있어요. 이런 상황에서 지금 당신들까지 온 거예요. 당신들 때문에 총살이라도 당하면 어지간히 즐거우시겠군요."

"아니, 무슨 말씀을 하시는 겁니까! 정신 좀 차리십시오! 그럴 리가 있겠어요!"

잠시 뒤 미쿨리츠인은 자비로운 마음으로 노여움을 가라앉히고 말했다.

"마당에서 떠들어 댔군요, 됐어요. 집 안에서도 계속할 수 있으니까요. 앞으로도 물론 좋은 일은 없겠지만 그야 또 모르는 일이고 어떻게 짐작할 수도 없는 노릇이니까. 어쨌거나 우리는 예니체리[21]도 아니고 이교도도 아니잖아요. 사람을 숲으로 내몰아 미하일로 포타프이치[22]의 밥이 되게 할 수는 없죠. 내 생각으론 레노크, 서재 옆 종려나무 방에 모시는 게 제일 좋을 것 같아. 이분들이 어디에 자리를 잡을지는 거기서 의논하지, 정원 어디에 들여도 될 것 같고. 자, 집으로 가십시다. 들어가시죠. 짐을 안으로 들여주게, 바크흐. 여행객들을 좀 거들어 줘."

명령을 이행하면서 바크흐는 그저 한숨만 쉬었다.

"제기랄! 영락없이 순례자들의 짐이야. 죄다 보따리군. 트렁크는 하나도 없어!"

10

추운 밤이 왔다. 여행객들은 세수를 했다. 여자들은 안내된 방 안에서 잘 준비를 했다. 아기처럼 혀짤배기소리로 어른들을 기쁘게 하는 데 자기도 모르게 익숙했던 슈로치카는, 또 그렇게 그들의 비위를 맞추려고 열심히, 신나게 재잘댔지만 영 기분이 좋지 않았다. 오늘 슈로치카의 수다는 성공을 거두지 못했고 아무도 그에게 주의를 기울이지 않았다. 그는 검은 망

21) 오스만 제국의 정예 보병 부대, 술탄의 근위대.

22) 곰을 의인화해서 부르는 이름.

아지를 집 안에 들여놓지 않은 것이 불만이었지만, 조용히 하라는 고함 소리만 듣자 울음을 터뜨렸다. 자기처럼 나쁘고 못된 소년을, 그의 상상에 따르면, 세상에 나왔을 때 부모님의 집으로 보내지기 전에 살았던 그 어린이 상점으로 다시 돌려보낼까 봐 겁이 났던 것이다. 아이는 정말 무서워서 주위 사람들에게 큰 소리로 공포를 표현해 보았지만 그의 귀여운 바보짓도 익숙한 효과를 거두지 못했다. 남의 집에 머물게 돼 거북해진 어른들은 평소보다 다급하게 움직였고 말없이 저마다의 근심에 잠겨 있었다. 슈로치카는 유모들이 무슨 말을 하든 성질을 부리고 떼를 썼다. 밥도 간신히 먹이고 잠자리에 눕혔다. 마침내 슈로치카가 잠들었다. 미쿨리츠인의 하녀인 우스티니야가 뉴샤를 자기 방으로 데려가 저녁을 먹이고 집안의 비밀을 일러 주었다. 안토니나 알렉산드로브나와 남자들은 저녁차를 마시는 자리에 초대되었다.

알렉산드르 알렉산드로비치와 유리 안드레예비치는 잠깐 자리를 비우겠노라 양해를 구한 다음 신선한 공기를 쐬러 현관 층계참으로 나갔다.

"별이 정말 많군!" 알렉산드르 알렉산드로비치가 말했다.

캄캄했다. 층계참에서 겨우 두어 걸음 떨어져 있는데도 사위와 장인은 서로를 볼 수 없었다. 한데 뒤쪽, 집의 구석에서 창문의 램프 불빛이 계곡으로 떨어졌다. 그 빛줄기 속에서 관목 숲과 나무들과 어떤 흐릿한 물체들이 축축한 냉기를 머금은 채 안개에 젖어 들었다. 그 밝은 띠는 담소를 나누는 두 사람을 아우르지 못한 채 오히려 그 주변의 어둠을 한결 더 짙게 만들었다.

"내일은 아침부터 저 양반이 우리를 위해 점찍어 둔 별채를 살펴봐야겠어, 살 만하면 당장 손을 보자고. 거처를 정비하는 동안 토양도 복원되고 땅도 녹겠지. 그때는 일 분도 낭비하지 말고 밭을 갈아야 돼. 내가 듣기론, 아까 저 양반이 대화 중에 지나가는 말로 우리에게 씨감자를 나눠 주겠다고 약속한 것 같은데. 아니면 잘못 들었나?"

"약속했어요, 그렇게 약속했어요. 다른 씨도 준다고 했어요. 저도 들었어요. 그런데 그분이 권하는 거처는 우리가 아까 공원을 가로질러 올 때 본 거예요. 어딘지 아시겠어요? 주인집의 뒤채로 엉겅퀴 속에 파묻혀 있어요. 목조인데, 본채 자체는 석조고요. 달구지 타고 올 때 가르쳐 드렸는데, 기억나시죠? 거기라면 제가 밭을 갈게요. 제 생각으론 꽃밭이 있던 자리예요. 멀리서 볼 때는 그런 것 같더라고요. 잘못 봤는지도 모르지만요. 오솔길은 그냥 에둘러 지나쳐야겠지만 묵은 꽃밭 흙은 분명히 바닥부터 잘되어 있을 테고 거름도 풍부할 거예요."

"내일 한번 보지. 난 잘 모르겠어. 아마 잡초가 너무 무성해서 토질이 돌처럼 굳었을걸. 이 영지에는 분명히 텃밭이 딸려 있을 거야. 잘 보존된 구역이 텅 비어 있을지도 몰라. 내일이면 알게 되겠지. 아직도 아침엔 쌀쌀할 거야. 밤에는 아마 추울 테고. 우리가 여기, 목적지에 와 있는 것만 해도 얼마나 다행이냐. 서로 축하할 일이지. 여기가 좋아. 마음에 들어."

"참 유쾌한 사람들이에요. 특히 주인 양반 쪽이요. 부인 쪽은 약간 꾸미는 데가 있어 보이지만요. 왠지 자신에게 불만이 있는 것 같아요, 자기 내부의 뭔가가 마음에 들지 않는 거죠. 그 때문에 저렇게 지칠 줄 모르고 억지로라도 바보같이 수다를 떠는 거예요. 상대방의 주의를 자신의 외모에서 다른 데로 돌리려고, 곱지 않은 인상을 줄까 봐 미리부터 경계하며 허둥대는 것 같더라고요. 모자 벗는 것을 깜박하고 어깨에 걸치고 있었던 것도 넋 놓고 있었기 때문이잖아요. 얼굴에 정말 잘 어울리긴 하더라고요."

"어쨌든 방으로 가세. 여기서 너무 오래 있었어. 거북하군."

사위와 장인은 관리인의 어두운 서재를 지나 불이 환한 식당으로 갔다. 주인 내외와 안토니나 알렉산드로브나가 천장에 매달린 램프 아래서, 원탁에 둘러앉아 사모바르를 앞에 두고 차를 마시고 있었다.

그 안에는 온전한 유리를 끼운 넓은 창이 골짜기 위로 솟아 벽을 가득 채우고 있었다. 의사가 날이 밝을 때 처음 인지할 수 있었던 바, 이 창문 너머로 저 멀리 골짜기와 바크흐가 자기들을 태우고 온 평원이 펼쳐졌다. 창문 옆에는 역시나 벽을 가득 채운, 넓은 설계용 또는 제도용 책상이 있었다. 그 위에 세로로 엽총이 놓여 있었는데, 좌우 가장자리가 모두 많이 남아 책상의 넓은 폭이 부각되었다.

지금 서재를 지나면서 유리 안드레예비치는 새삼스레 부러움을 느끼며 광활한 시야의 창문을, 책상의 큼직함과 위치를, 그리고 가구가 잘 배치된 널찍한 방을 눈여겨보았다. 이것이 알렉산드르 알렉산드로비치와 식당으로 들어가 다탁으로 다가가면서 유리 안드레예비치가 주인에게 감탄조로 내뱉은 첫 마디이기도 했다.

"집이 정말 멋지네요. 서재는 또 얼마나 훌륭한지, 영감을 불러일으켜 일을 하고 싶게 만드는군요."

"컵에 드릴까요, 찻잔에 드릴까요? 그리고 어느 쪽이 좋으세요, 연하게, 진하게?"

"이것 좀 봐, 유로치카, 아베르키 스테파노비치의 아드님이 어렸을 때 만든 망원경이래."

"그 애는 지금까지도 다 자라지를 못해 의젓하지가 않아요. 코무치[23]에서 계속 소비에트 권력을 계속 쟁취하려고 애쓰고 있지만요."

"뭐라고 하셨죠?"

"코무치요."

"그게 뭡니까?"

"제헌 의회의 재건을 옹호하는 시베리아 정부 부대예요."

"우리는 하루 종일 쉼 없이 아드님에 대한 찬사를 들었어요. 정말 자랑스러우시겠습니다."

"우랄의 이런 풍경, 이중의 입체적인 풍경도 아드님이 직접 만든 대물렌즈로 찍은 거래."

"이 쿠키는 사카린을 넣어 만든 건가요? 훌륭한 과자네요."

"세상에! 이런 벽지에 사카린이라뇨! 그럴리가요! 순 설탕이에요. 당신의 차에 설탕을 넣어 드렸잖아요. 정말 알아채지

---

23) '제헌 회의 의원 위원회'의 약칭.

못하셨나 봐요."

"예, 정말 몰랐어요. 사진을 보고 있었거든요. 차도 천연인 것 같은데요?"

"꽃을 넣은 차예요. 당연히."

"어디서 났죠?"

"마법의 식탁보 같은 분이 있어요. 아는 사람이에요. 현대의 활동가이죠. 매우 좌익적인 신념을 가진 분이고요. 도(道) 경제 회의의 정식 대표예요. 우리 목재를 시내로 갖고 가고 알음알이로 곡물과 버터와 밀가루를 갖다 줘요. 시베르카(그녀는 남편 아베르키를 이렇게 불렀다.), 시베르카, 설탕 좀 밀어 줘. 지금 궁금해졌는데 대답해 주세요. 그리보예도프[24]가 몇 년에 사망했죠?"

"태어난 건 1795년인 것 같은데요. 언제 피살됐는지는 정확히 기억이 안 납니다."

"차 더 드세요."

"아니요, 고맙습니다."

"이제 다른 문제예요. 말해 보세요. 님베겐 조약[25]은 언제, 어느 나라들이 체결했죠?"

"그만 좀 괴롭혀, 레노치카. 여독을 푸셔야지."

"이제는 이런 게 궁금해요. 열거해 보세요. 확대 렌즈에는

---

24) 알렉산드로 그리보예도프(1795~1829). 러시아의 극작가, 대표작으로 「지혜의 슬픔」이 있다.

25) 님베겐 평화 조약(1678~1679). 네덜란드와 프랑스의 전쟁을 종식시킨 협정이다.

어떤 종류가 있으며 어떤 경우에 정립상, 도립상, 실상, 허상이 나오는 거죠?"

"어디서 그런 물리학 지식을 얻으셨습니까?"

"우리 유랴틴에 훌륭한 수학자가 계셨어요. 남자 김나지움과 우리 김나지움 두 군데에서 가르치셨죠. 설명을 얼마나, 얼마나 잘해 주셨는지! 거의 신이었죠! 전부 다 씹어서 입안에 넣어 준다고 할 정도였어요. 안티포프라는 분이셨죠. 이곳 여교사와 결혼하신 상태였고요. 여자애들이 그분 때문에 제정신이 아니었어요, 다들 반했거든요. 자원입대해서 전쟁에 나갔는데 아주 돌아오지 못했어요, 전사하신 거죠. 우리 하느님의 채찍, 저 천벌의 화신인 위원장 스트렐니코프가, 그 사람이 되살아난 안티포프라고 주장하는 사람들이 있어요. 전설 같은 소리죠, 물론. 어림도 없어요. 하긴 누가 알겠어요. 온갖 일이 다 일어나니. 한 잔 더 드세요."

9부

바르이키노

1

겨울이 되어 시간이 많아지자 유리 안드레예비치는 다양한 종류의 메모를 하기 시작했다. 그는 공책에 이렇게 썼다.

여름에는 튜체프[26]와 함께 이야기를 나누고 싶었던 적이 얼마나 많았던가.

여름, 얼마나 멋진 여름인가!
이것은 정말 마법 같아,

---

26) 표도르 튜체프(1803~1873). 러시아의 낭만주의 시인. 철학적이고 명상적인 시를 많이 썼다.

물어보느니, 어떻게 우리에게
이렇게 밑도 끝도 없이 주어졌을까?

아침놀부터 저녁놀까지 자신과 가족을 위해 일하고 지붕을 이고 먹고사는 것을 걱정하여 땅을 갈고 로빈슨[27]처럼 조물주의 천지 창조를 모방하고 친어머니의 뒤를 이어 자신을 새로이, 새로이 세상에 낳으며 세계를 창조하는 것은 얼마나 행복한 일인가!

두 손이 근육과 육체의 노동, 농사일이나 목수 일로 바쁠 때, 육체적으로 해결 가능한 합리적인 과제를 정하고 그것을 수행하고 나서 기쁨과 성공으로 보답받는 동안, 은총 같은 숨결로 그대의 살갗을 데워 주는 탁 트인 하늘 아래서 여섯 시간을 내리 도끼로 무엇을 찍거나 땅을 파는 동안 얼마나 많은 생각이 의식을 스치고 얼마나 많은 새로운 상념을 곱씹게 되는가. 그리고 이런 생각, 추측과 비유가 종이 위로 옮겨지지 않고 그 모든 스쳐 가는 찰나의 덧없음 속에서 망각되는 것은, 잃는 것이 아니라 얻는 것이다. 진한 블랙커피나 담배로 무뎌진 신경과 상상력을 채찍질하는 도시의 은둔자여, 그대는 가식 없는 궁핍과 튼튼한 건강으로 만든 가장 강력한 마약을 모르리라.

나는 앞서 말한 것에서 더 나아가지도 않고, 톨스토이 식 검소함과 땅으로의 이월을 설파하지도 않으며, 농업 문제의 사회주의에 가할 수정 방안을 모색하는 것도 아니다. 나는 그저 사

27) 대니얼 디포(1660~1731)의 소설 『로빈슨 크루소』의 주인공.

실을 확립할 뿐, 우연히 마주친 우리의 운명을 체계화하는 것도 아니다. 우리의 예(例)는 의심스럽고 결론의 도출에도 이롭지 않다. 우리의 살림엔 너무 이질적인 요소가 많다. 오직 크지 않은 부분, 즉 채소와 감자 저장고만 우리 손으로 마련한다. 나머지 모든 것은 다른 데서 온다.

우리는 토지를 불법으로 사용한다. 정부의 조사가 있을 때는 그런 행위를 멋대로 숨긴다. 벌채를 하는 것도 도둑질로, 옛날에는 크류게르의 재산이었지만 지금은 국가의 재산이므로 엄연히 훔치는 행위이고 용서받지 못할 절도이다. 대략 그런 식으로 살고 있는 미쿨리츠인의 묵인 덕분에 우리도 무마되고, 도시에서의 거리도 멀어 일단은 우리가 하는 짓이 전혀 알려지지 않기 때문에 무사한 것이다.

나는 의료 행위를 포기했고, 자유를 구속받지 않기 위해 내가 의사라는 사실을 말하지 않는다. 하지만 이 세상의 끝에도 항상 누군가는 바르이키노에 의사가 정착했다는 소문을 듣고서 30베르스타가 넘는 거리를 걸어 암탉이나 달걀, 버터나 또 다른 무엇을 들고 조언을 들으러 온다. 아무리 진료비를 사양해도 마냥 거절할 수만은 없는데, 사람들이 무료로, 공짜로 얻은 조언은 효력이 없다고 믿기 때문이다. 그래서 의사 노릇으로 뭘 좀 얻기도 한다. 그럼에도 우리와 미쿨리츠인의 주된 지주는 삼데뱌토프이다.

이 사람의 내부에 어떤 모순이 공존하고 있는지는 도무지 파악할 수 없다. 그는 진정으로 혁명을 옹호하고 유랴틴의 시 소비에트가 부여한 신뢰를 받을 만한 인물이다. 자신의 강력한 전권을 이용하여 우리와 미쿨리츠인 내외에겐 아무 말 하지 않은 채 바르키노의 목재를 징발하고 반출해 나갈 수도 있을 것이고 그래도 우리는 눈썹 하나 찌푸릴 수 없을 것이다. 다른 한편, 국고를 빼돌리기로 마음먹는다면 원하는 건 뭐든, 얼마든지 극히 침착하게 자기 호주머니에 넣을 수 있을 것이고, 그래도 역시 누구 하나 뭐라 하지 않을 것이다. 그에겐 뭘 나눠 먹어야 할 사람도 없고 뇌물로 매수해야 할 사람도 없다. 그럼 대체 무엇 때문에 우리에게 신경을 쓰고 미쿨리츠인 내외를 돕고 또 가령 토르파나야 역의 역장을 비롯하여 이 근방의 모든 사람을 후원하는 것일까? 그는 항상 돌아다니며 뭔가를 구해서 갖다 주고 도스토예프스키의 『악령』과 『공산당 선언』[28]을 한결같이 열정적으로 분석하고 논한다. 내 생각으론, 만약 그가 자기 인생을 아무 필요도, 또 아무런 이해타산도 없이 그렇게 명백히 복잡하게 만들지 않았더라면 너무 권태로워서 죽어 버렸을 것 같다.

2

얼마 후 의사는 다음과 같이 썼다.

---

28) 『악령』(1872)은 혁명가들의 얘기를 쓴, 반혁명적 메시지가 농후한 도스토예프스키의 소설, 『공산당 선언』(1848)은 마르크스와 엥겔스가 쓴 사회주의 선언문이다.

우리는 낡은 지주 저택의 뒤편, 목조 건물의 방 두 칸에 자리를 잡았는데, 안나 이바노브나가 어렸을 때 크류게르가 엄선한 하인들, 집안의 재봉사나 가정부, 은퇴한 유모를 위해 마련한 곳이었다.

이 거처는 꽤 낡은 편이다. 우리는 매우 신속하게 그것을 손보았다. 이런 일을 잘 아는 사람들의 도움을 받아 두 칸의 방으로 통하는 페치카를 새로 놓았다. 굴뚝을 지금처럼 배치해서 난방이 더 잘 된다.

정원의 이 자리는 새로운 식물들이 무성해져 예전 설계의 흔적이 사라졌다. 하지만 지금, 사위의 모든 것이 죽어 버리고 산 것이 죽은 것을 가리지 못하는 겨울, 눈 덮인 지난날의 윤곽은 더욱 또렷해진다.

우리는 운이 좋았다. 가을은 건조하면서도 따뜻했다. 비가 오기 전에, 한파가 닥치기 전에 감자를 캘 여유가 있었다. 미쿨리츠인 내외에게 빚진 것을 갚고도 스무 자루나 남아서 모두 지하의 주요 창고에 넣고 위에서, 즉 마룻바닥 위쪽까지 건초와 낡고 찢어진 담요로 덮었다. 이 지하실로 토냐가 소금에 절인 오이 두 통과 또 그만큼의 삭힌 양배추를 내려보냈다. 싱싱한 양배추는 두 통씩 묶어 대들보 기둥에 걸어 두었다. 건조한 모래 속에 당근도 가득 묻었다. 여기에 수확한 무와 비트와 순무 상당량을 보관했고 위쪽 집에는 완두콩과 강낭콩도 많이 두었다. 곳간에 쌓아 둔 장작도 봄까지 충분하다. 겨울의 새벽이 밝기 직전, 이른 새벽에 금방 꺼질 듯 희미하게 깜박이는 등불을 손에 들고 지하 창고의 문을 들어서면 뿌리와 흙과 눈이 어우러진 땅속의 따뜻한 숨결이 사랑스럽게 코를 찌른다.

곳간 밖으로 나왔지만 아직 날은 새지 않았다. 문을 삐거덕거리거나 어쩌다 재채기를 하거나 발밑에서 눈이 뽀드득거리기만 해도, 눈 밑에서 튀어나온 양배추 줄기가 가득한, 저 멀리 텃밭 이랑에서 토끼들이 깡충 뛰어올라 주위 눈밭에 이리저리 발자국을 남기고 달아난다. 근처에서는 개들이 연이어 오랫동안 짖어 댄다. 마지막 수탉들은 일찌감치 울었기 때문에 이제 울지 않을 것이다. 날이 밝기 시작한다.

아득한 설원을 토끼 발자국 말고도, 정성껏 실에 꿴 작은 구멍처럼 스라소니 발자국이 연이어 가로지른다. 스라소니는 고양이처럼 한 발 한 발 내디디며 사람들의 주장으론 밤새 수베르스타를 돌아다닌다고 한다.

그들을 잡으려고 덫을 놓아두는데, 이곳 사람들이 부르는 말로는 꿀꺽이다. 올가미에는 스라소니 대신 불쌍한 회색 토끼들이 걸려들어, 녀석들을 꺼낼 때는 반쯤 눈에 묻혀 꽁꽁 얼고 굳은 상태다.

처음에는, 봄과 여름에는 몹시 힘들었다. 우리는 녹초가 되었다. 이제는 겨울밤의 휴식을 즐긴다. 우리에게 등유를 공급해 주는 안핌 덕분에 램프 주변에 모인다. 여자들은 바느질이나 뜨개질을 하고, 나나 알렉산드르 알렉산드로비치가 큰 소리로 무언가를 읽어 준다. 페치카가 데워지면 나는 오래전부터 불을 지펴 온 난로지기인 양 적시에 화덕을 덮고 열기가 빠져나가지 않도록 계속 살핀다. 숯이 된 장작 토막 때문에 불이 잘 붙으면 연기가 풀풀 나는 채로 꺼내 냉큼 달려 나가 문지방 너머, 멀찍이 눈 속으로 던져 버린다. 장작은 불똥을 튀기며 횃불이 타오르듯 공기 중으로 날아올라 네모난 하얀 풀밭, 잠이 든 검은 공원의 가두리를 밝히면서 눈 더미 속에 떨어진다. 그런 다음 쉬쉬 소리를 내며 꺼진다.

우리는 『전쟁과 평화』, 『예브게니 오네긴』과 모든 서사시를, 러시아어로 번역된 스탕달의 『적과 흑』, 디킨스의 『두 도시 이야기』, 그리고 클라이스트[29]의 단편 소설들을 끝없이 반복해서 읽는다.

3

봄이 올 무렵 의사는 다음과 같이 썼다.

토냐가 임신한 것 같다. 그녀에게 이 얘기를 해 봤다. 그녀는 나의 추측을 공유하지 않으나, 나는 확신한다. 보다 분명한 징후가 나타나기 전이지만 그에 앞서는, 포착하기 다소 힘든 증후는 속일 수 없다.

여자의 얼굴이 변한다. 못생겨진다고 할 수는 없다. 하지만 이전에 꾸준히 관리되던 외모가 그녀의 통제를 벗어난다. 그녀에게서 나올 미래가 그녀를 지휘하기에 그녀는 더 이상 그녀 자

---

29) 『전쟁과 평화』는 레프 톨스토이의 대표적인 장편 소설, 『예브게니 오네긴』은 알렉산드르 푸시킨의 운문 소설, 하인리히 폰 클라이스트(1777~1811)는 독일의 극작가이자 소설가다.

신이 아니다. 여자의 형상은 이렇게 그녀의 감시를 벗어남으로써 육체적으로 멍한 모습을 띠게 되고 얼굴은 희끄무레해지고 피부는 거칠어지고 눈빛도 그녀의 바람과는 다르게 변한다. 이 모든 것이 관리하지 못해 그냥 방치해 둔 것처럼 보인다.

나와 토냐는 서로 떨어져 본 적이 없다. 하지만 이 노동의 한 해는 우리를 더욱 가까워지게 했다. 나는 토냐가 얼마나 날렵하고 강인하고 끈기 있는지, 일을 선별하고 교체함에 있어 가능한 한 시간을 낭비하지 않기 위해 얼마나 사려 깊게 행동하는지 보아 왔다.

모든 잉태는 무염 시태[30]라고, 성모와 관련된 이 도그마에 모성의 일반적인 이념이 표현되어 있다고 나는 항상 생각했다.

산모는 누구나 고독하고 버림받은 것 같은 느낌, 자기 자신밖에 의지할 데가 없는 것 같은 느낌을 갖는다. 지금, 극도로 본질적인 이 순간에 남자는 처음부터 존재하지 않았던 것처럼, 모든 것이 하늘에서 떨어진 것처럼 정도에서 제외된다.

여자는 혼자 자식을 낳고 스스로 아이와 함께 존재의 두 번째 층위로, 더 조용한 곳으로, 불안 없이 요람을 둘 수 있는 곳으로 숨어든다. 그녀 혼자 말없이, 겸허하게 아이를 먹이고 키운다.

성모에게 "그대의 자식과 하느님께 열심히 기도하라."라고 부탁한다. 그녀의 입에서 찬송 구절이 흘러나온다. "내 마음이 나의 구원자 하느님 안에서 기뻐 뛰니 그분께서 종의 비천함을

30) 원죄 없는 잉태.

굽어보셨기 때문입니다. 이제부터 과연 모든 세대가 나를 행복하다 하리니." 이건 그녀가 자신의 갓난아이를 두고 하는 말인데, 그가 그녀를 더 위대하게 만들 것이고("전능하신 분께서 나에게 큰일을 하셨기 때문입니다."[31]) 그는 그녀의 영광이 될 것이다. 여자라면 누구나 그렇게 말할 수 있으리라. 그녀의 신은 아이 속에 있다. 위인들의 어머니는 응당 이런 감각에 익숙하리라. 단연코 모든 어머니는 위인의 어머니로, 훗날 삶이 그들을 기만하더라도 그것은 그들의 잘못이 아니다.

4

우리는 『예브게니 오네긴』과 서사시들을 끝없이 읽고 또 읽는다. 어제 안퓜이 왔는데 선물이 한가득이었다. 맛있는 음식을 먹고 불을 밝힌다. 예술에 대한 대화가 끝없이 오간다.

예술은 수많은 개념과 파생적인 현상을 포괄하는 어떤 부류나 영역의 명칭이 아니라 오히려 뭔가 협소하고 집중된 것, 예술 작품의 구성에 포함되는 원칙의 기호이자 그 안에 적용된 힘이나 탐구된 진리의 명칭이라는 것이 나의 오래된 생각이다. 그리고 나에게 예술은 절대로 형식의 측면이나 대상이 아니라 차라리 내용의 신비스럽고 은닉된 부분으로 여겨졌다. 이것은 대낮처럼 분명하여 나는 그것을 모든 결로 느끼지만, 이 생각을

31) 각각 「루카 복음서」 1장 47~48장, 49절.

어떻게 표현하고 정의할 것인가?

작품이란 주제, 정황, 플롯, 주인공 등 많은 것을 통해 말한다. 하지만 무엇보다 그 속에 담긴 예술을 통해 가장 많은 말을 한다. 『죄와 벌』의 페이지에 담긴 예술은 라스콜니코프의 범죄보다 한층 더 충격적이다.

원시 시대의 예술, 이집트와 그리스의 예술, 우리 시대의 예술은 분명 하나이며, 수천 년에 걸쳐 이어진 한결같은 예술, 단수로 남는 예술이다. 이것은 삶에 대한 생각이자, 모든 것을 포괄하는 그 폭넓음에 있어 개별적인 낱말로 분해되지 않는 주장이다. 이 힘의 입자가 보다 복잡한 어떤 혼합물의 구성 요소가 될 때 예술의 혼합은 나머지 모든 것의 의미를 능가하여 묘사된 것의 본질이자 영혼이자 토대가 된다.

5

살짝 감기에 걸렸는지 기침이 나는데 열은 별로 없는 것 같다. 하루 종일 목구멍이 부어 후두 어딘가에서 숨이 막힌다. 몸 상태가 좋지 않다. 이건 대동맥의 문제다. 평생 심장병을 앓았던 가엾은 엄마에게서 물려받은 첫 징후다. 정녕 그런가? 이렇게 빨리? 그렇다면 나는 이 하얀 세상에 그리 오래 머물 자가 아니구나.

방에서 가벼운 탄내가 난다. 다림질 냄새도 난다. 다림질을 하면서 수시로 불이 잘 타지 않는 페치카에서 열을 뽑어내는 숯을 꺼내 뚜껑이 이빨 맞물리듯 닫히는 증기다리미 속에 집어넣는다. 뭔가가 떠오른다. 무엇인지는 기억나지 않는다. 건강이 좋지 않으니 건망증도 심해진다.

기쁘게도 안핌이 비누를 가져와 우리는 대대적으로 빨래를 했고 덕분에 슈로치카는 이틀 동안 제멋대로 지냈다. 내가 글을 쓸 때는 책상 밑으로 기어들어 발걸이에 앉아서, 나를 농민 썰매에 싣고 가는 시늉을 했다. 우리를 찾아올 때마다 자기를 썰매에 태워 주는 안핌을 흉내 내는 것이다.

몸이 좋아지면 시내에 나가 이 지역의 민속과 역사에 관한 책을 좀 읽어야겠다. 이곳에는 훌륭한 시립 도서관이 있는데 기증된 도서가 많다고 한다. 쓰고 싶다. 서둘러야 한다. 여차하면 봄이다. 그러면 읽고 쓰는 건 어림도 없다.

두통이 점점 심해진다. 잠을 제대로 자지 못했다. 혼란스러운 꿈을, 깨고 나면 당장 그 내용을 잊어버리는 그런 꿈을 꾸었다. 꿈은 머릿속에서 날아가고 의식 속에 남은 것은 깨어남의 원인뿐이었다. 나를 깨운 것은 꿈속에서 들리던, 꿈속의 공기 속으로 퍼지던 여자의 목소리였다. 나는 그 소리를 새겨 두었다가 내가 알고 있는 여자들을 머릿속에서 하나하나 헤아려 보고 그들 중 어떤 여자가 이 흉성, 무게에 짓눌린 듯 조용하고 촉촉한 목소리를 내는 것일까 찾기 위해 기억을 더듬었다. 어느 한 여자의 목소리가 아니었다. 어쩌면 토냐에게 너무 익숙해져서 그녀와의 관계에서 나의 귀가 무뎌진 것일 수도 있겠다는 생각이 들었다. 나는 토냐가 나의 아내라는 사실을 잠시 잊고 진실을 밝히기 위해 그녀의 형상에서 충분한 거리를 두어 보았다.

아니, 역시 그녀의 목소리는 아니었다. 그리하여 이건 밝혀지지 않은 채로 남았다.

겸사겸사 꿈에 관해. 보통 정신이 명징한 낮 동안 아주 강한 인상을 받으면 밤에 그것을 꿈으로 꾼다고들 말한다. 내가 관찰한 바로는 완전히 반대다.

낮에는 거의 알아채지 못한 것, 선명하게 풀지 못한 생각, 별로 주의를 기울이지 않고 무심코 했던 말이 밤에 살과 피를 입은 채 한밤중에 돌아오는 것을, 그리고 흡사 낮 동안 무시당한 것에 복수하듯 꿈의 주제가 되는 것을 나는 여러 번 인지했다.

6

맑고 추운 밤. 예사롭지 않을 만큼 환해 사물이 온전히 보인다. 흙, 공기, 달, 별들은 추위에 못 박힌 듯 함께 묶여 있다. 정원에는 뾰족하고 불룩하게 보이는 나무들의 또렷한 그림자가 가로수 길을 가로지르고 있다. 항상 어떤 검은 형상들이 여러 곳에서 끊임없이 길을 건너는 것처럼 보인다. 큼직한 별들이 푸른 운모의 가로등처럼 숲속의 가지들 사이에 걸려 있다. 자잘한 별들은 여름 들판의 들국화처럼 하늘 가득 흩뿌려져 있다.

저녁마다 푸시킨 얘기를 한다. 우리는 첫 권에 수록된 리체 시절의 시를 분석했다. 시의 운율은 얼마나 많은 것에 의해 선택되는가!

행이 긴 시를 쓸 때도 소년의 야심은 아르자마스[32]의 한계를 벗어나지 않았는데, 선배들에게 뒤지지 않으려는 욕망에 사로잡혀 신화와 겉멋, 꾸며낸 퇴폐와 에피쿠로스주의와 조숙한 엉터리 상식으로 숙부[33]의 눈을 속이려 들었다.

하지만 오시안이나 파르니[34]를 모방한 시 또는 「차르스코예 셀로의 회상」부터 청년이 「소도시」 또는 「누이에게 보내는 서한들」이나 이후 키시네프 시절의 「나의 잉크에게」에서 나올 짧은 행들 또는 「유진에게 보내는 서한들」에서 나올 리듬에 빠져드는 순간, 이 미성년의 내부에서는 미래의 푸시킨이 오롯이 깨어났다.

거리에서 빛, 공기, 삶의 소음, 사물, 본질이, 창문을 통해 방으로 들어오듯, 그렇게 시 속으로 파고들었다. 외부 세계의 대상, 일상생활의 대상, 명사가 서로 밀치고 부대끼면서 행을 점유하고 말에서 명확하지 않은 부분을 쫓아냈다. 대상, 대상, 대상이 리듬이 달린 기둥처럼 시의 가두리를 따라 정렬했다.

그 이후 유명해진 푸시킨 식 4음보는, 신발의 본을 뜨기 위해 발 모양의 윤곽이 그려지는 것처럼, 손에 맞는 장갑을 찾기 위해 호수를 정확히 부르는 것처럼, 러시아의 모든 존재에서 떠낸 척도인 듯 러시아인의 삶에 일종의 측량 단위이자 잣대가 되었다.

그리하여 훗날 러시아어의 구어 리듬, 그 구어의 박자는 네

32) 1815년 페테르부르크에서 조직된 문학 클럽.
33) 푸시킨의 숙부 바실리 푸시킨 역시 시인이었다.
34) 오시안은 3세기경 고대 켈트의 전설적인 시인이고, 에바리스트 파르니(1753~1814)는 젊은 푸시킨이 감화를 받은 프랑스 시인이다.

크라소프 식 3음보 강약강과 네크라소프 강약약 리듬에 의해 표현되었다.[35]

7

업무, 농사일, 의료 활동을 하면서도 뭔가 오래 남을 만한 원대한 것을 구상하고 뭔가 학술적인 저작이나 예술적인 것을 쓰고 싶은 마음이 얼마나 컸는지 모른다.

누구나 모든 것을 껴안고 모든 것을 경험하고 모든 것을 표현하기 위해 파우스트로 태어난다. 파우스트가 학자가 될 수 있었던 것은 선행자와 동시대인의 오류 덕분이었다. 학문의 진보는 만연한 방황과 거짓된 이론의 부정에서 시작하여 척력의 법칙에 따라 이루어진다.

파우스트가 예술가가 될 수 있었던 것은 전염성 높은 스승의 선례 덕분이었다. 예술의 진보는 좋아하는 선구자에 대한 모방과 추종과 숭배에서 인력의 법칙에 따라 이루어진다.

업무와 치료와 쓰는 일을 방해하는 것은 무엇인가? 결핍과 방랑, 불안정하고 빈번한 변화가 아니라 우리 시대에 널리 확산된 호들갑스러운 미사여구의 정신이라고 나는 생각한다. 바로, 미래의 아침놀이니 새로운 세계의 건설이니 인류의 횃불 같은

35) 니콜라이 네크라소프(1821~1878)는 러시아의 사실주의 시인으로 삼음보격 시를 즐겨 썼다.

것 말이다. 이런 말을 들으면 처음에는 얼마나 폭넓은 상상력인가, 얼마나 풍부한가 하는 생각이 든다. 하지만 실상은 재능이 부족하기 때문에 그렇게 허풍을 떠는 것이다.

오직 평범한 것만이 천재의 손을 스칠 때 동화가 된다. 이 점에서 가장 훌륭한 선례가 푸시킨이다. 성실한 노동과 의무와 일상의 풍습들을 얼마나 훌륭하게 찬미하는가! 지금 우리들 사이에서는 소시민, 속물 같은 단어는 비난조를 띠게 되었다. 이런 책망은 「나의 족보」의 행들에서 미리 예고되었다.

나는 소시민, 나는 소시민.[36)]

그리고 「오네긴의 여행」에도 나온다.

나의 이상은 지금 안주인,
나의 소망은 안식,
수프 한 그릇, 그것도 제일 큰 사발로.

러시아의 모든 요소 중에서도 나는 지금 푸시킨과 체호프의 러시아적인 천진함, 인류의 궁극적인 목표나 그들 자신의 구원처럼 거창한 것에 대한 수줍은 무사태평을 제일 사랑한다. 그들도 이 모든 문제를 훌륭하게 헤아렸지만 굳이 나서는 일은 없었다. 그런 건 안중에도 없었고 또 분수에도 맞지 않았던 것이다!

---

36) 푸시킨의 시 「나의 족보」(1830)에서 인용한 것이다.

고골, 톨스토이, 도스토예프스키는 죽음을 준비하고 염려하고 의미를 구하고 결론을 내려고 했다. 반면, 이쪽들은 끝까지 예술적 소명이 부여한 현재의 개별적인 부분에 천착하고 그것이 교체되는 동안 눈에 띄지 않게 아무와도 상관없는 개인적이고 사적인 삶을 살았는데 지금은 그 사적인 삶이 보편적인 관심사가 되어 나무에서 딴 잘 익은 사과처럼 그 스스로 후대까지 이르러 더 많은 단맛과 의미를 흘린다.

8

봄의 첫 전조들, 해빙. 달력이 스스로 말장난을 하는 것 같은 마슬레니차[37] 주간처럼 공기에서 블린과 보드카 냄새가 난다. 숲속의 태양이 졸린 듯 기름진 눈을 껌벅이고, 숲은 바늘 같은 속눈썹을 졸린 듯 가늘게 뜨고, 한낮의 웅덩이는 번들번들 빛난다. 자연은 하품하고 기지개 켜고 몸을 뒤척이다가 다시 잠든다.

『예브게니 오네긴』의 7장, 봄, 오네긴이 떠난 다음 텅 빈 저택, 언덕 아래, 물가에 있는 렌스키의 무덤이 나온다.

그리고 꾀꼬리, 봄의 연인이
밤새도록 노래한다. 들장미가 핀다.

---

37) 사순절 직전 일주일 동안 열리는 러시아의 봄맞이 축제.

왜 연인일까? 이 수식어는 대체로 자연스럽고 적절하다. 정말로 연인이다. 게다가 '들장미'라는 단어와 각운이 맞는다. 하지만 역시나 브일리나[38]의 '꾀꼬리-강도'가 음운으로 나타난 것은 아닐까?[39]

브일리나에서는 그, 즉 오디흐만티예프의 아들을 꾀꼬리-강도라고 부른다. 그를 두고 얼마나 멋진 말을 하는가!

그, 꾀꼬리의 지저귐 탓일까,
그, 들짐승의 울부짖음 탓일까,
풀, 어린 풀 모두 뒤엉키고,
감청색 꽃 모두 흩어지고,
어두운 숲 모두 땅바닥에 고개 숙이고,
사람인들 별 수 있나, 모두 죽은 채 누워 있구나.

우리가 바르이키노에 왔을 때는 이른 봄이었다. 모든 것이 곧 푸른빛을 띠더니, 특히 미쿨리츠인의 집 아래 계곡인 슈티마에는 귀룽나무, 오리나무, 개암나무가 울창해졌다. 며칠 밤이 지나자 꾀꼬리가 지저귀었다.

그리고 나는 이 소리를 처음 들은 사람처럼 새삼 놀랐다. 이 음조가 다른 새들의 지저귐과 어떻게 구분되는지, 또 자연이 점차적인 이행 없이 어떻게 이토록 풍요롭고 예외적인 지저귐을

38) 러시아의 고대 영웅 서사시.
39) 각각 원어는 ljubovnik, shchipovnik. 브일리나는 고대 영웅 서사시를 말하며, '꾀꼬리-강도'는 브일리나의 등장인물이다.

향해 도약하는지. 변화하는 선율의 너무도 다채로운 양상, 멀리서 울려 퍼지는 또렷한 소리의 놀라운 힘! 투르게네프의 작품 어딘가에 이런 지저귐, 숲 요정의 피리 소리, 종달새 윙윙대는 소리가 묘사되어 있었다. 특히 두 구절이 부각되었다. 빈번하고 탐욕스럽고 화려한 '짹-짹-짹' 소리가 때론 세 박자씩, 때론 끊임없이 울리고 그 대답으로 이슬을 흠뻑 머금은 수풀이 몸을 흔들고 간지럽힘에 몸을 떨듯 교태를 부렸다. 그리고 두 음절로 나뉜 다른 구절은 누군가를 부르는 진지하고 애절한 부탁이나 훈계처럼 들렸다. "깨어-나! 깨어-나! 깨어-나!"

9

봄. 우리는 농사일을 준비한다. 일기를 쓸 여유가 없어졌다. 이 메모를 쓰는 게 즐거웠는데. 겨울까지 미뤄야 할 것 같다.

최근, 이번에는 정말 마슬레니차가 가까워져 한창 눈이 녹을 무렵, 병든 농부 한 사람이 썰매를 타고 웅덩이와 진흙탕을 지나 마당으로 들어온다. 알 만하지만 받지 못하겠노라며 거절한다. "부탁하지 말아요, 그 일은 그만뒀소, 진짜 약도 없고 필요한 기구도 없어요." 그런데도 막무가내다. "도와주십쇼. 살갗이 아려요. 불쌍히 여겨 주세요. 몸에 병이 났나 봐요."

어떻게 할 것인가? 심장은 돌이 아니다. 받기로 했다. "옷을 벗어 봐요." 진찰한다. "낭창입니다." 그와 씨름하면서 창가에 놓인 석탄산 병을 비스듬히 쳐다본다.(의로운 주님, 저것이, 또 그

밖의 정말 필수적인 것이 어디서 왔는지는 묻지 마십시오! 이 모든 것이 삼데뱌토프 덕분이다.) 보니까 마당으로 다른 썰매들이 들어오는데, 처음에는 또 새로운 환자를 싣고 오는 줄 알았다. 그런데 동생 예브그라프가 하늘에서 툭 떨어진 듯 내리는 것 아닌가. 얼마 동안 그는 토냐, 슈로치카, 알렉산드르 알렉산드로비치 등 집안사람들과 인사를 나눈다. 그다음, 자유로워지자 나도 나머지 사람들 사이에 합류한다. 질문이 쏟아진다. 어떻게, 어디서? 여느 때처럼 말을 돌리며 회피하고, 단 하나의 직설적인 답도 없이 그저 미소와 기적과 수수께끼뿐이다.

그는 유랴틴에 간다고 자주 집을 비웠고 두 주 정도 머물다가 땅속으로 꺼지듯 갑자기 사라졌다. 그동안 나는 그가 삼데뱌토프보다 영향력은 크지만, 업무와 인맥은 그보다 애매하다는 것을 알아차릴 수 있었다. 그는 어디서 온 걸까? 그의 강력한 힘은 또 어디서 나오는 걸까? 대체 무슨 일을 할까? 사라지기 전에 그는 우리에게 살림 부담을 덜어 주겠다고, 그로써 토냐에게는 슈라를 돌볼 시간을, 또 나에게는 의료 활동과 문학에 쏟을 시간을 만들어 주겠다고 약속했다. 우리는 그가 그것을 위해 무엇을 하려는지 궁금했다. 다시 침묵과 미소. 하지만 그가 우리를 속인 것은 아니었다. 우리 삶의 조건이 진짜로 변하는 조짐이 보인다.

놀라운 일이다! 이 사람이 나의 이복동생이라니. 그는 나와 성이 같다. 그런데도 솔직히 말해 나는 그를 다른 사람보다도 모른다.

자, 그는 벌써 두 번이나 선한 수호신으로, 모든 곤란을 해결해 주는 구원자로 내 인생에 개입한다. 아마도, 어느 누구의 전기를 구성하든 거기서 마주치는 등장인물들과 나란히 미지의 비밀스러운 힘의 참여가, 부름을 받지 않고도 도움을 주러 나타나는 거의 상징적인 인물이 요구되는데, 나의 삶에서는 그런 은인이자 숨은 용수철 역할을 하는 사람이 동생 예브그라프인 것일까?

유리 안드레예비치의 메모는 여기서 끝났다. 그는 계속 쓰지 못했다.

10

유리 안드레예비치는 유랴틴 시립 도서관의 열람실에서 주문한 책을 훑어보고 있었다. 100명 정도 수용할 수 있는, 창문이 많은 열람실에는 긴 책상이 여러 줄 있고 그 비좁은 끝은 창문 쪽에 붙어 있었다. 어둠이 내리면 열람실이 닫혔다. 봄철, 도시는 저녁이 되어도 불을 켜지 않았다. 하지만 유리 안드레예비치는 황혼 녘까지 죽치고 앉아 있는 일도, 식사 시간이 지나도록 시내에서 꾸물대는 일도 없었다. 그는 미쿨리츠인이 내준 말을 삼데뱌토프의 집 마당에 맡겨 두고 아침 내내 책을 읽다가 점심때가 지나면 말을 타고 바르이키노의 집으로 돌아갔다.

이렇게 도서관에 다니기 전에는 좀처럼 유랴틴에 가는 일이 없었다. 시내에 특별한 볼일도 없었다. 의사는 이 도시를 잘 몰랐다. 유리 안드레예비치는 눈앞에서 열람실이, 그에게서 멀찍이 떨어진 자리든 그와 완전히 가까운 자리든 유랴틴의 거주자들로 가득 차면, 사람이 붐비는 교차로 어디에 서서 도시와 인사를 나누는 것만 같고 독서를 하지 않는 유랴틴 시민도 열람실 안으로 몰려들어 그들의 집이나 거리가 다 모여든 것 같은 느낌이 들었다.

그래도 열람실 창문을 통하면 실제 유랴틴이, 공상 속의 유랴틴이 아닌 진짜 유랴틴이 보였다. 정중앙, 가장 큰 창문 옆에는 끓인 물을 담아 놓은 원통형 탱크가 있었다. 열람자들이 잠깐 쉬는 김에 담배를 피우려고 계단으로 나가 탱크를 에워싸고 물을 마신 다음 남은 물을 세숫대야에 붓고 창가에 몰려들어 도시 풍경을 감상했다.

열람자는 두 부류였다. 대부분은 이 지역의 인텔리겐치아 출신 토박이였고 소박한 평민에 속하는 사람도 더러 있었다.

전자의 경우에는 주로 초라한 옷차림에 더 이상 자기 관리를 하지 않는 영락한 여자들이 대다수였는데 안색이 좋지 않고 축 늘어진 얼굴은 굶주림이나 황달이나 수종 등의 다양한 이유로 부어 있었다. 이 부류는 열람실의 단골손님이었고 도서관 직원들과도 개인적으로 잘 알아 이곳을 자기 집처럼 느꼈다.

평민에 속하는 사람들은 아름답고 건강한 얼굴에 명절 때처럼 말쑥하게 차려입고서 교회에 들어가듯 머뭇거리며 소심한 태도로 열람실로 들어왔는데, 규칙을 몰라서가 아니라 조금도 소리를 안 내고 들어오고 싶은 마음에 건강한 발걸음과 목소리를 제대로 조절하지 못해 통상적인 경우보다 더 소리를 내기도 했다.

벽의 창문들 맞은편에는 깊이 파인 곳이 있었다. 높은 카운터 덕분에 열람실의 나머지 부분과 분리된 이 벽감의 높은 곳에서 도서관 직원들, 수석 사서와 그의 조수 두 명이 업무를 보았다. 둘 중 한 사람은 성난 표정에 털목도리를 두른 채 코안경을 끊임없이 벗었다 썼다 했는데, 시력에 필요해서가 아니라 기분의 변화에 따라 그러는 눈치였다. 다른 여자는 검은 실크 상의를 입고 있었다. 손수건을 입과 코에서 거의 떼지 않고 말하고 숨 쉴 때도 손수건을 대고 있는 것으로 보아 폐병을 앓는 듯했다.

도서관 직원들도 그 절반의 열람자들처럼 얼굴이 팅팅 붓고 아래로 처지고 푸석푸석했으며 역시나 그렇게 흐늘거리고 늘어진 피부는 청색이 가미된 흑색, 즉 소금에 절인 오이나 회색 곰팡이 색깔을 띠었다. 그들 셋은 교대로 같은 일을 했는데, 새 열람자들에게 속삭이듯 도서 이용 규칙을 설명해 주고 도서 청구 카드를 정리하고 도서를 내주거나 반납 도서를 받고 막간에는 연차 보고서 같은 것을 작성했다.

그런데 이상하게도, 창문 너머 실제 도시와 열람실 안 상상의 도시 앞에서 생기는 상념의 불가해한 중첩 때문인지, 마찬가지로 다들 갑상선종이라도 걸린 듯 총체적인 죽음 같은 붓기로 인해 유발된 어떤 유사성 때문인지, 유리 안드레예비치는 그들이 도착한 날 아침 유랴틴 철도의 불만 많은 여자 운전수와 멀리 펼쳐지는 도시 전체의 파노라마와 객실 바닥에 나란히 앉았던 삼데뱌토프와 그가 해 준 설명이 떠올랐다. 이 지역의 경계 너머 저 먼 곳, 너무 많은 거리를 두고 들었던 그 설명을 유리 안드레예비치는 지금 가까이, 그림의 한복판에서 보는 것과 연결시키고 싶었다. 하지만 삼데뱌토프가 알려 준 명칭들이 기억나지 않아 아무 성과도 없었다.

11

유리 안드레예비치는 책을 잔뜩 쌓아 놓은 채 열람실의 먼 끝에 앉아 있었다. 그의 앞에는 이 지역 젬스트보 통계 관련 잡지, 이 지방의 민속 관련 논문이 몇 편 놓여 있었다. 푸가초프의 역사 관련 논문 두 편을 더 청구하려고 했지만, 실크 상의를 입은 사서는, 한 열람자에게 그렇게 많은 책을 한꺼번에 내주지는 않는다, 관심 있는 연구서를 받으려면 대출한 안내서와 잡지의 일부를 반납해야 한다고 손수건을 입술에 찰싹 붙이고 속삭이듯 일러 주었다.

그래서 유리 안드레예비치는 아직 살펴보지 않은 책을 더 열심히, 더 서둘러 훑어보게 되었는데 그럼으로써 그 더미에서 가장 필수적인 것을 골라 따로 떼 놓고 나머지 것은 그의 관심을 끄는 역사 저작과 바꿀 참이었다. 그는 무엇에 주의를 빼앗기지도, 어디로 한눈을 팔지도 않고 서둘러 선집들의 책장을 넘기며 눈으로 목차를 훑어보았다. 열람실이 북적대도 방해를 받지도, 정신이 산만해지지도 않았다. 그는 책에서 눈을 떼지 않은 채 옆 사람들을 연구하고 생각에 잠긴 시선으로 자신의 좌우를 보았는데, 그가 나가기 전에는, 창문으로 보이는 교회와 도시 건물이 자리를 뜨지 않듯, 이 구성원들도 변하지 않으리라는 느낌이 들었다.

그러는 사이에 태양도 가만히 있지 않았다. 계속 자리를 바꾸더니 그 시간 동안 도서관의 동쪽 모퉁이를 돌았다. 이제는 남쪽 벽의 창문을 비추며 가장 가까이 앉은 사람들의 눈을 부시게 하고 독서를 방해했다.

감기에 걸린 사서는 칸막이가 쳐진 높은 자리에서 내려와 창문 쪽으로 갔다. 그 위에 주름진 하얀 커튼이 걸려 햇빛을 기분 좋을 만큼 가려 주었다. 사서는 하나만 제외하고 모든 창문에 커튼을 쳤다. 제일 가두리 쪽, 그림자가 진 창문은 커튼을 치지 않은 채로 두었다. 커튼 줄을 잡아당기는 김에 그녀는 그 안에 여닫이 통풍구를 열고 기침을 해 댔다.

그녀가 열 번 혹은 열두 번째 재채기를 할 때 유리 안드레예비치는 그녀가 삼데뱌토프가 이야기한 미쿨리츠인의 처세이자 툰체바 자매 중의 하나임을 알아차렸다. 다른 열람자들을 따라 유리 안드레예비치도 고개를 들어 그녀 쪽을 쳐다보았다.

그때 그는 열람실 안에 일어난 변화를 인지했다. 맞은편 끝에 새로운 방문객이 있었다. 유리 안드레예비치는 한눈에 그녀가 안티포바임을 알아보았다. 그녀는 의사가 앉아 있는 앞쪽 책상에서 등을 돌리고 앉아 반쯤 속삭이는 목소리로 감기 걸린 사서와 이야기를 나누었고, 사서 역시 라리사 표도로브나 쪽으로 몸을 기울이고 속삭였다. 이 대화가 사서에게 훌륭한 영향을 미친 것 같았다. 그녀는 순식간에 짜증스러운 코감기뿐 아니라 신경질적인 경계심에서 벗어났다. 그녀는 안티포바에게 따사로운 감사의 눈길을 보낸 다음 항상 입술에 대고 있던 손수건을 걷어 호주머니 안에 넣고는 행복하고 자신감에 찬 태도로 미소를 지으며 칸막이 뒤 자기 자리로 돌아갔다.

섬세한 감동이 돋보인 이 장면을 몇몇 열람자는 그냥 지나치지 않았다. 열람실 여기저기에서 안티포바에게 공감 어린 시선과 미소를 보냈다. 이 사소한 징후만으로도 유리 안드레예비치는 도시 사람들이 그녀를 잘 알고 또 사랑한다는 것을 알 수 있었다.

12

유리 안드레예비치의 처음 의도는 자리에서 일어나 라리사 표도로브나에게 다가가는 것이었다. 하지만 곧이어, 그의 천성에는 낯선 것이지만 그녀와의 관계에서는 확고해진 억지스러움, 그리고 단순성의 부재가 그것을 압도했다. 그는 그녀를 방해하지 않기로, 또 자신의 작업을 중단하지 않기로 결정했다. 그녀 쪽을 보고 싶은 유혹에서 벗어나려고 그는 다른 열람자들에게서 등을 돌리다시피 하여 의자를 책상 쪽으로 비스듬히 돌린 다음 한 권은 한 손에 들고 다른 한 권은 펼쳐서 무릎 위에 올려놓은 채 책에 몰입했다.

하지만 그의 생각은 그가 읽고 있는 대상에서 멀어져 엉뚱한 곳에 가 있었다. 그와 전혀 무관하게도 그는 바르이키노의 어느 겨울밤 꿈속에서 들었던 목소리가 안티포바의 목소리였음을 갑자기 깨달았다. 이 발견에 충격을 받은 그는 주변의 주의를 끌면서도 자기 자리에서 안티포바가 보이도록 의자를 원래 자리로 돌려놓고 그녀를 바라보기 시작했다.

반쯤 몸을 돌린 그녀의 등이, 거의 뒷모습이 보였다. 그녀는 밝은 색 체크무늬 블라우스에 넓은 허리띠를 두르고 고개를 약간 옆으로, 오른쪽 어깨 쪽으로 숙인 채 어린아이처럼 몰입하여 열심히 책을 읽고 있었다. 가끔은 생각에 잠겨 천장을 올려다보기도 하고, 눈을 가늘게 뜨고 어딘가 앞을 바라보다가 다시 팔꿈치를 세워 한 손에 턱을 괴고 재빠른 몸짓으로 연필을 놀려 책의 발췌 문구를 공책에 써 넣기도 했다.

유리 안드레예비치는 지난날 멜류제예프에서 관찰했던 것을 점검하고 확증했다. '그녀는 남의 마음에 들고 싶은 생각이 없다.' 그가 생각했다. '예쁘게 보이고 싶은 생각, 남의 마음을 끌고 싶은 생각 말이다. 그녀는 여성적 본질의 이런 측면을 경멸하고, 자신이 그토록 예쁘다는 것 때문에 스스로를 벌하고 있다. 그리고 자신에 대한 이 오만한 반발심이 그녀의 매력을 열 배나 돋보이게 한다.

그녀가 하는 일은 모두 너무나 훌륭하다. 그녀는 독서가 인간의 고상한 활동이 아니라 동물도 해낼 수 있는 뭔가 아주 단순한 일이라는 듯 책을 읽는다. 꼭 물을 나르거나 감자를 깎듯이 말이다.'

이런 상념에 젖어 의사는 마음을 진정했다. 보기 드문 평화가 영혼 속에 깃들었다. 그의 생각은 더 이상 사방으로 흩어져 이쪽저쪽으로 널뛰지 않았다. 그는 자기도 모르게 미소를 지었다. 신경질적인 사서와 마찬가지로 그 역시 안티포바의 존재로 인해 영향을 받았던 것이다.

그는 의자가 어떤 방향으로 놓여 있는지 신경 쓰지도 않고 또 방해를 받거나 정신이 산만해질까 봐 걱정하지도 않은 채 한 시간이나 한 시간 반 동안 안티포바가 오기 전보다 더 열심히, 더 집중해서 작업을 이어 갔다. 자기 앞에 산처럼 솟아 있는 책을 뒤적여 가장 필요한 것을 추려 내고 심지어 거기서 마주친 핵심 논문 두 편을 내친김에 다 읽어 냈다. 이 정도에서 만족하기로 결심한 다음에는 반납대로 가져갈 책을 모으기 시작했다. 의식을 더럽히는 온갖 잡념이 떨어져 나갔다. 깨끗한 양심, 그 어떤 꿍꿍이도 없는 순수한 양심을 갖고서 성실하게 공부했으니 옛날의 착한 지인을 만날 권리 정도는, 합법적인 토대에서 이 기쁨을 누릴 권리 정도는 있다고 생각했다. 하지만 몸을 일으켜 열람실을 둘러봤을 때 안티포바는 보이지 않았다. 더 이상 그곳에 있지 않았다.

의사가 잡지와 브로슈어를 갖다 놓은 카운터에 안티포바가 반납한 책이 아직 치워지지 않고 놓여 있었다. 전부 마르크시즘 입문서였다. 다시 자리를 잡으려는 전직 교사로서 전력을 다해 집에서 정치적 재교육을 하는 모양이었다.

책 속에는 라리사 표도로브나의 도서 청구 용지가 끼워져 있었다. 대출 용지의 끄트머리가 밖으로 삐져나와 있었다. 거기에는 라리사 표도로브나의 주소가 적혀 있었다. 쉽게 읽을 수 있었다. 유리 안드레예비치는 그것을 베껴 쓰며 이상한 명칭에 놀랐다. "쿠페체스카야 거리,[40] 조각상들이 있는 집 맞은편."

바로 그 자리의 누군가에게 물어보고서야 유리 안드레예비치는 모스크바의 교구 교회의 명칭이나 페테르부르크의 '다섯 모퉁이 옆' 같은 명칭처럼, 유랴틴에서는 '조각상들이 있는 집'이라는 표현이 통용되고 있음을 알게 되었다.

이 이름의 집은 여인상 기둥과 손에 심벌즈와 리라와 가면을 든 고대 뮤즈들의 조각이 있는 강철 같은 진회색 건물이었는데, 지난 세기에 연극 애호가인 어느 상인이 사설 극장으로 지은 것이었다. 상인의 상속자들은 이 집을 상인 조합에 팔았고 그들이 모퉁이에 그 집이 있는 거리에 그 명칭을 붙인 것이었다. 조각상들이 있는 이 집을 따라, 여기에 딸린 지역의 명칭이 모두 표시되어 있었다. 지금 조각상들이 있는 집에는 당의 시 위원회가 들어와 있고, 그래서 예전 같으면 극장과 서커스 포스터가 붙어 있을, 언덕처럼 비스듬히 내려오며 낮아지는 이 집 토대의 벽에 지금은 정부의 포고문과 법령이 걸려 있었다.

13

5월 초, 바람이 불고 추운 날이었다. 유리 안드레예비치는

40) '상인 거리'라는 뜻.

시내에서 볼일을 좀 보고 도서관을 힐끔 들여다봤다가 불현듯 모든 계획을 접고 안티포바를 찾아 나섰다.

도중에 바람이 모래와 먼지구름을 일으켜 길을 가로막는 바람에 자주 멈추어 섰다. 의사는 몸을 돌리고 눈을 찡그리고 고개를 숙인 채 먼지바람이 지나가기를 기다렸다가 앞으로 걸음을 옮겼다.

안티포바는 쿠페체스카야 거리와 노보스발로치느이 골목 모퉁이에, 의사가 지금 처음 보게 된, 조각상들이 있는 푸른색을 띠는 집 맞은편에 살고 있었다. 집은 별명에 걸맞게 정말 이상하고 불안한 느낌을 주었다.

집의 맨 위층에는 사람 키의 1.5배쯤 되는 신화 속 여성들의 조각상이 쭉 둘러서 있었다. 두 번에 걸친 먼지바람이 집의 정면을 가려 버린 사이, 일순간 의사는 그 집에 사는 여자들이 모두 발코니로 나와 난간으로 몸을 기울이고 그와 그 밑으로 펼쳐지는 쿠페체스카야 거리를 내려다보는 것처럼 느꼈다.

안티포바의 집은 입구가 두 개였는데, 하나는 거리에서 들어가는 정면 현관이었고, 하나는 골목에서 마당을 통해 들어가는 입구였다. 첫 번째 입구의 존재를 몰랐던 탓에 유리 안드레예비치는 두 번째 입구를 골랐다.

그가 골목에서 대문으로 접어들자 바람이 마당에 가득하던 흙과 쓰레기를 하늘로 날려 보냈고 그 바람에 의사의 시야가 가려졌다. 이 시커먼 장막 너머로 수탉에게 쫓기는 암탉들이 그의 발밑에서 꼬꼬댁거리며 달아났다.

먼지구름이 걷히자 의사는 안티포바가 우물가에 있는 것을 보았다. 회오리가 이미 물이 가득 찬 양동이 두 통을, 멜대를 왼쪽 어깨에 걸친 그녀를 확 덮치고 있었다. 그녀는 먼지를 뒤집어쓰지 않으려고 머릿수건을 이마에 아무렇게나 둘러 '빼꾸기처럼' 매듭짓고, 바람에 날리지 않도록 펄럭이는 옷자락을 두 무릎으로 붙들고 있었다. 물을 들고 집으로 가려고 했지만 또다시 불어온 바람에 막혀 걸음을 멈추었다. 바람은 그녀의 머리를 감싼 스카프를 풀어 내고 머리카락을 헝클고 스카프를 담장의 먼 끝, 여전히 꼬꼬댁거리는 암탉들 쪽으로 날려 보냈다.

유리 안드레예비치는 달려가 스카프를 집어 올린 다음 우물가에서 어리둥절해하는 안티포바에게 건네주었다. 그녀는 언제나처럼 자연스러운 태도로, 놀라움과 당황의 탄성 한번 내지르지 않았다. 그저 이렇게 내뱉을 뿐이었다.

"지바고!"

"라리사 표도로브나!"

"이게 웬일이래요? 어쩐 일로?"

"양동이를 바닥에 내려놓아요. 내가 옮길게요."

"도중에는 절대 몸을 돌리지 않고 한번 시작한 일은 절대 그만두지 않는답니다. 나를 찾아온 거라면 같이 가요."

"아니면 누굴 찾아왔겠소?"

"당신이란 사람을 누가 알겠어요."

"아무튼 당신 어깨의 멜대를 내 어깨로 옮겨 줘요. 당신이 이렇게 애쓰는데 가만히 있을 수 없잖소."

"애쓴다고 할 것까지는 없어요. 그냥 둬요. 계단에 물만 흘릴 텐데. 차라리 말해 봐요, 무슨 바람이 불어서 이렇게 찾아 왔죠? 여기 온 지 일 년이 넘었어도 계속 올 시간이, 그럴 여유가 없었던 거잖아요?"

"어떻게 알았소?"

"소문이 파다한걸요. 게다가 도서관에서도 나를 봤잖아요."

"왜 나를 부르지 않은 거요?"

"당신이야말로 나를 보지 못했다고 우겨도 못 믿어요."

흔들리는 양동이를 멘 채 살짝 비틀거리는 라리사 표도로브나의 뒤를 따라 의사는 나지막한 아치 밑을 지나갔다. 저층의 컴컴한 현관이었다. 거기에서 라리사 표도로브나는 재빨리 쪼그리고 앉아 양동이를 땅바닥에 내려놓고 어깨에서 멜대를 벗고 몸을 쭉 펴더니 어디서 났는지 알 수 없는 조막만한 손수건으로 두 손을 닦기 시작했다.

"가요, 정문 쪽 입구로 안내할게요. 거기가 더 밝아요. 거기서 좀 기다려요. 나는 뒷문 쪽 입구로 물을 들여놓고 위층을 대충 치우고 옷도 좀 차려입을게요. 우리 집 계단이 어떤지 보이죠. 주철 층계에 당초무늬가 새겨져 있어요. 그 위에서 모든 것이 다 보여요. 낡은 집이죠. 폭격이 있던 날 살짝 흔들렸어요. 대포를 쏘았거든요. 봐요, 돌도 부서졌어요. 벽돌 사이로 구멍과 틈새가 생겼어요. 나와 카텐카는 외출할 때 여기 이 구멍에 집 열쇠를 숨겨 두고 벽돌을 얹어 놔요. 이걸 잘 봐 둬요. 혹시 나를 찾아왔는데 내가 없으면, 괜찮으니까 문을 열고 안으로 들어와서 집처럼 편히 있어요. 그러고 있으면 내가 올 거예요. 자, 지금은 여기 있어요, 열쇠요. 하지만 나는 필요 없어요. 뒤로 들어와 안에서 문을 열 테니까요. 유일한 골칫거리는 쥐예요. 쥐가 우글대는데 손을 쓸 수가 없네요. 머리 위를 뛰어다닌다니까요. 건물이 너무 낡아 벽도 흔들리고 곳곳에 틈도 벌어졌어요. 최대한 메워 가며 저놈들과 싸우는 중이에요. 별로 신통치는 않지만. 혹시 언제 한번 들러서 도와주지 않을래요? 마룻바닥과 모퉁이의 틈새를 함께 다 막아요. 어때요? 그럼 층계참에 있으면서 뭐 좀 생각해 봐요. 오래 안 기다려도 돼요, 곧 부를게요."

불러 주기를 기다리는 동안 유리 안드레예비치는 회칠이 벗겨진 입구의 벽과 계단의 주철판을 유심히 살펴보았다. 이런 생각이 들었다. '열람실에서 나는 그녀가 열의를 갖고 열심히 독서에 몰입하는 모습을 육체노동과 비교해 보았다. 그런데 오히려 물을 나르는 그녀의 모습이야말로 책을 읽는 듯, 애쓰는 기색 없이 가뿐하다. 이 유연함은 그녀의 모든 것에 깃들어 있다. 마치 오래전, 어린 시절부터 삶을 몰아왔고 이제는 그녀의 모든 것이 그 여력인 양 경쾌하게, 멀리뛰기를 하듯 저절로 이루어지는 것 같다. 이것은 그녀가 몸을 구부릴 때 생기는 등의 곡선에도, 입술을 벌려 놓고 턱을 둥글게 만드는 그녀의 미소에도, 그녀의 말과 생각 속에도 나타난다.'

"지바고!" 위층 층계참, 집의 문지방에서 이런 소리가 울려 퍼졌다. 의사는 계단을 올라갔다.

14

“한 손을 이리 주고 얌전히 따라와요. 여기에는 방이 두 칸 있는데, 어두운 데다가 물건이 천장까지 쌓여 있어요. 부딪치면 다쳐요.”

“정말 무슨 미로 같군요. 혼자서는 길을 못 찾았을 것 같네요. 왜 이런 거요? 집을 수리 중인가요?”

“오, 아니에요, 전혀. 문제는 그게 아니에요. 남의 집인걸요. 심지어 누구 집인지도 몰라요. 우리에게는 김나지움 건물의 관사가 있었어요. 김나지움을 유랴틴 시 소비에트의 주택 분과가 차지하는 바람에 나와 딸은 사람이 살지 않는 이 집으로 옮겼어요. 여기에는 옛 주인들의 세간이 있었어요. 가구가 정말 많아요. 나는 남의 재산은 필요하지 않아요. 그들의 물건을 여기 방 두 칸에 갖다 놓고 창문에는 하얀색 페인트를 칠했어요. 내 손 놓지 말아요, 안 그러면 길을 잃어요. 자, 그래요. 오른쪽으로. 이제 미로는 끝났어요. 여기가 내 방문이에요. 이제 밝아져요. 문지방이에요. 발 조심하세요.”

유리 안드레예비치가 안내자와 함께 방 안으로 들어서니 문 맞은편 벽에 창문이 있었다. 그리로 보이는 풍경은 의사에게 충격을 주었다. 창문은 집의 마당 쪽, 이웃집의 뒤편, 강가의 시내 공터로 나 있었다. 그곳에서는 방목을 하고 있었는데, 양들과 염소들이 풀어 젖힌 모피 코트 자락처럼 긴 털로 먼지를 쓸고 있었다. 그 밖에도 창문에 얼굴을 바짝 대자 두 개의 기둥에 붙은 낯익은 간판이 불쑥 튀어나왔다. “모로와 베트친킨. 파종기. 탈곡기."

자기가 본 간판의 영향을 받아 의사는 라리사 표도로브나에게 자기 가족이 우랄에 도착한 이야기를 들려주었다. 그는 스트렐니코프와 그녀의 남편이 동일인이라는 소문이 있다는 사실을 깜박 잊고 별생각 없이 객실에서 군사 위원을 만났던 이야기도 했다. 이야기의 이 부분은 라리사 표도로브나에게 뭔가 특별한 느낌을 주었다.

"스트렐니코프를 만났다고요?" 그녀가 얼른 다시 물었다. "일단은 더 이상 아무 얘기도 하지 않을게요. 하지만 정말 의미심장한 일이군요! 두 사람이 만나다니, 어떤 천명이라고 할 수밖에. 나중에 언제 설명을 들으면 당신도 감탄할 거예요. 내가 당신을 제대로 이해했다면 그는 당신에게 불쾌한 인상보다는 좋은 인상을 주었겠죠?"

"맞아요. 나는 그에게 반감을 느꼈어야 마땅해요. 우리는 그의 처단과 파괴로 얼룩진 곳을 쭉 지나왔으니까. 나는 험악한 징벌대장이나 혁명에 미친 편집광, 박해자를 만날 줄 알았는데, 내가 본 사람은 이쪽도 저쪽도 아니었어요. 어떤 사람이 기대했던 모습과 다르고 미리부터 갖고 있던 관념과 어긋나는 건 좋은 일이죠. 하나의 유형에 속한다는 것은 그 인간의 종말이자 선고를 의미하니까. 만약 그를 어떤 범주에도 넣을 수 없다면, 또 그에게 별다른 특징이 없다면 그는 자기에게 요구되는 것의 절반은 성취한 셈이오. 스스로에게서 자유롭고 또 불멸의 씨앗을 획득한 것이니까."

"그가 당원이 아니라고들 하던데요."

“예, 내가 봐도 그런 것 같더군요. 어떻게 그런 주목을 받았을까요? 그것도 운명이겠지. 나는 그의 끝이 좋지 않을 거라고 생각해요. 그는 자신이 행한 악의 죗값을 치를 거요. 혁명의 무법자들이 끔찍한 것은 악당이라서가 아니라 탈선한 기차처럼 그 메커니즘을 통제할 수 없기 때문이오. 스트렐니코프도 그런 미치광이지만, 그는 책이 아니라 자신의 체험과 고통에 근거해 정신이 나간 거요. 그의 비밀이 무엇인지는 모르지만 그런 게 있는 것만은 확실해요. 그와 볼셰비키의 연합은 우연한 것이오. 그가 필요한 동안은 저쪽도 그를 참아 줄 거요, 길이 같으니까. 하지만 필요성이 사라지면 바로 이전의 군사 전문가들처럼 일말의 연민도 없이 멀리 내팽개치고 짓밟아 버릴 거요.”

“그렇게 생각해요?”

“반드시 그럴 거요.”

“그가 살아남을 방법은 없을까요? 가령 도망친다든가?”

“어디로요, 라리사 표도로브나? 옛날 차르 시대 때나 가능했지. 지금은 시도나 할 수 있을지.”

“안타깝네요. 당신 이야기를 들으니 그가 가엾네요. 한데 당신도 변했어요. 전에는 혁명을 논할 때 별로 과격하지도 않고 짜증도 안 내더니.”

“그러게, 라리사 표도로브나, 모든 일에는 정도가 있는 거요. 이만한 시간이면 이제 어떤 결론에 도달했어야 하죠. 하지만 알고 보니 혁명의 영감에 사로잡힌 자들은 변화와 격동만이 유일하고 익숙한 자연력이고, 그들을 먹여 살리려면 빵이 아니라 지구 규모의 뭔가를 내주어야 할 판이오. 세계 건설과 그 과도기, 이것이 그들의 목표요. 다른 것은 전혀 배우지 못해서 할 줄 아는 것도 없어요. 한데 이 영원한 준비들이 헛된 이유가 뭔지 알아요? 특정한 능력이 준비되지 않았기 때문, 재능이 없기 때문이오. 인간은 삶을 준비하기 위해서가 아니라 살기 위해 태어나는 거요. 그리고 삶 자체, 삶이라는 현상, 삶이라는 선물은 얼마나 압도적으로 진지한 것이지! 대체 왜 그것을 미숙한 허구의 어린애 장난 같은 광대놀음으로, 체호프 학생들의 미국 도망[41]으로 바꿔치기해야 하는 거요? 하지만 됐어요. 이제는 내가 물을 차례군요. 우리가 이 도시에 도착한 것이 당신네 지역에 봉기가 있던 아침이오. 당신도 그때 격변을 겪은 거요?"

"오, 그럼요! 물론이죠. 사방에서 불이 번졌는걸요. 거의 다 타 버릴 뻔했어요. 집도 흔들렸다고 했잖아요! 터지지 않은 포탄이 아직도 마당, 대문 옆에 있어요. 약탈, 폭탄, 추태. 정권이 바뀔 때는 항상 그렇죠. 그 무렵 우리는 이미 다 익숙해질 대로 익숙해져 있었어요. 처음이 아니었으니까. 백위군이 장악한 동안에는 또 무슨 일이 없었겠어요! 개인적 원한에 의한 암살, 갈취, 정신없는 술판까지! 하지만 핵심적인 얘기는 하지 않았네요. 우리의 갈리울린 얘기 말이에요! 알고 보니 그는 여기 체코 군대에서 아주 거물이더라고요. 도지사급의 장군 같은 인물이에요."

---

41) 체호프의 단편 「소년들」(1887)의 내용을 염두에 두고 있다.

"알아요. 들었어요. 그를 만난 적이 있소?"

"아주 자주요. 그 사람 덕분에 얼마나 많은 목숨을 구했는지! 정말 많은 사람을 숨겨 줬고요! 그를 제대로 인정해야 해요. 나무랄 데 없이, 그야말로 기사처럼 처신했거든요. 온갖 하찮은 작자들, 그 카자크 대위나 경찰관 같지 않았어요. 하지만 그때 주도권을 잡은 것은 점잖은 사람들이 아니라 바로 그런 하찮은 부류였죠. 갈리울린은 나를 여러모로 도와주었어요, 감사할 따름이죠. 우리는 오래된 친구예요. 소녀 시절에 그의 집을 자주 찾아갔어요. 그 집에는 철도 노동자들이 살고 있었죠. 나는 어린 시절에 가난과 노동을 가까이에서 보았어요. 그 때문에 혁명에 대한 태도가 당신과 달라요. 내겐 혁명이 좀 더 가깝죠. 혁명 속에는 익숙한 것이 많아요. 그런데 그가, 이 소년이, 문지기의 아들이 갑자기 대령이 된 거예요. 아니, 심지어 백위군 장군이라던가. 나는 문과 쪽이라 계급은 잘 모르겠어요. 전공도 역사 교사잖아요. 이건 그렇고요, 지바고. 나는 많은 사람을 도왔어요. 그를 자주 찾아갔죠. 우리는 당신을 회상하기도 했어요. 내겐 어떤 정부하에서든 인맥과 후원자가 있었고, 또 어떤 체제하에서든 괴로움과 상실감을 느꼈어요. 사람이 두 진영으로 나뉘어 따로 살고 서로 접촉도 하지 않는 건 나쁜 책에나 나오는 일이잖아요. 한데 현실에서 이렇게 모든 것이 엉키는군요! 인생에서 오직 한 가지 역할만 맡고 사회에서 한 자리만 점하고 똑같은 하나를 의미하기 위해서는 얼마나 하찮은 존재가 되어야 하는지!"

"아, 여기 와 있었던 거니?"

머리를 두 갈래로 촘촘히 딴 여덟 살 정도 된 소녀가 방 안으로 들어왔다. 눈 사이가 좀 넓고 눈을 가늘게 뜨고 있어서 장난기 많은 개구쟁이처럼 보였다. 웃을 때면 눈꼬리가 위로 올라갔다. 어머니에게 손님이 와 있다는 것을 이미 문 뒤에서 알아차렸지만 문지방에 나타날 때는 뜻밖이라는 듯 놀란 표정을 지어 보이고는 무릎을 굽혀 인사를 했다. 그런 다음 외동딸로 자라는 아이답게, 어린 나이에도 사색적이고 깜박임이 없는 겁 없는 시선으로 의사를 응시했다.

"내 딸 카텐카예요. 다정하게 맞아 주세요."

"멜류제예프에서 사진을 보여 주었잖아요. 몰라볼 정도로 자랐군요!"

"아니, 집에 와 있었던 거니? 밖에서 놀고 있다고 생각했지 뭐야. 네가 들어오는 소리도 못 들었어."

"구멍에서 열쇠를 꺼내는데 거기에 엄청 큰 쥐가 있는 거야! 비명을 지르며 한쪽으로 달아났어! 무서워서 죽는 줄 알았어."

카텐카는 그 귀여운 얼굴을 찡그리고는 사기꾼같이 두 눈을 크게 뜨고 물에서 꺼낸 물고기처럼 작은 입을 동그랗게 모으며 말했다.

"그만 네 방으로 가렴. 나는 여기 아저씨한테 함께 식사를 하자고 권할 참인데, 오븐에서 카샤[42]를 꺼내면 부르마."

"고맙지만 안 되겠어요. 내가 시내에 다니기 시작한 뒤로

42) 곡물과 우유, 소금 등을 넣어 끓인 죽.

우리 집은 6시에 식사를 하고 있어요. 보통은 늦지 않는데, 가는 데 꼬박 네 시간은 아니어도 세 시간은 족히 더 걸려요. 그래서 일찍 온 거였소. 미안하지만 곧 일어나야겠어요."

"딱 삼십 분만 더 있어요."

"그러죠."

15

"솔직히 얘기해 주었으니 이제는 나도 솔직하게 말하죠. 당신이 말한 스트렐니코프, 이 사람은 죽었으리라는 소문을 곧이곧대로 믿을 수 없어 내가 그토록 전선을 찾아 헤맸던 나의 남편 파샤, 파벨 파블로비치 안티포프예요."

"별로 충격적인 말도 아니오, 준비가 돼 있었으니까. 그런 우화 같은 소리를 들었지만 허튼소리라고 생각해요. 그렇기 때문에 그토록 몰입하여 아무 거리낌 없이, 허심탄회하게 그의 얘기를 했던 거예요, 그런 풍문은 아예 존재하지 않는다는 듯이. 한데 그 소문은 죄다 엉터리요. 나는 그 사람을 직접 보았어요. 다들 어떻게 당신을 그와 엮을 수 있는 거요? 당신들 사이에 공통점이 뭐가 있다고?"

"어쨌거나 사실이 그런걸요, 유리 안드레예비치. 스트렐니코프, 이 사람은 안티포프, 나의 남편이에요. 나도 여론에 동의해요. 카텐카도 그걸 알고는 아버지를 자랑스러워해요. 스트렐니코프는 모든 혁명 활동가처럼 그가 사용하는 가짜 이름이에요. 뭔가 생각이 있으니 남의 이름으로 살고 행동하는 거겠죠.

그는 여기 유랴틴을 점령하고 우리에게 포탄을 퍼붓고, 자신의 비밀이 탄로날까 봐, 우리가 여기 산다는 것을 알면서 단 한 번도 우리가 살았는지 죽었는지 알아보지도 않았어요. 물론 그것이 그의 의무였으니까요. 만약 자기가 어떻게 해야 하는지 물었다면 우리도 똑같은 충고를 해 주었을 거예요. 당신도 저들이 나를 건드리지 않고 시 소비에트에서 쓸 만한 주거지를 제공해 주는 것 등을 보면 그가 몰래 우리의 뒤를 봐주고 있다는 간접적인 증거라고 말할 테죠! 어떻든 이 점에 관해서는 나를 이해시키려고 하지 말아요. 이곳에, 바로 옆에 있으면서도 우리를 보고 싶은 유혹을 물리치다니! 내 머리로는 납득되지 않아요, 상식 밖이잖아요. 이건 뭔가 내가 접근할 수 없는 것, 삶이 아니라 무슨 로마 시대의 시민적 용기, 요즘의 오묘한 지혜 중 하나예요. 그런데 내가 당신의 영향을 받아 슬슬 당신을 따라 하네요. 나라면 그런 건 원하지 않았을 거예요. 나는 당신과 생각이 달라요. 뭔가 포착할 수 없는 것, 필수적인 것은 똑같이 이해하죠. 하지만 폭넓은 의미의 문제, 삶의 철학에 있어서는 차라리 적에 가까울 거예요. 어쨌거나 다시 스트렐니코프 얘기로 돌아갈게요.

지금 그는 시베리아에 있는데, 당신 말이 맞아요, 그가 견책을 받는다는 소문이 내 귀에도 들려와 간담이 서늘해요. 지금은 성공리에 진격한 시베리아의 우리 구역 중 한 곳에서 한 마당에서 자란 죽마고우이자 나중에는 전우였던 가엾은 갈리울린을 격퇴하고 있어요. 갈리울린은 그의 본명도, 그가 나와 결혼한 사이라는 것도 알고 있고, 스트렐니코프라는 이름만 들어도 몸서리를 치고 분통을 터뜨릴 정도예요. 하지만 워낙 세심한 성격이라 나한테는 드러내지 않아요. 그래요, 그러니까 지금 그는 시베리아에 있어요.

여기 있었을 때(그는 여기에 오래 머물렀고 항상 당신이 본 그 선로 위 기차 객실에서 살았어요.) 나는 계속 어떻게든 그와 우연히, 갑자기 마주치려고 애썼어요. 전에는 그가 코무치의 군사 통치부, 즉 제헌 의회 부대가 있던 곳에 자리 잡은 사령부에 더러 들렀어요. 그런데 운명의 이상한 장난이랄까요. 사령부의 입구는 내가 전에 다른 사람들의 일을 봐주러 다닐 때 갈리울린이 나를 맞이하던 바로 그 곁채에 있더라고요. 예를 들면 사관 학교에서 떠들썩한 사건이 일어났는데, 생도들이 마음에 안 드는 교관들을 볼셰비즘을 신봉한다는 구실로 요격하거나 사살했어요. 그런가 하면 유대인 박해와 학살이 시작되었을 때도 그랬죠. 그나저나 우리처럼 시의 주민이고 지적인 노동에 종사하는 경우에는 지인의 절반이 당했어요. 이렇게 끔찍하고 추잡한 일이 시작되는 대학살의 시대에 우리는 당혹감과 수치심과 동정심 외에 우리의 공감이 진실하지 않고 불쾌한 뒷맛을 남기는, 절반은 머리에서 나온 것이라는 부담스러운 이중성의 감각에 괴로워하고 있어요.

언젠가 인류를 우상 숭배의 굴레에서 해방시켰던 사람들, 지금은 인류를 사회악에서 해방시키기 위해 몸 바친 그 대다수의 사람들이 정작 자기 자신에게서, 그리고 의미를 상실한 대홍수 이전의 구닥다리 명분에 대한 충성에서 해방되는 일에서는 무력하고, 자신을 극복하지도 못하고, 그렇다고 흔적 없이 나머지 사람들 속으로 스며들지도 못해요. 그들의 종교적 토대를 세운 것도 그들 자신이니, 나머지 사람들을 더 잘 알았다면 그들에게 더 가까이 갔을 텐데 말이죠.

분명히 박해와 추적 때문에 이런 무익하고 파괴적인 포즈, 오직 재앙만 낳는 이 수치스럽고 헌신적인 고립이 나오는 것이겠지만 여기에는 내적인 노쇠도, 수세기에 걸친 역사적 피로감도 작용해요. 나는 그들의 반어적인 허풍도, 진부하고 빈곤한 개념도, 소심한 상상력도 싫어요. 노인이 늙었다고 하거나 환자가 아프다고 하는 것처럼 짜증 나는 얘기예요. 동의하죠?"

"나는 그런 생각은 해 본 적이 없어요. 고르돈이라는 친구가 있는데, 그는 그와 견해가 같았지."

"어떻든 나는 파샤를 보기 위해 여기로 찾아가곤 했어요. 그가 들어가거나 나오기를 희망하면서요. 한때는 결채에 도지사급의 장군 사무실이 있었어요. 지금은 그 문에 '청원국'이라는 팻말이 붙어 있지만. 혹시 봤어요? 이 도시 안에서 제일 아름다운 곳이에요. 문 앞 광장에는 포석이 깔려 있어요. 광장을 건너면 시립 공원이 있고요. 불두화나무, 단풍나무, 산사나무가 있죠. 나는 포장도로 위 청원자들의 무리에 끼여서 기다렸어요. 물론 면회를 하겠다고 설치지도 않고 아내라고 말하지도 않았어요. 어차피 성도 다르니까요. 게다가 감성에 호소해 봐야 무슨 소용이 있겠어요? 저들의 규칙은 완전히 다른데요. 가령, 그의 친아버지인 파벨 페라폰토비치 안티포프는 노동자 출신에 한때 정치범 유형수였는데, 여기서 아주 가까운 곳, 가도의 재판소에서 일하고 있어요. 자기가 전에 유형살이를 했던 곳에서 말이죠. 그의 친구 티베르진도 마찬가지예요. 혁명 재판소 위원들이죠. 자, 어떻게 생각해요? 아들도 아버지에게 정체를 밝히지 않고 아버지도 그것을 당연지사로 여겨 화도 내지 않아요. 아들이 일단 신분을 감춘 이상 그래서는 안 된다는 거죠. 저들은 사람이 아니라 목석이에요. 원칙. 규율.

그래요, 끝으로, 내가 아내라는 사실을 증명한들 무슨 대수겠어요! 이 상황에서 아내가 무슨 상관이겠어요? 시대가 이 모양인데요. 세계 프롤레타리아트나 전 우주의 개혁 같은 건 다른 이야기니 나도 이해해요. 하지만 아내 비스름한 두 발 달린 개별적인 것은 그러니까, 췟, 제일 하등한 벼룩이나 이에 불과하달까요.

부관이 돌아다니며 용건을 물었어요. 몇몇 사람은 안으로 들여보냈고요. 나는 성을 밝히지 않았고, 용건을 묻기에 개인적인 일이라고 대답했어요. 미리 말할 수도 있었겠지만, 일은 틀어졌어요, 거절당했죠. 부관이 어깨를 으쓱하며 미심쩍은 눈초리로 훑어보더군요. 그렇게 한 번도 만나지 못한 거예요.

당신 생각엔 그가 우리를 거부하는 것 같나요? 더 이상 우리를 사랑하지도 기억하지도 못하는 것 같나요? 오, 반대예요! 나는 그를 너무 잘 알아요! 그는 감정을 주체하지 못해서 그런 생각을 한 거예요! 그는 빈손이 아니라 모든 영광을 안고 승리자로 돌아와, 그 모든 월계관을 우리의 발치에 바치려는 거예요! 우리에게 영원을 주고 놀라게 해 주려는 거죠! 어린 아이처럼!"

다시 카텐카가 방으로 들어왔다. 라리사 표도로브나는 어리둥절해하는 소녀를 품에 안아 올리더니 이리저리 흔들고 간질이고 뽀뽀하며 힘껏 껴안았다.

16

유리 안드레예비치는 말을 타고 시내에서 바르이키노로 돌아가는 중이었다. 수없이 지나다닌 장소였다. 이제는 익숙하고 무뎌져서 그는 길을 잘 살피지도 않았다.

그는 숲속의 교차로에 다다랐는데, 곧장 가면 바르이키노지만 그곳에 사크마강 변의 어촌 실리엡스코예로 통하는 샛길이 있었다. 길이 갈라지는 곳에 농업 광고가 붙은, 그 주변의 세 번째 기둥이 서 있었다. 보통 의사가 이 갈림길 근처에 오면 해가 졌다. 지금도 저녁이 가까워지고 있었다.

시내에 갔다가 어느 날 저녁 무렵 집에 돌아가지 않고 라리사 표도로브나의 집에 머무른 다음 집에는 볼일 때문에 시내에서 지체되어 삼데뱌토프 집의 여관에서 밤을 보냈다고 말한 후로 두 달여가 지났다. 그는 오래전부터 안티포바와 허물없이 지내는 사이가 되어 그녀를 라라라고 불렀는데, 그녀는 그래도 그를 지바고라고 불렀다. 유리 안드레예비치는 토냐를 속이고 훨씬 더 심각한, 용납되지 않는 일을 숨겼다. 이것은 들어 본 적도 없는 일이었다.

그는 토냐를 숭배한다 할 정도로 사랑했다. 그녀가 지닌 마음의 평온과 안정은 그에게 세상 무엇보다도 소중했다. 그는 그녀의 친아버지보다, 그녀 자신보다도 더 그녀의 명예를 지지했다. 그녀의 상처 입은 자존심을 지키기 위해서라면 그녀를 모욕한 사람을 자기 손으로 갈기갈기 찢을 수도 있었다. 그런데 바로 자신이 그런 사람이었다.

집에서 가족과 함께 있으면 발각되지 않은 죄인 같은 느낌이 들었다. 아무것도 모르는 집안 식구들이 변함없이 상냥하게 대해 주니 죽을 것만 같았다. 공통의 대화가 무르익을 때면 갑자기 자신의 죄가 떠올라 온몸이 뻣뻣해지고 주변의 소리가 들리지도, 이해되지도 않았다.

식사를 할 때 이런 느낌이 들면 음식 조각이 목구멍에 걸려서 숟가락을 내려놓고 접시를 한쪽으로 밀어 놓았다. 눈물이 나고 목이 메었다. "당신, 무슨 일이야?" 토냐가 의아해했다. "혹시 시내에서 안 좋은 소식이라도 들었어? 누가 감금됐어? 아니면 총살됐어? 말해 줘. 내가 심란해할까 봐 걱정하지는 마. 말하고 나면 마음이 한결 가벼워질 거야."

토냐보다 다른 누구를 더 사랑하게 되어 그녀를 배신한 것인가? 아니다. 그는 아무도 선택하지도, 비교하지도 않았다. '자유로운 사랑'의 이념이나 '감정의 권리와 요구' 같은 것은 그에게 낯선 말이었다. 이런 것을 말하고 생각하는 것이 속된 것이라 여겨졌다. 그는 살면서 '쾌락의 꽃'을 뜯지도, 스스로를 반(半)신이나 초인에 포함시키지도, 자신을 위해 특혜나 특권을 요구하지도 않았다. 그는 개운하지 못한 양심의 부담을 느끼며 지쳐 갔다.

앞으로 어떻게 될까? 간혹 자문하면서도 해답을 찾지 못한 채 뭔가 실현 불가능한 것, 뜻밖의 상황이 개입되어 해결책을 주길 바랄 뿐이었다.

하지만 이제는 그렇지 않았다. 완력으로 매듭을 끊어 버리기로 결심했다. 그는 준비된 해결책을 갖고 집에 갔다. 토냐에게 모든 것을 고백하고 용서를 구하기로, 라라를 더 이상 만나지 않기로 결심한 것이다.

사실, 이 경우 모든 일이 순조롭지만은 않았다. 지금 그의 생각으론, 라라와 앞으로 영원히, 영영 헤어지겠다는 얘기가 충분하고 명료하게 진행되지 않은 듯싶었다. 오늘 아침에 토냐에게 모든 것을 털어놓고 싶고 앞으로는 더 이상 만날 수 없겠다고 라라에게 선언하긴 했으나, 지금은 그 말을 너무 완곡하게, 충분히 단호하게 하지 않은 것 같은 느낌이 들었다.

라리사 표도로브나는 괜히 괴로운 장면을 연출해 유리 안드레예비치를 슬프게 하고 싶지 않았다. 그녀는 그가 가뜩이나 괴로워하고 있다는 것을 알았다. 그녀는 그의 말을 가능한 한 침착하게 경청하려고 애썼다. 그들의 해명은, 쿠페체스카야 거리로 통하는, 라리사 표도로브나가 사용하지 않고 비워 둔 옛 주인의 방에서 이루어졌다. 라라의 뺨을 따라, 그때 맞은편 조각상이 딸린 집의 석상들의 얼굴을 따라 흘러내리는 빗물처럼, 그녀가 느끼지도 의식하지도 못하는 눈물이 흘러내렸다. 그녀는 가장된 너그러움 없이 진심으로 조용히 말했다. "당신 좋을 대로 해, 내 걱정은 하지 말고. 나는 모든 걸 이겨 낼 거야." 그녀는 자기가 우는 줄도 몰랐고 눈물을 훔치지도 않았다.

라리사 표도로브나가 자신의 뜻을 오해한 건 아닐까, 그녀에게 거짓 희망을 주어 심란하게 만든 건 아닐까 하는 생각에 그는 못다 한 말을 마저 끝내기 위해, 무엇보다 현재의 이별이 평생토록, 영원토록 하는 이별의 모습에 좀 더 부합하도록 그녀와 훨씬 더 열정적이고 다정하게 이별하기 위해 방향을 틀어 다시 시내로 돌아갈 준비가 되어 있었다. 그런 자신을 간신히 억누르며 그는 가던 길을 갔다.

해가 저물자 숲은 한기와 어둠으로 가득 찼다. 목욕탕의 탈의실에 들어설 때처럼 증기를 머금은 활엽수 잎사귀의 촉촉함이 풍겼다. 허공에는 모기떼가 물 위의 부평초처럼 움직임도 없이 쫙 깔려, 하나의 음조로 섬세한 합창을 하는 것 같았다. 유리 안드레예비치는 이마와 목에 앉은 모기를 수없이 때려잡았는데, 손바닥으로 땀에 젖은 몸을 찰싹찰싹 때리는 소리가, 말을 타고 가며 내는 나머지 소리들, 가령 삐걱거리는 말안장 소리, 질척대는 진흙탕을 치는 육중한 말발굽 소리, 말의 내장에서 뿜어 나오는 건조하게 갈라지는 숨소리 등과 놀라울 정도로 잘 어울렸다. 석양이 머물러 있는 먼 곳에서 갑자기 꾀꼬리가 지저귀기 시작했다.

"깨어나라! 깨어나라!" 꾀꼬리는 이렇게 부르며 설득했는데, 거의 부활절 전에 "나의 영혼, 나의 영혼이여! 그만 자고 일어나라!"라고 하는 것처럼 울려 퍼졌다.

갑자기 아주 단순한 생각이 유리 안드레예비치의 뇌리를 스쳤다. 굳이 서두를 이유가 있을까? 자신에게 약속한 것을 취소하지는 않을 것이다. 털어놓기는 할 것이다. 하지만 꼭 오늘 해야 한다는 법은 없지 않을까? 아직 토냐에게는 아무것도 알리지 않았다. 해명은 다음번으로 미루어도 늦지 않다. 그러는 동안 그는 다시 한번 시내에 나갈 것이다. 라라와의 대화는 모든 고통을 상쇄할 만큼 깊이 있고 성의 있게 끝까지 이어질 것이다. 오, 너무 좋다! 정말 기적이다! 전에는 이런 생각이 떠오르지 않았다는 것이 놀라울 정도다!

안티포바를 한 번 더 보기로 하자 유리 안드레예비치는 너무 기뻐서 미칠 것 같았다. 심장이 수시로 쿵쾅거렸다. 이러한 예감만으로도 모든 것이 다시 경험되었다.

변두리의 통나무 골목길, 목조 포장도로. 그는 그녀에게 간다. 지금 노보스발로치노예, 도시의 공터와 목조 구역이 끝나고 석조 구역이 시작될 것이다. 도시 근교의 작은 집들이 어른거리며, 책장을 검지로 뒤석이는 것이 아니라 엄지의 부드러운 부분으로 책장의 단면을 따라 후다닥 빨리 넘길 때처럼 스쳐 간다. 숨이 턱 막힌다! 바로 저기, 저 끝에 그녀가 살고 있다. 맑게 갠 비를 머금은 하늘, 저녁 무렵의 하얀빛을 받으며. 그녀의 집으로 가는 길, 이 정든 작은 집들을 정말 사랑한다! 땅에서 두 팔로 안아 올려 키스를 퍼붓고 싶다! 지붕을 가로질러 모자를 깊이 눌러쓴 외눈박이 다락방들이여! 웅덩이에 딸기처럼 어리는 불빛과 램프들! 비 내리는 거리의 하늘, 저 하얀빛을 받고 있구나. 그곳에서 그는 신이 창조한 이 하얀 매력을 다시 창조주의 손에서 선물로 받으리라. 검은 옷을 두른 형상이 문을 열 것이다. 곧 북방의 밝은 밤처럼 그 무엇, 그 누구의 소유도 아닌 절제되고 차가운 그녀와 가까워지리라는 기대가 어둠 속에서 해안가 모래를 따라 달릴 때 바다의 첫 파도처럼 그를 맞아 주리라. 유리 안드레예비치는 말고삐를 던지고 안장에서 앞으로 몸을 수그린 다음 말의 목을 껴안고 말갈기에 얼굴을 파묻었다. 이런 상냥함을 최선을 다하라는 말로 받아들인 말은 앞으로 질주하기 시작했다.

말의 유연한 질주, 말발굽이 땅에 닿을 듯 말 듯 간간히 땅을 치고 땅은 계속 말발굽에서 떨어져 뒤로 질주하는 사이, 유리 안드레예비치는 너무 기뻐 요동치는 심장 소리 외에 무슨 고함 소리를 들었는데, 그저 잘못 들은 것이라고만 생각했다.

가까운 곳에서 울리는 총성이 귀를 먹먹하게 했다. 의사는 고개를 들고 고삐를 낚아채 잡아당겼다. 질주하던 말이 몇 번씩 옆으로 비틀대다가 뒷걸음질을 친 후 뒷발로 설 참으로 엉덩이를 낮추었다.

앞에서는 길이 두 갈래로 갈라졌다. 길 주변, 노을빛을 받으며 "모로와 베트친킨. 파종기. 탈곡기"라는 간판이 반짝였다. 무장한 기수 세 명이 길을 가로막고 서 있었다. 학생모에 반코트를 입고 십자로 기관총 띠를 두른 실업 학교 학생, 장교 외투와 챙 없는 가죽 모자를 쓴 기병, 가면무도회에 나가는 양 이상한 분장을 한, 누비바지에 누비 재킷을 입고 챙이 넓은 사제용 모자를 깊숙이 눌러쓴 뚱보.

"꼼짝 마시오, 의사 동지." 셋 중 제일 연장자인 가죽 모자를 쓴 기병이 단조롭고 침착한 목소리로 말했다. "복종할 경우에는 완전히 무사할 거요. 반대의 경우에는, 화내지 마시오, 쏘겠소. 우리 부대의 의료원이 살해당했소. 당신을 의료 노동자로 강제 동원하는 바요. 말에서 내려와 고삐를 이 젊은 동지에게 넘기시오. 한 번 더 상기시키겠소. 조금이라도 도망칠 생각을 하면 우리도 봐주지 않을 거요."

"당신은 미쿨리츠인의 아들 리베리, 레스느이흐 동지요?"

"아니요. 나는 그분의 연락 장교 카멘노드보르스키요."

10부

큰길에서

1

도시들, 마을들, 역참들이 이어졌다. 크레스토보즈드비젠스크시, 오멜치노 역참, 파진스크, 트이샤츠코예, 새로 생긴 야글린스코예 마을, 즈보나르스카야 자유민 마을, 볼노예 역참 마을, 구르톱시키, 케젬스카야 개간지, 카제예보 역참, 마을 쿠테이느이 포사드, 말르이 예르몰라이 마을 등.

그런 것들을 가로질러, 가도가, 오래되고 아주 오래된, 시베리아에서 가장 오래된 고풍스러운 우편 마차 가도가 놓여 있었다. 그것은 주요 거리라는 칼로 도시를 빵처럼 반으로 갈랐고, 마을 따위는 뒤돌아보지도 않고 질주하며 멀리 뒤로 정렬한 오두막을 울타리처럼 펼쳐 놓거나 활이나 느닷없이 꺾어지는 갈고리처럼 휘어 놓았다.

먼 옛날, 호다츠코예를 지나는 철로가 놓이기 전에는 우편 트로이카가 가도를 질주했다. 한쪽으로는 차와 곡물과 공장의 철제품을 실은 짐마차들이 이어졌고 다른 쪽으로는 호송병의 감시 아래 죄수들의 도보 행렬이 단계별로 내몰리고 있었다. 도저히 가망 없는 사람들, 절망적인 사람들, 하늘의 번개처럼 무서운 사람들이 일제히 족쇄의 철을 절그럭거리며 계속 발을 맞추어 걸었다. 어둡고 울창한 숲이 주변에서 술렁거렸다.

가도는 한 가족처럼 살았다. 도시와 도시, 마을과 마을이 서로 알고 지내고 친척처럼 가까웠다. 호다츠코예에는 가도와 철로가 교차하는 지점에 기관차 수리 공장과 철로 부설 기계 시설이 있었고, 노동자 숙소에서는 가난뱅이들이 온갖 비참한 일을 겪으며 우글대다가 병들어 죽어 갔다. 기계에 관한 지식이 있는 정치범들은 유형살이를 끝낸 다음 기술자로 이곳에 나오다가 마을에 눌러앉았다.

이 철로를 따라 세워졌던 최초의 소비에트들은 오래전에 전복되었다. 한동안은 시베리아 임시 정부가 권력을 쥐고 있었지만 지금은 전 지역이 최고 사령관 콜차크[43]의 권력 아래 들어갔다.

---

43) 알렉산드르 콜차크(1874~1920). 제정 러시아 시대의 제독.

2

어느 역 구간에서 길은 언덕으로 높고 길게 이어졌다. 저 멀리 펼쳐진 곳들의 전망이 점점 넓게 트였다. 시야는 끝없이 상승하고 확대될 것 같았다. 말들과 사람들이 지쳐서 숨을 고르려고 걸음을 멈출 때 오르막은 끝났다. 앞쪽, 길의 다리 밑으로 물살 빠른 케지마강이 질주했다.

강 건너 훨씬 더 가파르고 높은 곳, 보즈드비젠스키 수도원의 벽돌담이 나타났다. 길은 밑바닥에서부터 수도원의 비탈을 휘감으며 주변의 뒤쪽 마당들 사이에서 몇 바퀴 돌아 도시 한복판으로 들어갔다.

그곳에서 길은 활짝 열린, 초록색이 칠해진 철제 대문을 통해 중앙 광장에 있는 수도원 소유지의 가두리를 다시 한번 에워쌌다. 입구의 아치 위, 반쯤 꽃장식이 된 성화(聖畵)에는 다음과 같은 문구가 황금 테두리처럼 둘러져 있었다. "생명을 잉태한 십자가를, 경건한 불굴의 승리를 기뻐하라."

겨울이 저물고 있었고 사순절 기간의 끝인 수난 주간이었다. 눈이 막 녹기 시작하면서 길 위는 군데군데 거뭇해 보였지만 지붕 위에는 아직 눈이 올이 촘촘하고 하얀 모자처럼 높게 드리워져 있었다.

보즈드비젠스카야 종탑의 종지기 방에 기어 올라간 소년들 눈에는 아래쪽 집들이 무더기로 쌓여 있는 작은 성냥갑과 성궤처럼 보였다. 점처럼 작고 새카만 사람들이 집을 향해 가고 있었다. 종탑 위에서도 몇 명은 움직임만으로 누구인지 알아볼 수 있었다. 벽에는 연령에 따른 세 가지 순번의 군대 소집에 관한 최고 사령관 지령이 붙어 있었고, 행인들이 그것을 읽고 있었다.

3

밤은 예상치 못한 것을 많이 가져왔다. 이 계절에 어울리지 않게 포근해졌다. 보슬비가 내렸는데 공기를 많이 머금은 까닭에 땅에 닿지도 않고 물안개처럼 허공을 부유했다. 하지만 그냥 그렇게 보일 따름이었다. 시냇물처럼 흘러넘치는 따뜻한 빗물은 지금 땀처럼 시커멓고 번들거리는 땅 위의 눈을 씻어 내기에 충분했다.

꽃망울을 가득 틔운 키 작은 사과나무가 정원에서 담장 너머 길거리로 나뭇가지를 경이롭게 던져 놓고 있었다. 나뭇가지에 매달린 물방울이 귀에 거슬리는 소리를 내며 목조 포장도로에 뚝뚝 떨어졌다. 북을 두들기는 듯한 그 소리가 온 도시로 울려 퍼졌다.

사진관 앞마당, 사슬에 묶인 강아지 토미크가 아침까지 깽깽대며 짖어 댔다. 강아지 짖는 소리에 짜증이 난 까마귀가 갈루진 집의 정원에서 온 도시가 떠나가라고 깍깍거렸다.

도시의 아랫동네에서 짐마차 세 대가 상인 류베즈노프를 찾아왔다. 그는 뭔가 착오라고, 자기는 이런 상품을 주문한 적이 없다고 말하며 수령을 거절했다. 젊은 짐꾼들은 시간이 너무 늦었다며 하룻밤만 묵게 해 달라고 부탁했다. 상인은 욕설을 퍼부으며 썩 꺼지라고 하고는 문도 열어 주지 않았다. 그들의 실랑이 소리 또한 온 도시를 울렸다.

교회 시간으로는 제7시, 일반적인 시간으로는 새벽 1시, 보즈드비셰니예[44]의 거의 움직이지 않는 가장 육중한 종에서 잔잔한 파도처럼 조용하고 어두운 소리가 울리더니 어둡고 축축한 빗물과 뒤섞여 흘러갔다. 종에서 밀려 나온 그 울림은, 눈석임물에 씻겨 강둑에서 떨어져 나온 다음 강물 속에 가라앉아 용해되는 흙덩어리 같았다.

성목요일, 복음서의 열두 사도의 날을 앞둔 밤[45]이었다. 그물 같은 비의 장막 뒤 깊은 곳에서 보일 듯 말 듯한 불빛과 그 덕분에 환해진 이마, 코, 얼굴이 움직이며 부유했다. 단식 중인 사람들이 아침 미사를 보러 갔다.

십오 분 뒤 수도원에서 포장도로의 판자 위를 걸어오는 발걸음 소리가 들렸다. 이건 상점 주인 갈루지나가 막 시작된 아침 미사에서 나와 집으로 돌아가는 소리였다. 그녀는 머릿수건을 쓰고 외투 단추를 푼 채 뛰기도 하고 멈추기도 하면서 들쑥날쑥한 걸음걸이로 걷고 있었다. 교회가 갑갑해서 기분이 나빠졌고 그래서 바람을 쐬러 나온 터였지만, 지금은 미사를 다 보지 않고 이 년째 금식하지 않은 것이 부끄럽고 죄송스러웠다. 하지만 그녀가 슬픈 건 이 때문이 아니었다. 낮에 그녀

44) 보즈드비젠스크 교회.
45) 예수가 열두 제자와 최후의 만찬을 베풀고 성체 성사를 제정한 밤.

를 슬프게 한 것은 곳곳에 붙은 동원령이었는데, 그녀의 가엾은 바보 아들 테레샤도 해당되었던 것이다. 그녀는 머릿속에서 이 불만을 쫓아냈지만 어둠 속, 곳곳에 하얗게 붙은 포고령 쪽지가 그것을 상기시켰다.

집은 모퉁이 너머 엎어지면 코 닿을 데에 있었지만, 밖에 나와 있으니 기분이 한결 나았다. 그녀는 바깥에 좀 더 머물고 싶었다. 갑갑한 집에 들어가는 것이 내키지 않았다.

슬픈 생각이 그녀를 뒤흔들었다. 차근차근 소리 내어 읊조릴 마음이었다면 말도, 또 날이 샐 때까지 시간도 부족했을 것이다. 하지만 여기 거리로 나오자 이 달갑지 않은 상념이 완전한 진흙덩어리처럼 날아들었음에도 수도원 구석에서 광장 구석까지 두세 번 왔다 갔다 하는 몇 분 사이에 이 모든 것을 떨쳐 낼 수 있었다.

밝은 축일[46]이 코앞에 닥쳤건만 그녀만 남겨 두고 다들 흩어져 집 안에는 아무도 없었다. 이런 게 혼자가 아니고 무엇이겠는가? 물론 혼자다. 양녀 크슈샤는 셈에 넣지 않는다. 게다가 그녀가 누구인가? 남의 속을 어찌 알까. 그녀는 친구일 수도 있지만 원수에 은밀한 경쟁자일 수도 있다. 그녀는 블라수시카의 의붓딸로, 남편이 첫 결혼에서 데려온 아이다. 혹시 의붓딸이 아니라 사생아인 건 아닐까? 혹시 딸도 뭣도 아니고 전혀 다른 뭔가가 있다면! 정말 사내의 속을 어찌 알겠는가? 하긴 이 처녀에 대해서도 나쁜 말은 할 수 없다. 똑똑하고 아

46) 부활절을 말한다.

름답고 모범적이다. 똑똑하기로야 저 멍청한 테레시카와 의붓아버지에 비하겠는가.

그리하여 다들 집을 떠나 제각기 갈 곳으로 가 버린 지금 그녀는 혼자 수난 주간의 문턱에 서 있었다.

남편 블라수시카는 신병들에게 연설을 하고 전훈을 세우라고 소환된 자들을 환송하기 위해 가도를 질주하고 있었다. 이 멍청한 양반아, 자기 아들이나 신경 쓰고 죽을 고비에서 구하시지.

아들 테레샤도 참지 못하고 위대한 축일[47] 전날 밤 내빼 버렸다. 쿠테이느이 포사드의 친척에게로 달려간 것인데, 이런저런 고생 끝에 기분 전환을 하며 위안을 얻기 위해서였다. 녀석은 실업 학교에서 제명된 상태였다. 학교 다니는 내내 이 년씩 낙제했고 8학년에서 동정의 여지도 없이 쫓겨난 것이다.

아, 속이 터질 노릇이다! 오, 맙소사! 어쩌다가 이렇게 엉망이 됐을까? 정말 두 손 다 놓고 싶은 지경이다. 아무것도 손에 잡히지 않는다, 살기도 싫다! 대체 왜 이렇게 되었을까? 혁명이 문제일까? 아니다, 아, 아니야! 모두 전쟁 탓이다. 꽃 같은 사내들을 전쟁이 몽땅 다 쓸어 가 버려 아무짝에도 쓸모없는 쓰레기만 남았다.

청부업자였던 아버지, 아버지의 집에 살던 시절도 이랬던가? 아버지는 술도 입에 대지 않았고 글을 읽고 쓸 줄도 알았고 집안 형편도 넉넉했다. 그리고 두 자매, 폴랴와 올랴가 있

---

47) 부활절을 말한다.

었다. 이름이 잘 어울리는 것처럼 둘은 잘 맞는 짝꿍에 모두 미인이었다. 게다가 풍채 좋고 훤칠하여 눈에 잘 띄는 목수의 십장들도 아버지를 찾아오곤 했다. 이 장난꾸러기 아가씨들이 갑자기 생각을 하나 해냈는데 — 굳이 이 집안에서는 필요 없는 것이었음에도 — 여섯 개의 모직 숄을 뜨기로 한 것이다. 자매의 뜨개질 솜씨가 어찌나 좋았던지, 온 군(郡)에 숄의 명성이 자자했다. 그 무렵에는 교회의 예배, 춤, 사람들, 예절 등 모든 것이 조밀하고 질서정연하여 참 즐거웠다. 평민 출신 가족, 소시민, 농부, 노동자 신분이었음에도 말이다. 러시아도 처녀 시절이었고 지금과는 비교도 되지 않는 진짜 숭배자들, 진짜 수호자들이 있었다. 하지만 지금은 모든 것이 다 빛바래고 변호사나 유대인 같은 민간인 나부랭이만 밤낮없이 지칠 줄 모르고 혀를 놀린다. 블라수시카와 그 친구들은 샴페인과 좋은 소망을 통해 옛날 황금시대를 돌이키려고 생각한다. 정말 그런 식으로 잃어버린 사랑을 되찾을 수 있을까? 그러기 위해서는 바윗돌을 뒤집고 산을 옮기고 땅을 파야 하리라!

4

갈루지나는 집하장, 크레스토보즈드비젠스크의 장터까지 벌써 여러 차례 다녀왔다. 그녀의 집은 이곳에서 왼쪽에 있었다. 하지만 그녀는 매번 생각을 바꾸어 발길을 뒤로 돌린 다음 또다시 수도원에 인접한 골목길로 들어섰다.

집하장은 큰 들판에 맞먹을 만큼 넓었다. 옛날에는 장날마다 농부들이 그곳에 달구지를 가득 세워 놓았다. 그녀는 한 끝에서 옐레닌스카야 거리의 다른 끝을 응시했다. 다른 쪽에는 단층과 이 층으로 된 자그마한 집들이 굽은 활처럼 들어서 있었다. 창고, 사무소, 상점, 작업장이 있었다.

평화롭던 시절, 안경을 끼고 옷자락이 긴 프록코트를 입은 여성 혐오자에 곰 같은 불한당 브류하노프가 이곳에서 네 쪽의 철제문을 활짝 열어 놓고 문지방 옆 의자에 앉아 《코페이카 신문》[48]을 읽으며 가죽, 타르, 바퀴, 마구, 귀리, 건초를 팔았다.

이곳의 작고 희끄무레한 진열창에는 장식 리본 몇 쌍, 부케, 결혼식용 양초를 담은 마분지 상자 몇 개가 수년 동안 먼지를 덮어쓰고 있었다. 창문 너머, 서로 포개 놓은 밀랍 제품을 빼면 가구도, 이렇다 할 상품도 거의 없는 텅 빈 작은 방에서 거처도 알려지지 않은 백만장자인 양초업자의, 정체 모를 대리인들이 수지(樹脂), 밀랍, 양초 등을 수천 건씩 거래했다.

이곳 상점 거리의 한복판에 갈루진 집안의, 창문이 세 개나 달린 커다란 잡화상이 있었다. 칠을 하지 않아 쩍쩍 갈라지는 그곳 마룻바닥을, 점원들과 주인이 하루 종일 끝도 없이 우려내 마신 찻잎으로 하루에 세 번씩 닦아 냈다. 젊은 안주인은 자진해서 이곳 계산대 앞에 자주 앉았다. 그녀가 좋아하는 색은 연보라색, 보라색으로 교회에서 특별한 의식 때 성직자가

---

48) 1908년에서 1918까지 페테르부르크에서 발간된 통속 일간지.

입는 예복 색깔, 꽃망울을 맺은 라일락 색깔, 그녀의 제일 좋은 벨벳 원피스 색깔, 그녀의 식탁용 와인 잔 색깔이었다. 행복의 색깔, 추억의 색깔, 혁명 이전 러시아의 저물어 버린 처녀 시절의 색깔도 그녀에게는 역시나 밝은 라일락 색이었다. 그녀가 상점의 계산대 앞에 앉아 있는 것을 좋아한 것도 유리병 속에 든 녹말과 설탕과 검은 건포도로 만든 진보랏빛 캐러멜의 향기가 풍기는 그곳의 보랏빛 어스름이 그녀가 제일 좋아하는 색깔과 잘 어울렸기 때문이다.

이곳 구석에 목재 창고와 나란히, 못 쓰게 된 대형 마차처럼 사방에 금이 가고 낡은 이 층짜리 잿빛 건물이 있었다. 그곳에는 집이 네 채 있었다. 입구는 두 개인데 모두 정면의 양쪽 구석으로 나 있었다. 아래층의 왼쪽에는 잘킨드의 약국이, 오른쪽에는 공증 사무소가 있었다. 약국 위에는 대가족을 거느린, 부인복을 만드는 늙은 재봉사 수물레비치가 살았다. 재봉사 맞은편, 공증 사무소 위쪽에는 여러 세입자들이 복닥댔는데 그들의 직업은 출입문을 몽땅 덮어 버린 간판과 팻말로 알 수 있었다. 여기서는 시계 수리도 하고 갖바치가 주문을 받기도 했다. 또 동업자인 주크와 수트로다호가 사진관을 운영했고 카민스키의 판화 공방도 들어와 있었다.

집이 너무 북적대고 비좁아지자, 사진사의 젊은 조수들인 교정자 세냐 마기드손과 대학생 블라제인은 마당에 있는 장작 창고의 통로 같은 사무소에 일종의 실험실을 설치했다. 사무소 창문에서 붉은 현상액 전등이 불길한 눈동자처럼 희미한 빛을 발하는 것으로 보아 그들은 지금도 거기서 작업 중인 듯했다. 그 창문 아래, 수캐 톰카[49]가 사슬에 묶인 채 앉아 옐레닌스카야 거리가 떠나가라고 째질 듯 짖어 댔다.

'유대인이란 유대인은 다 모였군.' 회색 건물 옆을 지나며 갈루지나가 생각했다. '가난뱅이와 비렁뱅이의 소굴이야.' 하지만 그러면서도 그녀는 블라스 파호모비치의 유대인 혐오는 옳지 않다고 생각했다. 이 사람들은 한 대국의 운명에서 뭔가 큰 의미를 지니기에는 그렇게 대단한 바큇살이 아니다. 그런데도 수물레비치 노인에게 이 무질서와 혼돈의 원인이 무엇이냐고 물으면 몸을 구부리고 인상을 쓰며 이를 씩 드러낸 채 "다 레이보치카[50]의 농간이지."라고 말할 것이다.

아, 하지만 정말 무슨 생각을 하는 거지, 머릿속에 뭐가 박혀 있는 건가? 아니, 그게 문제인가? 그게 큰일인 것인가? 큰일은 도시에서 일어난다. 러시아가 도시에 의해 좌지우지되는 것은 아니다. 교양에 혹해 도시 것을 좇았지만 다 이르지는 못했다. 자신의 해안에서 떨어져 나왔지만 남의 해안에는 가 닿지 못했다.

모든 죄는 오히려 무지에 있는지도 모른다. 학자는 땅속을 투시하고 모든 것을 미리 알아맞힌다. 한데 우리는 머리가 잘릴 때에야 비로소 모자를 잡는다. 어두운 숲속에 있는 것처럼 말이다. 이건 그렇지만, 지금은 교양 있는 사람들도 녹록지 않다. 식량난으로 도시에서 쫓겨났으니까. 자, 한번 살펴보라.

---

49) 토미크의 애칭.

50) 러시아의 혁명가 레프 트로츠키(1879~1940)의 애칭. 트로츠키는 유대인이었다.

귀신이 곡할 노릇 아닌가.

하지만 아무리 그래도 문제는 우리의 시골 친척 아닌가? 셀리트빈 집안, 셀라부린 집안, 팜필 팔르이흐, 모드이흐 집안의 네스토와 판크라트 형제가 그렇지 않은가? 손재주도 좋고 머리도 좋고, 정녕 주인들이다. 가도로 난 새 앞마당은 완상할 만하다. 각각 파종 면적은 15데샤티나에 말, 양, 암소, 돼지가 있다. 곡물은 앞으로 삼 년치가 비축되어 있다. 농기구도 볼만하다. 탈곡기도 여러 대 있다. 콜차크가 그들 앞에서 아첨하며 자기편에 붙으라고 조르고 군사 위원들도 숲속 부대에 들어오라고 꼬드긴다. 전쟁에서 '게오르기 훈장'을 달고 온 사람들은 앞을 다투듯 곧장 교관이 됐다. 현역이든 아니든. 일을 좀 아는 사람이라면 어디서나 필요하다. 망할 리도 없다.

그나저나 집에 갈 때다. 여자가 이렇게 오래 바깥을 돌아다니는 건 정말 점잖지 못한 일이다. 내 집 정원이라면 좋으련만. 하지만 그곳은 엉망이 돼서 진창에 빠질 것이다. 마음이 조금은 가라앉은 것도 같다.

결국 별별 생각이 뒤엉키고 그 실마리마저 잃어버린 채 갈루지나는 집 앞에 이르렀다. 하지만 문지방을 넘기에 앞서 현관 앞에서 발을 내딛는 순간 한 번 더 생각에 잠긴 시선으로 온갖 잡동사니를 훑어보았다.

그녀는 호다츠코예의 지금 지도자들을 떠올렸는데, 다들 가까이 아는 자들로 수도에서 온 정치범 유형수인 티베르진, 안티포프, 무정부주의자 브도비첸코-검은 깃발, 이곳 기술공인 고르셴냐 베셰느이였다. 다들 약아빠진 자들이었다. 그들은 한창때 온갖 난동을 부렸고 분명히 또 뭔가 꿍꿍이가 있어 준비를 하고 있을 것이다. 그러지 않고는 못 배길 테니. 인생을 기계와 함께 보내서인지 사람들 자체도 기계처럼 무정하고 냉혹하다. 스웨터 위에 짧은 재킷을 걸치고 다니고 골재 파이프로 궐련을 피우고 병에 감염되지 않으려고 끓인 물을 마신다. 블라수시카에게는 나올 것이 전혀 없다, 이 사람들은 모두 자기 식으로 뒤집어엎고 항상 고집대로 하니까.

그러고서 그녀는 자신에 대해 생각했다. 그녀는 자기가 훌륭하고 자족적이며 관리가 잘된 똑똑한 여자임을, 나쁘지 않은 사람임을 알고 있었다. 이 자질 중 어느 것 하나도 이 촌구석에서는, 아니 어쩌면 어디를 가도 인정받지 못했다. 우랄 지역 전역에 널리 알려진 바보 센테퓨리하에 관한 외설스러운 노래가 있는데 시작 부분만 인용할 수 있겠다.

센테퓨리하는 달구지를 팔았어,
그 돈으로 발랄라이카를 샀어

그다음은 음담패설이 이어졌는데, 크레스토보즈드비젠스크에서 자기를 빗대어 이 노래를 부르는 듯한 의심이 들었다.

씁쓸하게 한숨을 내쉰 뒤 그녀는 집으로 들어갔다.

5

그녀는 현관에서 멈추지 않고 모피 외투를 입은 채 곧장 침실로 갔다. 방의 창문들은 정원으로 나 있었다. 이제 밤이 되어 창문 안팎으로 드리워진 그림자들이 서로를 거의 반복하고 있었다. 자루처럼 늘어진 창문의 주름진 커튼과 흐릿한 윤곽으로 역시 자루처럼 늘어진, 시커멓고 앙상한 마당의 나무들이 매우 닮아 보였다. 끝나 가는 겨울, 정원을 덮은 호박단 같은 야밤의 암흑을, 다가오는 봄, 땅을 뚫고 올라오는 진보랏빛 열기가 데우고 있었다. 방 안에서 두 개의 유사한 근원이 대략 그렇게 합치되었고, 잘 털지 않아 먼지가 자욱한 커튼은 다가오는 축일의 짙은 보라색 열기에 부드럽고 아름다워졌다.

성화 속의 성모는 거무스름하고 좁은 손바닥을 은색 머리쓰개 밖으로 뻗어 위로 향하고 있었다. 그녀의 양손에는 자신의 비잔틴 명칭인 신의 어머니를 뜻하는 그리스어, 즉 메테르 테우의 첫 두 글자와 마지막 두 글자가 들려 있었다. 황금색 받침대에 끼워 놓은, 잉크병처럼 어두운 석류 빛 유리 램프가 침실의 양탄자 위로 찻잔 조각 같은 별 모양의 불빛을 던지고 있었다.

머플러와 외투를 벗어던지느라 갈루지나는 어색하게 몸을 돌렸는데, 다시 옆구리가 쑤시고 어깨뼈가 욱신거렸다. 그녀는 비명을 지르며 깜짝 놀라 “슬픔에 젖은 자들을 위해 주시는 순결한 성모여, 어서 도움의 손길을 뻗어 세상을 보호해 주소서.”라고 웅얼거리고는 울음을 터뜨렸다. 그러고 나서는 통증이 잦아들기를 기다렸다가 옷을 벗기 시작했다. 옷깃과 상체의 고리가 손에서 미끄러져 연기 색깔의 옷감 주름 속에 묻혀 버렸다. 그녀는 끙끙대며 고리를 더듬었다.

그녀가 집에 오는 바람에 잠에서 깬 양녀 크슈샤가 방 안으로 들어왔다.

"컴컴한 데서 뭐 하세요, 엄마? 램프 갖다 드릴까요?"

"필요 없다. 이만 해도 잘 보여."

"엄마, 올가 닐로브나, 제가 단추를 풀어 드릴게요. 고생 안 하셔도 돼요."

"손가락이 통 말을 안 듣는구나, 가망이 없어. 재봉사 놈이 머리가 나빠서 고리를 사람답게 달아 놓지 못했어, 눈먼 암탉 같으니. 밑단부터 뜯어 조각조각 낯짝에 던져 주련만."

"보즈드비제니예에서는 노래를 잘 부르던데요. 밤이 워낙 조용해서. 여기까지 들리더라고요."

"노래야 다들 잘 불렀지. 하지만 얘야, 나는 몸이 좋지 않구나. 또 여기저기가 쑤셔. 온몸이 쑤신다. 무슨 죄를 지은 건지. 어떻게 해야 될지 모르겠다."

"동종 요법 전문가인 스트이돕스키가 엄마를 도와줬잖아요."

"항상 실천에 옮기기 힘든 충고들뿐이지. 너의 그 동종 요법은 돌팔이야. 아무짝에도 쓸모가 없어. 이게 첫째야. 둘째, 떠나 버렸어. 그 양반은 멀리, 멀리 떠났다고. 그 양반만 그런 게 아니지. 축제일을 앞두고 다들 도시를 버렸어. 무슨 지진이라도 일어난다는 거냐?"

"그때 포로로 잡혀 온 헝가리 의사가 잘 치료해 줬잖아요."

"또 헛소리냐. 아무도 남지 않고 다들 떠나 버렸다니까. 케레니 라이오시는 다른 마자르인[51]들과 함께 군사 분계선 너머에 있잖니. 그 귀여운 녀석에게 군 복무를 강요했지. 적군에 끌려갔어."

"그건 전부 엄마가 너무 예민해서 그래요. 정말 신경과민이라니까요. 민중의 단순한 주입이 이런 경우에 기적을 낳아요. 기억나죠? 주술로 유명한 병사 마누라가 엄마한테 마법을 거는 데 성공했던 일요. 씻은 듯이 나았잖아요. 그 병사 마누라, 이름이 뭐였더라, 잊어버렸어. 이름을 잊어버렸네요."

"아니, 너는 확실히 나를 일자무식 바보로 여기는구나. 내 뒤에서 나를 두고 센테튜리하 노래를 불러도 그만이야."

"절대 그렇지 않아요! 엄마, 죄 받을 소리를. 차라리 그 병사 마누라 이름이나 떠올려 보세요. 혀끝에서 맴돌기만 하니 기억날 때까지는 진정이 안 될 거예요."

"그 여자는 이름이 치마보다 더 많아. 어떤 이름을 얘기해줘야 될지 모르겠다. 쿠바리하라고도 하고 메드베디하리고도 하고 즐르이다리하라고도 하고. 별명도 열 개는 족히 되지. 이 근처에는 없어. 순회공연 끝났으니 들판의 바람처럼 사라진 거지. 이 하느님의 여종을 케젬스카야 감옥에 가뒀어. 낙태를 하고 무슨 알약을 어쨌다는 죄목으로. 하지만 뭐라더라, 옥살이가 너무 지루해서 탈옥한 다음 극동 어딘가로 내뺐다나. 그렇게 다들 뿔뿔이 흩어졌다니까. 블라스 파호므이치도, 테레샤도, 성격이 사근사근한 폴랴 아줌마도. 너하고 나, 바보 같

51) 헝가리인을 말한다.

은 우리 둘만 빼고 온 도시에 멀쩡한 여자는 하나도 없어, 농담이 아니야. 의료적 처치도 없어. 무슨 일이 나면 끝이야, 불러도 아무도 안 올 거야. 유랴틴에 모스크바에서 온 유명 인사가 있대, 교수고 자살한 시베리아 상인의 아들이라던데. 내가 좀 초빙해 볼까 생각하는 동안, 길바닥에 스무 군데나 검문소를 설치해 놓고 재채기할 틈도 없애 버렸어. 이제 다른 얘기를 하자. 그만 가서 자거라, 나도 좀 자야겠다. 대학생 블라제인 때문에 너도 제정신이 아니지. 뭐 하러 앙탈을 부린대. 어쨌거나 감추진 못하지, 얼굴이 가재처럼 새빨개진걸. 너의 그 불행한 대학생은 밤새도록 사진과 씨름하지, 내 사진을 현상하고 인화하거든. 자기들도 못 자고 다른 사람도 못 자게 하면서. 그들의 토미크가 온 도시가 떠나가라고 짖어 대. 까마귀까지 우리 사과나무에서 저렇게 깍깍대니 또 밤새 잠을 못 자겠어. 아니, 너 정말로 삐졌냐, 어쩜 그렇게 신경질적이니? 대학생들이란 처녀들 마음이나 흔들어 놓는 존재인걸."

6

"저기 개가 왜 저렇게 짖고 난리지? 무슨 일인지 한번 봐야겠군. 녀석이 괜히 짖지는 않을 테니까. 잠깐만 있어 봐, 리도치카, 잠깐만, 조용히 좀 해 봐. 상황을 파악해야 해. 누가 언제 들이닥칠지 몰라. 가지 마, 우스틴. 너도 여기 있어, 시보블류이. 너희가 없어도 다 해결될 거야."

중앙에서 온 대표자는 잠깐 기다리며 가만히 있으라는 부탁을 듣지 못하고, 연사다운 빠른 말씨로 지치도록 말을 이어 갔다.

"현재 시베리아의 부르주아-군사 권력은 약탈, 갈취, 폭력, 학살, 고문의 정치로 방황하는 자들을 눈뜨게 해야 합니다. 그들은 노동자 계급뿐 아니라 사태의 본질상 모든 근로 농민 계급에게도 적대적입니다. 시베리아와 우랄의 근로 농민 계급이 이해해야 할 것은 오직 도시 프롤레타리아와 군인의 동맹만이, 키르키즈와 부랴트 빈민층의 동맹만이……."

마침내 그는 청중이 자기 말을 저지하고 있음을 알아듣고는 말을 멈춘 다음 손수건으로 땀범벅이 된 얼굴을 훔쳐 내고 팅팅 부은 눈꺼풀을 피곤한 듯 닫으며 눈을 감았다.

그의 옆에 서 있던 사람들이 나지막이 말했다.

"잠깐 숨 좀 돌려. 목도 축이고."

불안해하는 파르티잔 수장에게 보고가 들어왔다.

"이니, 왜 그렇게 불안해해? 전부 원만해. 창문에 신호등이 켜 있잖아. 비유적으로 말하자면, 감시병의 초소가 두 눈을 부릅뜨고 사방을 감시하는 중이야. 발표를 재개해도 될 것 같은데. 말해 보시오, 리도치카 동지."

큰 창고의 내부는 장작들을 덜어 낸 상태였다. 깨끗이 치워 놓은 부분에서 불법 집회가 열리고 있었다. 통로의 사무소와 입구를 이 텅 빈 절반으로부터 가려 주는, 천장까지 쌓인 장작더미가 집회자들에게 칸막이가 되어 주었다. 위험한 경우 집회자들은 마룻바닥 밑으로 내려가도 되었고 지하 통로는 수도원 벽 너머 콘스탄티놉스키 미궁의 으슥한 뒤뜰로 통했다.

검정색 옥양목 모자를 대머리 끝까지 덮어쓴, 꺼칠꺼칠하고 창백한 올리브색 얼굴에 턱수염을 귀까지 기른 발표자는 신경성 발한증을 앓고 있어 계속해서 땀을 뻘뻘 흘렸다. 그는 탁자 위에서 타오르던 석유램프의 뜨거운 열기에다 피우다만 담배꽁초를 대고 게걸스럽게 불을 붙인 후 탁자 위에 흩어진 종이들 위로 낮게 몸을 숙였다. 근시가 심한 눈으로 그것을 신경질적으로 재빨리 훑어보고 냄새까지 맡는 듯하더니, 그는 생기 없고 피곤한 목소리로 말을 이었다.

"도시 빈민과 농촌 빈민의 이런 연합은 오직 소비에트를 통해서만 실현될 수 있습니다. 싫든 좋든 시베리아의 농민 계급은 이제 그것을 지향할 텐데, 시베리아의 노동자는 이미 오래전부터 그것을 위한 투쟁을 시작했지요. 그들의 공동 목표는 민중이 혐오하는 저 제독들과 수령들의 전제 정권을 타도하는 것, 그리고 전 민중적인 무장봉기를 통해 농부들과 군인들의 소비에트 권력을 확립하는 것입니다. 그와 더불어 완전 무장을 한 카자크 장교들, 부르주아 용병들과 반란군들은 완강한 전면전을 계속해야 할 것입니다."

다시 그는 말을 멈추고 땀을 훔친 다음 눈을 감았다. 누군가가 규정을 무시하고 자리에서 일어나 손을 들고 한마디 하려고 했다.

파르티잔 대장, 더 정확히는 자우랄리예[52] 파르티잔의 케

52) '우랄산맥 너머 지역'이라는 뜻이다.

젬스코예 연합 사령관은 발표자의 바로 코앞에서 도발적이라 할 만큼 방만한 자세로 앉아 있었는데, 일말의 존경심도 보이지 않으면서 그의 말을 거칠게 가로막았다. 소년이나 다름없는 저렇게 젊은 군인이 전 군대와 연합을 지휘한다는 것이, 또 다들 그를 따르고 숭배한다는 것이 좀처럼 믿기지 않았다. 그는 기병대 외투의 섶으로 두 손과 두 발을 감싼 채 앉아 있었다. 벗어 놓은 외투의 윗부분과 의자 등받이에 걸쳐 놓은 두 소매 밑으로, 소위보 견장이 있던 거무스름한 흔적이 있는 군복의 몸통이 드러났다.

그의 양옆에는 말 없는 젊은 장정이, 다시 말해 그와 동년배인 경호원 두 명이 벌써 회색을 띠기 시작한, 가장자리가 곱슬곱슬한 하얀색 양피 외투를 입고 서 있었다. 돌처럼 굳은 그들의 아름다운 얼굴은 상관에 대한 맹목적인 충성과, 그를 위해서라면 무엇이든 하겠다는 결의를 제외하고는 그 무엇도 표현하지 않았다. 그들은 회의에도, 거기서 제기된 문제와 토론의 흐름에도 계속 무관심했으며 딱히 말도 하지 않고 미소도 짓지 않았다.

이 사람들 외에도 창고에는 열 명에서 열다섯 명쯤 되는 사람이 더 있었다. 어떤 사람들은 서 있고, 어떤 사람들은 두 다리를 쭉 뻗거나 무릎을 세워 벽이나 둥글게 튀어나온 통나무 더미에 기댄 채 바닥에 앉아 있었다.

비중 있는 손님들을 위해서는 의자가 마련되었다. 의자는 옛날 1차 혁명에 참여했던 노동자 서너 명이 차지했는데, 그중에는 성격이 침울해진 티베르진과 항상 그에게 맞장구를 쳐 주는 친구인 안티포프 노인이 있었다. 혁명을 통해 자기들의 모든 재능과 희생양을 그 발치에 갖다 바침으로써 신성한 부류에 속하게 된 그들은 말 없고 엄격한 거상처럼 앉아 있었는데, 정치적인 교만이 그들 내부의 모든 살아 있는 것, 인간적인 것을 독살해 버린 상태였다.

창고에는 주목할 만한 인물들이 더 있었다. 러시아 무정부주의의 기둥인 브도비첸코-검은 깃발이 단 일 분도 안정하지 못한 채 바닥에서 일어났다가 앉았다가 창고를 여기저기 걷다가 한복판에 멈추어서기를 반복했는데, 그는 거대한 머리통, 거대한 입, 사자 갈기를 가진 뚱보에 거인, 거의 최근 러시아-터키 전쟁에서도, 어쨌거나 러일 전쟁에서는 장교를 지낸 인물로서 자기만의 미망에 영원히 매몰된 몽상가였다.

워낙에 사람이 착한 탓에, 또 덩치가 커서 큰 키에 안 맞는 소규모 현상은 좀처럼 인지하지 못하는 탓에 그는 지금 일어나고 있는 일에도 충분한 주의를 기울이지 않았으며, 모든 것을 왜곡하여 반대되는 견해를 자신의 견해로 받아들이고 모든 것에 동의했다.

옆자리 바닥에는 그의 지인으로 숲의 사냥꾼이자 포수인 스비리드가 앉아 있었다. 스비리드는 농사를 짓지 않았지만, 대문 옆에서 어두운 색의 모직 루바하 한쪽을 작은 십자가와 함께 움켜쥐고 가슴팍을 긁어 대거나 온몸을 문지르는 모습이 여지없이 땅 파먹고 사는 농민의 천성을 보여 주었다. 이 사람은 반은 부랴트 혈통에 글을 모르는 순박한 사내였는데, 숱이 많은 머리카락을 촘촘히 땋고 있었다. 콧수염이 듬성듬성하고 턱수염은 더 듬성듬성하여 겨우 몇 가닥이었다. 몽골 식 골격 때문에 항상 동정 어린 미소가 밴 주름 진 얼굴은 나이보다 늙어 보였다.

중앙 위원회의 군사 지령을 갖고 시베리아를 돌던 발표자는 자신이 앞으로 포괄해야 할 광활한 공간을 생각 속에서 그려 보았다. 회의에 참석한 대다수에게는 무심했다. 하지만 어린 시절부터 혁명가요 민중 애호가였던 그는 자기 맞은편에 앉아 있는 앳된 사령관을 숭배의 시선으로 바라보았다. 소년의 이 모든 거친 언행도 노인이 보기엔 뿌리 깊고 잠재적인 혁명성의 목소리 같아서 얼마든지 용서가 되었을뿐더러, 사랑에 빠진 여자라면 정복자의 뻔뻔하고 거침없는 태도조차 마음에 들어 하듯, 그의 무차별적 공격에도 마음을 빼앗겼다.

파르티잔 대장은 미쿨리츠인의 아들 리베리였고 중앙에서 파견된 발표자는 한때 사회 혁명당원 쪽에 합류한 바 있는, 과거의 근로파-협동조합원 코스토예드-아무르스키였다. 최근 그는 자신의 입장을 재검토하여 강령의 오류를 인정하고 몇몇 상세한 성명서를 통해 회오를 표명한 다음 공산당에 받아들여졌을 뿐만 아니라 그곳에 입당한 직후 이런 중책을 맡아 파견된 것이었다.

이런 일이 군사 경험이 전혀 없는 그와 같은 사람에게 맡겨진 것은 그의 혁명가 경력과 징역살이와 옥고에 대한 존경의 표시였고 또 예전의 협동조합원으로서 반동 세력이 점령한 서(西)시베리아 농민 계급의 분위기를 잘 알고 있으리라는 가정 덕분이었다. 해당 문제에 있어서는 군사 지식보다 이런 식의 친숙함이 더 중요했던 것이다.

정치 신념의 변화 때문에 코스토예드는 못 알아볼 정도로 변해 있었다. 외양, 몸짓, 행동방식까지 바뀌어, 아무도 그가 그 옛날 대머리에 털보였다는 것을 기억하지 못했다. 혹시 그 모든 것이 변장이었던 걸까? 당은 그에게 신분을 철저히 숨기라고 명령했다. 그의 비밀 호칭은 베렌데이, 그리고 리도치카 동지였다.

브도비첸코가 낭독된 지시 사항에 대해 부적절한 때에 동의를 선언함으로써 초래된 소요가 잠잠해지자 코스토예드는 연설을 계속했다.

"농민 집단의 증대하는 움직임을 가능한 한 완전히 장악하기 위해서는 도 위원회 관할 구역 안에 있는 모든 파르티잔 부대와 즉각적으로 관계를 확립해야 합니다."

이어, 코스토예드는 비밀 아지트, 암호, 약호, 통신 방법 등의 확립에 대해 말했다. 그다음에는 다시 세부 사항으로 들어갔다.

"백군의 여러 기관과 조직의 무기고, 군수품 창고, 식량 창고가 어느 지점에 있는지, 거액의 자금이 어디에 보관되어 있고 보관 시스템은 어떤지 부대에 알려야 합니다.

부대의 내부 조직, 상관들, 군내의 규율, 첩보 활동, 부대와 외부 세계의 관계, 지역 주민에 대한 태도, 야전 군사-혁명 재판, 적군의 영토 내에서의 폭파 전술, 이를테면 교량, 철도, 증기선, 화물선, 기차역, 그 기계 설비가 갖춰진 작업장, 전신국, 광산, 식료품 파괴에 관한 문제도 세부적으로 자세히 밝혀야 합니다."

리베리는 참고 참다가 더 버티지 못했다. 이 모든 것이 본론과는 무관한 도락가적 미망 같았던 것이다. 그는 말했다.

"훌륭한 강연이오. 유념하겠소. 적군의 지지를 잃지 않으려면 이 모든 것을 반박 없이 받아들여야 하겠군요."

"물론입니다."

"그러니까 나더러 뭘 하란 거요, 친애하는 리도치카 동지, 잠깐만요, 포병과 기병까지 포함해 총 세 부대로 구성된 나의 병력이 오래전 원정에서 적을 멋지게 해치운 마당에 당신의 그 유치한 각본을 따르라 이 말이오?"

'정말 멋져! 정말 대단한 힘이야!' 코스토예드는 생각했다.

논쟁하는 사람들을 티베르진이 가로막았다. 리베리의 시건방진 어조가 마음에 들지 않았다. 그는 말했다.

"죄송하지만, 발표자 동지. 확신이 서지 않아서요. 지시 사항 중 하나를 잘못 받아 적은 것 같습니다. 그것을 읽어 보겠습니다. 확인하고 싶어서요. '혁명 당시 전선에 있었고 군인 조직에 소속되어 있던 참전 경험이 풍부한 선임 군인을 위원회로 끌어들이는 것이 극히 바람직하다. 위원회 구성에 한두 명의 하사관과 군사 기술공을 포함시키는 것이 바람직하다.' 코스토예드 동지, 제가 똑바로 받아 적은 겁니까?"

"맞습니다. 토씨 하나 안 틀렸습니다. 맞아요."

"이 경우엔 다음과 같은 점을 지적해야겠습니다. 군사 전문가에 관한 이 항목이 거슬립니다. 1905년 혁명에 참가했던 우리 노동자들은 군인 족속을 불신하는 버릇이 있습니다. 그치들과 어울리면 항상 반혁명 분자가 나오거든요."

주위에서 목소리들이 울려 퍼졌다.

"됐소! 결의안을 내놓으시오! 결의안을! 해산할 시간이오. 늦었습니다."

"나는 대다수의 의견에 찬성이오." 브도비첸코가 굵직한 저음으로 끼어들었다. "시적인 표현을 쓰자면 이렇습니다. 즉, 시민적 제도란, 땅에 심어 뿌리내리는 나무의 휘묻이처럼, 민주적인 토대에서 밑으로부터 자라나야 합니다. 울타리의 말뚝처럼 위에서부터 박을 수는 없습니다. 여기에 자코뱅 독재 정권의 오류가 있었고, 국민 공회가 테르미도르 당원에 의해 짓밟힌 것도 그 때문입니다."

"분명하오." 방랑 시절을 함께 보낸 친구인 스비리드가 거들었다. "삼척동자도 다 아는 얘기요. 더 일찍 생각해야 했는데 이제는 늦었소. 이제 우리의 과업은 투쟁하는 것, 물불을 가리지 않고 전진하는 것이오. 참고 견디라. 안 그러면 어떻게 되겠소, 칼을 뽑았으면 썩은 무라도 잘라야 하지 않겠소? 제 손으로 만든 음식이니 직접 먹어야지. 제 발로 물속에 들어갔으니 투덜대다가는 풍덩 빠지는 거요."

"결의안! 결의안!" 사방에서 요구 소리가 들렸다. 그러고도 점점 더 논리도 없고 제멋대로인 말들이 오가다가 회의는 새벽녘에야 끝났다. 다들 조심하며 따로따로 돌아갔다.

7

가도에 그림처럼 아름다운 곳이 한군데 있었다. 가파른 비탈에 위치한 두 마을은 물살이 빠른 파진카강에 의해 양분된 채 거의 맞붙어 있었는데, 아래쪽으로 뻗은 쿠테이느이 포사드 마을과, 그 아래 알록달록 펼쳐지는 말르이 예르몰라이 촌락이었다. 쿠테이느이에서는 군대에 동원된 신병들을 환송하는 중이었고, 말르이 예르몰라이에서는 슈트레제 대령의 지휘하에 징집 위원회가 부활절 때문에 중단되었던, 징집 대상인 말로-예르몰라이스카야와 몇몇 인접 면의 청년들을 검사하며 업무를 계속하고 있었다. 징집이 있을 경우에는 촌락에 기병 경찰과 카자크들이 와 있었다.

여느 때와 달리 늦은 부활절의 사흘째 되는 날이었고, 이른 봄이라는 계절에 맞지 않게 바람 한 점 없이 따뜻한 날이었다. 떠날 준비를 마친 신병들은 음식이 차려진 식탁들이 쿠테이느이 거리의 노천에, 통행에 지장을 주지 않도록 가도의 가누리에 서 있었다. 식탁들은 완전히 한 줄로 정렬된 것은 아니지만 구불구불하고 긴 호스처럼 땅바닥까지 내려온 하얀 식탁보 밑으로 늘어서 있었다.

신병들이 먹는 것은 추렴한 음식이었다. 대부분은 부활절 때 쓰고 남은 것으로 훈제 햄 두 덩어리, 쿨리치 몇 개, 파스하 두세 개였다.[53] 식탁 위로 소금에 절인 버섯과 오이와 양배추

53) 쿨리치는 둥글고 흰 부활절용 빵이고 파스하는 치즈, 버터, 건포도를 섞

김치를 담은 깊은 그릇, 직접 구워 두툼하게 썬 시골 빵 접시들, 색칠한 달걀을 높은 언덕처럼 쌓은 넓은 접시가 길게 놓여 있었다. 주된 색깔은 장밋빛과 푸른빛이었다.

껍질은 푸른빛이나 장밋빛이지만 속은 흰색인, 깨진 달걀 껍데기가 탁자들 주변 풀밭에 널려 있었다. 청년들의 재킷 밑으로 삐져나온 루바시카도 푸른빛과 장밋빛이었다. 처녀들의 원피스도 푸른빛과 장밋빛이었다. 하늘도 푸른빛이었다. 그토록 느릿느릿하게 유유히 하늘에 떠가는 구름도 장밋빛이었으며, 하늘도 구름과 함께 떠가는 듯했다.

블라스 파호모비치 갈루진의 실크 허리띠를 맨 루바시카도 장밋빛이었는데, 그는 장화 뒤축을 쿵쿵 치고 두 발을 좌우로 내던지며 팝누트킨 집 층계참의 높은 계단에서 탁자들 쪽으로 달려 내려와(팝누트킨 집은 식탁이 즐비한 언덕 위에 있었다.) 말을 시작했다.

"제군들, 나는 샴페인 대신 집에서 담근 이 술 한 잔을 제군들을 위해 비우겠소. 제군들의 앞날에 길이길이 영광 있으라, 젊은 출정자들이여! 신병 여러분! 나는 여러분을 많은 다른 계기와 관점에서 축복하고 싶소. 주목해 주시오. 여러분 앞으로 멀리 뻗어 있는 십자가의 길은, 조국의 들판을 형제 살해의 피로 물들인 압제자들에게서 조국을 결사적으로 보호하는 길이오. 민중은 피를 흘리지 않고 혁명을 쟁취하리라는 꿈을 키웠지만, 볼셰비키 당은 외국 자본의 앞잡이가 되었고 그 바람

어 피라미드형으로 만든 부활절 케이크를 말한다.

에 민중의 염원인 제헌 의회는 총칼의 거친 힘에 의해 해산되고 핏물이 방어막 없는 강물처럼 흐르고 있소. 젊은 출정자 여러분! 정직한 연합군에 대한 의무감을 갖고 러시아 군대의 더럽혀진 명예를 회복합시다. 우리는 또다시 뻔뻔스럽게 머리를 쳐들고 있는 독일과 오스트리아를, 적군을 예의 주시하면서, 우리 자신을 치욕으로 뒤덮었잖소. 하느님이 우리와 함께 하시길, 제군들." 갈루진은 더 말했지만 이미 만세 소리와 블라스 파호모비치를 헹가래 치자는 요구가 그의 말을 덮어 버렸다. 그는 술잔을 입술 쪽으로 가져가 깨끗하게 걸러지지 않은 보드카 액을 홀짝거리기 시작했다. 그는 이 술이 마음에 들지 않았다. 이보다 우아한 향내를 풍기는 포도주에 익숙했던 것이다. 하지만 사회적 희생을 치르고 있다는 의식이 그를 만족시켰다.

"너희 아버지는 독수리야. 저렇게 기막힌 연설을 하시다니! 두마의 밀류코프[54] 저리 가라야. 그렇고말고." 술에 취한 여러 목소리들이 커지는 가운데 고시카 랴브이흐가 반쯤 꼬인 혀로 식탁의 옆자리에 앉아 있는 친구 테렌티 갈루진에게 그의 아버지를 치켜세웠다. "맞는 말이야, 독수리지. 괜히 애를 쓰시는 건 아닐걸. 저런 말을 해서 너를 징집에서 면제시키시려는 거야."

"무슨 소리야, 고시카! 창피하지도 않냐. '면제'라니, 그건 또 무슨 소리야. 너랑 같은 날 통지서가 나올 텐데 면제라니.

---

54) 파벨 밀류코프(1859~1943). 입헌 민주당의 창립자, 역사학자.

우리는 같은 부대에 떨어질 거야. 난 지금 실업 학교에서 쫓겨났거든, 불한당들 같으니. 어머니가 엄청 괴로워하시지. 지원 장교도 안 될 것 같아. 그냥 졸병으로 보내실 거야. 그런데 아버지는 정말 축하 연설에 관한 한, 말도 하지 마, 대가셔. 중요한 건, 대체 어떻게 그런가 하는 거야. 타고나신 거지. 체계적인 교육 같은 건 전혀 받은 적이 없는데도."

"산카 팝누트킨 얘기 들었어?"

"들었어. 그런 전염병에 걸렸다는 게 사실이야?"

"평생 가는 거야. 척수까지 갈걸. 다 제 잘못이야. 다들 가지 말라고 말렸는데. 중요한 것은 누구와 붙어먹었느냐는 거야."

"이제 그는 어떻게 되는 거야?"

"비극이지. 권총 자살을 하려고 했나 봐. 지금 예르몰라이의 위원회에서 검사 중인데 분명히 징집될 거야. 자기 말로는 파르티잔에 들어갈 거래. 사회악에 복수한다고."

"이봐, 고시카. 지금 네가 전염병이라고 했잖아. 하지만 저들한테 안 가도 다른 병에 걸릴 수 있어."

"네가 무슨 얘기를 하는지는 알겠어. 너에게도 그런 일이 있었겠지. 그건 병이 아니라 은밀한 죄악이야."

"그런 말을 지껄이다니, 낯짝을 갈겨 줄까 보다, 고시카. 감히 동지를 모욕하지 마, 옴투성이 거짓말쟁이야!"

"농담이니까 진정해. 내가 하고 싶은 말은 이거야. 나는 파진스크에서 부활절을 보내는 중이었어. 파진스크에서 한 외지인이 「인간의 해방」이라는 강연을 했어. 참 재미있었지. 마음에 들더라고. 제기랄, 나는 무정부주의자가 되겠어. 우리 내부에는 힘이 있지. 성(性)도, 성격도 이런 건 동물적인 전기의 각성이야. 어때? 정말 천재야. 그런데 나 심하게 취했나 봐. 그리고 주변에서 하도 고함을 질러 대서 귀가 먹먹해. 더는 안 되겠어, 테레시카, 입 다물어. 내가 말했잖아, 젖통이 같은 놈, 엄마 앞치마 같은 놈, 주둥이 닥쳐."

"있잖아, 고시카. 하나만 말해 줘. 나는 아직도 사회주의에 관한 말을 다 아는 것이 아니야. 예를 들어, 사보타주니크.[55)]이건 무슨 표현이야? 뭐에 관한 말이야?"

"그런 말들이라면 내가 교수 뺨칠 수준이지만, 너한테 말했지, 테레시카. 그만 떨어져. 나 지금 취했거든. 사보타주니크라는 건 누가 다른 자와 한패라는 거야. 일단 소바타주니크라는 말이 나왔다면 네가 그자와 한통속이라는 거야. 알겠어, 등신아?"

"나도 욕설일 거라고는 생각했어. 한데 전기력에 관해서는 네 말이 맞아. 나는 광고를 보고 페테르부르크에서 전기 밴드를 주문할 생각이었어. 업무 활성화를 위해서지. 대금 교환불로 하고. 그런데 지금 갑자기 새로 다 뒤집힌 거야. 밴드가 문제가 아니야."

테렌티는 말을 끝맺지 못했다. 술 취한 목소리들의 웅성거림을, 멀지 않은 곳에서 울린 큰 폭발음이 눌러 버렸다. 식탁

---

55) 사보타주(태업) 하는 사람이라는 뜻인데, 서로 말장난을 하는 중이다. 밑에 '소바타주니크'의 '소바'는 '부엉이'라는 뜻이다.

앞의 소음이 일순간 그쳤다. 잠시 뒤 그것은 더욱더 무질서한 힘을 발휘하며 재개되었다. 의자에 앉아 있던 사람들 중 일부가 자리에서 벌떡 일어났다. 좀 더 다부진 사람들은 두 발로 버티고 서 있었다. 다른 사람들은 비틀거리며 한쪽으로 나가려다가 견디지 못하고 식탁 밑으로 나뒹굴어 그대로 코를 골았다. 여자들은 새된 소리를 질렀다. 소동이 일어났다.

블라스 파호모비치는 범인을 찾아 사방을 둘러보았다. 처음에 그는 쿠테이느이 어딘가, 심지어 식탁들로부터 멀지 않은 바로 옆에서 터진 것이라고 생각했다. 목이 빳빳해지고 얼굴이 시뻘게진 그는 있는 힘껏 고함을 질렀다.

"우리 대열에 숨어 들어와 추태를 부리는 유다 같은 놈이 누구냐? 어느 호래자식이 여기서 수류탄으로 장난을 쳐? 누구 자식인지 밝혀지기만 하면 내 자식이라도 그 독사 같은 놈의 목을 조를 테다! 참지 맙시다, 시민 여러분, 이따위 장난질은! 일망타진을 요구하는 바요. 쿠테이느이 포사드 마을을 포위합시다! 선동자를 잡아들입시다! 개새끼가 못 빠져나가게 합시다."

처음에는 다들 그의 말을 경청했다. 그다음에는 말르이 예르몰라이의 면사무소에서 하늘로 천천히 치솟는 검은 연기 기둥으로 관심이 옮겨 갔다. 다들 그곳에서 무슨 일이 일어나는지 보려고 절벽 쪽으로 달려갔다.

불타는 예르몰라이 면사무소에서 옷을 벗은 신병들 몇 명이 뛰쳐나왔다. 한 명은 완전히 맨발, 알몸에 바지만 간신히 끌어 올린 채였고, 슈트레제 대령은 신체 검사와 선별 작업을 진행하던 다른 군인들과 함께였다. 마을 입구에서는 카자크들과 경찰들이 똬리를 튼 뱀처럼 몸을 쭉 편 말 위에 앉아 그렇게 몸과 손을 쭉 펴고 채찍을 휘두르면서 이리저리 날뛰고 있었다. 누군가를 찾고 누군가를 붙잡는 중이었다. 수많은 사람들이 쿠테이느이로 가는 길을 달리고 있었다. 예르몰라이 종탑에서는 도망자들을 쫓아 연이어 소란스레 경종이 울렸다.

사건은 무서운 속도로 진행되었다. 황혼 무렵, 슈트레제는 수색을 계속하며 카자크들과 함께 이 마을에서 이웃의 쿠테이느이로 올라갔다. 마을을 쭉 순찰한 다음에는 각각의 집, 각각의 영지를 수색하기 시작했다.

이 무렵, 환송회에 모인 사람들 중 절반이 준비를 갖춘 채 곤드레만드레 취해서 머리를 식탁 모서리에 기대거나 그 밑의 땅바닥으로 떨어뜨린 채 완전히 곯아떨어져 있었다. 경찰이 도착한 사실이 알려졌을 때는 이미 어두웠다.

몇몇 녀석들이 경찰을 피하려고 시골 뒷길로 내뺐는데 서로 걷어차고 찌르고 재촉하면서 처음 맞닥뜨린 곡물 창고의, 지면에 틈이 벌어진 담장 밑으로 기어 들어갔다. 어둠 속이라 누구의 창고인지는 알아볼 수 없었지만, 생선과 등유 냄새로 봐서 소비조합 매점의 지하 창고인 것 같았다.

숨은 사람들은 양심에 거리낄 것이 전혀 없었다. 잘못이라면 몸을 숨긴 것이었다. 대다수는 술에 취해 바보처럼 저도 모르게 그렇게 한 것이었다. 아는 얼굴도 몇몇 있어서, 그들이 빌미를 제공하여 자기들을 파멸시킬 수도 있을 것 같았다. 지금은 모든 것이 정치적인 색채를 띠는 시절 아닌가. 난동과 욕설은 소비에트 지역에서는 흑색 백인조[56]의 표식으로 평가되었고 백군이 설치는 지역에서는 볼셰비키로 여겨졌다.

알고 보니, 그들보다 먼저 오두막 밑으로 숨어든 이들이 있었다. 땅바닥과 곡물 창고 마룻바닥 사이의 공간에 사람들이 가득했다. 쿠테이느이와 예르몰라이 사람들 몇 명이 여기 숨어 있었던 것이다. 전자는 곤드레만드레 취해 있었다. 그들 중 일부는 드르렁거리며 코를 골거나 이를 갈며 신음했고 다른 사람들은 속이 메스꺼운 탓에 구토를 했다. 곡물 창고 밑은 한 치 앞도 안 보일 만큼 컴컴한 데다 갑갑하고 악취가 코를 찔렀다. 마지막에 들어온 사람들은 자기들이 지나온 틈새를, 구멍 때문에 발각되는 일이 없도록 안쪽에서 흙과 돌로 막았다. 술 취한 사람들의 코고는 소리와 신음 소리는 곧 멎었다. 다들 편히 자고 있었다. 완전한 적막이 찾아왔다. 그저 한구석에서 죽도록 겁을 먹어 좀처럼 진정하지 못하는 테렌티 갈루진과 예르몰라이의 싸움꾼인 코시카 네흐발렌느이흐의 조용한 속삭임이 들릴 뿐이었다.

"작작 좀 으르렁대, 이 개자식, 이러다가 다 죽겠어, 이 코흘리개 새끼야. 슈트레제 일당이 돌아다니는 소리가 들리잖아. 왔다 갔다 하는군. 어귀에서 방향을 틀어 쭉 걷고 있으니 곧 여기에 올 거야. 봐, 왔잖아. 잠자코 있어, 숨도 죽여, 목을 졸라 버리겠어! 자, 너의 행복은 멀리 있어. 그냥 지나간 모양이야. 무슨 귀신에 씌어서 여기까지 왔어? 등신 같은 놈은 뭐 하

---

56) 1900년에 결성된 반혁명 운동 단체.

러 숨었대! 누가 너를 손가락으로라도 건드린대?"

"고시카가 숨으라고 외치는 소리가 들리더라고. 젠장. 그래서 기어 들어온 거야."

"고시카는 다른 문제지. 랴브이흐 가족은 몽땅 요주의 인물이야, 가망이 없어. 그들은 호다츠코예에 친척이 있어. 직공, 순수 노동자들이지. 꿈틀대지 마, 이 병신아, 가만히 누워 있으란 말이야. 사람들이 사방에다 똥을 싸고 구토를 해 놨어. 조금만 움직여도 너도 똥칠이고 나도 똥칠이야. 안 들려, 어, 구린내 좀 봐. 슈트레제가 왜 마을을 돌아다니게? 파진스크 사람들을 찾고 있는 거야. 외지인들 말이야."

"아니, 코시카, 어쩌다 이 모든 일이 일어난 거야? 어디서 시작된 거야?"

"몽땅 산카, 산카 팝누트킨 탓이야. 우리는 신체 검사를 받기 위해 옷을 벗고 일렬로 서 있었어. 산카 차례가 됐는데 옷을 벗지 않는 거야. 술을 잔뜩 마셔서 출석할 때 제정신이 아니었거든. 서기가 그를 훑어봤어. '옷을 벗으시오.'라고 했지. 그것도 정중하게. 산카에게 높임말을 썼거든. 그런데도 산카가 정말 거칠게 나온 거야. '벗지 않겠어. 사람들한테 신체의 일부를 보여 주기 싫다고.' 창피했던 모양이야. 그러고는 서기 쪽으로 옆구리를 움직이는가 싶더니 방향을 틀기 무섭게 턱을 갈겨 버린 거야. 그렇지. 그런 다음 어떻게 됐을까. 눈 깜짝할 새에 산카가 몸을 구부려 관청의 책상 다리를 잡아챘고, 잉크병이며 군인 명단이며 책상 위에 있던 모든 것을 몽땅 마룻바닥에 던졌어! 슈트레제가 사무실 문간에서 외치더군. '난폭

한 짓은 참지 못해, 너희에게 징병 사무실에서 무혈 혁명과 법률의 무시에 대해 본때를 보여 줄 테다. 선동자가 누구야?'

그런데 산카가 창가로 갔어. '살려 줘, 옷을 집어 들어! 이제 우리는 끝이야, 동지들!' 하고 외치더군. 나는 옷을 잡고 달리는 중에 옷을 입으며 산카에게 갔어. 산카는 주먹으로 유리를 깨고 쌩하니 거리로 뛰쳐나가 바람처럼 들판으로 내뺐지. 나도 그 녀석을 따라갔어. 다른 녀석들도 따라왔고. 하지만 어쩌다 이 모든 일이 일어났을까? 나한테 물어봐야 아무도 아무것도 이해하지 못할 거야."

"그럼 폭탄은?"

"폭탄이라니?"

"그럼 누가 폭탄을 던진 거냐고? 폭탄이 아니라 수류탄 말이야."

"맙소사, 우리가 그런 짓을 했다는 거야?"

"그럼 대체 누구 짓이야?"

"내가 어떻게 알아. 누구 다른 사람이겠지. 소란이 일어난 것을 보고서 혼란한 틈에 면을 폭파하자고 생각했는지도 모르고. 다른 놈들 소행으로 생각하겠지, 하는 마음으로. 무슨 정치범일걸. 여기에는 정치범들, 파진스크 출신들이 넘쳐 나잖아. 쉿. 입 다물어. 목소리가 들려. 들리지, 슈트레제 일당이 돌아오고 있어. 어, 사라졌군. 잠자코 있어, 좀."

목소리들이 가까워졌다. 군화들이 삐거덕거리고 박차들이 절그럭거렸다.

"토 달지 마시오. 나를 속이진 못해. 그런 부류가 아니올시다." 어딘가에서 대령이 페테르부르크 말투로 상관답게 발음을 또렷이 하면서 말하는 소리가 들렸다.

"그렇게 생각하셨을 법도 합니다, 각하." 말르이 예르몰라이 마을의 촌장인 늙은 어부 오트뱌지스틴이 그를 달래는 중이었다. "하지만 시골인데 대화가 오간들 뭐 그리 놀랄 일입니까. 공동묘지가 아니잖습니까. 어디서 대화를 나눴겠지요. 집안에 말 못하는 벙어리들만 있는 것도 아니고요. 어쩌면 누가 자다가 집귀신한테 목이 졸렸는지도 모르고요."

"어럽쇼! 그렇게 바보인 척, 카잔의 고아인 척 굴다니 본때를 보여 줘야겠군! 집귀신이라니! 여기 당신들 심히 해이해졌어. 이제 국제적인 문제까지 머리를 굴리겠군. 그때는 늦을 거요. 집귀신이라니!"

"그럴 리가요, 각하, 대령님! 아니, 국제적인 문제라니요! 몽땅 바보 천치에 일자무식인걸요. 옛 기도서도 더듬더듬 읽는다고요. 그런 치들이 혁명은 무슨."

"첫 번째 증거가 나올 때까지는 항상 그렇게들 말하지. 소비조합을 위아래로 샅샅이 조사해. 뒤주도 모두 흔들어 보고 계산대 밑도 살펴봐. 인접 건물도 다 수색할 것."

"알겠습니다, 각하."

"팝누트킨, 랴브이흐, 네흐발렌느이흐는 산 채로든 죽은 채로든 잡아 와. 바다 밑바닥까지 가서라도. 그 갈루진의 새끼 녀석도. 제 아비가 애국적인 연설을 하고 주둥이를 놀리는 것도 괜찮아. 오히려 정반대야. 그런다고 무뎌질 우리가 아니지. 일단 상점 주인이 연설을 한다는 것 자체가 심상치 않아. 뭔가

미심쩍어. 이건 자연을 거스르는 일이거든. 크레스토보즈드비젠스크의 그놈들 마당에 정치범이 숨어 있고 비밀 집회를 조직한다는 비밀 정보가 있어. 꼬마 녀석을 잡아 와. 어떻게 할지는 아직 결정하지 못했지만, 뭐든 드러나면 나머지 놈들에게 본보기가 되도록 가차 없이 처형하겠어."

수색을 하던 사람들이 멀어졌다. 그들이 충분히 멀어졌을 때 코시카 네흐발렌느이히가 사색이 된 테레시카 갈루진에게 물었다.

"들었지?"

"응." 상대방이 제 목소리가 아닌 듯한 소리로 웅얼댔다.

"이제는 너와 나, 산카와 고샤는 숲속으로 가는 길밖에 없어. 영원히라고 말하는 건 아니야. 오해가 풀릴 때까지만이라도. 저들도 정신이 들면 그때는 보이겠지. 그럼 우리도 돌아올 테고."

11부

숲의 군단

1

유리 안드레예비치가 파르티잔의 포로가 된 지 벌써 이 년째였다. 이 부자유의 경계는 아주 애매했다. 유리 안드레예비치가 포로로 잡혀 있는 곳에는 담장이 없었다. 그는 감시의 대상도, 관찰의 대상도 아니었다. 파르티잔 부대는 계속 이동했다. 유리 안드레예비치는 그들과 함께 움직였다. 이 부대는 나머지 민중과 동떨어지지도, 유리되지도 않았는데, 그들의 마을과 읍내를 통해 움직였기 때문이다. 군대는 민중과 뒤섞이고 또 그 속에 녹아들었다.

속박과 포로 상태는 존재하지 않는 것처럼, 의사는 자유의 몸이되 그것을 이용할 줄을 모르는 것처럼 보였다. 의사의 속박, 그의 포로 상태는 삶 속의 다른 모습의 강제와 전혀 구별되지 않았으니, 그 역시 볼 수도, 만질 수도 없어 뭔가 존재하지 않는 키메라나 공상의 산물처럼 여겨지지 않던가. 가쇄도, 쇠사슬도, 감시도 없지만 의사는 얼핏 상상처럼 보이는 자신의 부자유에 복종할 수밖에 없었다.

세 번이나 파르티잔에서 도망치려고 했으나 모두 그가 잡히는 것으로 끝났다. 그들은 그를 내버려 두었는데 이건 불장난 같은 것이었다. 그는 더 이상 그런 시도를 하지 않았다.

파르티잔 대장인 리베리 미쿨리츠인은 그를 후하게 대했으며, 자신의 막사에서 자도록 하고 그와 어울리는 것을 좋아했다. 유리 안드레예비치는 이렇게 치근대며 친한 척 구는 것이 부담스러웠다.

2

그 시기에 파르티잔은 거의 끊임없이 동쪽으로 물러나고 있었다. 때로 이런 이동은 콜차크를 서(西)시베리아에서 몰아내기 위한 총공격 계획의 일부였다. 때로는 백군이 파르티잔을 포위해 후방으로 몰아넣으려 하자, 같은 방향의 움직임이 후퇴로 바뀌었다. 의사는 이 오묘한 일의 의미를 한동안 파악하지 못했다.

이런 퇴각은 대부분 가도와 평행하여 이루어지거나, 가끔씩 그것을 지나면서 이루어졌는데, 그 근처의 소도시와 촌락은 다양해서 전황의 변화에 따라 백군의 것이 되기도 하고, 적군의 것이 되기도 했다. 겉으로는 그것이 어느 군의 수중에 있는지 좀처럼 판단할 수 없었다.

농민 의용군이 이런 소도시와 촌락을 지날 때면, 바로 그곳을 지나는 군대가 그들의 주력이 되었다. 양쪽 길가로 늘어선 집들은 땅속으로 잠입해 사라지는 것 같고 진흙 속을 나아가는 기병들, 말들, 대포들, 장비를 둘둘 말아 지고 몰려가는 장신의 저격병들이 길 위에서 집들보다 높이 솟아 있는 것처럼 보였다.

어느 날 그런 어느 곳에서 의사는 영국 의약품 재고를 전리품으로 받았는데, 카펠[57] 장교 부대가 퇴각하면서 버린 것이었다.

비가 내리는 우중충한 날이었고 색깔은 두 가지였다. 빛을 받는 것은 모두 하얬고 빛을 받지 않는 것은 모두 까맸다. 영혼 안에도 그렇게 단순화된 암흑이 깃들어 그것을 완화해 주는 변화나 음영은 없었다.

군대의 잦은 이동 때문에 완전히 짓밟힌 길은 검은 진창의 격류가 되어, 여울을 건너지 못할 곳도 더러 있었다. 서로 몹시 멀리 떨어진 몇 군데에서만 길을 건넜고 그리로 가려면 양쪽에서 빙빙 둘러 가야 했다. 이런 상황인데 의사는 파진스크에서 예전에 같은 기차를 탔던 펠라게야 탸구노바와 마주쳤다.

그녀가 먼저 그를 알아보았다. 그는 눈에 익은 얼굴인데 누구인지 바로 인지하지는 못했고, 여자는 길 건너편 운하의 한

57) 블라디미르 카펠(1883~1920). 러시아 내전 당시 백군을 지휘한 장군.

쪽 편에서 맞은편을 바라보듯, 만약 그가 자기를 알아보면 기꺼이 인사를 나눌 의지가 있지만 아니면 그냥 물러날 용의가 있음을 담은, 이중적인 시선을 던졌다.

잠시 뒤 모든 것이 떠올랐다. 미어터지던 화물칸, 강제 노역에 동원된 유형수 무리와 그 호송병 무리, 땋은 머리채를 가슴팍에 늘어뜨린 여자 승객의 형상들과 함께 그림의 한복판에 자기 가족이 보였다. 재작년의 가족 여행이 세세하게, 환하게 그를 에워쌌다. 죽도록 그리운 혈육의 얼굴이 그의 앞에 생생하게 되살아났다.

그는 탸구노바에게 거리의 약간 위쪽, 진흙에서 튀어나온 돌 위로 길을 건널 수 있는 곳으로 올라오라고 고갯짓으로 신호를 보내고 그 자신도 그곳까지 가 탸구노바 쪽으로 건너간 다음 그녀와 인사를 나누었다.

그녀에게 많은 이야기를 들을 수 있었다. 탸구노바는, 그들과 같은 난방차에 탔던, 불법으로 강제 노역자 무리에 붙들려 온 순결한 미소년 바샤를 상기시킨 다음, 베레텐니키 마을, 바샤 엄마의 집에서 지낸 일을 의사에게 묘사해 주었다. 그녀는 그들 집에 사는 것이 좋았다. 하지만 마을 사람들은 밖에서 온 타지 사람이라는 이유로 그녀를 눈엣가시로 여겼다. 그녀가 바샤와 가까운 사이라는 식의 헛소문까지 지어내 욕했다. 완전히 쪼아 먹히기 전에 제 발로 떠나지 않을 수 없었다. 그녀는 크레스토보즈드비젠스크 시, 여동생 올가 갈루지나 집에 거처를 정했다. 파진스크에서 프리툴리예프를 봤다는 식의 소문에 이끌려 여기로 온 것이었다. 알고 보니 가짜 정보였지만 그녀는 여기서 일자리를 구하고 아예 눌러앉았다.

그동안 그녀가 아끼는 사람들에게 불행이 닥쳤다. 베레텐니키 마을이 식량 징벌 법률에 복종하지 않았다는 이유로 군사 제재를 받게 됐다는 소식이 전해졌다. 보아하니 브르이킨의 집은 불타 버렸고 바샤 가족 중 누군가가 사망한 것 같았다. 크레스토보즈드비젠스크, 갈루진 집안은 집과 재산을 빼앗겼다. 형부는 투옥되었거나 총살되었다. 조카는 행방불명되었다. 이렇게 영락한 첫 시기에 여동생 올가는 너무 가난해 배를 곯았지만, 지금은 즈보나르스카야 자유민 촌락에 있는 친척의 농가 일을 해 주며 입에 풀칠을 하고 있다.

우연히도, 탸구노바는 파진스크의 약국에서 부엌일을 하고 있었고, 의사는 바로 그곳의 재산을 곧 압수할 터였다. 이 압수는 탸구노바를 포함하여 약국에 붙어먹고 사는 사람 모두를 영락시킬 터였다. 하지만 그것을 취소하는 것은 의사의 권한이 아니었다. 탸구노바는 물품을 인도할 때 그 자리에 있었다.

유리 안드레예비치의 짐마차는 약국의 뒷마당, 창고의 문쪽에 대졌다. 건물에서 짐짝, 버드나무 가지로 감은 약병, 상자 등을 내오는 중이었다.

약사의 비쩍 마른 옴투성이 암말이 마구간에서 슬픈 눈으로 사람들과 함께 짐 싣는 풍경을 지켜보았다. 비 오는 날이 저물고 있었다. 하늘이 살짝 갰다. 먹구름에 가려 있던 태양이 잠깐 모습을 드러냈다. 그것은 지는 중이었다. 햇빛은 어두운 청동처럼 마당으로 튀기며 질척한 거름 웅덩이를 불길한 황금빛으로 물들였다. 바람도 일렁임을 만들지 못했다. 걸쭉한 거름 더미는 어떤 중량에도 끄떡하지 않았다. 그 대신 도로를 덮은 빗물이 바람 따라 어른거리며 수은 같은 잔물결을 만들었다.

그런데 부대는 가장 깊은 호수와 웅덩이를 말을 탄 채, 혹은 도보로 가장 깊은 호수와 웅덩이를 피해 길의 가두리를 따라 걷고 또 걸었다. 압수한 의약품 세트에서 온전한 코카인 한 병이 나왔는데, 그 냄새는 최근 파르티잔 대장의 약점이 되었다.

3

파르티잔 부대에서 의사는 열심히 일했다. 겨울에는 발진티푸스, 여름에는 이질, 그 밖에도, 군사 활동이 재개되어 전투가 있는 날에는 부상자들이 더욱 많이 밀려들었다.

패배와 퇴각이 더욱 잦아졌지만, 농민군이 지나가는 지역에서 새로 봉기한 자들과 적의 진영에서 도망친 자들이 가세하여 파르티잔의 대열을 끊임없이 채웠다. 의사가 파르티잔 부대에 머물렀던 일 년 반 동안 그들의 수는 열 배로 불어났다. 리베리 미쿨리츠인이 크레스토보즈드비젠스크의 지하 참모 회의에서 자신의 병력을 얘기했을 때는 대략 열 배쯤 부풀린 것이었다. 지금은 실제 규모가 그 정도였다.

유리 안드레예비치에게는 조수들, 즉 어느 정도 경험이 있는 신참 위생병이 몇 명 딸려 있었다. 진영에서는 라유시 동지로 불리는 헝가리 공산주의자이자 포로 출신 군의관인 케레니라이오시, 그리고 역시나 오스트리아군의 포로이자 크로아티아인인 간호장 안겔랴르는 의료 분과에서 그의 오른손 역할을 했다. 라유시와는 독일어로 의사소통을 했고, 슬라브 발칸 반도 출신인 안겔랴르는 러시아어를 그럭저럭 알아들었다.

4

국제 적십자 협약에 의하면 군의관과 위생 분과 근무자는 무장한 채 전투 행위에 참전할 권리가 없다. 하지만 어느 날, 의사는 자신의 의지에 반하여 이 규칙을 어겨야 했다. 접전이 시작되었을 때 그는 전장에 있었고 전투하는 사람들과 운명을 공유하며 방어 사격을 하지 않을 수 없었다.

파르티잔의 산병선은 숲가에 위치해 있었는데, 포화가 덮쳐 와 의사는 부대의 통신병 바로 옆에 엎드렸다. 파르티잔의 등 뒤에는 타이가가 있고 앞에는 아무런 보호막도 없이 탁 트인, 벌거벗은 들판이 펼쳐져 그리로 백군이 공격을 감행하며 걸어오고 있었다.

그들은 벌써 코앞까지 와 있었다. 의사의 눈에는 그들의 얼굴 하나하나가 다 보였다. 수도에서 온 비군사 계층에 속하는 소년들, 청소년들, 그리고 예비역으로 동원된 나이가 지긋한 사람들이었다. 하지만 주조를 이루는 것은 첫 부류인 젊은이들, 말하자면 최근에 의용군에 지원한 대학교 1학년생과 김나지움 8학년 학생들이었다.

아는 사람이 아무도 없었지만 의사는 그 절반이 어디선가 본 익숙하고 잘 아는 얼굴인 듯 생각되었다. 어떤 사람들은 옛 동창생들을 상기시켰다. 어쩌면 그네들의 남동생은 아닐까? 또 다른 이들은 옛날에 극장이나 거리의 무리 속에서 마주친 것 같기도 했다. 표정이 풍부하고 매력적인 그들의 용모가 자기 사람인 듯 가깝게 여겨졌다.

그들은 자신들이 이해한 방식대로의 의무에 복종한다는 사실에 고무되어 불필요하고 도발적인 용맹에 사로잡혔다. 엉성한 산개 대행을 이루며 정규 근위병의 자세를 능가할 만큼 몸을 쭉 펴고 걸었으며, 평원에 몸을 숨길 수 있는 울퉁불퉁한 곳과 언덕과 돌출부가 있음에도 엎드리는 법 없이 위험을 감수하며 들판을 가로질렀다. 파르티잔의 총알은 거의 그들을 쓰러뜨렸다.

백군이 전진해 오는 헐벗은 넓은 들판 한가운데에 불타 버린 고목 한 그루가 서 있었다. 번갯불이나 모닥불에 타 버렸거나 앞선 전투에서 쪼개지고 불탄 것이었다. 진격 중인 의용군의 저격병은 저마다 그 고목에 시선을 던지며, 좀 더 안전하고 정확하게 겨냥하기 위해 그 줄기 뒤로 가고 싶은 끌림과 싸웠지만, 유혹을 뿌리치고 앞으로 나아갔다.

파르티잔의 탄약은 한정돼 있었다. 아껴야 했다. 근접 거리에서 눈에 보이는 표적만 쏘라는 명령이 있었고 내부에서 그렇게 합의되었다.

의사는 무기 없이 풀밭에 엎드려 전투의 흐름을 지켜보았다. 그의 공감은 모두 영웅적으로 파멸한 아이들 편에 가 있었다. 그는 진심으로 그들이 승리하기를 바랐다. 그들은 분명히 그와 정서적으로 가까운 집안, 즉 그와 비슷한 교육 환경과 정신적 지향, 사고방식을 가진 집안의 후예였으리라.

저들 쪽에 있는 저 평원으로 달려가서 항복하자, 그런 식으로 구조되자 하는 생각이 꿈틀거렸다. 하지만 그것은 위험을 무릅쓴, 죽기 살기의 일보였다.

양손을 위로 들어 올리고 평원 한가운데까지 달려가는 동안 양쪽에서 가슴과 등을 공격하여 쓰러뜨릴 수도 있다. 아군은 배신을 벌하기 위해서, 적군은 그의 의도를 헤아리지 못해서 말이다. 이와 비슷한 상황에 처한 적이 한두 번이 아니어서 모든 가능성을 곰곰 따져 보았고 이미 오래전에 이런 탈출 계획은 부질없는 것임을 인정하지 않았던가. 그리하여 이중적인 감정을 달래면서 의사는 얼굴을 평원으로 향한 채 계속 엎드려 있었고, 무기도 없이 전투의 흐름을 좇았다.

하지만 주위에서 죽느냐 사느냐 하는 전투가 한창인데 관망만 할 뿐 아무것도 하지 않는 것은 생각도 할 수 없는 일, 인간의 힘을 넘어서는 일이었다. 그리고 문제는 그의 부자유가 속박해 놓은 이 처지에 충성하고 자신을 방어하는 것이 아니라 지금 이 사건의 질서를 따르고 자신의 앞과 주변에서 펼쳐진 일의 법칙에 복종하는 것이다. 그것에 계속 관심을 두지 않는 것은 규칙에 어긋나는 일이었다. 다른 사람들이 하는 것과 똑같은 것을 해야 했다. 전투가 진행 중이었다. 그와 동지들이 총격을 받고 있었다. 방어 사격을 해야 했다.

산병선에서 그의 옆에 있던 통신병이 경련하며 몸부림친

다음 잠잠해지더니 꿈쩍도 않고 쭉 뻗었을 때, 유리 안드레에비치는 그에게로 기어가서 가방을 벗기고 그의 총을 쥐고 원래 장소로 돌아와 한 발 한 발 쏘기 시작했다.

하지만 동정심이 밀려와 그가 그토록 완상하며 공감했던 젊은이들을 겨눌 수가 없었다. 그렇다고 바보처럼 허공에 쏘는 것은 그의 의도에 모순되는 너무나 어리석고 한심한 짓이었다. 그래서 그와 그의 과녁 사이에 공격하는 사람들이 아무도 없게 되는 순간을 골라 불타 버린 나무를 겨냥해 쏘기 시작했다. 그에게는 나름의 기법이 있었다.

겨냥을 하되 조준이 더욱 섬세해짐에 따라 언제 발사하겠다는 계산 없이 방아쇠를 눈에 뜨일락 말락, 끝까지 누르지는 않은 채, 공이치기가 예상을 빗나간 듯 저절로 내려질 때까지, 의사는 손에 익은 적중률을 자랑하며 고목을 쏘아 밑쪽의 바싹 마른 가지를 그 주변에 흩뿌리기 시작했다.

하지만 오, 끔찍해라! 의사가 아무도 안 맞히려고 해도 아무리 조심해도, 결정적인 순간에 이린저런 사람이 공격 중에 그와 나무 사이로 들어와 발사의 순간에 조준선을 가로질렀다. 그는 두 명을 맞혀 부상을 입혔고 나무 옆에서 나뒹군 세 번째 불운아, 이자는 목숨을 잃었다.

마침내 백군 지휘대는 시도의 무익함을 확신하고 퇴각 명령을 내렸다.

파르티잔 쪽은 수가 적었다. 주요 병력의 일부는 행군 중이었고, 또 일부는 한쪽으로 물러나 더 강력한 적의 부대와 접전을 시작했다. 부대는 병력이 적은 것을 드러내지 않으려고 퇴각하는 적을 추격하지 않았다.

간호장 안겔랴르는 들것을 든 위생병 둘을 숲가로 데려갔다. 의사는 그들에게 부상자들을 돌보라고 명령하고 그 자신은 꿈쩍도 않고 누워 있는 통신병 쪽으로 다가갔다. 그 사람이 아직도 숨을 쉬고 있으리라는, 소생시킬 수 있으리라는 막연한 희망이 있었다. 하지만 통신병은 죽어 있었다. 이 점을 최종적으로 확인하기 위해 유리 안드레예비치는 그의 가슴팍 루바시카를 풀고 심장 소리를 들어 보았다. 멎어 있었다.

전사자의 목에는 부적 주머니가 끈에 매달려 있었다. 유리 안드레예비치는 그것을 풀었다. 그 안에는 접은 모서리들이 썩고 닳아 버린 종잇장이 헝겊 조각에 꿰매져 있었다. 의사는 절반은 삭고 바스러진 그 조각을 펼쳤다.

종이에는 「시편」 90장[58]에서 발췌한 글이 쓰여 있었는데, 베껴쓰기를 거듭하는 동안 점차 원본에서 멀어지고 민중이 기도문에 포함시킨 정정과 일탈이 담겨 있었다. 교회 슬라브어 텍스트의 단편이 러시아어 맞춤법으로 다시 쓰여 있었다.

「시편」에는 "지극히 높으신 분의 보호 속에 사는 이"[59]라고 돼 있다. 러시아어 기록에는 이것이 "살아 있는 보호"라는 주문(呪文)의 표제가 되었다. 「시편」의 시구 "너는 무서워하지 않으리라……, 낮에 날아드는 화살도[60]"는 "날아다니는 전쟁의 화살을 두려워하지 말라."라는 격려의 말로 바뀌어 있었다.

58) 실제로는 「시편」 91장이다.
59) 「시편」 91장 1절.
60) 「시편」 91장 5절.

"그가 나의 이름을 알기에"[61]라고 시편은 말한다. 한데 러시아어로는 "나의 이름이 늦다."로 돼 있다. "환난 가운데 내가 그와 함께 있으며 그를 해방하여……"[62]는 러시아어로 "곧 겨울이 오면 그를"로 바뀌었다.

「시편」 텍스트는 총알을 막아 주고 기적을 일으키는 것으로 여겨졌다. 군인들은 그것을 과거 황제 시대의 전쟁 때부터 부적의 형태로 몸에 지니고 다녔다. 수십 년이 지났고 훨씬 뒤에도 포로들은 죄수복에 그것을 꿰매 넣고 취조관에게 야밤의 심문을 받으러 불려 나갈 때마다 속으로 되뇌곤 했다.

유리 안드레예비치는 통신병 곁을 떠나 평원을 가로질러서 자기가 죽인 젊은 백군 병사의 시신 쪽으로 갔다. 청년의 아름다운 얼굴에는 순결함과 모든 것을 용서한 고통의 표정이 새겨져 있었다. '어째서 나는 그를 죽였을까?' 의사가 생각했다.

그는 전사자의 외투 단추를 풀고 그 앞자락을 활짝 펼쳤다. 안섶에는 멋진 흘림체 글씨가 정성껏 수놓아져 있었는데, 분명히 사랑이 넘치는 어머니의 손길이었을 것이다. 세료지 란체비치, 전사자의 이름과 성이었다.

세료자의 루바시카의 진동을 가로질러 십자가와 펜던트와 어떤 납작한 황금 케이스인지, 아니면 못을 박아 뚜껑이 움푹 들어간 듯 망가진 담뱃갑인지 하는 것이 쇠사슬에 매달린 채 밖으로 굴러 나와 드리워져 있었다. 케이스는 반쯤 열려 있었

61) 「시편」 91장 14절.
62) 「시편」 91장 15절.

다. 거기서 접힌 종잇장이 나왔다. 의사는 그것을 펼쳐 보고는 자신의 눈을 믿지 못했다. 그것 역시 「시편」 90장이었지만,[63] 인쇄된 것에다가 완전히 슬라브어 원전이었다.

그때 세료자가 신음 소리를 내더니 몸을 쭉 뻗었다. 살아 있었던 것이다. 나중에 밝혀진바, 그는 가벼운 내부 타박상을 입고 실신한 것이었다. 총알은 날아와 어머니가 만들어 준 부적 케이스에 박혔고 그 덕분에 그는 목숨을 구했다. 하지만 의식을 잃고 누워 있는 이 사람을 어떻게 할 것인가?

그 무렵 교전 중인 자들의 흉포함은 극에 달해 있었다. 포로는 산 채로 정해진 장소까지 인도되지 못했는데, 적의 부상병들을 들판에서 총검으로 찔러 죽인 탓이었다.

숲속의 농민 의용군은 신참 지원병들이 들어오기도 하고 고참 대원들이 도망쳐 적진으로 넘어가기도 하는 등 구성원이 유동적이었으므로, 비밀을 엄수하면 란체비치를 최근에 합류한 신참병으로 위장할 수 있었다.

유리 안드레예비치는 전사한 통신병의 윗도리를 벗겼고, 자신의 생각을 안겔랴르에게 털어놓은 다음 그의 도움을 받아 여전히 의식이 없는 청년의 옷을 갈아입혔다.

그와 간호장은 청년을 정성껏 돌보았다. 란체비치는 완전히 회복되자 생명의 은인들에게 콜차크 부대로 돌아가 계속 적군과 투쟁하겠다는 의사를 숨기지 않았고, 그럼에도 그들은 그를 순순히 풀어 주었다.

---

63) 역시 실제로는 91장이다.

5

가을에 파르티잔 진영은 높은 언덕 위의 자그마한 숲속인 리시 오토크에 있었는데, 거품이 일 만큼 물살이 센 강물이 그 삼면을 감싸고 강가를 격류로 파먹으면서 질주했다.

이곳은 파르티잔이 오기 전에 카펠 부대가 겨울을 난 곳이었다. 그들은 자기들의 손과 인근 마을 사람들의 노동으로 숲을 요새화했지만 봄에는 그곳을 떴다. 폭파되지 않은 그들의 엄폐호와 참호와 교통호에는 지금 파르티잔들이 진을 치고 있었다.

리베리 아베르키예비치는 자신의 움막을 의사와 공유했다. 그는 이틀째 밤에 말을 걸어 잠을 못 자게 했다.

"존경해 마지않는 나의 부친, 존경하는 아바마마가 지금 어떻게 지내시는지 알고 싶군요."

'맙소사, 이 광대 같은 어조를 어디까지 참아야 할까.' 의사가 속으로 탄식했다. '게다가 정말 세 아버지의 판박이구나.'

"우리가 이제껏 나눈 이야기로 미루어 보면 당신은 아베르키 스테파노비치를 상당히 잘 알았던 것 같습니다. 그리고 내 생각으론, 그분에 대해 썩 나쁘지 않은 견해를 갖고 있는 것 같은데. 어떻습니까, 친애하는 선생?"

"리베리 아베르키예비치, 내일은 우리 기지에서 선거를 앞두고 집회가 있을 겁니다. 그 밖에도, 집에서 보드카를 담근 위생병들에 대한 재판도 코앞에 닥쳤습니다. 나와 라이오시는 그와 관련된 자료를 아직 준비하지 못했습니다. 우리는 내일 그 일로 모일 겁니다. 한데 나는 이틀 밤을 못 잤거든요. 대화는 좀 미뤄 둡시다. 제발 좀 봐주십시오."

"안 돼요. 어쨌거나 아베르키 스테파노비치 얘기로 돌아갑시다. 이 노친네를 어떻게 생각하십니까?"

"당신의 아버지는 아직 완전히 젊으세요, 리베리 아베르키예비치. 대체 그분을 왜 그렇게 평하시는지. 어쨌거나 지금 대답을 해 드리죠. 종종 말씀드렸지만, 나는 사회주의의 개별적 단계, 그리고 볼셰비키와 다른 사회주의자의 차이를 잘 파악하지 못하겠습니다. 당신의 아버지는 최근 러시아를 휩쓴 소요와 무질서에 대해 책임을 져야 할 부류입니다. 아베르키 스테파노비치는 혁명가적 유형이자 그런 성격입니다. 그러니까 당신처럼 러시아의 발효소를 대변한달까요."

"그건 뭡니까? 칭찬입니까, 질책입니까?"

"거듭 부탁드리지만, 이런 논쟁은 좀 더 적절한 시점이 올 때까지 미룹시다. 게다가 당신은 또다시 무절제하게 맡고 있는 코카인에 신경을 쓰셔야 될 듯합니다. 내 관할의 의약품 창고에서 제멋대로 빼돌리고 있잖습니까. 그건 독극물인 데다가 내가 당신의 건강을 책임지는 처지라는 점은 차치하더라도, 다른 목적을 위해 우리에게 필요하단 말입니다."

"어제도 역시 강습에 나오지 않으셨더군요. 당신의 사회적 혈관은 글자도 못 읽는 시골 아낙네들이나 고집불통의 속물처럼 위축되어 있어요. 하지만 당신은 박식한 의사 양반에다 심지어 직접 뭔가를 쓰기까지 하는 모양이더군요. 설명해 주시죠, 어떻게 그럴 수 있죠?"

"어떻게 그렇게 되는지는 모르겠어요. 분명히 어떻게도 조화를 못 이루고 아무것도 안 되는 것 같아요. 나는 동정을 받아야 할 몸입니다."

"지나친 겸손은 오만보다 나빠요. 뭘 그렇게 신랄하게 빈정거리는 건지, 우리의 학습 프로그램을 더 잘 익히고 자신의 오만불손이 부적절한 것임을 인정하면 좋으련만."

"맙소사, 리베리 아베르키예비치! 여기에 오만불손은 무슨! 나는 당신의 교육 활동 앞에 기꺼이 고개를 숙입니다. 여러 문제에 대한 개관이 통신란에 거듭 실리더군요. 그것을 읽었죠. 병사들의 정신적 발달에 대해 당신이 어떻게 생각하는지도 익히 알고 있습니다. 그리고 더없이 기쁘게 생각합니다. 거기서 말씀하신 모든 것, 즉 민중 군대의 군인이 동지, 약자, 의지할 데 없는 자, 여자, 순결과 명예의 이념에 대해 갖는 태도에 관한 모든 말씀이 실은, 두호보르[64] 공동체의 조직 원리와 거의 똑같더군요. 이것은 일종의 톨스토이주의요 존엄한 존재에 관한 몽상으로, 나의 유년 시절을 가득 채웠던 것이죠. 내가 그런 것을 비웃을 리 있겠습니까?

하지만 첫째, 10월[65] 이후 이해되기 시작한 총체적 완성의 이념은 나를 뜨겁게 하지 않습니다. 둘째, 이 모든 것이 실현되려면 아직 요원한데, 그것을 두고 이러쿵저러쿵 논하는 데만 이런 피바다를 지불했으니, 목적이 수단을 정당화하지는

64) 러시아 정교의 한 종파로 직역하면 '영혼의 전사파'다.
65) 1917년 10월 혁명을 말한다.

못할 듯합니다. 셋째, 이것이 핵심인데, 삶의 개조 같은 말을 들으면 나도 자제력을 잃고 절망에 빠져들게 됩니다.

삶의 개조라니! 그런 논의를 할 수 있는 사람은 인생이 무엇인지 제대로 알지 못하고 그 정기와 영혼을 느껴 본 적이 없는 자들입니다. 그들에게 존재함이란 그들의 접촉만 있으면 고급이 될, 가공을 필요로 하는 거친 재료 덩어리입니다. 하지만 삶이 재료나 물질인 경우는 없습니다. 굳이 말하자면, 삶이란 그 자체로 자신을 끊임없이 갱신하고 자신을 영원히 다듬는 원칙으로서, 그 자체로 자기 자신을 영원토록 개선하고 변형하며 그 자체로 나와 당신의 멍청한 이론보다 훨씬 높습니다."

"어쨌거나 집회에도 나가 보고, 경이롭고 훌륭한 우리 쪽 사람들과 사귀다 보면, 감히 지적하지만, 당신의 기분도 고양될 겁니다. 멜랑콜리에 빠지는 일도 없을 테고요. 나는 그것이 어디에서 비롯됐는지 압니다. 우리가 격파당하는 것에 짓눌려 앞에 있는 빛을 보지 못하는 겁니다. 하지만 벗이여, 결코 공황 상태에 빠져서는 안 됩니다. 나는 나와 개인적으로 관련된, 훨씬 더 무서운 일을 알지만(당분간은 공개할 수 없지만요.) 그래도 정신을 잃지 않아요. 우리의 패배는 일시적인 것입니다. 콜차크는 결국 몰락할 수밖에 없습니다. 내 말을 명심하시오. 곧 보게 될 겁니다. 우리는 승리할 겁니다. 안심하시오."

'아니, 정말 구제 불능이군!' 의사가 생각했다. '이렇게 어린애 같아서야! 이렇게 시야가 좁아서야! 나는 우리의 시각이 상반된다는 말을 끊임없이 반복하는데, 이 인간은 나를 완력으로 붙잡아 와 완력으로 자기 밑에 붙들어 두고서도 자신의 패배가 나를 마땅히 실망시킨다고, 자신의 예상과 희망이 나에게 기운을 준다고 상상하는구나. 눈뜬장님이 따로 없다! 혁명의 이해관계와 태양계의 존재가 그에게는 같은 것이구나.'

유리 안드레예비치는 오만상을 찌푸렸다. 아무 대답도 하지 않았을뿐더러 리베리의 순진함에 인내력이 슬슬 한계를 넘어서고 억지로 자제하고 있음을 감추려는 노력조차 아예 하지 않은 채 어깨만 으쓱했다.

"유피테르[66]여, 그대는 화를 내는구나, 즉 그대가 옳지 않다는 뜻이렷다." 그가 말했다.

"이 모든 것이 내 적성에 맞지 않는다는 걸 이제 제발 좀 이해해 줘요, 제발. '유피테르' '공황 상태에 빠지지 않다.' 'A라고 말한 사람은 B라고 말해야 한다.' '무어인은 제 할 일을 다 했으니 가도 된다.', 이 모든 속된 것, 이 모든 표현이 내 적성에는 안 맞아요. 나는 A라고는 말하겠지만, 능지처참을 당하는 한이 있어도 B라고는 말하지 않을 겁니다. 당신들이 러시아의 횃불이자 해방자이며 당신들이 없으면 러시아는 빈곤과 무지의 진흙탕에 빠져 가라앉으리란 건 인정하지만, 그럼에도 나는 당신들 따위는 안중에도 없고 침이나 뱉어 주고 싶은 심정입니다. 나는 당신들을 좋아하지 않아요, 전부 다 제기랄이죠.

당신네 정신적 지도자들은 격언을 남발하지만 정작 핵심이 되는 사랑은 강제로 받지 못한다는 사실은 잊고 있으며, 또 특히나 원치도 않는 사람들을 해방시켜 놓고 행복을 주었다고

---

66) 그리스 신화의 제우스에 해당하는 로마 신화의 신.

생색내는 고질적인 버릇이 있어요. 분명히 나에게 당신의 진영과 당신의 사회보다 좋은 장소는 이 세상에 없다고 상상하겠죠. 분명히 나 자신의 부자유 상태, 즉 당신이 나를 가족과 아들과 집과 업무에서, 내 삶의 근거였던 모든 소중한 것에서 해방시켜 준 일로 당신을 축복하고 당신께 감사해야 한다고 말하겠지요.

러시아 부대도 아닌 미지의 부대가 바르이키노를 습격했다는 소문이 들립니다. 그곳은 완전히 궤멸되고 약탈되었다던데요. 카멘노드보르스키는 그것을 부정하지 않더군요. 내 가족과 당신 가족은 도망치는 데 성공한 것 같습니다. 솜옷에 털모자를 쓴 어떤 신화적인 사팔뜨기들이 혹한에 르인바강의 얼음을 건너와 가타부타 말도 없이 마을의 살아 있는 것을 모조리 닥치는 대로 쏘아 죽인 다음 나타났을 때와 똑같은 모습으로 수수께끼처럼 사라졌다더군요. 이쪽으로 뭐 좀 아는 거 있습니까? 이게 사실인가요?"

"개수작이오. 날조된 이야기야. 유언비어나 만드는 놈들이 퍼뜨린 근거 없는 헛소리입니다."

"만약 당신이 병사들의 도덕 교육에 관해 훈계했던 대로 그렇게 선량하고 너그럽다면 나를 자유로이 풀어 줘요. 나는 내 가족의 행방을 찾아 떠나겠어요, 심지어 그들이 살아 있기는 한지, 대체 어디에 있는지도 모른다고요. 안 풀어 줄 거면 제발 좀 잠자코 있어요, 사람 좀 가만히 내버려 두고. 그 나머지 모든 것은 재미도 없고 나는 나 자신도 책임지지 못할 형편이오. 끝으로, 나도, 제기랄, 그냥 자고 싶을 정도의 권리는 있잖아요!”

유리 안드레예비치는 해먹에 엎드려 베개에 얼굴을 파묻었다. 그는 봄 무렵에는 백군이 반드시 격멸될 것이라며 계속해서 이렇게 달래는 리베리의 변명을 듣지 않으려고 안간힘을 썼다. 내전이 끝나고 나면 자유가, 번영과 평화가 도래할 것이다. 그때는 아무도 감히 의사를 붙들어 두지 않을 것이다. 그때까지는 참아야 한다. 모든 것을 감내하고 많은 희생을 치렀으니 이제 그렇게나 기다려 온 것을 오래 기다리지 않아도 된다. 게다가 지금 어디로 갈 텐가. 의사 자신의 안녕을 생각해서라도 당장은 절대, 어디에서든 혼자 놓아줄 수 없다.

‘또 시작이군, 악마 같은 놈! 혀를 놀리기 시작했어! 이놈은 정말 그 많은 세월을 똑같은 껌만 씹어 대면서 부끄럽지도 않은 걸까?’ 유리 안드레예비치는 속으로 한숨을 내쉬며 분개했다. ‘자기 말에 흠뻑 빠졌군, 불쌍한 코카인 중독자 주제에 입만 살아서는. 이놈에겐 밤도 밤이 아니고 잠도 없다, 이 빌어먹을 놈과는 살 수 없다. 오, 이놈이 정말 싫다! 정말이지, 언젠가는 이놈을 죽일지도 모른다.

오, 토냐, 가엾은 나의 소녀여! 살아 있어? 어디에 있는 거야? 맙소사, 게다가 오래전에 아이를 낳았을 텐데! 출산은 어떻게 했어? 우리 아이는 어때, 사내아이야, 계집아이야? 그리운 내 가족들, 다들 어떻게 지내고 있어? 토냐, 나의 영원한 가책과 나의 죄! 라라, 당신의 이름은 부르는 것도 무서워, 이름과 함께 내 영혼이 획 빠져나갈까 봐. 주여! 주여! 한데 이놈은 계속 연설을 늘어놓고 그만할 생각도 하지 않는군, 증오스럽

고 무자비한 짐승 같으니! 오, 언젠가는 참지 못하고 죽여 버릴 거야, 이놈을 죽여 버릴 거야.'

6

인디언 서머가 저물었다. 황금빛의 맑은 가을날이 이어졌다. 리시 오토크의 서쪽 구석, 아직 보존된 의용군의 목조 요새의 작은 목조탑이 땅 밑에서 삐져나와 있었다. 유리 안드레예비치는 여기서 조수인 의사 라이오시와 만나 여러 공동의 일을 의논하기로 약속했다. 유리 안드레예비치는 약속 시간에 도착했다. 동료를 기다리는 동안 무너진 참호의 흙 언저리를 걷다가 위로 올라가 망루에 들어가서는 기관총 진지의 텅 빈 총안(銃眼)으로 멀리 강 너머로 펼쳐지는 숲의 풍경을 바라보았다.

가을은 벌써 숲속에서 침엽수림과 활엽수림의 경계를 날카롭게 표시하고 있었다. 전자는 깊숙한 곳에 음침하게 거의 검은 성벽처럼 곤두서 있고, 그 사이로 후자는 불꽃같은 와인색 반점처럼 빛나, 울창한 숲의 목재로 지어 놓은 성채와 황금 지붕 가옥이 가득한 옛 도시 같았다.

참호 속 의사의 발밑과 새벽 서리에 단단히 얼어붙은, 바퀴 자국이 난 숲길 바닥에는 잘게 썬 듯 자잘하고 메마른 버들잎이 파이프처럼 돌돌 말려 지천에 널려 있었다. 가을은 이 씁쓸한 갈색 나뭇잎 냄새와 그 밖의 많은 다른 향기를 풍겼다. 유리 안드레예비치는 흠뻑 서리를 맞은 사과와 씁쓸한 건초와 달콤한 습기와, 물을 끼얹은 모닥불과 막 끈 불에서 피어나는 증기를 연상시키는, 9월의 푸른 탄내가 뒤섞인 복잡한 향내를 탐욕스레 들이마셨다.

유리 안드레예비치는 뒤에서 라이오시가 다가온 것을 알아채지 못했다.

"안녕하세요, 선생님." 그가 독일어로 말했다. 그들은 일을 시작했다.

"세 가지 사항이 문제입니다. 밀주 문제, 야전 병원과 약국 개편 문제, 그리고 세 번째는 나의 요구이기도 한데요, 정신 질환의 경우 행군 중에도 외래로 치료하는 문제입니다. 선생님은 이것이 꼭 필요하다고 생각하지 않을 수도 있지만, 내가 관찰한 바로 우리는 미쳐 가고 있고, 친애하는 라이오시, 현대적 발광의 양상은 전염, 감염의 형식을 띠고 있어요."

"아주 흥미로운 문제군요. 좀 있다가 다시 살펴보지요. 지금 할 얘기는 이겁니다. 진영 안에 불온한 기운이 감돌고 있습니다. 밀주자들의 운명이 동정을 유발하는 거죠. 또 백군을 피해 마을에서 도망쳐 오는 가족의 운명 때문에 많은 사람이 흥분하고 있어요. 파르티잔의 일부는 자기 아내와 자식과 늙은이를 태운 짐마차가 가까이 왔음을 고려해 진영에서 출동을 거부하고 있어요."

"그래요, 그들을 기다려 줘야죠."

"이런 상황인데, 우리에게 종속되지 않은 다른 부대들까지 지휘할 단일 총사령부의 선출을 앞두고 있네요. 제 생각으론,

리베리 동지가 유일한 후보자입니다. 젊은 그룹은 다른 사람, 브도비첸코를 밀고 있어요. 이자를 지지하는 쪽은 우리와 반대되는 일파로서 밀주자 패거리에 붙어 있고 부농과 상점 주인의 자식들, 콜차크 부대의 탈주병인가 봐요. 그들이 유달리 소란을 피웠어요."

"선생님 생각으론, 술을 밀조해 팔아 온 위생병들은 어떻게 될 것 같습니까?"

"내 생각으론 총살형을 내린 다음 그 판결을 일부 바꿔서 사면해 줄 것 같아요."

"그나저나 너무 많이 노닥거렸군요. 일을 시작합시다. 야전병원 개편. 이 문제를 제일 먼저 검토했으면 하는데요."

"좋습니다. 그런데 정신 질환 치료에 관한 선생님의 제안은 하나도 놀랄 것이 없다는 점을 말씀드려야겠어요. 저도 같은 생각이거든요. 가장 전형적인 성질과 이 시대의 일정한 특징을 지닌, 우리 세기의 역사적 특수성에 의해 직접적으로 유발된 정신 질환이 나타나 확산되고 있습니다. 우리 진영에는 차르 군대 출신의 병사로서 타고나길 계급적 본능과 의식이 투철한 사람이 있어요, 팜필 팔르이흐라고. 이런 그가 바로 이것, 가족에 대한 불안 때문에, 즉 자기가 살해당할 경우 가족이 백군 손에 떨어져 자신 때문에 문책을 받을까 봐 미쳐 버린 겁니다. 아주 복잡한 심리학이죠. 그의 식솔들도 피난민 짐마차에 섞여 우리를 따라오고 있는 모양이에요. 내가 러시아어를 잘 몰라 제대로 못 물어보고 있어요. 안겔랴르나 카멘노드보르스키에게 좀 알아봐 주세요. 진찰해 봐야 할 것 같아요."

"팔르이흐라면 아주 잘 알아요. 모를 리가 있습니까. 한때는 부대 내 소비에트에서 함께 충돌한 적도 있는걸요. 대단히 음산하고 잔인하고 이마가 좁은 사람[67]이죠. 그 사람에게 좋은 점을 발견했다니 이해가 안 되는군요. 항상 극단적인 조치, 엄격한 조치, 처형에 찬성했지요. 그리고 항상 나를 못마땅하게 생각했고요. 좋아요. 내 그를 살펴보리다."

7

햇빛이 비치는 맑은 날이었다. 지난주에 그랬듯 조용하고 건조한 날씨가 계속되었다.

진영 깊은 곳에서 먼바다의 파도 소리 같은, 북적대는 커다란 숙영지 특유의 희미한 웅성거림이 흘러나왔다. 숲을 어슬렁거리는 발걸음 소리, 사람들 목소리, 도끼질하는 소리, 말편자 대는 소리, 말들이 힝힝거리는 소리, 개들이 짖는 소리, 수탉들이 우는 소리가 번갈아 들렸다. 햇볕에 그을린 얼굴에 하얀 이를 드러내고 미소를 짓는 사람들 무리가 숲을 돌아다녔다. 어떤 사람들은 의사를 아는지라 몸을 숙여 인사했고, 그를 모르는 다른 사람들은 인사 없이 그냥 지나쳤다.

파르티잔 부대는 짐마차를 타고 쫓아오는 가족이 그들을 따라잡을 때까지 리시 오토크를 떠나지 않기로 했지만, 가족

67) '음울한 사람'이란 의미인 듯하다.

들이 이미 진영에서 며칠 안 걸리는 곳까지 와 있었기 때문에 숲속에서는 곧 진지를 철수하고 멀리 동쪽으로 이전할 준비를 했다. 뭔가를 수선하고 청소하고 궤짝에 못을 박고 운송 수단을 일일이 세며 상태를 점검했다.

숲의 한가운데에는 풀이 다져진 넓은 빈터가 있었는데, 이 지방 말로는 부이비셰로 불리는 일종의 고분(古墳) 또는 고도(古都)였다. 보통 거기서 군사 집회가 소집되었다. 오늘도 여기서 뭔가 중대 발표를 위한 총집회가 예정돼 있었다. 숲에는 아직 단풍이 들지 않은 푸른 잎이 많았다. 숲의 깊숙한 곳은 아직도 거의가 싱싱하고 푸르렀다. 서쪽으로 기운 오후의 태양빛이 숲 뒤쪽에서 스며들고 있었다. 나뭇잎들은 태양빛을 투과하며 투명한 유리병의 초록색 불꽃처럼 안쪽에서 타오르고 있었다.

문서 보관소 근처, 탁 트인 풀밭에서 연락 장교 카멘노드보르스키가 카펠 연대의 사무실에서 입수한, 검토가 끝나 불필요해진 폐지를 자기가 관할하는 파르티잔 보고서 뭉치와 함께 태우고 있었다. 모닥불은 태양을 등진 방향으로 타올랐다. 태양은 숲속의 푸른 잎처럼 투명한 불꽃을 투과하며 빛났다. 불꽃은 보이지 않았고, 그저 뜨거운 공기가 운모 무늬처럼 일렁이는 것을 보고서 뭔가가 타고 달구어지고 있음을 알 수 있었다.

숲의 이곳저곳이 온갖 종류의 잘 익은 열매로 알록달록 물들어 있었다. 황새냉이의 아름다운 술 장식, 벽돌 같은 적갈색의 흐늘흐늘한 양딱총나무 열매, 윤기 나는 연자줏빛 까마귀

밥나무 송이들. 불꽃과 수풀처럼 얼기설기 투명한 잠자리들이 유리 날개를 사각거리며 천천히 허공을 부유했다.

유리 안드레예비치는 어린 시절부터 저녁놀의 불꽃에 흠뻑 잠긴 숲을 좋아했다. 이런 순간에는 이 빛 기둥이 그 자신도 투과하는 것만 같았다. 살아 있는 정령의 선물이 격류처럼 그의 가슴을 파고들어 온 존재를 가로지르고 한 쌍의 날개처럼 어깻죽지 밑으로 빠져나오는 것 같았다. 누구나 평생에 걸쳐 형성되어 나중에 영원토록 그의 내적인 얼굴이자 인격 구실을 하는, 그렇게 여겨지는 저 소년 시절의 원형이 그 모든 태초의 힘을 갖고 그의 내부에서 깨어나, 자연과 숲과 저녁놀과 눈에 보이는 모든 것을 그와 똑같은 태초의 포용적인 한 소녀의 닮은꼴로 바꾸어 놓았다. '라라!' 그는 눈을 감고 반쯤 속삭이거나 자신의 모든 삶, 신의 모든 땅, 햇빛을 받으며 자기 앞에 펼쳐지는 모든 공간을 마음속으로 불러 보았다.

하지만 임박한 것, 절박한 것이 지속되어 러시아에서는 10월 혁명이 있었고, 그는 빠르티잔에 포로로 잡혀 있는 상태였다. 스스로도 인지하지 못한 채 그는 카멘노드보르스키의 모닥불로 다가갔다.

"문서를 파기하는 겁니까? 여태껏 다 소각하지 못했습니까?"

"웬걸요! 이놈의 폐물, 아직 한참은 더해야 될걸요."

의사는 장화코로 나뒹구는 종이 더미 하나를 걷어차 흩뜨렸다. 그것은 백군 사령부의 통신 기록이었다. 서류 한가운데서 란체비치라는 이름을 발견할지도 모른다는 어렴풋한 예감이 머릿속에서 번득였지만, 빗나갔다. 그것은 재미도 없고 뜻도 알 수 없을 만큼 축약된 지난해의 암호 전보 모음이었다. "옴스크 총사령부 제일에게 복사물 우리 구역 옴스크 지도 예니세이스키의 40베르스타 들어오지 않았음." 같은 식이었다. 그는 한 발로 다른 종이더미를 흐트러뜨렸다. 거기서는 해묵은 파르티잔 집회의 보고서가 제각기 쏟아져 나왔다. 맨 위에 놓인 서류에는 이렇게 써 있었다. "극히 시급함. 휴가 건. 감사 위원회 위원들의 재선. 당면 과제. 이그나토드보르츠이 마을의 여교사 고발 건은 증거 불충분의 이유로 군 소비에트의 결정인즉……."

그때 카멘노드보르스키가 호주머니에서 뭔가를 꺼내 의사에게 건네며 말했다.

"자, 진영을 떠날 때 당신네 의료 분과의 배치표입니다. 파르티잔 가족을 태운 짐마차가 벌써 가까이 와 있습니다. 진영 안의 이견도 오늘 중으로 조율될 겁니다. 오늘내일 철수할 것으로 봐도 되겠어요."

의사는 서류를 힐끔 본 다음 탄식했다.

"이건 내가 저번에 받은 것보다 적잖습니까. 부상자들이 얼마나 많이 불어났는데! 걸을 수 있는 사람들, 붕대만 감은 사람들은 걸어서 갈 겁니다. 하지만 그런 사람들은 소수예요. 중상자들은 어디에 태우라는 겁니까? 게다가 의약품, 해먹, 각종 설비는요!"

"어떻게든 구겨 넣어야죠. 상황에 맞추는 수밖에 없습니다. 이제 다른 얘기입니다. 다들 당신에게 같은 부탁을 하고 싶어

합니다. 여기 동지가 하나 있는데, 잘 단련되고 검증된, 과업도 충실히 수행하는 아름다운 투사죠. 그에게 뭔가 석연치 않은 일이 일어나고 있어요."

"팔르이흐 말인가요? 라이오시가 얘기하더군요."

"맞아요. 그에게 좀 가 주세요. 진찰해 주세요."

"뭔가 정신적인 것인가요?"

"그런 것 같습니다. 그 자신의 표현으론 헛것[68]이 보인다네요. 보아하니, 환각입니다. 불면증에. 두통도 이어지고요."

"좋습니다. 곧 가 보겠습니다. 마침 시간이 좀 있군요. 집회는 언제 시작하죠?"

"내 생각으론 벌써 모여들고 있어요. 하지만 당신이 굳이 왜요? 보세요, 나도 안 갔잖아요. 우리가 없어도 잘될 겁니다."

"그럼 팜필에게 가 보겠습니다. 당장 쓰러질 만큼 졸리지만요. 리베리 아베르키예비치가 밤마다 철학 타령을 하는 바람에 돌아 버릴 지경입니다. 팜필에게는 어떻게 갑니까? 어디 묵고 있습니까?"

"채석장 뒤에 어린 자작나무 아시죠? 어린 자작나무 숲에 있어요."

"찾을 수 있을 겁니다."

"거기 평원에 사령부 막사가 있습니다. 우리가 그중 하나를 팜필에게 제공했죠. 가족이 온다고 해서요. 아내와 자식들이 마차를 타고 오는 중이거든요. 예, 그래서 그는 사령부 막사

68) 원어는 일종의 딱정벌레를 지칭한다.

중 한 곳에 묵고 있어요. 대대장 자격으로요. 혁명에 공이 있으니까요."

8

팜필에게 가는 길에 의사는 더 이상 걸을 힘이 없음을 느꼈다. 피로가 엄습했다. 며칠 동안 잠을 제대로 자지 못한 탓에 밀려드는 졸음을 이겨 낼 수 없었다. 엄폐호로 돌아가 잠깐 눈을 붙여도 될 것 같았다. 그러나 유리 안드레예비치는 그곳으로 가기가 두려웠다. 거기라면 리베리가 언제라도 와서 그를 방해할 수 있었다.

그는 나무들이 무성하지 않은 숲속 어느 곳에 살짝 누웠는데, 주변의 나무에서 풀밭 위로 날아 떨어진 황금빛 잎들이 빽빽이 흩뿌려져 있었다. 나뭇잎은 바둑판처럼 격자무늬로 풀밭 위에 펼쳐졌다. 바로 그렇게 햇빛도 황금빛 양탄자 위에 누워 있었다. 그 알록달록한 빛이 이중으로 교차하며 눈앞에서 어른거렸다. 그것이 작은 활자를 읽거나 단조로운 무언가를 중얼거릴 때처럼 잠을 불렀다.

의사가 비단처럼 사각거리는 나뭇잎 위에 누워 팔베개를 하자 울퉁불퉁한 나무뿌리를 쿠션처럼 덮고 있는 이끼가 느껴졌다. 그는 금방 곯아떨어졌다. 그에게 잠을 불러다 준 알록달록한 햇빛 반점들은 격자무늬를 그리며 땅 위에 쭉 뻗은 그의 몸을 덮어 주었고, 만화경 같은 광선과 나뭇잎 속에서 그는 요술 모자를 쓴 것처럼 드러나지도, 구별되지도 않는 투명한 존재가 되었다.

그토록 잠을 갈구하고 필요로 했지만 그 과도한 간절함은 오히려 그를 금방 깨우고 말았다. 직접적인 원인은 적당한 범위 안에서만 작용하는 법이다. 정도를 벗어나면 오히려 역효과가 난다. 휴식을 찾지 못하는, 잠들지 못하는 의식은 열병을 앓는 듯 공회전을 거듭했다. 생각의 파편들이 회오리치고 수레바퀴처럼 회전하며 거의 고장 난 기계처럼 쿵쿵댔다. 이 마음의 혼돈에 의사는 괴로워하며 화를 냈다. '이 불한당 같은 리베리.' 하며 그는 분개했다. '지금 세상에는 인간을 돌아 버리게 할 만한 건수가 수백 개는 되는데, 그자는 아직도 부족하단 말인가. 멀쩡한 사람을 포로로 잡아 놓고 우정과 바보 같은 수다를 베푼답시고 아무 쓸데없이 신경 쇠약 환자로 둔갑시키다니. 언젠가는 이놈을 죽이고 말 테다.'

접혔다 펴졌다 하는 총천연색 천 조각처럼 갈색 반점이 있는 나비 한 마리가 햇빛 쪽에서 날아들었다. 의사는 졸린 눈으로 나비의 비행을 좇았다. 나비는 자기와 색깔이 제일 비슷한, 갈색 반점이 있는 소나무 껍질 위에 앉았고, 그러자 그것과 한데 어우러져 구분이 되지 않았다. 유리 안드레예비치가 제삼자의 눈에는 그곳에서 노니는 햇빛과 그림자의 그물에 싸여 흔적도 없이 사라졌듯, 나비 역시 소나무 껍질 위에서 눈에 띄지 않게 자취를 감춘 것이다.

익숙한 상념의 고리가 유리 안드레예비치를 사로잡았다. 많은 의학 관련 저작에서 그가 간접적으로 다루어 온 것이다.

가장 완성된 적응의 결과로서 의지와 합목적성의 문제. 의태와 모방과 보호색의 문제. 가장 잘 적응한 자들의 생존, 즉 자연 도태의 방식이 의식의 발생과 형성의 길일지도 모른다는 문제. 주체란 무엇인가? 객체란 무엇인가? 그 동일성을 어떻게 정의할 것인가? 의사의 명상 속에서 다윈은 셸링과 만나고 날아든 나비는 현대의 회화, 인상파 예술과 만났다. 그는 창조를, 피조물을, 창작을, 가장을 생각했다.

그리고 다시 잠이 들었고 잠시 뒤 다시 깼다. 멀리서 조용하게 들리는, 숨죽인 말소리가 그를 깨웠다. 몇 마디만 들어도 뭔가 은밀하고 불법적인 일을 획책하고 있음을 충분히 깨달을 수 있었다. 음모자들은 그의 존재를 알아채지 못한 것이 분명했고 그가 옆에 있으리라고는 생각도 하지 않는 듯했다. 지금 그가 몸을 달싹여 자신의 존재를 폭로하면 목숨을 내놓아야 할 터였다. 유리 안드레예비치는 몸을 숨긴 채 숨을 죽이고 귀를 기울였다.

일부는 그가 아는 목소리였다. 그들은 파르티잔시나[69]에 들러붙은 아무짝에도 쓸모없는 인간쓰레기 산카 팝누트킨, 고시카 랴브이흐, 코시카 네흐발렌느이흐, 그리고 그들을 따라온 테렌티 갈루진 같은 아이들로서 온갖 더럽고 추한 짓거리의 장본인이었다. 자하르 고라즈드이흐도 그들과 함께 있었는데, 훨씬 더 음흉한 인물로서 밀주 사건에도 관여했지만 주동자를 밀고한 덕에 일단 문책을 면한 사람이었다. 유리 안드

69) 파르티잔의 추상 명사, 집합 명사.

레예비치가 놀란 것은 '은색 중대'의 파르티잔, 대장의 개인 경호를 맡고 있는 시보블류이가 끼여 있었기 때문이다. 리베리의 신임을 받으며 가까워진 이자는, 라진과 푸가초프 때부터 내려오는 전통에 따라, 아타만의 귀라고 불렸다. 그런 그도 그러니까, 음모에 가담한 것이다.

음모자들은 적의 전방 척후 부대에서 밀파된 사람들과 협상 중이었다. 저쪽 대표의 말소리가 전혀 들리지 않았다. 변절자들과 밀담하는 소리는 그 정도로 조용했다. 공모자들의 속닥대는 소리가 끊기는 것으로 보아 유리 안드레예비치는 지금은 적측 대표가 말하는 모양이라고 짐작했다.

시시각각 쌍욕을 해 가며 목이 쉰 듯 걸걸한 목소리로 제일 많이 떠든 사람은 주정뱅이 자하르 고라즈드이흐였다. 분명히 그가 주동자였다.

"제군들, 이제 들어 봐. 무엇보다도, 아무도 모르게 슬쩍 해치워야 해. 혹시라도 까딱해서 밀고하는 놈은, 이 칼 봤지? 이 칼로 내장을 싹 도려낼 거야. 알겠어? 이제 이쪽으로 가든 저쪽으로 가든 교수대야. 사면을 구해야 한다고. 세상이 본 적 없는 기막힌 수를 써야 해. 그자를 산 채로 밧줄에 묶어 넘겨 달라고 요구하는 거야. 이제 듣고 있지, 저쪽 대장인 굴레보이가 이 숲에 가까이 온대.(그들이 이름을 제대로 일러 주었지만 그는 알아듣지 못하고 '갈레예프 장군'이라고 정정했다.) 이런 기회는 다시 오지 않아. 이쪽이 저들의 파견자들이야. 직접 너희에게 모든 얘기를 할 거야. 반드시 산 채로 잡아 오라는 얘기야. 이 동지들한테 직접 물어보시오. 말해 줘, 제군들. 무슨 말이든 하라고, 형제들."

밀파된 낯선 자들이 말하기 시작했다. 유리 안드레예비치는 한마디도 알아들을 수 없었다. 얼마간 모두 침묵하는 것으로 보아 상세한 얘기가 오가고 있음을 상상할 따름이었다. 다시 고라즈드이흐가 말하기 시작했다.

"들었지, 형제들? 이제는 우리에게 어떤 황금 덩어리가, 어떤 독약이 떨어졌는지 직접 볼 수 있잖아. 그런 놈을 위해 목숨을 내놓는다고? 아니, 그게 인간이야? 그놈은 망나니 아니면 천치, 풋내기 아니면 고행자 같은 놈이야. 좀 얻어맞아야 되겠어, 테레시카! 왜 히죽대는 거야, 미친놈아? 네놈한테 하는 말이 아니야. 그렇지. 어릴 때부터 고행자 같았어. 그놈한테 넘어가면 완전히 수도승이나 고자가 될걸. 연설은 또 어떻고? 주변에서 욕설은 추방하자, 썩 물러가라, 음주와의 전쟁이며 여성에 대한 태도며. 어떻게 그렇게 살 수가 있어? 아무튼 내가 끝으로 할 말은 이거야. 오늘 저녁, 돌멩이가 쌓여 있는 강 나루터 옆. 내가 그놈을 공터로 꾀어 낸다. 그런 다음 다 함께 달려드는 거야. 그놈 하나 해치우는 거야 뭐 그리 힘들겠어? 식은 죽 먹기지. 그럼 뭐가 문제냐? 저들은 반드시 산 채로 잡아 오길 원해. 생포해야 한다고. 일이 우리 뜻대로 잘 안 풀리는 것 같으면 내가 알아서 해치우겠어, 내 손으로 쳐 죽이겠다고. 저들도 자기 쪽 사람들을 보내 도와줄 거야."

말하던 사람은 계속 음모 계획을 늘어놓았지만 나머지와 함께 멀어져 갔고, 의사는 더 듣지 못했다.

'아니, 저놈들이 리베리를, 추잡한 놈들!' 유리 안드레예비치는 이런 생각에 공포와 분노를 느끼며, 자기가 이 박해자를 얼마나 저주하고 또 얼마나 죽기를 바랐는지 잊었다. '저 불한당들이 그를 백군에게 넘기거나 죽일 참이군. 이걸 어떻게 막는담? 우연인 것처럼 모닥불로 다가가서 이름은 전혀 말하지 않고 카멘노드보르스키를 알려 줄까 보다. 어떻게든 리베리에게 먼저 위험을 알려야 한다.'

카멘노드브로스키는 원래 자리에 있지 않았다. 모닥불은 꺼져 가고 있었다. 불이 번지지 않도록 카멘노드보르스키의 조수가 지켜보고 있었다.

하지만 이 음모는 실현되지 못했다. 미연에 저지된 것이다. 음모는 이미 알려진 것으로 밝혀졌다. 그날 중으로 전모가 낱낱이 밝혀져 음모자들은 체포되었다. 시보블류이는 여기서도 염탐꾼과 선동자, 이중의 역할을 맡았던 것이다. 의사는 더욱 역겨움을 느꼈다.

9

알려진 바로, 피난민과 아이들은 벌써 이틀이면 만날 수 있는 거리에 와 있었다. 리시 오토크에서는 머지않아 가족과 만나고 이어 예정대로 진영을 철수하고 진격할 준비가 진행되었다. 유리 안드레예비치는 팜필 팔르이흐에게 갔다.

의사가 도착했을 때 그는 손에 도끼를 들고 막사 입구 옆에 있었다. 막사 앞에는 베어 둔 어린 자작나무 한 무더기가 높이 쌓여 있었다. 팜필은 아직 잔가지를 쳐 내지 않고 있었다. 어떤 것은 그 자리에서 벴는데, 나무가 넘어갈 때의 무게 때문에 부러진 나뭇가지의 날카로운 부분이 축축한 흙에 꽂혀 있었다. 멀지 않은 거리에서 끌어와 위에 얹어 놓은 것도 있었다. 자작나무들은 꺾인 나뭇가지를 탄력 있게 파르르 떨고 또 흔들며, 땅에도 닿지 않고 서로 붙으려고도 하지 않았다. 흡사 자기들을 베어 버린 팜필을 양손으로 물리치고 싱그러운 푸른 숲으로 그 앞 막사 입구를 가로막는 것 같았다.

"소중한 손님들을 기다리는 중이거든." 팜필은 이렇게 말하며 자기가 무슨 일을 하고 있는지 설명했다. "아내와 아이들에게는 막사가 좀 낮을 거야. 게다가 비도 새고. 말뚝으로 위쪽을 받치고 싶어. 가득 베다 놨어."

"괜한 짓이네, 팜필, 가족을 자네 막사에서 살도록 해 줄 거라 생각하는 모양이군. 비전투원인 여자와 아이가 부대 안에 주둔하는 것을 어디서 봤나? 그들은 마차에 태워져서 어디 변두리로 갈 거야. 시간 날 때마다 만나러 가면 돼. 하지만 군의 막사 안으로 들이는 건 어림없는 일이야. 게다가 문제는 이게 아니야. 사람들 말로는, 자네가 여위어 갈 뿐만 아니라 먹지도, 마시지도 않고 잠도 안 잔다던데? 겉보기에는 괜찮군. 수염이 좀 자랐을 뿐이지."

팜필 팔르이흐는 검은색 곱슬머리와 턱수염을 기른 건장한 사내였는데, 고리나 구리 테처럼 그의 관자놀이를 둘러싼 두꺼운 앞뼈 때문에 울퉁불퉁한 이마가 두 겹인 듯이 보였다. 그 때문에 사람을 흘겨보고 곁눈질하는 듯 불친절하고 사악한 인상을 풍겼다.

혁명의 초기에는 1905년의 선례를 따라, 이번에도 혁명이 하층부는 건드리지 못하고 계몽된 상층부의 역사에 국한된 일시적인 사건으로 끝날지 모른다는 두려움 때문에, 민중을 선동하고 혁명화하고 소란과 동요와 광분을 불러일으키기 위해 온갖 수단이 동원되었다.

그 초창기에 병사 팜필 팔르이흐처럼 굳이 선동을 하지 않아도 지식인과 양반과 장교를 가혹한 짐승처럼 증오한 사람들은 열광적인 좌익 지식인들에게 희귀한 귀중품처럼 여겨졌고 몸값이 어마어마했다. 그들의 비인간성은 계급 의식이 낳은 기적으로, 그들의 야만성은 프롤레타리아적 강건한 의지와 혁명적 본능의 귀감으로 보였다. 팜필이 얻은 영예가 그런 것이었다. 그는 파르티잔의 수장과 당의 지도자에게 최고의 대우를 받았다.

유리 안드레예비치의 눈에는 이 무뚝뚝하고 비사교적인 장사가 정상과는 거리가 먼 돌연변이처럼 보였는데, 전반적인 무정함, 그리고 그에게 가깝고 또 흥미를 끌 만한 것이 천편일률적이고 옹색했기 때문이다.

"막사 안으로 들어가지." 팜필이 초대했다.

"아니, 뭐 하게. 들어갈 거 뭐 있나. 바깥이 더 좋아."

"좋아. 좋을 대로 해. 그야말로 짐승 굴이니까. 긴 놈(그는 길게 쪼개 놓은 나무들을 이렇게 불렀다.) 위에 앉아 노닥거리지."

그러고서 그들은 능청능청 흔들거리고 용수철처럼 튀는 자작나무 줄기 위에 앉았다.

"말이야 쉽지, 실천은 어렵다고 하잖나. 하지만 나는 말을 하는 것도 어려워. 삼 년이 걸려도 다 말하지 못할걸. 어디서 시작해야 할지 모르겠어.

뭐, 어쨌거나. 나는 안사람과 함께 살았어. 젊었지. 살림은 안사람이 도맡아 했어. 나는 불평 없이 농사를 지었고. 아이들이 생겼어. 군대에 징집되었지. 척후병으로 전쟁에 내몰렸어. 전쟁이 난 거야. 따로 얘기할 게 뭐 있겠나. 당신도 봤잖아, 의사 동지. 혁명이 일어났지. 나는 눈을 뜨게 됐어. 병사로서 두 눈을 뜬 거야. 남인 게르만 놈, 저 독일 놈이 아니라 우리 편이 문제야. 세계 혁명의 병사들이여, 총검을 땅에 꽂고 전선에서 집으로 돌아가 부르주아를 해치우자! 어쩌고저쩌고. 이런 건 모두 알고 있을 거야, 군의관 동지. 이러고저러고. 내전이 일어났지. 나는 파르티잔에 들어갔어. 이제는 많은 것을 생략할 거야, 안 그러면 언제 끝날지 모르니까. 이제 이 순간, 조만간 내가 뭘 볼까? 그 기생충 같은 놈이 러시아 전선에서부터 제1, 제2 스타브로폴 연대, 제1오렌부르크 카자크 연대를 철수시켰어. 내가 어린애도 아니고, 모를 리 있겠어? 군대에서 복무한 적이 없는 줄 아나? 우리 사정이 나빠, 군의관 동지, 꼬였다고. 그 불한당 같은 놈이 뭘 하려 들까? 그놈은 전 군을 몽땅 투입해 우리를 공격하려 들 거야. 우리를 포위하려 들 거라고.

지금 아내가, 아이들이 와 있어. 이제 그놈이 이긴다면 그놈을 피해 어디로 도망가지? 아니, 그들에겐 아무 죄도 없고 이런 과업과는 전혀 무관하다는 걸 납득하려 하겠어? 그런 건 거들떠보려고도 하지 않을걸. 나를 빌미로 아내의 두 손을 비틀고 고문할 거고, 나를 빌미로 아내와 아이들을 괴롭히며 관절과 뼈마디를 부술 거야. 이런 판국에 어떻게 잠을 자고 밥을 먹겠어, 세상에. 무쇠 인간이라도 돌아 버리지 않고는 못 배기지."

"참 이상한 사람이군, 팜필. 이해가 안 돼. 수년 동안 그들 없이도 잘 지냈고 그들 소식도 전혀 모르고 보고 싶어 하지도 않았잖아. 이제 오늘내일이면 만날 텐데, 기뻐해도 모자랄 판에 장송곡을 부르다니."

"그건 옛날이고 지금은 전혀 달라. 독사 같은 백군 놈한테 우리가 당하고 있어. 아니, 내 얘기를 하는 게 아냐. 나는 어차피 죽을 목숨이니까. 아무래도 그게 내 길이지. 하지만 내 아내와 피붙이들을 저세상으로 같이 데려가지는 않을 거야. 그들이 그 더러운 놈의 마수에 걸려들 거야. 그놈은 그들의 피를 마지막 한 방울까지 짜고 말 거야."

"그래서 헛것이 보이나? 무슨 헛것이 나온다고 하던데."

"좋아, 의사 동지. 다 얘기한 건 아니야. 핵심을 얘기하지 않았거든. 좋아, 따끔한 진실을 들어 봐, 나무라지 말고. 모든 것을 솔직히 얘기하지.

나는 당신 같은 사람들을 수두룩하게 처리했고 양반이든 장교든 온통 피로 물들였어. 숫자도 이름도 기억이 안 나, 피가 물처럼 넘쳤거든. 그런데 애송이 녀석 하나가 머릿속을 떠나지 않아. 그 애송이 녀석을 처리했는데 잊을 수가 없는 거야. 무엇 때문에 그 청년을 죽였을까? 그 녀석이 나를 웃겨 줬어, 아주 배꼽을 빼 놓았지. 너무 웃겨서 그냥 총을 쏜 거야. 아무 이유도 없이.

2월 혁명 때였지. 케렌스키 정부 때. 우리는 반란을 일으켰어. 어느 철도에서 있었던 일이야. 꼬맹이 선동가가 우리 쪽에 파견되었는데, 말로 우리를 복귀시키려는 거였어. 우리를 최후의 승리 때까지 싸우게 하려고. 말로 우리를 달래려고 사관생도가 온 거였어. 아주 비실비실한 녀석이었지. 녀석의 표어가 바로 '최후의 승리까지'였어. 녀석은 이런 표어를 들고 방화수 통 위로 뛰어 올라갔어, 역에 방화수가 있었거든. 녀석이 그 수통 위로 올라간 것은 그러니까 더 높은 그곳에서 전투 복귀를 호소하기 위해서였는데, 갑자기 녀석의 발밑에서 뚜껑이 획 뒤집히더니 그만 물통에 풍덩 빠진 거야. 발을 헛디딘 거지. 아, 얼마나 웃겼는지! 나는 배꼽이 빠져라 웃어 댔어. 웃다가 죽을 지경이었어. 아, 웃겨 죽겠네! 한데 내 손에 총이 있는 거야. 계속 껄껄 웃는데 멈추질 않더라고. 꼭 그 녀석이 나를 간지럽히는 것 같았어. 뭐, 조준하고 그 자리에서 그 녀석을 빵 쏘아 버렸지. 나 자신도 어쩌다 그렇게 됐는지 모르겠어. 꼭 누가 내 겨드랑이를 찌른 것 같았어.

그러고서, 그러니까 나의 저 헛것이 나온 거야. 밤마다 그 기차역이 어른거려. 그때는 웃겼는데 지금은 안됐어."

"멜류제예프시에서 있었던 일 아닌가, 비류치 역?"

"까먹었어."

"즈이부시노 주민들과 함께 반란을 일으켰던 것 아냐?"

"까먹었어."

"전선은 어디였나? 무슨 전선? 서부 전선?"

"서부였던 것 같아. 어디든 가능해. 까먹었어."

12부

설탕에 절인 마가목

1

파르티잔의 가족들은 짐마차에 아이들과 가재도구를 싣고 주력 부대를 오랫동안 따라다녔다. 피난민의 마차 꽁무니, 맨 뒤쪽을 수천 마리에 이르는 엄청난 가축 떼가 따랐는데, 주로 젖소였다.

파르티잔의 아내들과 함께 진영에 병사의 아내 즐르이다리하 혹은 쿠바리하로 불리는 새로운 얼굴이 나타났다. 가축을 치료하는 수의사이자 점쟁이 노릇도 몰래 하는 여자였다.

그녀는 만두처럼 생긴 모자를 비스듬히 쓰고 영국에서 최고 통치자에게 납품한 제복 중 스코틀랜드 왕실 저격병들이 입는 연두색 외투를 입고 다녔다. 그리고 이런 물건은 죄수용 모자와 죄수복을 수선해 만든 것이라며, 뭔지 알 수 없는 이유로 콜차크군에 의해 케젬스카야 중앙 감옥에 갇혀 있다가 적군에 의해 해방된 것처럼 주장했다.

그동안 파르티잔들은 새로운 장소에 머물렀다. 원래는 인근 지역을 정찰하여 더 오래도록 겨울을 날 만한 장소를 찾을 때까지 잠깐만 머물 예정이었다. 하지만 이후 상황이 달리 얽히는 바람에 파르티잔들은 여기에 머물며 겨울을 나지 않으면 안 되었다.

이 새로운 숙영지는 최근에 떠나온 리시 오토크와 조금도 닮은 데가 없었다. 이곳은 울창하고 빽빽한 타이가 숲이었다. 한길과 진영에서 멀찍이 떨어진 한쪽으로는 숲이 끝도 없이 펼쳐졌다. 부대가 새로운 캠프를 설치하고 거기서 생활할 준비를 하던 초창기에 유리 안드레예비치는 시간 여유가 좀 많았다. 그는 숲을 살펴볼 목적으로 몇몇 방향에서 숲속으로 깊이 들어갔고, 그 안에서는 정말 길을 잃기 십상임을 확신하게 되었다. 두 군데가 관심을 끌어서, 이렇게 처음 숲을 돌아보면서 기억에 새겨 두었다.

진영의 출구 옆, 그리고 이제 가을도 깊어 헐벗고 대문을 활짝 열어 자신의 텅 빈 공간을 보여 주려는 듯 속이 훤히 보이는 숲속의 가두리에, 모든 나무 가운데서 유일하게 나뭇잎이 달려 있는 적갈색의 외롭고 아름다운 마가목이 자라고 있었다. 그것은 나지막하고 질척한 소택지 언덕 위에서 자라며, 초겨울 침침한 납덩어리처럼 날씨가 궂은 날 하늘을 향해 높이, 한껏 빨개진 단단한 열매들을 넓은 방패처럼 평평하게 펼치고 있었다. 혹한의 아침놀처럼 반짝이는 깃털에 싸인 겨울새들, 피리새와 박새가 마가목 위로 천천히 내려앉아 굵직한 열매들을 하나하나 고르듯 천천히 쪼아 물고 작은 머리를 뒤로 젖히고 목을 쭉 뺀 다음 가까스로 삼켰다.

새와 나무 사이에는 뭔가 생생한 친밀함이 형성되어 있었다. 마가목은 이 모든 것을 아는 듯, 오랫동안 버티다가 나중에는 항복하고, 그러니까 새들을 불쌍히 여겨 양보하고 가슴을 풀어 헤치고 엄마가 갓난애에게 하듯 그들에게 젖가슴을 내주었다. '그래, 얘들아, 어쩌겠니. 자, 먹으렴, 먹어. 배를 채워야지.' 그러면서 나무는 빙긋이 웃는 것이었다.

숲속의 다른 장소는 훨씬 더 훌륭했다. 그것은 고지대에 있었다. 이 고지대는 일종의 산꼭대기로 한쪽이 가파른 경사를 이루었다. 절벽 밑, 아래쪽에는 강이나 계곡 혹은 잡초가 무성하게 자란 풀밭처럼 뭔가 위쪽과는 다른 것이 있을 것 같았다. 하지만 그 밑도 위쪽과 똑같은 것이 반복되었는데, 다만 현기증이 날 만큼 깊은 곳, 나무들의 꼭대기가 발밑으로 푹 꺼진 또 다른 평면일 뿐이었다. 분명히, 산사태의 결과이리라.

하늘을 찌를 듯이 준엄하고 용사 같은 이 숲은 그만 발을 헛디뎌 통째로 곤두박질치다가 땅속으로 꺼져 버릴 뻔했지만 결정적인 순간에 기적적으로 땅 위에 버티고 섰고, 보다시피 해를 입지 않고 멀쩡한 채로 저 아래에서 모습을 드러내며 술렁이고 있는 것이다.

하지만 숲속의 이 고지대가 훌륭한 것은 이것이 아니라 다른 특징 때문이었다. 이곳의 가두리는 전부 갈빗대처럼 깎아지른 화강암 절벽에 에워싸여 있었다. 그것은 선사 시대 고인돌의 평평하게 깎아 놓은 석판과 모양이 비슷했다. 유리 안드레예비치는 이 공터에 처음 왔을 때부터 돌이 많은 이 장소가 절대 자연스럽게 형성된 것이 아니라 인간의 손이 닿은 흔적이라고 확신했다. 옛날 옛적에 이곳은 미지의 우상 숭배자들이 제물을 바치고 성스러운 의식을 행하던 이교 사당이었을 수 있다.

춥고 음산한 아침, 이곳에서 음모 사건의 주동자 열한 명과 밀주 사건의 위생병 두 명의 사형이 집행되었다.

사령부의 특수 경호원의 중핵과 혁명에 가장 헌신적인 파르티잔 스무 명 정도가 그들을 이곳으로 데려왔다. 호송병은 사형수들 주변을 반원형으로 바싹 에워쌌고 한 손에 총을 든 다음 빠르게 내모는 걸음걸이로 그들을 찔러 가며 공터의 절벽 쪽 구석으로 몰아붙였는데, 거기에는 낭떠러지로 뛰어내리는 것 말고는 다른 출구가 없었다.

심문, 오랜 구금, 그동안 겪은 굴욕 때문에 그들은 인간의 형상을 박탈당한 상태였다. 수염과 머리털은 무성하게 자라고 얼굴빛은 거무스름하게 변해 유령처럼 초췌하고 무서워 보였다. 그들은 예심을 처음 시작할 때부터 무장 해제되었다. 처형을 앞두고 재차 그들의 몸을 수색할 생각은 누구도 하지 못했다. 과도한 비열함처럼, 죽음을 코앞에 둔 사람에 대한 조롱처럼 생각했던 것이다.

갑자기 브도비첸카[70]와 나란히 걷던 그의 친구로서 그와 똑같이 늙은 이념적 무정부주의자인 르자니츠키가 시보블류이

70) 브도비첸코의 애칭.

를 겨냥하여 호송병 대열을 향해 세 방을 쏘았다. 르자니츠키는 걸출한 사수였지만 너무 흥분하여 손을 떠는 바람에 빗나갔다. 이번에도 옛 동지들을 향한 예의 그 민감한 감정과 동정에 사로잡혀 경비병은 르자니츠키를 덮치지도, 그의 살인 미수에 대해 명령을 기다릴 것도 없이 때 이른 사격으로 응수하지도 못했다. 르자니츠키의 총에는 총알이 세 발이나 더 남아 있었지만, 아마 흥분한 탓에 까맣게 잊고 또 총알이 빗나간 것이 너무 분했던 나머지 그는 브라우닝 총을 바윗돌에다 내동댕이쳤다. 그 충격으로 브라우닝 총은 네 번째로 발사되었고 사형 선고를 받은 파치콜랴의 다리에 부상을 입혔다.

위생병 파치콜랴는 비명을 지르고 다리를 움켜쥐며 쓰러졌는데 극심한 고통으로 인해 계속해서 새된 신음 소리를 냈다. 바로 옆에 있던 팝누트킨과 고라즈드이흐가 그를 일으켜 세운 뒤 부축하여 끌고 갔다. 북새통에 너나없이 제정신이 아닌 동지들에게 밟히는 일이 없도록 말이다. 파치콜랴는 사형수들을 몰아붙이는 석조 가장자리 쪽으로 걸어갔는데, 부상당한 한쪽 다리를 내디딜 수 없는 상태인지라 뜀박질하듯 절룩거리면서 쉼 없이 비명을 질렀다. 그의 비인간적인 흐느낌은 전염성이 있었다. 흡사 신호를 따르듯 모두가 자제력을 잃었다. 뭔가 상상할 수 없는 일이 시작되었다. 욕설이 터지고 애원과 하소연이 들리고 저주가 울려 퍼졌다.

미성년인 갈루진은 여태껏 쓰고 있던, 노란 테두리의 실업학교 교모를 벗어 던진 다음 무릎을 꿇고 주저앉더니 그 자세 그대로 기다시피하며 동료 무리와 함께 더 멀리, 무서운 돌무

더기를 향해 뒷걸음쳤다. 그는 호송병을 향해 계속 이마가 땅바닥에 닿도록 절하고 엉엉 울면서 노랫가락을 뽑듯 반쯤 실성한 사람처럼 애원했다.

"잘못했어요, 형제들, 좀 봐주세요, 다시는 안 그럴게요. 해치지 마세요. 죽이지 마세요. 나는 아직 살아 보지도 못했어요, 죽기엔 너무 젊잖아요. 아직 좀 더 살고 싶고, 엄마, 우리 엄마도 한 번 더 보고 싶어요. 용서해 주세요, 형제들. 좀 봐주세요. 당신들의 두 발에 입을 맞출게요. 물도 내가 다 길어다 드릴게요. 아, 큰일이야, 큰일, 끝장이야, 엄마, 엄마."

한가운데서 다음처럼 말하며 통곡하는 사람들도 있었는데 누구인지는 보이지 않았다.

"친애하는 동지들, 좋은 동지들! 이게 웬일인가? 정신들 차려. 두 전쟁에서 함께 피를 흘렸잖아. 같은 과업을 위해 투쟁했잖아. 가엾게 여기고 풀어 주게. 우리도 그 은혜는 평생 잊지 않고 봉사하는 마음으로 은혜를 갚겠네. 아니, 귀가 먹었나, 왜 대답이 없어? 하늘 무서운 줄 모르는 놈!"

시보블류이에게는 이렇게들 외쳤다.

"에잇, 그리스도를 판 유다 같은 놈! 네놈에 비하면 우리가 무슨 배신자냐? 네놈이야말로, 이 개새끼야, 세 배는 더 배신자야, 교수형이나 당해라! 충성을 바치기로 맹세한 그 합법적인 황제를 죽이고, 우리에게 충성을 맹세해 놓고는 배신했어. 또 배신하기 전에 네놈의 악마인 레스느이[71]와 입이나 맞춰.

---

71) 리베리를 말한다.

네놈은 어차피 배신할 테지만."

브도비첸코는 무덤의 문턱에서도 여전히 의연했다. 머리를 꼿꼿이 쳐들고 백발을 휘날리며 모두가 들을 수 있도록 큰 소리로, 코뮌 당원들끼리 하듯, 르자니츠키를 향해 말했다.

"비굴하게 굴지 마라, 보니파치! 자네의 항의는 저놈들에게 통하지 않을 거야. 이 새 오프리치니키[72] 놈들, 이 새 고문실의 고수들이 자네의 말을 이해할 리 없어. 하지만 기죽을 거 없어. 역사가 모든 것을 가려 줄 테니. 후손은 군사 위원 전제정의 부르봉 놈들과 그들의 악행을 치욕적인 기둥에 못 박을 걸세. 우리는 세계 혁명의 여명에서 사상의 순교자로 죽어 가는 거야. 정신 혁명 만세. 전 세계적인 무정부주의 만세."

저격병들의 귀에만 들린 소리 없는 명령에 따라 스무 개의 총이 발사되어 피고의 절반을 쓰러뜨렸고 대부분 즉사했다. 남은 자들에게는 두 번째 사격이 퍼부어졌다. 제일 오래 몸부림친 것은 소년 테레샤 갈루진이었지만 그마저도 결국 움직임 없이 몸을 쭉 뻗어 버렸다.

2

진지를 다른 곳, 멀리 동쪽으로 옮겨 겨울을 나자는 아이디어는 쉽게 포기되지 않았다. 브이츠코-케젬스키강의 분수령

---

72) 16세기 이반 뇌제(이반 4세)의 친위대.

을 따라 가도 저쪽 지역에 대한 탐사와 순찰이 오랫동안 진행되었다. 리베리도 의사를 혼자 남겨 둔 채 진영을 떠나 타이가에 가 있는 일이 잦았다.

하지만 어딘가로 이동하기에는 이미 늦었고 갈 데도 없었다. 파르티잔에게는 최악의 실패로 얼룩진 시간이었다. 백군은 최종적인 궤멸을 앞두고 숲의 비정규군 부대에 일격을 가해 단번에 끝장내기로 결정하고는 모든 전선이 총력을 기울여 포위망을 형성했다. 파르티잔들이 사방에서 밀려났다. 포위망의 반경이 좀 더 좁혀졌더라면 그러다 파멸했을 것이다. 그들이 구제된 것은 포위망이 손에 잡히지 않을 만큼 넓었던 덕분이었다. 겨울의 문턱, 적은 끝없이 울창한 타이가를 헤치며 좌우익을 뻗어 갈, 그리고 농민군을 밀어붙일 상태가 아니었다.

어떤 경우든 어디로든 움직이는 것 자체가 불가능했다. 물론, 특정한 군사적 특권을 보장해 주는 이동 계획이 나왔더라면 고군분투하여 새 진지를 향해 포위선을 뚫는 전투를 감행했을 것이다.

하지만 그렇게 면밀한 계획안은 나오지 않았다. 사람들은 지쳐 갔다. 하급 지휘관들은 그 스스로도 의기소침해져 부하들에 대한 영향력을 상실했다. 상급 지휘관들은 매일 저녁 군사 소비에트를 소집해 서로 모순된 결정을 내놓았다.

다른 월동 장소를 찾는 일은 제쳐 두고 겨울을 맞아 지금 있는 숲의 깊은 곳에서 진지를 구축해야 했다. 이 숲은 겨울철이면 눈이 많이 쌓여 스키 장비를 제대로 갖추지 못한 적수가 통과할 수 없었다. 참호를 파고 식량을 많이 비축해야 했다.

파르티잔의 병참 담당 비슈린은 밀가루와 감자가 턱없이 부족하다고 보고했다. 가축은 넉넉했고, 비슈린의 예측으로는, 겨울의 주식은 육류와 우유가 될 터였다.

겨울옷도 부족했다. 파르티잔의 일부는 옷을 반쯤만 입은 채 돌아다녔다. 진영 안의 개가 모두 도살당했다. 모피 가공에 정통한 사람들이 파르티잔을 위해 개가죽을 털이 밖으로 나오도록 가공하여 모피 코트를 만들었다.

의사는 운송 수단의 사용을 거절당했다. 짐마차는 이제 더 중대한 일에 필요했다. 마지막 이동 때는 중상자들을 들것에 실어 40베르스타나 되는 거리를 걸어서 옮겼다.

유리 안드레예비치가 보유한 의약품도 키니네, 요오드, 글라우버염뿐이었다. 수술과 붕대 처치를 하는 데 필요한 요오드는 결정화되어 있었다. 알코올에 녹여야 했다. 다들 밀주 설비를 파괴한 것을 애석해했으며, 죄가 가벼워 그때 처형을 면한 양조업자들에게 부서진 증류기를 수리하거나 새로 만들라는 임무가 떨어졌다. 폐기된 밀주 공장을 치료 목적으로 다시 정비했다. 진영에서는 눈짓만 주고받고 고개를 내저었다. 음주가 재개되면서 숙영지 안으로 문란함이 빠르게 퍼져 갔다.

증류된 알코올은 거의 100도까지 올라갔다. 이런 도수의 용액은 결정화된 요오드제를 잘 용해시켰다. 키니네 껍질에 담긴 이 밀주로 유리 안드레예비치는 이후 초겨울 추위와 함께 되살아난 발진티푸스를 치료했다.

3

그 무렵 의사는 가족과 함께 있는 팜필 팔르이호를 보았다. 그의 처자식은 지난여름 내내 트인 하늘 아래, 먼지 자욱한 길을 따라 피난을 다녔다. 그들은 그동안 겪은 끔찍한 일로 인해 잔뜩 겁을 먹은 채 새로운 일이 일어날까 봐 불안에 떨었다. 방랑은 그들에게 지울 수 없는 흔적을 남겼다. 팜필의 아내와 세 아이, 즉 아들 하나와 두 딸의 밝은 금발이 햇볕에 빛이 바랬고 바람을 맞고 햇볕에 그을려 새카매진 얼굴에는 하얗고 살벌한 눈썹이 도드라졌다. 아이들은 아직 어려서 고생한 흔적이 별로 없었지만, 어머니의 얼굴에는 그동안 겪은 충격과 위험 때문에 생기가 싹 사라지고 오직 건조한 얼굴선, 실로 꿰맨 듯 앙다문 입술, 언제라도 자기방어를 할 준비가 된, 고통스러울 만큼 긴장된 부동성만이 남아 있었다.

팜필은 그들 모두를, 특히 아이들을 미치도록 사랑했으며, 날카롭게 간 도끼 모서리를 놀려, 의사가 놀랄 만큼 날렵한 솜씨로 아이들에게 토끼, 곰, 수탉 같은 목각 장난감을 만들어 주었다.

그들이 도착하자 팜필은 명랑함을 되찾고 활기를 띠면서 기력도 조금씩 회복했다. 그런 와중에 알려진 사실인바, 가족이 함께 있으면 진영의 분위기에 해로운 영향을 미친다는 점을 고려하여, 파르티잔은 반드시 그들의 식구들과 떨어질 것이고 진영은 불필요한 비전투원으로부터 해방될 것이고 피난민 마차는 충분한 경호 속에서 무리를 이루어 좀 떨어진 어딘가, 겨울을 날 숙영지에 세워 둘 것이라고 했다. 이런 격리에 대해서는 실제 준비보다 풍문이 더 많았다. 의사는 이 조치가 이행되지 않으리라고 믿었다. 하지만 팜필은 침울해졌고 예전의 헛것들이 돌아왔다.

4

겨울의 문턱에서 진영에는 몇 가지 원인이 뒤섞여, 오랫동안 불안과 의혹과 무섭고 복잡한 상황과 이상하고 터무니없는 일이 연속되었다.

백군은 계획대로 반란군을 포위했다. 완료된 작전을 지휘한 장군은 비츠인, 크바드리, 그리고 바살르이고였다. 이 장군들은 강직함과 불굴의 결단력으로 명성이 높았다. 그들의 이름만 들어도 진영과 반란군의 아내들은 공포에 떨었는데, 아직 고향을 떠나지 못한 채 적의 포위망 뒤, 마을 뒤쪽에 남아 있던 민간인도 마찬가지였다.

이미 말했듯이, 적이 포위망의 범위를 좁힐 수 있는 수단은 없으리라 예상되었다. 이 점은 안심해도 좋았다. 하지만 주변 상황에 계속 무심할 수는 없었다. 상황에 굴복하면 적의 사기만 올라갈 뿐이었다. 설령 올가미가 안전하다 해도 군사적 시위의 목적으로 벗어나려고 애써야 했다.

이를 위해 대규모의 파르티잔 병력을 갈라서 포위망의 서쪽 정면 호(弧)에 집중시켰다. 여러 날에 걸친 격렬한 전투 끝에 파르티잔은 적에게 패배를 안김으로써 그 지점에서 적진을 돌파하고 적의 후방으로 들어갔다.

돌파 작전으로 형성된 자유 공간을 통해 타이가의 반란군에게 접근할 수 있는 통로가 열렸다. 그들과 연합하려는 새 피난민 무리가 넘쳐 났다. 이렇게 시골에서 흘러 들어온 민간인들이 모두 파르티잔의 피붙이였던 것은 아니다. 백군의 응징 행위에 겁먹은 인근의 모든 농민이 그 자리에서 이동하여, 삶의 터전을 버리고 자연스레 자신들을 지켜 주리라 여긴 숲속 농민군에 합류한 것이었다.

하지만 진영은 원래 있던 군식구도 떨쳐 버리려 하는 판국이었다. 파르티잔에겐 남의 가족들, 새로운 사람들까지 돌볼 여력이 없었다. 그들은 피난민을 맞으러 나가서 그들을 도중에 멈추게 한 다음 저쪽, 칠림카강 가의 칠림스카야 경작지의 방앗간 쪽으로 향하게 했다. 그곳은 숲 개간지에 물방앗간을 중심으로 저택이 모여 있는 곳으로 드보르이라고 불렸다. 이 드보르이에 피난민 월동 시설을 설치하고 그들을 위해 따로 식량 창고를 배치할 계획이었다.

이런 결정이 내려지고 일이 순서대로 진행되는 동안에도 진영의 사령부는 발을 맞추지 못했다.

적에 대한 승리도 복잡해졌다. 백군은 자기들을 격파한 파르티잔 무리를 가장자리 안으로 통과시킨 다음, 돌파된 전열을 회복하고 폐쇄해 버렸다. 그들의 후방에 침투했다가 습격당해 고립된 부대는 자신의 타이가로 돌아가는 길을 봉쇄당했다.

여자 난민들도 골칫거리였다. 빽빽하고 울창한 숲속에서 길이 엇갈리기 십상이었다. 그들을 맞으러 파견된 사람들은 피난민의 흔적을 찾지 못해 그들과 어긋난 상태로 돌아왔고, 여자들은 자연력의 흐름에 이끌려 타이가 깊숙이 들어갔다가 도중에 기적적인 재치를 발휘하여 양쪽의 나무를 베고 다리를 놓고 통나무를 깔면서 길을 냈다.

이 모든 것이 숲 사령부의 의도에 모순되는 것으로서 리베리의 계획과 설계를 밑바닥부터 송두리째 뒤집어 놓았다.

5

이 일로 그는, 타이가로 통하는 지점이 멀지 않은 가도 근처에 스비리드와 함께 서서 길길이 날뛰고 있었다. 참모들은 길을 따라 부설된 전신선을 끊을지 말지 논의하느라 길에 서 있었다. 결정적인 최후의 말은 리베리가 해야 했는데, 정작 그는 떠돌이 사냥꾼과 수다를 떠느라 정신이 없었다. 리베리는 그에게 한 손을 흔들어 지금 갈 테니 떠나지 말고 기다리라고 했다.

스비리드는, 높아진 영향력 때문에 리베리의 권위와 겨루고 진영 내에 분열을 초래했다는 것을 제외하면 아무런 죄도 없는 브도비첸코의 유죄 선고와 총살을 오랫동안 견디기 힘들어했다. 스비리드는 파르티잔을 떠나 다시 예전처럼 자유로이 혼자 살고 싶었다. 하지만 어림도 없는 소리였다. 고용되고 팔린 이상, 지금 숲의 형제들을 떠난다는 건 총살당한 자들과 똑같은 운명을 각오해야 한다는 의미였다.

상상할 수 없을 만큼 끔찍한 날이었다. 살을 에는 듯한 칼바람이 날아다니는 숯검정 더미처럼 새카맣고 찢어진 먹구름 조각을 땅 위로 낮게 실어 왔다. 갑자기 그 먹구름에서, 뭔가 하얀 광기에 사로잡힌 양 초조한 경련을 일으키며 눈이 흩날리기 시작했다.

눈 깜짝할 새에 먼 곳이 하얀 수의에 가려지더니 땅에는 하얀 장막이 깔렸다. 곧이어 장막은 흔적도 없이 타고 녹아 버렸다. 숯처럼 새카만 땅과 새카만 하늘이 모습을 드러내더니, 멀리서 폭우가 비스듬한 부종(浮腫)처럼 위에서 사정없이 퍼부었다. 땅은 더 이상 물을 받아들이지 못했다. 날이 개는 순간에는 먹구름이 흩어졌고 꼭 하늘을 환기하듯 위쪽의 창문을 활짝 열어 차갑고 유리처럼 흰빛을 흘려보냈다. 흙 속에 흡수되지 못하고 고여 있는 물이 역시나 그런 반짝임으로 충만한 웅덩이와 호수를 창문처럼 활짝 열어 놓고 땅에서부터 화답하고 있었다.

폭우는 침엽수의 테레빈유와 수지를 머금은 침엽 위로 떨어져, 방수포 위의 물방울처럼 안으로 스며들지 못하고 연기처럼 미끄러졌다. 전신선에는 빗방울이 구슬처럼 송골송골 맺혔다. 빼곡히 매달린 빗방울은 서로 바싹 붙어 떨어지려 하지 않았다.

스비리드는 여자 피난민들을 맞으러 타이가의 깊은 곳에 보내진 사람 중 하나였다. 그는 자기가 목격한 것을 상관에게 얘기하고 싶었다. 다양한 명령이 전혀 이행되지 않은 채 서로 충돌하기만 하면서 생겨난 터무니없는 일에 대해. 여자 무리 중에서도 가장 심약하고 자신감을 잃은 일부가 저지르고 있는 짐승 같은 짓들에 대해. 보따리와 자루를 이고 지고 젖먹이들을 업고 걸어서 이동해 온, 젖도 말라 버리고 다리에 힘도 빠지고 실성한 젊은 어머니들은 자식들을 길에 내버리고 자루에 든 밀가루를 뿌리고 길을 되돌렸다. 굶어서 질질 끌다 죽느니 당장 죽는 게 낫다. 숲속 맹수의 아가리보다는 적의 손아귀에 떨어지는 편이 낫다는 것이었다.

남자들에게도 없는 인내력과 용맹함의 모범을 보여 주는 기가 센 여자들도 있었다. 스비리드에게는 아직 보고해야 할 것이 많았다. 진영 내에 기존에 진압된 것보다 훨씬 더 무시무시한 새로운 반란의 위험이 도사리고 있음을 대장에게 알리고 싶었지만, 리베리 쪽에서 성마르고 신경질적으로 그를 재촉하고 그의 말재주를 완전히 빼앗는 바람에 말문이 막혀 버렸다. 리베리가 수시로 스비리드의 말을 가로막은 것은, 참모들이 길에서 그를 기다리며 고갯짓을 하고 소리쳤기 때문만은 아니었다. 최근 두 주 내내 그런 의견이 전해져 리베리도 모든 것을 알고 있었기 때문이었다.

"다그치지 마, 대장 동지. 나는 말주변이 별로 없는 사람이야. 말이 목구멍에 걸려서 숨이 막혀. 내가 무슨 말을 하고 있었더라? 피난민 마차에 가서 그 찰돈[73] 여자들에게 법률이며 상황을 좀 일러 줘. 저들은 엉망진창이 됐어. 한번 물어보겠는

73) 시베리아 주민을 말하는 듯하다.

데, 우리는 '모두 콜차크를 타도하자!'인가, 아니면 여자들의 대전투인가?"

"좀 간단히, 스비리드. 저쪽에서 나를 부르는 거 보이잖나. 괜히 바보짓 하지 마."

"지금 저 암사자 같은 무당 즐르이다리하 말이야, 도무지 알 수 없는 여자야. 가축을 보살피게 나를 여자 수이사로 임명해 줘요, 라고 하더라고."

"수의사 말이군, 스비리드."[74]

"그래서 무슨 말이냐고? 내 말인즉, 여자 수의사로 동물의 돌림병을 치료한다는 거야. 한데 지금은 가축이고 뭐고 다 때려치우고 무성직파의 여교주로 둔갑해서는 암소한테 미사를 드리고 새 여자 피난민들을 그릇된 길로 이끌고 있어. 이봐, 치맛자락을 들고 붉은 깃발을 쫓아오다가 이 지경이 된 거니 네년 탓이라고 말하더군. 다시는 도망치지 말라고."

"통 모르겠군, 무슨 피난민 얘기야? 우리 쪽 파르티잔의 여자들 말이야, 아니면 어디 다른 여자들 말이야?"

"그야 다른 여자들 얘기지. 새로 다른 데서 온 여자들."

"그들은 드보르이 마을, 칠림스카야 물방앗간에 배치하기로 했잖아. 어쩌다 그들이 여기 와 있는 건가?"

"어라, 드보르이 마을이라니. 자네의 그 드보르이는 몽땅 불타 버렸어. 물방앗간이며 개간지며 죄다 잿더미야. 그들이

---

74) 원문에서는 위에서 스비리드가 '수의사'를 약간 틀리게 발음했기 때문에 리베리가 정정한 것이다.

칠림카에 도착하여 본 것은 헐벗은 황무지뿐이야. 절반은 정신이 나가 엉엉 울면서 백군에게로 돌아갔어. 다른 쪽은 반대로 마차를 통째로 돌려 이리로 온 거야."

"그 먹먹한 숲과 수렁을 지나서?"

"그러라고 도끼와 톱이 있는 것 아닌가? 그들을 지켜 주라고 우리 쪽 남자들을 보내고 거들어 주기도 했지. 길을 30베르스타나 냈다고 하더라. 다리도 놓았다는 거야, 악마 같은 놈들. 그런데도 여자라고 말하니. 독종들 같으니, 이런 일을 사흘 동안에 해내리라고 누가 생각이나 했겠어."

"꼴좋다! 뭐가 좋다고 난리야, 암말 같은 놈아, 길을 30베르스타나 냈는데. 이건 비츠인과 크바드리한테 좋은 일 해 준 거잖아. 타이가로 가는 길을 터 줬으니. 대포도 지나갈걸."

"엄호 부대. 엄호 부대야. 엄호 부대를 보내면 그만이야."

"제기랄, 네가 말하지 않아도 그 정도는 생각할 수 있어."

6

해가 짧아졌다. 5시면 어둑어둑했다. 황혼 무렵 유리 안드레예비치는 최근에 리베리가 스비리드와 말다툼한 그 자리에서 가도를 건너갔다. 의사는 진영으로 가는 길이었다. 평원과 언덕 근처, 진영의 경계선처럼 생각되는 마가목이 서 있는 곳에서 자기가 농담 삼아 경쟁자라고 불러 온 의사-무당인 쿠바리하의 호전적이고 생기 넘치는 목소리가 들렸다. 그의 경쟁자는 날카롭고 새된 소리로 뭔가 명랑하고 까불까불한 노래를, 분명히 무슨 차스투시카를 부르고 있었다. 듣는 사람들이 있었다. 공감하는 남녀의 웃음이 터져 나와 노래가 중단되었다. 그다음에는 전체가 잠잠해졌다. 다들 흩어진 모양이었다.

그러자 쿠바리하는 다른 식으로, 즉 자기가 완전히 혼자 있다고 생각하고 혼잣말처럼 반쯤 기어드는 목소리로 노래를 부르기 시작했다. 발을 헛디뎌 늪에 빠지지 않도록 조심하면서 유리 안드레예비치는 어둠침침한 가운데 천천히, 마가목 앞에서 질척한 평원을 에워싸고 있는 오솔길을 빠져나간 다음 그 자리에 못 박힌 듯 우뚝 섰다. 쿠바리하는 옛 러시아 노래 같은 것을 불렀다. 유리 안드레예비치가 모르는 곡이었다. 어쩌면 그녀의 즉흥곡이었을까?

그 러시아 노래는 저수지의 물 같다. 정지하여 움직이지 않는 것 같다. 하지만 깊은 곳에서는 쉼 없이 수문으로 물이 흘러나오고 있으니 수면의 잔잔함이란 기만적인 것이다.

온갖 수단과 반복과 대구를 동원하여 노래는 서서히 전개되는 중인 내용의 흐름을 지연시킨다. 어떤 한계에 이르자 내용이 갑자기 단번에 펼쳐지며 우리에게 한꺼번에 충격을 준다. 자신을 억누르고 제어하는 우수에 찬 힘이 스스로를 그렇게 표현하는 것이다. 말로써 시간을 멈추려는 광기 어린 시도다.

쿠바리하는 반쯤은 노래하듯, 반쯤은 말하듯 했다.

토끼 한 마리가 하얀 세상을 달려갔어,
하얀 세상을, 하얀 눈 위를.

토끼는 사팔뜨기,[75] 마가목-나무 옆을 달려갔어,
토끼는 사팔뜨기, 마가목에게 하소연했어.
나는 토끼니까 마음이 소심해,
마음이 소심하고 마음이 약해.
나는 토끼니까 짐승 발자국도 겁이 나,
짐승의 발자국도, 굶주린 늑대 배 속도.
나를 가여워해 주오, 마가목 숲이여,
마가목 숲이여, 예쁜 마가목-나무여.
너는 너의 아름다움을 나쁜 원수에게 내주지 마라,
나쁜 원수에게, 나쁜 까마귀에게.
너는 빨간 열매를 한 옴큼씩 바람에 뿌려라,
한 옴큼씩 바람에, 하얀 세상에, 하얀 눈 위에,
고향 땅 쪽으로 흘려라, 던져라,
마을 어귀 저 맨 마지막 집,
저 맨 마지막 창문에, 또 저 안방에,
그곳에 그리운 나의 여자가
은둔해 숨어 있노라.
나의 연인에게 귀엣말로
뜨겁고 열렬한 한마디를 전해 다오.
나는 병사-무사 포로 신세로 괴로워하네,
나는 병사, 타향 땅에서 지루하구나.
하지만 쓰라린 포로 상태에서 벗어나리라,

75) 혹은 '짝귀 토끼'로, 민요에 관용적으로 사용되는 표현인 듯하다.

나의 마가목 열매, 나의 미인에게 가리라.

7

병사의 아내 쿠바리하가 팔리하, 즉 팜필의 아내인 아가피야 포티예브나, 속칭 파테브나의 병든 암소에게 주문을 걸고 있었다. 암소는 무리에서 끌려 나와 관목 앞에 세워지고 뿔은 나무에 묶였다. 암소의 앞발 옆, 나무 그루터기에는 여주인이, 뒷발 옆 착유 의자에는 점쟁이인 병사의 아내가 앉았다.

나머지 많은 사람들이 크지 않은 숲속 빈터에서 복작댔다. 거뭇한 침엽수가 산처럼 높은 삼각형의 전나무 벽을 이루어 사방에서 공터를 에워쌌는데, 그 전나무들은 땅바닥에, 제각기 옆으로 퍼진 낮은 나뭇가지를 살찐 엉덩이마냥 땅바닥에 대고 앉아 있는 것 같았다.

시베리아에서는 스위스계의 어느 우량종을 키우고 있었다. 거의 모두 같은 색으로 검은 바탕에 흰 얼룩무늬가 있는 암소였는데, 워낙 고생하면서 먼 길을 이동한 데다가 우리가 참을 수 없을 정도로 비좁아 사람들 못지않게 시쳐 있었다. 서로 옆구리를 꽉 붙인 채 너무 치여서 정신이 나갈 지경이었다. 머리가 둔해진 암소들은 자신의 성별도 잊고 수소처럼 울부짖으며 서로의 몸 위에 올라타 무겁게 늘어진 유방을 위로 올리려고 안간힘을 썼다. 암소에게 눌린 송아지들은 꼬리를 세우고 그 밑을 빠져나와 덤불숲과 나뭇가지를 짓밟으며 숲속으로 도망쳤고, 그러면 소몰이꾼 노인들과 어린 목동들이 고함을 지르며 녀석들을 잡으러 달려 나갔다.

그리고 숲속 빈터 위의 거무스름한 눈송이 구름들은, 전나무 우듬지들이 겨울 하늘에 그려 놓은 비좁은 원 안에 갇힌 듯이 격렬하고 무질서하게 복작대며 뒷발로 서서 서로의 앞을 가로막았다.

멀리서 호기심을 보이며 무리 지어 있는 사람들이 무당을 훼방 놓았다. 그녀는 곱지 않은 눈초리로 그들을 머리끝부터 발끝까지 훑어보았다. 하지만 그들 때문에 불편하다는 걸 내색하면 권위가 떨어질 터였다. 예술가와 같은 자존심이 그녀에게 제동을 걸었다. 그래서 그녀는 그들의 존재를 인지하지 못한 척 행동했다. 의사는 그녀에게서 몸을 숨기고 뒤쪽 줄에서 그녀를 관찰했다.

그는 처음으로 그녀를 제대로 살펴보았다. 그녀는 여느 때와 다름없이 영국식 군모에 연두색 간섭군 외투를 입고 있었는데, 외투 깃이 아무렇게나 젖혀져 있었다. 그래도 이 젊지 않은 여자의 눈과 눈썹을 앳되 보이게 하는 오만한 이목구비에 서린 맹목적인 열의를 통해 그녀의 얼굴은, 자기가 뭘 입지 않고 있는지는 아무런 상관없다고 또렷이 말하고 있었다.

하지만 팜필의 아내는 유리 안드레예비치를 놀라게 했다. 거의 알아볼 수가 없을 정도였다. 며칠 동안 그녀는 폭삭 늙어 있었다. 그녀의 부릅뜬 두 눈은 눈구멍에서 튀어나올 기세였다. 마차의 채처럼 쭉 뻗은 그녀의 목에서는 부어오른 핏줄이 파닥거렸다. 은밀한 불안이 그녀를 이렇게 만든 것이었다.

"젖이 나오지 않아." 아가피야가 말했다. "젖이 마른 줄 알았는데 그건 아니고, 젖이 나올 때가 지났는데 계속 안 나오는 거야."

"젖이 마르긴 무슨. 저어기 젖꼭지에 탄저균 부스럼이 있군. 라드에 담근 약초를 줄 테니 발라 줘. 물론 주문도 외워 주지."

"또 다른 걱정은 남편이야."

"바람피우지 않게 해 주지. 일도 아니야. 한번 딱 붙으면 떨어지지 못할걸. 세 번째 걱정을 말해 봐."

"아니, 바람이 아니야. 바람이라도 피우면 좋겠어. 오히려 나한테도, 아이들한테도 너무 찰싹 들러붙어서 걱정이야, 진심으로 우리 때문에 애를 끓이고 있어. 나는 그이가 무슨 생각을 하는지 알아. 지금 그이 생각은 진영을 나누면 우리를 다른 곳으로 보낼 거라는 거야. 우리는 바살르이고의 손에 떨어질 것이고 그이는 우리와 함께 있지도 못할 거야. 아무도 우리를 지켜 주지 못하겠지. 그들은 우리를 괴롭힐 테고 우리의 고통을 즐길 테지. 나는 그이의 생각을 잘 알아. 그이가 자기에게 무슨 일이라도 저지르면 어떡하지."

"좀 생각해 보자. 슬픔도 삭이고. 세 번째 걱정을 말해 봐."

"세 번째는 있지도 않아. 이게 전부야, 암소와 남편."

"그럼 너는 아무 걱정도 없는 거야, 이 아줌마야! 주님이 너를 얼마나 예뻐하는지 봐. 이런 사람들은 대낮에도 등불을 갖고 찾아야 될 판인걸. 불쌍한 사람한테 근심 걱정은 두 가지밖에 없고 그나마도 하나는 너무 자상한 남편이라니. 암소를 낫게 해 주면 뭘 줄 거야? 슬슬 굿을 시작해 볼까."

"뭘 줄까?"

"거친 밀가루로 만든 크고 둥근 빵과 남편."

주변에서 깔깔 웃음이 터져 나왔다.

"비웃는 거야, 지금?"

"뭐, 너무 비싸면 둥근 빵은 포기하지. 남편 하나로 끝내자."

주변의 깔깔 웃음이 열 배는 더 커졌다.

"이름이 뭐지? 남편 말고 암소."

"예쁜이야."

"여기 암소 떼 중 절반이 예쁜이라니까. 좋아. 성호를 그어 볼까."

그러고서 그녀는 암소에게 주문을 걸기 시작했다. 처음에는 정말로 가축을 향해 주문을 걸었다. 그러다 스스로에게 몰입하여 아가피야에게 마법과 그 적용법에 관한 온전한 지침을 읽어 주었다. 유리 안드레예비치는 주술에 걸린 듯 이 미망 같은 주문을 들었다. 언젠가 유럽적 러시아에서 시베리아로 가던 중 마부 바크흐의 현란한 수다를 경청할 때와 비슷했다.

병사의 아내는 이렇게 말했다.

"모르고시야 이모, 우리 집에 놀러 오시라. 화요일-수요일, 썩은 부스럼을 떼 주시라. 암소의 젖꼭지에서 종기를 거둬 주시라. 얌전하게 서 있어라, 예쁜이야, 의자를 엎지 말고. 산처럼 서 있어라, 강처럼 젖을 흘려라. 깜짝 놀랐구나, 겁이 났구나, 옴딱지를 싹 떼 내 쐐기풀 속에 던져라. 무당의 말은 황제의 말만큼이나 독하단다.

모두 알아야 해, 아가피유시카, 거절하는 말, 명령하는 말,

비껴 가는 말, 주술 거는 말 모두. 너는 지금 이걸 보면서 숲이라고 생각하지. 하지만 이건 부정한 힘과 천사 군단이 서로 붙어 싸우는 거야, 여기 우리 편과 바살르이고 편처럼.

아니면, 예를 들어 내가 보여 주는 쪽을 한번 봐. 그쪽 말고, 얘야. 뒤통수가 아니라 눈으로 봐야지, 내가 손가락으로 가리키는 쪽을 보란 말이야. 옳지, 옳지. 이게 뭐라고 생각해? 자작나무의 가지가 바람 때문에 서로 얽히고설켰다고 생각하지? 새가 둥지를 틀 참이었다고 생각하지? 천만의 말씀. 이거야말로 진짜 악마의 계략이야. 이건 루살카가 딸한테 화관을 엮어 주려고 했던 거야. 옆으로 사람들 발소리가 들리니까. 던져 버린 거야. 겁을 먹은 거지. 밤이면 끝낼걸, 다 엮을 거라고, 두고 봐.

아니면 너희의 저 붉은 깃발을 또 봐. 어떻게 생각해? 그냥 깃발이라고 생각하지? 하지만 천만에, 전혀 깃발이 아니야. 이건 죽은 처녀들이 새빨간 스카프를 흔드는 건데, 내 말은, 그런데 대체 왜 흔들까? 스카프를 흔들고 윙크하면서 젊은 총각들을 학살과 죽음으로 손짓하고 돌림병을 퍼뜨리지. 그런데도 너희는 모든 나라의 프롤레타리아와 가난뱅이는 나한테 오라, 라는 깃발이라고 믿고 있거든.

이제 전부 알아야 해, 아가피야 아줌마, 전부, 그야말로 전부. 어떤 새인지, 어떤 돌인지, 어떤 풀인지. 이제 예를 들면, 저 새는 찌르레기라는 새야. 저 짐승은 오소리야.

이제, 예를 들어 누구랑 사랑을 나눌 생각이라면 말만 해. 상대가 누구든 너한테 빠져 오금을 못 펴게 해 줄게. 너희 대장인 저 레스느이든, 콜차크든, 이반 왕자든. 허풍이라고, 거짓말이라고 생각해? 아니, 거짓말이 아니야. 자, 잘 보고 잘 들어. 겨울이 오고 들판에는 눈보라가 소용돌이를 일으켜 눈기둥을 말아 올릴 거야. 그러면 나는 너를 위해 저 눈기둥을, 저 눈의 소용돌이를 칼로 푹 찌를 건데, 칼을 눈 속에다 칼자루까지 푹 꽂았다가 눈 속에서 빼면 피에 흠뻑 젖어 빨갛게 돼 있을 거야. 뭐, 본 적 있다고? 어라? 그런데도 내가 거짓말을 한다고 생각했지. 그런데 말해 봐, 어째서 눈보라 소용돌이에서 피가 나올까? 이건 바람, 공기, 눈의 먼지인데 말이야. 그러니까 아줌마야, 이건 눈보라 치는 바람이 아니라, 이혼한 여자 요괴가 자기 딸인 꼬마 마녀를 잃어버려서 들판을 헤매며 울고 있는 건데, 아무래도 찾을 수가 없는 거야. 바로 그 요괴를 내 칼이 명중한 거야. 그래서 피가 나오는 거지. 내가 너를 위해 그 칼로 누구든 그 흔적을 도려내 치맛자락에 명주실로 꿰맬 거야. 그러면 콜차크든, 스트렐니코프든, 무슨 새로운 황제든 다 네가 어디를 가든 네 뒤를 졸졸 따라갈 거야. 그런데도 너는 내가 거짓말을 한다고 생각했겠지. 모든 나라의 맨발과 프롤레타리아는 나한테 오라, 라는 말로 생각했겠지.

아니면 또 이를테면 지금 하늘에서 돌이 떨어지고 있다고 쳐, 그것도 비처럼 떨어져. 사람이 집 안에서 문지방만 나가도 그 위로 돌이 떨어진다고. 아니면 어떤 자들이 본 대로 기수들이 말을 타고 하늘을 달리는데 말들이 말발굽으로 지붕을 건드린 거야. 아니면 어떤 마법사들이 옛날 옛적에 발견한 대로, 이 여자는 몸속에 씨앗이나 꿀이나 담비 털을 갖고 있어. 그래서 갑옷 입은 기사들이 비밀 함을 열듯 어깨를 갈라 젖히고 어깨뼈에서 검으로 밀 얼마, 다람쥐 가죽 얼마, 벌집 얼마를 꺼냈어."

세상을 살다 보면 더러 크고 강한 감정과 마주친다. 그런 감정에는 항상 연민이 섞여 있다. 우리가 숭배하는 대상은 우리가 그것을 사랑하면 할수록 더더욱 희생양처럼 보인다. 어떤 사람들은 여자를 향한 연민이 모든 생각의 한계를 넘어선다. 그들은 다정다감한 마음에 여자를, 이 세상에는 없고 오직 상상 속에만 존재하는 실현 불가능한 상태에 올려놓고 그 주위의 공기, 자연의 법칙, 그녀가 태어나기 전에 흘러간 수천 년에 대해서도 질투심을 느낀다.

유리 안드레예비치는 충분한 교육을 받았기 때문에 무당의 마지막 말이 노브고로드 연대기인지 이파티예프 연대기인지[76] 아무튼 어느 연대기의 도입부를 자꾸자꾸 왜곡하여 위경으로 변형해 놓은 것이 아닌가 의구심을 가졌다. 그것을 무당과 이야기꾼이 입으로 후대에 전하면서 수세기 동안 왜곡해 왔다. 그 이전에는 필사가들이 그것을 뒤섞고 잘못 옮겨 적곤 했다.

전설의 폭정에 그는 왜 이토록 사로잡혔는가? 대체 왜 말도 안 되는 헛소리, 무의미하고 어처구니없는 일을 실제 상황인 양 대했던 것일까?

라라의 왼쪽 어깨를 갈라 열어 보았다. 장롱에 박힌 철제 비밀 금고의 비밀 문에 열쇠를 꽂아 넣듯, 검을 비틀어 그녀의 어깨뼈를 절개했다. 활짝 열린 영혼의 동공(洞空) 깊은 곳에

---

76) 둘 다 11~12세기 무렵에 쓰인 고대 러시아 연대기이다.

서 그녀의 영혼이 보존해 온 비밀이 드러났다. 그녀가 방문한 낯선 도시, 낯선 거리, 낯선 집, 낯선 공간이 리본들처럼, 리본 뭉치가 풀리듯, 리본 꾸러미가 밖으로 굴러떨어지듯 쭉 펼쳐졌다.

오, 그녀를 얼마나 사랑했던가! 그녀는 얼마나 예뻤던가! 마침 항상 생각하고 꿈꾸었던 그대로의 여자, 꼭 필요했던 여자! 하지만 무엇이, 어떤 점이 그랬던가? 뭐라고 호명할 수 있거나 따로 떼 낼 수 있는 어떤 것이었던가? 오, 아니다, 그렇지 않다! 하지만 그야말로 조물주가 일필휘지로 위에서 아래로 그려 놓은 저 비할 데 없이 단순하고 날렵한 선 때문이다. 이 성스러운 윤곽 그대로 그녀는 목욕한 아이처럼 강보에 꼭 싸인 채 그의 영혼의 품에 넘겨졌다.

한데 지금 그는 어디에 있으며 무슨 일을 겪고 있는가? 숲, 시베리아, 파르티잔들. 그들은 포위되었고, 그도 같은 운명이다. 이 무슨 극악한 일인가, 이 무슨 기막힌 일인가. 그러자 또다시 유리 안드레예비치의 눈과 머릿속이 흐려졌다. 모든 것이 그의 눈앞에서 부유했다. 그때 눈이 내릴 것 같던 하늘에서 비가 한 방울씩 떨어졌다. 도시의 거리 위, 한 집에서 또 다른 집으로 걸어 놓은 거대한 천의 플래카드처럼, 신처럼 숭배하는 하나의 경이로운 머리를 몇 배나 확대한 환영이 숲속 빈터 한쪽에서 또 다른 쪽에 걸쳐 허공 가득 펼쳐져 있었다. 그 머리는 울었고 더 거세진 비는 입을 맞추며 그것을 적셨다.

"그만 가 봐." 무당이 아가피야에게 말했다. "너의 암소를 위해 주문을 다 외웠으니 나을 거야. 성모 마리아님께 기도하고.

그분이야말로 빛의 궁전이자 생명의 말을 담은 책이니까."

8

타이가의 서쪽 경계선에서 전투가 진행 중이었다. 하지만 타이가가 너무 컸기 때문에 얼핏 먼 국경 지대에서 싸움이 난 것 같았다. 타이가의 밀림에 숨어든 숙영지에는 사람이 너무 많아서 아무리 많은 사람이 전투에 나가도 항상 남은 사람이 더 많았고 절대 비는 일이 없었다.

멀리 떨어진 접전의 굉음이 진영의 숲까지 이르는 법은 거의 없었다. 갑자기 숲속에서 몇 발의 총성이 울렸다. 완전히 가까운 곳에서 연달아 난 것인데, 단번에 무질서한 속사로 바뀌었다. 소리가 들리는 곳에 있다가 총격을 접한 사람들은 혼비백산해서 흩어졌다. 진영의 보조 인력에 속하는 사람들은 자기 마차로 달려갔다. 소동이 일었다. 다들 전투태세를 취했다.

소동은 곧 가라앉았다. 경보는 가짜로 밝혀졌다. 하지만 사람들은 또다시 총성이 들렸던 곳으로 흘러갔다. 군중이 많아졌다. 원래 서 있던 사람들 쪽으로 새로운 사람들이 다가왔다.

군중은 땅 위에 누워 있는 피투성이 인간 통나무를 에워싸고 있었다. 병신이 된 사람은 아직도 숨을 쉬고 있었다. 그는 오른팔과 왼다리가 잘려 있었다. 이 불쌍한 사람이 남은 다른 쪽 팔과 다리로 어떻게 진영까지 기어왔는지 머리로는 가늠이 되지 않았다. 잘린 팔다리는 소름 돋는 피범벅 살덩어리처럼 긴 글귀가 쓰인 판자와 함께 그의 등에 묶여 있었는데, 판자에는 상스러운 욕설들 가운데 숲의 형제들과는 아무 관계도 없는, 이런저런 적군 부대의 짐승 같은 짓에 대한 보복으로 행한 일이라고 쓰여 있었다. 그 밖에도 파르티잔들이 판자에 명시된 기간까지 항복하고 비츠인스키 군단의 대표자들에게 무기를 내주지 않으면 모두 이렇게 될 것이라는 글이 덧붙여져 있었다.

불구가 된 수난자는 여전히 피를 쏟으며, 금방이라도 끊길 듯 가냘픈 목소리에 혀가 꼬이고 수시로 의식을 잃으면서, 비츠인 장군의 후방 군법 및 징벌 분과에서 받은 고문과 심문에 대해 이야기했다. 원래 교수형을 선고받았으나 은사라도 베풀듯 팔다리를 자르는 것으로 대체되었으며, 파르티잔들에게 공포를 주도록 병신이 된 모습으로 그들의 진영에 보내진 것이었다. 진영의 제일 경비 지점까지는 들어서 데려왔고 그다음은 땅에 내려놓고 직접 기어가라고 명령하고는 멀리서 허공에다 총을 쏘아 대며 그를 내몰았던 것이다.

고통에 빠진 자는 간신히 입술을 달싹였다. 사람들은 알아들을 수 없는 옹알이를 해독하려고 허리를 구부리고 몸을 낮게 기울인 채 그의 말을 들었다. 그는 말했다.

"조심들 해, 형제들. 그놈이 돌파했어."

"엄호 부대를 보내왔어. 저쪽은 대접전이야. 우리는 버틸 거야."

"돌파. 돌파야. 그놈은 기습을 노리고 있어. 나는 알아. 아, 안 되겠어, 형제들. 봐, 피가 흘러, 피를 토하고 있어. 이제 끝났어."

"좀 누워서 숨 좀 돌려. 말하지 마. 이 친구에게 말하지 말라고 해, 이 폭군들아. 얼마나 해로운지 보이잖아."

"내 몸은 성한 데가 하나도 없어, 흡혈귀 같은 놈들, 개새끼. 네놈의 피로 목욕하게 해 주지, 네가 어떤 놈인지 말해, 그러더군. 하지만 형제들, 나야말로 진짜 탈영병인데 어떻게 그 얘기를 하겠어. 그래, 나는 그놈한테서 당신네 진영으로 도망치는 중이었지."

"자꾸 그놈이라고 하는군. 도대체 저들 중 누가 자네를 이 꼴로 만들었나?"

"아, 형제들, 속이 갑갑해 죽겠어. 숨 좀 돌리게 해 줘. 지금 말하지. 아타만 베케신. 슈트레제 대령. 비츠인의 부하들. 너희는 여기 숲속에 있으니까 아무것도 몰라. 도시는 온통 신음이야. 산 사람을 녹여 쇠를 만들어. 산 사람의 가죽을 벗겨 혁대를 만들어. 멱살을 붙잡고 어딘지도 모를 곳으로 끌고 가 칠흑 같은 암흑 속에 처넣지. 주변을 더듬어 보면 짐승 우리 같은 화물칸이야. 우리 안에는 속옷 하나만 달랑 걸친 인간이 마흔 명도 넘어. 그러고는 우리 문을 열고 화물칸 안으로 손아귀를 집어넣는 거야. 제일 먼저 잡히는 놈을 붙잡아. 밖으로 꺼내. 닭 모가지 비트는 거랑 똑같아. 정말이야. 누구는 매달고 누구는 쏘시고 누구는 심문하고. 곤죽이 되도록 패고 상처에 소금을 뿌리고 끓는 물을 부어. 토하거나 싸면 처먹으라고 강요하지. 이러니 어린애들과 여자들은, 오, 맙소사!"

이 불쌍한 사람은 이미 숨을 거두는 중이었다. 그는 말을 끝맺지 못하고 비명을 지르며 숨을 거두었다. 어쩐지 다들 바로 이 점을 깨닫고는 모자를 벗고 성호를 그었다.

저녁에는 이보다 더 끔찍한 사건이 진영 전체로 퍼졌다.

팜필 팔르이흐는 죽어 가는 사람을 에워싸고 서 있던 무리 속에 끼여 있었다. 그를 보았고 그의 이야기를 들었고 판자에 적힌 협박의 글귀를 읽었다.

자기가 죽을 경우 가족에게 닥칠 운명에 대한 끊임없는 공포가 어마어마한 규모로 그를 사로잡았다. 상상 속에서 그는 이미 그들이 서서히 진행되는 고문에 내맡겨진 모습을 보았으니, 고통으로 일그러진 그 얼굴을 보고 그 신음 소리와 도와달라는 절규를 들었다. 이 미래의 고통에서 그들을 구제하고 또 자신의 고통을 줄이기 위해 그는 광포한 우수의 발작 상태에서 제 손으로 그들을 해치웠다. 아내와 세 아이, 즉 두 딸과 사랑하는 아들 플레누시카를 위해 목각 장난감을 만들어 주었던, 면도날처럼 날카로운 그 도끼로 베어 버린 것이다.

이 일 직후에 그가 곧바로 자살하지 않은 것이 놀랍다. 그는 무슨 생각을 했을까? 앞으로 그에게는 어떤 일이 일어날 수 있을까? 어떤 모습이며 어떤 심산일까? 그는 명백한 정신이상자에 돌이킬 수 없을 정도로 끝장난 존재였다.

리베리, 의사, 그리고 군 소비에트 위원들이 모여 그를 어떻게 할지 의논하는 동안, 그는 가슴팍에 머리를 떨구고 흐릿하고 누런 눈을 비스듬히 치켜뜬 채 아무것도 보지 못하고 자유로이 진영 안을 서성였다. 어떤 힘을 동원해도 극복할 수 없는 비인간적인 고통을 머금은, 방황하는 둔한 미소가 그의 얼굴을 떠나지 않았다.

아무도 그를 불쌍히 여기지 않았다. 다들 피했다. 그에게 사형(私刑)을 가하자는 목소리가 높아졌다. 그 의견은 지지를 얻지 못했다.

이 세상에서 그는 더 이상 할 일이 아무것도 없었다. 동틀 녘, 그는 공수병에 걸린 미친 짐승이 자신으로부터 도망치듯 진영에서 사라졌다.

9

겨울이 닥친 지 오래였다. 살을 에는 추위가 계속되었다. 갈기갈기 찢어진 소리와 형태가 어떤 가시적인 관계도 없이 혹한의 안개 속에 나타나 머물고 움직이다가 사라지곤 했다. 지상의 사람들에게 익숙한 태양이 아니라 그것을 바꿔치기한 뭔가 다른 것이 적자색 공처럼 숲속에 걸려 있었다. 거기서부터, 꿈이나 동화 속인 양, 꿀처럼 걸쭉한 노란 호박색의 광선이 빽빽하게 서서히 흘러넘치더니 도중에 허공에서 응고하여 나무 옆에 얼어붙었다.

펠트 장화를 신어서 보이지 않는 발들이 둥그런 발바닥으로 땅을 살짝 건드리고 걸음을 뗄 때마다 눈밭에 뽀드득 소리를 내며 사방으로 움직였고, 그것을 보충하듯 후드와 반모피 차림의 형상들이 천계를 맴도는 천체처럼 따로따로 허공을 부유했다.

지인들은 걸음을 멈추고 대화를 나누기 시작했다. 그들은 목욕탕에서 나온 듯 시뻘건 얼굴과 얼어붙은 수세미 같은 턱수염, 콧수염을 서로에게 가까이 가져갔다. 그들의 입에서는 빽빽하고 끈적한 숨 덩어리가 구름처럼 빠져나왔는데, 그 크기가 단음절로 구성된 그들의 얼어붙은 낱말에 어울리지 않았다.

오솔길에서 리베리와 의사가 마주쳤다.

"아, 당신 아니오? 정말 오랜만이오! 저녁에 나의 참호로 좀 와 줘요. 내 거처에 묵어요. 옛정을 생각하며 이야기나 나눕시다. 알려 드릴 것도 있고."

"특사는 돌아왔습니까? 바르이키노 소식은요?"

"내 가족도, 당신 가족도 전혀 들리는 소리가 없어요. 하지만 바로 그러니까 오히려 위안이 된다는 게 결론이오. 그들이 적시에 목숨을 건졌다는 거죠. 안 그랬으면 무슨 얘기가 있었을 테니. 어쨌거나 이런 얘기는 모두 만나서 합시다. 그럼 기다리겠소."

참호에서 의사는 같은 질문을 반복했다.

"우리 가족에 대해 무엇을 알고 있는지 그것만 대답해 주지 않겠습니까?"

"이번에도 한 치 앞만 보려고 하는군요. 아무래도 우리 가족들은 안전하게 살아 있는 것 같소. 하지만 문제는 이것이 아니오. 대단한 뉴스들이 있지. 고기 좀 드시겠소? 찬 송아지 고기요."

"아니요, 감사합니다. 옆으로 새지 마시고. 본론이나 말씀하시죠."

"크게 실수한 거요. 그럼 내가 먹겠소. 진영 안에 괴혈병이 돌고 있어요. 사람들은 무엇이 빵이고 무엇이 채소인지 잊었소. 가을에 여자 피난민들이 있을 때 견과와 열매를 더 조직적으로 모아 놓았어야 했는데. 그런데 우리 일은 더할 나위 없이 훌륭한 상태요. 내가 항상 예언하던 일이 실현되었거든. 얼음이 움직이기 시작했소. 콜차크가 모든 전선에서 후퇴하고 있어요. 이건 자연력 덕분에 이루어지는 완전한 패배요. 아시겠죠? 내가 뭐라 그랬소? 당신은 탄식했지만."

"내가 언제 탄식했다는 겁니까?"

"끊임없이 그랬잖소. 특히 비츠인이 우리를 밀어붙였을 때 말이오."

의사는 얼마 전에 있었던 반란군 총살, 팔르이흐의 아이들과 아내 살해, 언제 끝날지 모를 유혈 사태와 인간 학살로 얼룩진 지난 가을을 떠올렸다. 백군과 적군의 광증은 서로 그 잔인함을 겨루었으며 잔인함이 번갈아 가며 더한 잔인함을 낳아 기하급수적으로 불어 갔다. 피 때문에 구역질이 나, 피가 목구멍까지 치밀어 오르고 머리까지 솟구치고 눈앞이 흐려졌다. 이것은 절대 탄식이 아니었다, 뭔가 완전히 다른 것이었다. 하지만 이것을 리베리에게 어떻게 설명해야 할까?

참호에는 향기로운 탄내가 가득했다. 탄내는 입천장에 눌러앉아 코와 목구멍을 간지럽혔다. 참호는 철제 삼발이 위, 가는 종잇장처럼 잘게 쪼갠 나뭇조각의 빛을 받고 있었다. 한 조각이 다 타면 그 타 버린 조각 끝이 밑에 받쳐 놓은 물대야로 떨어졌고, 리베리는 불을 붙인 새 조각을 쇠테 속에 꽂았다.

"봐요, 이렇게 태우고 있소. 기름이 다 떨어졌거든. 장작도 너무 말랐어요. 조각이 금방 타 버리잖소. 그래, 진영에 괴혈병이 돌아요. 송아지 고기는 정말 안 드시겠소? 괴혈병이라. 어떻게 생각해요, 의사 동지? 참모들을 소집해 상황을 조명하고 지도부에 괴혈병과 그 예방 대책에 대해 강의라도 해야 하지 않나 싶은데."

"제발 사람 좀 그만 괴롭혀요. 우리 가족에 대해 정확히 알려진 사실은 뭡니까?"

"그들에 대해서는 어떤 정확한 정보도 없다고 벌써 말했잖소. 하지만 최근 전황 보고를 통해 알게 된 것을 다 말하지 않았군요. 내전은 끝났소. 콜차크는 완전히 격파됐소. 적군이 철도 간선을 따라 동쪽까지 그를 추격하고 있어요, 바다에 처넣으려는 거지. 적군의 다른 일부는 우리와 합류하기 위해 서두르고 있는데, 다 같이 힘을 합쳐 후방 곳곳에 흩어져 있는 다수의 잔적을 처치하기 위함이죠. 러시아의 남부는 소탕됐소. 왜 기뻐하지 않는 거요? 이 정도로 부족한 거요?"

"아니요, 그렇지 않아요. 기뻐요. 하지만 우리 가족은 어디에 있는 겁니까?"

"바르이키노에는 없어요, 이건 대단히 다행스러운 일이오. 비록 카멘노드보르스키가 여름에 퍼뜨린 전설은 내 예상대로 사실 관계가 확인되지 않았지만, 어떤 수수께끼 같은 민족이 바르이키노를 습격했다는 바보 같은 소문 기억해요? 어쨌거나 마을은 완전히 텅 비게 됐소. 그곳에서 무슨 일이 있었던 모양이고, 고로 두 가족이 적시에 그곳을 도망친 것은 아주 잘

한 일이오. 구조됐다고 믿읍시다. 척후의 보고에 의하면 소수의 잔류자들 생각이 그런 것 같아요."

"그럼 유랴틴은요? 거기는 어떻습니까? 그곳은 누구의 손에 들어갔소?"

"역시 어딘가 앞뒤가 맞지 않는 얘기가 돌아요. 틀림없이 착오겠지만."

"정확히 뭐죠?"

"그곳에는 아직 백군이 있다는 거요. 말도 안 되는 헛소리, 명백히 불가능한 일이오. 지금 똑똑히 증명해 보이리다."

리베리는 등잔걸이에 새 조각을 끼워 넣고, 너덜너덜하고 구겨진 군용 지도를 필요한 구역들이 밖으로 나오게 접고 쓸모없는 모서리들은 안으로 넣은 다음 손에 연필을 들고 지도를 보며 설명하기 시작했다.

"봐요. 이 모든 구역에서 백군은 격퇴되었소. 자, 여기, 여기와 여기, 이 일대 전부. 잘 따라오고 있는 거요?"

"예."

"유랴틴 쪽에 저들이 있을 리 없소. 아니면 보급로를 차단당해 불가피하게 독 안에 든 쥐 신세가 된 거죠. 아무리 무능해도 저들 장군이 이것을 이해하지 못할 리 없지. 모피 외투는 입었소? 어디를 가는 거요?"

"죄송하지만 잠깐 실례하겠습니다. 곧 돌아오겠어요. 여기는 마호르카[77]와 나뭇조각 연기가 너무 자욱해서요. 몸이 좋

---

77) 러시아, 폴란드 등에서 생산되는 조악한 담배.

지 않군요. 바깥바람을 좀 쐬어야겠어요."

참호에서 밖으로 올라온 다음 의사는 출구 옆에 앉으라고 놓아둔 두툼한 통나무에서 장갑 낀 손으로 눈을 쓸어 냈다. 그는 거기에 앉아 몸을 숙이고 두 손으로 머리를 괴고는 생각에 잠겼다. 겨울의 타이가, 숲속의 진영, 파르티잔에서 보낸 십팔 개월이 아주 없었던 일만 같았다. 그런 것은 잊었다. 그의 상상 속에는 오직 가족만 있었다. 그들에 관한 추측은 점점 더 끔찍한 쪽으로 나아갔다.

자, 토냐가 슈로치카를 품에 안고 눈보라에 휩싸인 들판을 걷고 있다. 그녀는 아이를 담요로 감싸고, 발이 눈 속에 푹푹 빠져들어 간신히 빼내지만, 눈보라는 그녀를 휩쓸고 바람은 그녀를 땅바닥에 내동댕이치고, 그녀는 넘어졌다가 일어나지만, 다리에 힘이 빠지고 비틀거려 서 있을 수가 없다. 오, 하지만 항상 잊고, 잊고 있잖은가. 그녀에게는 아이가 둘이나 있고, 그중 어린 녀석에게 젖을 먹이고 있다. 그녀의 두 손은 고뇌와 그들의 힘을 능가하는 긴장 때문에 이성을 잃어버린 칠림카의 여자 피난민들처럼 바쁘다.

그녀의 두 손은 바쁘고, 주위에는 도와줄 사람 하나 없다. 슈로치카의 아버지는 어디에 있는지도 모른다. 그는 먼 곳, 항상 먼 곳에 있고, 평생 그들에게서 멀리 떨어진 곳에 있다. 그러고도 아빠인가, 진짜 아빠가 이럴 수 있을까? 한데 그녀 자신의 아빠는 어디에 있을까? 알렉산드르 알렉산드로비치는 어디 있는 것일까? 뉴샤는 어디 있을까? 다른 가족들은 어디에? 오, 이런 질문은 차라리 하지 않는 것이 낫겠어, 차라리 생각하지 않는 것이, 깊이 파고들지 않는 것이.

의사는 다시 참호로 내려갈 생각으로 통나무에서 일어났다. 그의 상념이 갑자기 새로운 방향을 찾았다. 그는 아래, 리베리에게 돌아가려던 생각을 바꾸었다.

스키와 수하리[78] 자루를 비롯해 도망에 필요한 모든 것이 진작 준비되어 있었다. 그는 이 물건들을 진영의 경비선 너머, 눈 속 큰 전나무 밑에 묻어 두었으며 확실히 하기 위해 특수한 표시도 해 두었다. 눈 더미 한가운데 발로 다져져 생긴 오솔길을 따라 그쪽으로 걸어갔다. 밝은 밤이었다. 보름달이 빛나고 있었다. 의사는 야간 경비병들이 어디에 배치되어 있는지 알았기 때문에 성공리에 그들을 피해 돌아 나왔다. 하지만 얼어붙은 마가목이 있는 평원 옆에 이르자, 보초병이 멀리서 그를 부르더니 썰매를 힘차게 몰아 곧추선 채 미끄러지듯 그에게로 다가왔다.

"서! 쏜다! 대체 누구냐? 암호를 대."

"아니, 자네 왜 이러나, 정신 나갔나? 아군이야. 아니면 못 알아본 건가? 자네들의 의사 지바고일세."

"이거 실례했군! 화내지 말게, 젤바크[79] 동지. 못 알아봤어. 하지만 젤바크라고 해도 더는 안 돼. 어김없이 규칙대로 해야 하거든."

"좀 봐주게. 암호는 '붉은 시베리아', 응답은 '간섭군 타도.'"

---

78) 건빵이나 비스켓 같은 것.
79) 지바고의 별명인 듯하다.

"그렇다면 얘기가 다르지. 가고 싶은 곳 어디나 가게. 무슨 귀신이 씌어서 밤중에 어슬렁거리는 거야? 환자가 있나?"

"잠도 잘 안 오고 갈증도 심하네. 한 바퀴 돌면서 눈이라도 조금 집어 먹어 볼까 생각 중이야. 열매가 얼어붙은 마가목을 봤는데, 가서 좀 씹어 보려고."

"겨울에 나무 열매라니, 귀족 나리의 호사로군. 삼 년 동안 패고 또 패도 버르장머리가 안 고쳐지지. 어떤 계급 의식도 없어. 가서 당신의 그 마가목이나 드셔, 정상이 아니라니까. 아니, 내가 뭐가 아쉽겠어?"

그러고 나서 보초병은 아까보다 더 속력을 내며 길게 뽀드득 소리가 나는 스키를 탄 채 곧추선 자세로 저쪽으로 떠나갔고, 아무것도 닿지 않은 눈 위로 점점 더 멀리, 듬성듬성해진 머리카락처럼 성글고 헐벗은 겨울의 관목 숲 너머로 사라졌다. 의사가 걷던 오솔길은 방금 언급된 그 마가목으로 그를 이끌었다.

마가목은 반쯤은 눈 속에, 반쯤은 얼어붙은 잎사귀와 열매 속에 파묻힌 채 그를 맞이하듯, 눈 덮인 두 나뭇가지를 앞으로 쭉 뻗고 있었다. 그는 라라의 크고 하얀 팔을, 둥글고 풍요로운 팔을 떠올리며 나뭇가지를 붙잡아서 나무를 자기 쪽으로 끌어당겼다. 의식적인 대답의 몸짓인 양 마가목은 그의 머리끝에서부터 발끝까지 눈을 뿌려 주었다. 그는 자기가 무슨 말을 하는지도 모르고 제정신이 아닌 상태로 중얼거렸다.

"그대를 만나리라, 나의 아름다운 그대, 나의 공작 부인, 마가목 아가씨, 혈육처럼 그리운 그대여."

밤은 밝았다. 달이 환히 빛나고 있었다. 그는 멀리 타이가 숲속, 저 소중한 전나무가 있는 곳까지 들어가 자기 물건을 파낸 다음 진영을 떠났다.

13부

조각상들이 있는 집 맞은편

1

볼샤야 쿠페체스카야 거리는 경사진 언덕을 따라 말라야 스파스카야 거리와 노보스발로치느이 골목으로 이어졌다. 거기서는 도시의 고지대에 있는 집들과 교회들이 보였다.

구석에, 조각상들이 있는 짙은 잿빛 집이 서 있었다. 그 집에 있는 비스듬히 잘린 기둥의 거대한 사각형 돌들 위에 정부 신문 최근호, 정부 포고문, 결의문이 검게 붙어 있었다. 행인들이 조금씩 무리를 지어 오랫동안 보도에 멈추어 서서 말없이 게시물을 읽었다.

얼마 전의 해빙 이후 날이 건조했다. 살얼음이 얼었다. 추위도 한결 매서웠다. 얼마 전만 해도 어두웠을 시각인데 지금은 완전히 밝았다. 겨울이 물러간 건 얼마 전이다. 해방된 장소의 공허를 저녁이 돼도 물러가지 않는 빛이 머뭇거리며 가득 채웠다. 빛은 사람의 마음을 들뜨게 하여 저 먼 곳으로 이끌며 놀라고 긴장하게 했다.

얼마 전 백군은 도시를 적군에게 넘겨주고 떠났다. 총격과 유혈 사태와 전쟁의 불안은 막을 내렸다. 이 역시 겨울이 지나고 봄날이 깊어지는 것처럼 사람을 놀라고 긴장하게 했다.

길어진 낮의 빛을 받으며 거리의 행인들이 읽고 있던 고지의 내용은 다음과 같았다.

"주민에게 알림. 유자격자들을 위한 노동 수첩은 권당 50루블에 현 옥탸브리스카야 거리, 구 게네날-구베르나토스카야 거리[80] 5, 137호실, 유르소비에트 식량 분과에서 지급함.

노동자 수첩을 소지하지 않았거나 부정하게 소지한 경우, 더욱이 허위 사항을 기록한 경우 전시의 모든 엄격한 조항에 따라 처벌함. 노동자 수첩의 사용에 대한 정확한 지시는 I. Ju. I. K.[81] 금년 No. 86(1013)에 공표되었고 유르소비에트 식량 분과 137호실에 게시되었음."

다른 공고문에는, 도시 안에 충분한 양의 식량이 비축되어 있지만 부르주아가 식량 배급을 방해하고 식량 업무에 혼선을 주기 위해 감추고 있을 뿐이라는 식의 사실이 공지되었다. 공고문은 다음과 같은 말로 끝났다.

"식량을 저장, 은닉하다가 발각된 자는 그 자리에서 총살

80) 각각 '10월 거리', '장군-도지사 거리'라는 뜻이다.
81) '유랴틴 시 집행 위원회'의 약자.

함."

세 번째 공고문에는 다음과 같은 제안이 있었다.

"식량 문제의 올바른 해결을 위해 착취 분자에 속하지 않는 자들은 소비 코뮌에 통합됨. 자세한 것은 현 옥탸브리스카야 거리, 구 게네랄-구베르나토스카야 거리 5, 137호실에 문의할 것."

군인들에게는 다음과 같이 경고했다.

"무기를 양도하지 않은 자, 또는 신규 허가증 없이 그것을 소지한 자는 법에 따라 엄벌함. 허가증은 유르레프콤,[82] 옥탸브리스카야 거리 6, 63호실에서 교환할 수 있음."

2

게시물을 읽던 사람들 무리로 초췌한 사람 하나가 다가갔다. 오래전부터 씻지 못해 얼굴이 거무스름하고 양쪽 어깨에는 배낭을 메고 지팡이를 든 거친 모습이었다. 자랄 대로 자란 머리카락에는 아직 새치가 없었지만 마구 자란 짙은 황갈색 수염은 슬슬 하얘지고 있었다. 의사 유리 안드레예비치 지바고였다. 모피 코트는 분명히 오래전에 길에서 강탈당했거나 팔아서 양식과 바꾸었으리라. 그는 남과 바꾼, 팔도 짧고 따뜻하지도 않은 헌옷을 입고 있었다.

82) '유랴틴 혁명 위원회'의 약자.

그의 자루 안에는 마지막으로 지나온 교외 마을에서 얻은, 먹다 남은 빵 조각과 라드 조각이 남아 있었다. 한 시간쯤 전 그는 철로 쪽에서 도시로 들어왔는데, 도시의 관문에서 이 교차로에 오기까지 꼬박 한 시간이나 소요했고 또 최근 며칠 동안 걷느라 녹초가 되고 힘이 다 빠진 상태였다. 그는 자주 걸음을 멈추었으며 땅바닥에 쓰러져 도시의 포석에 입을 맞추는 일이 없도록 가까스로 스스로를 제어했다. 이 도시를 다시 볼 날이 오리라고는 생각하지 못했기 때문에 그 모습을 보는 것만으로도 살아 있는 존재를 대하듯 기뻤던 것이다.

길고 긴 순례의 절반을 그는 철로를 따라 걸었다. 철로는 완전히 황폐해져 사용되지 않았으며 온통 눈으로 덮여 있었다. 그의 여로는 객차와 화차를 연결해 놓은 백군의 온전한 편성 열차를 따라 이어졌는데, 보통은 눈 더미나 콜차크의 총퇴각, 연료의 고갈 때문에 오도 가도 못했다. 이렇게 도중에 발이 묶이고 영원토록 멈춰서 눈 밑에 매장된 기차들이 족히 수십 베르스타는 거의 끊어지지 않는 리본처럼 이어졌다. 그것들은 노상에서 강도질을 하는 무장한 강도 떼들에게는 요새 구실을, 그 무렵 어쩔 수 없이 유랑자 신세가 되어 은신 중인 형사범들과 정치범들에게는 은신처 구실을 했지만, 무엇보다도 얼어죽은 사람들과 철로를 따라 맹위를 떨치며 인근 마을을 전멸시킨 발진티푸스의 희생자들을 위한 동포들의 공동묘지이자 납골당 구실을 했다.

이 시대는 옛 속담 하나를 증명해 주었다. 사람에게 사람이 늑대다. 나그네는 나그네를 보면 한옆으로 몸을 돌렸고 서로 마주친 사람들은 죽임을 당하지 않기 위해 상대방을 죽였다. 드물지만 인육을 먹는 경우도 있었다. 문명의 인간 법칙은 끝났다. 짐승의 법칙이 위력을 발휘했다. 인간은 유사 이전 혈거 시대를 꿈꾸고 있었다.

이따금씩 외로운 그림자들이 사방을 두리번거리며 살금살금 두려운 듯 멀리 앞쪽에서 오솔길을 건너갈 때면 유리 안드레예비치는 가능한 한 열심히 그들을 피했는데, 그와 아는 사이, 어디선가 만난 것 같은 경우가 자주 있었다. 그들이 전부 파르티잔 진영에서 나온 것처럼 생각되었던 것이다. 대부분의 경우가 착각이었지만 딱 한 번 눈이 그를 속이지 않은 일도 있었다. 한 소년이 국제 침대 열차의 차체를 완전히 가려 준 눈 덮인 언덕 뒤에서 기어 나와 용변을 본 다음 다시 눈 덩어리 속으로 숨어들었는데, 정말로 숲속 동지 중 하나였다. 바로 총살당해 죽은 줄 알았던 테렌티 갈루진이었다. 그는 총알이 급소를 빗나가 오랫동안 기절한 채로 누워 있다가 의식을 찾은 다음 처형 장소에서 도망쳐 숲속으로 숨어들었으며 상처를 회복하고 지금은 몰래 가명을 쓰면서 크레스토보즈드비젠스크의 자기 집으로 도망가는 중으로, 도중에 사람을 피해 눈 덮인 기차에 몸을 숨긴 것이었다.

이런 풍경과 볼거리는 뭔가 이곳의 것이 아닌 것 같은 느낌, 초월적인 느낌을 주었다. 다른 행성의 존재들이 실수로 지구에 실려 온, 뭔가 미지의 소립자 같았다. 그리고 오직 자연만이 역사에 충실한 채로 남아 최신 시대의 화가가 묘사한 것과 똑같은 모습으로 눈앞에 펼쳐졌다.

밝은 잿빛과 짙은 장밋빛으로 물든 조용한 겨울 저녁이 찾아들 때가 있었다. 밝은 아침놀을 따라 고대 문자처럼 가늘고 검은 자작나무 우듬지가 도드라졌다. 검은 시냇물이 잿빛 연기처럼 얇은 살얼음 밑으로 흘러, 강가에 산처럼 쌓인 하얀 눈을 검은 강물로 밑에서부터 적셨다. 바로 그렇게 몹시 춥고 투명한 잿빛 저녁, 버들강아지처럼 마음이 여린 저녁이 한두 시간쯤 뒤면 유랴틴의 조각상들이 있는 집 맞은편에도 찾아들 참이었다.

의사는 집의 돌벽 위에 걸린 중앙 출판국의 게시판 쪽으로 다가가 관청의 게시물을 훑어보려고 했다. 하지만 그의 시선은 자꾸 맞은편 쪽, 반대편 집의 2층 창문 몇 개로 향했다. 언젠가 거리로 향한 이 창문들은 분필로 하얗게 칠해져 있었다. 그 너머에 위치한 두 칸의 방에는 안주인의 가구가 쌓여 있었다. 비록 혹한 때문에 유리 밑바닥이 얇은 수정막에 덮여 있었지만 이제는 창문에서 분칠이 씻겨 나가 투명해진 것 정도는 보였다. 이 변화는 무엇을 의미하는 것일까? 주인들이 돌아온 것일까? 혹은 라라가 나가고 집에 새 거주자가 들어와 이제 모든 것이 달라진 것일까?

이런 미지의 상태가 의사를 흥분시켰다. 흥분을 제어할 수 없었다. 길을 건너 정면 입구에서 현관 안으로 들어간 그는 그토록 그리웠던 소중한 정든 계단을 올라갔다. 숲의 진영에서 주철 층계의 격자와 당초무늬를, 마지막 소용돌이 장식까지, 얼마나 자주 추억했던가. 현관 입구의 어딘가 모퉁이에, 발밑의 격자를 통해 아래쪽을 보면 계단 밑에서 나뒹구는 낡은 양동이들, 세숫대야들, 반쯤 부서진 의자들이 눈에 들어왔다. 지금도 마찬가지였다. 변한 것 하나 없이 모든 것이 예전과 같았다. 의사는 계단이 옛날에 충실한 것에 감사하고 싶었다.

언젠가는 문에 초인종이 있었다. 하지만 예전, 의사가 숲에서 포로가 되기 전에도 이미 망가져 작동하지 않았다. 그는 문을 두드리려다가 문이 새로운 방식, 즉 무거운 자물통으로 잠겨 있는 것을 인지했는데, 그것은 군데군데 벗겨지긴 했지만 훌륭한 장식이 붙어 있는, 오래된 참나무 문의 외장에 거칠게 박힌 고리에 걸려 있었다. 예전 같으면 이런 야만스러운 짓은 허용되지 않았다. 문 속에 파 넣는 잘 잠기는 자물쇠를 사용했고 그것이 망가지면 수리할 수리공들이 있었다. 이 하찮고 사소한 것이 총체적인 상황이 심히 악화되었음을 자기 식으로 말해 주었다.

의사는 라라와 카텐카가 집에 없을지 모른다고, 어쩌면 유랴틴에도, 심지어 이 세상에도 없을지 모른다고 생각했다. 어떤 무서운 실망도 받아들일 각오가 되어 있었다. 오직 양심에 거리끼지 않기 위해 그와 카텐카가 그토록 두려워했던 구멍을 뒤져 보기로 결심하고는, 손을 놀리다가 틈새에서 쥐를 잡는 일이 없도록 한쪽 발로 벽을 찼다. 서로 약속한 장소에서 무엇을 발견할 희망은 없었다. 구멍은 벽돌로 막혀 있었다. 유리 안드레예비치는 벽돌을 꺼내고 깊은 곳에 손을 넣었다. 오, 기적이다! 열쇠와 쪽지. 쪽지는 상당히 길고 종이도 큼직했다. 의사는 층계참의 계단 창문 쪽으로 다가갔다. 보다 큰 기적, 보다 더 믿을 수 없는 기적! 그에게 쓴 쪽지였다. 그는 재빠르게 읽었다.

"맙소사, 얼마나 다행인지! 당신이 살아 있고 무사하다고 하더군. 당신을 근처에서 본 사람들이 나에게 달려와 말해 주었어. 우선 당신이 서둘러 바르이키노로 오리라는 생각에 나도 카텐카와 함께 그곳, 당신 집으로 가. 만일의 경우에 대비하여 열쇠는 원래 두던 곳에 두었어. 아무 데도 가지 말고 내가 돌아올 때까지 기다려 줘. 그래, 당신은 모르지만 나는 지금 집의 앞쪽 부분, 거리와 면한 방들에 있어. 하긴 당신이 알아서 짐작할 테지. 안주인의 가구 일부를 팔아야 했기 때문에 집 안은 텅 비고 어질러져 있어. 먹을 것을 약간 남겨 둘게, 주로 삶은 감자야. 쥐가 끓지 않게 나처럼 냄비 뚜껑을 다리미나 뭐든 다른 무거운 걸로 살짝 눌러 놔. 너무 기뻐 미치겠어."

쪽지의 앞면은 여기서 끝났다. 의사는 종이의 다른 쪽에도 글씨가 빼곡히 쓰여 있다는 사실에는 주의를 기울이지 않았다. 그는 손바닥 위에 펼쳐 놓은 종잇장을 입술로 가져갔다가 잘 보지도 않고 접어서 열쇠와 함께 호주머니 안에 넣었다. 찌르는 듯 끔찍한 통증이 그의 광기 어린 기쁨에 섞여 들었다. 일단 그녀가 가타부타 말없이 에두르지 않고 바르이키노로 향한다 함은 그의 가족이 그곳에 없다는 소리다. 이 부분 때문에 유발된 불안 외에도 그는 가족 걱정에 참을 수 없을 만큼 마음이 아프고 슬퍼졌다. 왜 그녀는 그들 얘기는 한마디도 하지 않는 것일까, 꼭 그들이 아예 존재하지 않는 양 그들이 어디 있는지도.

하지만 깊이 생각할 겨를이 없었다. 거리가 어두워지고 있었다. 저물기 전에 많은 일을 해야 했다. 거리에 게시된 포고문을 익히는 것이 먼저였다. 농담이 아닌 시대였다. 의무적인 법령을 잘 몰라서 위반하는 경우에도 잘못하면 목숨을 잃을 수 있었다. 그래서 그는 집의 문도 열지 않고 녹초가 된 어깨에서 배낭을 내려놓지도 않은 채 아래쪽 거리로 내려가, 넓은 공간에 다양한 인쇄물이 빼곡히 붙어 있는 벽 쪽으로 다가갔다.

3

인쇄물은 신문 기사, 조서, 회의의 연설과 포고문 등이었다. 유리 안드레예비치는 제목을 쭉 훑어보았다. "유산 계급의 재산 몰수 절차와 과세에 대해. 노동자 통제에 대해. 제조 공장 위원회에 대해." 이것은 이 도시에 들어온 새 권력이 여기서 접한 기존의 체계를 대체하여 내놓은 절차였다. 그것은 일시적으로 백군이 통치할 때 주민들이 잊어버렸을지도 모르는 자기네 체제의 절대성을 환기했다. 그런데 유리 안드레예비치는 끊임없이 이어지는 이 단조로운 반복 때문에 머리가 빙빙 돌았다. 이런 제목이 생긴 지 얼마나 됐을까? 첫 변혁기 때였을까, 아니면 이어지는 시대, 사이사이에 백군이 몇 번에 걸쳐 봉기를 시도한 후였을까? 이 문구들은 무엇일까? 작년 것일까? 재작년 것일까? 인생에서 딱 한 번 그는 이 언어의 말없음과 이 생각의 단순함에 열광한 적이 있었다. 과연 이 부주의한 열광의 대가로, 살아가면서 오랜 세월 동안 변하지 않는 이 미치광이 같은 절규와 요구, 가면 갈수록 더더욱 비현실적이고 오묘하고 실현하기 힘든 이런 것 외에는 더 이상 아무것도 보지 말아야 하는 것일까? 정녕 마음이 너무 여렸던 그 순간 때문에 영원토록 스스로를 노예로 만든 것일까?

어디선가 찢어진 보고서 한 조각이 그의 눈에 들어왔다. 그는 그것을 읽었다.

"기아에 관한 보도는 여러 지역 조직이 믿을 수 없을 정도로 비활동적임을 증명해 준다. 직권 남용은 명백한 사실이고 투기는 기괴한 수준임에도, 지역 노동조합 사무국은 무엇을 했으며, 도시와 지방의 공장 위원회는 무엇을 했는가? 우리가 유랴틴-라즈빌리예 구역과 라즈빌리예-르이발카 구역의 유랴틴-토바르느이 역의 창고에서 대대적인 수색을 진행하고 투기꾼들을 그 자리에서 총살하는 정도의 준엄한 테러 조치를 취하지 않는 한, 도시는 기아에서 벗어나지 못할 것이다."

'이토록 맹목적이라니 부러울 지경이구나!' 하고 의사는 생각했다. '곡물이 자연에서 사라진 것이 언제인데 웬 곡물 얘기를 하는 거지? 유산 계급이며 투기꾼이라니, 이런 자들은 이전 포고문에 의하면 진작 근절되었는데? 농부와 마을이 더 이상 존재하지도 않는데 대체 누구를, 무엇을 말하는 걸까? 자기네들의 계획과 조치가 이미 오래전에 인생을 돌 위에 돌 하나 남겨 놓지 않았음을[83] 망각한 것일까? 오래전에 끝나 존재하지도 않는 주제를 두고 식지도 않는 뜨거운 열의를 갖고서

83) 「마태오 복음서」 24장 2절 참조.

해마다 헛소리를 지껄일 뿐, 아무것도 모르고 주위의 아무것도 보지 않다니, 대체 어떻게 생겨 먹은 사람일까!'

의사의 머리가 빙빙 돌았다. 감각이 마비되고 의식을 잃은 채 그는 보도에 쓰러졌다. 사람들이 정신을 차린 그를 부축하여 일으켜 세우고 어디로 데려다주면 좋겠느냐고 물었다. 그는 감사를 표하며 길만 건너면 된다고, 맞은편이라고 설명한 다음 도움을 거절했다.

4

그는 다시 위층으로 올라가 라라의 집 문을 열었다. 층계참은 아직 완전히 밝았으며 처음 왔을 때와 비교해도 전혀 어둡지 않았다. 그는 해가 길어졌음을 기쁘고 감사한 마음으로 인지했다.

삐거덕거리며 문 열리는 소리가 나자 집 안에서 소동이 일어났다. 사람 없이 텅 빈 거처가, 깡통이 뒤집어지고 나뒹굴면서 나는 쩌렁쩌렁하고 덜커덩거리는 소리로 그를 맞았다. 쥐들이 온몸으로 마룻바닥에 털썩 떨어졌다가 혼비백산한 듯 사방으로 달아났다. 의사는 칠흑 같은 어둠 때문에 더 불어난 게 분명한 이 징그러운 것들 앞에서 무력감에 사로잡혀 메스꺼움을 느꼈다.

이곳에 들어앉아 밤을 보내자면 아무튼 제일 먼저 이들의 습격을 막아야 했기에 그는 아무 데나 쉽게 분리되고 틀어박

히기 좋은 방으로 숨어든 다음 깨진 유리와 철 조각으로 모든 쥐구멍을 막기로 했다.

그는 현관에서 왼쪽으로 몸을 돌려 자신이 모르는 이 집의 어떤 부분으로 갔다. 통로 같은 어두운 방을 지나자 거리 쪽으로 창문 두 개가 난 밝은 방이 나왔다. 창문 바로 맞은편, 다른 쪽에서 조각상들이 있는 집이 어둡게 보였다. 그 벽의 낮은 곳에는 신문이 덕지덕지 붙어 있었다. 창문을 등지고 선 채 행인들이 신문을 읽고 있었다.

방 안에도 바깥과 똑같이 이른 봄의 앳되고 산뜻한 저녁 빛이 비치고 있었다. 안과 밖의 빛이 너무 비슷해서 방과 거리가 분리되지 않은 듯이 느껴졌다. 단 하나, 작은 차이가 있었다. 유리 안드레예비치가 서 있는 라라의 침실이 쿠페체스카야 거리, 저 바깥보다 더 춥다는 것이었다.

유리 안드레예비치는 도시에 가까워졌던 여정의 마지막 무렵, 그리고 한두 시간쯤 전 도시에 발을 들여놓았을 때, 체력이 심히 떨어지는 것이 조만간 무서운 병에 시달릴 것 같은 징후를 느꼈다. 겁이 났다.

하지만 지금은 방 안과 바깥을 균일하게 비추는 빛이 이유 없이 그를 기쁘게 했다. 마당이나 거처 안의 싸늘해진 공기 기둥도 똑같아, 그 덕분에 그는 저녁 거리의 행인들, 도시의 분위기, 세상의 삶을 한결 가깝게 느꼈다. 두려움이 사라졌다. 이미 병이 날 거라는 생각은 들지 않았다. 곳곳에 배어 있는 봄날 저녁의 투명한 빛이 너그러운 희망을 보증해 주는 것 같았다. 모든 것이 좋아지고 삶에서 모든 것을 획득하고 모두를 찾아내 화해시키고 모든 것을 생각해 내 표현하리라는 믿음이 생겼다. 그리고 라라와의 기쁜 재회를 그 가까운 증거인 양 기다렸다.

전에 느끼던 기력의 쇠퇴를 광기 어린 흥분과 고삐 풀린 분주함이 대체했다. 이런 활기는 이전의 체력 저하보다 더 확실한 발병의 징후였다. 유리 안드레예비치는 가만히 앉아 있지 못했다. 그는 다시 거리로 나갔는데, 이런 이유 때문이었다.

이곳에 터를 잡기 전에 그는 이발을 하고 수염을 깎고 싶었다. 그럴 요량으로 도시를 지나올 때부터 전에 이발소였던 곳의 진열창을 들여다보았다. 그런 곳들 중 일부는 텅 비어 있거나 다른 용도로 쓰이고 있었다. 아직 이전 용도로 쓰이는 다른 곳들은 문이 잠겨 있었다. 이발과 면도를 할 곳이 아무 데도 없었다. 유리 안드레예비치에게 따로 면도기가 있는 것도 아니었다. 라라의 집에 가위라도 있다면, 아쉬운 대로 급한 불은 끌 수 있을 터였다. 하지만 불안하게 서두르면서 그녀의 화장대를 죄다 뒤져 봐도 가위는 나오지 않았다.

그는 말라야 스파스카야 거리에 언젠가 양장점이 있었다는 사실을 상기했다. 그 가게가 없어지지 않고 지금까지 있다면, 문 닫기 한 시간 전까지만 가면 직공 중 누구에게서든 가위를 빌릴 수 있으리라는 생각이 들었다. 그래서 그는 다시 거리로 나왔다.

5

기억은 그를 기만하지 않았다. 양장점은 원래 장소에 그대로 있었고 계속 운영되고 있었다. 양장점은 상점을 다 차지하고 있었는데, 보도와 같은 높이에 한 면 가득 유리 진열창이 달리고 거리로 출구가 나 있었다. 창문을 통해 반대편 벽까지 내부가 다 보였다. 여공들이 작업하는 모습이 거리를 걷는 사람들에게 훤히 보였다.

방 안은 매우 비좁았다. 작업을 할 줄 아는 진짜 직공에 덧붙여 아마추어 재봉사도 있었는데, 유랴틴 사교계의 늙수그레한 부인들이 조각상들이 있는 집의 벽에 붙은 포고문에서 말한 대로 노동자 수첩을 받기 위해 일자리를 얻은 것 같았다.

그들의 동작은 진짜 재봉사들의 민첩함과 금방 구별되었다. 양장점에서는 군용 물품만 만들고 있었다. 솜바지, 누빔옷, 재킷, 또 유리 안드레예비치가 이미 파르티잔 진영에서 보았던 것이지만, 온갖 색깔의 털이 달린 개가죽을 붙여 만든, 광대 옷 같은 모피 코트도 있었다. 아마추어 재봉사들은 서툰 손놀림으로 감침질을 하려고 옷자락을 접어 재봉틀의 바늘 밑으로 쑤셔 넣으면서 반쯤은 모피 가공 일인, 손에 익지 않은 작업을 간신히 해내고 있었다.

유리 안드레예비치는 창문을 두드리며 자기를 들여보내 달라고 손짓했다. 저쪽에서는 똑같은 손짓으로 개인적인 주문은 받지 않는다고 대답했다. 유리 안드레예비치는 물러서지 않고 같은 동작을 반복하며 안으로 들여보내 달라고, 사정을 좀 들어 달라고 고집을 피웠다. 저쪽은 거절의 동작을 보이며 지금 급한 일을 하고 있으니 물러가라는, 방해하지 말고 가라는 의사를 전했다. 여공 중 한 명이 얼굴에 의혹을 드러내더니 신경질이 난다는 표시로 손바닥을 보트처럼 앞으로 내보이고 대체 필요한 게 뭐냐고 눈빛으로 물었다. 그는 검지와 중지, 두 손가락으로 가위질하는 동작을 해 보였다. 저쪽은 그의 동작을 이해하지 못한 채, 이건 뭔가 점잖지 못한 짓이라고, 저 놈이 자기들을 약 올리고 희롱한다고 단정했다. 남루한 행색과 이상한 행동 때문에 그는 환자나 광인 같은 느낌을 풍겼다. 양장점에서는 히히거리고 조롱하며 창문에서 썩 떨어지라고 양손을 내저었다. 마침내 그는 집 마당을 통해 들어가는 길을 찾기로 했고, 그것을 발견하고 작업장으로 가는 문을 찾아낸 다음에는 뒤쪽 입구에서 문을 두드렸다.

6

문을 열어 준 사람은 검은 원피스를 입은, 얼굴색이 검고 나이가 지긋한 재봉사였는다. 몸가짐이 엄격한 것이 가게의 책임자 같았다.

"진짜 끈질긴 사람이군요! 정말 악착이야. 자, 어서 말해요, 필요한 게 뭐예요? 바쁘니까."

"가위가 필요해서요, 놀라지는 마시고요. 잠깐만 빌렸으면 합니다. 지금 당장 당신이 있는 데서 턱수염을 깎고 감사히 돌려드리리다."

재봉사의 눈에 불신에 찬 놀라움이 드러났다. 그녀는 지금 상대방의 지적 능력을 의심하고 있음을 숨기지 못했다.

"저는 멀리서 왔습니다. 이제 막 도시에 도착했는데, 수염이 너무 자라서요. 이발을 좀 했으면 합니다만. 이발소가 하나도 없군요. 그래서 직접이라도 깎으려고 하는데 가위가 없는 겁니다. 제발 좀 빌려주시죠."

"좋아요. 내가 깎아 드리죠. 단, 알아 두세요. 만약 머릿속에 다른 생각이나 무슨 꿍꿍이가 있어서 외모를 변장한다거나 뭔가 정치적인 의도가 있다면, 어림도 없어요. 당신 같은 사람 때문에 목숨을 내놓을 수는 없으니 해당 관청에 고발할 거예요. 지금은 워낙 시절이 그렇잖아요."

"그런 염려는 붙들어 매세요!"

재봉사는 의사를 안으로 들인 다음 곳간만 한 넓이의 옆방으로 데리고 갔다. 잠시 뒤 그는 이발소처럼 옷깃 안에 시트 천을 쑤셔 넣어 목둘레를 꽉 졸라매고 온몸을 덮은 채로 의자에 앉았다.

재봉사는 도구를 가져오기 위해 자리를 비웠다가 잠시 뒤 가위, 빗, 다양한 호수의 이발기, 가죽 띠와 면도날을 가지고 돌아왔다.

"살면서 안 해 본 일이 없어요." 의사가 이 모든 것이 갖춰져 있는 것에 깜짝 놀라는 것을 보고 그녀는 이렇게 설명했다. "이발사 일도 했어요. 전쟁 때 간호병으로 있으면서 이발과 면도하는 법을 배웠거든요. 턱수염을 먼저 가위로 잘라 내고 그

다음에 싹 면도합시다."

"머리는 좀 짧게 깎아 주시면 좋겠는데."

"그러죠. 이렇게 지적인 사람인데, 무지렁이인 척하다니. 지금은 날짜를 주 단위가 아니라 열흘 단위로 세요. 오늘은 17일이고 7이 들어가는 날은 이발소가 쉬는 날이에요. 그런 걸 모르시는 것 같네요."

"예, 정말 몰랐습니다. 제가 왜 그런 척하겠습니까? 말했잖습니까. 저는 멀리서 왔어요. 이곳 사람이 아닙니다."

"얌전히 좀 있어요. 움직이지도 말고. 베이는 것도 한순간이에요. 그러니까 외지에서 왔다는 말씀이죠? 뭘 타고 왔어요?"

"두 발로 왔습니다."

"가도를 걸어서요?"

"얼마간은 가도를 걸었지만 나머지는 철로를 따라 왔어요. 기차들, 기차들이 눈에 파묻혀 있었어요! 일등 열차든 특급 열차든 온갖 열차들이."

"자, 이쪽에 한 옴큼만 남았어요. 여기만 깎으면 끝이에요. 집안일 때문이었나요?"

"집안일이라니요! 이전 신용 조합의 일 때문입니다. 저는 순회 검사관이었어요. 회계 검사차 파견됐죠. 어디인지 알게 뭐람. 동부 시베리아에서 발이 묶여 버렸어요. 한데 돌아올 수가 없는 겁니다. 기차가 있어야 말이죠. 어쩔 도리 없이 걸어야 했죠. 한 달 반 동안 걸었어요. 산전수전을 다 겪었는데, 이야기하자면 평생 해도 모자랄 정도입니다."

"그런 건 이야기할 필요도 없어요. 내가 하나 가르쳐 주죠. 지금은 좀 기다려요. 자, 여기 거울이요. 한 손을 시트 밑으로 뻗어서 받아요. 한번 감상해 봐요. 자, 어때요?"

"좀 적게 자르신 것 같은데요. 더 짧아도 될 것 같아요."

"머리 모양이 안 살 텐데요. 내 말인즉, 아무 얘기도 하지 말아야 해요. 요즘은 뭐든 입 다무는 것이 최선이에요. 신용 조합이니, 눈 덮인 일등 기차니, 검사관과 감찰관이니, 이런 단어는 차라리 잊어버리는 것이 나을 거예요. 그러다가 무슨 봉변을 당할지 모르니까! 내색을 하지 말아요. 그런 시절이 아니거든요. 차라리 의사나 교사라고 거짓말을 해요. 자, 턱수염은 대충 잘라 냈으니 이제 말끔하게 면도를 합시다. 비누를 칠하고 싹싹 밀면 십 년은 족히 젊어 보일 거예요. 끓인 물을 가져올게요, 데워야 해요."

'누구일까, 저 여자는?' 그녀가 자리를 비운 동안 의사는 생각했다. '뭔가 우리 사이에 연관이 있을 것 같은, 틀림없이 내가 아는 사람이라는 느낌이 들어. 본 일이 있거나 뭔가 들은 게 있거나. 분명히 누군가를 연상시켜. 하지만 제기랄, 정확히 누구지?'

재봉사가 돌아왔다.

"자, 이제 면도를 해 봅시다. 그래요, 그러니까 쓸데없는 말은 절대 안 하는 편이 나아요. 이건 영원한 진리예요. 말은 은, 침묵은 금. 무임 기차든 신용 조합이든. 기왕이면 의사나 교사라고 둘러대거나. 산전수전 다 겪은 건 속으로 꾹 삼키고요. 요새 그런 말로 누굴 놀래 주려고요? 면도날이 불편하지는 않아요?"

"좀 아프군요."

"따갑죠, 나도 알아요. 조금만 참으세요. 이것도 해야 하니까. 털이 자랄 대로 자라 거칠어진 데다가 살갗도 면도날을 잊었어요. 그래요. 요즘은 어지간한 일로는 사람을 놀래지 못해요. 사람들이 질렸거든요. 이만저만 혼이 난 게 아니니까. 아타만 점령기에 여기서 무슨 일이 일어났는지! 약탈, 살인, 납치. 인간 사냥도 했으니까요. 예를 들면, 젠체하는 말단 총독이 하나 있었는데, 아시겠죠, 중위 하나가 꼴 보기 싫었던 거예요. 그래서 그 병사를 크라풀스키 건물 맞은편 자고로드나야 숲 근처에 매복하라고 보냈어요. 그는 무장 해제되어 라즈빌리예로 호송됐죠. 한데 그때 라즈빌리예는 지금의 체카와 똑같은 곳이었어요. 처형장이었죠. 아니, 머리를 왜 이렇게 흔들어요? 따가워요? 알아요, 알아. 어쩔 수 없어요. 여기는 털을 거꾸로 밀어야 하는데 털이 솔 같네요. 빳빳해요. 원래 그런 데죠. 그러니 아내가 히스테리 상태가 됐죠. 중위의 아내 말이에요. 콜랴! 나의 콜랴! 하면서 곧장 사령관을 찾아갔어요. 다시 말해, 곧장이라는 건 말이 그렇다는 거예요. 누가 그녀를 들여보내 주기나 하나. 가로막죠. 여기 이웃 거리에 한 부인이 대장과 따로 아는 사이라서 모두를 도와줬어요. 다른 사람과 비교가 안 될 만큼 드물게 인간적이고 인정이 많은 사람이었죠. 갈리울린 장군이라고. 한데 주변에서는 사형(私形)이니 짐승 같은 짓이니 질투의 드라마가 난무하니. 완전히 스페인 소설 같았어요."

'이건 라라 얘기군.' 의사는 이렇게 짐작했지만 신중을 기하느라 침묵하고 더 자세히 캐묻지는 않았다. '한데 스페인 소설 같다고 하다니, 또 누군가가 떠오르는군. 밑도 끝도 없이 튀어나온 이 부적절한 말 때문에 말이야.'

"지금은 물론 얘기가 완전히 달라졌어요. 수색, 밀고, 총살이야 지금도 만만치 않죠. 하지만 이념은 완전히 달라요. 첫째, 새 권력이에요. 이제 막 통치를 시작해서 그 맛을 잘 몰라요. 둘째, 뭐니 뭐니 해도 소박한 민중 편에 서 있고 이것이 그들의 힘이거든요. 우리는 나까지 합쳐서 네 자매였어요. 모두 노동자죠. 자연히 볼셰비키 쪽으로 기울 수밖에요. 언니 하나는 죽었는데, 정치범과 결혼한 몸이었죠. 언니의 남편은 이곳의 한 공장에서 지배인으로 일했어요. 언니의 아들인 내 조카는 우리 마을 봉기자들의 우두머리인데 유명 인사라고 할 수 있어요."

'역시 그렇군!' 유리 안드레예비치는 생각이 났다. '리베리의 이모였군. 이 지역의 인구에 회자되는 인물인 미쿨리츠인의 처제, 이발사이자 재봉사이자 운전수이기도 한, 이곳의 모든 사람이 다 아는 만능 기술자. 그래도 정체가 드러나지 않도록 아까처럼 입을 다물고 있어야겠어.'

"조카는 어려서부터 민중 편이었어요. 스뱌토고르-보가트이리의 아버지 집에 있을 때 노동자들 사이에서 자랐죠. 바르이키노의 공장들, 들어 보셨겠죠? 내가 무슨 짓을 하는 거지! 아휴, 정말 구제 불능의 바보야! 턱의 절반은 매끈한데, 다른 쪽 절반은 안 밀었네. 수다 떠느라 정신이 나갔나 봐요. 좀 살피다가 그만하라 그러지 그랬어요? 얼굴의 비누가 다 말라 버렸네. 가서 물을 좀 데워야겠어요. 식었어요."

툰체바가 돌아왔을 때 유리 안드레예비치가 물었다.

"바르이키노라면 신의 은총을 입은 외진 곳이잖습니까, 어떤 격동도 미치지 않는 황량한 땅 아닌가요?"

"글쎄, 신의 은총을 입은 곳이라니, 뭐라고 말해야 할까요. 그런 황량한 땅도 우리보다 더 호되게 당한 것 같아요. 정체도 알 수 없는 어떤 도당들이 바르이키노를 지나갔어요. 우리 말도 못하는 놈들이었죠. 집집마다 사람을 거리로 끌어내 쏴 죽였죠. 그러고는 가타부타 말도 없이 가 버렸어요. 그렇게 눈 위에 치우지 않은 시체들이 그대로 남았어요. 겨울에 있었던 일이에요. 아니, 왜 자꾸 움직여요? 면도날로 당신 목을 그을 뻔했잖아요."

"당신의 형부가 바르이키노에 살았다고 하셨죠. 그분도 그 끔찍한 일을 당하셨습니까?"

"아니, 그럴 리가요. 주님은 자비로우신걸요. 그는 아내와 함께 제때 거기를 빠져나갔어요. 새 아내, 두 번째 아내 말이에요. 그들이 어디에 있는지는 모르지만, 살아남았다는 것만 믿을 수 있어요. 그곳에 최근 아주 새로운 사람들이 나타났어요. 모스크바에서 온 가족이죠. 그 사람들은 더 일찍 떠났어요. 남자 중 젊은 쪽, 가장인 의사가 행방불명됐어요. 뭐, 행방불명이라니! 행방불명이란 괴로움을 덜기 위해 그냥 하는 말이에요. 사실인즉, 죽은 걸로, 살해된 걸로 봐야죠. 아무리 찾아도 발견하지 못했으니까. 그때 다른 쪽, 더 나이 든 쪽이 조국에 소환되었어요. 그는 교수예요. 농업 전공이고. 내가 듣기론 정부에서 직접 호출했대요. 그들은 두 번째 백군이 오기 전에 유랴틴을 거쳐 떠났어요. 또 시작인가요, 친애하는 동지? 정말이지 면도날을 대고 있는데 이렇게 꼼지락대고 움직이다가는 베이는 것도 한순간이에요. 이발사에게 너무 많은 것을 요구하는군요."

'그러니까 그들은 모스크바에 있구나!'

7

'모스크바! 모스크바에 있다.' 세 번째로 주철 계단을 오르는 동안 걸음을 뗄 때마다 그의 마음속에서는 이런 말이 울려 퍼졌다. 텅 빈 집은 다시 뜀박질하고 굴러떨어지고 이리저리 뛰어다니는 쥐들의 소동이 되어 그를 맞았다. 아무리 지쳐 쓰러질 지경이라도 유리 안드레예비치는 이런 징그러운 것들을 옆에 두고는 단 한순간도 눈을 붙일 수 없을 것 같았다. 그는 쥐구멍을 막는 것으로 잠자리에 들 준비를 시작했다. 다행히도, 침실에는 쥐구멍이 별로 많지 않았는데, 마루도 벽의 토대도 수리가 덜 된 집의 다른 곳보다 훨씬 적었다. 그래도 서둘러야 했다. 밤이 오고 있었다. 정말 부엌의 식탁 위에는 아마 그가 올 것을 염두에 두고 벽에서 걷어 내 반쯤 기름을 넣어 둔 램프가 기다리고 있었고, 그 주변에는 열어 둔 성냥갑 안에 성냥 몇 개비가 들어 있었는데 유리 안드레예비치가 세 보니 열 개비였다. 하지만 이것이든 저것이든, 등유든 성냥이든 아끼는 것이 옳았다. 침실에는 심지와 램프 기름의 흔적이 있는 야밤의 등화용 접시가 더 나왔는데, 그마저도 쥐들이 밑바닥까지 거의 다 마셔 버린 것 같았다.

몇 군데에서 마룻바닥의 널빤지 조각이 떨어져 나갔다. 유리 안드레예비치는 유리 파편을 평평하게 여러 층으로 쌓아 모서리가 안쪽으로 향하도록 그 틈새에 박아 넣었다. 침실 문은 문지방에 잘 맞았다. 그것은 꼭 닫을 수 있었고 그렇게 잠그면, 틈새를 막아 둔 이 방을 집의 다른 곳에서 철저히 격리할 수 있었다. 한 시간여 동안 유리 안드레예비치는 이 모든 일을 처리했다.

침실 한구석에는 타일 난로가 비스듬히 자리 잡고 있는데 타일 장식 띠가 천장까지 닿지는 않았다. 부엌에는 장작이 열 단쯤 비축되어 있었다. 유리 안드레예비치는 라라의 것을 두 아름 정도 빼앗기로 하고는 한쪽 무릎을 세우고 장작을 왼팔 위에 얹기 시작했다. 그것을 침실로 옮겨 난로 옆에 쌓은 다음 구조를 익히고 상태를 급히 점검했다. 방을 열쇠로 잠그고 싶었지만 자물통이 수리할 수 없는 상태인지라 그는 문이 열리지 않도록 빽빽한 종이 마개로 틀어막은 다음 천천히 난로를 때기 시작했다.

장작개비를 아궁이에 차곡차곡 넣다가 그는 한 장작의 절단면에 도장이 찍힌 것을 발견했다. 그것이 무엇인지 알아본 그는 깜짝 놀랐다. 그것은 해묵은 낙인의 흔적으로 톱질하기 전의 목재 위에 그것이 어느 창고에서 나온 것인지를 표시하는 두 개의 첫 철자 K와 D였다. 이 두 철자는, 언젠가 크류게르 집안의 전성기에 공장에서 불필요한 땔나무의 잉여분을 팔 때 바르이키노의 쿨라브이셉스카야 산림 지구에서 나온 통나무의 끝에 찍은 낙인이었다.

이런 종류의 장작이 라라의 살림살이에 포함되어 있다는 것은 그녀가 삼데뱌토프를 안다는 것을, 그가 언젠가 의사와 그의 가족에게 필요한 모든 것을 대주었던 것처럼 그녀를 돌봐 준다는 것을 증명했다. 이는 의사의 심장에 칼을 꽂는 발견이었다. 전에도 그는 안핌 예피모비치의 도움에 부담을 느꼈다. 지금은 이런 선심의 거북스러움에 다른 복잡한 감각까지 가세했다.

안핌이 라리사 표도로브나의 아름다운 눈 때문에 자선을 베풀 가능성은 거의 없었다. 유리 안드레예비치는 안핌 예피모비치의 자유로운 방식을, 그리고 라라라는 여자의 무모함을 상기했다. 그들 사이에 아무 일도 없지는 않았으리라.

페치카에서는 쿨라브이셰프의 마른 장작이 정겹게 쩍쩍 소리를 내며 활활 타올랐으며 불이 퍼짐에 따라 희미한 가정에서 시작된 유리 안드레예비치의 맹목적인 질투는 어느덧 완전한 확신에 다다랐다.

하지만 그의 영혼은 온통 갈기갈기 찢어져 한 아픔이 다른 아픔을 밀어냈다. 그는 이런 의혹을 쫓아 버릴 수 없었다. 애쓰지 않아도 그의 머릿속 생각들이 알아서 한 대상에서 다른 대상으로 옮겨 갔다. 새로운 힘을 뽐내며 그를 덮친 가족에 대한 상념이 잠시 그의 질투 섞인 망상을 가려 버렸다.

'그러니까 당신들 모두가 모스크바에 있는 것인가?' 툰체바가 이미 그들이 무사히 도착했으리라는 확신까지 준 것 같았다. '그러니까 다시 나 없이 이 길고도 힘겨운 여로를 반복한 것인가? 무사히 도착했는가? 알렉산드르 알렉산드로비치의 출장, 소환이란 어떤 종류의 것인가? 분명히 아카데미에서 다시 강의를 해 달라는 초빙일 테지? 가 보니 집은 어때? 아니, 됐어, 도무지 그게, 그 집이 아직 있기는 할까? 오, 너무 어렵고 가슴 아픈 일이다, 맙소사! 오, 생각하지 말자, 생각을 말자! 생각이 얼마나 뒤엉키는지! 내가 어떻게 된 걸까, 토냐? 슬슬 병이 나는 것 같아. 나는, 또 당신들 모두는 어떻게 될까, 토냐, 토네치카, 슈로치카, 알렉산드르 알렉산드로비치? 사라지지 않는 빛이여, 어찌하여 나를 버리시나이까? 어찌하여 당신들을 평생 저리로, 나에게서 저 멀리 데리고 가는 걸까? 어찌하여 우리는 항상 떨어져 있는 걸까? 하지만 조만간 우리는 결합하여 한곳에 모일 거야, 안 그래? 다른 수가 없다면 걸어서라도 당신들 있는 곳까지 가겠어. 우리는 만날 거야. 모든 것이 다시 잘될 거야, 안 그래?

하지만 토냐가 임신을 했으니 분명히 출산을 했으리라는 사실을 계속 잊고 있는데도 이런 나를 땅은 어떻게 받쳐 주는 거지? 이런 건망증을 보이는 것은 이미 처음이 아니야. 출산은 어떻게 진행됐을까? 어떻게 낳았을까? 모스크바로 가는 길에 그들은 유랴틴에 있었다. 정말이지 라라가 그들과 모르는 사이라고 해도 여기 완전히 제삼자인 재봉사이자 이발사조차 그들의 운명을 알고 있는데 라라는 쪽지에다 그들 얘기를 한마디도 언급하지 않다니. 무관심의 냄새마저 풍기는 이상한 부주의 아닌가! 삼데뱌토프와의 관계에 대해 함구한 것처럼 설명이 안 되는 부주의다.'

여기서 유리 안드레예비치는 아까와는 다른 분석적인 시선으로 침실의 벽을 둘러보았다. 주변에 놓이고 걸려 있는 물건 중 라라의 것은 하나도 없음을, 어디론가 숨어 버린 미지의 옛 주인들이 남긴 세간은 라라의 취향을 조금도 증명해 주지 않음을 알 수 있었다.

하지만 이러나저러나 그는 벽의 확대된 사진들 속에 담긴 그를 쳐다보는 남녀들 사이에서 갑자기 속이 불편해졌다. 조잡한 가구가 그를 향해 적대적인 냄새를 뿜어냈다. 이 침실에서 자신은 낯선 자로, 잉여적인 자로 느껴졌다.

그런데도 그는 얼마나 바보같이 이 집을 수없이 떠올리고 또 노크하고 단순한 거처가 아닌 라라를 향한 우수 속인 양 이 방 안으로 들어갔던가! 제삼자의 입장에서는 이런 방식의 느낌이 분명히 얼마나 우스울까! 삼데뱌토프처럼 강한 사람들, 실무가들, 미남들이 과연 이렇게 살고 행동하고 자신을 이렇게 표현할까? 라라는 왜 그의 우유부단한 성격을, 그의 모호하고 비현실적인 숭배의 언어를 선호하는 것일까? 그런 혼란이 그토록 필요한 것일까? 그녀 스스로 그에게 보이는 그 모습을 갖고 싶어 하는 것은 아닐까?

한데 그가 지금 막 표현한바, 그에게 보이는 그녀의 모습이란 어떤 것일까? 오, 이 질문에 대한 답은 항상 준비되어 있다.

여기 마당은 봄날의 저녁이다. 모든 공기에는 소리가 표시되어 있다. 놀고 있는 아이들의 목소리가, 공간 전체가 오롯이 살아 있는 양, 멀고 또 가까운 여러 곳에 흩어져 있다. 그리고 이 먼 곳이 러시아, 어느 것과도 비교할 수 없는 러시아일지니, 바다 저편까지 명성을 떨친 어머니, 수난자, 고집쟁이, 미치광이, 결코 예측할 수 없는, 영원토록 웅장하고 파멸적인 행동을 보이는 실성한 것 같으면서도 너무나 사랑스러운 러시아! 오, 존재한다는 것은 얼마나 달콤한 일인가! 오, 삶 자체, 존재함 자체에 항상 고맙다고 말하고 싶다, 그들의 얼굴에 대고 직접 그렇게 말해 주고 싶다!

바로 이것이 라라이다. 그런 것과는 대화를 나눌 수 없지만, 그녀는 그런 것의 구현이자 표현, 존재함의 소리 없는 근원이 부여한 청각과 말의 재능인 것이다.

그리고 방금 의혹에 차서 그녀에 대해 늘어놓은 말은 모두 거짓, 얼토당토않은 거짓이다. 그녀의 모든 것은 그야말로 완벽하며 나무랄 데 없다!

환희와 회한의 눈물이 그의 시야를 가렸다. 그는 난로의 뚜껑을 열고 부지깽이로 난로 속을 뒤적였다. 불꽃이 활활 타오르는 깨끗한 열기는 아궁이 맨 뒤쪽으로 밀어 넣고 다 타지 않은 굵은 잉걸은 통풍이 잘되는 앞쪽으로 긁어모았다. 한동안은 난로의 문을 닫지 않았다. 그는 얼굴과 손에 와닿는 온기와 빛의 유희를 즐기며 쾌감을 만끽했다. 움직이는 불꽃의 광채에 그는 완전히 정신이 들었다. 오, 지금 그는 그녀가 너무도 아쉬웠다! 이 순간 그녀를 감각적으로 느끼게 해 줄 뭔가가 간절히 필요했다!

그는 호주머니에서 구겨진 그녀의 쪽지를 꺼냈다. 앞서 읽은 쪽이 아니라 뒤집어진 쪽이 보이도록 나왔기 때문에 이제야 비로소 종잇장의 아래쪽에도 뭔가 빽빽이 써 있음을 확인했다. 꼬깃꼬깃한 종이를 편 다음 타오르는 페치카의 일렁이는 불빛에 비추며 읽었다.

"당신의 가족 얘기는 알고 있는지. 그들은 모스크바에 있어. 토냐는 딸을 낳았어." 이어 몇 줄은 지워져 있었다. 그다음에 나오는 말은 이랬다. "그만 지웠어, 쪽지에다 쓰는 건 바보 같아서. 서로 눈을 보며 실컷 얘기하자. 말을 구하러 가는 중이라 급해. 못 구하면 무엇을 더 강구해야 할지 모르겠어. 카텐카가 있으니 힘들 텐데……." 어구의 끝부분은 지워져 해독할 수 없었다.

'말을 빌리려고 안핌에게 달려간 것이고, 일단 떠났다 함은 빌렸다는 소리다.' 유리 안드레예비치는 차분하게 생각을 정리했다. '이쪽으로 뭔가 양심에 걸리는 게 있다면 이런 사소한 일은 언급도 안 했을 테지.'

8

페치카가 데워졌을 때 의사는 통기구 뚜껑을 닫고 뭘 좀 먹었다. 요기를 하고 나자 가누기 힘든 졸음이 밀려왔다. 그는 옷도 벗지 않은 채 소파에 누워 깊은 잠을 잤다. 방문과 벽 뒤에 이는, 먹먹하고 거리낌 없는 쥐들의 소동 소리도 들리지 않았다. 두 가지 힘겨운 꿈이 꼬리에 꼬리를 물고 이어졌다.

그는 모스크바의 집 방 안에 있었는데, 유리문을 열쇠로 잠그고 그래도 미덥지 않아 문손잡이를 붙잡고 안쪽에서 잡아당기고 있었다. 문밖에는 아동용 코트에 수병 바지를 입고 모자를 쓴 어린 아들 슈로치카가 귀엽고도 안타까운 모습으로 울고 몸부림치며 안으로 들여보내 달라고 조르고 있었다. 아이 뒤에서, 아이와 방문 위로 물보라를 뿌리고 굉음과 소음을 내면서 폭포 같은 것이 쏟아졌다. 요즘 같은 시절에는 일상적인 현상인데, 수도관이나 하수관이 터진 것일까, 아니면 정말로 어떤 험준한 야산의 좁은 길과 그 위를 광포하게 질주하는 격류와 세세토록 골짜기에 누적된 냉기와 어둠이 여기서 끝나 방문에 부딪친 것일까. 굉음과 함께 붕괴하듯 떨어지는 물소리에 아이는 죽도록 놀랐다. 아이의 비명 소리도 들리지 않았으니, 소음에 눌린 것이다. 하지만 유리 안드레예비치는 아이가 입술을 달싹이는 모양새로 "아빠! 아빠!"라고 말하는 것을 알았다.

유리 안드레예비치는 가슴이 갈기갈기 찢어졌다. 자신의 존재 전체로 아이를 품에 안고 가슴팍에 꼭 붙인 채 뒤도 돌아보지 않고 아무 데나 함께 도망치고 싶었다.

하지만 눈물범벅이 된 상황에서도 잠긴 문의 손잡이를 자기 쪽으로 당길 뿐, 소년을 안으로 들이지 않았는데, 아이의 어머니가 아닌 다른 여자가 금방이라도 다른 쪽으로 방에 들어올 것 같아, 그녀에 대한 그릇된 명예감과 의무감 때문에 아이를 희생시키는 것이었다.

유리 안드레예비치는 땀과 눈물에 흠뻑 젖은 채 잠에서 깼다. '열이 있다. 병이 날 거야.' 그가 즉시 생각했다. '티푸스는 아니다. 이건 병약함의 형태를 띤 뭔가 위중하고 위험한 피로, 모든 심각한 감염처럼 뭔가 위기가 따르는 병인데, 모든 문제는 삶과 죽음 중 무엇이 우위를 점할 것인가 하는 것이다. 하지만 너무 졸리다!' 그러고서 그는 다시 잠이 들었다.

꿈에는 어두운 겨울 아침, 불이 밝혀진 모스크바의 어느 번화가가 나왔는데, 이른 시각부터 거리에 활기가 넘치고 첫 전차가 차례로 종을 울리고 동트기 전 포장도로에 쌓인 잿빛 눈 위로 한밤의 가로등이 만든 노란 줄무늬가 드리워져 있었다. 모든 징후로 보아 혁명 전이었다.

꿈에는 한쪽으로만 창이 많은, 길게 쭉 뻗은 아파트가 나왔는데, 거리 위로 야트막하게 솟은 것이 이 층짜리인 듯했고 커튼이 마룻바닥까지 낮게 쳐져 있었다. 아파트 안에는 여장을 갖춘 채 옷을 벗지 않은 사람들이 여러 자세로 자고 있었다. 객실처럼 엉망진창이었는데, 기름이 밴 펼쳐진 신문지 위에는 먹다 남은 음식이 뒹굴고, 다 발라 먹고 치우지 않은 통닭의 뼈다귀와 날개와 다리가 보이고, 잠시 와 있는 친척과 지인, 외지인과 떠돌이가 밤을 보내기 위해 벗어 둔 신발들이 마룻바닥에 짝지어 있었다. 후다닥 잠옷의 허리띠를 졸라맨 안주인 라라가 몹시 분주한 모습으로 다급하게, 소리 없이 끝에서 끝까지 아파트를 질주하고, 그가 그녀의 뒤를 성가시게 쫓아다니며 계속 뭔가 무능하고 박자도 안 맞는 설명을 늘어놓고 있었다. 하지만 그녀는 이미 그를 상대할 여유가 없어 그의 얘기에 걷다가 고개를 돌려 주거나 의문이 담긴 조용한 시선을 던지거나 예의 그 비할 데 없는 은빛 웃음을 순진무구하게 터뜨리면서 대답만 할 뿐이었다. 이는 그들에게 아직 남아 있는 친근함을 유일하게 확인시켜 주는 모습이었다. 얼마나 멀고 차갑고 매력적인 여자였던가, 그녀를 위해 모든 것을 내주고 그 무엇보다 사랑하고 그녀와 반대되는 모든 것은 낮추고 폄하하지 않았던가!

9

그 자신이 아니라 그 자신보다 더 보편적인 뭔가가 상냥하고 해맑은 어둠 속에서 인광처럼 빛나는 말로 그의 내부에서 흐느껴 울고 있었다. 울고 있는 자신의 영혼과 함께 그도 울었다. 자신이 가엾었다.

'병이 난 것이다. 나는 아픈 몸이다.' 꿈과 열에 들뜬 미망과 무의식이 오가는 사이 정신이 맑아질 때마다 그는 생각을 정리했다. '역시 티푸스의 일종인데, 교과서에도 없고 의학부에서도 배우지 않은 것이다. 뭘 좀 만들어 먹어야겠다, 안 그러면 굶어 죽을 것이다.'

하지만 막상 팔꿈치를 세우고 몸을 일으키려고 시도하기가 무섭게 자기가 꿈쩍할 힘도 없음을 확신하면서 의식을 잃고 잠들었다.

'여기에 몇 시간을 누워 있는 거지, 옷까지 입은 채로?' 한

번씩 생각이 스칠 때면 그는 이렇게 곱씹었다. '몇 시간씩? 며칠씩인가? 내가 쓰러졌을 때 봄이 왔다. 한데 지금은 창문에 성에가 끼여 있다. 너무나 부스스하고 지저분한 성에이고 그 때문에 방 안이 어둡다.'

부엌에서는 쥐들이 접시를 쨍그랑 뒤집어엎고 저쪽 벽 위로 뛰어 올라가고 묵직한 몸뚱어리로 쿵쿵 마룻바닥에 나뒹굴고 흐느끼는 콘트랄토의 목소리로 징그럽게 찍찍 소리를 냈다.

그는 다시 잠들었다가 깨어났고, 성에의 눈 같은 그물망에 덮인 창문에 놀의 장밋빛 열기가 넘쳐흐르는 것을, 놀이 크리스털 잔을 따라 흘러넘치는 적포도주처럼 검붉어지는 것을 보았다. 그리고 이것이 어떤 놀인지 몰라 스스로에게 물어보았다. 정말 아침놀일까, 저녁놀일까?

어느 날은 완전히 가까운 어딘가에서 사람의 목소리가 들리는 것 같았는데, 그는 이것을 발광의 시작이라고 단정했다. 마음이 무너졌다. 자신에 대한 연민으로 눈물을 흘리면서 소리 없는 속삭임으로 하늘을 향해, 왜 하늘이 자기에서 등을 돌리고 자기를 저버리는지 불평했다. '어찌하여 저를 버리시나이까, 사라지지 않는 빛이여? 저주받은 저를 어찌하여 타향의 어둠으로 덮으시나이까!'

그러다 갑자기 그는 이건 꿈이 아니라 완전한 현실임을, 자기가 옷을 벗고 몸을 씻고 깨끗한 루바시카를 입은 채 소파가 아닌 새 시트를 깐 침대 위에 누워 있음을 깨달았다. 두 사람의 머리카락을, 또 두 사람의 눈물을 섞어 가며 그와 함께 울고 있는 여자, 침대 맡에 앉아 그를 향해 몸을 기울이고 있는 여자는 라라였다. 그는 너무나 행복한 나머지 그만 의식을 잃고 말았다.

10

아까는 미망에 들떠 무심한 하늘을 원망했지만, 하늘이 온몸을 활짝 펴고 그의 침대로 내려와 크고 하얀 여자의 두 손을 그에게 내밀고 있었다. 그는 너무 기뻐서 눈앞이 캄캄했고 의식이 스러지듯 지복의 심연 속으로 빠져들었다.

평생 동안 그는 무엇을 하고 영원히 바빴으니, 집안일을 돌보고 치료하고 사유하고 연구하고 저술했다. 행동하고 강구하고 생각하는 것을 멈추는 것, 이런 노동을 잠시 자연에 맡기고 그 자신은 아름다움을 다듬는 자비롭고 황홀한 자연의 품안에서 사물이자 기획이자 작품이 되는 것은 얼마나 좋은 일인가!

유리 안드레예비치는 빠른 속도로 회복 중이었다. 라라는 그를 먹여 주고, 예의 그 배려, 백조처럼 새하얀 매력, 묻고 대답할 때마다 촉촉한 숨이 밴 그 속삭임으로 그를 돌봐 주었다.

반쯤 기어드는 목소리로 이루어진 그들의 대화는 심지어 아주 공소하기까지 했지만 플라톤의 대화 못지않게 의미로 충만했다.

영혼의 교감보다 더 그들을 결합시킨 것은 그들을 나머지 세계로부터 갈라놓은 심연이었다. 그들은 둘 다 현대인에게서 보이는 치명적으로 전형적인 모든 것을 똑같이 싫어했는데, 무수한 학문과 예술의 종사자들이 열심히 확산시키는 판에 박힌 열광, 걸핏하면 소리를 높이는 기고만장, 치명적인 지루함이 그것이었다. 따라서 천재성은 계속하여 대단히 드문 현상이 될 형편이었다.

그들의 사랑은 컸다. 하지만 두 사람 다 이것이 얼마나 이례적인 감정인지를 인지하지 못한 채 사랑하고 있었다.

하지만 그들에게는 — 이 점에서 그들을 예외적이라 할 수 있는데 — 영원성의 산들바람처럼 그들의 숙명적인 인간 존재 속으로 열정의 산들바람이 날아드는 순간이 있어, 자신과 삶의 새로운 것, 모든 새로운 것의 계시와 인지의 계기가 되어 주었다.

11

"당신은 반드시 가족에게 돌아가야 해. 하루라도 당신을 쓸데없이 붙들어 두지 않겠어. 하지만 알다시피 사정이 이렇잖아. 우리가 소비에트 러시아와 합쳐지기 무섭게 혼란이 우리를 집어삼켰어. 시베리아와 동부가 그 구멍을 막아 주고 있어. 사실 당신은 아무것도 몰라. 당신이 앓는 동안 도시가 정말 많이 바뀌었거든! 우리네 창고의 물품들은 중앙으로, 모스크바로 가고 있어. 그래 봐야 바닷속 물방울에 불과해서, 아무리 날라도 밑 빠진 독에 물 붓기고 우리는 양식도 없는 신세가 되지. 우편도 끊기고 교통도 두절되고 곡물 수송로만 움직이고 있어. 도시는 다시 가이다[84]의 반란 이전처럼 술렁이고 다시 불만이 나오자 그 대답으로 체카[85]가 날뛰고 있어.

이런 판에 피골이 상접한 몰골을 하고 어딜 가려고? 정말로 또 걸어가려고? 끝까지 가지도 못할걸! 회복하고 체력이 충전되면 문제가 달라지겠지.

내가 충고할 형편은 못 되지만, 내가 당신이라면 가족한테 가기 전에 일을, 그것도 반드시 전공 분야의 일을 좀 해 볼 거야, 이런 것을 높이 쳐 주거든. 나라면 예를 들어 우리네 도(道) 보건부로 갔을 거야. 예전의 의료 관리국에 그대로 있어.

아니면 직접 판단해 봐. 당신은 권총으로 자살한[86] 시베리아 백만장자의 아들이고 아내는 이곳 공장주이자 지주의 딸이지. 파르티잔에 있다가 도망쳤는데, 나중에 뭐라고 하든 이건 혁명군 대열로부터의 도주, 탈영이야. 절대로 계속 빈둥거리면 안 돼. 내 처지도 만만치 않아. 그래서 나는 일하러 갈 거야, 도(道) 교육부에 들어가려고. 나도 발등에 불이 떨어졌거든."

"발등의 불이라니? 스트렐니코프는?"

"바로 스트렐니코프 때문이야. 전에도 말했지만, 그는 적이 아주 많아. 적군이 승리했어. 지금 당원이 아닌 상태로 수뇌부

---

84) 라돌라 가이다(1892~1948). 1918년 5월 말, 러시아의 포로가 된 체코 군단의 반란을 주도한 인물.

85) 볼셰비키 혁명 직후 창설한 소련의 비밀 정보기관.

86) 실제로는 기차에서 뛰어내려 자살했다.

에 가까이 가 있고 너무 많은 것을 알고 있는 군인들은 옷을 벗어야 해. 옷만 벗는 건, 흔적도 없이 목이 잘리는 것보다 잘된 일이지. 그들 중 파샤는 일순위야. 대단히 위험하다고. 그는 극동에 가 있었어. 내가 듣기론, 도망쳐서 은신 중이래. 수배 중이라더군. 하지만 이 얘기는 그만해. 나, 우는 거 싫은데, 그 사람 얘기를 한마디만 더 하면 터질 것 같은 느낌이 들어."

"그 사람을 사랑했군, 지금도 많이 사랑해?"

"어쨌거나 나와 결혼한 사람이고 나의 남편인걸, 유로치카. 고결하고 빛나는 인물이지. 나는 그에게 큰 죄를 지었어. 내가 그에게 어떤 나쁜 짓도 하지 않았다고 하는 건 거짓말이겠지. 한데 그는 지대한 의미와 대단히, 대단히 올곧은 사람이고, 나는 그와 비교하면 걸레쪽처럼 아무것도 아닌 존재야. 바로 이것이 나의 죄야. 하지만 제발 이 얘기는 그만하자. 어떻게든 다음에 내가 알아서 얘기해 줄게, 약속해. 당신의 부인은 얼마나 훌륭한 분인지, 토냐 말이야, 보티첼리의 그림 같았어. 출산할 때 내가 같이 있었어. 우리는 무척 가까워졌지. 하지만 이 얘기도 어떻게든 나중에 하자, 부탁이야. 그래, 같이 일하자. 둘 다 직장에 다니는 거야. 매달 엄청난 월급을 받을걸. 여기서는 최근의 전복 이전까지 시베리아 지폐가 통용됐어. 그것이 아주 최근에 폐지되었고 당신이 오래 앓는 사이 돈 한 푼 없이 살았어. 그래. 상상 좀 해 봐. 믿기 힘들겠지만, 어떻게 겨우겨우 버텨 온 거야. 지금 이전 재무국에 지폐를 한 열차 가득 싣고 온 거야. 사람들 말로는, 객차가 마흔 개는 족히 된대. 큼직한 종이에 파란색, 빨간색, 이렇게 두 가지 색깔로 찍어 놓았고 우표처럼 작은 장으로 떼도록 되어 있어. 파란색은 500만이고 빨간색은 각각 1000만의 값어치래. 색이 금방 바랠 만큼 인쇄 상태가 나쁘고 잉크도 번진대."

"나도 본 적 있어. 우리가 모스크바를 떠나기 직전에 발행됐지."

12

"바르이키노에서 그렇게 오랫동안 뭘 했지? 아무도 없는 빈 집이잖아? 무엇 때문에 지체한 거야?"

"카텐카와 함께 당신 집을 치웠어. 당신이 제일 먼저 그리로 가지 않을까 걱정됐거든. 당신이 그런 꼴이 된 자기 집을 보는 것이 싫었어."

"어떤 꼴이기에? 그곳은 어떻게 됐어? 무너졌나? 엉망진창이야?"

"엉망진창이지. 더럽고. 내가 청소를 해 놨어."

"짧게 얼버무리는군. 말하지 않고 숨기는 게 있는 것 같은데. 하지만 당신 마음이니까 굳이 캐지는 않을게. 토냐 얘기를 해 줘. 딸아이의 세례명은 뭐지?"

"마샤야. 당신 어머니를 기리기 위해."

"그들 얘기 좀 해 줘."

"미안하지만 나중에 할게. 간신히 눈물을 참고 있다고 말했잖아."

"당신에게 말을 내준 삼데뱌토프, 흥미로운 인물이지. 당신 생각은 어때?"

"아주 흥미로운 분이셔."

"나도 안핌 예피모비치를 아주 잘 알아. 이곳 집에서 우리의 친구였지, 새로운 곳에 온 우리를 도와줬어."

"알아. 그 사람이 얘기하더라."

"분명히 가깝게 지냈겠지? 당신에게도 유용한 존재가 되려고 애쓰고?"

"나에게 그냥 선행을 뿌린달까. 그가 없었으면 내가 어떻게 됐을지 모를 정도야."

"충분히 상상이 되는군. 당신들은 분명히 가깝고 동지 같은 관계니까 서로 허물없이 대하겠지? 그는 분명히 열심히 당신의 꽁무니를 쫓아다닐 테고?"

"여부가 있겠어. 물러서지를 않아."

"그럼 당신은? 아니, 미안해. 상식의 경계를 넘어섰군. 내가 무슨 권리로 당신에게 캐묻는 거지? 미안해. 좀 점잖지 못했어."

"오, 괜찮아. 분명히 당신의 관심은 다른 것, 우리가 어떤 관계인가 하는 것일 테지? 우리의 선량한 친교 속에 좀 더 개인적인 것이 개입된 건 아닌지 알고 싶은 거지? 물론 아니야. 나는 안핌 예피모비치에게 헤아릴 수 없을 만큼 큰 빚을 졌지만, 완전히 빚쟁이나 다름없지만, 그래도 그가 황금을 갖다 줘도, 나를 위해 목숨을 내놓아도 그에게는 단 한 발짝도 가까이 가지 않을 거야. 나는 태어나면서부터 그렇게 성향이 안 맞는 사람들에게는 적의를 느껴. 온갖 일상사에서 이렇게 진취적이고 자신감 넘치고 고압적인 사람들은 대체 불가능한 존재야. 마음의 면에서는 수탉처럼 거들먹거리는 콧수염 난 남자의 자기만족이 혐오스러워. 나는 가까움과 삶을 완전히 다른 식으로 이해하거든. 하지만 그뿐이 아니야. 도덕적인 관점에서 안핌은 다른 사람, 훨씬 더 혐오스러운 어떤 사람을 연상시키는데, 나를 지금의 이런 여자로 만든 장본인이지."

"이해가 안 되는군. 이런 여자라니, 어떤 여자? 뭘 염두에 둔 거야? 설명 좀 해 봐. 당신은 세상 어떤 사람보다 훌륭해."

"아, 유로치카, 어떻게 이럴 수가 있어? 나는 진지하게 얘기하는데 당신은 거실 담화인 양 인사치레나 하는군. 내가 어떤 여자인지 물었지. 나는 망가진 여자, 평생 금이 가 버린 여자야. 너무 이른 나이에, 죄스러울 만큼 일찍 여자가 되었고, 모든 것을 이용해 먹고 스스로에게 모든 것을 허용한, 자기 확신에 찬 구시대의 중년 기생충이 기만적이고 통속적으로 해석한 삶, 즉 삶의 가장 나쁜 쪽에 바쳐졌지."

"짐작이 되는군. 뭔가 예상한 게 있지. 하지만 잠깐만. 그 무렵 당신의 어린애답지 않은 아픔, 깜짝 놀란 서투름의 공포, 성숙하지 않은 처녀의 첫 모욕은 쉽게 상상이 돼. 하지만 그건 지난 일이잖아. 내 말은 말이야, 지금 그로 인해 괴로워하는 것은 당신의 슬픔이 아니라 당신을 사랑하는 나 같은 사람의 슬픔이라는 거야. 왜 한발 늦었던가, 왜 나는 그때 당신 곁에 없었던가, 그 일이 정말 당신에게 괴로움이었다면 왜 미리 막지 못했던가 하고 내가 머리카락을 쥐어뜯고 절망해야 마땅하다고. 나는 나보다 낮고 나와 먼 사람에게만 강렬하고 필사적인 질투를 강하게 느끼는 것 같아. 나보다 높은 사람과의 경쟁은 완전히 다른 감정을 불러일으켜. 나와 정신적으로 가깝고 나의 사랑을 받는 사람이 나와 똑같은 여자를 사랑한다면, 그와 다투고 겨루기보다는 슬픈 형제애를 느낄 것 같아. 물론 내가 숭배하는 대상을 그와 일 분도 공유할 수는 없겠지. 하지만 질투처럼 연기가 솟고 피비린내가 나는 감정은 아니어도 그와 다른 고통의 감정을 느끼며 물러설 거야. 나와 비슷한 분야의 일에서 나를 압도할 만큼 탁월한 재능을 가진 예술가와 부딪칠 경우에도 똑같을 거야. 나는 분명히 나의 추구를 포기했을 거야, 반복해 봐야 내가 질 테니까.

그런데 이야기가 샜군. 당신에게 그렇게 불만스러워할 것도, 애석해할 것도 없었다면 나는 당신을 이토록 강렬하게 사랑하지는 않았을 거라고 생각해. 의로운 사람들, 쓰러지거나 발을 헛디딘 적이 없는 사람들은 좋아하지 않거든. 그들의 선행은 죽은 것, 별로 가치가 없는 것이야. 삶의 아름다움이 그들 앞에는 열리지 않았지."

"나도 바로 그 아름다움에 대해 얘기하는 거야. 내 생각으론, 그것을 보려면 때 묻지 않은 상상력과 원초적인 감수성이 필요할 것 같아. 그런데 나는 바로 그것을 빼앗겼거든. 삶의 첫걸음을 내디딜 때 그것을 낯설고 속된 각인 속에서 보지 않았더라면 어쩌면 삶에 대해 나름의 시각을 형성했을 거야. 하지만 그뿐이 아니야. 막 시작한 나의 삶 속에 부도덕하고 자기 탐닉적인 범속한 사건이 끼어드는 바람에, 나를 강렬하게 사랑하고 나 역시 그렇게 화답한, 그 대단하고 훌륭한 사람과 꾸린 결혼 생활도 원만치 못했어.”

“잠깐만. 남편 얘기는 나중에 하지. 나에게 질투를 불러일으키는 사람은 나와 동등한 사람이 아니라 나보다 낮은 사람이라고 했잖아. 당신 남편은 질투하지 않아. 하지만 그 작자는?”

“‘그 작자’라니?”

“당신을 파멸시킨 그 방탕아 말이야. 그 작자는 누구야?”

“상당히 유명한 모스크바의 변호사야. 아버지의 동료였는데 아버지가 돌아가신 다음에는 우리가 가난에 허덕일 때 엄마를 물질적으로 도와주었어. 독신에 재산이 많았거든. 이렇게 묘사하다 보니 굉장히 흥미롭고, 또 실제와 달리 중대한 인물처럼 보이네. 아주 평범한 사람인데 말이야. 정 그러면 성을 가르쳐 줄게.”

“필요 없어. 이미 알아. 그를 한 번 본 적도 있지.”

“정말?”

“어느 날 호텔 방이었지, 당신 어머니가 독약을 먹었을 때. 늦은 저녁이었어. 우리는 아직 아이들, 김나지움 학생들이었지.”

“아, 그 사건 기억나. 마차를 타고 온 당신들은 어두운 호텔의 거실에 서 있었지. 나 혼자서는 절대 기억하지 못했을 장면인데, 당신 덕분에 이미 한 번 망각에서 끄집어낼 수 있었어. 그 장면을 상기시킨 적이 있잖아, 멜류제예프에서 그랬던 것 같은데.”

“거기 코마롭스키가 있었지.”

“정말? 충분히 그럴 만해. 내가 그와 함께 있는 모습을 보기는 쉬웠을 거야. 우리는 자주 같이 있었으니까.”

"무엇 때문에 얼굴을 붉히지?"

"당신 입에서 '코마롭스키'라는 말이 나오니까. 불쾌하고 또 뜻밖이라서."

"나는 친구랑 같이 있었어, 김나지움의 같은 반 친구였지. 그때 여관에서 그 친구가 나한테 알려 준 게 있어. 그 친구는 코마롭스키가 전에 한번 기묘한 상황에서 우연히 본 적이 있는 사람이라는 것을 안 거야. 어느 날 여로에서 이 소년, 그러니까 김나지움 학생 미하일 고르돈은 백만장자에 사업가였던 나의 아버지가 자살하는 장면을 목격했지. 미샤는 같은 기차에 타고 있었거든. 아버지는 자살할 생각으로 달리는 기차에서 몸을 던져 박살이 났어. 그때 아버지와 동행했던 사람이 바로 법률 고문인 코마롭스키였어. 코마롭스키는 아버지를 술독에 빠뜨려 사업을 꼬이게 해서 파산 지경으로 몰아간 다음 파멸의 길로 밀어 넣은 거지. 그가 바로 아버지를 자살하게 하고 나를 고아로 만든 장본인이야."

"있을 수 없는 일이야! 너무 기가 막힌걸! 정말 그래! 그럼 그가 당신의 사악한 천재였던 거야? 우리는 정말 같은 인연이구나! 뭔가 운명이랄 수밖에!"

"바로 그자에게 나는 구제 불능의 질투를 느껴."

"무슨 소리야? 나는 그 사람을 사랑하지 않은 정도가 아니야. 경멸한다고."

"당신 자신을 그렇게 완전히 잘 알아? 인간, 특히 여자의 본성은 정말 어둡고 모순적이군! 그 혐오감의 한쪽 구석에서 당신은 아마 당신이 강요 없이 자유로운 의지에 따라 사랑하는 그 누구보다 그 사람에게 종속되어 있는지도 몰라."

"정말 무서운 말을 하네. 그것도 평소처럼 너무 정곡을 찔러서 그 도착적인 말이 사실처럼 생각될 정도야. 하지만 정말 그렇다면 너무 끔찍해!"

"진정해. 내 말은 귀담아듣지 마. 내가 말하고 싶었던 것은, 내가 당신과 관련하여 이 어둡고 무의식적인 것, 설명하는 것도 무의미하고 추측도 할 수 없는 것을 질투한다는 거야. 당신과 관련하여 당신의 화장품, 당신 살갗 위의 땀방울, 당신에게 들러붙어 당신의 피를 더럽히는, 공기 중에 떠다니는 전염병 균도 질투해. 그런 감염 균처럼 언젠가 나의 죽음이나 당신의 죽음이 우리를 갈라놓을 것처럼 언젠가 당신을 앗아 갈 코마롭스키를 질투하는 거야. 나도 알아, 분명히 모호한 소리만 늘어놓는 것처럼 들릴 거야. 하지만 더 이상 논리적이고 이해하기 쉽게 말할 수가 없어. 나는 미친 듯이, 정신없이, 끝없이 당신을 사랑해."

13

"남편 얘기를 더 해 봐. 셰익스피어의 말대로 '암울한 불행의 장부에 나와 함께 적힌 그대'[87]여."

---

87) 「로미오와 줄리엣」 5막 3장, 파리스의 대사이다.(윌리엄 셰익스피어, 최종철 옮김, 『셰익스피어 전집 4』, 민음사, 2014) 파스테르나크는 이 희곡을 직접 번역하기도 했다.

"어디서 나온 말이야?"

"『로미오와 줄리엣』."

"그 사람을 찾아 멜류제예프에 가 있을 때 당신에게 그에 대해 많은 얘기를 했지. 그다음 이곳 유랴틴에서 당신과 처음 만났을 때, 당신의 말을 통해 그가 자신의 기차 객실에서 당신을 체포하려 했다는 사실을 알게 되었을 때도. 이 얘기도 당신에게 한 것 같은데, 실은 아닐 수도 있고 그저 내 기억에만 그럴 수도 있는데, 한번은 먼 발치에서 차에 타는 그의 모습을 본 적이 있어. 그런데 그가 어떤 경호를 받고 있는지 상상할 수 있겠어! 그는 거의 변하지 않은 것 같았어. 여전히 아름답고 정직하고 단호한 얼굴, 세상에서 내가 본 모든 얼굴 중 가장 정직한 얼굴이었어. 허세의 그림자 없이, 포즈도 전혀 없는 남성적인 인물이지. 항상 그랬고 그때도 그랬어. 그럼에도 한 가지 변화는 인지했고 그 때문에 불안했어.

뭔가 추상적인 것이 이 윤곽 속으로 스며들어 그 빛을 바래게 했던 거야. 살아 있는 인간의 얼굴이 이념의 육화이자 구현, 원칙이 되었달까. 그걸 보자 심장이 죄어들었어. 나는 그것이 그가 자기 몸을 갖다 바친, 고귀하지만 그럼에도 죽음을 부르는 무자비한 힘, 언젠가는 그도 봐주지 않을 저 힘의 결과임을 깨달았어. 내가 보기에 그것이 그의 운명인 것 같았어. 하지만 내가 혼동하는 건지도 몰라. 당신이 두 사람의 만남을 묘사하면서 사용한 표현이 뇌리에 남아 있는 건지도 모르고. 우리의 감정이 비슷하다는 것 외에도 당신한테 너무 많은 영향을 받고 있거든!"

"아니, 혁명 전에 당신들이 어떤 삶을 살았는지 얘기해 봐."

"나는 어린 시절 일찍부터 순결을 꿈꾸었어. 그는 그것의 실현이었지. 우리는 거의 한 마당에서 자랐어. 나, 그, 갈리울린. 어린 시절 그는 나에게 열광했어. 나를 보면 실신한 듯 얼어붙었지. 내가 이런 말을 하는 건 분명히 좋지 않아, 나도 알아. 하지만 모르는 척했다면 더 나빴을 거야. 그에게 나는 유년의 연인, 어린애다운 자존심에 드러내지 않으려고 하지만 말하지 않아도 얼굴에 쓰여 있고 누구의 눈에나 보이는, 그렇게 사람을 노예로 만드는 열정의 대상이었어. 우리는 친하게 지냈어. 나와 그는 내가 당신과 같은 것만큼이나 너무나 다른 사람이야. 나는 그때 마음으로 그를 선택했어. 우리 둘이 세상에 나가기만 하면 나의 삶을 이 경이로운 소년과 결합시키기로 결심했으니 그때 이미 마음속으로 약혼한 셈이지.

그리고 봐, 그는 정말 재능이 뛰어난 사람이야! 예사롭지 않은 재능을 가졌다고! 단순한 운전수 혹은 철도 수비공의 아들인데도 천부적 재능만 갖고 집요하게 노력해서 수학과 인문학, 이 두 전공에서 현대 대학 지식의 수준에, 아니 — 말이 그만 이렇게 튀어나왔는데, 제대로 말하자면 — 정상에 도달했어. 정말이지 농담이 아니야!"

"그렇게 서로 그토록 사랑했다면 무엇 때문에 가정의 화목이 깨졌지?"

"아, 그건 답하기 정말 힘들어. 지금 이야기할게. 하지만 놀라워. 나처럼 부실한 여자가 당신처럼 똑똑한 사람에게 지금 러시아에서 사람들의 인생, 또 인생 전반이 어떻게 돌아가는

지, 당신과 나의 가정을 포함해 가정이 왜 파괴되는지를 설명해야 하는 거야? 아, 문제는 인간관계, 성격의 유사성이나 차이, 사랑과 증오에 있는 것 같아. 생활 풍습과 인간의 보금자리, 질서와 관련하여 파생되고 확립된 모든 것이 사회 전체가 전복되고 재건축되면서 물거품이 됐어. 일상적인 모든 것이 뒤집히고 파괴되었어. 실오라기 하나까지 빼앗긴 벌거벗은 영혼의 아무짝에도 쓸모없는 비일상적인 힘만 남았는데, 그 영혼은 어느 시절이나 얼어붙어 벌벌 떨면서 바로 옆에 있는, 똑같이 외로운 나신의 영혼에 뻗어 있으니까 변한 것이 전혀 없지. 당신과 나는 세계의 처음에 몸을 가릴 것이 전혀 없던 최초의 두 인간, 아담과 이브 같아. 세계의 종말인 지금도 이렇게 옷도, 집도 없잖아. 나와 당신은 그들과 우리 사이의 무수한 수천 년 동안 이 세상에서 창조된 헤아릴 수 없을 정도로 위대한 모든 것에 대한 마지막 추억이야. 사라진 이 기적들을 기리기 위해 우리는 숨 쉬고 사랑하고 울고 서로를 부여잡고 함께 달라붙어 있는 거야."

14

얼마 동안 쉬었다가 그녀는 훨씬 더 차분한 어조로 말을 이었다.

"할 애기가 있어. 스트렐니코프가 다시 파셴카 안티포프가 된다면. 그가 광기와 반역을 멈춘다면. 시간이 뒤로 되돌아간다면. 세상의 끝처럼 어딘가 먼 곳, 파샤의 책상 위에 램프와 책이 놓여 있는 우리 집 창문이 기적처럼 밝혀진다면 난 무릎으로 기어서라도 그리로 갈 거야. 내 안의 모든 것이 깨어날 거야. 과거의 부름을, 신의의 부름을 거역하지 못할 거야. 모든 것을 희생할 거야. 심지어 가장 소중한 것마저도. 당신마저도. 그리고 나와 당신의 가까움, 이토록 가뿐하고 자연스럽고 당연한 가까움마저도. 오, 미안해. 내가 하려던 말은 이게 아니야. 이건 사실이 아니야."

그녀는 그의 목을 끌어안고 흐느껴 울었다. 금방 정신을 차리긴 했다. 그녀는 눈물을 훔치며 말했다.

"하지만 이거야말로 당신을 토냐에게 몰아가는 것과 같은 의무의 목소리잖아. 맙소사, 우리는 정말 불쌍해! 우리는 어떻게 될까? 우리는 어떻게 해야 하지?"

완전히 마음을 진정한 뒤 그녀가 말을 계속했다.

"아무튼 우리의 행복이 왜 망가졌는지는 대답하지 않았네. 나중에는 아주 분명히 깨달았어. 얘기할게. 이건 비단 우리에 관한 얘기만은 아닐 거야. 많은 사람들의 운명이 그랬으니까."

"말해 봐, 당신은 똑똑하잖아."

"우리는 전쟁 직전, 전쟁이 나기 이 년 전에 결혼했어. 우리가 우리의 머리로 살기 시작하고 가정을 꾸리기가 무섭게 전쟁이 선포된 거야. 이제야 확신하지만, 그것이 모든 것의 원흉, 그때부터 지금까지 우리 세대가 겪는 불행의 원흉이었어. 어린 시절이 또렷이 기억나. 아직은 평화스러운 지난 세기의 개념들이 힘을 발휘하던 시대였지. 이성의 목소리를 신뢰하면 됐어. 양심의 속삭임이 자연스럽고 필요한 일로 여겨졌고. 사람이 다른 사람의 손에 죽는 것은 드문 일, 상궤에서 벗어난 굉장한 현상이었어. 살인이란 일상생활이 아니라 비극이나 탐정 소설, 신문의 사건 사고 일지에서나 볼 수 있는 걸로 생각됐지.

그런데 갑자기 이런 평화롭고 순진무구한 단조로움에서 피와 통곡, 총체적인 광기로 비약하더니 매일, 매 시각 살인이 자행되고 이런 야만이 합법적인 것인 양 찬양돼.

분명히 이런 것이 그냥 지나갈 리 없잖아. 당신이 나보다 분명히 더 잘 기억할 테지만, 이 모든 것이 그야말로 한순간에 파괴되었잖아. 기차의 운행, 도시의 식량 보급, 가정생활의 토대, 의식의 도덕적 규준."

"계속해. 당신이 무슨 말을 더 할지 알겠어. 모든 것을 아주 잘 파악하고 있군! 당신 얘기를 듣는 게 즐거워."

"그때 거짓이 러시아 땅에 찾아왔어. 가장 큰 재앙, 즉 미래의 악의 뿌리가 된 것은 자기 견해의 가치에 대한 믿음이 상실됐다는 거야. 도덕 감각의 영향을 좇던 시대가 지나갔다고, 이제는 공통의 목소리로 노래를 불러야 하고 모두에게 강제된 남의 관념을 갖고 살아야 한다고 상상한 거야. 처음에는 군주제의 미사여구가, 나중에는 혁명의 미사여구가 승승장구하기 시작했어.

이런 사회적인 방황은 모든 것을 아우를 만큼 끈질겼지. 모든 것이 그 영향을 받았어. 우리 집도 그 파괴력을 버텨 내지 못했지. 내부의 뭔가가 흔들렸어. 항상 우리 집을 채웠던 자유분방한 활기 대신 바보 같은 웅변조가 우리의 대화에도 침투하여, 의무적인 세계 주제를 두고 어딘가 과시적이고 의무적으로 똑똑한 척 굴게 된 거야. 파샤처럼 섬세하고 스스로에게 까다로운 사람이, 가시적인 것과 본질을 어김없이 구별해 내던 사람이, 이렇게 잠입한 허위를 그냥 지나치거나 인지하지 못했겠어?

여기서 그가 앞날의 모든 것을 결정해 버린, 치명적인 오류를 범한 거야. 시대의 징후를, 사회적인 악을 가정적인 현상으로 착각한 거야. 우리의 논의가 부자연스러운 어조를 띠고 판에 박힌 듯 딱딱해진 것을 자기 탓으로 돌려 자기가 벽창호이자 중치, 상자 속의 인간[88]이라고 생각했어. 이런 하찮은 일들이 공동생활에서 뭔가 큰 의미를 지닐 수 있었다는 게 분명히 믿기지 않을 거야. 당신은 이것이 얼마나 중대한 것이었는지, 파샤가 이런 어린애 같은 생각 때문에 얼마나 바보 같은 짓을 저질렀는지 상상도 할 수 없을 거야.

그는 아무도 요구하지 않는데 전쟁에 나갔어. 우리를 자기 자신에게서, 자기가 상상하는 그 억압에서 해방시키려고 말이지. 여기서 그의 광기가 시작됐어. 청소년처럼 방향이 잘못 잡힌 자존심 때문에 보통은 살면서 아무렇지도 않게 여기는 어떤 것에 몹시 화가 난 거야. 그는 사태의 흐름에, 역사에 심통을 부리기 시작했어. 역사와 그의 불화가 시작됐지. 오늘날까지도 역사와 셈을 치르는 중이고. 여기서 그의 도발적인 미

88) 체호프의 단편 소설「상자 속의 인간」의 주인공의 별명.

친 짓이 나오는 거야. 그는 이 어리석은 야망 때문에 확실한 파멸로 가고 있어. 오, 내가 그를 구할 수 있다면!"

"당신은 그를 헤아릴 수 없을 만큼 순수하고 강렬하게 사랑하는군! 사랑해, 그를 사랑해 줘. 그에게는 질투를 느끼지 않아, 방해하지도 않을게."

15

눈에 띄지 않게 여름이 왔다가 갔다. 의사는 건강을 회복했다. 잠시나마 모스크바로 떠나는 희망을 키우며 세 곳에 취직했다. 화폐 가치가 급속히 하락하여 직장을 몇 군데 구하지 않으면 안 됐다.

의사는 꼭두새벽에 일어나서 쿠페체스카야 거리로 나가, 그곳의 영화관 '거인' 옆을 지나, 지금은 '붉은 식자공'으로 명칭이 바뀐 우랄 카자크 부대의 이전 인쇄국 쪽으로 내려갔다. 고로츠카야 거리의 한구석, 관리국 문에 붙은 '청원 접수처'라는 간판이 그를 맞았다. 그는 광장을 비스듬히 가로질러 말라야 부야놉카로 나왔다. 스텐고프 공장을 지나 병원의 뒷마당을 거쳐 자신의 주된 근무처인 군사 병원의 진료소로 들어갔다.

그가 다니는 길의 절반은 나무들이 거리 위로 가지를 드리워 그늘을 만들고 있었고 양옆으로 가파르게 쳐올린 지붕, 격자무늬 담장, 당초무늬 대문, 부조 무늬 빗장이 딸린 기교를 부린 집이 있었는데, 대부분이 목조 가옥이었다.

진료소 옆, 이전에 어느 상인의 부인인 고레글랴도바가 상속받은 정원에는 옛 러시아풍의 흥미롭고 나지막한 집이 있었다. 고대 모스크바의 귀족 궁전처럼 유약을 바른 타일들이 붙어 있고 바깥쪽 면이 피라미드처럼 돼 있는 집이었다.

유리 안드레예비치는 이 진료소에서 열흘에 서너 번 정도 스타라야 미아스카야 거리에 있는 이전 리게티 집에 갔는데, 그곳에 자리한 유랴틴 보건부 회의에 참석하기 위함이었다.

멀리 떨어진 완전히 다른 쪽 구역에 안핌의 아버지인 예핌 삼데뱌토프가 안핌을 낳다가 사망한 아내를 기려 도시에 기증한 집이 있었다. 그 집 안에는 삼데뱌토프가 설립한 산부인과 대학이 자리 잡고 있었다. 지금 거기서 로자 룩셈부르크[89]의 이름을 딴 속성 외과 의학 강좌가 개설되었다. 유리 안드레예비치는 그중 일반 병리학과 몇몇 선택 과목을 맡아 강의했다.

이 모든 직무를 마치고 거의 밤중이 돼서야 굶주리고 녹초가 된 상태로 귀가하면, 라리사 표도로브나는 요리나 빨래 같은 집안일에 열중하고 있었다. 이 산문적이고 일상적인 모습, 머리카락이 헝클어지고 소매를 걷어붙이고 치맛자락을 접어 올린 그녀의 모습은 황녀처럼 매력적이어서 보는 사람의 숨을 멎게 했다. 무도회에 가기 직전, 가슴이 깊이 파이고 폭이 넓은 화려한 드레스를 입고 하이힐을 신어 한층 키가 커진 듯한 모습도 이보다 매력적이지는 않을 터였다.

---

89) 로자 룩셈부르크(1871~1919). 독일에서 활동한 폴란드 출신의 여성 혁명가.

그녀는 요리나 빨래를 하고 남은 비눗물로 집 안의 마룻바닥을 닦았다. 혹은 차분하고 덜 흥분한 모습으로 다림질을 하고 자기 옷이나 그와 카텐카의 옷을 손질했다. 혹은 요리 준비와 빨래, 청소를 다 한 다음 카텐카를 가르쳤다. 혹은 교사로서 새로 바뀐 학교에 돌아가기에 앞서 교과서에 코를 박고 자신을 정치적으로 재교육하는 데 몰입했다.

이 여자와 그 딸아이가 가깝게 여겨질수록 그는 오히려 그들을 가족으로 받아들이길 망설였으며, 자기 가족에 대한 의무와 그들을 배반했다는 아픔 때문에 더 엄격한 금기를 부여했다. 이렇게 선을 그어도 라라와 카텐카는 전혀 언짢아하지 않았다. 오히려 이런 비가족적인 느낌의 방식 속에는 기탄없고 허물없는 태도를 배제하는, 온전한 정중함의 평화가 들어 있었다.

하지만 이런 분열은 항상 그를 괴롭히고 또 상처를 내, 유리 안드레예비치는 제대로 아물지 않아 자주 터지는 상처를 대하듯 그것에 익숙해져 갔다.

16

그렇게 두세 달이 흘러갔다. 10월의 어느 날인가 유리 안드레예비치는 라리사 표도로브나에게 말했다.

"아무래도 직장을 나와야 할 것 같아. 영원히 똑같은 일의 해묵은 반복이야. 시작은 더할 나위 없이 훌륭하지. '우리는 정직한 일은 항상 환영한다. 생각, 특히 새로운 사상은 더 말할 것도 없다. 어떻게 환영하지 않겠는가. 어서 오라. 일하고 투쟁하고 탐구하라.'

하지만 막상 확인해 보면 사상은 눈에 보이는 것일 뿐, 혁명과 권력자를 찬양하기 위한 언어적 장식에 불과해. 피곤하고 넌덜머리 나는 일이지. 내가 이런 분야의 대가도 아니고.

그들이 정말 옳은 건 분명해. 물론, 나는 그들과 한편이 아니야. 하지만 그들은 영웅이자 빛나는 인물인 반면 나는 인간의 암흑과 노예화를 지지하는 하찮은 인간이라는 생각을 받아들이기가 힘들어. 혹시 니콜라이 베데냐핀이란 이름을 들어 본 적 있나?"

"물론 있지. 당신과 알기 전에도 들었고 나중에는 당신이 자주 이야기했잖아. 시모치카 툰체바도 자주 언급하던걸. 그녀는 그분의 추종자야. 한데 부끄럽게도 나는 그분의 책이라곤 읽은 게 없어. 철학만 다루는 저작을 좋아하지 않거든. 내 생각으론, 철학은 예술과 삶에 살짝만 들어가는 양념이 되어야 해. 철학 하나만 하는 것은 고추냉이 하나만 있는 것처럼 이상해. 어쨌든 미안해, 멍청한 소리를 해서 이야기를 옆길로 새게 했네."

"아니, 정반대야. 나도 같은 생각이야. 사고방식이 나와 아주 비슷해. 그래, 외삼촌 얘기인데 말이야. 나는 정말로 그분의 영향 때문에 망가진 것 같아. 하지만 그들도 이구동성으로 천재적인 진단의, 천재적인 진단의라고 외치고 있거든. 사실 내가 오진을 하는 경우는 드물어. 하지만 그것이야말로 그들이 나의 죄라 주장하며 증오하는 직관으로, 한꺼번에 전체 그림을 파악하는 인식인 거지.

나는 의태, 즉 유기체가 외부 환경의 색채에 외적으로 적응하는 문제에 사로잡혀 있어. 여기 이런 보호색 속에 내적인 것의 외적인 것으로의 경이로운 전이가 숨어 있는 거야.

강의에서 감히 이 부분을 다루어 보았어. 그랬더니 난리가 난 거야! '이상주의, 신비주의. 괴테의 자연 철학, 신(新)셸링주의'라고.

나와야겠어. 보건부와 연구소는 내 청원에 따라 퇴직할 거고 병원은 쫓겨날 때까지 버텨 볼 참이야. 당신을 놀래고 싶지 않지만 오늘내일 체포될 것 같은 느낌도 간혹 들어."

"괜찮아, 유로치카. 다행히도 그건 아직 먼 얘기야. 하지만 당신 말이 맞아. 조심해서 해가 될 건 없지. 내가 인지한 바로, 이 젊은 권력이 어떻게든 정착되기 전까지는 몇 단계를 거칠 거야. 처음에는 이성의 승리, 비판 정신, 편견과의 투쟁이야.

그다음 두 번째 시기가 와. 거짓으로 동정적인 입장을 취하는 '아첨꾼들'의 어두운 힘이 우위를 점하지. 의심, 밀고, 음모, 증오가 증대해. 당신 말이 옳아, 우리는 두 번째 단계의 초입에 와 있어.

그런 선례는 멀리서 찾을 필요도 없어. 이곳 혁명 재판소 위원으로 늙은 정치범 유형수 두 명이 호다츠코예에서 옮겨 왔는데, 노동자 출신의 티베르진과 안티포프라는 사람이야.

둘 다 내가 아주 잘 아는 사람인데, 한 사람은 심지어 남편의 아버지, 즉 시아버지야. 하지만 나는 아주 최근 그들이 전임돼 온 직후부터 나와 카텐카의 목숨이 걱정돼 발발 떨기 시작했어. 무슨 짓을 할지 모르는 사람들이거든. 안티포프는 나를 별로 좋아하지 않아. 그런 사람이라면 어느 날이든 나를, 심지어 파샤마저도 더 높은 혁명의 정의의 이름으로 처단할 거야."

이 대화는 바로 속편을 낳았다. 그 무렵, 말라야 부야놉카 거리, 48호, 진료소 옆, 미망인 고레글랴도바 집에서 야밤에 가택 수색이 이루어졌다. 집 안에서 감춰 둔 무기가 발견됐고 반혁명 조직이 적발됐다. 도시의 많은 사람들이 체포됐고 수색과 체포가 이어졌다. 이와 관련하여 용의자들 일부가 강을 건너 도망쳤다는 소문이 돌았다. 이런 의견들도 나왔다. "그래봐야 무슨 소용이겠어? 강도 강 나름이야. 그야 진짜 강이 있긴 하지. 예를 들어, 블라고베셴스크의 아무르강 같으면 한쪽 강가는 소비에트 정권이고 다른 쪽은 중국이니까 강물로 뛰어들어 건너면, 아듀, 이름이나 기억해 줘, 이렇게 말할 수 있지. 이런 게 진짜 강이랄 수 있어. 완전히 다른 얘기라고."

"분위기가 무르익고 있어." 라라가 말했다. "우리가 안전하던 시기는 끝났어. 당신이나 나나 틀림없이 체포될 거야. 그러면 카텐카는 어떻게 되겠어? 나는 엄마잖아. 불행에 대비해 뭔가 수를 생각해 내야 해. 이쪽으로 해결책이 준비되어야 하거든. 이런 생각을 하면 미쳐 버릴 것 같아."

"좀 생각해 보자. 이런 판국에 뭐가 도움이 되겠어? 우리가 이런 일격을 막아 낼 힘이 있어야 말이지. 이건 숙명적인 것이잖아."

"도망칠 곳은 아무 데도 없어. 하지만 어디든 그늘진 곳, 후면으로 물러설 수는 있잖아. 예를 들면 바르이키노로 도망간다거나. 나는 바르이키노의 집에 대해 생각 중이야. 상당히 먼 곳인 데다가 완전히 방치돼 있어. 하지만 그곳이라면 여기와 달리 사람들 눈에 띄지 않을 거야. 겨울이 다가오고 있어. 좀 고생스러워도 거기서 겨울을 날까 해. 저들이 그쪽으로 손을 뻗기까지 일 년은 더 살 수 있을 테고 그것만 해도 이득이야. 도시와 관계를 유지하는 것은 삼데뱌토프가 도와줄 것 같아. 우리를 기꺼이 숨겨 줄지도 모르고. 어? 당신 생각은 어때? 사실 지금 거기에는 사람이 하나도 없이 텅 비어서 소름이 돋아. 적어도 내가 3월에 가 봤을 때는 그랬어. 늑대도 나온대. 무서워. 하지만 지금은 사람, 특히 안티포프나 티베르진 같은 사람이 늑대보다 더 무서워."

"무슨 말을 해야 할지 모르겠군. 당신 입으로 나더러 계속 모스크바로 가라, 출발을 미루지 말라고 설득했잖아. 이제는 그러기가 쉬워졌어. 역에다 문의를 해 봤거든. 암표도 대충 눈감아 주는 모양이야. 무임승차를 해도 달리는 열차에서 모조리 끌어 내리지는 않는 모양이고. 총 쏘는 것도 지쳐서 좀 덜해진 거야.

내가 걱정하는 건, 모스크바로 보낸 모든 편지에 계속 답장이 없다는 거야. 그리로 가서 식구들한테 무슨 일이 있는 건 아닌지 알아봐야겠어. 당신도 계속 그러라고 했잖아. 그런데 지금 바르이키노 얘기를 하니, 어떻게 이해해야 하지? 설마 나 없이 당신 혼자 그 무서운 벽지로 달려가려고?"

"아니, 물론 당신 없이는 엄두도 못 내지."

"그러면서도 나를 모스크바로 보내겠다는 거야?"

"그래, 그야 불가피한 일이니까."

"들어 봐. 이건 어때? 훌륭한 계획이 있어. 모스크바로 가자. 카텐카도 데리고 나와 같이 떠나는 거야."

"모스크바로? 정신이 나갔군. 무슨 영화를 누리려고? 아니, 나는 남아야 해. 어디든 근처에서 대기해야 하거든. 여기서 파셴카의 운명이 결정돼. 대단원의 막이 내리기를 기다렸다가 필요할 때 곁에 있어야 해."

"그럼 카텐카 생각을 좀 해 보지."

"시무시카,[90] 저 시마 툰체바가 가끔 나를 찾아와. 최근에도 당신과 그녀 얘기를 했잖아."

"맞아. 당신 집에 와 있는 것도 자주 봤지."

"놀라운걸. 남자들은 대체 눈이 어디 달린 거야? 나라면 틀림없이 그녀에게 반했을 텐데. 정말 매력 있잖아! 외모가 얼마나 출중해! 키도 크지. 날씬하지. 똑똑하지. 책도 많이 읽지. 착하지. 사리 판단도 또렷해."

"포로 상태에서 도망쳐 여기 돌아온 날, 면도를 해 준 사람이 그녀의 언니야, 재봉사 글라피라."

"알아. 그 자매들은 사서인 맏언니 아브도티야와 함께 살아. 성실하고 부지런한 가족이야. 극단적인 경우에, 그러니까 혹시 당신과 내가 잡혀가는 경우에 그들에게 카텐카를 맡아

90) 시무시카는 시마의 애칭이다.

달라고 부탁하려고 해. 아직은 결정하지 못했지만.”

“하지만 정말 출구가 없을 때의 일이지. 천만다행으로 그런 불행은 아직 요원한 것 같은데.”

“사람들 말로는, 시마가 약간 맛이 간 것 같대. 정말 완전히 정상이라고는 할 수 없어. 하지만 그건 그녀가 깊이 있고 독창적이기 때문이야. 그녀는 독보적인 교양을 갖추었는데, 지식인의 교양이 아니라 민중의 교양이야. 당신과 그녀의 시각은 충격적일 정도로 유사해. 그녀라면 마음 놓고 카탸의 양육을 맡길 수 있을 것 같아.”

17

그는 다시 역에 갔다가 아무 소득도 없이 돌아왔다. 모든 것이 해결되지 않은 채였다. 그와 라라로서는 한 치 앞도 알 수 없는 상황이었다. 첫눈이 내리기 직전처럼 춥고 어두운 날이었다. 길게 뻗은 거리 위로 그보다 더 넓게 펼쳐진, 교차로 위의 하늘이 겨울의 모습을 띠고 있었다.

유리 안드레예비치가 집에 도착하니 시무시카가 라라의 집에 와 있었다. 두 여자 사이에는 손님이 주인에게 강의를 하는 듯한 대화가 오가고 있었다. 유리 안드레예비치는 방해하고 싶지 않았다. 또 약간은 혼자 있고 싶기도 했다. 여자들은 옆방에서 이야기를 나누었다. 방문이 살짝 열려 있었다. 천장에서 마루까지 커튼이 쳐진 가운데 그 너머로 그들의 대화가 단어 하나하나까지 들렸다.

"나는 바느질을 하겠지만 신경 쓰지 마세요, 시모치카.[91] 온몸으로 듣고 있으니까요. 왕년에는 학교에서 역사와 철학 강의를 들었죠. 당신의 사고 구조가 아주 마음에 들어요. 게다가 당신의 이야기를 들으면 마음이 편해져요. 우리는 최근 이런저런 근심 걱정으로 몇 날 며칠 잠을 못 자고 있거든요. 혹시 우리에게 불미스러운 일이 생길 경우를 대비해 카텐카의 안전을 도모하는 것이 어미 된 도리겠죠. 그 애에 대해 냉철하게 생각해야 해요. 내가 이런 쪽으론 딱히 강한 편이 못 돼요. 인정하자니 서글프네요. 피곤해서, 또 잠이 부족해서 서글픈 것도 있고요. 당신과 얘기를 나누면 마음이 진정돼요. 게다가 금방이라도 눈이 내릴 것 같네요. 눈 내리는 날, 지적인 이야기를 오래 들으면 즐거워져요. 눈이 내릴 때 창문을 살짝 보면 정말이지 누군가가 마당을 지나 집 안으로 오는 것 같지 않나요? 시작하세요, 시모치카. 듣고 있어요."

"지난번에 어디까지 얘기했죠?"

라라가 뭐라고 대답하는지는 들리지 않았다. 유리 안드레예비치는 시마의 말을 좇기 시작했다.

"문화니 시대니 하는 말을 쓸 수 있어요. 하지만 그것을 이해하는 방식은 다양하죠. 의미가 혼란스러우니까 거기에 기대지는 말아요. 다른 표현으로 바꿔요.

나라면요, 인간은 두 부분으로 이루어져 있다고 말하고 싶

91) 시모치카도 시마의 애칭이다.

어요. 신과 작업으로 말이죠. 인간 정신의 발달은 엄청난 기간 동안 성취되는 개별적인 작업들로 분해돼요. 그것이 여러 세대에 걸쳐 실현되고 서로 잇따르는 거죠. 그런 작업이 이집트였고, 그런 작업이 그리스였으며, 그런 작업이 신에 대한 예언자들의 성경적 이해였죠. 그런 작업 중 시간상으론 마지막이자 일단은 다른 어떤 것으로도 대체할 수 없는 작업, 현대의 모든 영감이 성취하고 있는 작업이 바로 기독교예요.

기독교가 가져온 전례없고 새로운 것을 아주 신선하면서도 예기치 않은 방식, 당신이 익히 아는 방식이 아니라 좀 더 단순하고 직접적인 방식으로 제시하기 위해 당신과 함께 예배식의 텍스트 일부와 그 요약본을 분석하려고 해요.

대부분의 성가에는 구약과 신약에서 온 이미지가 나란히 결합돼요. 구약 세계의 정황, 즉 타지 않는 떨기나무[92]라든가 이스라엘의 이집트 탈출, 불타는 화로 속의 아이들 또는 고래 배 속의 요나 등이, 신약의 정황, 예를 들어 성모 마리아의 수태와 그리스도의 부활에 관한 표상이 병치되는 거예요.

이렇게 자주, 거의 꾸준하게 뒤섞이다 보니 구약의 예스러움과 신약의 새로움, 그 둘의 차이가 한결 또렷하게 드러나죠.

마리아의 무염 시태를 유대인들이 홍해를 건넌 사건과 비교하는 시구가 정말 많아요. 예를 들어, '흑해에 이따금 처녀 신부의 모습이 어른거린다.'라는 시구에는 '바다는 이스라엘 이후에 건널 수 없는 것이 되었으며 동정녀는 임마누엘을 낳

92) 「탈출기」 3장 1~4절 참조.

은 이후에도 더럽혀지지 않았도다.'라는 말이 있어요. 즉, 이스라엘이 건넌 다음 바다는 다시는 건너갈 수 없는 것이 되었고 성 처녀는 주님을 낳은 다음에도 순결한 채로 남았어요. 어떤 종류의 사건이 여기에 대구처럼 놓인 거죠? 두 사건 모두 초자연적이고 똑같이 기적으로 인정되었어요. 고대 원시 시대와 로마 이후의 새로운 시대, 서로 다른 이 시대는 어디서 기적을 보았을까요?

한 경우는 민족의 통솔자이자 족장인 모세의 명령에 따라, 즉 그가 마법의 지팡이를 흔들자 바다가 갈라져 민족 전체를, 헤아릴 수 없는 수백 수천의 사람들을 지나가게 하고, 마지막 사람이 지나가자 다시 닫혀 추격하던 이집트인들을 덮쳐 익사시켜요. 고대 정신으로 충만한 볼거리, 마법자의 목소리에 복종하는 자연력, 원정 중인 로마군처럼 북적대는 대규모 민중과 통솔자 등이 지금 눈앞에 보이고 들리는 양 압도적이죠.

다른 경우는, 고대 세계라면 주의도 기울이지 않았을 평범한 존재인 처녀가 은밀하게, 아무도 모르게 갓난아이에게 생명을 주고 또 세상에 생명을, 생명의 기적을, 모두의 생명을, 훗날 부른 명칭대로 '만인의 생명'을 낳아 주는 거예요. 그녀의 출산은 비단 학자들의 관점에서만 혼외의 불법적인 일로 간주되는 것이 아니에요. 자연 법칙에도 위배되는 일이죠. 처녀는 필연성의 힘이 아니라 기적과 영감에 의해 아이를 낳은 것이니까요. 이것이야말로 바로 복음서의 기저에 깔린 영감, 즉 평범한 것과 예외적인 것, 평일과 명절을 대조시키며 온갖 강요에 맞서 삶을 축조하려는 영감인 거예요.

정말 지대한 의미를 갖는 변화죠! 어떤 식으로 하늘에게는 (왜냐하면 하늘의 눈으로, 하늘의 얼굴 앞에서 이 모든 것을 평가해야 하기 때문, 이 모든 것이 유일한 것의 거룩한 틀 안에서 이루어지기 때문이죠.) — 어떤 식으로 하늘에게는 고대의 관점에서 보면 하찮고 사적이고 인간적인 정황이 민족의 대이동에 맞먹는 가치를 지니게 된 것일까요?

세계 속의 뭔가가 움직였어요. 로마가 끝나고 수의 권력, 무기 때문에 머릿수로, 전 주민으로 살아야 하는 의무가 끝난 거예요. 통치자니, 민족이니 하는 것도 과거의 유물이 됐고요.

그것을 대체하며 나온 것이 개성, 그리고 자유의 설파예요. 인간의 개별적인 삶이 신의 이야기가 되었고, 그 내용이 온 우주 공간을 채웠어요. 성모 영보 대축일[93]의 어느 노랫말처럼 아담은 신이 되고 싶어 했다가 실수를 하여 신이 되지 못했는데 지금은 아담을 신으로 만들기 위해 신이 인간이 돼요.('인간이 신이 되어 신을, 아담을 만들리라.')"[94]

시마가 계속했다.

"이 이야기는 잠시 후에 더 할 거예요. 일단은 잠깐 다른 얘기를 할까 해요. 근로자에 대한 배려, 모성의 경호, 자본 권력과의 투쟁에 관한 한, 우리 혁명의 시대는 오랫동안 영원히 남을 성취를 이룩한, 전례없고 잊을 수 없는 시대예요. 삶에 대한 이해, 지금 탐닉하는 행복의 철학에 관한 한, 이것이 진지

93) 대천사 가브리엘이 성모 마리아에게 예수를 잉태하였음을 알린 날을 기념하기 위하여 행하는 축제. 3월 25일이다.
94) 고대 성가에 자주 나오는 구절을 인용한 듯하다.

하게 얘기된다는 것이 정말 믿어지지 않아요, 그만큼 웃긴 유물인 거죠. 통치자들과 민족들에 대한 이런 웅변은, 만약 그것이 삶을 거꾸로 돌려 놓고 역사를 수천 년 전으로 뒷걸음치게 할 만한 힘을 갖고 있다면, 우리를 가축 치는 종족과 족장이 있던 구약 시대로 돌려 놓을 수도 있어요. 다행히도, 그건 불가능하지만요.

그리스도와 막달레나에 대해 몇 마디 할게요. 이건 복음서 속의 그녀에 관한 이야기가 아니라 수난 주간의 기도문에 있는 이야긴데, 아마 위대한 화요일이나 수요일의 것인 듯싶어요. 하지만 이런 얘기는 모두 내가 말하지 않아도 잘 알고 있을 거예요, 라리사 표도로브나. 나는 그저 뭔가를 상기시키고 싶은 거지 당신을 가르칠 생각은 전혀 없어요.

당신도 잘 알겠지만, 열정은 슬라브어로 무엇보다도 고통, 주님의 수난, '주님의 자발적인 수난'('주님께서 고난의 길을 자처하시다.')을 가리켜요. 게다가 이 단어는 이후 러시아에서 악덕과 정욕을 의미하는 쪽으로 사용되고 있어요. '나의 영혼은 짐승처럼 정욕의 노예가 되어'라든가 '낙원에서 추방된 몸, 열정을 억누르려고 애쓰리라.'처럼요. 내가 너무 타락한 여자라 그런지 모르겠지만, 나는 이런 식으로 육욕의 제어나 금욕을 다루는 부활절 전야의 읽을거리는 좋아하지 않아요. 다른 종교 텍스트에서 흔히 보는 시적인 요소가 부족하고, 배가 불룩하고 기름진 수도사들이 지은 거칠고 평면적인 기도문처럼 생각되거든요. 문제는 그들이 규칙을 따르지 않고 살면서 다른 사람들을 속였다는 것이 아니에요. 그들이야 자기 양심에 따라 살면 되겠죠. 문제는 그것이 아니라 그 단편들 속의 내용이에요. 이런 한탄은 육신의 온갖 병에, 그리고 육신이 살쪘는지 말랐는지 하는 것에 지나치게 의미를 부여해요. 역겨운 일이죠. 여기서 뭔가 더럽고 비본질적이며 부차적인 것이, 그것에 맞지 않는 부당한 높이까지 상승됐어요. 죄송해요, 요점에서 너무 벗어났군요. 꾸물거린 것을 지금 바로 보상해 드릴게요.

나는 항상, 막달레나에 대한 언급이 왜 부활절 바로 전날, 그리스도의 최후와 부활 직전에 나오는지 궁금했어요. 이유는 잘 모르겠지만, 삶과 작별하는 순간, 또 삶의 귀환의 문전에서 삶이 무엇인지를 상기시키는 것은 매우 시의적절한 일이에요. 이제는 얼마나 실제적인 열정으로, 또 그 어떤 것도 고려하지 않는, 얼마나 솔직한 어조로 이런 언급이 나오는지 들어 보세요.

이것이 막달레나인지, 이집트의 마리아인지, 아니면 어떤 다른 마리아인지에 대해서는 조금씩 의견이 달라요. 어쨌거나 그녀는 주님에게 '내 머리카락처럼 내 빚을 풀어 주옵소서.'라고 애원하죠. 즉 '내가 머리카락을 풀듯이 나의 죄를 사해 주시옵소서.'라는 뜻이에요. 용서와 회개의 열망이 얼마나 물질적으로 표현되어 있나요! 손으로 만질 수 있을 정도죠.

같은 날의 다른, 더 상세한 성가에도 비슷한 영탄이 나오는데, 거기서는 막달레나에 대한 이야기라는 게 더 확실해져요.

여기서 그녀는 매일 밤이 몸에 밴 옛날 버릇에 불을 지핀다며 대단히 또렷하게 과거를 한탄하고 있어요. '밤은 억누를 수 없는 음욕의 불길로 나를 불태우며 달빛도 없는 음울한 죄의 정욕으로 나를 달구도다.' 그녀는 그리스도에게 회개의 눈물을 받아 주시고 진심 어린 탄식에 귀 기울여 달라고, 귀가 먹먹해지고 부끄러워진 낙원의 이브가 몸을 숨겼던 머리카락의 소음, 그 머리카락으로 그분의 깨끗한 두 발을 닦게 해 달라고 애원해요. '깨끗한 주님의 발에 입을 맞추며 내 머리카락으로 발을 닦고, 그러면 낙원의 이브가 대낮의 소음에 귀를 먹고 두려워 몸을 숨기리라.' 머리카락에 이어 갑자기 이런 탄식이 터져 나와요. '나의 수많은 죄, 주님의 운명의 심연을 헤아릴 자 그 누구옵니까?' 얼마나 간결해요, 신과 삶, 신과 인간, 신과 여자가 얼마나 평등한가 말이에요!"

18

역에서 왔을 때 유리 안드레예비치는 피곤한 상태였다. 그날은 열흘에 한 번 쉬는 휴일이었다. 통상 그때마다 일주일치 잠을 몰아서 잤다. 그는 소파에 앉아 몸을 젖히고 있었는데, 가끔은 반쯤 누운 자세를 하거나 몸을 쭉 뻗기도 했다. 졸음이 발작처럼 엄습하는 가운데 시마의 말을 듣고 있자니 쾌감이 밀려왔다. '물론 이 모든 것은 콜랴 외삼촌의 말이다.' 하고 그는 생각했다. '그래도 참 재주 있고 똑똑한 여자야!'

그는 소파에서 벌떡 일어나 창가로 다가갔다. 창문은 라라와 시무시카가 지금 알아듣기 힘든 말로 속닥거리는 옆방과 마찬가지로 마당으로 나 있었다.

날씨가 흐렸다. 마당이 어두웠다. 마당으로 까치 두 마리가 날아들어 내려앉을 곳을 찾으며 빙빙 돌았다. 바람에 그들의 깃털이 살짝 부풀며 팔랑거렸다. 까치들은 쓰레기통 뚜껑 위로 내려앉았다가 담장 위로 옮겨 가더니 땅바닥으로 내려와 마당을 걷기 시작했다.

'까치는 눈이 내릴 징조인데.' 의사가 생각했다. 바로 그때 커튼 너머에서 이런 말이 들렸다.

"까치는 소식이 있을 징조예요." 시마가 라라에게 말을 건넸다. "당신 집에 손님이 올 모양이에요. 아니면 편지를 받게 되든지."

잠시 뒤 밖에서 얼마 전에 유리 안드레예비치가 손본, 철사 줄에 매달아 놓은 대문의 초인종이 울렸다.

커튼 너머에서 라리사 표도로브나가 빠른 걸음으로 나와 현관문을 열었다. 문 옆에서 하는 얘기를 듣고 유리 안드레예비치는 시마의 언니인 글라피라 세베리노브나가 온 것을 알았다.

"동생을 보러 왔나요?" 라리사 표도르브나가 물었다. "시무시카는 우리 집에 있어요."

"아니요, 동생 때문에 온 게 아니에요. 하지만 그게 그거네요. 동생이 집에 갈 거면 같이 가도 되니까. 나는 전혀 다른 일로 왔어요. 당신 친구에게 편지를 전해 줘요. 내가 언젠가 우체국에서 근무한 것을 고맙게 여기라고 해요. 몇 사람의 손을 거친 다음 아는 사람을 통해 내 손에 들어왔으니까요. 모스크바에서 왔어요. 다섯 달이나 걸렸고요. 수신인을 찾을 수 없었거든요. 한데 그가 누군지 내가 알겠더라고요. 어쩌다 우리 가게에서 면도를 했거든요."

여러 장으로 된 긴 편지, 구겨지고 손때가 묻고 개봉되고 닳아 버린 봉투 안에 들어 있는 것은 토냐가 쓴 편지였다. 의사는 그것이 어떻게 자기 손에 들어왔는지 의식할 겨를도 없었고 라라가 편지 봉투를 자기에게 건네준 것도 인지하지 못했다. 편지를 읽기 시작할 때만 해도 의사는 자기가 어느 도시, 누구의 집에 있는지 기억했지만, 편지를 읽어 가는 동안엔 그조차도 잊고 말았다. 시마가 나와 인사말을 건네며 작별 인사를 했다. 그는 예의상 기계적으로 대답했지만 그녀에게 주의를 돌리지는 않았다. 그녀가 떠난 사실조차 의식에서 사라졌다. 점차 그는 자기가 어디에 있는지, 주변에는 무엇이 있는지 모든 것을 완전히 잊었다.

"유라." 안토니나 알렉산드로브나는 그에게 이렇게 쓰고 있었다. "우리 사이에 딸이 생긴 건 알고 있지? 이름은 돌아가신 어머니 마리야 니콜라예브나를 기려서 마샤라고 지었어.

이제는 완전히 다른 얘기야. 몇몇 유력한 사회 활동가, 입헌민주당 출신의 교수와 우익 사회주의자들이 러시아에서 해외로 추방되는데 멜구노프, 키제베테르, 쿠스코바와 몇몇 다른 사람, 마찬가지로 니콜라이 알렉산드로비치 그로메코 삼촌과 아빠와 우리까지 포함됐어.

그야 불행한 일이고 당신이 없는 상황에서는 특히 더 그렇지만, 훨씬 더 고약할 수도 있는 이 무서운 시대에 이처럼 부드러운 형식의 추방이라니, 하느님께 감사하며 복종해야겠지. 당신이 발견되어 여기 있었다면 우리와 함께 갔을 테지. 하지만 지금 당신은 어디에 있는 거야? 이 편지는 안티포바의 주소로 보내는데, 당신을 찾아내기만 하면 그분이 건네주겠지. 혹시 나중에라도 운명의 힘으로 당신이 발견될 경우 우리 가족의 일원으로서 당신도 우리 모두가 받은 출국 허가장을 받을 수 있을지 그걸 모르겠어서 괴로워. 당신이 살아 있고 또 발견되리라 믿어. 나의 사랑하는 마음이 그렇게 속삭이고 있고 나는 그 목소리를 믿어. 아마 당신이 발견될 즈음이면 러시아의 사정도 완화되고 당신도 개별적으로 해외여행 허가를 받을 수 있겠지. 그러면 우리는 모두 다시 한곳에 모이게 될 거야. 하지만 이렇게 쓰면서도 이런 행복이 실현되리라고는 나 자신도 믿지 않아.

정말 괴로운 건, 나는 당신을 사랑하는데 당신은 나를 사랑하지 않는다는 거야. 나는 이런 운명의 선고의 의미를 찾아내고 해석하고 정당화하려고 애쓰고, 나 자신을 헤적이고 들춰보고, 우리의 모든 삶과 내가 나 자신에 대해 아는 모든 것을 헤아려 보지만, 어떻게 시작됐는지 통 모르겠고, 내가 무슨 짓을 했는지, 어쩌다 이런 불행을 초래했는지 기억이 안 나. 당신은 어쩐지 나를 왜곡하여 곱지 않은 시선으로 보니까, 당신 눈에는 내가 삐뚤어진 거울에 비친 듯 일그러진 모습인 거야.

하지만 나는 당신을 사랑해. 아, 얼마나 사랑하는지, 당신은 상상도 못할걸! 나는 이로운 면이든, 이롭지 않은 면이든 당신의 특별한 점을 모두 사랑해. 당신의 모든 평범한 측면도 그것의 결합이 평범하지 않기 때문에 소중하고, 내적인 내용 덕분에 더 아름답고 고결해 보이는 당신의 얼굴, 순전히 부재하는 의지력의 자리를 차지해 버린 것 같은 재능과 지성도 사랑해. 나에겐 이 모든 것이 소중해, 당신보다 더 훌륭한 사람이 과연 있을까.

하지만 들어 봐, 내가 당신에게 무슨 말을 할지 알아? 설령 당신이 나에게 그토록 소중한 존재가 아니었어도, 또 당신이 그 정도로 내 마음에 들지 않았어도 어쨌거나 내 마음이 냉담하다는 서글픈 진실은 내 앞에 드러나지 않았을 테고 또 어쨌거나 나는 내가 당신을 사랑한다고 생각했을 거야. 사랑 없음이 얼마나 굴욕적이고 파괴적인 징벌인가 하는 것만이 두려워서, 내가 당신을 사랑하지 않는다는 사실을 깨닫길 무의식적으로 꺼렸는지도 몰라. 나도, 당신도 결코 이런 걸 몰랐을 거야. 나 자신의 가슴도 나에게 이 사실을 숨겼을 거야, 사랑이 없다는 건 거의 살인과도 같은 거니까, 나는 아무에게도 그런 타격을 가하지 못했을 거야.

최종적으로 결정된 건 아직 아무것도 없지만 우리는 분명히 파리로 갈 것 같아. 소년 시절 당신도 가 본 적 있고 아빠와 삼촌이 교육을 받았던 머나먼 나라로 가는 거야. 슈라는 훌쩍 자라 미남은 아니지만 아주 건강한 소년이 되었고 당신 얘기만 나오면 항상 너무 서럽게 울어 달랠 수가 없을 정도야. 더는 안 되겠어. 눈물 때문에 가슴이 터질 것 같아. 그만 안녕하자. 이 끝없는 모든 이별과 시련과 한 치 앞도 모르는 상황, 그리고 당신의 모든 기나긴 어두운 길에 앞서 당신에게 축복의 성호를 긋게 해 줘. 어떤 일이든 당신을 원망하지 않아, 탓할 것도 없어. 당신이 원하는 대로 당신의 삶을 꾸려, 난 당신만 좋으면 돼.

우리에게 그토록 숙명적인 이 끔찍한 우랄을 떠나기에 앞서 나는 라리사 표도로브나를 상당히 가까이에서 알게 되었어. 감사할 따름이야, 힘들 때 항상 내 옆에 있어 주었고 출산할 때도 도와주었어. 그분이 좋은 사람이라는 거, 진심으로 인정해야 하겠지만, 양심상 솔직히 말해 나와는 완전히 반대되는 사람이야. 나는 삶을 단순화하고 올바른 출구를 찾기 위해 세상에 태어났지만 그분은 삶을 복잡화하고 길에서 일탈하기 위해 태어난 것 같아.

안녕, 그만 끝내야겠어. 편지를 가져갈 사람이 왔어, 짐도 싸야 하고. 오, 유라, 유라, 여보, 내 사랑, 나의 남편, 내 아이들의 아버지, 대체 이게 다 뭘까? 우리는 결코 다시는 만나지 못할 거야. 여기에 이런 말들을 썼지만, 당신이 그 의미를 알까? 이해, 이해할까? 나를 재촉하네, 마치 나를 처형장으로 데려가려고 잡으러 온 신호 같아. 유라! 유라!"

유리 안드레예비치는 편지에서 눈을 들었다. 어디를 보는 것도 아닌 채 눈물도 없는 멍한 눈은 너무 큰 괴로움으로 인해, 말라 버린 너무 큰 고통으로 인해 텅 비어 있었다. 주변의 아무것도 보지 못하고 아무것도 의식하지 못했다.

창문 너머로 눈이 내리기 시작했다. 바람에 눈은 허공 중으로 비스듬히 날아 그렇게 계속 뭔가를 보충하듯 점점 더 빠르고 많아졌으며, 유리 안드레예비치는 자기 앞 창문을 바라보며 이건 눈이 내리는 것이 아니라 토냐의 편지를 계속 읽는 것, 메마른 눈의 결정이 아니라 작고 검은 글자들 사이 하얀 종이의 작은 행간, 하얗고 또 하얀 그 행간들이 끝없이, 끝없이 질주하며 반짝이는 거라고 생각했다.

유리 안드레예비치는 저도 모르게 신음 소리를 내며 가슴팍을 움켜쥐었다. 기절할 것 같은 느낌이 들어 소파 쪽으로 비틀거리며 몇 발짝을 뗀 다음 그대로 의식을 잃고 쓰러졌다.

14부

다시 바르이키노에서

1

완연한 겨울이었다. 함박눈이 펑펑 쏟아졌다. 유리 안드레예비치는 병원에서 집으로 왔다.

"코마롭스키가 왔어." 그를 맞으러 나온 라라가 목이 쉰 듯 가라앉은 소리로 말했다. 그들은 현관에 서 있었다. 그녀의 표정은 한 대 맞은 사람처럼 멍했다.

"어디로? 누구를 찾아서? 지금 우리 집에 있어?"

"물론 아니야. 아침에 다녀갔고 저녁에 오고 싶다고 했어. 곧 나타날 거야. 당신과 할 얘기가 있대."

"대체 왜 온 거야?"

"그의 말을 다 이해하지는 못하겠던걸. 극동으로 가는 길에 들렀다고, 우리를 만나려고 일부러 길을 둘러 유랴틴의 우리 집에 온 거라는 식으로 말했어. 주된 용건은 당신과 파샤래. 당신 둘에 대해 많은 얘기를 했어. 그의 주장으론 우리 셋 모두, 즉 당신, 파툴랴, 내가 죽도록 위험한 상태라고, 우리가 자기 말만 잘 들으면, 오직 자기만이 우리를 구해 줄 수 있대."

"나는 나가겠어. 그를 보고 싶지 않아."

라라는 울음을 터뜨리고 의사 앞에서 무릎을 꿇으려 하면서 그의 다리를 부둥켜안고 머리를 바짝 붙였지만, 그가 말리며 억지로 부여잡았다.

"나를 봐서라도 그냥 있어 줘, 부탁이야. 나는 어떤 측면에서도 그와 눈을 마주하고 있는 것이 무섭지 않아. 하지만 부담스러워. 그와 내가 단둘이 만나는 것만 피하게 해 줘. 또 이 사람은 실무적이고 노련한 사람이야. 정말 무슨 충고를 해 줄지도 몰라. 당신이 그를 혐오하는 건 당연해. 하지만 부탁이야, 꾹 참아 줘. 그냥 있어 줘."

"이봐, 나의 천사, 왜 이래? 진정 좀 해. 무슨 짓이야? 무릎 꿇지 마. 일어나. 기운 좀 내고. 당신을 따라다니는 유혹 따위는 떨쳐 버려. 그는 당신을 평생토록 겁먹게 만들었군. 내가 같이 있잖아. 필요하다면, 당신이 명령만 하면 그를 죽여 버리겠어."

반 시간 뒤 저녁이 왔다. 날이 완전히 저물었다. 벌써 반년째 마룻바닥의 구멍은 어디나 모두 막아 놓고 있었다. 새 구멍이 생기는지 지켜보다가 유리 안드레예비치가 적시에 틀어막은 것이다. 집 안에는 꿈쩍도 않고 수수께끼 같은 관조 속에서 시간을 보내는 크고 털 많은 고양이도 있었다. 쥐들이 집에서

다 사라진 것은 아니지만 한결 조심했다.

코마롭스키를 기다리면서 라리사 표도로브나는 배급받은 흑빵을 썰어 삶은 감자 몇 개와 함께 접시에 담은 뒤 식탁 위에 올려놓았다. 예전 주인도 식당으로 썼고 지금도 그런 용도로 쓰는 방에서 손님을 맞기로 했다. 그 방에는 큼직한 참나무 식탁, 그리고 역시 어두운 참나무로 된 묵직한 대형 식기장이 있었다. 식탁 위에는 아주까리기름 병에 심지를 드리운 램프가 타오르고 있었는데 의사의 휴대용 램프였다.

코마롭스키는 거리에 쏟아지는 눈을 온통 뒤집어쓴 채 12월의 어둠을 헤치며 왔다. 털외투, 모자, 신발에 켜켜이 쌓인 눈이 떨어져 층층이 녹으면서 마룻바닥에 웅덩이를 만들었다. 전에는 깎고 다녔지만 지금은 기른 콧수염과 턱수염에 눈이 들러붙어 축축해진 탓에 어릿광대처럼 보였다. 그는 상태가 좋은 양복에 주름이 잡힌 줄무늬 바지를 입고 있었다. 인사와 무슨 말을 주고받기 전에 휴대용 빗으로 오랫동안 축축하고 엉클어진 머리카락을 빗고 손수건으로 젖은 콧수염과 눈썹을 훔치고 또 매만졌다. 그런 다음 의미심장한 표정으로 말없이 두 손을 내밀었는데, 왼손은 라리사 표도로브나를, 오른손은 유리 안드레예비치를 향했다.

"우리가 구면이라고 생각해도 되겠지요." 그가 유리 안드레예비치에게 운을 뗐다. "당신의 아버지와 아주 잘 아는 사이였는데, 분명히 알고 계시겠죠. 내 품에서 숨을 거두셨지. 당신을 계속 들여다보며 닮은 곳을 찾고 있소. 아니, 부친을 별로 안 닮으셨군요. 천성이 호탕한 분이셨죠. 격정적이고 저돌적이고. 외모는 차라리 모친 쪽을 닮으셨군요. 부드러운 분이셨죠. 몽상가에다가."

"라리사 표도로브나가 당신의 말씀을 한번 들어 보라고 부탁하더군요. 나한테 무슨 용건이 있으시다고요. 어쩔 수 없이 부탁을 들어주기로 했죠. 우리의 대화는 아무래도 강제적일 수밖에 없겠군요. 제 마음 같아서는 당신과 안면을 틀 생각도 없고 우리가 서로 인사를 나눴다고 생각하고 싶지도 않습니다. 그러니 얼른 본론으로 들어갑시다. 무슨 일입니까?"

"안녕들 하시오, 좋은 친구들. 모든 것을, 단연코 모든 것을 나는 뼛속까지 느끼고 모든 것을 끝까지 이해하오. 주제넘은 말이지만, 두 분은 서로 무척 잘 어울리는군요. 지극히 조화로운 한 쌍입니다."

"말씀을 막아야 되겠군요. 당신과 상관없는 일에 끼어들지 말라고 부탁하겠습니다. 당신한테 공감을 표해 달랄 생각은 없으니까. 정신이 없으시군요."

"그렇게 대뜸 발끈하지는 말아요, 젊은 양반. 아니, 차라리 아버지를 닮으셨군. 당신처럼 성질이 불같았거든. 어쨌든 그럼 실례지만 인사를 드리겠소, 나의 아이들이여. 그나저나 유감스럽게도, 두 분은 말뿐 아니라 실제로도 아무것도 모르고 아무 생각도 없는 아이들이군요. 나는 여기 온 지 이틀밖에 안 됐지만 두 분에 대해 두 분 자신이 짐작하는 것보다 많은 것을 알게 되었소. 두 분은 아무 생각도 없이 낭떠러지의 가장자리를 거닐고 있어요. 어떻게든 위험을 저지하지 않으면 자유의 날은 고사하고 목숨도 며칠 안 남았소.

모종의 공산주의적 스타일이 있소. 이 척도에 딱 들어맞는 사람은 거의 없지요. 하지만 누구도 이런 삶과 생각의 방식을 당신처럼 노골적으로 깨지는 않아요, 유리 안드레예비치. 굳이 왜 속을 긁는지 이해가 안 되는군요. 당신은 이 세계에 대한 조롱이자 모욕이오. 이것이 당신만의 비밀이면 괜찮지요. 하지만 여기에는 모스크바 출신의 영향력 있는 사람들도 있어요. 저들은 당신의 속내를 낱낱이 알고 있소. 두 분 다 이곳 테미스[95]의 사제들 취향에는 정말 안 맞아요. 안티포프와 티베르진 동지들은 라리사 표도로브나와 당신에게 이를 갈고 있어요.

당신은 남자니까 자유로운 카자크든 뭐든 좋을 대로 해도 돼요. 미치광이 짓을 하든 자기 목숨 갖고 장난을 치든 다 성스러운 권리요. 하지만 라리사 표도로브나는 자유롭지 못한 사람이오. 어머니잖소. 아이의 목숨이, 어린아이의 운명이 그 손에 달려 있소. 공상에 빠져 구름 위나 거닐 처지가 못 돼요.

나는 아침 내내 이곳의 상황에 진지하게 대처해야 한다고 입에 침이 마르도록 그녀를 설득했소. 내 말은 숫제 들으려고도 하지 않더군요. 당신의 말은 먹힐 테니까 라리사 표도로브나에게 영향력을 행사해 봐요. 그녀에게는 카텐카의 안전을 갖고 장난칠 권리가 없어요, 내 의견을 가볍게 여기지 말아야 해요."

"나는 살면서 누구에게 설득이나 강요를 해 본 적이 없어

95) 그리스 신화에 나오는 율법의 신.

요. 특히 가까운 사람들에게는 더더욱. 라리사 표도로브나가 당신 말을 듣든 말든 그건 그녀의 자유입니다. 그녀의 일이라고요. 게다가 나는 뭐가 문제인지 전혀 모르겠어요. 소위 당신의 의견이라는 것도 모르겠고요."

"아니, 당신을 보니 점점 더 아버지 생각이 나는군요. 똑같이 고집불통이셨죠. 요컨대, 본론으로 들어갑시다. 하지만 이건 상당히 복잡한 일이니 인내력을 발휘해 줘요. 말을 끊지 말고 경청해 달라 부탁하겠소.

위쪽에서 큰 변화가 있을 거요. 아니, 아니오, 이건 가장 믿을 만한 출처에서 나온 얘기니까 의심할 것 없소. 보다 민주적인 궤도로 옮겨 가고 보편적인 법체계에 양보할 것으로 보여요. 그것도 아주 가까운 미래에 말이오.

하지만 그 결과 폐지되어야 할 징벌 기관이 끝에 가서는 더더욱 미친 듯이 날뛰고 더더욱 서둘러 그 지역에서 사사로운 원한을 풀려고 할 거요. 당신이 처리될 차례죠, 유리 안드레예비치. 당신의 이름이 목록에 올라가 있어요. 농담으로 하는 말이 아니오, 내 눈으로 봤으니 믿어도 좋아요. 더 늦기 전에 살길을 좀 찾아요.

하지만 이 모든 것은 그래도 서론에 불과해요. 본론은 이제부터요.

연해주, 태평양에서 전복된 임시 정부와 해산된 제헌 의회에 여전히 충성을 보이는 정치 세력이 결집하고 있소. 두마 의원, 사회 활동가, 이전 젬스트보 의원 중 가장 유력한 자, 실업가, 기업가가 모여들고 있어요. 의용군 장군도 여기에 잔류 병력을 집결시키고 있어요.

소비에트 정권은 극동 공화국이 성립되는 것을 손바닥 들여다보듯 훤히 알고 있소. 변방에 이런 것이 형성되어 있으면 적색 시베리아와 외부 세계 사이에서 완충 지대 역할을 해주니 이익인 거죠. 공화국 정부는 혼합 구성될 거요. 모스크바 의석의 절반 이상이 공산주의자들에게 넘어갔는데, 그들의 도움으로 때가 되면 전복을 일으키고 공화국을 손에 넣겠다는 거요. 너무 투명한 계획이라, 문제는 남은 시간을 어떻게 활용할 것인가 하는 것뿐이오.

나는 언젠가 혁명 전에 블라디보스토크에서 아르하로프 형제, 메르쿨로프 집안, 그 외에 다른 상사나 은행가들의 업무를 봐준 적이 있어요. 거기서는 나를 잘 알아요. 현재 구성 중인 정부의 밀사가 왔는데, 반쯤은 비밀리에, 또 반쯤은 소비에트의 공식적인 묵인하에 극동 정부의 법무부 장관으로 오라는 초청장을 갖고 왔어요. 나는 승낙했고 그리로 가는 중이오. 말했다시피, 이 모든 일은 소비에트 정권도 알고 암묵적인 동의하에 진행되는 일이지만 그렇다고 공공연한 일도 아니니까 함부로 떠들어서는 안 돼요.

나는 당신과 라리사 표도로브나를 데려갈 수 있어요. 그곳에서 당신은 바다를 건너 당신 가족에게로 갈 수 있을 거요. 그들이 추방된 건 이미 알고 있을 테죠. 워낙에 떠들썩한 사건이라 모스크바 전체가 얘기하고 있으니까. 나는 라리사 표도로브나에게 파벨 파블로비치를 코앞에 닥친 위험에서 구해주겠노라고 약속했소. 공인된 독립 정부의 일원으로서 동부 시베리아에서 스트렐니코프를 찾아내 우리 자치 지역으로 넘어오도록 도울 거요. 그가 도망치는 데 실패할 경우에는 연맹군이 억류하고 있는 사람들 중 모스크바의 중앙 정권에 가치가 있는 어떤 인물과 그를 교환해 달라고 제안할 거요."

라리사 표도로브나는 간신히 대화의 내용을 따라잡았으나 그 의미를 이해하지 못할 때도 더러 있었다. 하지만 코마롭스키가 마지막에 의사와 스트렐니코프의 안전에 관해 말하자 깊은 생각에 잠긴 무심한 상태에서 벗어나 신경을 곤두세우고 얼굴까지 살짝 붉히며 끼어들었다.

"이해하겠지, 유로치카, 이 계획이 당신과 파샤의 일에 얼마나 중요한지?"

"이봐, 사람 말을 너무 잘 믿는군. 생각에 불과한 것을 실제 성사된 일로 받아들여서는 안 되지. 빅토르 이폴리토비치가 의식적으로 우리를 속인다는 말은 아니야. 하지만 이 모든 것이 아직 근거가 없는 얘기잖아! 한데 이제, 빅토르 이폴리토비치, 내 입장에서 몇 마디 하겠어요. 나의 운명에 신경을 써 주셔서 감사드리지만, 진심으로 내가 당신에게 내 운명을 맡길 거라고 생각하십니까? 스트렐니코프에 대한 근심에 관한 한, 이건 라라가 생각해야 할 일이고요."

"얘기가 왜 그렇게 가? 이 사람의 제안대로, 우리가 이 사람과 함께 가느냐 마느냐 하는 문제야. 당신이 없이는 나도 가지 않아, 잘 알잖아."

코마롭스키는 유리 안드레예비치가 진료소에서 가져와 식탁 위에 올려놓은 희석된 알코올을 자꾸만 입에 가져가고 감자를 씹어 먹더니, 차츰 취하기 시작했다.

2

벌써 어두웠다. 이따금 불탄 찌꺼기를 떼면 램프의 심지가 뿌지직 소리를 내며 활활 타올라 방 안을 환히 밝혀 주었다. 그런 다음에는 모든 것이 다시 암흑 속에 파묻혔다. 주인들은 이만 자고 싶었을 뿐만 아니라 단둘이서 할 얘기도 있었다. 하지만 코마롭스키는 여전히 떠나지 않고 있었다. 그의 존재 자체가, 육중한 참나무 식기장의 모습이나 창밖에서 얼어붙어 사람을 짓누르고 억압하는 12월의 어둠처럼 괴로웠다.

딱히 그들이 아닌, 그들의 머리 위쪽 어딘가를 보면서 그는 술에 취해 둥그레진 눈을 저 먼 점에 고정하고 졸음에 겨워 꼬이는 혀로 똑같은 얘기를 지루하게 반복했다. 지금 그의 단골 메뉴는 극동이었다. 이 얘기를 계속해서 되새김질하며 라라와 의사에게 자신이 생각하는 몽골의 정치적 의미를 늘어놓았다.

유리 안드레예비치와 라리사 표도로브나는 그가 대화의 어느 지점에서 몽골로 빠졌는지도 알아채지 못했다. 어쩌다 화제가 그리로 건너뛰었는지를 놓쳐 버렸기 때문에 이 생뚱맞은 화제에 더더욱 지루함을 느꼈다.

코마롭스키가 말했다.

"시베리아로 말하자면 내부에 대단히 풍부한 가능성을 숨기고 있는 진정 새로운 아메리카라 할 수 있소. 위대한 러시아의 미래, 민주주의, 번영, 정치적 건강을 보증하는 요람이오. 매혹적인 가능성을 더 많이 품고 있는 것은 몽골, 우리의 위대한 극동의 이웃인 외몽골의 미래입니다. 두 분은 몽골에 대해 무엇을 알고 있소? 무신경하게 하품이나 하고 눈을 끔벅거리는군요. 하지만 이건 미지의 광물이 유사 이전의 처녀성을 보존하고 있는 150만 제곱베르스타에 이르는 나라라고요. 중국, 일본, 아메리카가 호시탐탐 손을 뻗으려 하고 있는데, 머나먼 지구 구석에서 어떻게 영향권을 분할하든 모든 경쟁자들이 인정하듯 우리 러시아에게는 손해가 되겠죠.

중국은 몽골의 봉건적이고 신권 정치적인 후진성에서 이익을 취하면서 라마승들과 귀족들에게 영향을 끼치고 있소. 일본은 그곳의 공후이자 농노주의자들, 몽골 말로는 호슌들에게 의존하고요. 붉은 공산주의 러시아는 함쥘스 쪽, 달리 말해 몽골의 반란 유목민 혁명 연합에서 동맹자를 발견한 거요. 나로 말할 것 같으면, 나는 몽골이 자유롭게 선출된 후룰타이[96]의 통치하에 정말로 번창하는 나라가 됐으면 하오. 개인적으로는 다음과 같은 것이 우리의 관심을 끌 거요. 몽골 국경을 한 발짝만 넘으면 평화가 두 분의 발 앞에 있을 겁니다. 두 분은 자유로운 새가 되겠죠."

자기와 아무 상관도 없는 성가신 화제에 대한 장광설을 듣자니 라리사 표도로브나는 짜증이 났다. 너무 눌러앉아 있는

96) 몽골의 의회.

바람에 지루하다 못해 지쳐 버린 나머지, 그녀는 적의를 숨기지도 않고 에두르지도 않은 채 코마롭스키에게 단호히 손을 내밀어 작별 인사를 건넸다.

"늦었어요. 그만 가셔야죠. 나는 자고 싶어요."

"설마, 손님을 이렇게 박대하지는 않으시겠지, 이 시각에 나를 문밖에 세워 둘 리가. 한밤중에 불빛도 없는 낯선 도시에서 내가 길이나 찾을 수 있을지 모르겠군요."

"그런 건 더 일찍 생각해서 이렇게까지 죽치고 있지 말았어야죠. 아무도 당신을 붙잡지 않았어요."

"오, 대체 나한테 왜 이렇게 매정하게 말하는 거요? 내가 여기서 숙소라도 정했는지 묻지도 않았잖소?"

"조금도 관심 없어요. 이런 것으로 모욕을 느낄 사람도 아니고. 묵을 곳을 부탁하신다고 해도 우리가 카텐카와 함께 자는 큰방에는 들이지 않을 거예요. 그리고 나머지 방들은 쥐들이 감당이 안 될 거고요."

"그놈들은 안 무서운데."

"그럼 알아서 하세요."

3

"무슨 일이야, 나의 천사? 벌써 며칠째 밤마다 잠을 못 자고 식탁에서는 음식에 손도 안 대고 하루 종일 실성한 사람처럼 돌아다니잖아. 계속 생각, 생각만 하고. 무엇 때문에 그렇게 괴로워하는 거야? 불안한 생각이 활개를 치게 해서는 안 돼."

"병원 수위 이조트가 또 다녀갔어. 지금 이 집의 세탁부와 사귀거든. 지나는 길에 잠깐 들러 위로를 해 줬어. 끔찍한 비밀이 있다더군. 바깥양반이 험한 길을 피할 수 없겠어. 가만히 있다가는 오늘내일 잡혀갈 거야. 박복하게도, 그다음 차례는 당신이야. 그래서 내가 말했지. 이조트, 자네는 어디서 그런 얘기를 들었지? 안심하고 마음 편히 먹으라며 이렇게 말하더군. 폴칸[97]한테 들었대. 당신도 짐작하겠지만, 폴칸은 이스폴콤을 달리 표현한 걸로 이해해야 돼."

라리사 표도로브나와 의사는 웃음을 터뜨렸다.

"그의 말이 전적으로 옳아. 위험이 무르익다 못해 벌써 문지방까지 왔어. 당장 사라져야 해. 문제는 정확히 어디로 갈 것인가 하는 것뿐이야. 모스크바로 가는 건 생각할 수도 없어. 준비가 너무 복잡해서 주의를 끌 거야. 아무도, 아무것도 보지 못하도록 감쪽같이 해치워야 하는데. 나의 기쁨, 무슨 말인지 알겠지? 어쩌면 당신 생각대로 하는 것이 좋을지도 몰라. 얼마간 우리는 땅속으로 꺼져 버려야 해. 바르이키노가 그런 곳이 돼 주면 좋겠어. 그리로 가자, 한 이 주일이나 한 달쯤."

"고마워, 여보, 고마워. 오, 정말 기뻐. 나는 당신이 얼마나 힘들게 이런 결정을 내렸는지 이해해. 하지만 당신 집에 가자는 얘기는 아니잖아. 거기서 산다는 건 당신으로선 정말 생각

---

97) 러시아의 전설상의 반신 반견 괴물. 밑에 언급된 '이스폴콤'은 집행 위원회의 약칭이다.

도 못할 일일 거야. 텅 빈 방들이며 장식만 봐도 비교가 되겠지. 아니, 내가 모를 줄 알아? 타인의 고통 위에 행복을 구축하고 그 영혼에게 소중하고 성스러운 것을 짓밟다니. 당신이 그런 희생을 하게 하지는 않을 거야. 하지만 문제는 그게 아니야. 당신의 집은 너무 허물어져서 방들을 살 만한 상태로 정리할 수 있을까 싶을 정도야. 나는 차라리 버려진 미쿨리츠인의 집을 생각했어."

"다 맞는 말이야. 배려해 줘서 고마워. 하지만 잠깐만. 묻고 싶었는데 계속 잊어버린 게 있어. 코마롭스키는 어디 있지? 아직 여기 있는 거야, 아니면 벌써 떠난 거야? 그와 다투고 계단에서 내려보낸 뒤로는 아무 얘기도 못 들었어."

"나도 아무것도 몰라. 하느님이 그와 함께하길. 무엇 때문에 그가 필요한데?"

"우리가 그의 제안을 다른 식으로 받아들여야 한다는 생각이 점점 들어. 우리는 똑같지 않거든. 당신은 딸을 돌봐야 해. 나와 파멸을 공유하고 싶다 해도 당신 자신에게는 그걸 허용할 권리가 없어.

어쨌거나 바르이키노 얘기를 다시 하지. 물론 엄동설한에 비축된 식량도 없고 힘도, 희망도 없이 그 외딴 산간벽지로 들어가는 것은 미친 짓 중의 미친 짓이야. 하지만 우리에게 남은 것이 그 미친 짓뿐이라면, 나의 심장이여, 미친 짓을 하자. 다시 한번 고개를 숙이는 수밖에. 안핌에게 말을 빌리자. 그에게 부탁해 보고 그가 아니더라도 그가 관리하는 암상인이라도 좋으니까 신용만으로 밀가루와 감자를 부탁해 보자. 지금 당장 찾아와 주는 은혜는 필요 없고 그가 다시 말이 필요해질 때에만 와 달라고 설득하자. 잠시 동안 우리끼리만 있는 거야. 떠나자, 나의 심장이여. 숲에서 일주일치 나무를 해 와서 떼자, 좀 아껴 쓰면 일 년은 충분히 쓸 거야.

또 이 모양이군. 말을 하다 보면 뒤죽박죽이 된다니까. 미안해. 이런 바보 같은 감상은 빼고 말하고 싶은데 말이야! 하지만 우리에겐 정말 선택의 여지가 없어. 뭐라고 부르든 아무튼 파멸이 정말 우리의 문을 두드리고 있어. 우리 마음대로 쓸 수 있는 날이 얼마 안 돼. 그러니 우리 방식대로 그것을 사용하자. 그것을 삶의 배웅에, 이별 직전 마지막 만남에 사용하자. 우리가 소중히 여긴 모든 것, 우리에게 정든 익숙한 개념, 우리가 살기를 꿈꾸었고 양심이 우리에게 가르쳤던 것과 헤어지고, 희망과 헤어지고, 우리도 서로 헤어지는 거야. 서로에게 다시 한번 우리만의 한밤의 밀어를 주고받는 거야, 아시아의 대양[98]의 이름처럼 위대하고 잔잔한 밀어를. 당신이 전쟁과 봉기의 하늘 아래, 내 삶의 끝에 서 있는 데는 다 이유가 있어. 감춰 둔 내 금단의 천사, 당신은 언젠가 유년 시절의 평화로운 하늘 아래, 내 삶의 시작에서 바로 그렇게 나타났거든.

그때 당신은 밤에 김나지움 졸업반 여학생으로 커피색 교복을 입고 호텔 방 칸막이 너머 어스름 속에서 지금과 똑같은 모습을 하고 있었지. 넋이 나갈 만큼 예뻤어.

그 뒤로 나는 살아오면서 종종 당신이 그때 나에게 드리운

---

98) 태평양을 말한다.

그 매혹의 빛을, 그때 이후 나의 전 존재로 퍼지며 당신 덕분에 세상의 나머지 모든 것을 꿰뚫는 열쇠가 된, 점차 희미해지는 빛줄기와 잦아드는 소리를 정의하고 명명하려고 시도해 봤어.

교복 원피스를 입은 당신이 그림자처럼 호텔 방의 깊은 암흑을 뚫고 나왔을 때, 소년이었던 나는 당신에 대해 아무것도 몰랐지만 당신에게 반응하는 그 힘을 고통 속에서도 깨달은 거야. 이 가냘프고 여윈 소녀가 세상에서 생각할 수 있는 모든 여성적인 것으로 가득 충전되어 있다는 것을. 가까이 다가가거나 손가락이라도 갖다 대면 온 방을 불꽃으로 비추고 그 자리에서 상대를 죽이거나 자력처럼 끌어당기며 한탄하는 인력과 슬픔으로 상대를 감전시키리라는 것을. 나는 흐르는 눈물을 억누르지 못해 내면의 눈을 번득이며 울었어. 나는 소년인 내가 죽도록 가여웠고 소녀인 당신이 더더욱 가여웠어. 나의 전 존재가 놀라며 스스로 물었지. 전기를 사랑하여 집어삼키는 것이 이렇게 아프다면, 여자가 되고 전기가 되어 사랑을 일깨우는 것은 분명히 훨씬 더 아픈 일일 거라고.

기어코 이렇게 털어놓고야 말았군. 이러다 미쳐 버릴 수도 있어. 그리고 나는 온통 그렇게 돼 있어."

라리사 표도로브나는 옷을 입은 채 침대 가장자리에 누워 있었는데 몸이 좋지 않았다. 그녀는 몸을 둥근 빵 모양으로 웅크리고 숄을 둘러쓰고 있었다. 유리 안드레예비치는 그 옆 의자에 앉아 간간히 긴 휴지부를 두며 조용히 말을 이었다. 가끔씩 라리사 표도로브나가 팔꿈치를 세우고 일어나 손바닥으로 턱을 괴고 입을 살짝 벌린 채 유리 안드레예비치를 바라보았다. 또 가끔씩은 그의 어깨에 몸을 붙이고 눈물이 흐르는 것도 알아채지 못한 채 행복에 겨워 조용히 울었다. 마침내 그녀는 그를 향해 몸을 쭉 뻗어 침대 바깥으로 몸을 기울인 다음 기쁨에 찬 목소리로 속삭였다.

"유로치카! 유로치카! 당신은 정말 현명해. 모든 것을 알고 또 모든 것을 꿰뚫고 있어. 유로치카, 당신은 나의 요새이자 은신처이자 신념이야, 주님께서 나의 신성 모독을 용서하시길. 오, 너무 행복해! 가자, 가는 거야, 여보. 그곳에 가면 나를 괴롭히는 것이 무엇인지 바로 말해 줄게."

그는 그녀가, 아니기 쉽겠지만, 임신 가능성을 암시한다고 결론짓고는 이렇게 말했다.

"나도 알아."

4

그들은 잿빛 겨울 아침에 도시를 떠났다. 평일이었다. 사람들은 저마다의 일로 거리를 걷고 있었다. 가끔 아는 사람도 마주쳤다. 울퉁불퉁한 교차로의 오래된 급수장 옆에는 우물이 없는 집에서 사는 여자들이 양동이와 멜대를 옆으로 밀쳐 놓고 줄을 서서 물 길을 차례를 기다리고 있었다. 의사는 삼데뱌토프의 사브라스카, 즉 털이 곱슬곱슬하고 노르스름한 연기색을 띤 뱌트카 종의 말이 앞으로 치달으려 하는 것을 제어하면서, 밀집해 있는 주부들 주변을 조심스럽게 돌았다. 속도를 내던 썰매들이 물이 출렁거리다 얼어붙은, 곱사등이 같은 포장도로에서 비스듬히 내려오다가 잠깐 인도로 올라가 썰매의 횡목으로 가로등과 갓돌을 툭툭 쳤다.

그들은 전속력으로 질주하여 걸어가던 삼데뱌토프를 따라잡았는데, 그 옆을 질주하면서도 그가 자기들과 그의 말을 알아보는지, 쫓아오며 뭐라고 소리치지는 않는지 뒤를 돌아보며 확인하지도 않았다. 다른 곳에서는 역시 그런 식으로 인사도 하지 않고 코마롭스키를 앞질렀고 그럼으로써 그가 아직도 유랴틴에 있음을 겸사겸사 확인했을 뿐이다.

글라피라 툰체바는 맞은편 인도에서 거리가 떠나가도록 큰 소리로 외쳤다.

"어제 떠났다고들 하던데요. 이러니 어떻게 사람들 말을 믿겠어. 감자 사러 가는 길인가요?" 그러고는 한 손으로 대답이 안 들린다는 뜻을 전한 다음 환송하듯 그들 뒤에서 손을 흔들었다.

시마 때문에 언덕 위에서 잠시 지체하려고 했지만 불편한 곳이라 정차하기가 힘들었다. 말은 그렇지 않아도 계속 고삐를 팽팽하게 당겨 제어해야 했다. 시마는 위에서 아래까지 두세 겹의 숄을 꽁꽁 싸매고 있어서 몸매가 얼어붙은 둥근 통나무처럼 보였다. 꼿꼿한 걸음걸이로 포장도로 한가운데의 썰매로 다가온 그녀는 작별 인사를 하며 무사히 목적지까지 가도록 기원해 주었다.

"돌아오시면 우리 얘기를 마저 하죠, 유리 안드레예비치."

마침내 그들은 도시를 빠져나왔다. 유리 안드레예비치는 겨울에도 이 길을 다닌 적이 있지만, 주로 여름의 모습으로 기억하는 까닭에 지금은 잘 알아보지 못했다.

식량 자루와 나머지 짐은 건초더미 깊숙이, 썰매 앞부분의 활목 밑에 쑤셔 넣고 단단히 묶어 두었다. 유리 안드레예비치는 이 지역 말로 코숍카라 불리는, 널찍하고 낮은 썰매의 밑바닥에 무릎을 꿇거나 썰매의 가장자리에 비스듬히 앉아 삼데뱌토프의 펠트화를 신은 두 발을 밖으로 늘어뜨린 채 말을 몰았다.

한낮 직후, 겨울이면 흔히 속게 되지만, 일몰이 시작되기 한참 전부터 날이 기우는 것 같아서 유리 안드레예비치는 사브라스카에게 인정사정없이 채찍질을 했다. 말은 쏜살같이 달렸다. 코숍카는 보트처럼 위로 솟았다 아래로 꺼지기를 반복하며 바퀴 자국으로 울퉁불퉁한 길을 달렸다. 카탸와 라라는 모피 외투를 입어서 몸놀림이 둔했다. 옆으로 기울어지거나 푹 꺼진 곳에서는 소리를 지르며 배꼽이 빠져라 웃어 대다가 썰매의 한쪽 끝에서 다른 쪽 끝으로 굴러가 굼뜬 가마니처럼 건초 속에 파묻혔다. 가끔 의사는 웃자고 일부러 한쪽 활대를 옆쪽 눈 더미 위로 올라가게 하고 썰매를 옆으로 뒤집어, 라라와 카탸를 다치게 하지 않은 채로 눈 속에 떨어뜨렸다. 그 자신은 고삐에 끌려 길에서 몇 걸음을 쭉 미끄러져 간 다음 사브라스카를 정지시키고 양쪽 활주부에 정렬하여 세워 놓고 라라와 카탸의 잔소리를 들었는데, 그들은 몸의 눈을 털어 내고 썰매에 탄 뒤 웃기도 하고 화를 내기도 했다.

"내가 파르티잔들에게 붙잡힌 장소를 가르쳐 주지." 도시에서 충분히 떨어져 나왔을 때 의사는 이렇게 약속했지만 겨울의 헐벗은 숲, 죽음과 같은 적막, 주변의 허허로움 때문에 이 지역이 알아볼 수 없을 정도로 변해 있어 약속을 지킬 수 없었다. "저기야!" 곧 그가 소리쳤지만, 들판에 서 있는 모로와 베트친킨의 첫 번째 도로 기둥을 자기가 붙잡힌 장소인 두 번째 숲속 기둥으로 잘못 안 것이었다. 막상 원래 장소인 사크마 갈림길 옆 숲속에 남아 있는 두 번째 기둥 옆을 질주할 때는 눈앞에서 어른거리며, 거무스름한 은빛으로 숲을 정교하게 장식한 격자 모양의 두툼한 성에 때문에 주변을 제대로 식별하지 못했다. 그래서 그들은 기둥을 인지하지 못했다.

바르이키노에는 저물기 전에 들어갔는데, 낡은 지바고 집이 미쿨리츠인 집으로 가는 길에 있는 첫 번째 집이었기 때문에 그 앞에 멈추어 섰다. 그들은 강도처럼 급하게 집 안으로 들어갔다. 곧 어두워질 터였기 때문이다. 안쪽은 벌써 어두웠다. 유리 안드레예비치는 너무 황망하여, 부서지고 더러워진 방들을 알아보지 못했다. 눈에 익은 가구 중 일부는 온전했다. 텅 빈 바르이키노에는 이미 시작된 파괴를 끝까지 밀고 갈 사람이 아무도 없었다. 유리 안드레예비치는 가정에서 쓰던 것들을 아무것도 발견하지 못했다. 하지만 가족이 떠날 때 이 자리에 없었던 까닭에 그들이 무엇을 챙기고 무엇을 두고 갔는지 알 수 없었다. 그러는 동안에 라라가 말했다.

"서둘러야 해. 곧 밤이 닥칠 거야. 생각에 잠겨 있을 겨를이 없어. 여기에 자리를 잡을 거면 말은 헛간에 매고 식량은 현관에 두고 우리는 이쪽, 이 방으로 가. 하지만 그런 결정은 반대야. 얘기는 충분히 나눴잖아. 당신이 괴로울 거고 그러면 나도 괴롭겠지. 여기 이건 뭐야, 당신 가족의 침실이야? 아니, 아이 방이네. 당신 아들의 침대. 카탸에게는 작을 거야. 다른 한편으론, 창문이 다 온전하고 벽과 천장에 금도 없어. 게다가 난로가 정말 멋져서 저번에 왔을 때도 반했지. 내 반대를 무릅쓰고라도 당신이 여기 있자고 우긴다면 나는 외투를 벗고 얼른 일을 시작하겠어. 우선은 난방이 문제야. 불을 때야 해, 때고 또 때고. 첫날은 밤낮으로 쉬지 않고 그래야 해. 하지만 왜 그래, 여보? 아무 대답도 하지 않고."

"지금. 괜찮아. 정말 미안해. 아니, 있잖아, 차라리 미쿨리츠인의 집으로 가는 게 낫겠어."

그런 다음 그들은 더 멀리 달려갔다.

5

미쿨리츠인의 집은 문의 빗장에 맹꽁이자물쇠가 달려 있었다. 유리 안드레예비치는 오랫동안 그것을 두들겨 살점, 즉 나사못에 붙어 있는 나뭇조각과 함께 뜯어 냈다. 앞의 집에서처럼 그는 외투도 벗지 않고 모자를 쓰고 펠트화까지 신은 채 황망히 안으로 뛰어가 방들이 있는 곳까지 들어갔다.

먼저 눈에 들어온 것은, 아베르키 스테파노비치의 집무실 같은, 집의 어떤 부분에 물건이 잘 정리되어 있다는 점이었다. 아주 최근까지 누가 산 것 같았다. 하지만 정확히 누구일까? 만약 주인 내외나 그중 한 사람이라면 어디로 자취를 감춘 것이며, 또 왜 바깥문을 원래 있던 자물쇠가 아니라 맹꽁이 자물쇠로 잠근 것일까? 게다가 그렇게 한 사람이 주인 내외이고 그들이 여기서 오랫동안 꾸준히 산 것이라면 집을 일부가 아니라 전부 다 치웠을 것이다. 뭔가가 이 침입자들에게 이것은 미쿨리츠인의 가족이 아니라고 말해 주었다. 그럼 대체 누구일까? 진상을 모른다 해도 의사와 라라는 불안하지 않았다. 이 일로 골머리를 앓지도 않았다. 요즘은 가구의 절반을 도둑맞은, 버려진 집이 허다하지 않은가? 쫓기는 중에 숨어든 자도 좀 많은가? "수배를 받는 무슨 백위군 장교인가 봐." 두 사람이 똑같이 내린 결론은 이랬다. "오면 얘기를 나눠 보고 함께 지내지 뭐."

그리고 유리 안드레예비치는 언젠가 그랬듯이 다시 서재의 문지방에 붙박인 듯이 얼어붙어, 널찍한 내부를 감상하고 창문 옆 사무용 책상의 넓이와 편의성에 감탄했다. 그리고 다시, 이렇게 정돈된 쾌적한 환경에서라면 인내를 요하는 생산적인 작업을 할 수 있으리라, 분명히 그러고 싶어지리라 생각했다.

미쿨리츠인 집 마당의 부속 건물 중에는 창고에 바짝 붙은 마구간이 있었다. 하지만 잠겨 있어서 유리 안드레예비치는 그 안의 상태를 알지 못했다. 시간을 낭비하지 않으려고 첫날 밤에는 잠기지 않은 채 살짝 열려 있는 창고에 말을 두기로 했다. 그는 사브라스카를 썰매에서 풀었고 땀이 식자 우물에서 떠온 물을 먹였다. 유리 안드레예비치는 썰매 밑바닥의 건초를 내주려 했지만 안장들 밑에서 짓밟혀 다 바스러졌기 때문에 말 먹이로는 적합하지 않았다. 다행히도, 창고와 마구간 위의 넓은 건초장에 벽을 따라 구석구석 건초가 충분했다.

밤에 그들은 옷도 벗지 않고 외투를 덮어쓴 채 하루 종일 뛰어다니고 장난을 치고 난 아이들처럼 축복에 젖어 달콤한 잠에 빠져들었다.

6

아침이 되어 다들 일어났을 때 유리 안드레예비치는 창가의 유혹적인 책상을 넋 놓고 바라보았다. 종이에 뭔가를 쓰고 싶어서 손이 근질거렸다. 하지만 그러한 권리는 라라와 카텐카가 잠자리에 드는 저녁까지 아껴 두기로 했다. 그때까지 방을 두 칸이라도 정리하자면 할 일이 태산이었다.

야간 작업을 꿈꾼다고 해서 달리 원대한 목표가 있는 것은 아니었다. 그저 잉크를 향한 열정, 펜을 들고 뭔가 쓰고 싶은 끌림이 그를 사로잡은 것이었다.

그는 뭐든 끄적거리고 써 내려가고 싶었다. 처음에는 그저 활동을 하지 않아 굳어 버리고 휴식을 취하느라 졸고 있는 재능에 시동을 걸기 위해, 뭐든 기록되지 않은 옛날 일을 회상하여 메모하는 것만으로 만족하리라. 그런 다음에는 그와 라라가 이곳에 좀 더 오래 머물 수 있었으면, 그리하여 뭐든 새롭고 의미심장한 일을 마음껏 시작했으면 싶었다.

“바빠? 뭐 하고 있어?”

“불을 때고 또 때는 거야. 왜?”

“빨래 통 좀 갖다 줘.”

“불을 이렇게 때다가는 장작이 사흘도 못 버틸 거야. 전에 살던 지바고 창고에 좀 가 봐야겠어. 거기에 뭐가 더 있을까? 장작이 좀 남아 있으면 내가 몇 번 왔다 갔다 하면서 날라 올게. 이 일은 내일 해야겠어. 빨래 통을 갖다 달라고 했지. 생각 좀 해 봐, 어디선가 눈에 들어왔는데 어디였는지 도무지 기억이 안 나. 머리가 안 돌아가.”

“나도 그래. 어디선가 봤는데 잊어버렸어. 분명히 어딘가 엉뚱한 곳에 있어서 이렇게 기억이 안 나는 거야. 하지만 어떻게 되겠지. 청소하려고 물을 많이 데웠으니 잊지 마. 남은 물로 나와 카탸의 빨래를 좀 하려고. 당신 것도 더러운 건 한꺼번에 내놔. 저녁에 청소하고 모양이 좀 잡히면 다들 자기 전에 씻자.”

“지금 빨랫감을 모을게. 고마워. 당신 부탁대로 옷장과 무거운 것은 어느 쪽이든 벽에서 떼 놓았어.”

“좋아. 빨래 통 대신 설거지통에 헹구면 돼. 다만, 너무 더러워. 개수통의 기름때부터 닦아 내야 해.”

“난로가 데워지면 닫아 놓고 다시 나머지 서랍을 정리하겠어. 한 발짝만 내디뎌도 탁자나 서랍장에서 새 물건이 나와. 비누, 성냥, 연필, 종이, 문방구. 게다가 이런 뜻밖의 것들이 눈에 훤히 보이는 데 있는 거야. 예를 들면 책상 위 램프에 등유가 가득 들어 있어. 이건 미쿨리츠인 집의 물건이 아니야, 나도 안다고. 어딘가 다른 데서 온 거야."

"경이로운 성공이야! 이 모든 것이 그 비밀스러운 거주자가 해 놓은 일이군. 쥘 베른의 소설 같아. 아, 정말로 이게 무슨 짓이람! 또 수다 떨고 잡담하는 사이에 물이 끓어 넘치잖아."

그들은 바쁜 손에 뭔가를 들고 이 방 저 방을 빠르게 오가며 부산을 떨었다. 뛰다가 서로 부딪치기도 하고 길을 가로막고 나와 발밑에서 맴도는 카텐카를 치기도 했다. 소녀는 이 구석 저 구석을 어슬렁거리며 청소를 방해하다가 잔소리를 들으면 토라졌다. 또 꽁꽁 얼어붙어 춥다고 투덜댔다.

'요즘 아이들은 정말 불쌍해, 우리의 집시 생활에 희생되고 있으니. 이 어린 것들이 불평도 없이 우리와 유랑 생활을 함께 하고 있어.' 생각은 이랬지만 의사가 정작 소녀에게 한 말은 이랬다.

"그래, 얘야, 미안하구나. 그렇다고 가시를 세우면 안 되지. 계속 투덜대고 변덕이나 부리고. 페치카가 벌겋게 달궈졌는데 말이야."

"페치카는 따뜻할지 몰라도 나는 추워요."

"그럼 좀 참으렴, 카튜샤. 저녁에는 두 배는 더 따뜻하게, 아주 따뜻하게 데워질 거야. 게다가 엄마가 목욕도 시켜 준다고 하잖니, 들었지? 그러니까 일단은 자, 받아." 그러고서 그는 싸늘한 창고에서 나온 리베리의 낡은 장난감들을 멀쩡한 것, 망가진 것 할 것 없이 마룻바닥에 와르르 쏟아 놓았는데, 벽돌과 블록, 기차, 증기선, 칩이나 주사위 놀이용 격자처럼 선과 숫자와 그림이 그려진 마분지 조각 등이었다.

"뭐예요, 유리 안드레예비치." 다 큰 여자처럼 카텐카가 화를 냈다. "전부 남의 거잖아요. 게다가 어린아이용이고요. 나는 다 컸단 말이에요."

하지만 잠시 뒤 그녀는 편한 자세로 양탄자 한가운데에 자리를 잡았고 모든 형태의 장난감이 그 손을 거치며 죄다 건설 자재로 바뀌었다. 그것으로 카텐카는 도시에서 가져온 인형 닌카의 집, 어른들의 손에 이끌려 다니며, 수시로 바뀌는 낯선 정박지보다 의미가 큰, 보다 지속적인 거처를 만들었다.

"가정을 향한 저 본능 좀 봐, 둥지와 질서를 향한 끌림은 지우기 힘든 모양이야!" 라리사 표도로브나가 부엌에서 딸의 장난감을 관찰하면서 말했다. "아이들은 거칠 것 없이 솔직하니까 진실을 부끄러워하지 않지만 우리는 구닥다리처럼 보일까 봐 두려워 가장 소중한 것마저 배신하려 하고 역겨운 것을 찬양하고 이해하지 못하는 것에 맞장구를 치지."

"빨래 통 찾았어." 어두운 현관에서 빨래 통을 들고 안으로 들어오며 의사가 상대의 말을 가로막았다. "정말 엉뚱한 데 있었어. 빗물이 새는 천장 밑 마룻바닥에 있던데, 가을부터 거기 있었던 것 같아."

7

싱싱한 재료로 앞으로 사흘 동안 먹을 저장용 음식을 장만한 라리사 표도로브나는 감자 수프, 감자를 곁들인 구운 양고기 등 보기 드문 요리를 식사로 내놓았다. 카텐카는 왕성한 식욕을 뽐내며 아무리 먹어도 질리지 않는다는 듯 깔깔대고 장난을 친 후, 배도 차고 온기에 몸도 나른해지자 엄마의 담요로 몸을 감싸고 소파에서 단잠에 빠졌다.

라리사 표도로브나는 막 요리를 끝낸 참이라 피곤하고 땀에 절고 딸처럼 반쯤 졸리는 가운데, 또 자신의 요리가 가족에게 불러일으킨 좋은 느낌에 만족하여, 서둘러 식탁을 치우는 대신 휴식을 취하려고 자리에 앉았다. 딸아이가 잠든 것을 확인한 다음에는 가슴을 식탁에 기대고 손으로 머리를 괴며 말했다.

"이것이 헛된 일이 아니고 어떤 목적을 향한 것이라는 것만 안다면 나는 힘을 아끼지도 않고 또 거기서 행복을 발견할 거야. 당신은 우리가 여기 있는 것이 함께하기 위해서라는 걸 수시로 상기시켜 줘야 해. 나를 응원하고 아무 생각도 하지 않게 해 줘. 왜냐하면 말이야, 엄격하게 말해, 멀쩡한 정신으로 살펴본다면 우리가 무슨 일을 하고 또 우리에게 무슨 일이 일어나고 있는 거야? 남의 집으로 달려와 이렇게 침입해서는 마음대로 사용하면서, 이것은 삶이 아니라 연극 무대이고 진지한 것이 아니라 아이들의 말마따나 '허세'이고 웃긴 인형극에 불과하다는 것을 모르는 척하려고 항상 급하다며 스스로를 다그치고 있잖아."

"하지만, 나의 천사여, 이 여행을 고집한 사람은 당신이야. 내가 얼마나 오랫동안 찬성하지 않고 버텼는지 기억해 봐."

"맞아. 부인하지 않을게. 하지만 벌써 후회스러워. 당신은 망설일 수도 있고 생각에 잠길 수도 있지만, 나는 모든 것이 일관되고 논리적이어야 해. 우리가 집 안으로 들어갔는데, 당신은 아들의 어린이용 침대를 보고 기분이 나빠졌고 너무 마음이 아파 거의 기절할 지경이었지. 당신에겐 그럴 권리가 있지만 나에게는 허용되지 않아. 카텐카에 대한 불안과 앞날에 대한 걱정도 당신을 향한 사랑 앞에서 물러서야 하니까."

"라루샤,[99] 나의 천사, 정신 좀 차려. 생각을 바꾸고 결정을 철회하는 것은 언제 해도 늦지 않아. 먼저 코마롭스키의 말을 더 진지하게 받아들이라고 충고했잖아. 우리에겐 말이 있어. 원하면 내일 유랴틴으로 날아가자. 코마롭스키는 아직 떠나지 않고 거기에 있어. 썰매 타고 거리를 달려오면서 봤잖아, 게다가 내 생각에, 그는 우리를 알아보지 못했거든. 분명히 아직은 그를 찾을 수 있을 거야."

"나는 아직 말한 게 거의 없는데 당신 목소리는 벌써부터 불만족스럽다는 투네. 하지만 말해 줘, 아니, 내 말이 틀렸다는 거야? 이렇게 희망 없이, 마구잡이로 숨는 것은 유랴틴에서도 할 수 있었어. 만약 구제책을 찾으려 했다면, 결국에 가서는 비록 역겹더라도 세상 물정에 밝은 그 약삭빠른 사람이 제안한 대로 숙고된 계획을 갖고 확실히 해야 했어. 난 정말 모르겠어, 어디를 가든 우리가 있는 이곳보다 위험하지 않을 것 같아. 회오리가 몰아치는 평원이 끝없이 펼쳐지고 있어. 그리고 우리에겐 아무도 없어. 밤중에 눈보라가 덮치면 아침이

99) 라리사의 애칭.

돼도 나가지 못할 거야. 아니면 자기 집을 살펴보러 온 우리의 은밀한 은인이 갑자기 들이닥쳐 강도로 돌변해서 우리를 찔러 죽일지도 몰라. 당신, 무기라도 있어? 거봐, 없잖아. 당신의 태평함이 무서워, 나도 물들어 버릴 것 같아. 그러니까 나도 생각이 뒤죽박죽이 되잖아."

"하지만 그렇다면 뭘 어쨰야 하지? 나더러 뭘 하라는 소리야?"

"나도 뭐라고 대답해야 할지 모르겠어. 항상 나를 꼭 붙들고 있어 줘. 내가 맹목적인 사랑에 빠져 판단력을 상실한 당신의 노예라는 것을 끊임없이 상기시켜 줘. 오, 말해 줄게. 우리 가족들, 당신의 가족이든 내 가족이든 다 우리보다 천배는 훌륭해. 하지만 그게 대수야? 사랑의 재능은 다른 온갖 재능과 같아. 위대할 수는 있지만, 축복이 없으면 드러나지 않을 거야. 우리는 천상에서 키스하는 법을 배운 다음 서로 이 능력을 시험하도록 같은 때에 어린아이처럼 살라고 보내진 거야. 어떤 공존의 화관이랄까, 표리도, 등급도, 높은 것도 낮은 것도 없이 모든 존재가 똑같은 가치를 지니고 모든 것이 기쁨을 주고 모든 것이 영혼이 되었어. 하지만 어느 순간이든 우리를 감시하는 이 야생의 상냥함 속에는 어린아이처럼 길들여지지 않은, 허용되지 않은 뭔가가 있어. 이건 가정의 평화에 적대적인, 방종하고 파괴적인 자연력이야. 그것을 두려워하며 경계하는 것이 나의 의무야."

그녀는 그의 목을 두 손으로 감더니 눈물을 억누르며 말을 맺었다.

"이해하겠지, 우리는 서로 처지가 달라. 당신은 날개를 달고 구름 너머로 날아갈 수 있지만, 그런 자유가 있지만 여자인 나는 땅바닥에 붙어 어린 새가 위험하지 않도록 날개로 감싸 주어야 해."

그는 그녀의 말이 모두 무척 마음에 들었지만, 감상에 빠지지 않기 위해 겉으로 드러내지 않았다. 자제력을 발휘하며 그는 이렇게 지적했다.

"이런 야영 생활은 정말로 기만적이고 짜증 나는 일이야. 당신 말이 구구절절 옳아. 하지만 이걸 고안한 것은 우리가 아니야. 미치광이 같은 떠돌이 생활은 모두의 숙명이야, 시대정신이지.

나도 오늘 아침부터 대략 똑같은 문제를 생각했어. 나는 무슨 노력을 해서라도 여기에 좀 더 오래 머물렀으면 해. 일이 얼마나 그리운지 이루 말할 수 없을 정도야. 농사일을 말하는 게 아니야. 언젠가 여기서 우리 가족이 몽땅 농사에 투입됐고 또 좋은 성과를 거두었어. 하지만 그 일을 다시 할 힘은 없을 것 같아. 내 머릿속에는 다른 생각이 있어.

생활이 모든 측면에서 차츰 잡혀 가고 있어. 아마 언젠가는 다시 책이 출간될 거야.

그래서 바로 이런 것을 생각해 봤어. 삼데뱌토프와 협상을 해 볼 수 없을까 하는 건데, 그에게 유리한 조건, 즉 그가 반년 동안 우리를 먹여 살리되 그 시간 동안 내가 가령 의학 교과서라든가 무슨 예술적인 저서, 예를 들어 시집 같은 것을 쓴다는 조건, 그런 저작을 담보로 하는 거야. 아니면 그러니까 뭐든 세계적으로 유명한 작품을 번역해 볼 수도 있을 거야. 외국어를 잘 아는 데다가, 최근에는 번역 작품만 출간하는 페테르부르크의 대형 출판사의 공지를 읽은 적도 있어. 그런 종류의 저작들은 환금성이 높아 분명히 돈벌이가 될 거야. 이런 종류의 일을 하면 행복할 것 같아."

"다시 생각나게 해 줘서 고마워. 나도 오늘 비슷한 생각을 했어. 하지만 나는 우리가 여기서 버틸 수 있을지 믿음이 안 가. 오히려 곧 어딘가로 더 멀리 휩쓸려 갈 것 같은 예감이 들어. 하지만 여기 머무르는 동안은 부탁이 있어. 앞으로 밤에 몇 시간만 할애해서 당신이 다양한 시간에 기념 삼아 나에게 읊조려 준 것을 모두 기록해 두도록 해. 그중 절반은 소실되었고 나머지는 기록해 두지 않았잖아. 당신이 나중에 모든 것을 잊어버릴까 봐, 그것이 아예 없어질까 봐 걱정이야. 전에도 그런 일이 자주 있었다고 했잖아."

8

날이 저물자 다들 빨래하고 남은 뜨거운 물을 실컷 쓰면서 몸을 씻었다. 라라는 카텐카를 씻겨 주었다. 유리 안드레예비치는 지복에 가까운 개운함을 느끼며 창가의 책상 앞에 등을 보이며 앉아 있었고, 그 너머 방에서는 라라가 향긋한 냄새를 풍기며 목욕 가운을 걸치고 젖은 머리카락에 보송보송한 수건을 터번처럼 감은 채 카텐카를 침대에 눕혀 잠자리를 준비해 주고 있었다. 곧 일에만 집중할 수 있으리라는 예감에 흠뻑 젖어, 유리 안드레예비치는 주변의 모든 것을 포괄적이고 부드러워진 주의력의 장막을 통해 수용하고 있었다.

그때까지 잠든 척하던 라라가 진짜로 잠든 것은 새벽 1시였다. 새로 갈아입은 그녀의 옷, 카텐카의 옷, 침대 시트, 깨끗하게 다림질한 레이스 시트가 반짝였다. 라라는 이런 시절에도 용케 풀을 먹이는 재주가 있었다.

유리 안드레예비치는 행복을 잔뜩 머금고 달콤한 생명의 숨결을 내뿜는 축복받은 고요에 에워싸여 있었다. 램프 불빛이 하얀 종잇장 위로 고요한 노란빛을 뿌리고 황금빛 얼룩처럼 병 속의 잉크 위를 떠다녔다. 창문 너머에서 싸늘한 겨울밤이 비둘기 빛을 띠었다. 유리 안드레예비치는 불을 켜지 않은, 추운 옆방으로 걸어가, 밖이 더 잘 보이는 창문을 바라보았다. 설원을 덮은 보름달 빛이 달걀흰자나 걸쭉한 회반죽처럼 끈적끈적한 느낌을 생생하게 전달했다. 이 싸늘한 밤의 화려함은 형언할 수 없을 정도였다. 의사의 마음에는 평화가 깃들었다. 그는 따뜻하게 데워진 밝은 방으로 돌아와 글을 쓰기 시작했다.

자기가 쓴 것의 외양이 그 손의 생생한 움직임을 전달하도록, 얼굴을 잃고 영혼과 말이 없어지는 일이 없도록 신경 쓰면서 그는 자간을 널찍이 잡고 가장 확실하고 또 잘 기억나는 것을 회상하고 기록했는데, 그 판본은 차츰 더 좋아져 원래의 것에서 점점 멀어져 갔다. 「크리스마스의 별」, 「겨울밤」, 또 그와 비슷한 종류의 상당히 많은 다른 시들이 훗날 잊히고 소실되고 그다음에는 아무에게도 발견되지 않았다.

그다음, 오래전에 완성해 둔 시에서 시작하여 언젠가 썼다가 중단한 시로 옮겨 가, 어조를 다듬고 뒷부분을 써 보기도 했지만 지금 끝내리라는 희망은 조금도 품지 않았다. 그런 다음 헤어지고 열광하며 새것으로 옮겨 갔다.

두세 연이 쉽게 흘러나오고 그 스스로 충격을 받을 만큼 멋진 비유가 몇 가지 떠오르자 그는 작업에 사로잡혔고, 소위 영감이 찾아오는 것을 경험했다. 창작을 관장하는 힘들의 상관관계가 물구나무를 서는 것 같았다. 우위를 점하는 것은 적합한 표현을 찾고 있는 인간과 그의 영혼 상태가 아니라 그가 표현하고자 하는 언어이다. 언어, 조국, 아름다움과 의미의 저장소인 언어가 그 자체로 인간을 대신하여 생각하고 말하기 시작하고, 외적인 면에서가 아니라 그 내적인 흐름의 저돌성과 강렬함이라는 면에서 온전히 음악으로 바뀐다. 그때는 소용돌이치는 강의 격류가 끊임없이 움직여 밑바닥의 돌을 닳게 하고 물레방아 바퀴를 돌게 하듯, 흘러넘치는 말이 그 안에 내포된 법칙의 힘으로 율격과 운율과 함께, 훨씬 더 중요하지만 지금까지 인지되지도, 고려되지도, 명명되지도 않은 수천의 다른 형식과 구조를 창조한다.

그런 순간이면 유리 안드레예비치는 주된 작업을 완수하는 자가 그 자신이 아니라 그의 위에 있는 무엇, 그의 위에 위치하고 그를 관장하는 무엇임을 느꼈다. 그것은 바로 세계적인 사상과 시의 상태, 앞으로 시가 맞이할 운명, 시의 역사 발전에서 다음에 내디뎌야 할 일보 같은 것이었다. 그 자신은 오직 그런 움직임을 가능하게 해 주는 계기이자 지렛대로만 여겨졌다.

자책에서 해방되었으며 스스로에 대한 불만과 자괴감도 얼마간은 그를 떠났다. 그는 두리번거리며 주위를 둘러보았다.

눈처럼 하얀 베개를 베고 잠든 라라와 카텐카의 머리가 보였다. 깨끗한 시트, 깨끗한 방, 그 깨끗한 윤곽이 깨끗한 밤·눈·별·달과 어우러져 의사의 가슴을 관통하는, 동등한 의미를 지닌 하나의 파도가 되었으니, 그는 존재의 이 순수한 승리감에 환호하며 울지 않을 수 없었다.

'주여! 주여!' 그는 이렇게 속삭이고야 말았다. '이 모든 것이 저에게 주어지다니요! 무엇을 했다고 이렇게 많은 것을! 어찌하여 저를 주님의 거처에 허락하시고 주님의 이 귀중한 지상에서, 주님의 이 별 아래서 방황하다가 아무리 봐도 질리지 않는, 물불을 가리지 않고 불평을 모르는 저 사랑스러운 여인의 두 발 아래 두셨나이까?'

새벽 3시, 유리 안드레예비치는 책상과 종이에서 눈을 뗐다. 머리를 쓰며 오롯이 한껏 몰입했던 세계에서 벗어나 행복하고 강하고 평온한 상태로 현실로 돌아왔다. 갑자기, 창문 너머로 활짝 펼쳐진 말 없는 먼 공간에서 흐느끼는 듯 슬픈 소리가 들려왔다.

창밖을 보려고 불을 켜지 않은 옆방으로 갔다. 그가 글을 쓰는 동안 창유리에 성에가 잔뜩 끼여 아무것도 알아볼 수 없었다. 유리 안드레예비치는 출입문의 밑바닥에서 둘둘 만 양탄자를 끌고 와 바람이 들어오지 않도록 틈새를 막아 두고는 모피 외투를 어깨에 걸치고 층계참으로 나갔다.

달빛이 내리는 가운데 그림자 한 점 없는 눈밭을, 활활 타오르는 하얀 불꽃이 에워싸며 눈부시게 했다. 처음에는 아무리 들여다봐도 아무것도 보이지 않았다. 하지만 잠시 뒤에는 거리가 멀어서 약하지만, 배 속에서부터 느릿느릿 흐느껴 우는 듯한 소리가 들렸고, 그러자 골짜기 너머 평원의 가두리에 작은 연필선보다 크지 않은, 죽 뻗은 그림자 네 개가 나타났다.

늑대들은 나란히 늘어선 채 얼굴을 집 쪽으로 향하고 고개를 들어 달빛이나 은빛으로 빛나는 미쿨리츠인의 집 창문을 향해 울부짖고 있었다. 얼마 동안은 꼼짝하지 않고 있었지만, 유리 안드레예비치가 그것들이 늑대라는 것을 알아채자마자 의사의 생각이 전해지기라도 한 듯 녀석들이 개처럼 꼬리를 내리고 저 멀리 평원에서 사라졌다. 의사로서는 녀석들이 어느 방향으로 몸을 감췄는지 확인할 겨를도 없었다.

'좋지 않은 소식이다!' 그가 생각했다. '참 별놈이 다 오는군. 정말 녀석들의 소굴이 어딘가 바로 옆, 완전히 근처에 있는 건 아닐까? 심지어 골짜기에 있는지도 모른다. 정말 두려운 일이다. 그리고 낭패다, 삼데뱌토프의 사브라스카도 마구간에 있잖은가. 녀석들도 분명히 말 냄새를 맡았을 텐데.'

그는 라라가 겁먹지 않도록 적당한 때가 될 때까지 아무 말도 하지 않기로 결심하고 안으로 들어가 바깥문을 잠갔다. 그리고 차가운 방과 따뜻한 방 사이에 있는 문들을 닫은 다음 그 틈새와 벌어진 곳을 틀어막고 책상으로 갔다.

램프는 아까처럼 불을 밝히며 정겹게 타오르고 있었다. 하지만 더 이상 글이 써지지 않았다. 마음이 진정되지 않았다. 늑대들과 다른 위협적이고 복잡한 것들 외에는 아무것도 떠오르지 않았다. 게다가 피곤했다. 그때 라라가 잠에서 깼다.

"아직까지 타오르며 깜빡이고 있구나, 나의 밝은 촛불님!" 잠에 취해 먹먹한 목소리로 그녀가 조용히, 촉촉하게 말했다. "잠깐만 이리 와 봐, 가까이. 무슨 꿈을 꾸었는지 말해 줄게."

그래서 그는 램프 불을 껐다.

9

조용한 광기 속에서 또 하루가 지나갔다. 집 안에서 아이용 썰매가 나왔다. 얼굴이 발갛게 상기된 카텐카는 모피 코트를 입은 채 큰 소리로 웃으면서 의사가 삽으로 단단히 다지고 물을 부어 만들어 준 얼음 언덕에서 눈을 쓸지 않은 정원의 오솔길로 미끄러져 내려왔다. 끝없이 다시 언덕으로 올라가 새끼줄로 썰매를 끌어 올리는 아이의 얼굴에서 미소가 떠나지 않았다.

얼어붙을 듯이 추운 날이었고, 점점 더 확연히 추워졌다. 마당에는 햇살이 가득했다. 눈이 정오의 햇빛을 받아 노랗게 빛나고 그의 꿀 같은 노란 눈 속으로 일찍 찾아온 오렌지 빛 저녁이 달콤한 앙금처럼 흘러들었다.

어제 라라가 빨래와 목욕을 해서 집 안에는 습기가 배어 있었다. 창문에 부스스한 성에가 가득 끼고, 증기 때문에 축축해진 벽지는 천장부터 마룻바닥까지 검은 줄무늬 멍에 덮여 있었다. 방은 어둡고 음산했다. 유리 안드레예비치는 장작과 물을 나르는 중에 계속 집을 둘러보았고 끊임없이 뭔가를 찾아냈으며, 아침부터 쉼 없이 집안일을 하느라 바쁜 라라를 도왔다.

다시 한창 일에 열중하다가도 서로의 손이 가까워져 맞잡게 되면 두 사람은 억누를 수 없는 다정한 마음의 발작에 사로잡혀 의식이 몽롱해지고 무장해제되어, 손에 들고 있던 무거운 짐을 목적지까지 옮기지도 못한 채 마룻바닥에 내려놓았다. 다시 모든 것이 그들의 손에서 굴러떨어지고 머릿속에서 날아가 버렸다. 다시 몇 분이 흘러 몇 시간이 되고 어두워지면 둘은 소름이 돋듯 정신을 번쩍 차렸고 신경 쓰지 않고 방치한 카텐카나, 먹이도 물도 주지 않은 말을 떠올리고는 소홀히 한 일을 만회하고 바로잡으려 쏜살같이 치달으면서 양심의 가책을 느끼고 괴로워했다.

의사는 잠이 부족하여 두통에 시달렸다. 머릿속엔 숙취처럼 달콤한 안개가 가득 찼고 몸 전체가 행복한 무기력으로 쑤셨다. 그는 지난밤에 중단한 작업으로 돌아가기 위해 초조한 마음으로 저녁을 기다렸다.

일의 앞부분 절반은 그를 가득 채우던 저 졸음에 겨운 몽롱한 의식이 대신 완성해 주었고, 주위의 모든 것이 지워지면서 그의 상념은 뒤엉켰다. 안개 같은 몽롱함이 모든 것에 보편화된 모호함을 부여하며, 최종적인 구현의 정확성에 앞서는 방향으로 흘러갔다. 휘갈겨 쓴 초고의 흐릿함과 유사한, 낮 동안의 괴로운 무위는 노동의 밤을 위해 꼭 필요한 준비물이었다.

일하기 싫을 만큼 피곤하다고 해도 손을 대지 않거나 바꾸지 않은 채 내버려 둔 것은 없었다. 모든 것이 변하여 다른 모습을 띠었다.

유리 안드레예비치는 보다 장기적으로는 바르이키노에 머물려는 꿈이 실현될 수 없다는 것을, 라라와 헤어질 시각이 가까워졌다는 것을, 그녀를 어쩔 수 없이 잃게 되리라는 것을, 그에 이어 삶의 충동도, 어쩌면 삶 자체도 잃어버리게 되리라는 것을 느꼈다. 우수가 그의 심장을 빨아들였다. 하지만 더더욱 괴로운 것은 이 우수를 누구나 울음을 터뜨릴 법한 표현 속에 쏟아 내고 싶은 소망을 안고 저녁을 기다리는 일이었다.

하루 종일 그의 뇌리를 떠나지 않은 늑대들은 이미 달빛 아래 눈 위의 늑대들이 아니라 늑대들이라는 주제가 되었고 또 의사와 라라를 파멸시키거나 바르이키노에서 몰아내는 것을 목표로 하는 적대적 힘의 표상이 되었다. 이 적대감의 시상이 발전하여 저녁 무렵에는 더 큰 힘의 경지에 이르렀는데, 마치 슈티마에 대홍수 이전의 괴물의 발자국이 발견되고 골짜기 안에 의사의 피를 갈구하고 라라를 탐내는, 괴물처럼 거대한 동화 속의 용이 잠복해 있는 것 같았다.[100)]

저녁이 왔다. 어제처럼 의사는 책상 위 램프에 불을 밝혔다. 라라와 카텐카는 전날 밤보다 더 일찍 잠자리에 들었다.

밤에 쓴 것은 두 종류였다. 익숙한 쪽은 새로 변화된 모습으로 정서해 캘리그래피처럼 깨끗하게 써 두었다. 새로운 쪽은

---

100) 지바고의 시 중「동화」의 내용이다.

축약해서 휘갈겼는데 마침표가 마구 찍히고 알아볼 수 없을 만큼 난필이었다.

이렇게 휘갈겨 놓은 것을 해독하며 의사는 여느 때와 같은 환멸을 맛보았다. 밤에는 이 원고 조각들이 눈물을 유발하고 뜻밖의 성공적인 시구로 사람의 넋을 빼 놓았다. 바로 이런 가상의 성공이 이제는 너무 과격하게 짜 맞춘 것처럼 보여 그를 저지하고 괴롭혔다.

그는 평생 동안 흔히 통용되는 익숙한 형식의 덮개 밑에 숨어 외적으론 인지되지 않는, 잘 다듬어지고 숨죽인 독창성을 꿈꾸었고, 또 평생 동안 독자와 청자가 내용은 온전히 이해하되 그것을 습득하는 방식은 인지하지 못할, 절제되고 담백한 문체를 연마하는 데 집중해 왔다. 평생 동안 누구의 주의도 끌지 않을, 눈에 띄지 않는 문체를 얻으려고 애썼는데, 자신이 그러한 이상에서 아직도 이토록 멀리 있다는 사실에 오싹 소름이 돋곤 했다.

어제의 원고에서는 아이의 옹알이처럼 단순하고 자장가처럼 진심 어린 표현 수단을 사용하여 사랑과 공포와 우수와 용맹이 뒤섞인 자신의 기분을 표현하고 그것이 저절로 낱말 곁을 흘러넘치도록 하고 싶었다.

다음 날이 된 지금은 이 시도들을 훑어보면서 따로따로 흩어져 있는 시구를 하나로 모을 만한 내용상의 연결점이 부족하다는 것을 깨달았다. 써 놓은 것을 점차 없애며 유리 안드레예비치는 예의 그 서정적 방식으로 용사 예고르의 전설을 서술해 나갔다. 광대한 공간을 제공하는 폭넓은 오음보격에서 시작했다. 내용과 상관없는, 운율 자체에 내재한 조화가 예의 그 가짜 같은 관청식 음조로 그를 짜증 나게 했다. 그는 시건방진 운율과 휴지부를 버리고, 산문에서 쓸데없는 말과 투쟁하듯, 시구들을 사음보에 밀어 넣었다. 쓰는 것은 더 어려워졌으되 더 신났다. 작업이 활기를 띠었지만 그럼에도 넘쳐 나는 수다가 그리로 침투했다. 그는 시구를 더욱더 축약하도록 스스로를 채찍질했다. 낱말들은 삼음보격 속에서 복닥거렸으며, 시를 쓰는 자는 졸음의 마지막 흔적마저 날아가 잠에서 깬 듯 타올랐으며 시구들의 간격이 비좁아 그것을 채울 말을 알아서 귀띔해 주었다. 말로 거의 명명되지 못한 대상들은 언급의 틀 속에서 진지하게 모습을 드러냈다. 쇼팽의 어느 발라드에서 천천히 걷는 말발굽 소리가 들리듯, 그는 시의 표면을 달리는 말의 소리를 들었다. 게오르기 포베도노세츠는 말을 타고서 가늠이 되지 않는 광활한 스텝[101]을 달리고, 유리 안드레예비치는 그가 작아지면서 사라지는 모습을 뒤에서 바라보았다. 그리고 연이어 제자리를 찾아 때맞추어 나타나는 말들과 시구들을 겨우 받아 적으며 열병을 앓듯 후다닥 써 내려갔다.

그는 라라가 침대에서 일어나 책상 쪽으로 다가온 것도 인지하지 못했다. 발뒤꿈치까지 오는 긴 잠옷을 입은 그녀는 가늘고 여위고 또 실제보다 키가 커 보였다. 그녀가 창백하고 깜짝 놀란 모습으로 나란히 서서 한 손을 앞으로 내밀며 다음처럼 속삭이듯 물었을 때, 유리 안드레예비치는 너무 뜻밖이라

---

101) 러시아와 아시아의 중위도에 위치한 온대 초원 지대.

몸을 부르르 떨었다.

"들려? 개가 짖고 있어. 심지어 두 마리야. 아, 너무 무서워, 정말 불길한 징조야! 어떻게든 아침까지 버티다가 가자, 가. 여기에는 더 이상 일 분도 머물지 못하겠어."

한 시간 뒤, 오랫동안 다독인 다음에야 라리사 표도로브나는 진정하고 다시 잠이 들었다. 유리 안드레예비치는 층계참으로 나갔다. 늑대들은 지난밤보다 가까이 와 있었고 훨씬 더 민첩하게 몸을 숨겼다. 이번에도 유리 안드레예비치는 녀석들이 어느 방향으로 사라졌는지 살펴보지 못했다. 녀석들이 무리 지어 서 있었기 때문에 세 볼 겨를도 없었다. 더 많아진 것 같긴 했다.

10

그들이 바르이키노에 거주한 지 열사흘째였지만, 사정은 첫날과 전혀 다르지 않았다. 주 중반에 사라졌던 늑대들이 간밤에도 그렇게 울부짖었다. 이번에도 그들을 개로 착각한 라리사 표도로브나는 불길한 징조에 깜짝 놀라 다시 다음 날 아침에 떠나기로 마음먹었다. 차분한 상태와 우수 어린 불안의 발작이 교차되었는데, 하루 종일 속마음을 토로하거나 용납되지 않을 정도로 한심하게 무절제한 사랑놀이를 일삼는 것이 익숙하지 않은, 근면한 여자에게는 자연스러운 일이었다.

모든 것이 고스란히 반복되었고, 따라서 둘째 주인 그날 아침 라리사 표도로브나가 다시, 전에도 수차례에 걸쳐 그랬듯이, 왔던 길을 되돌아가겠다며 떠날 채비를 하기 시작했을 때는 그사이 살아온 한 주 반의 시간은 아예 없었던 것처럼 생각되었다.

다시 방 안은 눅눅했고, 날은 흐린 잿빛이라 컴컴했다. 추위는 한풀 꺾였지만 먹구름이 낮게 드리워진 어두운 하늘에서는 당장이라도 눈이 쏟아질 것 같았다. 계속해서 잠이 부족해 정신적으로, 육체적으로 너무 피곤한 나머지 유리 안드레예비치는 쓰러질 지경이었다. 상념은 뒤엉키고 힘은 소진되었으며, 그는 너무 약해져 추위를 많이 탔고 너무 추워서 몸을 움츠리고 두 손을 비비면서 라리사 표도로브나가 어떤 결정을 내릴지, 그녀의 결정에 맞추어 자기가 어떤 일에 착수해야 할지 알지도 못한 채 불도 때지 않은 방 안을 서성였다.

그녀의 의도는 모호했다. 자기들 둘이 이렇게 카오스처럼 자유로운 것이 아니라 뭐든 엄격하지만 단번에 영원토록 잡혀 있는 질서에 강제적으로 복종할 수 있다면, 직장에 다닐 수 있다면, 모종의 의무가 주어진다면, 합리적이고 성실하게 살 수 있다면 지금 그녀는 인생의 절반쯤은 거뜬히 내놓았을 것이다.

그녀는 여느 때처럼 하루를 시작하고 침대를 정리하고 방을 치우고 쓸고 의사와 카탸에게 아침을 차려 주었다. 그런 다음에는 짐을 꾸리면서 의사에게 말을 준비하라고 부탁했다. 떠나기로 확실히, 부단히 마음을 굳힌 것이다.

유리 안드레예비치는 그녀를 말리려 하지 않았다. 그들이 최근에 자취를 감춘 이후 도시에서는 체포 작업이 한창일 텐데, 그리로 돌아가는 것은 완전히 비이성적인 짓이었다. 하지만 그 나름의 위협으로 가득 찬 이 무서운 겨울 황야 한가운데에 무기도 없이 외따로 죽치고 있는 것도 그 못지않게 비합리적인 일 아니겠는가.

게다가 의사가 이웃 창고를 돌며 그러모은 건초 더미도 거의 바닥났고 새로운 것이 생길 것 같지도 않았다. 물론, 여기에 더 장기적으로 정착할 가능성이 있다면 주변을 돌면서 말먹이와 식량 창고를 보충하려고 애썼을 것이다. 하지만 아리송한 단기 체류를 위해서는 그런 답사를 떠날 가치가 없었다. 그래서 의사는 만사에 손을 내저은 다음 말을 매러 갔다.

그는 말 매는 솜씨가 어설펐다. 그것을 가르쳐 준 사람은 삼데뱌토프였다. 유리 안드레예비치는 그의 가르침을 잊어버렸다. 서투른 손놀림이었지만 그래도 필요한 것은 다 했다. 그는 채에다 멍에를 가죽 혁대의 끝으로 동여매고 채 중 하나에 매듭지어 잡아당기고 몇 번 돌려 그것의 끝에 빙빙 감은 다음 한 발을 말의 옆구리에 받히고 벌어지는 돌림쇠의 집게발을 꽉 죄었고, 그런 연후에 나머지 모든 일을 마저 처리하고 말을 층계참까지 끌고 와 묶어 놓고는 라라에게 출발해도 된다고 말하러 갔다.

가 보니 그녀는 극도로 혼란스러운 상태였다. 그녀와 카텐카는 길을 떠날 차림새였고 짐도 다 꾸려져 있었다. 하지만 라리사 표도로브나는 두 손을 비비고 눈물을 억누르며 유리 안드레예비치에게 잠시만 앉으라고 부탁하고는 안락의자로 달려갔다가 벌떡 일어나더니 "안 그래?"라고 절규하며 자신의 말을 자주 끊었다. 그녀는 노래하는 듯 고음의 푸념조로 두서없이 허겁지겁 말을 내뱉었다.

"내 잘못이 아니야. 어쩌다 이 지경이 됐는지 나도 모르겠어. 하지만, 아니, 지금 떠날 수 있겠어? 곧 어두워질 거야. 가는 도중에 밤이 될 테고. 그러면 때마침 당신의 그 무서운 숲속에 갇히는 거지. 안 그래? 나는 당신의 명령에 따라 행동하겠지만, 내 의지로는 스스로 결단을 못 내리겠어. 뭔가가 나를 막고 있어 안절부절못하고 있어. 당신도 알잖아. 안 그래? 왜 가만히 있어, 왜 아무 말도 하지 않아? 우리는 아침 내내 멍하니 있다가 딱히 해 놓은 일도 없이 반나절을 허비했어. 내일은 더 이상 이러지 말고 좀 더 신중해지자, 안 그래? 스물네 시간은 더 있어야겠지? 내일은 좀 일찍 일어나서 새벽같이, 아침 7시나 6시쯤 떠나자. 당신 생각은 어때? 당신은 페치카에 불을 지피고 여기서 하룻저녁 더 글을 쓰고, 우리 여기서 하룻밤을 더 보내는 거야. 아, 이건 다시는 없을 일, 정말 마법 같은 일일 거야! 왜 아무 대답도 안 해? 이번에도 내가 뭔가 잘못했나 봐, 불행한 여자 같으니!"

"당신 너무 과장하고 있어. 날이 저물려면 아직 멀었어. 아직은 완전히 이른 시간이야. 하지만 당신 마음대로 해. 좋아. 머물기로 하지. 단, 진정 좀 해. 당신이 얼마나 흥분했는지 좀 봐. 정말 여장부터 풀고 외투도 벗고. 카텐카가 배가 고프다잖아. 뭘 좀 먹도록 하지. 당신 말대로 지금 출발하기엔 준비도 덜 됐고 너무 급작스러울 수도 있겠어. 단, 흥분하지도 말고 울지도 마, 제발. 지금 방을 데울게. 하지만 그 전에, 마침 말을 매놓고 썰매도 층계참 옆에 뒀으니까 이전의 지바고 창고에 가서 마지막 남은 장작을 갖고 와야겠어. 그렇지 않으면 이제 장작도 더 없거든. 당신은 울고. 곧 돌아올게."

11

창고 앞 눈 위에는 유리 안드레예비치가 지난번에 왔을 때 몇 개의 원으로 그려 놓은 썰매 자국이 있었다. 문지방 옆의 눈은 그저께 장작을 끌고 가면서 짓밟고 더럽힌 상태 그대로였다.

아침부터 하늘을 뒤덮었던 구름이 흩어졌다. 하늘이 맑게 갰다. 추웠다. 이 일대를 다양한 거리를 두며 에워싸고 있는 바르이키노 공원은 창고 쪽으로도 가까이 뻗어서, 의사의 얼굴을 들여다보며 뭔가를 상기시키는 듯했다. 올겨울에는 눈이 깊은 층을 이루어 창고의 문지방보다 높이 쌓였다. 문설주는 내려앉은 것 같고 창고는 등이 굽은 것 같았다. 창고 지붕에는 휘몰아친 눈이 거대한 버섯의 갓처럼 켜켜이 쌓여, 거의 의사의 머리 위까지 드리워졌다. 처마 바로 위에서는 갓 태어난 초승달이 눈 속에 박힌 칼날처럼 서서, 낫 같은 절단면을 따라 잿빛 열기를 뿜어내며 타올랐다.

아직 낮이라 완전히 환했음에도 의사는 늦은 저녁 인생의 어둡고 울창한 숲속에 서 있는 것처럼 느꼈다. 그의 영혼은 그토록 암흑 속에 있었으며 그토록 슬펐던 것이다. 그리고 초승달이 이별의 전조이자 고독의 형상처럼 그의 얼굴과 거의 같은 높이에서, 그의 앞에서 타오르고 있었다.

유리 안드레예비치는 너무 지쳐서 쓰러질 것 같았다. 장작들을 창고의 문지방을 넘어 썰매 위로 던져 넣을 때도 한 번에 평소보다 적은 양을 다루었다. 날도 추운데 눈까지 달라붙어 얼어붙은 장작을 상대하자니, 장갑을 꼈는데도 고통스러웠다. 아무리 빨리 움직여도 몸이 데워지지 않았다. 그의 내부에서 뭔가가 정지하더니 끊어졌다. 그는 자신의 사나운 운명을 마음껏 저주하고, 저 아름답고 서글프고 순종적이고 순박한 미인의 삶을 보호하고 지켜 달라고 하느님께 기도했다. 초승달은 여전히 창고 위에서 타올랐지만 열기를 주지 못했고, 빛났으나 빛을 주지 못했다.

갑자기 말이 원래 있던 방향으로 몸을 돌리더니 머리를 들고 처음에는 조용하고 소심하게, 나중에는 큰 소리로 확신에 차서 힝힝거렸다.

'저 녀석이 왜 저러지?' 의사가 생각했다. '무슨 좋은 일이 있는 거야? 무서워서 저럴 리는 없어. 말은 무서우면 힝힝대지 않아, 그런 바보짓을 할 리 없지. 혹시 늑대의 낌새를 챘더라도 괜히 목소리를 내서 신호를 보낼 만큼 바보는 아니야. 기분이 좋은 것 같은데. 집 생각이 나서, 집에 가고 싶어서 저러는 걸 거야. 잠깐만, 이제 곧 출발하자.'

쌓아 놓은 장작에 덧붙여 유리 안드레예비치는 창고에서 불쏘시개로 쓸 톱밥과 장화의 몸통처럼 말려 통째로 나뒹구는 굵직한 자작나무 껍질을 긁어모으고, 멍석으로 덮은 장작 더미를 밧줄로 꽁꽁 묶은 다음, 썰매와 나란히 걸으면서 장작들을 미쿨리츠인의 집 창고로 싣고 갔다.

다시 말이 힝힝거렸는데, 어딘가 멀리 다른 쪽에서 또렷이 들리는 말의 힝힝거림에 답하는 소리였다. '이건 누구 말이지?' 의사는 화들짝 놀라며 생각했다. '우리는 바르이키노가 텅 비었다고 생각했다. 그러니까, 우리가 잘못 알았던 것이다.' 손님이 왔다는 생각, 말의 힝힝거림이 미쿨리츠인 집의 층계참, 정원 쪽에서 들려온다고는 생각조차 하지 못했다. 그는 사브라스카를 뒤쪽으로 빙 둘러 공단 부지 쪽, 집을 가리고 있는 작은 언덕 너머로 데려갔기 때문에 집의 정면은 보지 못했다.

천천히(굳이 서두를 이유는 없었다.) 장작을 창고에 던져 넣고 말을 푼 다음 썰매를 창고에 넣어 두고 그는 말을 옆에 있는 텅 비고 싸늘한 마구간으로 끌고 갔다. 그는 말을 바람이 덜 들어오는 오른쪽 구석 칸에 넣고 창고에 남아 있는 건초를 몇 아름 가져와 기울어진 격자무늬 말구유에 던져 주었다.

집으로 걸어가는 마음이 불안했다. 층계참 옆에는 편리한 좌석을 갖춘 널찍한 농부용 썰매가 살찐 흑마와 함께 서 있었다. 말 주위로 역시나 그렇게 윤기가 흐르고 뚱뚱한, 훌륭한 반코트를 입은 낯선 청년이 왔다 갔다 하며 말의 옆구리를 채찍질하고 발 주변의 털을 살펴보고 있었다.

집 안에서 소음이 들려왔다. 엿듣고 싶지 않아서, 또 뭐가 들리는 상황도 아니어서, 유리 안드레예비치는 저도 모르게 발걸음을 늦추다가 그 자리에 붙박인 듯 멈추어 섰다. 무슨 말인지는 알아듣지 못했으나 코마롭스키와 라라와 카텐카의 목소리임은 알 수 있었던 것이다. 그들은 분명히 입구 옆, 첫 번째 방에 있는 것 같았다. 코마롭스키와 라라가 다투고 있는데, 대답하는 목소리로 봐서 라라는 흥분하며 울고 있고 그에게 격렬하게 반박하는가 하면 이내 동의하기도 했다. 어떤 애매한 징후를 통해 유리 안드레예비치는 코마롭스키가 그 순간 다름 아닌 자기 얘기를 꺼냈다고 느꼈다. 대략 그는 가망 없는 인간이다("양다리를 걸치고 있다."라는 말을 유리 안드레예비치는 들은 것 같았다.), 그가 자기 가족과 라라 중 누구를 더 소중히 여기는지 모르겠다, 그에게 의지해서는 안 된다, 의사를 믿었다가는 '두 마리 토끼를 쫓다가 다 놓친다'라는 것이 말의 요지였다. 유리 안드레예비치는 집 안으로 들어갔다.

첫 번째 방에는 정말로 마룻바닥까지 오는 모피 외투를 입은 코마롭스키가 옷도 벗지 않고 서 있었다. 라라는 카텐카의 모피 외투 위쪽 가장자리를 붙잡고 깃을 여미려고 애썼지만 고리가 구멍에 잘 들어가지 않았다. 그녀는 딸에게 화를 내며 빙빙 돌지도, 꼼지락거리지도 말라고 소리쳤고, 카텐카는 "엄마, 살살 좀 해, 목이 졸린단 말이야."라고 투덜댔다. 다들 외출복을 입고 나갈 준비를 한 채로 서 있었다. 유리 안드레예비치가 들어가자 라라와 빅토르 이폴리토비치가 앞을 다투어 그를 맞으러 나왔다.

"어디 갔었어? 당신이 정말 필요하단 말이야!"

"안녕하시오, 유리 안드레예비치! 지난번에는 서로 모진 말을 잔뜩 했지만, 보시다시피, 불청객의 몸으로 다시 두 분을 찾아왔소."

"안녕하십니까, 빅토르 이폴리토비치."

"어딜 그렇게 오랫동안 나가 있었어? 이 사람이 무슨 말을 하는지 들어 보고 어서 당신과 나를 위해 결정을 내려 줘. 시간이 없어. 서둘러야 해."

"우리가 왜 서 있는 거죠? 앉으시죠, 빅토르 이폴리토비치. 어디 갔었냐고, 라로치카? 장작을 가지러 간 건 당신도 알잖아, 그다음에는 말을 돌봤고. 빅토르 이폴리토비치, 제발 좀 앉으세요."

"충격이지? 왜 놀란 기색을 보이지 않는 거야? 우리는 이 사람이 떠난 것을, 그의 제안을 받아들이지 않은 것을 애석해했는데, 지금 이 사람이 여기 당신 앞에 있는데도 놀라지 않다니. 하지만 더욱더 충격적인 것은 이 사람이 들고 온 새로운 뉴스야. 이 사람한테 얘기해 주세요, 빅토르 이폴리토비치."

"라리사 표도로브나가 무슨 생각을 하는지 모르겠지만, 내 쪽에서 할 얘기는 이거요. 나는 일부러 내가 떠났다는 소문을 퍼뜨렸지만, 실은 당신과 라리사 표도로브나가 우리가 의논한 문제를 재고하고 성숙한 숙고를 거쳐 모쪼록 보다 진중한 결정을 내리도록 시간을 주려고 며칠 더 남아 있었소."

"하지만 더는 미룰 수 없어. 지금이 출발하기에 가장 적합한 때야. 내일 아침이면…… 차라리 빅토르 이폴리토비치가 직접 말하는 게 낫겠어."

"잠깐만, 라로치카. 죄송하지만, 빅토르 이폴리토비치. 왜 우리가 외투를 입은 채 서 있는 거죠? 옷을 벗고 좀 앉읍시다. 진지한 대화가 아닙니까. 이렇게 얼렁뚱땅 넘어갈 수는 없어요. 미안합니다, 빅토르 이폴리토비치. 우리의 논쟁은 마음의 민감한 부분까지 다소 건드리는 겁니다. 이런 주제를 살피는 것은 우습고 어색한 일이죠. 나는 당신과 함께 떠나는 건 결코 생각해 본 적이 없어요. 라리사 표도로브나라면 다른 문제입니다. 이렇게 드문 경우, 즉 우리의 불안이 서로 별개이고 또 우리가 하나의 존재가 아니라 개별적인 운명을 가진 두 존재임을 상기할 때 나는 라라가, 특히 카탸를 위해서 당신의 계획을 좀 더 신중하게 숙고해야 한다고 생각했습니다. 게다가 그녀는 끊임없이 그렇게 하면서 계속, 계속 그 가능성에 대해 얘기를 꺼내고 있어요."

"하지만 당신이 같이 간다는 조건에서만 그런 거야."

"서로 떨어지는 것은 둘 다 똑같이 상상하기 힘들지만 어쩌면 그걸 참고라도 희생을 감수해야 해. 왜냐하면 내가 떠나는 건 재론의 여지가 없으니까."

"하지만 당신은 아직 아무것도 모르잖아. 우선 들어 봐. 내일 아침이면…… 빅토르 이폴리토비치!"

"라리사 표도로브나는 내가 입수해 벌써 그녀에게 전달한 정보를 말하는 것 같군요. 유랴틴에서 극동 정부의 직원용 열차가 도중에 정차합니다. 어제 모스크바에서 도착했는데, 내일 더 멀리 떠나요. 우리 교통부 소속 열차지요. 그 절반이 국제 침대칸이오.

나는 이 기차로 떠나야 합니다. 내 보좌관들을 위해 좌석이 몇 개 제공됐어요. 우리는 아주 편하게 출발할 수 있을 거요. 이런 기회는 다시없을 테고. 당신이 헛말을 하는 분이 아니니 우리와 함께 떠나지 않겠다는 결정을 취소하지 않으리라는 것을 알고 있소. 당신은 결심이 확고한 분이죠, 압니다. 하지만 어쨌거나 라리사 표도로브나를 위해 고집을 좀 꺾어요. 들었잖소, 당신이 안 가면 그녀도 안 갈 거요. 우리와 함께 떠납시다, 블라디보스토크가 아니라면 유랴틴까지라도. 그리고 거기서 봅시다. 하지만 그러려면 서둘러야 합니다. 일 분도 낭비해서는 안 돼요. 사람이 딸려 있어요, 내가 말을 잘 몰지 못해서요. 그 사람까지 포함, 우리 다섯이서 다 썰매에 타지는 못해요. 내가 알기로 당신에게는 삼데뱌토프의 말이 있죠. 그걸 타고 장작을 구하러 갔다 왔다고 하셨으니까. 아직 안 풀었죠?"

"아니, 벌써 풀었어요."

"그럼 어서 빨리 다시 매세요. 내 마부가 도와줄 거요. 하긴, 아시겠지만…… 젠장, 두 번째 썰매라니. 어떻게든 내 썰매로 가 봅시다. 단, 제발 어서 서둘러요. 여행에 꼭 필요한 것만 손에 잡히는 대로 챙기고요. 집은 원래대로 잠그지 말고 그냥 둬요. 아이의 목숨을 구해야 하는 상황이니 자물쇠에 열쇠를 꽂을 겨를도 없어요."

"이해가 안 되는군요, 빅토르 이폴리토비치. 마치 내가 떠나는 데 동의한 것처럼 말씀하시네요. 라라가 그렇게 원하면 제발 좀 떠나십시오. 집 걱정은 더 이상 하지 마시고요. 남아 있다가 당신네들이 떠난 다음에 치우고 잠글 테니까."

"무슨 말이야, 유라? 당신도 믿지 않을 그 뻔한 헛소리는 대체 뭐야? '라리사 표도로브나가 그렇게 결심했다면'이라니. 당신이 이 라리사 표도로브나와 함께 가지 않으면 나 역시 단연코 어떤 결정도 내리지 않으리란 걸 너무 잘 알면서. 그러면서도 '집은 내가 치우고 내 모든 걸 돌보겠다.'라니 그건 또 무슨 소리야?"

"그러니까 꼼짝도 하지 않으시겠다. 그렇다면 다른 부탁이 있소. 라리사 표도로브나가 허락해 주면, 가능한 한 단둘이서 당신과 두어 마디 했으면 하는데요."

"좋습니다. 굳이 그래야 한다면 부엌으로 갑시다. 괜찮지, 라루샤?"

12

"스트렐니코프가 체포되어 최고형을 선고받고 형이 집행되었소."

"정말 끔찍하군요. 사실입니까?"

"그렇게 들었소. 사실이라고 확신하고요."

"라라한테는 말하지 말아요. 미쳐 버릴 테니까."

"여부가 있겠소. 그러려고 당신을 다른 방으로 부른 거요. 이 총살 이후 그녀와 딸에겐 그야말로 위험이 코앞까지 닥쳤다고 할 수 있소. 그들을 구하도록 나를 도와주시오. 우리와의 동행은 단칼에 거절하시는 거요?"

"말했잖습니까. 물론입니다."

"하지만 당신이 안 가면 그녀는 떠나지 않을 거요. 어떻게 해야 할지 정말 모르겠소. 그럼 다른 식으로 도와주셔야겠소. 말로라도, 가짜로라도 양보할 준비가 된 것처럼, 설득에 넘어갈 것처럼 해 주시오. 당신과 이별한다니 상상이 안 되는군요. 여기 이 자리든, 유랴틴의 기차역이든 당신이 정말 우리와 동행한다고 할지라도 말이죠. 그녀가 당신도 함께 가는 것이라고 믿게 해야 해요. 지금 당장은 우리와 함께 가지 않더라도 얼마 뒤 내가 당신에게 확실한 기회를 마련해 주면 된다고. 지금 당신은 그녀에게 거짓 맹세를 할 수 있어야 해요. 하지만 지금 내 입장에서는 괜한 말이 아니오. 명예를 걸고 단언하지만, 당신이 의향을 비치기만 하면 언제라도 당신을 여기서 우리 쪽으로 데려와 어디든 당신이 원하는 곳으로 멀리 보내도록 하겠소. 라리사 표도로브나가 당신이 우리와 동행한다고 믿어야 해요. 어떻게 설득하든 이 점을 확신하게 해 줘요. 말하자면, 가짜로 썰매에 말을 매러 달려가면서, 우리에게는 말이 준비되는 대로 도중에 우리를 따라잡을 테니 일단 기다리지 말고 당장 떠나라고 설득해 줘요."

"파벨 파블로비치의 총살 소식에 너무 충격을 받아 정신을 차릴 수가 없군요. 당신의 말도 간신히 좇아가고 있어요. 하지만 동의합니다. 스트렐니코프를 처단했으니 요즘 우리 논리로는 라리사 표도로브나와 카탸의 목숨도 위협받겠지요. 우리 중 누군가는 자유를 박탈당할 것이고, 그러면 어쨌거나 우리는 갈라질 겁니다. 그럴 바엔 정말 차라리 당신이 우리를 갈라놓고 그들을 어디 먼 곳, 세상 끝까지라도 데려가는 편이 낫겠어요. 내가 이런 말을 하는 지금도 어쨌거나 사태는 당신 뜻대로 진행되고 있어요. 분명히 나는 어찌할 도리가 없어져 오만과 자존심도 버리고 고분고분 당신에게 기어가 그녀와 그녀의 목숨을, 내 가족에게 갈 배편을 당신 손으로 구해 달라고, 또 나도 좀 구제해 달라고 할 겁니다. 하지만 이 모든 것을 좀 헤아리게 해 주세요. 당신이 들려준 소식에 정신이 나갔거든요. 너무 고통스러워서 생각하고 판단하는 능력마저 상실했어요. 이렇게 고분고분함으로써 내가 돌이킬 수 없을 만큼 치명적인 실수를 범하고 또 그 때문에 평생 두려워할지도 모르겠지만, 내 힘을 앗아 가는 고통의 안개 속에서 지금 할 수 있는 일은 당신의 말에 기계적으로 맞장구를 치고 어쩔 수 없이 맹목적으로 복종하는 것뿐이군요. 그러니 나는 그녀에게 보이기 위해, 그녀의 안녕을 위해 지금 말을 매러 가는데 곧 너희를 따라잡겠노라고 알리고, 실은 여기 혼자 남도록 하겠어요. 단, 한 가지 사소한 문제가 있습니다. 이제 곧 밤이 오는데 어떻게 가려고요? 길은 숲이고 주변에는 늑대가 들끓고 있으니 조심하세요."

"알고 있소. 내겐 소총과 권총이 있어요. 걱정하지 말아요. 그나저나 추위를 잊으려고 알코올을 조금 얻어 왔습니다. 제법 있어요. 좀 나눠 드릴까요, 예?"

13

'내가 무슨 짓을 했지? 무슨 짓을 한 거야? 저버렸어, 단념했어, 내주었어. 얼른 뒤쫓아 가자, 따라잡자, 되돌려오자. 라라! 라라!

소리는 들리지 않으리라. 바람이 반대쪽으로 분다. 그리고 분명히 큰 소리로 이야기를 나누고 있으리라. 그녀로선 기뻐하고 안심할 근거가 충분하다. 기만에 맡겨졌으되 자기가 어떤 미혹에 빠졌는지는 의심조차 하지 않는다.

그녀의 생각은 십중팔구 이럴 것이다. 그녀는 생각하는 중이다. 모든 것이 자신의 바람에 따라 더할 나위 없이 잘 풀렸다. 자신의 유로치카, 공상가이자 옹고집인 그가 마침내 고집을 꺾고, 천만다행으로 자기와 함께 믿을 만한 어딘가, 자기들보다 현명한 사람들이 있는 곳, 법과 질서의 비호 아래로 떠난다. 혹시 그가 고집을 부리고 성질을 참지 못해 계속 버티고 내일 자기들의 기차에 타지 않더라도, 빅토르 이폴리토비치가 그를 위해 다른 기차를 보낼 것이고 그는 가장 빠른 시간 안에 자기들을 따라잡을 것이다.

물론 지금 그는 벌써 마구간에 가 있으며, 너무 흥분하고 다급한 나머지 마구 떨리고 뒤엉키고 말을 잘 듣지 않는 손으로 사브라스카를 썰매에 묶고, 곧바로 자기들의 뒤를 좇아 전속력으로 질주할 것이고, 그래서 숲으로 들어가기도 전, 아직 들판을 달릴 때 따라잡을 것이다.'

분명히 그녀는 바로 이렇게 생각하고 있으리라. 한데 그들은 작별 인사도 제대로 나누지 못했고, 유리 안드레예비치는 그저 사과 조각에 숨이 막힌 것처럼, 목구멍에 말뚝처럼 우뚝 선 통증을 꿀꺽 삼키려고 애쓰면서 한 손을 내젓곤 몸을 돌릴 뿐이었다

의사는 모피 외투를 한쪽 어깨에만 걸친 채 현관 층계참에 서 있었다. 그는 외투를 입지 않은 손으로 지붕 바로 밑, 층계참의 가늘고 잘록한 기둥의 목을 졸라 죽일 기세로 힘껏 움켜쥐었다. 그의 모든 의식은 공간 속의 먼 점에 붙박여 있었다. 그곳에는 얼마 동안 오르막 비탈길이 듬성듬성 자라는 몇 그루의 자작나무 사이로 작은 조각처럼 보이곤 했다. 탁 트인 이곳으로 그 순간, 뉘엿뉘엿 지는 나지막한 햇살이 떨어졌다. 이렇게 햇살이 비치는 그곳으로, 조금 전 약간 팬 골짜기를 지나느라 시야에서 사라진 썰매가 이제 금방이라도 모습을 드러낼 터였다.

"잘 가라, 잘 가라." 이 순간을 고대하며 의사는 소리도 의식도 없이 되뇌며, 거의 숨결 같은 소리를 가슴팍에서 저물어 가는 싸늘한 공기 속으로 밀어냈다. "잘 가라, 하나뿐인 내 사랑, 영원토록 잃어버린 여인이여!"

"간다! 간다!" 그가 새하얘진 입술로 저돌적으로, 메마르게 속삭이는 순간 썰매가 아래쪽에서 쏜살같이 튀어나와 자작나무를 한 그루씩 지나치다가 속도를 늦추더니, 아, 기뻐라, 마지막 자작나무 옆에서 멈추어 섰다.

오, 심장이 뛴다, 오, 심장이 뛰고 다리가 툭 꺾이고 너무 흥분한 나머지 온몸이 어깨에서 미끄러지는 모피 외투처럼 부

드럽고 펠트처럼 포근해졌다! '오, 주여, 그녀를 저에게 되돌려 주기로 하신 겁니까? 저쪽에서 무슨 일이 일어난 걸까? 저쪽, 저 먼 석양의 지평선에서 무슨 일이 일어나고 있는 걸까? 어찌 된 일일까? 왜 서 있는 걸까? 아니다. 끝났다. 떠났다. 달려갔다. 이건 분명히 그녀가 집과 작별하기 위해 한 번만 더 보자고 부탁한 것이리라. 아니면 유리 안드레예비치가 벌써 출발했는지 아닌지, 자기들 뒤를 좇아오고 있는지 어떤지 확인하고 싶었기 때문이리라. 떠났다. 떠나 버렸다.

혹시 시간이 되면, 혹시 태양이 더 일찍 지지 않으면(어두우면 그들을 알아보지 못할 테니까) 그들은 계곡의 저편, 그저께 밤에 늑대들이 서 있던 평원에서 한 번 더 명멸할 것이고, 이번이 마지막일 것이다.'

자, 그 순간도 왔다가 지나갔다. 검붉은 태양은 아직도 푸른 선을 이룬 눈 더미 위에 둥글게 떠 있었다. 눈은 태양이 흘려주는 파인애플 같은 단물을 게걸스럽게 빨아먹고 있었다. 그때 그들이 나타났고, 질주했고, 가 버렸다. '잘 가, 라라, 저세상에서 다시 만날 때까지, 나의 미인이여, 잘 가라, 나의 기쁨이여, 결코 마르지 않는, 한없이 깊은 영원한 여인이여.' 자, 그들은 자취를 감추었다. '이제 더 이상 당신을 보지 못할 것이다. 인생에서 결코, 결코, 결코 더 이상은 당신을 보지 못할 것이다.'

그러는 사이 날이 어두워졌다. 눈 위에 여기저기 흩뿌려진 진홍빛-청동빛 저녁놀의 얼룩이 저돌적으로 빛을 잃고 꺼져 버렸다. 부드러운 잿빛의 공간들은 라일락 빛 황혼에 잠겨 점점 더 연보랏빛으로 물들어 갔다. 그 잿빛 연기에, 갑자기 얇아진 듯한 창백한 장밋빛 하늘 위에 부드럽게 그려진 길가 자작나무의 손으로 수놓은 듯한 섬세한 느낌이 뒤섞였다.

심적인 고뇌 때문에 유리 안드레예비치는 예민한 상태였다. 사물을 포착하는 감각 역시 열 배는 족히 날카로웠다. 주변 상황, 심지어 공기조차 보기 드문 유일성의 특징을 획득했다. 겨울 저녁은 모든 것을 동정하는 증인처럼 전례 없는 관심을 뿜어냈다. 지금껏 이런 식으로 어스름이 내린 적은 결코 없는 것 같았고, 오직 오늘만, 처음으로 홀로 남아 고독에 빠진 사람을 위로하기 위해 이런 식으로 날이 저무는 것 같았다. 주변 숲들은 지평선 쪽으로 등을 돌린 채 언덕 위로 파노라마처럼 펼쳐질 뿐만 아니라, 동정심을 드러내기 위해 땅 밑에서 솟아 나와 이제 막 그 위에 자리를 잡은 것 같았다.

의사는 질기게 들러붙는 동정자 무리를 내치듯 이 시각의 생생한 아름다움에 거의 손을 내젓고 그에게 뻗은 저녁 햇살을 향해 거의 '고마워. 됐어.'라고 속삭일 태세였다.

그는 계속 층계참에 서서 얼굴을 닫힌 문 쪽으로 향하고 세상으로부터 몸을 돌리고 있었다. '나의 밝은 태양이 졌다.' 뭔가가 그의 내부에서 이렇게 반복하고 되뇌었다. 이 말을 큰 소리로 연이어 내뱉을 힘이 없는 데다 경련처럼 목이 메어 와 말이 자꾸 끊겼다.

그는 집 안으로 들어갔다. 이중의 독백, 두 종류의 독백이 그의 내부에서 시작되어 완성되어 갔다. 그 자신과 관련된 건조하고 짐짓 사무적인 독백과, 라라를 향해 흘러넘치는 무한

한 독백이. 그렇게 상념이 이어졌다. '이제 모스크바로 가자. 우선 할 일은 살아남는 것이다. 불면증에 걸리지 않도록 할 것. 잠자리에 들려고 하지 말 것. 밤마다 죽을 만큼 피로감이 밀려와 정신이 멍해질 때까지 일할 것. 또 있다. 밤에 괜히 얼어 죽지 않도록 지금 당장 침실에 불을 땔 것.'

하지만 자기 자신과 이런 이야기도 나누었다. '잊지 못할 나의 매혹이여! 내 팔꿈치의 곡선이 당신을 기억하는 한, 당신이 아직 내 품 안에, 내 입술에 있는 한, 나는 당신과 함께하리라. 당신에 대한 눈물을 뭔가 길이 남을 가치 있는 것 속에 쏟아 내리라. 다정하고도 다정한, 가슴을 아리도록 슬픈 묘사 속에 당신의 추억을 기록하리라. 이 일을 끝내기 전까지 이곳에 머물리라. 그런 다음엔 나 역시 떠나리라. 자, 당신을 이렇게 묘사하리라. 당신의 특징 하나하나를 종이 위에 그리리라, 바다를 밑바닥부터 뒤집는 무서운 폭풍우가 지나가면 모래 위로 가장 강력하고 가장 멀리까지 철썩이는 파도의 흔적이 남듯. 바다는 조약돌, 코르크 마개, 조개껍질, 해초 등 자기가 밑바닥에 들어 올릴 수 있는, 가장 무게가 안 나가는 가벼운 것을 곳곳이 끊어진 구불구불하고 꼬인 선처럼 던져 올리리라. 그것이 가장 높이 밀려드는 파도의 무한히 뻗은 먼 해안선이지. 인생의 폭풍도 그렇게 당신을 나에게 밀어 올렸지, 나의 자랑스러운 그대여. 그렇게 나는 당신을 묘사하리라.'

그는 집 안으로 들어와 문을 잠그고 모피 외투를 벗었다. 라라가 아침에 그토록 잘, 열심히 청소해 놓았지만 황급히 떠나느라 다시 엉망이 된 방 안으로 들어서자, 헝클어진 채 손보지 않은 침대, 마룻바닥과 의자 위에 던져진 채 무질서하게 나뒹구는 물건을 보자, 그는 어린아이처럼 침대 앞에 무릎을 꿇고 주저앉아 가슴을 온통 침대의 딱딱한 가장자리에 갖다 붙이고 흘러내리는 깃털 이불 끝에 얼굴을 떨군 채 어린아이처럼 훌쩍훌쩍, 서럽게 울었다. 그리 오래도록은 아니었다. 유리 안드레예비치는 일어나 얼른 눈물을 훔치고 깜짝 놀란 듯 멍한, 피곤하고도 넋이 빠진 시선으로 주변을 둘러보다가 코마롭스키가 남겨 둔 술병을 가져와 마개를 뽑고 반 잔쯤 붓고 물을 더하고 눈〔雪〕까지 섞은 다음, 이제 막 쏟아 낸 위로할 길 없는 눈물과 거의 맞먹는 쾌감을 느끼며 이 혼합물을 천천히 벌컥벌컥 들이켰다.

14

유리 안드레예비치에게 뭔가 터무니없는 일이 일어났다. 그는 천천히 미쳐 갔다. 여태껏 이렇게 이상한 생활 방식을 유지한 적이 없었다. 집을 방기하고 자신을 돌보기를 멈추고 낮밤을 바꿔 살고 라라가 떠난 이후 시간이 얼마나 흘렀는지를 세는 것도 잊어버렸다.

술을 마시며 라라에게 바치는 글을 썼지만 썼던 것을 지우고 단어를 새로 바꿀수록 그의 시구와 메모 속의 라라는 원래의 참된 형상, 카탸와 함께 여행 중인 카텐카 엄마의 형상에서 점점 더 멀어졌다.

유리 안드레예비치가 이렇게 퇴고를 거듭하는 것은 정확성과 표현력을 고려했기 때문이지만, 개인적으로 겪고 실제 있었던 일을 너무 노골적으로 드러내지 않으려는, 쓰인 것과 경험한 것의 직접적인 참가자가 상처를 입거나 다치는 일이 없도록 하려는 내적인 자제력의 주입에 응답하는 것이기도 했다. 그리하여 피 맺힌, 아직 식지 않아 김이 모락모락 나는 것은 시에서 밀려났고, 시 속에는 피를 흘리고 병을 유발하는 것 대신 개별적인 경우를 누구나 다 아는 보편성으로까지 끌어올리는, 온화한 넓음이 나타났다. 이러한 목적에 도달하려고 애쓴 것은 아니지만, 이 넓음이 알아서, 길 떠난 그녀가 도중에 그에게 개인적으로 보내온 위안처럼, 멀리서 온 그녀의 인사말처럼, 꿈속에 나타난 그녀의 모습이나 그의 이마에 닿은 그녀의 손길처럼 찾아왔다. 그는 시구에 새겨진 이 고결한 각인을 사랑했다.

라라를 위한 애가를 쓰는 동안 그는 또 자연과 일상, 온갖 잡동사니에 대해 여러 시간에 걸쳐 써 놓은 원고를 마저 손보았다. 전에도 항상 그랬지만, 개인의 삶과 사회의 삶에 대한 수많은 상념이 이런 작업을 할 때면 겸사겸사 동시에 찾아들었다.

다시금 그는 자신이 역사를, 소위 역사의 흐름을 흔히 통용되는 것과 다른 방식으로 표상한다고, 그것이 식물계의 생명의 유비처럼 그려진다고 생각했다. 겨울, 눈 덮인 활엽수의 헐벗은 나뭇가지가 늙은이의 사마귀에 난 털처럼 여위고 초라했다. 봄에는 며칠 만에 숲이 변형되어 구름까지 올라가고 무성해진 나뭇잎으로 뒤덮인 숲속에 숨을 수도, 길을 잃을 수도 있을 정도다. 이런 변화는 그 저돌성에 있어 동물을 능가하는 움직임에 의해 이루어지는데, 동물은 식물처럼 빨리 자라지 않아 결코 그 움직임을 훔쳐볼 수 없는 까닭이다. 숲은 이동하지도 않고 우리가 그 장소의 변화를 감시하다가 덮칠 수도 없다. 바로 그렇게 움직이지 않는 모습으로 우리는 영원히 자라고 영원히 변하고, 그러면서도 그 변형이 감지되지 않는 사회의 삶과 역사를 포착하는 것이다.

톨스토이는 나폴레옹, 통치자, 사령관의 선구자적 역할을 부정했으되 자신의 생각을 끝까지 밀고 나가지는 못했다. 그 역시 같은 생각을 했지만 아주 분명하게 말을 끝맺지는 못했다. 역사는 누가 만드는 것이 아니며, 풀이 자라는 것을 볼 수 없듯, 볼 수 있는 것이 아니다. 전쟁, 혁명, 차르, 로베스피에르 같은 자는 역사의 유기체적인 선동자, 즉 발효소일 뿐이다. 혁명을 일으키는 자는 활동적이고 단선적인 열광자들, 자제의 천재들이다. 그들은 몇 시간이나 며칠 만에 구질서를 뒤엎어 버린다. 전복은 수주나 수년에 걸쳐 지속되지만, 이후 수십 년, 수세기에 걸쳐 성물과 같은 전복을 낳은 편협성의 정신에 경배한다.

라라를 위한 애가를 쓰면서 그는 또 멜류제예프의 저 머나먼 여름을 애도했는데, 그 무렵 혁명은 하늘에서 땅에 내려온 신, 그 여름의 신이었고 각자는 자기 식으로 미쳐 갔고 각자의 삶은 고상한 정치의 정의를 확증해 주는 예시 그림으로서가 아니라 자기 나름으로 존재했다.

온갖 다양한 것을 이렇게 마구 쓰는 동안 그는, 예술은 항상 아름다움에 봉사하는 것이고 아름다움은 형식을 점유하는 행복이며 또 형식이란 존재의 유기체적인 열쇠이고 모든 생명체는 존재하기 위해 형식을 지배해야 하고 따라서 비극적인 예술까지 포함하여 무릇 예술이란 존재의 행복에 관한 이야기라는 점을 다시 점검하고 확인했다. 이런 상념에 잠겨 메모를 하는 동안 또 그는 눈물 가득한, 너무도 비극적인 행복을 맛보았고 그 때문에 피곤하고 머리도 아팠다.

안핌 예피모비치가 그를 보러 왔다. 그도 보드카를 가져왔고 안티포바와 딸, 그리고 코마롭스키가 떠났다는 이야기를 해 주었다. 안핌 예피모비치는 철로의 수동식 운반차를 타고 왔다. 그는 의사가 말을 잘 돌보지 못한다고 욕하더니, 사나흘만 더 참아 달라는 유리 안드레예비치의 부탁도 무시하고 말을 데리고 가 버렸다. 대신 사나흘 뒤 자기가 직접 의사를 데리러 오겠노라고, 그래서 바르이키노에서 완전히 데려가겠노라고 약속했다.

때때로 메모를 하다가 작업에 너무 몰두한 나머지 유리 안드레예비치는 갑자기 떠나 버린 여자가 너무 생생한 모습으로 떠올라 그 다정함과 예리한 박탈감에 정신이 아찔해지기도 했다. 언젠가 유년 시절, 자연이 여름의 멋을 부릴 때 새들의 지저귐 속에서 돌아가신 어머니의 목소리가 어른거렸던 것처럼, 지금은 라라에게 길들여지고 그녀의 목소리에 정이 든 청각이 때때로 그를 기만했다. 때때로 옆방에서 "유로치카." 하고 부르는 환청이 들려왔다.

이 한 주 동안 다른 식으로 감각의 기만을 겪는 일이 더러 있었다. 그 주가 끝날 무렵, 그는 갑자기 밤에 집 밑에 용의 협곡이 있는 터무니없고 묵직한 악몽을 꾸다 깼다. 눈을 떴다. 갑자기 계곡의 밑바닥이 번쩍하며 빛나더니 누군가가 탁하고 쏜 총소리와 그 반향이 울려 퍼졌다. 놀랍게도, 그렇게 이례적인 사건이 있었음에도 의사는 바로 다시 잠들었고 아침에는 그 모든 것이 꿈이었다고 단정했다.

15

그러다 얼마 뒤 이런 일이 있었다. 의사는 마침내 이성의 목소리에 귀를 기울였다. 어쨌거나 자살이 목표라면 보다 효과적이되 고통이 덜한 방법을 찾아야 한다고 스스로에게 말했다. 안핌 예피모비치가 자기를 데리러 오면 바로 여기를 떠나자고 스스로 다짐했다.

어스름이 내리기 전, 아직 밝을 때 눈 위를 저벅저벅 걷는 소리가 들렸다. 누군가가 힘차고 단호한 걸음걸이로 차분히 집 쪽으로 다가오는 것이었다.

이상하다. 누구일 수 있을까? 안핌 예피모비치라면 말을 타고 왔을 것이다. 텅 빈 바르이키노에 행인이 있을 리도 없다. '나 때문에 왔군.' 유리 안드레예비치는 그렇게 단정했다. '시내로 소환하거나 출두하라는 요구겠지. 아니면 체포하러 왔거나. 하지만 어디에 태워 가려는 걸까? 또 그 경우라면 두 사람이 왔을 것이다. 이건 미쿨리츠인, 아베르키 스테파노비치일 거야.' 기쁜 마음으로 그렇게 추측했는데, 발걸음 소리로 손님이 누구인지 알아낸 것 같았다. 여전히 수수께끼 같은 이 사람은 여기 있으리라 예상한 자물통을 발견하지 못하고 빗장이 부서진 문 옆에서 잠시 지체하다가, 확신에 찬 걸음걸이로 앞으로 걸어가 집주인인 양 능숙한 움직임으로 도중에 마주치는 문들을 열었다가 조심스레 닫곤 했다.

이런 이상한 일이 진행되는 동안 유리 안드레예비치는 입구 쪽으로 등을 돌린 채 책상 앞에 앉아 있었다. 그가 의자에서 몸을 일으켜 낯선 자를 맞기 위해 문 쪽으로 얼굴을 돌리는 동안 상대방은 이미 문지방에, 그것도 그 자리에 붙박인 듯이 정지해 있었다.

"누굴 찾아오셨습니까?" 의사의 입에서 아무 맥락도 없이 무의식적으로 이런 말이 터져 나왔는데, 대답이 없어도 놀라지 않았다.

안으로 들어온 사람은 잘생긴 얼굴에 건강하고 늘씬했으며 짧은 모피 재킷과 바지를 입고 따뜻한 양피 장화를 신은 채 라이플총을 가죽 끈에 묶어 어깨에 메고 있었다.

이 미지의 인간은 출현한 순간만 의사에게 뜻밖이었을 뿐, 그가 온 사실 자체는 그렇지 않았다. 집 안의 물건들과 다른 징후로 봐서 유리 안드레예비치는 이런 만남을 준비해 온 터였다. 안으로 들어온 사람은 분명히, 이 집 안에 널려 있는 저장품들의 주인일 것이다. 외양을 봐서는 의사가 어디선가 만난 적이 있는, 아는 사람 같았다. 방문객도 집이 비어 있지 않다는 언질을 들은 모양이었다. 집에 누가 있다는 사실에 별로 놀라지 않았으니 말이다. 자기가 안에서 누구를 만나게 될지도 예상한 것 같았다. 아마 그도 의사를 알고 있었으리라.

'누구지? 누구더라?' 유리 안드레예비치는 고통스럽게 기억을 더듬었다. '하느님 맙소사, 전에 어디서 봤더라? 그럴 리가? 몇 년인지는 기억나지 않지만 무더운 5월 아침이었어. 라즈빌리예 철도역. 불길하기 짝이 없는 군사 위원의 객차. 명료한 개념들, 직선적인 태도, 엄정한 원칙, 공명정대, 공명정대, 공명정대. 스트렐니코프다!'

16

그들은 벌써 한참 동안, 꼬박 몇 시간째 이야기를 나누고 있었다. 오직 러시아에 사는 러시아인들만이, 당시엔 러시아의 모든 사람들이 그랬지만, 특히 공포에 휩싸이고 우수에 젖은 사람들과 광포하고 미친 사람들이 대화를 나누는 방식으로 말이다. 날이 저물었다. 주위가 어두워졌다.

스트렐니코프는 다른 모든 사람과 공유한 불안한 수다스러움과는 별개로 뭔가 다른 자기만의 이유로 침묵하지 못하고 말을 이어 갔다.

그는 고독을 피하기 위해 그렇게 말하고도 질리는 법 없이 온 힘을 다해 의사와의 대화에 매달렸다. 양심의 가책이나 그를 추격하는 슬픈 추억이 무서웠던 것일까, 아니면 자신이 너무 참을 수 없고 증오스러워 수치심 속에서 죽을 준비를 했을 만큼 스스로에 대한 불만족으로 괴로웠던 것일까? 혹시 취소할 수 없는 어떤 무서운 결정이 내려졌는데 그것과 더불어 혼자 남고 싶지 않아서, 의사와 잡담을 나누고 어울림으로써 가능한 한 실행을 연기하려 하는 것은 아닐까?

어쨌거나 스트렐니코프는 스스로 부담을 느끼는 어떤 중대한 비밀을 감추고 있었고, 그래서 더더욱 나머지 모든 점에 대해 몸을 소진하듯 속마음을 털어놓았다.

이것은 이 세기의 병, 이 시대의 혁명의 광기였다. 모두가 마음속은 말이나 외적 현상과 완전히 달랐다. 그 누구도 양심이 깨끗하지 않았다. 누구나 모든 것이 자기 잘못이라고, 자신은 은밀한 범죄자요 발각되지 않은 사기꾼이라고 느낄 만한 근거를 가지고 있었다. 건수만 있으면 자신을 채찍질하는 상상력이 극단까지 날개를 펼쳤다. 사람들은 망상에 시달렸고, 비단 공포의 영향 때문뿐 아니라 파괴적이고 병적인 끌림에 이끌려서, 자발적인 의지에 따라, 형이상학적인 무아경과 자유만 주어지면 절대 멈출 수 없는 자책의 열정을 느끼며 스스로를 마음껏 공격했다.

그런 죽음 직전의 자백을, 한때 유력한 군인이자 더러는 군사 재판관이었던 스트렐니코프는 서면이나 구두로 얼마나 많이 읽고 또 들었을까. 이제는 그도 그와 비슷한 자기 폭로의 발작에 사로잡혀 자신의 모든 것을 재평가하고 모든 것을 결산하고 모든 것을 불구처럼 일그러지고 열과 미망에 들뜬 왜곡 상태로 보았다.

스트렐니코프는 이 고백에서 저 고백으로 건너뛰며 두서없이 이야기했다.

"이것은 치타 근방에 있었던 겁니다. 이 집의 옷장과 서랍에 가득 넣어 둔 별별 물건들에 깜짝 놀랐죠? 이 모든 것이 우리 적군이 동부 시베리아를 점령했을 때 징발한 전리품입니다. 물론 나 혼자 운반해 온 건 아니고요. 살다 보니 운 좋게도 항상 나에게 충직하고 헌신적인 사람들이 있었어요. 촛불, 성냥, 커피, 차, 문구류 등인데 일부는 체코군의 자산이고 또 일부는 일본 것과 영국 것입니다. 정말 불가사의하죠, 그렇잖습니까? '그렇잖아?'는 내 아내가 애용하던 표현인데, 아마 당신도 인지했을 겁니다. 처음에는 이 말을 어떻게 꺼내야 할지 몰랐는데, 이제 고백하는군요. 나는 아내와 딸을 만나러 왔습니다. 그들이 여기 있다는 소식을 너무 늦게 전달받았어요. 그래서 보다시피 늦은 겁니다. 각종 유언비어와 보고를 통해 당신이 그녀와 가까운 사이라는 것을 알게 되었고 '의사 지바고'라는 이름이 거명되는 것을 처음 들었을 때, 정말 불가사의하게도, 요 몇 년 동안 내 앞에 출몰한 수천 명의 인물 중 어쩌다가 한 번 심문을 받으러 불려온 그런 성의 의사를 떠올렸습니다."

"그래서 그를 총살하지 않은 것을 유감스러워했습니까?"

스트렐니코프는 이 지적에는 아무런 주의도 기울이지 않았다. 대화 상대자가 직접 끼어들어 자신의 독백을 중단시키는 것은 숫제 듣지도 않는 모양이었다. 그는 멍하니 생각에 잠겨 말을 이었다.

"물론 당신을 질투했고 지금도 질투합니다. 그러지 않을 수 없잖습니까? 이런 곳에 몸을 숨긴 건 오직 최근 몇 달 동안인데, 극동의 다른 은신처들이 발각됐거든요. 나는 날조된 죄목으로 군사 재판에 회부될 처지였습니다. 그 결과가 어떨지는 쉽게 짐작할 수 있죠. 나에겐 죄가 없습니다. 앞으로 상황이 호전되면 무죄를 증명하고 명예를 회복할 수 있으리라 희망하게 되었습니다. 체포되기 전에 일찌감치 시야에서 사라져 당분간 몸을 숨긴 채 은둔자처럼 떠돌며 살기로 결심했습니다. 결국은 구원될 테니까요. 그런데 나의 신뢰를 얻은 애송이 악당이 나를 속이고 말았어요.

나는 겨울에 걸어서 시베리아를 가로질러 서쪽으로 가고 있었는데, 몸을 숨긴 채 굶주림에 시달렸죠. 눈 더미에 파묻혀 지내거나 눈 덮인 기차 안에서 밤을 보냈습니다. 그때 그렇게 눈 덮인 기차들이 그야말로 끝없는 사슬처럼 시베리아 철도 간선 위에 서 있었거든요.

그렇게 방랑하던 중에 우연히 떠돌이 소년을 만나게 됐는데, 다른 사형수들과 함께 일렬로 서 있다가 모두가 총살됐는데도 총을 제대로 맞지 않은 파르티잔이었던 모양이에요. 총살된 사람들 무리에서 기어 나와 한숨 돌리고 좀 누워 있다가 나처럼 이런저런 짐승 굴을 떠돌며 유랑 생활을 하게 되었다더군요. 적어도 녀석의 얘기로는 그랬어요. 그 애송이 건달 녀석은 못돼먹은 낙제생이었어요. 실업 학교 2학년생이었는데 학습 능력이 안 돼 제적당했답니다."

스트렐니코프의 이야기가 자세해질수록 의사는 소년을 잘 알게 되었다.

"이름이 테렌티이고 성은 갈루진이었죠?"

"그렇습니다."

"그렇다면 파르티잔과 총살 얘기는 모두 사실입니다. 꾸며낸 얘기는 하나도 없어요."

"소년의 유일한 장점이라면, 어머니를 미치도록 숭배한다는 거죠. 아버지는 인질로 있다가 사라졌대요. 녀석은 어머니가 감옥에 있고 아버지와 같은 운명이 되리라는 것을 알고는 어머니를 석방시키기 위해 무슨 일이라도 하기로 결심했습니다. 녀석은 군(郡) 비상 위원회를 찾아가서 자수하고 앞으로 충성하겠다고 했고, 그쪽에서는 누구든 거물을 내주면 그의 죄를 모두 사면해 주겠다고 했습니다. 그는 내가 숨어 있던 곳을 가르쳐 주었습니다. 나는 그의 배반을 미리 귀띔받고 적시에 몸을 숨겼죠.

동화에나 나올 법한 노력과 천신만고 끝에 시베리아를 가로질러 이곳까지 왔습니다. 설마 내 존재가 이렇게 속속들이 잘 알려진 곳, 여기에 있을 줄은 몰랐을 테고 내가 그 정도로 대담하리라곤 생각도 못했겠죠. 그리고 사실 내가 이 집이나 이 근방의 다른 은신처에 잠입해 있는 동안에도 치타 근방에서는 나를 오랫동안 수색하고 있었거든요. 하지만 이제는 끝입니다. 이곳도 꼬리를 밟혔거든요. 이봐요. 날이 어두워지는군요. 달갑지 않은 시간이 다가옵니다, 벌써 오래전에 잠을 잃어버렸어요. 당신은 이것이 얼마나 큰 고통인지 아실 겁니다. 당신이 내 양초를 모조리 다 태워 버리지 않았다면(멋진 스테아린 양초죠, 안 그렇습니까?) 조금만 더 얘기를 나눕시다. 당신만 괜찮으면 밤새 촛불을 밝혀 두고 이렇게 호사를 누리며 계속 이야기를 나눠요."

"양초는 그대로 다 있습니다. 이제 막 한 통을 뜯은걸요. 나는 여기서 찾은 등유를 썼어요."

"혹시 빵 있습니까?"

"없습니다."

"대체 뭘 먹고 살았습니까? 하긴 어리석은 질문이군요. 감자였겠죠. 나도 알아요."

"맞습니다. 감자는 얼마든지 있으니까요. 이 집 주인들은 저장을 잘하는 노련한 사람들입니다. 감자 저장법을 잘 알았나 봐요. 전부 지하실에 보존되어 있더군요. 썩지도, 얼지도 않았어요."

스트렐니코프는 갑자기 혁명 얘기를 꺼냈다.

17

"이 모든 건 당신을 위한 것이 아니죠. 당신이 이해할 건 아니라는 말입니다. 당신은 다른 식으로 자랐으니까요. 도시 변두리의 세계, 철도 길과 노동자 숙소의 세계가 있었습니다. 더럽고 비좁고 죽도록 가난하고 노동자도 더럽혀지고 여자도 더럽혀지는 세상. 또 방탕, 마마보이들, 안감이 하얀 교복을 입은 대학생들, 상인들이 실실 웃어 대는 뻔뻔스러운 무법천지가 있었습니다. 그들은 헐벗은 자들과 모욕받은 자들과 유혹당한 자들의 눈물과 하소연을 농담으로 받아치거나 깔보듯 버럭 신경질을 내면서 무마해 버렸지요. 아무런 수고도 하지 않고 아무것도 추구하지 않고 이 세계에 뭐 하나 주는 것도, 남기는 것도 없는 존재들, 오직 그런 장점만 있는 기생충들의 왕국인 겁니다!

하지만 우리는 인생을 군사 원정으로 받아들였고, 우리가 사랑한 사람들을 위해 돌을 움직였습니다. 우리가 그들에게 안겨 준 게 고통뿐이었다 해도 상처를 주지는 않았습니다. 왜냐하면 우리의 수난이 그들보다 훨씬 컸으니까요.

그런데 말을 계속하기에 앞서 이 말씀을 꼭 드려야겠습니다. 문제는 이렇습니다. 당신이 삶을 소중히 여긴다면 지체하지 말고 여기를 떠나야 합니다. 나에 대한 포위망이 좁혀지고 있어요. 이 일이 어떻게 끝나든 당신을 나와 엮을 테고, 나와 대화를 나누었다는 사실만으로도 이미 나의 일에 연루된 겁니다. 게다가 여기엔 늑대도 많아서 요전에는 총을 쏴서 쫓았어요."

"아, 그게 당신이 쏜 것이로군요?"

"그래요. 물론 들었겠죠? 다른 은신처로 가는 길이었는데, 끝까지 가기 전에 여러 징후로 봐서 그곳이 발각됐고 그곳 사람들은 분명히 사망했으리란 것을 알아챘습니다. 당신 집에는 오래 머물지 않을 겁니다. 밤만 보내고 아침에 떠날 겁니다. 그러니 당신만 허락하다면 계속하죠.

하지만 트베르스카야-얌스카야 거리, 여자애들을 마차에 싣고 질주하는, 또 모자를 추어올리고 바짓단을 동여맨 멋쟁이들이 모스크바에만, 러시아에만 있을까요? 거리, 저녁의 거리, 세기의 저녁의 거리, 준마, 구렁말은 어디에나 있었습니다. 무엇이 이 세기를 결합시켰고 또 무엇이 19세기를 역사의 한 절로 구분 짓게 했을까요? 바로 사회주의 사상의 대두였습니다. 혁명이 일어나고 희생적인 청년들이 바리케이드 위로 올라갔습니다. 시사 평론가들은 어떻게 돈의 동물 같은 뻔뻔스러움에 재갈을 물리고 또 가난한 자의 인간적인 존엄을 높이고 지킬지 골머리를 앓았습니다. 마르크시즘이 나타났습니다. 그것은 악의 뿌리가 어디 있는지, 치유책은 어디 있는지를 간파했습니다. 세기의 강력한 힘이 된 거죠. 이 모든 것이 트베르스카야-얌스카야의 세기였던 겁니다, 진흙탕도, 빛나는 성스러움도, 방탕도, 노동자 구역도, 광고 전단과 바리케이드도.

아, 소녀 시절, 김나지움 학생이었을 때 그녀는 정말 예뻤어요! 당신은 모를 겁니다. 같은 학교 친구의 집을 자주 찾아왔는데, 브레스츠카야 선 근무자들이 살던 건물에 있었죠. 처음에는 이렇게 불렸는데 나중에는 몇 번 개명했어요. 지금 유랴틴 군법 재판소의 위원인 나의 아버지는 그때 이 구역 역의 철도 감독이었습니다. 나는 그 집에 들렀다가 그녀를 보곤 했어요. 아직은 소녀, 어린아이였지만 그녀의 얼굴과 눈에서 이미 이 세기의 용의주도한 사상과 불안을 읽어 낼 수 있었습니다. 이 시대의 모든 주제, 모든 눈물과 모욕, 모든 충동, 그동안 축적된 모든 복수와 오만이 그녀의 얼굴과 자태에, 처녀다운 수줍음과 자신만만한 날씬함의 혼합 속에 쓰여 있었습니다. 그녀의 이름으로, 그녀의 입으로 이 시대에 대한 고소장을 제출할 수 있을 정도였죠. 동의하실 겁니다, 이건 하찮은 일이 아니잖습니까. 모종의 천명, 미리부터 점지된 것이랄까요. 선천적으로 이것을 소유해야 했고 그 권리를 가져야 했습니다."

"그녀에 대해 참 훌륭하게 말하는군요. 나도 그 시절 그녀를 보았는데, 당신이 묘사한 모습 그대로였죠. 그녀에게선 김나지움 여학생과 아이답지 않은 비밀의 여주인공이 결합되어 있었습니다. 벽에 어리는 그림자조차 용의주도한 자기방어의 움직임을 보여 주었죠. 이것이 내가 본 그녀의 모습입니다. 이런 모습으로 그녀를 기억하고요. 충격적일 만큼 잘 묘사해 주었어요."

"당신도 보았고 기억한다고요? 그럼 그것을 위해 무엇을 했습니까?"

"그건 전혀 다른 문제입니다"

"거봐요. 그런데 이 모든 19세기, 즉 파리의 모든 혁명, 게르첸에서 시작되어 여러 세대에 이른 러시아 망명 세대, 실패했든 실행에 옮겨졌든 모든 차르 암살 기도, 세계의 모든 노동자 운동, 유럽 의회와 대학의 모든 마르크시즘, 모든 새로운 사상 체계, 사고의 새로움과 신속함, 냉소, 동정의 이름으로 다듬어진 모든 보조적인 무자비함, 이 모든 것을 자기 안으로 흡수해 총체적으로 표현한 사람이, 그리하여 기존에 자행된 모든 것에 복수의 화신으로서 낡은 것을 습격하고자 한 사람이 레닌이었습니다.

그와 나란히 전 세계의 눈앞에 러시아의 거대한 형상이 인류의 모든 불운과 고뇌를 보상하는, 갑자기 불붙은 촛불처럼 또렷이 솟아났습니다. 그런데 이 모든 얘기를 왜 하고 있는 거죠? 당신에게는 쩔렁대는 심벌즈 소리, 공허한 소리일 뿐일 텐데.

이 소녀를 위해 나는 대학에 들어갔고 그녀를 위해 교사가 되었고, 그때만 해도 나에게는 미지의 곳이었던 유랴틴으로 발령받아 갔습니다. 나는 책을 쌓아 두고 마구 집어삼켰으며, 그녀가 내 도움을 필요로 할 때 유용한 존재가 되기 위해, 그녀에게 소용이 되기 위해 엄청난 지식을 습득했습니다. 결혼한 지 삼 년 뒤에는 그녀를 새롭게 쟁취하기 위해 전쟁에 나갔고, 이어 전쟁 이후 포로가 되었다가 돌아온 다음에는 내가 전사자로 간주된 것을 이용, 가명을 만들어 오롯이 혁명에 투신했습니다. 그녀에게 고통을 안겨 준 모든 것을 모조리 갚아 주고 이 슬픈 추억을 말끔히 씻어 내기 위해, 더 이상 과거로 회귀하는 일이 없도록, 트베르스카야-얌스카야가 더 이상 존재하지 않도록 하기 위해서 말입니다. 그리고 그들, 그녀와 내 딸이 바로 옆에, 여기에 있었단 말입니다! 당장 달려가 보고 싶은 소망을 억누르느라 얼마나 안간힘을 썼는지! 하지만 우선은 내 인생의 과업을 끝까지 완수하고 싶었습니다. 오, 지금 그들을 한 번만이라도 볼 수 있다면 무엇이든 내놓으련만. 그녀가 방 안으로 들어올 때면 창문이 활짝 열리고 방이 빛과 공기로 가득 차는 것 같았어요."

"그녀가 당신에게 얼마나 소중한 존재였는지 잘 압니다. 그런데 실례지만 그녀가 당신을 얼마나 사랑했는지, 그것에 대한 표상은 있습니까?"

"죄송합니다. 무슨 말씀이신지?"

"내 말인즉, 그녀에게 당신이 어느 정도로 소중한 존재였는지, 세상 누구보다 더 소중한 존재였다는 것을 아느냐고요?"

"어디서 그런 말을 들었죠?"

"그녀가 나에게 직접 그렇게 말했습니다."

"그녀가요? 당신에게?"

"그래요."

"죄송합니다. 이런 부탁은 하면 안 되는 줄 알지만, 혹시 실례가 안 된다면, 또 당신에게 그렇게 힘든 일이 아니라면, 그녀가 무슨 말을 했는지 가능한 한 정확히 복원해 주십시오."

"그럼요, 얼마든지. 그녀는 당신을 인간의 모범이라고 불렀으며, 그만한 사람을 결코 본 적이 없다고, 진정성의 높이에 도달한 유일한 사람이라고, 저 땅끝에서 언젠가 당신과 함께 살았던 그 집의 모습이 다시 어렴풋이 보인다면 어디서든, 세상 끝에서 무릎으로 기어서라도 그 문지방까지 갈 거라고 했습니다."

"죄송합니다만. 혹시 뭔가 신성한 영역을 침범하는 것이 아니라면 언제, 어떤 상황에서 그런 말을 했는지 기억을 더듬어 주시겠습니까?"

"그녀는 이 방을 청소하고 있었습니다. 그다음엔 양탄자를 털려고 밖으로 나갔고요."

"죄송하지만 어떤 양탄자죠? 여기엔 두 개가 있는데요."

"좀 큰 거요."

"그녀 혼자 그걸 들자면 힘이 부칠 텐데요. 당신이 거들어 주었습니까?"

"그렇습니다."

"당신 둘은 서로 양탄자의 반대편 끝을 잡았을 테고, 그녀는 몸을 뒤로 젖히며 그네를 타듯 두 손을 높이 흔들고 날아오는 먼지를 피하느라 고개를 돌리고 눈을 찡그리며 깔깔 웃었겠죠? 안 그렇습니까? 그녀의 습관을 정말 잘 알거든요! 그다음, 둘은 서로 다가가며 무거운 양탄자를 처음에는 두 겹, 그다음에는 네 겹으로 접고, 그러는 동안 그녀는 장난을 치고 여러 가지 농담을 던졌겠죠? 안 그렇습니까? 안 그래요?"

그들은 각자 자리에서 일어나 각자 다른 창문 쪽으로 물러나 서로 다른 쪽을 쳐다보았다. 얼마간 침묵이 흐른 다음 스트렐니코프는 유리 안드레예비치에게 다가갔다. 그의 두 손을 잡아 가슴팍에 갖다 붙이며 그는 아까처럼 서두르며 말을 이었다.

"죄송하지만, 내가 뭔가 소중한 것, 내밀한 것을 건드리고 있다는 것을 알겠습니다. 하지만 가능하다면 좀 더 캐묻고 싶군요. 제발 떠나지만 말아 주십시오. 저를 혼자 남겨 두지 마십시오. 내가 알아서 곧 떠날 테니까요. 생각 좀 해 보십시오, 육 년 동안의 이별, 육 년 동안 터무니없을 정도로 자제력을 발휘해 왔어요. 그런데도 내 생각에 아직 자유는 완전히 쟁취되지 못한 것 같았어요. 우선 자유를 손에 넣고, 그때가 되면 나는 온전히 그들의 것이요, 내 손은 풀려 있을 것 같았죠. 그런데 지금, 내가 쌓아 온 것이 모조리 물거품이 되었습니다. 내일이면 나는 체포될 겁니다. 당신은 그녀에게 가족처럼 가까운 사람입니다. 아마 언젠가는 그녀를 보게 되겠죠. 하지만,

아니야, 내가 지금 무슨 부탁을 하는 거죠? 이건 광기예요. 나는 체포될 것이고, 자기변호도 못하게 할 겁니다. 바로 달려들어 고함과 욕설로 입을 틀어막을 테니까요. 이런 일이 어떻게 진행되는지 내가 모를 리 없잖습니까?"

18

마침내 푹 자리라. 간만에 처음으로 유리 안드레예비치는 침대에 눕자마자 어떻게 잠들었는지도 알아채지 못했다. 스트렐니코프는 그의 집에서 밤을 보내기로 했다. 유리 안드레예비치는 그를 옆방에서 자게 했다. 이쪽저쪽 몸을 뒤척이거나 마룻바닥으로 떨어진 담요를 잡아당기려고 잠에서 깬 그 짧은 시간 동안 유리 안드레예비치는 건강한 잠이 북돋워 주는 원기를 느끼며 쾌감 속에서 다시 잠들었다. 밤의 후반부에는 유년 시절의 몇 장면이 짧게, 빨리 교체되는, 너무 상세하고 앞뒤가 잘 맞아서 쉽사리 현실처럼 여겨지는 꿈을 꾸었다.

예를 들면 꿈속에서, 이탈리아 해안을 그린 엄마의 수채화가 갑자기 벽에서 마룻바닥으로 떨어졌고, 부서진 유리의 쨍그랑 소리가 유리 안드레예비치를 깨웠다. 그는 눈을 떴다. 아니다, 이건 뭔가 다른 것이다. 이건 분명히 안티포프, 라라의 남편인 파벨 파블로비치, 스트렐니코프라는 성을 쓰는 그가 이번에도 바크흐의 말대로 슈티마의 늑대들을 놀래는 소리일 것이다. 아니야, 무슨 헛소리인가. 물론 그림이 벽에서 떨어져 나갔다. 이제 산산조각이 난 채 마룻바닥에 있다. 그는 다시 돌아온, 계속되는 꿈속에서 이 점을 확인했다.

너무 오래 잔 탓에 그는 두통을 느끼며 잠에서 깼다. 자기가 누구요 어디에 있는지, 어떤 세상에 있는지 바로 깨닫지도 못했다.

갑자기 기억이 났다. '스트렐니코프가 내 집에 묵고 있잖은가. 벌써 늦었어. 옷을 입어야겠어. 그는 분명히 벌써 일어났을 테고, 혹시 아니라도 그를 깨우고 커피를 끓여 함께 마셔야지.'

"파벨 파블로비치!"

대답이 없다. '아직 자는 모양이군. 하긴 푹 자겠지.' 유리 안드레예비치는 서두르지 않고 옷을 입은 다음 옆방으로 갔다. 스트렐니코프의 모피 모자는 책상 위에 놓여 있었지만 정작 그는 집 안에 없었다. '산책을 나간 모양이군.' 의사는 생각했다. '그것도 모자도 안 쓰고. 몸을 단련 중인가 보군. 오늘은 바르이키노에 그만 안녕을 고하고 도시로 가야 하는데. 늦었어. 또 늦잠을 잤군. 매일 아침 이 모양이야.'

유리 안드레예비치는 화덕에 불을 지핀 다음 양동이를 들고 물을 길러 우물로 갔다. 층계참에서 몇 걸음 떨어진 곳에 오솔길을 비스듬히 가로질러 총으로 자살한 파벨 파블로비치가 눈더미에 얼굴을 파묻고 쓰러져 있었다. 그의 왼쪽 관자놀이 밑의 눈이 흘러나온 피 웅덩이에 흠뻑 젖어 붉은 덩어리처럼 뭉쳐져 있었다. 한쪽으로 튄 자잘한 핏방울이 눈과 어우러져, 얼어붙은 마가목 열매와 비슷한 붉고 작은 공처럼 뒹굴었다.

15부

끝

1

이제 남은 것은 유리 안드레예비치의 별로 복잡하지 않은 이야기를 마저 하는 일이다. 죽기 전 인생의 마지막 팔구 년 동안 그는 의사로서도 작가로서도 지식과 기술을 상실하고 점점 더 쇠퇴하고 영락해 갔으며, 잠시 압박과 몰락의 상태에서 벗어나 생기를 띠고 업무에 복귀했다가 이 짧은 점화 이후 다시 자신과 세상의 모든 것에 대한 장기간의 무심함에 빠져들었다. 그 몇 년 동안 그의 해묵은 심장병이 많이 악화되었는데, 예전에 이미 스스로 진단한 바 있지만 그 심각함의 정도에 대해서는 별로 아는 것이 없었다.

그가 모스크바에 도착한 것은 소비에트 시대를 통틀어 가장 양가적이고 기만적인 시대인 네프[102] 초기였다. 여윈 데다수염까지 잔뜩 자라, 파르티잔의 포로로 있다가 유랴틴으로 돌아왔을 때보다 훨씬 더 사람 꼴이 아니었다. 이번에도 도중에 값나가는 것을 조금씩 벗어, 마침내는 빵이나 벌거벗지 않을 정도의 넝마 조각 같은 것과 완전히 바꾸었다. 그런 식으로 그는 두 번째 모피 코트와 양복 한 벌을 팔아먹은 채 회색 모자를 쓰고 각반에 다 해진 군인 외투 차림으로 모스크바 거리에 나타났는데, 그나마도 단추가 몽땅 떨어져 벌어진, 낡은 죄수복으로 바뀌어 있었다. 이런 차림새의 그는 수도의 광장, 가로수길, 역에 넘쳐 나는 무수한 적군 무리와 전혀 구별되지 않았다.

그는 모스크바에 혼자 온 것이 아니었다. 그와 마찬가지로 완전히 군인 복장을 한 곱상한 농민 소년이 그의 뒤를 따라다녔다. 이런 모습으로 그들은 아직 모스크바에 남아 있는 몇 군데 호텔에 나타났다. 호텔에서는 그런 곳에서 유년 시절을 보낸 유리 안드레예비치를 기억하여 그와 그의 동행을 함께 맞아 주고 여행 이후에 목욕은 했는지 같은 민감한 질문을 미리 던졌으며(아직도 발진티푸스가 기승을 부리고 있었다.) 그가 나타난 처음 며칠간은 그의 가족이 모스크바에서 외국으로 떠난 사정을 이야기해 주었다.

둘은 심한 수줍음 때문에 사람들을 꺼렸으며, 단둘이 남의 집을 방문하여 조용히 있는 것이 불가능하거나 스스로 대화를 이끌어야 하는 상황을 피했다. 그들은 보통 지인들의 집에

102) NEP. '신경제정책(Novaya Ekonomicheskaya Politika)'의 약자. 1920년대를 말한다.

서 모임이 있을 때 경중대는 두 형상처럼 출현해서는 되도록 눈에 띄지 않게 어느 구석에 틀어박혀 공동의 대화에도 참여하지 않은 채 조용히 저녁을 보냈다.

젊은 동지를 데리고 다니는, 후줄근한 차림에 키가 크고 여윈 의사는 민중 출신의 구도자 같았고, 꾸준히 그를 따르는 동행자는 그에게 맹목적으로 헌신하는, 순종적인 제자이자 추종자처럼 보였다. 이 젊은 동행은 대체 누구였던가?

2

유리 안드레예비치는 모스크바가 가까워진 여로의 막바지에 이르러 열차를 탔다. 하지만 여로의 대부분을 차지하는 초기에는 걸어 다녔다.

그가 지나온 시골의 모습은, 숲의 포로 상태에서 도주하는 동안 시베리아와 우랄에서 보았던 것보다 조금도 나을 것이 없었다. 단, 그때는 겨울에 변방을 지나왔고 지금은 늦여름이자 따뜻하고 건조한 가을이라 여행하기가 훨씬 수월했다.

그들이 지나온 촌락의 절반이 적들의 원정을 받은 것처럼 텅 비고 들판은 정리되지 않은 채 버려져 있었는데, 이건 정말 전쟁, 내전의 결과였다.

9월 말, 이삼 일 동안 그의 길은 가파르고 높은 강둑을 따라 이어졌다. 유리 안드레예비치를 맞으며 흐르는 강은 그의 오른쪽에 있었다. 왼쪽으로는 길에서부터 구름이 덮인 지평선까지 추수하지 않은 들판이 넓게 펼쳐졌다. 참나무, 느릅나무, 단풍나무가 가득한 활엽수림이 간간히 들판을 가로막기도 했다. 숲은 깊은 계곡을 이루며 강 쪽으로 내달았고 절벽과 가파른 경사가 되어 길을 가로질렀다.

거두지 못한 들판의 호밀이 너무 익어 버린 이삭을 버티지 못하고 절로 고개를 숙이며 흩어졌다. 곡물로 죽을 끓일 수도 없을 만큼 유달리 힘든 경우 유리 안드레예비치는 낟알을 한 움큼 입안에 넣고 이빨로 간신히 으깨 배를 채웠다. 위장은 제대로 씹히지도 않은 축축한 음식을 소화하느라 고생이었다.

유리 안드레예비치는 평생 이토록 불길한 밤색과 갈색 호밀을, 시커멓게 빛바랜 황금색 호밀을 본 적이 없었다. 제때 수확하면 호밀은 보통 훨씬 더 밝은 색을 띠었다.

이 들판, 불길 없이 타오르는 불꽃의 색깔에 소리 없는 비명으로 도움을 청하는 이 들판은 벌써 겨울로 돌아선 광활한 하늘을, 싸늘한 평온으로 가두리에서부터 에워쌌다. 가운데는 검고 양옆은 하얀, 몇 겹의 기나긴 눈구름이 얼굴 위에 어른거리는 그림자처럼 쉼 없이 하늘을 흘렀다.

모든 것이 천천히 단조롭게 움직였다. 강이 흘렀고, 그 강 맞은편으로 길이 이어졌다. 의사는 그 길을 터벅터벅 걸었다. 그와 같은 방향으로 구름이 쭉 흘렀다. 하지만 들판은 꿈쩍도 하지 않았다. 뭔가가 그 위에서 움직이면 들판은 징그러운 느낌을 주는 자잘하고 집요한 스멀거림에 사로잡혔다.

들판에는 지금껏 유례가 없을 정도로 엄청난 수의 쥐가 들끓었다. 들판에서 밤을 맞는 바람에 어쩔 수 없이 밭고랑 옆에서 노숙을 할 때면 쥐들이 의사의 얼굴과 두 손을 타고 다니고 그의 바지와 소매 속으로 파고들었다. 셀 수 없이 불어난 데다가 살도 뒤룩뒤룩 찐 쥐 떼는 낮에는 길 위 발밑에서 우글거리다 사람 발에 밟히면 찍찍대며 꿈틀대는 미끄러운 진창이 되었다.

공포에 질려 사나워진, 털북숭이 시골 똥개들은 언제 의사를 덮쳐 물어뜯을지 상의라도 하듯, 서로 눈짓을 주고받고 제법 긴 거리를 유지하면서 의사의 뒤에서 어슬렁거렸다. 그들은 동물 사체를 먹고살았지만 들판에 들끓는 쥐 고기도 마다하지 않았고, 멀리서 의사를 쳐다보며 계속 뭔가 기대하는 눈치로 대담하게 그의 뒤를 따라왔다. 이상하게도, 똥개들은 숲으로는 들어가지 않으려 했고 숲이 가까워질수록 조금씩 뒤처지다가 방향을 돌려 사라졌다.

그 무렵 숲은 들판과 완전히 대조를 이루었다. 들판은 사람더러 없어지라고 저주한 듯 인적 없는 고아 신세가 되었다. 인간에게서 해방된 숲은 풀려난 수인처럼 자유를 만끽하며 아름다움을 뽐냈다.

보통 사람들, 주로 시골 아이들은 호두가 다 익을 때까지 가만두지 않고 푸르스름한 상태에서 가지째 꺾어 버린다. 지금 숲속의 비탈진 언덕과 계곡은, 먼지를 가득 머금고 가을 햇볕에 거칠어진 듯한, 사람 손이 닿지 않은 까슬까슬한 황금빛 잎사귀로 빼곡히 덮여 있었다. 거기서 화려한 차림새에 매듭이나 리본으로 묶어 놓은 것처럼 서너 개씩 붙어 있는 호두가 튀어나와 있었는데, 한창 여물어 떨어질 것만 같은데도 아직 가지에 매달려 있었다. 유리 안드레예비치는 도중에 호두를 끝없이 까먹었다. 그의 호주머니는 호두로 미어터질 지경이었고 배낭에도 호두가 가득했다. 일주일 내내 호두가 주식이었던 적도 있었다.

들판은 중병에 걸려 열병의 미망 속에서 보고 숲은 건강이 회복되어 맑은 정신 상태에서 본 의사는, 그래서 숲에는 신이 살고 들판에는 악마의 냉소가 똬리를 튼 것 같다고 생각했다.

3

그렇게 여행을 계속하던 시절 의사는 완전히 불타 주민들마저 버린 마을에 들어간 적이 있었다. 화재가 나기 전 마을은 강 건너편의 길을 따라 한 줄로 쭉 늘어서 있었다. 강둑 부분엔 집이 없었다.

마을에는 외부만 시커멓게 그을린 집이 간신히 몇 채 남아 있었다. 하지만 그마저도 텅 비어 사는 사람이 없었다. 나머지 오두막은 잿더미가 되어 검게 그을린 굴뚝 기둥만 위로 솟아 있었다.

강둑 부분의 절벽에는 마을 사람들이 맷돌을 만든다고 파 놓은 구멍이 많았다. 전에는 그것이 그들의 생계 수단이었다. 그렇게 맷돌이 되다 만 둥근 돌 세 개가 한 줄로 늘어선 마을의 오두막 중 불타지 않은 마지막 집 맞은편, 땅바닥에 놓여 있었다. 그 집도 나머지 집처럼 텅 비어 있었다.

유리 안드레예비치는 그 안으로 들어갔다. 조용한 저녁이었지만, 의사가 오두막 안에 발을 들여놓자 바람도 같이 숨어들었다. 마룻바닥에 나뒹굴던 건초 뭉치가 사방으로 흩어져 날리고 아직 벽에 붙어 있던 종잇조각이 펄럭거렸다. 오두막의 모든 것이 들썩이고 바스락거렸다. 그 안으로 쥐들이 찍찍거리며 뛰어다녔는데, 사방천지에 쥐가 들끓었다.

의사는 오두막을 나왔다. 들판 너머로 해가 지고 있었다. 석양은 황금빛 놀의 온기로 맞은편 강가, 따로따로 서 있는 관목숲, 철썩이고 반짝이며 반사되어 강의 정중앙까지 뻗어 가는 잔물결을 데워 주었다. 유리 안드레예비치는 길을 건너가 좀 쉬려고 풀밭에 놓여 있는 맷돌 위에 앉았다.

아래쪽 절벽 뒤에서 밝은 황갈색 머리카락이 풍성한 머리 하나가 쑥 튀어나왔고 이어 어깨와 손이 나타났다. 강에서 누군가가 물을 양동이에 가득 담고 오솔길로 올라왔다. 그 사람은 의사를 발견하자 상반신만 절벽의 선 위로 올라와서는 걸음을 멈추었다.

"혹시 물 좀 줄까요, 착한 아저씨? 아저씨가 나를 해치지 않으면 나도 손끝 하나 안 건드려요."

"고마워. 그래, 갈증 좀 풀자꾸나. 겁내지 말고 완전히 나와. 내가 너를 왜 건드리겠니?"

절벽 밑에서 올라온 물 운반자는 앳된 미성년이었다. 맨발에 누더기를 걸친 그는 털이 텁수룩했다.

다정스러운 말을 건넸음에도 소년은 꿰뚫을 듯 불안한 시선으로 의사를 응시했다. 그러고는 무슨 이유에서인지 이상

할 정도로 흥분했다. 흥분한 상태에서 양동이를 땅바닥에 내려놓고 갑자기 의사에게 달려온 소년은 길 한가운데에 멈추어 서서 중얼거렸다.

"설마…… 설마…… 아니야, 그럴 리가 없어, 설마 꿈인가. 그래도 실례지만, 동지, 뭘 좀 물어볼게요. 낯익은 분인 것 같아서요. 맞아! 맞아요! 의사 아저씨?"

"그러는 너는 누구니?"

"못 알아보시겠어요?"

"모르겠는걸."

"모스크바에서 특별 기차를 타고 왔고 같은 객실에 있었잖아요. 노역자로 징발되었고요. 호송병도 딸려 있었고."

소년은 바샤 브르이킨이었다. 그는 의사 앞에 엎드리더니 그의 손에 입을 맞추며 울음을 터뜨렸다.

불탄 곳은 바샤의 고향 마을인 베레텐니키로 밝혀졌다. 그의 어머니는 이미 세상을 떠났다고 했다. 마을이 제재를 받아 불길에 휩싸인 동안 바샤는 채석장 밑 지하 동굴에 숨었는데 그의 어머니는 그가 도시로 끌려간 줄 알고 괴로워하다가 정신이 나가서 바로 이 펠가강에 빠져 죽었다는 것이다. 바로 그 위 강가에 앉아 의사와 바샤가 대화를 나누고 있었다. 정확한 정보는 아니지만, 바샤의 여동생인 알룐카와 아리시카는 다른 군(郡)의 고아원에 있다고 했다. 의사는 바샤를 모스크바로 데려갔다. 도중에 바샤는 유리 안드레예비치에게 온갖 무시무시한 이야기를 들려주었다.

4

"이건 지난해의 가을보리가 흩뿌려져 있는 거예요. 파종이 끝나자마자 재난이 닥쳤어요. 폴랴 아줌마가 떠났을 때예요. 팔랴샤[103] 아줌마, 기억하시죠?"

"아니. 전에도 몰랐던 사람인걸. 대체 누군데?"

"아니, 어떻게 모르시죠? 펠라게야 닐로브나를! 우리와 함께 탔잖아요. 탸구노바라고요. 얼굴이 펑퍼짐하고 통통하고 하얗고."

"계속 머리를 땋았다 풀었다 하던 여자 말인가?"

"땋은 머리, 땋은 머리! 맞아요! 정확해요. 땋은 머리!"

"아, 기억났어. 잠깐만. 그 여자라면 나중에 시베리아의 어느 도시, 거리에서 만난 적이 있군."

"그럴 리가요! 팔라샤 아줌마를요?"

"아니, 왜 그래, 바샤? 내 손을 미친 사람처럼 흔들고. 손 떨어져 나가겠다. 얼굴도 처녀처럼 붉히는군."

"그래, 아줌마는 거기서 어땠어요? 빨리 이야기해 주세요, 빨리요."

"내가 봤을 때는 무사하고 건강했어. 너희 식구들 얘기도 했어. 너희 집에 살았다던가, 그냥 손님으로 머물렀다던가 그랬던 것 같은데. 잊어버렸나 봐, 헷갈리는걸."

"맞아요, 분명해요! 우리 집, 우리 집에 있었어요! 엄마는

---

103) 폴랴, 팔라샤는 펠라게야의 애칭으로 탸구노바를 말한다.

그 아줌마를 친동생처럼 좋아했어요. 얌전한 사람이었어요. 일도 잘하고. 손재주가 대단했죠. 아줌마가 우리 집에 있을 때는 집에 없는 게 없었어요. 베레텐니키 사람들이 아줌마에게 욕설을 퍼붓고 못살게 굴며 괴롭혔어요.

우리 마을에 하를람 그닐로이라는 농부가 있었어요. 폴랴의 환심을 사려고 난리였죠. 코가 뭉개진 험담꾼이었어요. 한데 아줌마가 이 사람을 거들떠도 안 본 거예요. 그 때문에 나한테 이를 갈았어요. 우리, 그러니까 나와 폴랴에 관해 나쁜 말을 하고요. 그래서 아줌마가 떠났어요. 완전히 쫓아낸 거죠. 그때 난리가 났어요.

그때 무서운 살인 사건 하나가 멀지 않은 곳에서 일어났거든요. 부이스코예 마을 근처 숲속 오두막에서 외로운 과부가 살해된 거예요. 숲 주변에 혼자 살고 있었어요. 고리가 달린 남자 신발을 신고 고무줄로 묶고 다녔고요. 오두막 주변에는 쇠사슬에 묶인 사나운 개가 쇠줄을 따라 뛰어다녔어요. 개 이름은 고를란이었고요. 과부는 집안일도, 농사일도 도와주는 사람 없이 혼자 다 처리했어요. 자, 그런데 아무도 예상하지 못한 상태에서 갑자기 겨울이 왔어요. 눈도 일찍 왔고요. 과부가 미처 감자를 캐지 못한 거예요. 그래서 베레텐니키로 와서, 감자로 갚든지 품삯을 줄 테니 도와달라고 했어요.

내가 감자를 캐는 데 가겠다고 자원했어요. 그녀의 오두막으로 가 보니 그런데 벌써 하를람이 와 있는 거예요. 나보다 먼저 부탁을 받은 거죠. 나한테는 말도 하지 않고요. 그렇다고 치고받고 싸울 일은 아니잖아요. 함께 일을 시작했죠. 정말 궂은 날씨에 감자를 캤어요. 눈과 비가 섞여 내리고 사방이 진창에 흙탕물이었어요. 파고 또 파고, 감자 잎과 줄기를 태워 따뜻한 연기로 감자를 말렸어요. 다 판 다음에는 양심껏 우리의 품삯을 치러 주었어요. 하를람은 그냥 보내고, 나에게는 이렇게 윙크를 하면서 볼일이 있으니 나중에 들르든가 그냥 있으라고 말하는 눈치였어요.

그래서 한 번 더 그녀를 찾아갔어요. 남은 감자를 국가 배급소에 내주고 싶지 않다고 하더라고요. 너는 착한 녀석이니까 고발하지 않으리라 생각해. 보다시피, 너한테는 감추는 게 없어. 나 혼자 구덩이를 파고 감자를 묻어 두려는데, 이것 좀 봐, 날씨가 이 모양이야. 너무 늦게 시작했어. 겨울이잖아. 혼자서는 감당이 안 돼. 나를 위해 구덩이를 파 주면 서운치 않게 쳐줄게. 자, 말려서 파묻자.

나는 그녀를 위해 구덩이를 파 주었는데, 들키지 않도록 아래쪽은 넓고 목구멍 부분인 위쪽은 좁은 항아리 모양으로 팠어요. 연기를 피워 또 구덩이를 말리고 데웠어요. 눈보라가 엄청 몰아칠 때였죠. 감자를 야무지게 감추고 흙으로 덮었어요. 정말 감쪽같았어요. 알겠지만, 나는 구덩이에 대해서는 입을 닫았어요. 아무한테도 말 안 했어요. 심지어 엄마나 여동생들한테도. 진짜예요!

그랬죠. 겨우 한 달이나 지났을까, 오두막에 강도가 들었어요. 부이스코예 마을을 지나온 사람들 말로는, 집은 문이 활짝 열린 채 싹 털렸고 과부는 흔적도 없고 개 고를란은 쇠사슬을 뜯고 도망쳐 버렸더래요.

시간이 더 흘렀죠. 겨울의 첫 해빙 때, 설날을 앞두고 성 바실리 저녁 무렵 폭우가 쏟아져 언덕의 눈을 씻어 내자 땅이 드러났어요. 고를란이 달려와 눈이 녹아 드러난 땅을 발로 파헤쳤는데, 그곳이 감자를 묻은 구덩이였던 거예요. 전부 다 파서 흙을 위로 던져 놓고 보니 구덩이에서 각반을 맨 신발을 신은 여주인의 두 발이 나왔어요. 정말 너무 끔찍하잖아요!

베레텐니키 사람들은 모두 과부를 가엾어하고 애도했어요. 아무도 하를람은 의심하지 않았어요. 아니, 생각이나 했겠어요? 상상이나 할 수 있는 일인가요? 혹시 그의 짓이라면, 베레텐니키에 남아 당당하게 동네를 활보할 배짱이 있었겠어요? 우리를 피해 팽이처럼 아무 데로나 내뺐겠죠.

마을의 부농과 선동자는 이런 악행을 달가워했어요. 자, 마을이나 선동해 볼까. 이봐, 도시 놈의 솜씨 좀 봐. 여러분에겐 좋은 교훈이지, 으름장이랄까. 빵을 숨기지 말고 감자를 파묻지 말라. 그런데도 너희는 바보처럼 한결같이 숲의 강도들, 그 강도들이 그들의 오두막에 나타났다고 생각한다. 민중이란 얼마나 순진한지! 여러분은 저들, 도시 놈들의 말에 점점 더 귀를 기울이게 될 거야. 놈들은 그것도 부족해 굶겨 죽일 거다. 마을 사람들이여, 잘되길 바란다면 우리를 따르라. 우리가 한 수 가르쳐 주겠다. 여러분이 피땀 흘려 거둔 것을 징발하러 오면 호밀은 여분이 한 톨도 없다고 말해라. 무슨 일이 있을 경우에는 갈퀴를 잡아라. 마을 공동체에 반대하는 자는 조심해서 살펴라. 그래서 노인들이 웅성대고 호언장담하고 회의도 했어요. 고자질쟁이 하를람은 땡잡은 셈이었어요. 얼씨구나 하며 모자를 거머쥐고 도시로 갔죠. 그리고 그곳에서 슈-슈-슈. 시골에서 바로 이런 일이 벌어지는데 앉아서 구경만 하는 거요? 저쪽으로 빈민 위원회를 보내야 해요. 명령만 내리시면 형제 사이도 냉큼 벌려 놓을 테니. 그래 놓고서 자기는 우리 마을에서 달아나 코빼기도 내밀지 않았어요.

그다음에는 모든 일이 저절로 일어났어요. 누가 조작한 일이 아니니까 누구의 죄도 아니었어요. 도시에서 적군을 일부 파견했어요. 그리고 순회 재판이 열렸어요. 당장 내가 불려갔어요. 하를람이 나팔을 분 거죠. 노역을 피해 도망쳤고 마을을 선동해 폭동을 꾀하고 과부를 죽였다는 죄목으로요. 당장 감금됐죠. 고맙게도 나는 꾀를 내서 마룻바닥 쪼가리를 덜어 내고 도망쳤어요. 땅 밑, 동굴에 숨어 있었어요. 내 머리 위에서 마을이 불탔지만 보지 못했고, 내 위에서 사랑하는 엄마가 얼음 구멍으로 몸을 던졌지만 알지 못했어요. 모든 것이 저절로 일어난 거예요. 적군은 독립된 오두막을 제공받고 술이 나오자 다들 인사불성이 되도록 마셨어요. 밤중에 불을 부주의하게 다룬 탓에 집에 불이 붙었고 거기서 옆집으로 옮겨붙은 거예요. 불이 시작된 집에서 마을 사람들은 밖으로 뛰어나왔고, 외지 사람들은, 누가 불을 지른 건 아니지만, 뻔한 일이잖아요, 하나부터 열까지 산 채로 타 죽었어요. 화재를 당한 우리 베레텐니키 주민을 정든 보금자리에서 쫓아낸 사람은 아무도 없었어요. 주민들 스스로 또 무슨 일이 생길까 봐 너무 무서워서 달아난 거예요. 다시 부농이자 주동자들이 하나부터 열까지 몽땅 총살될 거라고 입을 놀리기도 했고요. 내가 나왔을 때는 이미 아무도 없었어요. 다들 뿔뿔이 흩어져 어디선가 빌어먹고 있겠죠."

5

의사가 바샤와 함께 모스크바에 도착한 것은 1922년 봄, 네프 초기였다. 맑고 따뜻한 날이 이어졌다. 구세주 사원의 황금 지붕 위에 반사된 반점 같은 햇살이 네모난 돌로 포장된, 그 틈새마다 풀이 자라난 광장 위에 떨어졌다.

사적인 기업 금지령이 폐지되고 엄격한 경계 내에서 자유로운 상거래가 허용되었다. 중고 시장에서도 고물 유통의 경계 내에서 상품이 거래되었다. 거래 규모가 보잘것없으니 투기가 발생하고 악용으로 이어졌다. 수단이 좋은 자들의 이런 자잘한 거래는 새로운 것을 생산하는 것이 아니기 때문에 점점 더 황폐해지는 도시에 어떤 물질적인 보탬도 되지 않았다. 물건을 목적 없이 10여 차례나 되팔면서 재산을 축적한 사람도 있었다.

더러 몹시 소박한 가정용 도서관을 소유한 자들은 서가에서 책을 꺼내 어느 한 곳에 갖다 놓았다. 그들은 시 소비에트에 협동조합 서점을 열고 싶다는 내용의 통지서를 제출했다. 또 그 산하에 딸린 장소를 요청했다. 혁명의 첫 몇 달 동안 비어 있던 신발 창고나 마침 그때 폐점한 온실 사용권을 받아 내자, 그들은 넓은 아치 아래서 부실한 책이나 우연히 손에 넣은 전집류를 팔았다.

교수 부인들은 이전 힘든 시기에도 금지령을 어겨 가며 몰래 흰 빵을 구워 팔았지만, 이제는 요 몇 년간 자전거 작업장으로 등록된 곳에서 아주 대놓고 거래를 했다. 그들은 도표를 전환해[104] 혁명을 받아들이고 '예'나 '좋습니다' 대신에 '여부가 있습니까'라고 말하기 시작했다.

모스크바에 온 유리 안드레예비치가 말했다.

"바샤, 너도 무슨 일이든 해야 될 텐데."

"공부를 했으면 해요."

"당연히 그래야지."

"꿈이 하나 더 있어요. 기억을 더듬어 엄마의 얼굴을 그리고 싶어요."

"아주 좋아. 하지만 그러려면 그림을 그릴 줄 알아야지. 언제 해 본 적은 있니?"

"아프락신느이 골목에서 삼촌이 안 볼 때 목탄으로 끼적여 본 적은 있어요."

"아, 그래. 언제 때가 있겠지. 그때 한번 해 보자."

바샤는 그림에 큰 재능이 있었던 건 아니지만 응용 미술을 배울 정도의 평균적 재능은 충분히 갖추고 있었다. 유리 안드레예비치는 아는 사람을 통해 그를 옛 스트로가노프 학교의 일반교양 분과에 넣었다가 인쇄 학부로 옮겼다. 여기서 그는

---

104) '도표 전환'파. 네프를 자본주의로의 복귀로 받아들이고 소비에트 정권과의 협력을 주장한 일단의 지식인.

석판 인쇄술, 활판 인쇄술, 제본술과 서적 장정 기술을 배웠다.

의사와 바샤는 힘을 합쳤다. 의사는 그야말로 여러 문제를 두고 전지 한 장짜리 소책자를 쓰고 바샤는 그것을 학교에서 그에게 주어지는 시험의 일환으로 인쇄했다. 얼마 안 되는 부수로 출판된 이 소책자들은 서로 잘 아는 사람들이 설립한, 새로 개업한 고서점에 배포됐다.

소책자들의 내용은 유리 안드레예비치의 철학, 그의 의학적 견해의 진술, 건강과 질병에 대한 정의, 생물 변이설과 진화 및 유기체의 생물학적 토대로서의 개성에 관한 생각, 외삼촌이나 시무시카와 비슷한, 유리 안드레예비치의 역사와 종교에 대한 견해, 의사도 가 본 적이 있는 푸가초프 난의 사적지에 대한 스케치, 유리 안드레예비치의 시와 소설 등이었다.

글들은 가독성 높은 대화체로 쓰였지만, 충분히 검증되지 않은 데다 논쟁적이고 자의적이면서도 생생하고 독창적인 견해가 담겨 대중성과는 거리가 좀 있었다. 소책자들은 모두 팔렸다. 애호가들은 그것을 높이 쳐 주었다.

그 무렵에는 시를 창작하든 예술 작품을 번역하든 모든 것이 전공이 되었고, 모든 것에 대한 이론적인 연구서가 쓰였고, 모든 것을 위해 연구소가 설립됐다. 각종 사상의 궁전과 예술적 사상의 아카데미가 생겼다. 이 허울 좋은 기관의 절반에서 유리 안드레예비치는 전임 의사로 일했다.

의사와 바샤는 오랫동안 친구처럼 지내며 같이 살았다. 이 기간 동안에는 많은 방과 반쯤 허물어진 집을 연이어 전전했는데, 어디나 여러 면에서 사람이 살기는 불편했다.

모스크바에 도착한 직후 유리 안드레예비치는 십체프를 찾아갔지만, 그의 가족이 모스크바를 지나갈 때도 이 옛집에는 아예 들르지 않았음을 알게 되었다. 그들이 추방된 터라 모든 것이 바뀌어 있었다. 의사와 그 가족이 쓰던 방에는 다른 사람들이 들어와 있었고 그와 가족의 물건은 아무것도 남아 있지 않았다. 위험한 지인이라고 여기는지 다들 유리 안드레예비치를 꺼렸다.

마르켈은 출세한 덕분에 더 이상 십체프에 살지 않았다. 그는 무치노이 소도시의 주택 관리인이 되었는데, 근무 조건에 따라 그와 가족을 위한 지배인 아파트를 제공받았다. 하지만 그는, 흙바닥에다가 수도 시설, 집 전체를 데울 거대한 러시아식 페치카가 있는 낡은 행랑채에 사는 것을 더 좋아했다. 겨울이면 소도시의 모든 아파트에서 수도관과 난방 연통이 터져도 행랑채만은 따뜻하고 물도 얼지 않았다.

그즈음 의사와 바샤의 관계도 냉랭해졌다. 바샤는 훌쩍 커버렸다. 말도 생각도, 베레텐니키의 펠가강 가에서 말하고 생각하던 맨발의 텁수룩한 소년과 사뭇 달랐다. 그는 혁명이 선포한 진리의 명백함과 자명함에 점점 더 매혹되었다. 잘 이해되지 않는 의사의 비유적인 이야기는 자신의 약점을 의식하기 때문에 회피하는, 비난받아 마땅한 오류의 목소리라고 여겼다.

의사는 여러 기관을 찾아다녔다. 그는 가족의 정치적 복권과 조국으로의 합법적 귀환, 그리고 자신의 해외용 여권과 아내와 아이들이 있는 파리로 나갈 허가증을 얻기 위해 온 힘을 쏟았다.

바샤는 그의 노력이 너무 열의 없고 부실하다는 사실에 놀랐다. 유리 안드레예비치는 너무 성급하게, 너무 일찍 자신의 노력이 실패했다고 규정하고는 자신 있게, 그리고 거의 만족감에 젖어 앞으로의 시도 역시 소용없을 것이라고 선언했다.

바샤가 의사를 비난하는 횟수가 점점 더 잦아졌다. 상대는 그의 정당한 책망을 불쾌하게 여기지 않았다. 그러나 그와 바샤의 관계에는 금이 갔다. 마침내 그들은 절교하고 헤어졌다. 의사는 바샤와 함께 쓰던 방을 그에게 주고 자신은 무치노이 소도시로 이사했는데, 전권이 있는 마르켈이 그를 위해 옛날 스벤티츠키 집의 구석방 한 칸을 마련해 주었다. 집의 맨 끝에 붙어 있는 이 방에는 스벤티츠키 집의 낡고 못 쓰게 된 욕실, 그 옆에 나란히 붙은 창문이 하나뿐인 방, 뒷문이 거의 허물어지고 반쯤 가라앉아 쓰러질 것 같은 부엌이 있었다. 유리 안드레예비치는 이곳으로 옮겼고 이사한 다음에는 의사 노릇도 그만두었다. 그는 추레하게 변했으며 지인도 더 이상 만나지 않고 가난한 삶을 살기 시작했다.

6

잿빛 겨울의 일요일이었다. 난로 연기가 지붕 위로 기둥처럼 치솟는 대신, 사용이 금지된 철제 연통을 연속해서 연결해 놓은 탓에, 창문 통풍구를 통해 검은 물줄기처럼 피어올랐다.

도시의 일상생활은 여전히 나아진 것이 없었다. 무치노이 소도시의 시민들은 씻지도 않고 더러운 몰골로 돌아다녔고 곳곳에 종기가 나고 추위에 떨다가 감기에 걸렸다.

일요일이라 마르켈 샤포프 가족이 모두 집에 모여 있었다.

샤포프 가족은 식탁에 둘러앉아 식사를 하고 있었다. 빵을 배급 제도에 따라 나누어 주던 시절이라, 매일 아침 동틀 녘 바로 이 시각이면 모든 아파트 주민들의 빵 쿠폰은 가위로 자잘하게 잘라지고 분류되고 세어지고 범주별로 묶이거나 종이에 싸여서 빵집으로 갔다가, 거기서 돌아온 다음엔 자르고 쪼개지고 썰린 빵이 배급량에 따라 소도시 시민들에게 분배되었다. 이제는 이 모든 것이 전설이 되었다. 식량 관리법이 다른 식으로 바뀐 것이다. 모두 긴 식탁 앞에 둘러앉아 게걸스럽게 먹었고, 때문에 귓전으로 쪼개고 씹고 쩝쩝대는 소리가 들렸다.

행랑채 방의 절반은 방 한가운데 우뚝 솟은 넓은 러시아 난로가 차지하고, 침상에는 누빈 이불이 펼쳐져 있었다.

입구 옆 현관 벽에는 수도관의 꼭지가 세면대 위로 튀어나와 있었다. 방의 양옆을 따라 의자들이 늘어서 있고 그 밑에는 가재도구를 쑤셔 넣은 자루나 트렁크가 놓여 있었다. 왼쪽에는 식탁이 있었다. 식탁 위, 벽에는 식기대가 붙어 있었다.

난로가 데워지고 있었다. 방 안은 더웠다. 난로 앞에는 마르켈의 아내 아가피야 티호노브나가 소매를 팔꿈치까지 걷어붙이고 서서 깊은 곳까지 닿는 긴 부지깽이로 냄비들을 필요에 따라 빽빽하게 모아 놓거나 헐렁하게 하면서 이리저리 움직였다. 땀에 전 그녀의 얼굴이 번갈아 열기를 뿜어내는 난로의 빛을 받기도 하고 지금 만들고 있는 고기 수프의 증기에 희뿌옇게 가려지기도 했다. 냄비들을 한쪽으로 밀쳐 둔 뒤에는 난로 깊숙한 곳에서 철판 위에 올려놓은 피로그를 꺼내 위아래를 휙 뒤집고는 좀 더 노릇하게 익도록 잠깐 더 뒤쪽으로 밀어 넣었다. 방 안으로 유리 안드레예비치가 양동이 두 개를 들고 들어섰다.

"맛있게 들게나."

"어서 오게. 앉아서 같이 들지."

"고맙지만 식사를 했어."

"자네의 식사가 어떤 건지 알아. 앉아서 뜨거운 음식 좀 들지그래. 뭘 꺼리나. 구운 감자야. 피로그에 카샤도 있고. 돼지비계도 있어."

"아니, 정말 괜찮아, 고마워. 미안하네, 마르켈, 이렇게 자주 와서 당신 집에 찬바람을 들이는군. 한번에 물을 조금이라도 많이 모아 두고 싶어서 말이야. 스벤티츠키 집의 아연 욕조를 광이 나도록 닦았는데 물을 가득 채워 놓고 물통에도 좀 넣어 두려고 해. 이제 다섯 번만 더 오려고 하네. 어쩌면 열 번이 될 수도 있고. 그러고 나면 한동안 성가시게 하지 않을 걸세. 이렇게 자꾸 와서 정말 미안해. 자네 집 말고는 갈 데가 없어서 말이야."

"마음껏 부어 가게, 아까울 것도 없어. 시럽은 안 되지만 물은 얼마든지 가져가. 공짜야. 물값은 안 받겠네."

식탁 앞에 앉은 사람들이 껄껄 웃었다.

유리 안드레예비치예가 다섯 번째, 여섯 번째 양동이를 채우기 위해 세 번째로 들렀을 때는 이미 어조가 다소 바뀌었고 대화도 다른 식으로 진행되었다.

"사위들이 당신이 누군지 묻는군. 내가 말을 해 주어도 믿지를 않아. 물을 길어 가는 건 좋아, 그건 걱정 마. 단, 마룻바닥에 흘리지는 말게, 얼간이같이. 거봐, 문지방에 물이 튀었잖아. 얼어붙으면 자네가 와서 쇠뭉치로 깨 줄 것도 아니면서. 문을 더 꼭 닫아야지, 이 멍청한 사람아, 한데 바람이 들어오잖아. 내가 사위들한테 자네가 누구인지 말해 주어도 안 믿어. 자네한테 얼마나 많은 돈을 퍼부었는지! 공부를 그만큼 했건만 무슨 의미가 있나?"

유리 안드레예비치가 다섯 번째나 여섯 번째로 왔을 때 마르켈은 얼굴을 찌푸렸다.

"한 번만 더 봐주고 이제 그만이야. 이봐, 염치가 있어야지. 우리 집 막내딸 마리나가 자네를 편들지만 않았어도, 자네가 무슨 귀족 할아버지라도 문을 걸어 잠갔을 거야. 마리나 기억하지? 저기, 식탁 끝에 앉아 있는, 까무잡잡한 애야. 저 봐, 얼굴이 새빨개졌군. 아버지, 그분의 기분을 상하게 하지 마세요, 그러더군. 아니, 누가 자네를 집적댄다고. 마리나는 중앙 전신국의 전신 기사라 외국어를 알아들어. 그분은 불행한 사람이잖아요, 라고 하잖아. 자네를 위해서라면 불구덩이라도 뛰어들 기세야, 그 정도로 자네를 가엾게 봐. 아니, 자네 인생이 잘못 풀린 게 내 탓인가. 그 위험한 시기에 집을 버리고 시베리아로 내빼지 말았어야 했던 거야. 다 자기들 잘못이지. 우리도 그 굶주린 시기를, 그 봉쇄 기간을 모두 비틀대지 않고 버텼고 이렇게 살아남았어. 자네는 자신이나 탓하게. 토넨카[105]도 돌봐 줄 데가 없어 외국을 전전하고 있을 거야. 내가 무슨 상관이람. 자네 일인걸. 단, 서운해하지 말고, 내가 묻고 싶은 건 말이야, 그 많은 물을 어디에 쓸 건가? 마당을 얼려서 스케이트장이라도 만들 생각인가? 가엾은 암탉 새끼 같아서 화도 못 내겠군."

식탁 앞에 앉은 사람들은 이번에도 껄껄 웃었다. 마리나는 불만스러운 눈초리로 모두를 둘러보더니 발끈하며 그들에게 무슨 말을 하기 시작했다. 유리 안드레예비치는 그녀의 음성에 감명을 받았지만 아직도 그 비밀은 풀지 못했다.

"집 안에 닦아야 할 곳이 많아, 마르켈. 청소를 해야 하거든. 마룻바닥도 닦고. 빨래도 좀 하고 싶고."

식탁 앞에 앉은 사람들은 놀랐다.

"그런 말을 하다니 부끄럽지도 않나, 중국 세탁부도 아니고 누구는 일을 안 하는 줄 아나!"

"유리 안드레예비치, 실례지만 우리 딸을 보내 드릴게요. 그 애가 당신 집에 가서 빨래도 해 주고 청소도 해 줄 거예요. 필요하면 수선도 해 주고요. 이분을 무서워할 것 없다, 얘야. 저 봐, 다른 사람과는 비교가 되지 않을 정도로 훌륭한 분이시잖니. 파리 한 마리 해칠 분이 아니셔."

"아닙니다, 무슨 말씀을요, 아가피야 티호노브나, 괜찮아요.

---

105) 안토니나, 토냐의 애칭.

마리나가 나를 위해 손에 물을 묻히고 고생을 하다니, 나는 절대 동의하지 않을 겁니다. 그녀가 나를 위해 왜 그런 허드렛일을 해야 합니까? 내가 어떻게든 해 볼게요."

"당신이 손에 물을 묻히는데 제가 못 할 건 뭐예요? 고집 부리지 마세요, 유리 안드레예비치. 왜 손사래를 치는 거예요? 당신 집을 찾아가면 진짜 저를 쫓아내실 건가요?"

마리나는 가수가 되어도 좋을 것 같았다. 목소리도 맑고 음정도 높고 성량도 좋았다. 말할 때의 소리는 크지 않았지만 대화에 필요한 것보다는 강해서 그녀와 어우러지지 않고 따로 노는 것처럼 들렸다. 마치 다른 방이나 그녀의 등 뒤에서 들려오는 목소리 같았다. 이 목소리는 그녀의 보호막이자 수호천사였다. 이런 목소리를 가진 여자에게 모욕이나 슬픔을 주고 싶지 않았다.

그 일요일, 물을 나르면서 의사와 마리나의 우정이 시작되었다. 그녀는 종종 그의 집에 찾아가 집안일을 도와주었다. 어느 날, 그녀는 그의 집에 남아 더 이상 행랑채 방으로 돌아가지 않았다. 그렇게 그녀는, 첫 아내와 이혼하지 않은 상태라 혼인 신고는 하지 않았지만, 유리 안드레예비치의 세 번째 아내가 되었다. 그들 사이에는 아이들이 생겼다. 샤포바[106]의 아버지와 어머니는 딸을 의사 부인이라고 불렀는데, 자랑스러운 마음이 없지 않았다. 마르켈은 유리 안드레예비치가 마리나와 결혼식을 치르지도 않고, 혼인 신고도 하지 않았다고 투

106) 마리나의 성(姓).

덜거렸다. "아니, 이 양반, 정신 나갔어요?" 아내가 그에게 반박했다. "안토니나가 살아 계시는데 어떻게 그럴 수 있어요? 중혼을 하라고요?" "당신이야말로 바보요." 마르켈이 대답했다. "토넨카를 뭐 하러 생각해. 토넨카는 없는 거나 다름없는걸. 어떤 법도 그녀를 보호해 주지 못할 텐데."

유리 안드레예비치는 때때로 스무 장(章)이나 스무 통의 편지로 된 소설이 있듯, 그들이 가까워진 과정은 스무 통의 양동이로 된 로맨스라고 농담처럼 말하곤 했다.

마리나는 이 무렵에 형성된 의사의 이상한 괴벽, 몰락하고 또 자신의 전락을 의식한 사람다운 변덕, 더럽히고 어지르는 버릇을 너그러이 봐주었다. 그녀는 그의 투정, 날카롭고 신경질적인 성격도 참아 주었다.

그녀의 희생은 계속되었다. 그는 스스로의 잘못으로 인해 초래된 자발적 빈곤 상태에 빠졌고, 마리나는 그런 때에 그를 혼자 두지 않으려고 일을 포기했지만 회사에서 그녀를 높이 평가하여 이 어쩔 수 없는 휴직 이후에 다시 받아 주었다. 유리 안드레예비치의 공상에 복종하면서 그녀는 그와 함께 돈벌이를 찾아 이 집 저 집을 전전했다. 둘은 각기 다른 층에 사는 아파트 주민들을 위해 장작을 톱질해 주기도 했다. 몇몇 사람들, 특히 네프 초기에 졸부가 된 투기꾼과 정부에 가까이 있던 학문과 예술 종사자가 자기 집을 짓고 가구를 갖추기 시작한 것이다. 어느 날 마리나는 유리 안드레예비치와 함께 길의 톱밥을 집 안에 묻히지 않으려고 털 부츠를 양탄자 위로 조심스럽게 내디디며 장작더미를 집주인의 집무실로 날랐는데,

그는 무례하게도 독서에 몰입하여 톱질을 하는 남녀한테는 숫제 눈길조차 주지 않았다. 그들과 협상하고 지시를 하고 셈을 치러 준 사람은 여주인이었다.

'저 인간이 뭐에 저렇게 빠진 거야?' 의사는 호기심을 느꼈다. '뭔데 연필로 저렇게 열심히 밑줄까지 긋는 거지?' 장작을 들고 책상을 돌면서 그는 독서에 빠진 사람의 어깨 너머로 아래를 훔쳐보았다. 책상 위에는 바샤가 이전에 공예 학교에서 출판한 유리 안드레예비치의 소책자가 놓여 있었다.

7

마리나와 의사는 스피리도놉카에 살았고 그 옆, 말라야 브론나야 거리에서 고르돈이 방을 빌려 쓰고 있었다. 마리나와 의사에게는 캅카와 클라시카라는 두 딸이 있었다. 카피톨리나 또는 카펠카는 일곱 살이 되었고 얼마 전에 태어난 클라브디야는 육 개월이었다.

1929년, 초여름은 무더웠다. 지인들은 두세 거리쯤은 모자도 안 쓰고 재킷도 안 입고 방문했다.

고르돈의 방은 구조가 이상했다. 전에 양장점으로 쓰이던 그것은 위층과 아래층 두 칸으로 나뉘었다. 두 층은 거리에서 보면 하나의 온전한 거울 진열창이었다. 진열창의 유리에는 재봉사의 성과 그가 하는 작업의 종류가 황금빛 글자로 쓰여 있었다. 진열창 뒤 안쪽에는 아래층과 위층 방을 잇는 나선형 계단이 있었다.

지금 이곳은 세 칸으로 나뉘어 있었다.

양장점의 아래위층 사이에 마루판을 더 깔아서 복층을 만들고 거주용 방에 걸맞은 이상한 창문을 달았다. 높이가 1미터인 그 창문은 마룻바닥과 같은 높이에 있었다. 창문이 남아 있는 황금빛 문자를 다 덮어 버렸다. 문자들 사이의 여백으로 방 안에 있는 사람들의 다리가 무릎까지 보였다. 고르돈이 이 방에 살았다. 그의 방에는 지바고, 두도로프, 마리나와 아이들이 와 있었다. 어른들과 달리 아이들은 온몸이 창틀에 딱 맞았다. 마리나와 딸아이들은 금방 갔다. 남자 셋만 남았다.

그들 사이에는 오랜 세월 동안 우정을 쌓아 온 동창들끼리의, 나른하고 느긋한 여름날의 대화가 오갔다. 보통 어떻게 전개되는가?

누구에게는 대화를 충족시킬 만큼 많은 말이 쌓여 있다. 그런 사람은 자연스럽고 조리 있게 말하고 생각한다. 여기서는 유리 안드레예비치만이 그랬다.

그의 친구들은 말문이 막히는 경우가 많았다. 말재주가 별로 없었던 것이다. 빈약한 사전을 보충하느라 대화를 나누는 중에 방 안을 거닐며 담배를 빨아 대고 양손을 흔들며 같은 말을 몇 번씩 반복했다.("그건, 이봐, 부정직해. 정확히 부정직해. 그래, 그래, 부정직해.")

그들은 사람을 대함에 있어 이와 같은 극적인 과장이 열렬하고 관대한 성격을 의미하는 것이 아니라 오히려 불완전함과 공백을 표현하는 것임을 의식하지 못했다.

고르돈과 두도로프는 훌륭한 교수군에 속했다. 그들은 훌륭한 책, 훌륭한 사상가, 훌륭한 작곡가, 어제도 오늘도 항상 훌륭한, 오직 훌륭한 음악에 파묻혀 인생을 보냈고, 때문에 평균적 취향의 불행이 무취미의 불행보다 더 나쁘다는 것을 알지 못했다.

고르돈과 두도로프는 심지어 자기들이 지바고에게 퍼붓는 비난조차 친구에 대한 충심과 모종의 영향을 주고 싶은 바람이 아닌, 오직 자유롭게 생각하고 자기 뜻대로 대화를 이끌어 가는 능력의 부재에서 기인하는 것임을 몰랐다. 전속력으로 질주하는 대화의 달구지는 그들이 전혀 바라지 않는 곳으로 치달았다. 되돌릴 수도 없는 그런 말들은 결국 아무것이나 덮치고 들이받을 수밖에 없었다. 그래서 그들은 유리 안드레예비치를 꾸짖고 훈계하려다가 전속력으로 들이받아 상처를 입혔다.

그는 그들의 용수철 같은 격정, 비틀대는 관심, 논의의 방식 등을 속속들이 꿰고 있었다. 그렇다고 그들에게 '소중한 친구들아, 오, 너희도, 너희가 대변하는 무리도, 너희가 좋아하는 이름과 권위의 광채와 예술도 얼마나 평범한지, 정말 절망스럽구나! 너희 안에서 유일하게 생생하고 환한 것, 그것은 너희가 한때 나와 함께 살았고 나를 알았다는 것뿐이구나.'라고 말할 수도 없었다. 설령 친구들이 그와 비슷한 고백을 할 수 있다고 해도 어쩌겠는가! 그래서 유리 안드레예비치는 그들을 슬프게 하지 않으려고 그들의 말을 얌전히 듣고만 있었다.

두도로프는 얼마 전에 1차 형기를 마치고 유형에서 돌아왔다. 일시적으로 박탈되었던 권리도 다시 찾았다. 대학에서 강의와 수업을 재개해도 좋다는 허가도 받았다.

지금 그는 친구들에게 유형 시절의 느낌과 마음의 상태를 들려주었다. 그들과 얘기할 때는 위선 없이 진실했다. 그의 얘기는 비겁함이나 부수적인 생각에서 나온 것이 아니었다.

그는, 자신에 대한 기소 논리, 수감 중과 출옥 이후의 자신에 대한 태도, 특히 예심 판사와의 은밀한 대화를 통해 머리에 새로운 바람을 쐬고 정치적으로 재교육을 받았고 눈을 뜨고 많은 것을 보게 되었으며 인간적으로 훌쩍 자랐다고 말했다.

고르돈은 바로 이 진부함 때문에 두도로프의 논의를 마음에 들어 했다. 그는 공감한다는 듯 이노켄티[107]에게 고개를 끄덕이며 동의를 표했다. 두도로프의 진부한 말과 느낌이 마침 고르돈을 유달리 감동시킨 것이다. 범속한 감정의 모방을 그는 보편적 인간성으로 받아들였다.

이노켄티의 듣기 좋은 말은 시대정신의 산물이었다. 하지만 바로 속이 훤히 보이는 그 위선과 합법성에 유리 안드레예비치는 부아가 났다. 자유롭지 못한 인간은 항상 자신의 예속 상태를 이상화한다. 중세에도 그랬고, 예수회 교도들도 항상 이 점을 이용했다. 유리 안드레예비치는 소비에트 인텔리겐치아의 정치적 신비주의를, 즉 그들 최고의 업적이자 그 당시의 말로 시대의 정신적 천정이라 불렸던 것을 견딜 수 없었다. 유리 안드레예비치는 논쟁하기 싫어서 친구들에게 이런 느낌

107) 두도로프를 말한다.

을 숨겼다.

정작 그의 흥미를 자극한 것은 전혀 다른 것, 이노켄티의 감방 동료이자 티혼파[108] 성직자인 보니파티아 오를렙초프에 대한 두도로프의 이야기였다. 체포된 사람에게는 흐리스티나라는 여섯 살짜리 딸이 있었다. 사랑하는 아버지의 체포와 이후의 운명은 아이에게 충격을 주었다. 아이는 '우상 숭배자', '시민권 상실자' 같은 말을 불명예의 얼룩으로 여겼다. 언제든 훌륭한 가문의 이름에서 이 얼룩을 씻어 내리라고 어린애답게 열렬히 맹세했다. 그렇게 장기적으로, 또 그렇게 일찍 자기 내부의 꺼지지 않는 불꽃처럼 타오른 결의를 통해 설정한 목표는 그녀를 진즉에, 또 지금까지도 어린아이처럼 열렬한, 공산주의에서 가장 확고해 보이는 모든 것의 추종자로 만들었다.

"그만 가 볼게." 유리 안드레예비치가 말했다. "화내지 마, 미샤. 방 안이 갑갑하고 거리는 푹푹 찌는군. 숨이 막혀."

"너도 보다시피 마루의 통풍구가 열려 있어. 미안해, 우리가 담배를 너무 많이 피웠나 봐. 네가 있을 때는 담배를 피우지 말아야 한다는 걸 항상 잊어버리지 뭐야. 굳이 내 잘못이라면, 이곳이 이렇게 바보 같은 구조라 그래. 나를 위해 다른 방 좀 알아봐 줘."

"정말 가야겠어, 고르도샤.[109] 이만하면 얘기도 충분히 나눴고. 신경 써 줘서 고마워. 그러게 동창이야. 내가 변덕을 부리

108) 티혼(1865~1925). 혁명 당시 러시아 정교회 모스크바 대주교로서 반혁명 운동을 주도했다. 본명은 바실리 이바노비치 벨라빈이다.
109) 고르돈의 애칭.

는 게 아니야. 심장 혈관 경화증이라는 병 때문이야. 심근 벽이 닳아서 얇아졌는데, 어느 아름다운 날에 찢어지거나 터져버릴 수도 있어. 하지만 난 아직 마흔도 안 됐잖아. 술꾼도 아니고 방탕아도 아니고 말이야."

"왜 그렇게 일찍 장송곡을 부르냐. 멍청하긴. 아직은 더 살 거야."

"요즘은 현미경으로만 관찰되는 형태의 심장 출혈이 아주 많아졌어. 그렇다고 다 죽는 건 아니야. 이겨 내는 경우도 있지. 이건 새 시대의 질병이야. 원인은 정신적인 질서에 있는 걸로 생각돼. 우리 대다수는 지속적이고 체계화된 이중성을 요구받거든. 날마다 느끼는 것과 반대로 스스로를 내보이다 보면 건강이 나빠질 수밖에 없지. 좋아하지 않는 것 앞에서 고군분투하고 불행을 안겨 주는 것을 보고 기뻐하다 보면 말이야. 우리의 신경 시스템은 공허한 음성이나 허구가 아니야. 그것은 섬유 조직으로 된 물리적 신체야. 우리의 영혼은 공간에서 일정한 자리를 차지하고 구강 속 치아처럼 우리 내부에 자리하고 있는 거야. 무사히, 무한정 혹사해도 되는 것이 아니라고. 너의 유형 얘기는 듣기가 힘들었어, 이노켄티, 네가 유형 생활을 통해 성장하고 재교육됐다는 얘기 말이야. 말이 조마장에서 자신이 어떻게 조련받았는지 이야기하는 것과 비슷해."

"나는 두도로프 편을 들겠어. 너는 그저 사람들의 말에서 멀어졌을 뿐이야. 더 이상 말이 너에게 가닿지 않는 거야."

"얼핏 그럴 수도 있겠어, 미샤. 아무튼 미안하지만 나를 좀 놔줘. 숨쉬기도 힘들어. 정말이야, 과장하는 게 아니라고."

"잠깐만. 핑계일 뿐이야. 네가 마음에서 우러나는 솔직한 대답을 하기 전에는 놔주지 않을 거야. 네가 바뀌고 개선되어야 한다는 것에 동의해? 이와 관련하여 무엇을 할 작정이야? 토냐, 또 마리나와 관련된 일부터 똑부러지게 처리해야지. 그들은 살아 있는 존재이자 고통받고 느낄 줄 아는 여자란 말이야, 너의 머릿속에서 제멋대로 결합하고 배회하는 육체 없는 관념이 아니라고. 게다가 너 같은 사람이 아무 데도 쓰이지 않고 이렇게 썩고 있다니, 얼마나 부끄러운 일이야. 너는 잠과 나태에서 깨어나 정신을 차려야 해. 부당한 건방은 그만 떨고, 그래, 그 용납되지 않는 거만함 좀 버리고 주변 상황을 헤아리고 직장에 나가 실무에 종사해야 해."

"좋아, 대답하지. 나도 최근에 그런 유의 생각을 자주 해. 그래서 부끄러워 얼굴 붉힐 것도 없이 뭔가는 약속할 수 있어. 내 생각으론 모든 것이 잘될 거야. 그것도 상당히 빠른 시간 안에. 두고 봐, 그럴 테니. 아니, 정말이라니까. 다 좋아질 거야. 나는 믿기지 않을 만큼 정말 정열적으로 살고 싶어. 산다는 건 항상 더 높은 것, 완벽을 향해 앞으로 나아가 그것을 성취하는 것을 의미하잖아.

고르돈, 네가 마리나를 옹호해 줘서 기뻐, 예전에 항상 토냐를 옹호했던 것처럼. 하지만 나는 그들과 반목하지도 않고 그들, 아니 그 누구와도 싸우지 않을 거야. 너는 처음에, 나는 반말을 하는데 그녀는 높임말을 쓴다고, 나를 이름과 부칭으로 불러 높인다고, 내가 이걸로 억압을 전혀 못 느낀다는 듯이 비난했잖아. 하지만 이 부자연스러움의 기저에 깔린 더 깊은 부조리는 오래전에 제거되고 모든 것이 다듬어지고 평등이 확립되었어.

너희에게 또 하나 기분 좋은 소식을 전할 수 있게 됐어. 파리에서 다시 편지가 오기 시작했어. 아이들이 많이 커서 또래의 프랑스 아이들과 자유롭게 어울린다는군. 슈라는 그곳에서 초등학교인 에콜 프리메르를 마쳤고, 마냐[110]는 초등학교에 입학한대. 사실 나는 딸에 대해 아는 게 하나도 없잖아. 왠지 나는 그들이 프랑스 국적을 갖게 됐음에도 곧 돌아올 것이고 뭔가 미지의 방식으로 다 잘될 거라 믿어져.

많은 징후로 봐서 장인어른과 토냐는 마리나와 딸아이들에 대해 알고 있어. 내가 직접 그런 얘기를 써 보낸 적은 없지만, 분명히 제삼자를 통해서 정황을 들었을 거야. 알렉산드르 알렉산드로비치가 토냐의 아버지로서 딸 때문에 모욕감을 느끼고 마음 아파하는 건 당연한 일이야. 그 때문에 우리는 오 년이나 편지 왕래를 하지 않았어. 모스크바로 돌아온 다음에는 얼마 동안 편지가 오갔잖아. 그러다가 갑자기 저쪽에서 답장을 쓰지 않았던 거야. 모든 소식이 끊겼지.

이제야, 아주 최근에야 다시 저쪽에서 편지가 오기 시작했어. 그들 모두, 심지어 아이들도 보내와. 따사롭고 다정한 편지들이지. 뭔가 부드러워졌어. 토냐에게 무슨 변화가 있는지도, 새 친구라도 생겼는지 모르겠어, 부디 그랬으면 좋겠고. 글쎄, 모르겠어. 나도 더러 편지를 써. 하지만 정말 더는 안 되겠어. 그만 갈게, 아니면 질식 발작을 하고 말 거야. 그럼 또 보자."

---

110) 마리야의 애칭.

이튿날 아침, 마리나가 사색이 되어 고르돈의 집으로 달려왔다. 딸아이들을 맡길 사람이 없어서, 작은딸 클라샤는 담요에 돌돌 싸서 한 손으로 가슴팍에 꼭 붙이고 다른 손으로는 뒤로 처지며 떼를 쓰는 카파의 손을 잡아당긴 채였다.

"유라가 여기 있나요, 미샤?" 그녀가 자기 소리가 아닌 듯한 목소리로 물었다.

"집에서 자지 않았나요?"

"아니요."

"그럼 이노켄티 집에 있겠죠."

"거기도 가 봤어요. 이노켄티는 대학에서 수업하고 있어요. 하지만 이웃들이 유라를 알잖아요. 거기도 안 왔대요."

"그럼 대체 어디에 있을까요?"

마리나는 머리를 땋은 클라샤를 소파 위에 내려놓았다. 그녀는 히스테리 상태에 빠졌다.

8

고르돈과 두도로프는 이틀 동안 마리나 곁을 떠나지 않았다. 그녀 혼자 두기가 무서워서, 돌아가며 그 옆에서 당번을 섰다. 그 외 시간에는 의사를 찾으러 다녔다. 그가 들렀을 만한 곳은 모두 돌아다니고 무치노이 소도시와 십체프 집도 가 보고 언젠가 그가 근무했던, 모든 사상 궁전과 이념의 집도 방문하고 그를 조금이라도 알 만한 옛 지인 중 주소를 찾을 수 있는 자들을 모두 둘러보았다. 이런 수색에도 불구하고 나온 것은 아무것도 없었다.

경찰서에는 신고하지 않았는데, 비록 거주 등록도 돼 있고 고발당할 일도 없지만 요즘 개념으로 전혀 모범적이지 않은 존재에게 현 정권의 주의를 환기시키지 않기 위해서였다. 경찰은 극단적인 경우에 한하여 끌어들이기로 했다.

사흘째 되는 날 마리나, 고르돈, 두도로프는 각자 다른 시각에 유리 안드레예비치의 편지를 받았다. 거기에는 불안과 공포를 야기해 미안하다는 얘기가 가득했다. 그는 자기를 용서해 달라고, 진정하라고 애원했으며 모든 성스러운 것에 맹세코, 더 이상 자기를 찾지 말라고, 어쨌거나 소용없는 일일 것이라고 했다.

그는 최대한 빨리, 또 완전히 자신의 운명을 개조하기 위해 얼마 동안 고독하게 지내며 일에만 집중하고 싶다고, 어느 정도든 새로운 활동 영역이 공고해지면 그 고비 이후에는 옛날로 돌아가지 않고 비밀 은신처에서 나와 마리나와 아이들에게 돌아갈 것이라고 알려 왔다.

고르돈에게는 편지로, 그의 이름으로 마리나를 위한 돈을 부친다고 미리 알렸다. 마리나가 아이들에게서 해방되어 일터로 돌아갈 수 있도록 유모를 고용해 달라고 부탁했다. 돈을 그녀 주소로 직접 보내지 않는 것은 고지서에 명시된 금액 때문에 그녀가 강도를 당할까 봐 걱정돼서라고 설명했다.

곧 돈이 왔는데, 의사의 수입 규모나 친구들의 단위를 넘어서는 액수였다. 아이들을 돌봐 줄 유모도 고용했다. 마리나는 다시 전신국에 나갔다. 그녀는 오랫동안 진정하지 못했지만 유리 안드레예비치의 옛 괴벽에 익숙했던 터라 결국은 이 돌발 행동도 받아들였다. 유리 안드레예비치의 부탁과 경고에도 친구들, 그와 가까운 이 여자는 계속하여 그를 찾아다니다가 그의 예언이 옳았음을 확신하게 되었다. 그를 찾아내지 못한 것이다.

9

그사이 그는 그들에게서 겨우 몇 발짝 떨어진 곳, 엎어지면 코 닿을 데, 그들의 수색망에서 아주 좁은 범위 내, 눈에 보이는 곳에 살고 있었다.

실종된 날, 그는 어스름이 내리기 전, 아직 밝을 때 브론나야 거리에 있는 고르돈의 집을 나와 스피리도놉카의 자기 집으로 가고 있었다. 바로 그때 100걸음도 가지 않아 맞은편에서 오는 이복동생 예브그라프 지바고와 우연히 마주쳤다. 유리 안드레예비치는 그를 삼 년 넘게 보지 못했던 터라 그에 대해 아무것도 알지 못했다. 알고 보니, 예브그라프는 우연히 모스크바에 왔고 아주 최근에 도착한 터였다. 언제나처럼 그는 하늘에서 떨어진 듯 보였고, 질문 공세에는 미소와 농담으로만 응수해서 여전히 접근하기가 어려웠다. 대신, 사소하고 자잘한 일상의 얘기는 접은 채, 곧장 유리 안드레예비치에게 두세 가지 질문을 던지고는 그의 모든 슬픔과 혼란을 간파했으며 당장 구불구불하고 비좁은 골목길 모퉁이에서, 그들을 앞지르거나 또 마주 오는, 북적대는 보행자 무리 속에서 어떻게 형을 돕고 구할지 실질적인 계획을 세웠다. 유리 안드레예비치의 실종과 은둔 생활은 예브그라프의 생각, 그의 아이디어였다.

그는 유리 안드레예비치를 위해 그때도 여전히 카메르게르스키라고 불리던 골목, 예술 극장 바로 옆에 방을 얻어 주었다. 돈도 마련해 주고 의사가 학문 활동의 영역을 넓힐 수 있도록 병원에 좋은 자리도 마련해 주었다. 그는 생활 전반에 걸쳐 형을 후원했다. 마침내 형에게 파리에 있는 가족의 불안정한 상태도 어떻게든 끝을 맺게 해 주겠다는 약속도 했다. 유리 안드레예비치가 그쪽으로 가든지, 아니면 그쪽에서 그에게 오든지 하는 식으로 말이다. 예브그라프는 이 모든 일을 혼자 맡아 처리하기로 약속했다. 유리 안드레예비치는 동생의 지원에 고무되었다. 전에도 항상 그랬지만 그의 막강한 힘은 여전히 풀리지 않는 수수께끼였다. 유리 안드레예비치는 그 비밀을 캐려 하지 않았다.

10

방은 남향이었다. 맞은편 극장 지붕으로 창문 두 개가 나 있고 그 너머 뒤쪽, 오호트느이 랴드 위로 여름 태양이 높이 떠 포장된 골목길에 깊은 그림자를 드리웠다.

방은 유리 안드레예비치에게 작업실 이상, 연구실 이상의 공간이었다. 이 왕성한 활동의 시기, 그의 계획과 구상은 책상 위에 뒹구는 공책에 다 담을 수 없을 정도였고 머릿속에 떠올라 숙고된 형상은, 수많은 미완성작이 벽 쪽으로 얼굴을 돌린 채 예술가의 작업실을 가로막듯, 방 구석구석 공기 중에 남아 있었으며, 의사의 방은 정신의 향연장이자 광기의 창고이자 계시의 보고였다.

다행히도, 병원 측과의 협상이 지연되어 출근 시기도 무한정 연기되었다. 이렇게 늦추어진 시간을 이용해 그는 글을 쓸 수 있었다.

유리 안드레예비치는 자기가 쓴 것 중 단편적으로 기억나는 것이나 예브그라프가 어디선가 가져온 원고를 정리했는데, 일부는 그의 자필 원고였고 일부는 다른 사람이 재인쇄한 원고였다. 자료가 너무 혼란스러워서 유리 안드레예비치는 원래 타고난 성향보다 더욱더 무리를 해야 했다. 그는 이 작업을 얼른 마치고, 미완성작의 복원으로부터 신선한 원고에 열광하며 새것을 창작하는 쪽으로 넘어갔다.

그는 바르이키노에 처음 머물던 시절에 휘갈겨 쓴 메모처럼 논문의 개요를 대충 작성하거나 머리에 떠오르는 대로 시의 첫 부분, 끝부분, 중간 부분을 순서 없이 써 보았다. 이따금씩 밀려오는 생각을 감당하기 힘들 때도 있었고, 단어의 첫 글자들이나 저돌적인 속기로 휘갈겨 놓은 약자들을 따라잡지 못할 때도 있었다.

그는 서둘렀다. 상상력이 고갈되고 작업이 주춤할 때면 여백에 그림을 그리면서 생각을 재촉하고 채찍질했다. 거기에는 숲속 오솔길들, "모로와 베트친킨. 파종기. 탈곡기." 광고 기둥이 한가운데에 서 있는 도시 교차로들이 그려졌다.

논문과 시는 하나의 주제를 다루었다. 그 대상은 바로 도시였다.

11

나중에 그의 종잇장들 사이에서 다음과 같은 메모가 발견되었다.

> 22년, 돌아와 보니 모스크바는 텅 비고 반쯤 파괴되어 있었다. 그런 모습으로 혁명의 첫 몇 년을 시련 속에서 보내고 그런 모습으로 오늘날까지 남아 있었다. 인구도 줄고 새 집도 지어지지 않고 낡은 집도 수리되지 않는다.
>
> 하지만 그런 모습으로도 모스크바는 현대의 대도시이자 진실로 새로운 현대 예술의 유일한 영감의 원천으로 남아 있다.
>
> 상징주의자인 블로크와 베라렝과 휘트먼[111]의 시에서 볼 수 있는, 겉보기에는 양립할 수 없이 제멋대로 병치된 듯 보이는 사물과 개념을 무질서하게 나열하는 것은 결코 문체상의 변덕이 아니다. 그것은 삶 속에서 포착하고 자연에서 복사해 온 인상의 새로운 구조이다.

---

111) 에밀 베라렝(1855~1916)은 벨기에의 시인이고 월트 휘트먼(1819~1892)은 미국의 시인이다.

그들이 일련의 형상을 자신의 시구 위로 내몰듯, 19세기 도시의 사무적인 거리는 스스로 부유하며 자신의 군중과 마차와 탈것을 우리 옆으로 내몰고, 그다음 이어지는 세기의 초에는 시내의 전차와 지하철을 내몬다.

이런 조건에서는 그 어디에서도 목가적인 소박함이 생겨날 수 없다. 그 가짜의 꾸밈없음은 문학적인 위조이자 부자연스러운 진부함이며 시골이 아니라 아카데미 서고의 책장에서 나온 문어적인 질서의 현상이다. 오늘날의 정신에 자연스럽게 부합하며 생생하게 형성된 살아 있는 언어는 도시주의의 언어인 것이다.

나는 번잡한 도시 교차로에 살고 있다. 햇빛이 눈부신 여름의 모스크바는 아스팔트 마당이 달궈진 가운데 위층 거처의 창틀에 반사되는 햇살을 사방으로 흩뿌리고 먹구름과 산책로의 개화를 만끽하고 내 주위를 맴돌고 내 머리에 현기증을 일으키고, 영예롭게도, 내가 다른 사람들의 머리에 현기증을 일으키길 원한다.

벽 너머에서 밤낮으로 꾸준히 시끌벅적한 소리를 내는 거리는 현대의 영혼과 연결되어 있다. 이는 벌써 시작된 전주곡이 아직 쳐져 있으되 벌써 각광을 받아 붉어진, 어둠과 비밀로 가득 찬 극장 무대의 장막과 연결되는 것과 같다. 문과 창문 뒤에서 끊임없이, 쉼 없이 꿈틀거리고 아우성치는 도시는 우리 각자의 삶 속으로 들어가는 무한히 거대한 도입부이다. 나는 바로 이런 특징을 가진 도시에 대해 쓰고 싶다.

보존된 지바고의 시 공책에서 그런 시는 발견되지 않았다. 혹시 「햄릿」이라는 시가 이런 부류에 속했던 것일까?

12

8월 말의 어느 아침, 유리 안드레예비치는 가제트느이 골목의 정거장에서 전차를 탔다. 니키츠카야 거리를 따라 대학에서 쿠드린스카야 거리까지 올라가는 전차였다. 그 당시에는 솔다텐콥스카야 병원이라 불린 보트킨스카야 병원에 처음 출근하는 길이었다. 그의 입장에서는 업무상 첫 방문인 셈이었다.

유리 안드레예비치는 운이 좋지 않았다. 불상사가 이어지는 문제 많은 전차를 타고 만 것이다. 철로의 홈에 바퀴가 낀 마차가 길을 가로막아 운행이 지체되기도 했다. 또 객차의 마룻바닥 밑이나 지붕 위의 절연기가 망가져 잠시 합선이 되면서 뭔가가 소리를 내며 타기도 했다.

전차 운전수는 종종 스패너를 손에 들고 정차한 전차의 앞문에서 나와 전차를 한 바퀴 돈 다음 웅크리고 앉은 바퀴와 뒷문 사이의 기계 부품을 수리하는 데 집중했다.

이 재수 없는 전차는 가는 내내 운행에 차질을 빚었다. 그 때문에 진즉에 멈추어 선 전차들, 지금 도착해 서서히 막히는 새 전차들이 거리를 막아 버렸다. 전차들의 꼬리가 벌써 마네주에 이르러 더 멀리까지 이어지고 있었다. 뒤쪽 전차의 승객들은 뭔가 뾰족한 수가 있을까 싶어 앞쪽 전차로, 즉 이 모든 결함의 원흉인 전차로 옮겨 타는 중이었다. 무더운 아침, 미어터지는 전차 안은 비좁고 갑갑했다. 니키츠키예 보로트이에서부터 포장도로 위를 우왕좌왕 뛰어다니는 승객들 위로, 짙은 보라색 먹구름이 하늘 높이 솟아오르고 있었다. 뇌우가 몰려오는 중이었다.

유리 안드레예비치는 전차의 왼쪽 일인용 좌석에 앉아 창가에 바짝 붙어 있었다. 음악원이 위치한 니키츠카야 거리의 왼쪽 보도가 잘 보이는 자리였다. 그는 뭔가 다른 생각에 빠진 사람처럼 주의력이 둔해진 채 별수 없이, 이편을 걸어서 가는 사람들이나 뭘 타고 가는 사람들을 멍하니 쳐다보면서 아무도 놓치지 않았다.

리넨 카밀레와 수레국화를 꽂은 밝은 색 밀짚모자를 쓰고 몸에 딱 붙는 연보랏빛 구식 원피스를 입은, 백발의 늙은 부인이 숨을 헐떡이며, 또 손에 든 평평한 종이 다발로 부채질을 하면서 이쪽 길을 따라 터벅터벅 걷고 있었다. 그녀는 코르셋을 꽉 졸라맨 데다가 무더위에 지치고 땀범벅이 돼서 땀에 젖은 눈썹과 입술을 레이스 손수건으로 닦고 있었다.

그녀가 걷는 길은 전차가 달리는 길과 나란히 이어졌다. 유리 안드레예비치는 수리한 전차가 출발하여 그녀를 추월할 때마다 벌써 몇 번이나 그녀를 시야에서 놓쳤다. 전차가 새로운 고장으로 멈춰 부인이 전차를 추월할 때마다 그녀는 여러 차례 그의 시야로 돌아왔다.

유리 안드레예비치는 다양한 시각에 출발해 다양한 속도로 달리는 기차들의 시간과 순서를 계산하는 학창 시절의 과제를 떠올렸다. 그것을 푸는 공식을 기억해 내고 싶었지만 아무 성과도 없이, 그 생각을 끝까지 밀고 가지도 못한 채 이 추억에서 훨씬 복잡한 다른 명상으로 넘어갔다.

그는 서로의 곁에서 다양한 속도로 움직이며 나란히 발전하는 몇몇 존재들을, 살다 보면 어떤 운명이 언제는 다른 운명을 추월하고 또 누가 누구를 앞지르고 하는 것을 생각했다. 인생의 경마장을 지배하는 상대성의 원칙 같은 것이 떠올랐지만 완전히 뒤죽박죽되어 이런 비유를 내던졌다.

번개가 번쩍이더니 천둥이 쳤다. 이 불운한 전차는 쿠드린스카야 거리에서 동물 박물관으로 가는 내리막길에서 벌써 몇 번이나 멈추어 섰다. 연보랏빛 옷을 입은 부인은 잠시 뒤 창틀에 나타났고 전차를 지나쳐 멀어져 갔다. 굵은 첫 빗방울이 보도와 포장도로 위로, 부인 위로 떨어졌다. 나무 사이로 먼지 섞인 돌풍이 불어와 나뭇잎이 서로를 건드리고 부인의 모자를 벗기고 치마를 걷어 올리더니 갑자기 잠잠해졌다.

발작처럼 속이 메스꺼워지면서 의사의 몸에서 힘이 쭉 빠졌다. 힘이 빠지는 상황에서도 그는 좌석에서 일어나 전차의 창문을 열려고 창틀의 가죽 벨트를 위아래로 힘껏 잡아당겨 보았다. 그의 힘으로는 어림도 없었다.

사람들이 창틀은 나사로 기둥에 완전히 고정되어 있다고 고함을 질렀지만 의사는 발작과 싸우느라, 또 어떤 불안에 사로잡힌 나머지 자기한테 외치는 줄도 모르고 주의를 기울이지 않았다. 그는 계속 같은 시도를 하며 다시 세 번이나 창틀을 위아래로, 자기 쪽으로 잡아당겼는데, 갑자기 유례없을 만큼 참을 수 없는 통증을 감지하고는 내부에서 뭔가가 터졌음을, 뭔가 치명적인 일이 일어났음을, 모든 것이 끝났음을 깨달았다. 그때 전차가 슬슬 움직였지만 프레스냐 거리를 아주 조금 가다가 또 정차했다.

비인간적인 의지력을 발휘하여 비틀거리며, 또 좌석들 사이의 통로에 어마어마한 장애물처럼 밀집해 있는 승객들을 간신히 비집으며 유리 안드레예비치는 뒷문까지 갔다. 사람들은 길을 내주지 않은 채 투덜대기만 했다. 그는 공기를 들어마신 덕에 상쾌해졌다고, 아마 모두 잃은 것은 아닐 거라고, 상태가 한결 나아진 것 같다고 생각했다.

뒷문 쪽 군중을 뚫고 지나가는 동안 새로운 욕설과 발길질과 분노 세례가 쏟아졌다. 그는 고함에 아랑곳하지 않고 군중을 뚫고 나가 정차한 전차의 계단에서 포장도로로 내려섰고 한 발, 두 발, 세 발을 내디딘 다음 돌 위로 쓰러져 더 이상 일어나지 못했다.

떠드는 소리, 말하는 소리, 언쟁하는 소리, 충고하는 소리가 쏟아졌다. 몇몇 사람이 전차의 계단에서 아래로 내려와 쓰러진 사람을 에워쌌다. 곧 그가 더 이상 숨을 쉬지 않고 그의 심장이 뛰지 않는 것을 확인했다. 시신을 둘러싼 무리를 향해 보도에서 사람들이 다가왔는데, 그가 차에 치인 것이 아니라는, 그의 죽음이 전차와는 아무 상관이 없다는 것에 안심한 쪽도 있고, 실망한 쪽도 있었다. 군중은 더 불어났다. 이 무리 쪽으로 연보랏빛 원피스를 입은 부인이 다가와 잠깐 서서 죽은 사람을 살펴보고 오가는 얘기를 좀 듣다가 가던 길을 갔다. 그녀는 외국인이지만, 시신을 전차 안으로 들여 멀리 병원으로 데려가야 한다고 조언하는 소리와 경찰을 불러야 한다고 말하는 소리를 알아들었다. 사람들이 어떤 결론에 도달하는지 끝까지 기다리지 않고 자기 길을 간 것이다.

연보랏빛 원피스를 입은 부인은 스위스 국민으로서 멜류제예프에서 온 마드무아젤 플레리, 몹시 늙은 여자였다. 그녀는 이십여 년 동안 조국으로 돌아갈 권리를 얻으려고 서면으로 청원해 왔다. 아주 최근에야 그녀의 청원이 받아들여졌다. 그녀는 출국 비자 때문에 모스크바에 온 참이었다. 그날은 돌돌 말아 리본으로 묶은 서류 뭉치로 부채질을 하며 비자를 받으러 대사관에 가는 길이었다. 그녀는 열 번째로 전차를 앞질러 앞으로 걸어갔고, 전혀 의식하지도 못한 채 지바고를 지나친 다음 그보다 더 오래 살았다.

13

복도에서 문을 통해 방구석과 그 안에 비스듬히 서 있는 책상이 보였다. 책상에서 문 쪽으로 조잡하게 제작된 통통배 같은 관이 보였고 갈수록 좁아지는 관의 아래쪽 끝에 고인의 두 발이 놓여 있었다. 책상은 예전에 유리 안드레예비치가 글을 쓰던 바로 그 책상이었다. 방 안에 다른 책상은 없었다. 원고들은 서랍 안에 정리해 넣어지고, 책상은 관 밑에 세워졌다. 머리말에는 베개들이 높게 받쳐져 관 속의 시신은 위로 솟은 언덕처럼 보였다.

이 계절에는 보기 드문 하얀 라일락 다발, 시클라멘, 화분과 바구니에 담긴 시네라리아 등 수많은 꽃이 그를 에워쌌다. 꽃들이 창문에서 들어오는 빛을 가렸다. 빛은 꽃들을 투과해 고인의 밀랍 같은 얼굴과 손, 관의 나무와 결에 인색하게 스며들었다. 책상 위에는 흔들리다가 이제 막 멈춘 것 같은 그림자들의 아름다운 당초무늬가 드리워져 있었다.

그 무렵에는 화장을 많이들 했다. 아이들을 위한 보육 연금을 받을 희망에서, 또 앞으로의 학교생활을 고려하고 마리나의 직장 생활에 해가 되지 않기를 바라는 마음에서 교회 장례식은 거절하고 시민 화장만 하기로 결정했다. 담당 기관에도 그렇게 신고되었다. 대표자를 기다리는 중이었다.

그들을 기다리는 중 방 안은 옛 거주자가 나가고 새 거주자가 들어오기 전, 그 사이에 비워진 방처럼 텅 비었다. 이 적막을 깨는 것은 발끝을 들고 걷는 점잖은 발걸음 소리와 작별 인사를 하는 사람들이 내는 부주의한 사각거림뿐이었다. 많은 사람은 아니었지만, 그래도 예상했던 것보다는 훨씬 많았다. 무명으로 살다시피 한 사람의 부고가 경이로운 속도로 그의 주변을 한 바퀴 돌았다. 고인이 살아 있을 때 여러 시기에 그를 알았고 또 여러 시기에 그가 잃어버리고 또 잊어버린 사람이 상당수 모여들었다. 그의 학문적인 사상과 뮤즈 덕분에 미지의 친구들, 고인을 전혀 보지 못했으나 그에게 이끌려 처음으로 그를 보고 마지막 작별의 시선을 던지러 온 친구들이 훨씬 더 많았다.

어떤 의식(儀式)도 없는 상태에서 공통의 침묵이 거의 손에 만져지는 결핍처럼 압박이 되는 시각이면, 꽃들만이 부족한 성가와 부재하는 예법의 대체물이 되어 주었다.

꽃들은 피어나며 향기를 뿜어낼 뿐만 아니라 향기를 발산하며 모두에게 자신의 숨 막힐 것 같은 힘을 부여하고, 그로써 일제히 부패를 촉진하면서 뭔가를 완수하는 것 같았다.

식물계는 손쉽게 명부(冥府)의 제일 가까운 이웃으로 상상되곤 한다. 이곳, 땅의 푸름 속, 묘지의 나무들 사이, 꽃밭에서 나온 꽃봉오리들 사이에, 우리가 해답을 얻으려고 씨름하는 변형의 비밀과 삶의 수수께끼가 집중되어 있는지도 모르겠다. 마리아는 무덤에서 나온 예수를 첫 순간에는 알아보지 못하고 묘지를 걷는 정원사로 생각했다.(마리아는 그분을 정원지기로 생각하고…….)[112]

14

고인이 마지막 거주지인 카메르게르스키 골목으로 운구되어 왔을 때, 그리고 그의 사망 소식을 듣고 충격에 빠진 친구들이 끔찍한 소식에 반쯤 정신이 나간 마리나와 함께 현관에서 문이 활짝 열린 집 안으로 뛰어들어 왔을 때 그녀는 제정신이 아닌 상태로 오랫동안 마룻바닥에 나뒹굴었고 주문한 관

112) 「요한 복음서」 20장 15절.

이 도착하기 전 어질러진 방을 정리하는 동안 고인을 뉘어 둔, 좌석과 등받이가 딸린 긴 나무 의자 끝에 머리를 찧었다. 그녀는 계속해서 눈물을 흘리고 뭐라고 중얼대고 비명을 질렀는데, 목이 메어 그 말 중 절반은 자신도 모르게 포효처럼 터져 나왔다. 그녀는 민중이 곡을 하는 방식대로 아무 거리낌도, 의식도 없이 마구 말을 쏟아 냈다. 마리나가 시신을 꼭 붙잡고 있었기 때문에, 쓸데없는 가구를 치우고 정리한 방 안으로 고인을 옮겨 씻기고 막 도착한 관에 안치해야 했음에도, 그녀를 떼 낼 수가 없었다. 이 모든 것이 어제 있었던 일이다. 오늘은 광포한 고통이 잦아들어 멍하고 기진맥진한 상태가 되었지만 그녀는 이전처럼 말귀도 알아듣지 못했고 아무 말도 하지 못했으며 또 제정신이 아니었다.

그녀는 어제의 남은 날과 밤에도 여기에 계속 앉아 자리를 비우지 않았다. 젖을 먹이기 위해 클라바[113]를 데려왔고 나이 어린 유모와 함께 카파도 데려왔다가 모두 데리고 나갔다.

그녀의 옆에는 가족이나 다름없는, 그녀와 마찬가지로 슬픔에 젖은 두도로프와 고르돈이 있었다. 이 벤치에 아버지 마르켈이 그녀 옆에 붙어 앉아 조용히 흐느끼다가 코를 팽팽 풀어 댔다. 이쪽, 그녀 쪽으로 어머니와 자매들도 울면서 다가왔다.

그리고 이 인파 속에 모든 사람들 사이에서 단연 눈에 띄는 남자와 여자가 있었다. 그들은 앞서 열거한 사람들보다 고인과 가까운 척 굴지는 않았다. 마리나와 그녀의 딸들, 또 벗

113) 클라브디아의 애칭.

들과 슬픔을 두고 맞서려 하지 않고 그들에게 우선권을 주었다. 어떤 요구도 하지 않았지만 그들에게는 영면한 사람에 대한 자기만의 완전히 특수한 권리가 있는 듯 보였다. 어떤 식으로 두 사람에게 부여됐는지 알 수 없는 이 은밀한 전권을 아무도 건드리지 않았고 아무도 문제 삼지 않았다. 바로 이 사람들이 장례식과 그 절차에 관련된 번잡한 문제를 처음부터 떠맡은 것 같았으며, 한결같이 침착하게 일을 처리하면서 큰 만족을 느끼는 것 같았다. 그들의 이런 고귀한 기품은 모두의 눈에 들어와 이상한 인상을 불러일으켰다. 이 사람들은 장례뿐 아니라 이 죽음과도 관련이 있는 것처럼 보였다. 직간접적인 원인이 아니라 모종의 기정사실 이후에 이런 사건에 동의한 인물들로서, 그 사건을 받아들였기 때문에 그리 중대하게 생각지 않으려는 인물들로서 말이다. 이 사람들을 아는 사람은 소수였고 다른 사람들은 그들이 누구인지 추측해 보는 정도였으며, 또 다수의 사람들은 그들을 전혀 알지 못했다.

하지만 키르키즈인처럼 작은 눈을 가진, 호기심을 자극하는 탐구적인 사람과, 꾸미지 않아도 아름다운 이 여자가 관이 있는 방으로 들어오자, 앉아 있든 서 있든 방 안에서 움직이든, 마리나를 포함한 모든 사람이 약속이라도 한 듯이 이의 없이 자리를 비워 주며 옆으로 물러났고, 벽 앞에 길게 배치한 의자와 접이의자에서 일어나 비좁은 틈새를 헤치며 복도와 현관으로 나갔다. 그러자 남자와 여자는 닫힌 문 너머에 단둘이 남았는데, 마치 어떤 훼방이나 방해도 받지 않는 조용한 상태에서 장례와 직접적으로 관련된, 본질적이고 중대한 일을 완수하기 위해 부름을 받은 두 명의 전문가 같았다. 지금도 그랬다. 두 사람은 따로 남아 벽 옆의 두 접이의자에 앉아 업무적인 대화를 나누기 시작했다.

"뭘 알아내셨나요, 예브그라프 안드레예비치?"

"화장은 오늘 저녁입니다. 반 시간 뒤면 의료인 협동조합에서 와 시신을 조합 사무실로 운구할 겁니다. 4시에는 시민장이 예정되어 있습니다. 서류는 제대로 되어 있는 것이 하나도 없어요. 노동자 수첩도 만기가 지났고 조합원증도 옛날 것 그대로 재발급을 받지 않은 상태이고 조합비도 몇 년째 안 냈어요. 이 모든 것을 조율해야 했습니다. 그러느라 일이 꼬이고 지연됐죠. 집에서 관을 내가기 전에(그나저나 얼마 안 남았으니 준비를 해야겠군요.) 부탁하신 대로 당신을 여기에 혼자 있게 해 드리겠습니다. 그럼 실례하겠습니다. 듣고 계시죠? 전화가 오는군요. 잠깐만요."

예브그라프 지바고는 잘 알려지지 않은 의사의 동료, 학교 동창, 병원의 부하 직원, 출판업자로 가득 찬 복도로 나갔다. 그곳에는 마리나가 아이들을 두 손으로 부여잡고 외투를 펼쳐 감싼 채(날이 춥고 현관에서 바람이 불어왔다.) 벤치의 끝에 앉아, 감옥에 면회를 온 사람이 간수가 자기를 면회실로 들여보내 줄 순간을 기다리듯이, 다시 문을 열어 주기를 기다리고 있었다. 복도가 비좁았다. 모여든 사람 중 일부는 그 안에 들어가지도 못했다. 계단 쪽 통로가 열려 있었다. 현관과 층계참에 많은 사람이 서서 왔다 갔다 하며 담배를 피워 댔다. 계단을 내려갈수록, 거리가 가까워질수록 말소리는 커지고 자유로워졌다. 예브그라프는 웅성대는 소리 때문에 귀를 쫑긋 세우고 예의를 지키느라 목소리를 낮추고 손바닥으로 수화기 구멍을 막은 채 전화로 대답을 했는데, 장례 절차와 의사의 죽음의 정황에 관한 내용인 것 같았다. 그가 방으로 돌아왔다. 대화가 이어졌다.

"화장이 끝난 다음에 그냥 사라지시면 안 됩니다, 정말로요, 라리사 표도로브나. 큰 부탁이 있거든요. 나는 당신이 어디에 묵고 있는지도 몰라요. 당신을 찾으려면 어디로 가야 할지도 모르는 상태로 두지 마세요. 나는 내일이나 모레, 아무튼 아주 가까운 시일 내에 형의 공책들을 검토하고 싶어요. 당신의 도움이 필요할 겁니다. 분명히 당신은 누구보다 많은 것을 알고 있겠죠. 얼핏 말씀하시기로는, 이르쿠츠크에서 모스크바에 온 지 겨우 이틀째이고 일정도 길지 않고 이 아파트도 다른 용건 때문에 우연히 올라온 것이고 형이 최근 몇 달간 여기서 산 것도, 여기서 무슨 일이 일어났는지도 전혀 모르셨다면서요. 그중 어떤 말은 이해가 안 되지만 해명해 달라고 하지 않겠어요. 아무튼 당신 주소도 모르는데 증발하시면 안 돼요. 제일 좋은 방법은 며칠 원고를 검토할 동안만이라도 한 집에서 살거나 아니면 서로 멀지 않은 거리를 유지하는 건데, 이 집에서 다른 방 두 칸을 쓸 수도 있을 거예요. 이렇게 꾸려 볼 수 있을 겁니다. 이 집 관리인을 알거든요."

"내 말 중 이해가 안 되는 것이 있다고 말씀하시네요. 여기에 이해하지 못할 게 뭐죠? 모스크바에 도착했고 물건은 물품 보관소에 맡겼고 오래된 모스크바를 걷는데 절반은 못 알아보겠더라고요. 잊었어요. 걷고 또 걷다가, 쿠즈네츠키 골목을 내려갔다가 올라갔다가 하는데 갑자기 뭔가 소름이 돋을 만큼, 극도로 익숙한 것이 나오더라고요. 바로 카메르게르스키 골목이었어요. 여기서 총살된 안티포프, 고인이 된 나의 남편이 학생 시절에 방을 얻어 살았어요, 지금 우리가 함께 앉아 있는 바로 이 방에요. 그럼, 행여나 옛날 주인들이 아직 살아 있는지 한번 보자고 생각했죠. 그들은 아주 없고 이곳의 모든 것이 달라졌다는 것, 그것을 나중에, 다음 날과 오늘 수소문 끝에 차츰 알게 되었고, 그 와중에 당신이 여기 와 있고, 아니, 대체 왜 이런 얘기를 하는 거죠? 나는 벼락을 맞은 것 같았어요. 맞은편 거리의 문이 활짝 열려 있고 방 안에는 사람들과 관이 있고 관 속에는 고인이 있고. 그 고인이 또 누군가요? 들어가서 다가간 다음에는 내가 미쳤구나, 헛것을 보는구나 하고 생각했지만, 당신이 이 모든 것을 직접 보셨잖아요, 안 그래요, 그런데 왜 내가 이 얘기를 하고 있는 거죠?"

"잠깐만요, 라리사 표도로브나, 말씀을 끊어야겠군요. 벌써 말씀드렸지만, 나와 형은 이 방에 그토록 놀라운 사연이 있으리라곤 생각도 하지 못했어요. 한때 여기에 안티포프가 살았다는 것도요. 하지만 더욱 놀라운 것은 당신의 입에서 나온 한 가지 표현입니다. 그게 뭔지 지금 말씀드리죠, 죄송합니다. 안티포프, 즉 군사 혁명 활동을 하던 내전의 초반에 나는 스트렐니코프에 대해 많은 얘기를 자주, 거의 매일 들었어요. 그를 한두 번 직접 본 적도 있는데, 그가 언젠가 가족적인 이유로 나와 얼마나 가까운 관계가 될지는 예견하지 못했어요. 아무든 죄송하지만, 내가 잘못 들었을 수도 있지만, 당신이 '총살된 안티포프'라고 말한 것 같은데요, 그렇다면 그건 말실수겠죠. 아니, 그가 자살한 걸 모르십니까?"

"그런 소문이 있지만, 나는 믿지 않아요. 파벨 파블로비치는 절대 자살할 사람이 아니에요."

"하지만 그건 엄연한 사실입니다. 형의 말에 따르면, 안티포프는 당신이 블라디보스토크로 가기 위해 유랴틴으로 떠난 다음 그 집에서 자살했답니다. 당신이 딸과 함께 떠난 직후에 말이죠. 형은 자살한 사람의 시신을 수습하고 땅에 묻었어요. 이런 정보가 당신의 귀에 안 들어갔던가요?"

"아니요. 나는 다른 정보를 들었어요. 그러니까 그가 자살했다는 말이 사실인가요? 많은 사람들이 그렇게 말했지만 나는 믿지 않았어요. 바로 그 집에서 그랬다고요? 있을 수 없는 일이에요! 당신은 정말 중대한 사실을 알려 주셨어요! 죄송하지만, 혹시 모르세요, 그와 지바고가 만났다던가요? 그렇게 말하던가요?"

"돌아가신 유리의 말로 두 사람은 긴 대화를 나눴다고 하더군요."

"정말요? 천만다행이네요. 잘된 일이에요.(안티포바는 천천히 성호를 그었다.) 얼마나 충격적인 일인가요, 하늘이 내려 준 우연의 일치예요! 다시 그 주제로 돌아가서, 그 모든 얘기를 자세히 물어도 괜찮을까요? 디테일 하나하나가 소중하거든요. 하지만 지금은 그럴 기분이 아니네요. 안 그래요? 나는 너무 흥분했어요. 잠깐 아무 말도 하지 않고 숨을 좀 돌리면서 생각을 정리해야겠어요. 안 그런가요?"

"오, 물론, 물론입니다. 그러시죠."

"안 그런가요?"

"당연히 그렇다니까요."

"아, 하마터면 잊을 뻔했군요. 화장이 끝난 다음에 그냥 가지 말라고 하셨죠. 좋아요. 약속해요. 사라지지 않을게요. 함께 이 아파트로 돌아와 당신이 정해 주는 곳에 필요한 기간 동안 남아 있겠어요. 유로치카의 원고들을 살펴보도록 해요. 당신을 도울게요. 내가 정말 당신에게 유용할지도 모르겠어요. 나에게도 정말 위로가 되는 일이거든요! 나는 그의 필체의 모든 굴곡을 심장의 피로, 핏줄 하나하나로 느껴요. 그다음, 당신에게 용건이 있는데, 나에게 당신이 필요할 것 같아요, 안 그런가요? 당신은 법률가이거나 아무튼 옛날이나 지금이나 현행 제도에 정통한 사람인 것 같아요. 그리고 어떤 것을 문의하기 위해 어느 기관으로 가야 할지 아는 것이 정말 중요해요. 누구나 다 이런 걸 알고 있는 것도 아니고, 안 그런가요. 당신의 조언이 꼭 필요한 일이, 몸서리치게 무서운 일이 있어요. 한 아이에 관한 문제예요 하지만 나중에, 화장터에서 돌아온 다음에 하기로 해요. 나는 평생 동안 누구를 찾아 헤매야 해요, 그렇잖아요, 만약에 아이의 행방을, 남에게 양육을 맡긴 아이의 행방을 꼭 찾아야 한다면, 현존하는 어린이집들에 관한 뭔가 전체적이고 종합적인 기록이 있을까요? 떠도는 아이들과 관련한 정부 차원의 총목록이나 명부 같은 것이 만들어진 적이, 착수된 적이라도 있을까요? 하지만 지금은 대답하지 마세요, 부탁이에요. 나중에, 나중에 해 주세요. 오, 정말 무서워요, 얼마나 무서운지! 더 무서운 것은 인생이에요, 안 그런가요. 앞으로 어떻게 될지, 내 딸이 언제 올지 정말 모르겠지만, 일단은 이 아파트에 머물러도 돼요. 카튜샤에게서는 놀라운 재능이 발견됐는데, 일정 부분은 연기, 일정 부분은 음악에 재능이 있는 것 같아요. 그 애는 누구든 사람 흉내를 놀라울 정도로 잘 내고 자기가 작곡한 곡의 모든 장면을 연기하고, 그밖에도 오페라의 전편을 귀로만 듣고 따라 부르는 놀라운 아이예요, 안 그런가요. 그 애를 연극 학교나 음악원의 예비 과정이나 초급 과정이든 받아 주는 대로 넣고 기숙 학교도 정해 주고 싶어서, 그러기 위해, 일단 그 애가 오기 전에 모든 것을 처리하기 위해 온 것이고, 그런 다음에는 떠날 거예요. 구구절절 다 얘기할 수도 없고, 안 그래요? 아무튼 이 얘기는 나중에 해요. 지금은 흥분이 가라앉을 때까지 기다려야겠어요. 잠시 입을 다물고 생각을 정리하고 두려움을 몰아내도록 할게요. 게다가 우리는 유라의 친지들을 너무 오랫동안 복도에 세워 뒀어요. 문 두드리는 소리를 두 번 정도 들은 것 같아요. 저곳에서도 뭔가 움직이고 술렁이잖아요. 장례 조합에서 사람이 온 게 분명해요. 내가 잠깐 앉아 생각할 동안 문을 열고 사람들을 안으로 들이세요. 슬슬 갈 때가 됐어요, 안 그런가요. 잠깐, 잠깐만요. 관 밑에다 벤치를 갖다 놓아야겠어요, 안 그러면 유로치카까지 닿지 못할 거예요. 까치발로 해 보았는데 몹시 어렵더라고요. 마리나 마르켈로브나와 아이들을 위해서도 이렇게 해야 될 테고요. 또 예법을 봐도 그렇잖아요. '나에게 마지막 키스를 해 주오.' 오, 못하겠어요, 못해요. 마음이 너무 아파요. 안 그런가요."

"지금 사람들을 모두 안으로 들이겠어요. 하지만 그 전에 문제가 있어요. 아리송한 말을 너무 많이 하고 또 당신을 괴롭히는 것 같은 질문도 너무 많이 해서 나는 대답하기가 곤란합니다. 한 가지만은 꼭 아셨으면 합니다. 당신이 염려하는 모든 문제에 관해 기꺼이, 진심으로 도움을 드리겠습니다. 그리고 명심하세요. 어떤 경우에도 절대 절망해서는 안 됩니다. 희망을 갖고 또 행동하는 것이 불행에 처한 우리의 의무입니다. 아무 활동도 없이 절망만 하는 것은 의무의 망각이자 파괴입니다. 지금 고별 인사를 하려는 사람들을 들여보내겠습니다. 벤치에 관해서는 당신 말이 옳아요. 어떻게든 구해 와 놓아두겠습니다."

하지만 안티포바는 이미 그의 말을 듣고 있지 않았다. 예브그라프 지바고가 방문을 열었는데도 복도에서 방 안으로 군중이 밀려 들어오는 소리도 듣지 못하고, 그가 장례식 주최자들, 주요 조문객들과 협의하는 소리도 듣지 못하고, 사람들이 움직이며 부스럭대고 마리나가 흐느끼고 남자들이 기침하고 여자들이 눈물을 흘리고 통곡하는 소리도 듣지 못했다.

단조로운 소리의 순환에 그녀는 속이 울렁이고 구토가 날 지경이었다. 그녀는 기절하지 않으려고 안간힘을 쓰며 몸을 다잡았다. 심장이 갈기갈기 찢어지고 머리가 깨질 것 같았다. 그녀는 머리를 숙이고 추측과 상념과 회상에 잠겼다. 그 속으로 떠나 함몰하자 일시적으로 몇 시간 동안 어떤 미래의 나이로, 그렇게 오래 살지 어떨지는 아직 모르지만 수십 년은 족히 늙어 할머니 나이로 옮겨 간 것 같았다. 그녀는 명상에 잠겼는데, 깊은 심연, 불행의 맨 밑바닥에 빠진 것 같았다. 그녀는 생각했다.

'아무도 남지 않았다. 한 사람은 죽었다. 다른 한 사람은 자살했다. 죽여야 할 사람, 그러려고 했지만 실패한 사람만, 그녀의 삶을 자신도 모르는 죄의 사슬로 바꿔 버린 낯설고 불필요한 이 하찮은 작자만 남았다. 이 범속성의 괴물은 우표 수집가만 알고 있는 신화 속 아시아의 골목길을 누비며 휘젓고 다니지만, 가깝고 필요한 사람은 아무도 남지 않았다.

아, 크리스마스 때였고, 숙고 끝에 이 속물성의 괴물에게 총을 쏘기 전 어두운 이 방에서 소년이었던 파샤와 대화를 나누었고, 지금 작별 인사를 나누는 유라는 그 무렵에는 그녀의 삶 속에 아직 들어와 있지도 않았다.'

그녀는 그 크리스마스 때 파샤와 나눈 대화를 복원하려고 기억을 긴장시켰지만 창턱에서 타오르던 촛불과 그 주변으로 녹아 버린, 얼음 껍질이 덮인 유리창 위의 원 말고는 아무것도 기억나지 않았다.

여기 책상 위에 누워 있는 고인이 거리에서 마차를 타고 가는 길에 이 창문을 보았음을, 그리고 그 촛불에 주의를 기울였음을 생각이나 할 수 있었을까? 바깥에서 본 이 불꽃에서("책상 위에서 촛불이 타올랐다, 촛불이 타올랐다.") 그의 인생 속으로 천명이 들어왔음을?

생각이 분산되었다. 그녀는 잠시 이렇게 생각해 보았다. '어쨌거나 정말 유감이야, 교회 식으로 장례를 치르지 못하다니! 장례 의식이 성대하고 웅장하잖은가! 대부분의 고인들은 그만한 대우를 받지 못하지. 하지만 유로치카는 그럴 자격이 충분해! 이 모든 것을 받을 가치가 있으니까 「관 위에서 흘리는 눈물이 할렐루야 노래가 되리」 정도는 충분히 받고도 남는데!'

그녀는 유리를 생각할 때면, 또 인생에서 길지 않은 시간이었지만 그가 곁에 있을 때면 항상 그랬듯이, 뿌듯하고 편안한 느낌이 파도처럼 밀려드는 것을 느꼈다. 그에게서 항상 흘러나오던 자유롭고 무사태평한 기분이 지금 그녀를 사로잡았다. 그녀는 앉아 있던 접이의자에서 조급하게 일어났다. 뭔가 완전히 불가해한 일이 일어났다. 그의 도움을 받아 잠시라도 그녀를 옥죄는 고통의 소용돌이에서 벗어나 자유 속으로, 신선한 공기 속으로 뛰쳐나가 예전처럼 해방의 행복을 맛보고 싶었다. 그녀가 꿈꾸고 그려 본 행복이란 바로, 그와 작별하는 행복, 그녀 혼자 아무런 장애물 없이 실컷 그를 애도하며 울 수 있는 기회와 권리였다. 그녀는 그렇게 조급한 열에 사로잡혀 고통으로 기진맥진한 시선, 안과 의사가 따가운 안약을 몇 방울 떨어뜨린 것처럼 눈물로 가득 차 잘 보이지 않는 시선으로 군중을 둘러보았다. 다들 움직이고 코를 풀고 옆으로 비켜서며 방을 나가기 시작했고 마침내는 문이 닫혀 그녀 혼자 남았다. 그녀는 걸음을 떼며 재빨리 성호를 긋고 책상과 관 쪽으로 다가간 다음 예브그라프가 갖다 놓은 벤치 위로 올라가 시신 위에 천천히, 넓게 세 번의 성호를 긋고 싸늘한 이마와 두 손에 입을 맞추었다. 싸늘해진 이마가 꼭 쥔 주먹처럼 줄어든 것 같은 느낌이 얼핏 들었지만 이 점을 인지하지는 못했다. 그녀는 잦아들었고 관의 정중앙과 꽃과 시신을 자기 자신, 머리와 가슴, 영혼처럼 커다란 두 팔로 감싼 채 한동안 말도, 생각도 하지 않았고 울지도 않았다.

15

억누른 오열이 그녀의 온몸을 흔들었다. 할 수 있는 한 저항했지만 갑자기 그녀의 힘을 초월해 눈물이 터져 나와 뺨과 원피스, 두 손, 그녀가 껴안은 관을 흠뻑 적셨다.

그녀는 아무 말도, 아무 생각도 하지 않았다. 일련의 상념, 공감대, 지식, 신뢰 같은 것이 하늘에 떠가는 구름처럼, 옛날에 그들이 깊은 밤 대화를 나눌 때처럼, 제멋대로 질주하다가 그녀를 스쳐 갔다. 행복과 해방감을 주는 바로 그것이었다. 서로에게 감동을 주는, 머리가 아닌 뜨거운 인식이었다. 본능적이고 직접적인 인식이었다.

그녀는 지금도 그런 인식, 죽음에 대한 어둡고 불명료한 인식과 죽음에 대한 준비, 죽음 앞에서의 당혹감의 부재로 가득 찼다. 세상을 벌써 스무 번은 살았고 수없이 유리 지바고를 잃어 왔고 이와 관련된 경험을 심장 속에 온전히 축적해 둔 것처럼 이 관 옆에서 느끼고 행한 모든 것이 적절하고 알맞았다.

오, 이것은 자유분방하고 유례없는, 그 어떤 것과도 닮지 않은 사랑이었다! 다른 사람들이 노래를 부르는 것처럼 그들은 생각을 했던 것이다.

그들은 서로를 불가피성 때문에 사랑한 것이 아니었고, 거짓된 묘사대로 '정열에 불탄 자들'도 아니었다. 그들이 서로를 사랑한 것은 그들 아래의 땅, 그들 머리 위의 하늘과 구름, 그리고 나무 등 주변의 모든 것이 그것을 원했기 때문이었다. 그들의 사랑은 어쩌면 그들 자신보다 주변의 마음에 더 들었을지도 모른다. 거리의 모르는 사람들, 산책길에 이어지는 원경, 그들이 살고 만났던 방들의 마음 말이다.

아, 바로 이것, 바로 이것이 그들을 결합시키고 가깝게 만든 핵심 요소였다! 결코, 결코, 심지어 무아경의 행복을 누리는 순간에도 세계가 하나의 소조(塑造)라는 열락, 그들 자신이 이 모든 그림에 관련되어 있다는 느낌, 모든 풍경의 아름다움에 속해 있다는 감각 등 가장 고상하고 압도적인 것이 그들을 떠나지 않았다.

그들이 들이마시는 공기는 이 공존의 느낌뿐이었다. 그 때문에 인간을 나머지 자연 위에 올려놓는 것, 요즘처럼 인간의 어리광을 받아 주는 것, 인간 숭배 등은 그들의 마음을 끌지 못했다. 정치로 돌변한 거짓된 사회성의 원칙들은 한심한 수제품처럼 여겨져 이해할 수도 없었다.

16

이제 그녀는 그에게 현실의 틀을 깨지 않는 활기차고 담백한 대화 속의 일상적인 말로 작별을 고했는데, 고대 비극의 합창, 독백, 시어, 음악, 그 밖의 여러 조건적인 요소들이 아무런 의미도 없이 오직 흥분이라는 조건성에 의해서만 정당화되듯, 그렇게 의미 없는 말이었다. 이 경우에 그녀의 가볍고 사심 없는 담화의 과장을 정당화하는 조건은 그녀의 눈물이었으며, 그 속에서 평일처럼 일상적인 그녀의 말이 눈물 속에 침잠하여 헤엄치고 부유했다.

따뜻한 비에 젖어 실크처럼 촉촉해진 나뭇잎이 바람에 바스락거리듯, 눈물에 젖은 이런 말들이 저절로 맞붙어 상냥하고 빠른 속삭임이 되었다.

"이제 우리는 다시 함께야, 유로치카. 하느님께서 우리를 다시 만나도록 이끌어 주셨어. 얼마나 끔찍해, 생각 좀 해 봐! 오, 못하겠어! 오, 맙소사! 울고 싶어! 생각 좀 해 봐! 이번에도 뭔가 우리와 잘 맞는, 우리에게 익숙한 방식이야. 당신이 떠난 다음 나도 끝났어. 다시 뭔가 강력하고 거부할 수 없는 일이 생겼어. 삶의 수수께끼, 죽음의 수수께끼, 천재의 매력, 벌거벗음의 매력, 이것을 그러니까, 이것을 우리는 이해했었지. 지구의 변혁 같은 하찮은 세계적인 언쟁은, 이런 건 미안하지만, 실례지만, 우리의 관심 분야가 아니었어.

잘 가, 나의 위대하고 사랑스러운 그대, 잘 가, 나의 자랑, 잘 가, 나의 빠르고 깊은 시냇물이여, 하루 종일 출렁이는 당신의 물소리를 정말 사랑했고, 당신의 차가운 물살 속에 몸을 던지는 것을 정말 사랑했어.

그때 그곳, 눈 더미 속에서 나와 당신이 어떻게 헤어졌는지 기억나? 그렇게 나를 속이다니! 아니, 내가 당신을 두고 떠날 수 있었겠어? 오, 나는 알아, 당신이 나의 안녕을 생각해서 겨우겨우 그렇게 했다는 걸 알고 있다고. 그리고 그때 모든 것이 물거품이 되었어. 맙소사, 그곳에서 얼마나 고생했는지, 무슨 일을 겪었는지! 하지만 당신은 아무것도 모르잖아. 오, 내가 무슨 짓을 저질렀는지, 유라, 무슨 짓을 저질렀는지! 나는 정말 죄인인데 당신은 아무것도 모르잖아! 하지만 내 잘못이 아니었어. 나는 그때 석 달 동안 병원에 누워 있었고, 그중 한 달은 의식이 없었어. 그때 이후로는 살아도 사는 게 아니었어, 유라. 안쓰럽고 괴로워서 마음 편한 날이 없었어. 하지만 중요한 얘기를 하지 않았어, 털어놓지 않았어. 입에 담을 수가 없어, 그럴 힘이 없거든. 내 삶의 이 부분에 다다르면 너무 무서워서 머리카락이 곤두서. 있잖아, 심지어는 내가 완전히 정상이라고도 장담하지 못하겠어. 하지만 보다시피, 나는 많은 사람들처럼 술을 마시지도 않아, 그 길로 들어서지는 않을 거야, 왜냐하면 술 취한 여자, 이것은 이미 끝이니까, 이런 건 이미 생각도 할 수 없는 일이야, 그렇잖아."

그리고 그녀는 뭔가를 더 말하고 흐느껴 울며 괴로워했다. 갑자기 그녀가 놀라며 고개를 들어 올리고 주위를 둘러보았다. 방 안에서는 오래전부터 사람들이 부산하게 움직이고 있었다. 그녀는 의자에서 내려와 손바닥으로 눈을 훔치고 남은 눈물을 마저 짜내 한 손으로 마룻바닥에 떨친 뒤 비틀거리며 관에서 물러났다.

남자들이 관으로 다가가 세 폭의 피륙으로 싼 다음 들어 올렸다. 출관이 시작되었다.

17

라리사 표도로브나는 카메르게르스키 골목에서 며칠을 보냈다. 예브그라프 안드레예비치와 얘기한 대로, 원고 검토를 시작할 때는 참여했지만 끝까지 함께하지는 못했다. 그녀가 부탁한 대로, 예브그라프 안드레예비치와 대화를 나누었다. 그는 그녀에게서 뭔가 중대한 것을 알게 되었다.

어느 날 라리사 표도로브나는 집을 나갔다가 더 이상 돌아오지 못했다. 아마 그 며칠 사이 거리에서 체포된 듯했고, 어딘지도 모르는 곳, 훗날 북부의 무수한 남녀 공용 수용소 혹은 여성 수용소 어디의 소실된 명단에서 이름 없는 번호를 달고 잊힌 채 사라졌을 것이다.

16부

에필로그

1

1943년 여름, 쿠르스카야 만곡부 돌파와 오룔 해방[114] 이후, 최근에 소위로 진급한 고르돈과 두도로프 소령이 각자 자기들의 공통 부대로 돌아가는 길이었다. 전자는 모스크바 파견 근무를 마친 참이고 후자는 같은 곳에서 사흘 동안 휴가를 보낸 참이었다.

그들은 돌아오는 길에 만나 체른이라는 소도시에서 밤을 보냈다. 영락하기는 했지만 퇴각하는 적이 완전히 휩쓸어 버린 '황야 지대'의 거주지 대부분처럼 아예 파괴되지는 않은 곳

---

114) 1943년 7월에 있었던 주요 전투로 소련이 승리했다. 오룔시는 그해 8월 5일에 해방되었다.

이었다.

부서진 벽돌과 잔 먼지처럼 갈린 자갈 덩어리가 가득한 도시의 폐허 한가운데에 손상되지 않은 건초장이 있었고, 두 사람은 저녁부터 그곳에 누워 있었다.

그들은 잠을 이루지 못했다. 밤새도록 이야기를 나누었다. 동틀 녘, 3시쯤 깜빡 잠이 들었던 두도로프는 고르돈이 부스럭대는 소리에 깼다. 그는 물 위를 걷듯 어설픈 몸놀림으로 부드러운 건초 속을 헤적이고 뒤뚱거리며 옷가지 몇 개를 둘둘 만 다음 역시나 어기적거리며 건초 언덕의 정상에서 건초장의 문지방과 출구로 내려왔다.

"아니, 어딜 가려고? 아직 이른데."

"강가에 가려고. 빨래 좀 해야겠어."

"그러니까 미친놈이지. 저녁이면 부대에 도착할 테고 탄카[115]가 갈아입을 옷을 내줄 텐데. 뭐 하러 그렇게 서둘러."

"미루기가 싫어. 땀에 젖고 더러워졌어. 아침이 되면 무더울 거야. 얼른 빨아 꼭 짜서 햇볕에 두면 금방 마르겠지. 목욕도 하고 옷도 갈아입어야겠어."

"이봐, 민망하잖아. 어쨌거나 너는 장교야, 그렇잖아."

"시간이 이르잖아. 주변 사람들은 다 자고 있어. 어디 관목 뒤에 있으려고. 아무도 못 볼 거야. 너는 얘기하지 말고 그냥 자. 잠 달아나겠다."

"나도 더 이상은 못 잘 것 같아. 같이 가지."

---

115) 타냐의 애칭, 비칭.

그들은 이제 막 떠오른 무더운 태양의 볕을 받아 벌써 달궈진 하얀 석조 폐허 옆을 지나 강가로 갔다. 이전에 거리였던 곳 한가운데, 양지바른 곳, 땅바닥에 얼굴이 시뻘게진 사람들이 땀에 절어 코를 골면서 자고 있었다. 이 사람들은 대부분이 현지인으로서 집도 절도 없는 노인들, 여자들, 아이들, 드물게는 자기 부대에서 외따로 뒤처져 그것을 찾고 있는 적군들이었다. 고르돈과 두도로프는 자는 사람들을 밟지 않도록 계속 발밑을 살피며 조심조심 그들 사이를 지나갔다.

"말 좀 조용히 해, 그러다가 도시를 다 깨우면 빨래는 안녕이야."

그들은 간밤의 대화를 계속 이어 갔다.

2

"이게 무슨 강이지?"

"모르겠어. 안 물어봤어. 분명히 주샤강일 거야."

"아니, 주샤강이 아니야. 뭔가 다른 강이야."

"그렇다면 나는 모르겠군."

"모든 일이 주샤강에서 일어났잖아. 흐리스티나 사건 말이야."

"하지만 그건 강의 다른 부분이었어. 하류 부근 어딘가. 교회에서는 그녀를 성자의 반열에 올렸대."

"그곳에 '마구간'이라는 이름의 석조 건물이 있었어. 실제로도 종마장의 국영 마구간이어서, 보통 명사가 역사적인 명칭이 된 셈이지. 예스럽고 벽이 두꺼운 마구간이야. 독일인들이 쌓아서 난공불락의 요새로 만들었지. 거기서 이 지역 전체가 충격을 받았고 그 때문에 우리의 진격이 저지된 거야. 그 마구간을 점령해야 했는데. 흐리스티나는 기적적인 용맹과 기지를 발휘하여 독일군 진지로 침투해서 마구간을 폭파하고 생포되어 교수형을 당했어."

"왜 흐리스티나 두도로바가 아니라 오를레초바지?"

"우리는 아직 결혼한 사이가 아니었거든. 41년 여름에 전쟁이 끝나면 결혼하자고 약속했지. 그 이후 나는 나머지 군대와 함께 떠돌게 된 거야. 내 부대는 끊임없이 옮겨 다녔어. 그렇게 이동하는 동안에 그녀를 시야에서 놓쳐 버린 거지. 더 이상은 그녀를 보지 못했어. 그녀의 용맹스러운 과업과 영웅적인 죽음에 대해서도 다른 사람들과 같은 방식으로 알게 됐어. 신문과 부대의 지령을 통해서 말이지. 여기 어딘가에 그녀의 기념비를 세울 생각이라는 말이 있어. 내가 듣기론, 죽은 유리의 남동생인 지바고 장군이 일대를 돌며 그녀에 대한 정보를 모으고 있다던데."

"미안해, 괜한 얘기를 꺼냈군. 너한테는 분명히 힘든 일이었을 텐데."

"그건 괜찮아. 하지만 우리는 너무 많이 떠들었어. 너를 방해하고 싶지 않아. 옷을 벗고 물속에 들어가서 하려던 일을 해. 나는 강가에 누워 잇새에 풀줄기나 물고 씹으며 생각을 좀 해야겠어, 잠이 들지도 모르고."

몇 분 뒤 갑자기 대화가 다시 시작되었다.

"빨래하는 법은 어디서 배웠어?"

"궁하면 통한다잖아. 우리는 운이 좋지 않았어. 징벌 수용소 중에서도 가장 끔찍한 곳에 떨어졌어. 살아남은 사람이 거의 없었어. 도착했을 때부터 얘기하지. 우리 조는 열차에서 끌려나왔어. 눈 덮인 황야였지. 멀리 숲이 있고, 경비대, 우리를 겨누는 총구, 양치기 개들이 있었어. 그 시각을 전후하여 여러 시간대에 걸쳐 다른 무리들이 새로 따라왔어. 우리는 서로를 보지 못하도록 등을 맞댄 채 온 들판에 넓은 다각형을 이루었어. 무릎을 꿇으라는 명령이 떨어졌고 옆을 보면 발사한다는 협박을 받으며 오랜 시간 동안 굴욕적인 점호 절차를 끝없이 이어 갔어. 다들 무릎을 꿇고 있었지. 그다음에는 일어났고, 다른 조들이 각 지점에 배치되었고, 우리 조에는 이런 공지가 떨어졌어. '여기가 너희의 수용소다. 알다시피, 잘 정렬하라.' 탁 트인 하늘 아래 설원이 펼쳐지고 한가운데에는 기둥이 서 있고 그 기둥에는 'GULAG 92 Ya N 90'[116]라는 글자가 새겨져 있고 더는 아무것도 없었어."

"아니, 우리 쪽은 좀 쉬웠어. 운이 따라 줬거든. 첫 번째 형기를 끝내고 이어 두 번째 형기를 채우는 중이었으니까. 또 법 조항도 다르고 조건도 달랐지. 풀려난 다음에는 다시 복권되어 처음처럼 다시 대학에서 강의를 해도 된다는 허가를 받았

---

116) GULAG는 대략 '수용소 관리 기관'의 약자이고 Ya, N은 러시아어 철자이다.

어. 그리고 너처럼 징벌을 받은 사람이 아니라 온전한 권리를 가진 소령으로 전쟁에 동원됐어."

"그렇군. 'GULAG 92 Ya N 90'이라는 숫자가 적힌 기둥뿐, 아무것도 없었어. 처음에는 엄동설한에 막사를 짓기 위해 나뭇가지를 꺾었어. 그러고는 어쩌겠어, 믿기지 않겠지만, 우리 손으로 차근차근 막사를 지었어. 우리의 옥사를 짓고 울타리를 두르고 영창과 망루까지 갖추었는데 전부 우리 손으로 한 거야. 그러고는 목재 조달이 시작되었어. 벌목 말이야. 숲을 다 벴어. 여덟 명씩 썰매에 들러붙어 가슴팍까지 눈 속에 파묻힌 채 통나무를 직접 날랐어. 전쟁이 터진 것도 오랫동안 몰랐어. 저들이 숨겼던 거야. 그런데 갑자기 이런 제안이 왔어. 징벌 부대에서 전선에 자원하라고, 끝없는 전투에서 살아남을 경우에는 누구나 자유라고. 그런 다음엔 공격, 또 공격, 수킬로미터의 전기가 흐르는 철조망, 지뢰, 박격포, 몇 달 동안 맹렬한 사격. 이 중대에서 우리를 괜히 결사대라고 부른 게 아니야. 최후의 한 명까지 전멸했으니까. 나는 어떻게 살아남았을까? 정말 어떻게? 하지만 그래도 말이야, 이 모든 피투성이 지옥도 수용소의 공포에 비하면 행운이었어, 상황이 힘겨웠기 때문이 전혀 아니라 완전히 다른 어떤 것 때문에."

"그래, 정말 갖은 고생을 다 했군."

"그러니 빨래가 다 뭐야, 필요하면 뭐든 배우지."

"놀라운 일이야. 네가 유형 생활에 직면했던 때뿐만 아니라 30년대 이전의 모든 삶에서도, 심지어 자유 상태, 심지어 대학 생활과 책과 돈과 편리함을 누리는 와중에도 전쟁은 정화의 폭풍우이자 신선한 공기의 흐름이자 구원의 바람이었어.

내 생각에 집단화는 기만적이고 실패한 조치였는데, 그 오류를 인정하지 못했어. 실패를 감추기 위해 온갖 공포 정치의 수단을 동원하여 사람들의 판단과 생각을 금지하고 존재하지 않는 것을 보도록, 그리고 명명백백한 사실의 반대를 증명하도록 해야 했어. 여기서 예조프시나[117]의 전례 없는 잔혹함, 실제 적용을 고려하지 않은 헌법 공표, 선거 원칙에 근거하지 않은 선거 제도의 도입 등이 나온 거야.

그리고 전쟁이 발발했을 때의 진짜 공포, 진짜 위험, 진짜 죽음의 위협은 허구의 비인간적인 득세와 비교하면 차라리 행복이었고, 죽은 문자의 마법적 힘을 제한해 준 덕분에 위안이 되었어.

너와 같은 처지에 있던 사람, 즉 유형살이를 하던 사람뿐 아니라 단연코 모든 사람들, 후방이나 전선에 있던 사람들이 모두 온 가슴으로 더 자유롭게 숨을 내쉬고 환희를 느끼며 진정한 행복감을 갖고 죽음처럼 위협적이면서도 구원적인 전쟁의 용광로 속으로 뛰어든 거야.

전쟁은 수십 년에 걸친 혁명의 쇠사슬 속에서 특수한 고리가 되었어. 전복의 본성 속에 내재한 원인은 더 이상 작용하지 않아. 그 간접적인 총합, 결실의 결실, 결과의 결과가 모습을 드러내기 시작했어. 재앙을 통한 성격의 담금질, 시련, 영웅주

---

117) 니콜라이 예조프(1895~1940). 스탈린 치하 내무인민위원회(NKVD) 위원장으로서 대숙청을 주도했다. 그의 이름에서 '대숙청'이란 의미의 예조프시나라는 추상 명사가 나왔다.

의, 강력하고 필사적이고 유례없는 것과 맞서려는 자세 등. 이건 넋을 빼놓는 동화 같은 자질인데, 이런 것이 그 세대의 도덕적인 색채를 만드는 거야.

이런 것을 살펴볼 때 나는 흐리스티나의 순교와 나의 부상, 우리의 손실과 전쟁의 이 모든 값비싼 피의 대가에도 불구하고 충만한 행복감을 느껴. 오를레초바의 종말과 우리 각자의 삶을 밝혀 주는 희생의 빛 덕분에 그녀의 죽음이라는 무게를 견딜 수 있는 거야.

하필 네가 가엾게도 그 무한한 고문을 견뎌 낼 때 나는 자유의 몸이 되었어. 오를레초바는 그때 역사 학부에 들어왔어. 나의 지도를 받으며 그녀는 학문적 관심을 키웠지. 나는 수용소의 첫 수감이 끝난 이후, 그러니까 일찌감치, 오래전 그녀가 아이였을 때부터 이 훌륭한 처녀에게 관심을 기울였지. 기억날지 모르지만, 유리가 살아 있을 때도 얘기한 적이 있어. 그런데 이제 그녀가 내가 가르치는 학생 중 하나가 된 거야.

그때는 학생들이 선생들을 혹평하는 관습이 막 유행하기 시작한 때였어. 오를레초바는 그 일에 열렬히 뛰어들었지. 그녀가 무엇 때문에 그토록 맹렬하게 나를 물어뜯었는지 정말 모르겠어. 그녀의 공격이 너무 집요하고 전투적이고 부당했기 때문에 때로는 학과의 다른 학생들이 들고일어나 나를 옹호하기도 했어. 오를레초바는 유머 감각이 뛰어났어. 누가 봐도 나를 가리키는 가짜 성(姓)을 하나 지어내 벽보에다 붙여 놓고 마음껏 조롱했지. 갑자기 그야말로 우연한 기회에 이 뿌리 깊은 적의가 오랫동안 숨겨 온 해묵은 풋사랑을 가리기 위한 일종의 가면이었음이 밝혀졌어. 나는 항상 같은 방식으로 응수했지만.

우리는 전쟁의 첫해인 1941년, 즉 전쟁 전야와 그 선포 직후에 멋진 여름을 보냈어. 청년들, 남녀 대학생 몇 명이 함께 모스크바 근교 별장 지역에 묵었는데, 그녀도 거기 끼여 있었고, 나중에 우리 부대도 그곳에 배치된 거야. 그들이 군사 훈련을 받고 도시 근교 농민 의용군 부대가 편성되고 흐리스티나가 낙하산 훈련을 받고 독일군이 한밤에 모스크바 상공에 첫 공습을 하는 상황에서 우리 사이에는 우정이 싹트고 무르익은 거야. 너한테 이미 말했지만, 여기서 우리는 약혼식을 했고 곧이어 우리 부대의 이동이 시작되면서 헤어지게 됐지. 그 후론 그녀를 보지 못했고.

전세가 호전되고 독일군이 수천 명씩 항복하자 나는 두 번에 걸쳐 부상을 입고 병원에 입원했고 고사포 부대에서 제7 참모 본부로 옮겨졌는데, 외국어를 아는 사람이 필요했던 거야. 그리고 바다의 밑바닥에서 너를 찾아낸 직후에 너를 이리로 전임시켜 달라고 강청했지."

"세탁부 타냐는 오를레초바를 잘 알았어. 전선에서 만나 친구가 되었다더군. 흐리스티나 얘기를 많이 했어. 이 타냐라는 여자는 얼굴 가득 미소 짓는 모양새가 유리와 똑같은데, 눈여겨봤어? 한순간 들창코와 광대뼈가 사라지면 매력적이고 예쁜 얼굴이 돼. 우리 나라에서 흔히 볼 수 있는, 한결같은 유형의 얼굴이지."

"네가 무슨 말을 하는지 알겠어. 아마 그럴 거야. 글쎄, 난 유심히 보지 않았지만."

"얼마나 야만적이고 볼썽사나운 별명이야, 탄카 베조체레데바라니. 이건 어쨌거나 성(姓)이 아니라 일부러 뭔가 날조하고 왜곡한 거야. 네 생각은 어때?"

"그녀도 그렇게 설명하던걸. 그녀는 누구인지도 모르는 떠돌이 부모에게서 태어났어. 언어가 아직 깨끗하고 때 묻지 않은 러시아의 어느 오지에서 아버지가 없다는 의미로 베조트체야[118]라고 부른 것 같아. 거리 생활에서는 이 별명이 잘 이해되지 않고 모든 것을 들리는 대로 포착해서 멋대로 바꾸니까, 이 명칭도 요즘 광장에서 유행하는 어법에 가깝게 자기 식으로 바꾼 거지."

3

고르돈과 두도로프가 체른에서 밤을 보내며 한밤의 대화를 나눈 직후, 밑바닥까지 모조리 파괴된 카라체프시(市)에서는 이런 일이 있었다. 여기서 두 친구는 자신의 군대를 따라잡던 중 주요 병력을 뒤따르는 후방 부대 하나를 만나게 되었다.

무더운 가을, 맑고 조용한 날씨가 한 달 이상 지속되었다. 구름 한 점 없는 푸른 하늘의 열기로 따뜻해진, 오룔과 브랸스

---

118) '아버지가 없는 여자아이'라는 뜻이다.

크 사이의 축복받은 지역인 브랸시나의 비옥한 흑토가 햇볕을 받아 초콜릿과 커피처럼 거무스름한 색깔을 띠었다.

쭉 뻗은 중심 거리가 도시를 가로지르며 여러 방향의 국도와 연결되었다. 그 한쪽에는 지뢰에 폭파되어 건축 쓰레기 더미로 변한 집들, 과수원에서 뿌리째 뽑힌 채 쪼개지고 타 버린 나무들이 땅바닥에 쓰러져 있었다. 길 건너편, 다른 쪽에는 아마 도시가 폭파되기 전에도 건물이 많지 않았고, 이렇게 없앨 것이 아무것도 없었기 때문에 화재와 폭탄의 피해도 덜 입은 황무지가 펼쳐졌다.

이전에 건물이 있던 쪽에서는 터전을 잃은 주민들이 타다 만 잿더미를 헤적이며 뭔가를 파내, 멀리 화재가 난 곳의 모퉁이, 어느 한곳으로 가져갔다. 다른 사람들은 서둘러 토굴을 파고 잔디로 거처의 윗부분을 덮기 위해 땅을 토막토막 자르고 있었다.

맞은편, 건물이 없는 쪽에는 하얀 막사들이 보이고 제2제대의 트럭과 각종 군용 마차, 사단 참모 본부와 단절된 야전병원, 길을 잃고 뒤죽박죽이 되어 서로를 찾고 있는, 각종 보급창, 병참, 식량 부대들이 복닥대고 있었다. 바로 여기서 보충 중대 출신의 깡마른 청소년들이 이질을 앓아 핏기 없고 초췌하고 새카만 얼굴에 회색 군모를 쓰고 무거운 회색 외투를 입은 채 짐을 풀고 쉬었다가 원기를 회복하고 여독을 푼 다음 멀리 서쪽을 향해 무거운 걸음을 뗐다.

절반은 잿더미로 변한 폭파된 도시가 계속 불타고 멀리서는 땅에 묻힌 지연 작전용 지뢰가 여기저기서 터졌다. 정원에서 꾸준히 무언가를 파던 사람들이 발밑에서 땅이 진동하자 일을 멈추고 숙였던 허리를 쭉 펴고는 삽의 손잡이에 기대어 폭발음이 번져 가는 쪽으로 머리를 돌린 채 휴식을 취하며 오랫동안 한쪽을 바라보았다.

그곳에서는 공중으로 치솟은 쓰레기가 만들어 낸, 검은색과 붉은 벽돌색의 불타는 연기구름이 처음에는 기둥과 분수처럼, 나중에는 육중한 퇴적물처럼 느릿느릿 하늘 쪽으로 올라갔다가 사방으로 떠다니며 깃털처럼 퍼지고 흩어져 다시 땅 위로 내려앉았다. 그러면 일손을 멈추었던 사람들은 다시 일을 시작했다.

건물이 없는 쪽 평원의 한쪽은 관목들에 둘러싸여 있었는데 거기서 자라는 고목들이 짙은 그림자를 드리웠다. 이 식물이 평원을 나머지 세계로부터 차단하는 바람에, 그쪽은 외따로 서서 서늘한 어스름 속에 파묻힌, 지붕을 씌운 마당 같았다.

평원에는 세탁부 타냐, 그녀와 같은 부대원 두세 명, 일부러 따라온 동행 몇 명, 그리고 고르돈과 두도로프가 아침부터 타냐에게 보내진, 그녀 담당의 부대 세탁물을 싣고 갈 트럭을 기다리는 중이었다. 그것은 평원 위에 산처럼 쭉 서 있는 여러 개의 상자 안에 들어 있었다. 타티야나는 그것을 지키느라 한 걸음도 물러나지 않았고, 다른 사람들은 또 그 나름으로 트럭이 모습을 보이자마자 타고 떠날 기회를 잡으려고 상자들 가까이에 붙어 있었다.

기다림은 오래전부터, 다섯 시간이 넘도록 지속된 터였다. 기다리는 사람들은 할 일이 아무것도 없었다. 그들은 산전수

전 다 겪은 수다스러운 여자의 쉼 없는 잡담을 듣고 있었다. 그녀는 지금 지바고 소장(小將)과 만난 얘기를 하고 있었다.

"그러게요. 어제 일이었어요. 나는 장군에게 개인적인 볼일로 불려갔어요. 지바고 소장 말이에요. 그분은 이 일대를 돌면서 흐리스티[119]에게 관심을 보이며 이것저것 수소문을 하셨어요. 그녀의 얼굴을 실제로 아는 목격자들에게요. 그들이 나를 가르쳐 주었나 봐요. 친구라고 말해 주고요. 나를 소환하라는 명령이 떨어졌어요. 그래서 나를 소환해 간 거예요. 전혀 무섭지 않은 분이셨어요. 특별한 것 없이 다른 사람과 똑같았어요. 사팔뜨기에 머리카락이 검었어요. 나는 아는 대로 다 이야기했어요. 모두 경청하시더니 고맙다고 하시더라고요. 그러고는 말씀하시길, 그러는 너는 어디 출신이고 어떤 여자냐? 당연한 일이지만, 나야 무슨 상관있나요, 이리저리 막 둘러댔죠. 자랑할 게 뭐 있어요? 떠돌이 여자인걸요. 대체로 그런걸요. 당신도 아시잖아요. 감화원을 전전하고 떠돌이 생활을 했죠. 하지만 그분은 거리낄 것 없다고, 부끄러울 게 뭐 있냐고 하시더라고요. 처음에는 소심한 마음에 한두 마디만 했지만 점점 더 말을 많이 하게 됐고, 그분이 고개를 끄덕이셔서 용기가 났어요. 할 얘기가 좀 있었거든요. 당신들은 들어도 믿지 않고 지어낸 말이라고 했을 거예요. 뭐, 그분도 똑같으셨어요. 내가 말을 끝내자마자 자리에서 일어나 오두막을 이 구석 저 구석 걸으셨어요. 이봐, 정말 기적 같은 일이군, 그러시더군

119) 흐리스티나를 말한다.

요. 그러니까 말이야, 하고 이렇게 말씀하셨어요. 지금은 시간이 없어. 하지만 너를 찾을 테니 걱정하지 마, 찾아서 다시 한 번 부르겠어. 이런 말을 들으리라곤 생각도 하지 못했군. 너를 이대로 그냥 두지는 않겠어, 라고도 하셨어요. 이 경우에는 아직 뭔가 더 설명해야 할 것이, 이러저런 상세한 일들이 있어. 어쩌면 내가 너의 숙부가 될지도 몰라, 너는 장군의 조카딸이 되는 거고, 라고 말씀하셨어요. 그리고 교육을 받도록 네가 가고 싶은 고등 교육 기관에 넣어 주겠어. 진짜, 정말이었어요. 참 명랑한 재담꾼이셨어요."

그때 폴란드와 서유럽에서 건초를 실어 나르는, 옆 부분이 높고 길이가 긴 짐마차가 빈 채로 평원으로 들어왔다. 멍에를 물린 말 한 쌍을, 옛날 용어로는 마부라고 불린, 마차 수송단의 현역 병사가 몰고 있었다. 그는 평원 안으로 들어와 마차의 앞좌석에서 뛰어내리더니 말의 멍에를 풀기 시작했다. 타티야나와 군인 몇 명 말고도 사람들이 모두 마부를 둘러싸고는 말을 풀지 말라고, 물론 돈은 줄 테니 그들이 가는 데까지만 태워 달라고 간청했다. 병사는 자기는 말과 마차를 임의로 사용할 권리가 없으며 주어진 지시에만 복종해야 하기 때문에 그럴 수 없다고 거절했다. 그는 마차에서 푼 말들을 데리고 어딘가로 갔고, 더 이상은 나타나지 않았다. 땅바닥에 앉아 있던 사람들은 모두 일어나 평원에 남겨진 텅 빈 마차로 옮겨 탔다. 짐마차의 등장과 마부와의 협상 때문에 중단되었던 타티야나의 이야기가 다시 시작되었다.

"장군에게 무슨 얘기를 해 주었지?" 고르돈이 물었다. "가능하다면 우리에게 한 번 더 해 줘."

"그럼요, 그럴게요."

그러고서 그녀는 그들에게 자신의 무서운 이야기를 들려주었다.

4

"사실은 할 얘기가 좀 있어요. 내가 평민 출신이 아니라는 식의 말들이 있었어요. 모르는 사람들이 말을 해 준 건지, 나 스스로 가슴속에 간직했는지는 모르겠지만, 아무튼 나의 엄마인 라이사 코마로바가 백몽골에 숨어 있던 러시아 장관 코마로프 동지의 아내였다는 얘기를 들었어요. 이 코마로프라는 사람은 나의 아버지도, 친척도 아니었다고 봐야 해요. 물론 나는 교육도 받지 못했고 부모도 없이 고아로 자랐어요. 두 분이 듣기에는 내 말이 웃길 수도 있지만, 나는 그저 내가 아는 것을 말하는 거니까 내 입장을 이해해 주셨으면 해요.

그래요. 그러니까 내가 이제부터 할 얘기는 모두 크루시츠이 너머, 시베리아의 다른 쪽 끝, 카자크 지구의 저편, 중국 국경 근처에서 일어난 일이에요. 우리, 즉 우리 적군이 백군의 주요 도시에 가까워졌을 때 바로 그 코마로프 장관이 엄마와 가족을 모두 특급 열차에 태워 데려가라고 명령했고, 엄마는 깜짝 놀라며 그분 없이는 한 발짝도 안 간다고 버텼지요.

그런데 나에 대해서는 그분, 그러니까 코마로프도 몰랐어요. 나라는 인간이 세상에 있는 줄도 몰랐어요. 엄마는 그분과 오랫동안 떨어져 있는 상태에서 나를 낳았고 어쩌다 누가 그분한테 그걸 발설할까 봐 죽도록 무서워했어요. 그분은 아이를 너무 싫어해서 소리를 지르고 발을 구르며 이건 집안의 오물덩어리에 골칫거리일 뿐이야, 라고 했어요. 나는 그런 건 못 참아, 라고 소리쳤어요.

그래서 적군이 가까이 왔을 때 엄마는 여자 운전수 마르파를 불러 오라고 나고르나야 대피역으로 사람을 보냈어요. 그 도시에서 세 구간이나 떨어진 곳이었죠. 지금 설명해 드릴게요. 먼저 니조바야 역, 그다음 나고르나야 대피역, 그다음 삼소놉스키 고개예요. 엄마가 어떻게 이 여자 운전수를 알았는지는 나도 몰라요. 그 운전수 마르파가 도시에서 채소를 팔고 우유를 가져왔던 걸로 생각돼요. 그래요.

이제 말씀드릴게요. 여기에는 분명히 내가 모르는 뭔가가 있는 것 같아요. 엄마가 속은 것 같아요, 엄마에게 뭔가 거짓말을 한 걸로요. 소요가 진정될 때까지 잠깐이면, 이틀 정도면 된다고 얘기했던 것 같아요. 영원히 남의 손에 맡기는 것이 아니라요. 영원히 양육을 맡기다니. 엄마가 자기 아이를 그렇게 내줬을 리 없어요.

어린애니까 뻔하잖아요. 아줌마한테 가 봐. 아줌마가 과자를 주실 거야. 좋은 아줌마니까 무서워하지 마라. 나중에는 얼마나 눈물을 흘리고 몸부림을 쳤는지, 어린 마음에 얼마나 그리움에 시달렸는지는 차라리 생각하지 않는 편이 낫겠어요. 어린 시절이었지만 거의 정신이 나가 목을 매달고 싶은 심정이었거든요. 아직 어렸잖아요. 분명히 마르푸샤[120] 아줌마에게 내 양육비로 많은 돈을 주었을 거예요.

신호소에 붙어 있는 마당은 풍요로워서 암탉과 말이 있고 가금류도 다양하고 통제 구역의 땅도 원하는 만큼 텃밭으로 가꾸고 철도변에는 공짜 아파트와 관용 초소가 있었어요. 고향 쪽 기차는 아래에서 위로 간신히 올라왔어요, 올리느라 아주 안간힘을 썼는데, 당신들 라세야[121] 쪽에서 올 때는 너무 빨리 굴러서 제동을 걸어야 했죠. 숲이 성글어지는 가을이면 아래쪽, 나고르나야 역이 손바닥처럼 훤히 보였어요.

나는 농부들 방식으로 바실리 삼촌을 아빠라고 불렀어요. 그분은 명랑하고 선량했지만, 다만 남을 너무 잘 믿어서 술김에 자기 얘기를 동네방네 떠들곤 했는데 발 없는 말이 천 리를 가곤 했어요. 처음 마주치는 사람한테도 속마음을 몽땅 털어놨죠.

한데 여자 운전수에게는 결코 '엄마'라는 말이 나오지 않았어요. 우리 엄마를 잊을 수 없었기 때문이기도 하고 또 왠지 이 마르푸샤 아줌마가 너무 무서웠어요. 그래요. 그래서 이 운전수를 마르푸샤 아줌마라고 불렀어요.

그렇게 시간이 흘렀지요. 몇 해가 지났어요. 하지만 정확히 몇 해였는지는 기억이 안 나요. 그때 이미 나는 기차가 오면 깃발을 들고 달려 나갔어요. 말을 풀고 암소를 데려오는 건 일

---

120) 마르파의 애칭.
121) 러시아의 사투리 발음인 듯하다.

도 아니었고요. 마르푸샤 아줌마는 나에게 실 잣는 법도 가르쳤어요. 집안일은 말할 것도 없었죠. 마루 닦기, 청소나 요리, 빵 반죽, 이런 건 나한테 아무것도 아니었어요, 전부 할 줄 알았어요. 하지만 깜빡 잊은 게 있는데, 나는 페텐카를 돌봤어요. 우리 집의 페텐카는 다리가 말라붙어서 세 살인데도 못 걷고 누워만 있었고, 그래서 돌봤어요. 몇 년이나 흘렀을까, 아무튼 마르푸샤 아줌마가 나의 건강한 다리를 째려보면서, 대체 왜 네 다리가 아니라 페텐카 다리가 말라붙은 거냐고, 흡사 내가 페텐카를 만져 망친 것처럼 말할 때면 등골이 오싹했어요. 생각해 보세요, 이 세상에는 악의와 어둠이 얼마나 많은지.

이제 들어 보세요, 이건 흔한 말로 아직 약과고, 그다음 이야기가 나오면 탄식만 나올 거예요.

그때는 네프 시기라, 1000루블이 1코페이카로 통용되었어요. 바실리 아파나시예비치가 아랫마을에서 암소를 팔아 돈을 두 자루 가져왔는데 그 돈을 케렌키라고 불렀죠, 죄송해요, 틀렸어요, 레몬, 레몬이라고 불렀어요. 잔뜩 퍼마시곤 자기가 부자라고 온 나고르나야에 대고 떠들었죠.

바람이 많이 부는 가을날이었던 걸로 기억하는데, 바람이 지붕을 할퀴고 서 있기가 힘들고 기관차는 맞바람을 맞는 바람에 올라오지를 못했어요. 위쪽에서 늙은 여자 순례자가 걸어오는 것이 보였어요, 순례자의 치마와 스카프가 바람에 팔랑거렸어요.

순례자는 걸으면서 신음 소리를 내고 배를 움켜쥐면서 집 안으로 들어가게 해 달라고 애걸했어요. 순례자를 벤치에 눕

혔더니 악, 안 되겠어, 배가 아파 죽겠어, 죽을 때가 됐나 봐, 하고 비명을 질렀어요. 그러고는 제발 병원에 데려다 달라고 부탁했어요, 돈은 자기가 내겠다, 돈은 아깝지 않다면서요. 아빠가 우달로이를 달구지에 묶고 노파를 달구지에 실은 다음 우리 집에서 15베르스타 떨어진 젬스트보 병원으로 데려갔어요.

나와 마르푸샤 아줌마가 잠자리에 들고 나서 얼마나 지났을까, 아무튼 창문 밑에서 우달로이가 힝힝대고 우리 달구지가 마당으로 들어오는 소리가 들렸어요. 너무 이른 시간이었어요. 그러게 말이에요. 마르푸샤 아줌마는 불을 켜고 외투를 걸치고 아빠가 문을 두드릴 때까지 기다릴 것도 없이 먼저 빗장을 열었어요.

빗장을 열자 문지방에는 아빠는커녕 시커멓고 무서운 낯선 남자가 서서 이렇게 말하는 거예요. '암소 판 돈이 어디 있는지 말해라. 네 남편은 내가 숲속에서 처리했고, 돈이 어디 있는지 말하면 너는 여자니 봐주겠다. 하지만 말하지 않으면 네가 더 잘 알겠지, 서운해하지 말라고. 꾸물대지 않는 편이 좋을 거야. 나는 지금 너 붙잡고 실랑이할 여유가 없어.'

아, 선생님들, 친애하는 동지들, 우리가 어땠을지 입장을 바꿔 놓고 생각해 보세요! 우리는 벌벌 떨었고 산 것도 아니요, 죽은 것도 아닌 상태에서 너무 무서워 혀가 마비됐어요, 얼마나 큰 수난이었겠어요! 우선 그는 바실리 아파나시예비치를 죽였다고, 도끼로 베어 버렸다고 제 입으로 말했어요. 두 번째 재앙은 초소 안에 우리 둘과 강도뿐이라는 것, 강도가 우리 집 안에 와 있다는 것, 틀림없는 강도라는 것이었어요.

여기서 마르푸샤 아줌마는 순식간에 정신이 나가고 남편 때문에 마음이 찢어졌을 거예요. 하지만 몸을 다잡아야 했어요, 표를 내면 안 되잖아요.

마르푸샤 아줌마는 우선 그의 발밑에 엎드렸어요. 제발 살려 주세요, 당신이 말하는 그 돈은 전혀 몰라요, 당신이 무슨 말을 하는지 때려 죽여도 모르겠어요, 처음 듣는걸요, 하고 말했죠. 이런 말 몇 마디로 포기할 만큼 단순한 작자가 아니었어요, 망할 놈 같으니. 그때 갑자기 아줌마의 머릿속에 그를 속여 넘기자는 생각이 떠올랐어요. '정 그러시다면 좋아요. 소판 돈은 마루 밑에 있어요. 내가 마루 쪽을 들어 올릴 테니 마룻바닥 밑으로 기어 들어가세요.'라고 말했죠. 하지만 망할 놈, 아줌마의 간계를 훤히 꿰뚫어 보더라고요. '아니, 이 여편네가 요령을 피우는군. 마룻바닥 밑으로 기어가든, 지붕 위로 올라가든 네가 직접 들어가고, 나한테는 돈이나 내놔. 단, 명심해, 잔머리 굴릴 생각하지 마, 장난을 쳤다가는 큰코 다칠 테니.'라고 말했어요.

그런데 아줌마는 이렇게 말했어요. '아, 정말, 왜 그리 의심이 많아요. 나도 그러고 싶지만 할 수가 없어서 그래요. 나는 차라리 위 계단에서 불을 밝히겠어요. 걱정할 것 없어요, 당신이 믿을 수 있도록 딸도 함께 내려보낼게요.' 이건 그러니까 나를 말하는 거였죠.

아, 선생님들, 친애하는 동지들, 정말이지 이 말을 들었을 때 내가 어땠겠어요! 끝장이라고 생각했죠. 눈앞이 캄캄해지고 다리가 꺾이면서 쓰러질 것 같더라고요.

그런데 이 악당은 바보가 아닌지라 이번에도 우리 둘을 한 쪽 눈으로 째려보고 눈을 찡긋한 다음 온 이빨이 드러나도록 삐뚜름하게 웃더니, 어디서 장난질이야, 나는 못 속여, 라고 말하더군요. 내가 아줌마에게 아쉬울 것도 없는 존재, 즉 친딸은 고사하고 숫제 남인 걸 알아차리고는 페텐카를 한 손에 낚아채고 다른 손으로는 문고리를 잡고서 지하실 통로를 열더니 불을 밝히라고 한 다음 페텐카와 함께 계단을 따라 땅 밑으로 내려갔어요.

그러자 내 생각으로, 마르푸샤 아줌마는 벌써 그때 실성해서 아무것도 이해하지 못한 것 같아요. 그때 벌써 머리가 어떻게 된 거죠. 그 악당이 페텐카와 함께 마룻바닥의 돌출부 밑으로 내려가자 아줌마는 지하의 입구, 즉 이 통로의 뚜껑을 다시 쾅 닫고 자물쇠로 잠그고 무거운 트렁크를 뚜껑 쪽으로 옮기면서 도와줘, 너무 무거워서 안 되겠어, 라는 뜻으로 나에게 고갯짓을 했어요. 트렁크를 다 옮겨 놓고는 그 위에 앉았어요. 그렇게 앉더니 바보처럼 기뻐하는 거예요. 아줌마가 트렁크 위에 앉자마자 아래쪽에서 강도가 마룻바닥을 툭툭 치면서 순순히 풀어 주는 게 좋을 거다, 안 그러면 당장 너의 페텐카를 죽여 버리겠다, 라고 하더라고요. 판자가 두꺼워 말이 잘 들리지는 않았지만 의미는 그랬어요. 그놈은 들짐승보다 더 사나운 목소리로 울부짖으면서 공포를 자아냈어요. 그렇다면 너의 페텐카는 지금 당장 끝장이다, 라고 외치더군요. 하지만 그녀는 아무 말도 알아듣지 못했어요. 앉은 채 웃으면서 나를 향해 윙크를 했어요. '네가 뭐라고 시부렁거리든 나는 트렁크 위에 앉아 있을 거야, 열쇠는 내 주먹 안에 있거든.'이라고 말했어요. 나는 마르푸샤 아줌마에게 별짓을 다 했어요. 귀가 떨어져 나가라 고함도 지르고, 트렁크에서 밀쳐도 보고 걷어차고 싶기도 했죠. 지하실 문을 열어야 하니까, 페텐카를 구해야 하니까요. 하지만 내가 무슨 수로! 내가 어떻게 아줌마를 감당하겠어요?

그놈은 계속 마룻바닥을 툭툭, 툭툭 치고 시간은 가고 그런데도 아줌마는 트렁크에 앉아서 눈알만 굴릴 뿐, 말을 듣지 않는 거예요.

그 사건 이후 시간이 많이 지났음에도, 아, 선생님들, 아, 선생님들, 살면서 정말 산전수전 다 겪은 몸이지만 그 같은 수난은 기억하지 못할 것 같고, 죽어도, 죽을 때까지 페텐카의 처량한 목소리가 귀에 울릴 거예요. 땅 밑에서 페텐카가, 그 천사 같은 아이가 비명을 지르고 신음했어요. 그놈이, 그 망할 놈이 괴롭혀 죽인 거예요.

그때부터 나는 이제 무엇을 해야 할지 생각했지요. 반쯤 미친 늙은 여자와 저 강도이자 살인마를 어떻게 해야 할까? 그 와중에도 시간은 갔어요. 이런 생각을 하는데 글쎄, 창문 밑에서 우달로이가 울부짖는 거예요. 마차에 매인 채 계속 서 있던 우달로이가요. 그래요. 우달로이가 울부짖는데, 자, 타뉴샤, 어서 빨리 좋은 사람들한테 달려가 도움을 청하자, 라고 말하는 것 같았어요. 그런데 보니까 벌써 새벽이고요. 그래, 네 생각대로 하자, 좋은 충고를 해 줬어, 고마워, 우달로이, 네 말이 맞아, 자, 달려 보자, 하고 생각했지요. 이렇게 생각하는 순간,

어라, 이번에도 숲속에서 누가 '잠깐만, 서두르지 마, 타뉴슈, 우리 이 일을 다른 식으로 처리해 보자.'라고 말하는 소리가 들렸어요. 이번에도 숲속에 나 혼자가 아니었던 거예요. 우리 집 수탉이 우는 것처럼 아래쪽에서 익숙한 기관차가 기적 소리를 울리며 나를 불렀는데 그 소리만 듣고도 그 기관차가 뭔지 알았어요. 항상 나고르나야 역에 증기를 뿜어내며 서 있는 보조 기관차라고 불리는 녀석인데, 화물차를 언덕으로 끌어올리는 데 쓰였죠. 그런데 이건 혼합 열차가 지나가는 거였는데, 매일 밤 그 시간이면 우리 옆을 지나갔어요, 그러니까 아래쪽에서 익숙한 기관차가 나를 부르는 소리가 들린 거예요. 내 가슴이 뛰는 소리도 들리고요. 설마 나도 마르푸샤 아줌마처럼 제정신이 아닌 건 아닐까 하는 생각이 들었어요. 온갖 살아 있는 피조물, 온갖 말 못하는 기계가 또렷한 러시아어로 나한테 말을 하잖아요?

뭐, 그런데 지금 생각은 무슨, 벌써 기차가 가까이 왔으니 생각할 여유도 없었죠. 아직은 날이 너무 어두웠으니까 등불을 움켜쥐고 막무가내로 철로 위로, 정중앙으로 뛰어들어 철로 사이에 서서 랜턴을 앞뒤로 흔들었어요.

이제 무슨 말이 필요하겠어요. 그렇게 기차를 멈추어 세웠는데, 고맙게도, 바람 때문에 조용, 조용히, 간단히 말해서, 조용한 걸음으로 걷고 있었거든요. 그렇게 기차를 멈추어 세웠더니, 운전 칸 창문으로 눈에 익은 기관사가 고개를 내밀고 뭐라고 묻는데, 정확히 무슨 소린지는 안 들리는 거예요. 바람 때문에요. 나는 기관사에게 철도 초소가 습격당했고 살인에 강도질이 있었다고, 집 안에 강도가 있다고, 아저씨 동지, 지켜 주세요, 당장 도움이 필요해요, 라고 외쳤지요. 내가 이 말을 하는 동안, 난방차에서 적군 병사들이 잇따라 노면으로 내려왔어요. 군용 기차였던 거예요. 그래서 적군 병사들이 노면으로 내려와 '무슨 일이야?' 하고 물었어요. 한밤중에 숲속의 비탈진 둔덕에 기차를 세우고 계속 서 있으니 무슨 영문인가 싶었던 거죠.

모든 사정을 알게 된 그들은 강도를 지하실에서 끌어냈고, 그는 페텐카보다 더 가는 목소리로 찍찍대면서, 제발 좀 봐주세요, 착하신 분들, 살려 주세요. 다시는 안 그럴게요, 라고 하더라고요. 그를 침목 위로 끌고 가 손발을 레일에 묶어 놓고는 그 산 사람 위로 기차를 몰았어요. 사형이었죠.

나는 너무 무서워서 옷을 가지러 집에 가지도 못했어요. 나를 기차에 태워 주세요, 아저씨들, 하고 사정했지요. 그들은 나를 기차에 태우고 가 주었어요. 그다음에는 거짓말할 것도 없이, 떠돌이들과 함께 우리 땅이든 남의 땅이든 절반은 족히 돌아다니고 안 가 본 데가 없어요. 어린 시절에 그 고생을 하고 이렇게 자유를, 행복을 알게 된 거예요! 하지만 정말이지 갖은 재앙을 겪고 또 죄를 지었어요. 그래도 이 모든 건 나중 일이고 다음번에 얘기할게요. 한데 그때 열차에서 철도원이 초소로 와서 관용 재산을 접수하고 마르푸샤 아줌마에 대해서도 조치를 취하고 생활을 정비해 주었어요. 아줌마는 나중에 미친 채로 정신 병원에서 죽었다고 하더라고요. 회복되어 퇴원했다는 말도 있고요."

타냐의 이야기를 듣고 나서 고르돈과 두도로프는 오랫동안 말없이 풀밭을 왔다 갔다 했다. 그다음, 트럭이 도착해 굼뜨고 둔한 모양새로 길에서 평원 쪽으로 접어들었다. 트럭에 상자를 싣기 시작했다. 고르돈이 말했다.

"저 애, 저 세탁부 타냐가 누구인지 알겠지?"

"오, 물론이지."

"예브그라프가 그녀를 돌봐 줄 거야." 그런 다음 잠깐 침묵했다가 이렇게 덧붙였다. "역사에도 그런 일이 벌써 몇 번 있었잖아. 이상적이고 고상하게 숙고된 것이 거칠어지고 물질화되는 것 말이야. 그렇게 그리스는 로마가 되었고 그렇게 러시아 계몽은 러시아 혁명이 되었지. 블로크의 「우리, 러시아의 무서운 시절의 아이들」[122]을 보면, 세기들의 차이를 즉시 알게 될 거야. 블로크가 이렇게 말했을 때 이건 비유적인 의미로, 수사법으로 이해해야 해. 아이들은 아이들이 아니라 아들들, 자식들, 인텔리겐치아라는 뜻이고 무섭다는 것도 무섭다는 뜻이 아니라 섭리와 묵시라는 뜻이었으니까, 이건 서로 다른 문제지. 하지만 이제는 모든 비유적인 것이 축어적인 것이 되었어, 아이들은 아이들이고 무서운 건 진짜 무서운 거야, 바로 이것이 차이야."

122) 1914년 9월 8일에 쓰인 블로크의 시.

5

오 년 혹은 십 년이 지난 어느 날, 조용한 여름날 저녁, 그들, 고르돈과 두도로프는 다시 어딘가 높은 지대의 활짝 열린 창문 옆에 앉아 어스름이 내린 아득한 모스크바를 내려다보고 있었다. 그들은 예브그라프가 편집한 유리의 글 모음집을 뒤적였는데, 몇 번은 족히 읽어서 절반은 외울 정도였다. 글을 읽던 그들은 서로 의견을 주고받고 상념에 잠겼다. 중간쯤 읽었을 때 어스름이 내렸고 인쇄물을 알아보기 힘들어 램프를 켜야만 했다.

그러자 멀리 아래쪽으로 보이는 모스크바, 작가가 태어난 도시이자 그가 반생을 보낸 도시인 모스크바는 지금 그들에게 이런 사건이 일어난 장소가 아니라 이 저녁 공책을 손에 들고 끝까지 읽어 온 긴 소설의 여주인공[123]처럼 여겨졌다.

전쟁 이후에 기대한 계몽과 해방이, 다들 생각했던 것처럼, 승리와 함께 찾아오지는 않았다 해도 어쨌거나 자유의 전조는 전후의 이 모든 세월 동안 공기 속을 떠돌며 그 유일한 역사적 내용을 이루었다.

창가에 앉아 있는 늙어 버린 두 친구에게는 이 영혼의 자유가 찾아온 것처럼, 바로 이날 저녁에 미래가 아래쪽 거리에 손에 잡힐 듯 자리 잡은 것처럼, 그들 자신도 이 미래로 들어서서 이제 그 안에 있는 것처럼 느껴졌다. 이 성스러운 도시, 이

123) 모스크바는 '여주인공'이라는 단어처럼 여성 명사이다.

모든 땅, 이날 저녁까지 살아남은 이 역사의 참여자들과 그들의 아이들을 생각하며 맛보는 행복하고 감동적인 평온이 그들을 관통하여, 들리지 않는 음악처럼 멀리 주변까지 에워싸며 넘쳐흘렀다. 그들 손에 들린 자그마한 책은 이 모든 것을 아는 듯 그들의 감정을 지지하고 확증해 주었다.

17부

유리 지바고의 시

1. 햄릿

소요가 멎었다. 나는 무대로 나갔다.
문설주에 기댄 채 아득한 메아리 속에서
나의 인생에 무슨 일이 일어날지,
붙잡아 본다.

한밤의 어둠이 천 개의 쌍안경처럼
나를 향하고 있다.
할 수만 있다면, 하느님 아버지,
이 잔을 거두어 주옵소서.

저는 주님의 확고한 뜻을 사랑하며

기꺼이 이 역할을 맡겠나이다.
그러나 지금은 다른 극이 진행되고 있으니
이번에는 저를 면하게 해 주옵소서.

하지만 막(幕)의 순서는 짜여 있고
길의 끝은 피할 수 없다.
나만 혼자이고, 다들 바리새주의에 빠져 있다.
삶을 사는 것은 들판을 건너는 것이 아니다.

2. 3월

태양은 땀을 흘릴 만큼 내리쬐고
골짜기는 멍해져 날뛰고
튼튼한 젖 짜는 아가씨마냥
봄은 일손이 바쁘다.

눈(雪)은 골골대며 빈혈을 앓고,
파리한 정맥 같은 잔가지에 싸여 있다.
하지만 외양간에서는 삶의 김이 끓어오르고
쇠스랑은 건강을 불태운다.

이런 밤, 이런 밤과 낮!
대낮 무렵 눈 녹는 물방울 소리,

처마 밑 고드름이 여위어 가는 모습,
잠 없이 재잘대는 시냇물!

마구간과 외양간, 문을 활짝 열어 놓고
비둘기들은 눈 속의 귀리를 쪼아 먹고
모든 것의 활력소이자 죄인인
거름이 신선한 공기를 뿜어낸다.

3. 수난 주간에

아직도 사위는 한밤의 암흑이다.
아직도 세상은 너무 이른 시각,
셀 수 없이 많은 하늘의 별,
저마다 대낮처럼 밝고,
땅은 「시편」의 낭독을 들으며
할 수만 있다면
부활절 내내 잘 수 있으리라.

아직도 사위는 한밤의 암흑이다.
세상은 너무 이른 아침,
광장이 교차로에서 모퉁이까지
영원처럼 깔려 있고,
동이 트고 따뜻해지려면

아직도 천년은 더 남았다.

아직도 땅은 너무 헐벗은 상태,
밤마다 무엇을 걸치고
종을 울리고
성가대에 마음껏 메아리쳐 줄까.

성(聖)목요일부터
성(聖)토요일 직전까지
강물은 강기슭을 할퀴고
소용돌이를 일으킨다.

숲은 옷을 벗고 알몸을 드러낸 채로
그리스도의 수난절 주간에
기도하는 자들의 열처럼
소나무 가지 무리처럼 서 있다.

도시, 그 크지 않은 공간에서
나무들은 집회에 나온 듯
교회의 창살 안을
알몸으로 기웃거린다.

그들의 시선은 공포에 사로잡혀 있다.
그들의 불안, 이해된다.

정원은 울타리를 벗어나고
땅의 토대가 동요한다.
그들은 하느님을 매장한다.

성문(聖門) 옆, 빛이 보이고
검은 머플러들, 줄 지어 선 촛불들,
눈물로 얼룩진 얼굴들이 보이고 —
갑자기 십자가 행렬이
성의(聖衣)를 받들고 앞으로 나오니
대문 옆 자작나무 두 그루가
옆으로 비켜서야 한다.

행렬은 보도의 가두리를 따라
마당을 한 바퀴 돌고
거리에서 현관 안으로
봄을, 봄의 대화를 갖고 들어가고,
성체(聖體)의 맛과 봄 냄새 섞인
공기를 갖고 들어간다.

3월이 교회의 앞뜰, 불구자 무리에게
눈을 흩뿌린다,
누군가 방주를
옮겨 와 활짝 열고
실 한 오라기까지 모든 것을 나눠 주었듯.

노래는 새벽 놀까지 이어져,
「시편」 또는 「사도행전」은
실컷 흐느껴 운 다음
더 조용히 내부에서
가로등 아래 황야에 다다른다.

하지만 한밤, 만물과 육신은 침묵하며
이제 곧 날이 개리라는,
그러면 부활의 힘으로 죽음도
물리칠 수 있으리라는
봄의 소문이 들린다.

4. 백야

내 눈앞에 먼 시간이,
페테르부르크스카야구(區)의 집 하나가 어른거린다.
스텝의 부유하지 않은 여지주의 딸,
너는 여대생, 너는 쿠르스크 출신.

너는 예뻐, 너는 숭배자들이 있지.
이 백야에 우리 둘은
너의 창턱에 엉덩이를 걸치고
너의 마천루에서 아래쪽을 내려다보고 있다.

가로등은 나비 가스등 같아,
아침이 첫 전율로 떨렸어.
내가 너에게 조용히 이야기하는 것은
잠든 저 먼 곳과 정말 닮았어!

우리는 역시나 신비에 대한
저 겁먹은 정조에 사로잡혔지,
끝없는 네바강 너머
파노라마처럼 펼쳐진 페테르부르크 같았지.

그곳 멀리, 울창한 숲,
봄날의 이 백야,
종달새들의 천둥 같은 찬양이
숲의 경계까지 널리 퍼진다.

실성한 듯 튕기는 소리.
가냘프고 자그마한 새들 목소리가
매혹적인 숲 깊은 곳에서
환희와 혼란을 불러일으킨다.

그곳에 맨발의 여자 순례자처럼
담장을 따라 밤이 잠입하고,
그 뒤로 창턱에서부터
엿들은 대화의 발자취가 이어진다.

나무 울타리를 두른 정원마다
들리는 대화의 메아리 속에
사과나무와 벚나무 가지들이
희끄무레한 꽃을 입고 있다.

환영처럼 하얀 나무들은
너무 많은 것을 본 백야에게
작별의 손짓을 보내듯
무리 지어 길로 쏟아진다.

5. 봄의 진창길

석양의 불꽃이 스러지고 있었다.
먹먹한 침엽수림의 진창길,
우랄의 머나먼 오두막을 향해
어떤 사람이 말을 타고 가고 있었다.

말은 지쳐서 헐떡이고
깔때기 모양의 샘물이 그 뒤를 좇으며
부딪치는 편자 소리에
메아리를 보냈다.

기수가 고삐를 풀고

걸음을 늦추자
봄의 눈석임물이 온갖 굉음과
소음을 내며 가까이 몰려왔다.

누구는 웃고 누구는 울고
돌들은 서로 부딪쳐 깨지고
뿌리째 뽑힌 그루터기들은
소용돌이 속으로 침몰했다.

석양이 불탄 자리,
나뭇가지들의 먼 어둠 속에서
종달새가 윙윙대는 경종 소리처럼
미쳐 날뛰었다.

수양버들이 미망인의 머릿수건을
쓴 채 계곡으로 몸을 기울인 그곳,
그가 고대의 꾀꼬리-강도처럼
일곱 그루 참나무 위에서 휘파람을 불었다.

이 격정은 어떤 재앙,
어떤 연정을 위한 것일까?
굵직한 총성을 내며 그는
저 숲의 누구를 겨냥한 것일까?
이제 그가 탈옥수의 은신처 같은 곳에서

기병이든 보병이든 이곳 파르티잔의
전초병들을 맞으러
숲 귀신처럼 나올 것만 같았다.

땅과 하늘, 숲과 들판이
이 희박한 소리를,
광기와 고통과 행복과 고뇌의
이 단조로운 몫을 포착했다.

6. 해명

삶은 언젠가 이상하게 단절되었듯
그렇게 이유 없이 돌아왔다.
나는 그때, 그 여름날, 그 시각처럼
그 옛날의 거리에 있다.

바로 그 사람들, 바로 그 근심 걱정들,
그리고 그때 죽음의 저녁이 그를
황급히 마네지[124]의 벽에 못 박은 그때처럼
석양의 불꽃은 식지 않았다.

---

124) '승마 연습장'이라는 뜻으로 모스크바에 있는 광장의 명칭이다.

싸구려 옷을 입은 여자들은
또 그렇게 밤이면 신발을 구른다.
이후에 그들을 함석지붕 아래
다락방들이 그렇게 못 박는다.

자, 여기 한 여자가 지친 걸음으로
천천히 문지방을 나와
반(半)지하 방에서 올라와
마당을 비스듬히 가로지른다.

나는 또다시 변명을 준비하고,
또다시 모든 것이 상관없다.
이웃 여자가 뒤뜰을 돌아가고
우리를 단둘이 남겨 둔다.

울지 마라, 부어오른 입술 오므리지 마라,
입술에 주름 짓지 마라.
봄의 열기에
말라붙은 부스럼이 덧날지도 몰라.

나의 가슴에서 손바닥을 치워라,
우리는 전류가 흐르는 전선,
이제 곧 우리는 서로의 품에
무심코 달려들 테지.

세월이 가면 너는 결혼할 테고
무질서를 잊을 테지.
여자가 된다는 것은 — 위대한 걸음,
사람을 미치게 하는 것은 — 영웅적 행위.

나는 여자의 손,
등, 어깨, 목, 그 기적 앞에서
하인의 애정을 갖고
세세토록 경배하노라.

하지만 밤이 아무리 나를
우수의 반지처럼 얽어맬지라도
이 세상의 저 멀리 가려는 끌림이 더 강해,
결별의 열망이 손짓한다.

7. 도시의 여름

대화는 반쯤 속삭임,
열렬히 서둘러,
머리카락은 목덜미부터 삼단처럼
위로 올려 묶었다.

무거운 빗살 사이로

헬멧 쓴 여자의 모습이 보인다,
땋은 머리를 모두
뒤로 젖힌 모습.

무더운 거리의 밤은
악천후를 예고하고
행인들은 발을 질질 끌며
집으로 흩어진다.

단속적인 천둥 소리가 들리며
날카롭게 울려 퍼지고
유리창의 커튼이
바람에 흔들린다.

침묵이 찾아오지만
대기는 예전처럼 푹푹 찌고
번개는 예전처럼 하늘을
뒤적이고 또 뒤적인다.

환한 빛을 머금은 폭염의 아침,
간밤의 폭우 이후,
다시 산책로의 웅덩이가 마를 때

아직 꽃을 피우고 있는

향기 그윽한 해묵은 보리수는
잠을 설친 듯
찌뿌듯한 얼굴을 하고 있다.

8. 바람

나는 죽었지만 너는 살아 있다.
바람이 울며불며
숲과 별장을 뒤흔든다.
소나무 한 그루씩 따로가 아니라
저 무한히 먼 곳까지 모두,
모든 나무를 통째로,
배 닿는 포구의 수면 위
돛단배의 선체를 뒤흔들듯.
이것은 무모의 산물도,
목적 없는 분노의 산물도 아니요,
우수에 휩싸여 너를 위한
자장가의 노랫말을 찾기 위함이다.

9. 홉[125)]

담쟁이덩굴을 휘감은 버드나무 수풀 아래,

궂은 날씨를 피할 은신처를 찾고 있어.
우리 어깨는 비옷에 덮여 있고
내 두 손은 너를 감싸고 있지.

내가 착각했군. 이 수풀의 관목은
담쟁이덩굴이 아니라 홉을 칭칭 감고 있었어.
그래, 차라리 이 비옷을
밑에다 활짝 펴는 게 좋겠어.

10. 인디언 서머

까치밥나무 잎이 거칠고 까슬까슬하다.
집 안은 웃음소리 요란하고 유리창은 쩌렁쩌렁,
집 안은 다지고 삭히고 후추를 뿌리고,
정향은 마리네이드 속에 넣는다.

숲은 풍자객처럼
이 소음을 가파른 절벽으로 집어던지고,
그곳에 개암나무 한 그루가
모닥불의 열기 같은 햇볕에 타 버렸다.
이곳 길은 협곡으로 내려가고,

---

125) 이 단어에는 '취기'라는 뜻도 있다.

이곳 늙은 고목들도,
모든 것을 이 골짜기로 쓸어 가는,
넝마 파는 여자 같은 가을도 가였다.

우주가 어떤 꾀보가 생각하는 것보다
더 단순하다는 것도,
숲이 물속에 잠긴 것처럼
모든 것은 끝이 있다는 것도.

네 앞의 모든 것이 불태워졌을 때,
가을의 하얀 그을음이
거미줄처럼 창문 안으로 이어질 때,
무의미하게 두 눈을 굴리는 것도.

정원의 통로가 담장을 뚫고
자작나무 숲으로 사라진다.
집 안에는 웃음과 가정의 소음,
똑같은 그 소음과 웃음이 저 멀리.

11. 결혼식

잔치판에 온 손님들은
마당의 가두리를 가로질러

손풍금을 켜면서
아침까지 신부의 집으로 갔다.

펠트 문풍지를 붙인
주인집 방문 너머
1시부터 7시까지
수다 떠는 소리가 잠잠해졌다.

가장 잠이 밀려올 때, 아침놀이 뜰 무렵,
자고 싶고 또 자고 싶을 때,
결혼식에서 떠나며
아코디언이 다시 노래를 불렀다.

손풍금 연주자는
다시 손풍금을 켜며
손바닥의 철썩거림, 목걸이의 반짝임,
잔치판의 소음과 웅성거림을 흩뿌렸다.

그리고 다시, 다시, 다시
차스투시카 읊조리는 소리가
연회장에서 곧장
잠자는 사람들의 침대까지 파고들었다.

눈처럼 새하얀 한 처녀가

소음과 휘파람과 웅성거림 속에서
엉덩이를 실룩대며
다시 암공작처럼 지나갔다.

머리를, 오른손을
흔들며 포장도로를 따라
춤추는, 암공작 같아,
암공작, 암공작.

갑자기 놀이의 열정도, 소음도,
원무의 발소리도
지옥으로 꺼진 듯
물속으로 가라앉는 것 같았다.

소란스러운 마당이 잠에서 깼다.
잡일의 메아리가
대화 속에, 웃음소리 속에
섞여 들었다.

무한한 하늘로, 높이,
회청색 반점의 회오리처럼
비둘기들이 비둘기장을 빠져나와
떼 지어 질주했다.
결혼식에 이어 비둘기들을,

잠결에 정신이 번쩍 든 양
많은 세월의 소망을 담아
풀어 보낸 것처럼.

삶 역시 찰나에 불과한 것,
그저 우리 자신을
다른 사람들에게 선사하듯
모두 속에 용해시키는 것일 뿐.

창문들 깊은 곳,
아래에서 터지는 결혼식일 뿐,
노래 한 곡일 뿐, 오직 꿈일 뿐,
회청색 비둘기일 뿐.

12. 가을

식구들 모두 떠나보내고
가까운 사람들 모두 흩어진 지 오래,
마음과 자연 속의 모든 것이
언제나처럼 고독에 차 있네.

그리고 여기 오두막에 나와 당신,
숲속은 인적도 없이 황량해.

샛길과 오솔길은 노래 가사처럼
잡초가 무성해.

이제는 통나무 벽만이
단둘이 남은 우리를 슬픈 눈으로 바라보네.
우리는 장애를 뛰어넘으리라 약속하지 않았어,
우리는 노골적으로 파멸하리라.

우리는 1시면 앉고 2시가 지나면 일어날 테고,
나는 책을 읽고 당신은 수를 놓고,
그러다 동이 트면 우리가 어떻게 키스를 멈추었는지
알아채지도 못하리.

훨씬 화려하게, 훨씬 무모하게
나뭇잎이여, 사각거려라, 흩날려라,
어제의 고배의 잔에
오늘의 우수가 넘치게 하라.

애착, 끌림, 매혹이여!
9월의 소음 속에서 흩어지자!
너, 가을의 사각거림 속에 묻혀 버려라!
숨죽이든지 미쳐 버리든지!

너는 숲이 나뭇잎을 벗어 던지듯,

원피스를 벗어 던지고
비단술이 달린 잠옷을 입고
내 품에 안기리.

사는 것이 병마보다 더 역겨울 때
너는 파멸로 가는 걸음의 축복,
아름다움의 뿌리는 — 용기,
그것이 우리를 서로 끌어당겨.

13. 동화

옛날 옛적, 그 시절,
동화 나라,
한 기사가 엉겅퀴 가득한 스텝을
달렸다.

그는 서둘러 전쟁터에 갔고,
스텝의 먼지 속에서
어두운 숲이 멀리서
그를 맞았다.

가슴이 쑤시고
심장이 죄어 온다.

늪을 두려워하라,
안장을 죄어라.

기사는 듣지 않고
전속력으로
숲의 언덕으로
힘껏 말을 몰았다.

고분(古墳)을 돌아
말라붙은 골짜기로 들어서
평원을 지나
산을 넘었다.

협곡으로 들어서고
숲속 오솔길을 따라
짐승의 흔적과 늪으로
나갔다.

부름에 귀가 먼 듯,
직감에도 아랑곳하지 않고
말을 절벽에서 끌어 내려
물을 먹이려고 시냇가로 데려갔다.

—

시냇가에는 동굴이 있고,
동굴 앞에는 — 여울목이 있다.
유황불 같은 것이
입구를 밝힌다.

자욱한 적자색 연기가
시야를 가려
머나먼 부름 소리가
소나무 숲 가득 울렸다.

그때 계곡을 건너던
기사는 부르르 떨더니 곧장
살려 달라는 비명을 향해
내달렸다.

기사는 용의 머리와
꼬리와 비늘을
발견하고는
창을 꽉 쥐었다.
용은 입에서 불꽃처럼
빛을 뿜어내고
처녀의 척추를 세 겹의 원으로
칭칭 감았다.

뱀의 몸뚱어리는
채찍의 끄트머리처럼
그녀의 어깨 주변을
목으로 어루만졌다.

저 나라의 풍습대로
아름다운 여자를
숲속 괴물의
먹이로 바쳐 왔다.

이 지방 사람들은
초가집을 지키려고
뱀에게 이런 제물을
바쳐 온 것이다.

뱀은 그녀의 팔을 휘감고
목을 조이며,
이 제물, 이 희생양을
마구 괴롭혔다.
기사는 애원하며
하늘 높은 곳을 바라보더니
전투를 위해
창을 앞으로 들었다.

—

닫힌 눈꺼풀.
높은 곳. 구름.
물. 여울목. 강.
해〔年〕들과 세기들.

찌그러진 투구,
전투에서 쓰러진 기사.
말굽으로 뱀을
짓밟는 충직한 말.

말과 용의 시체가
모래 위에 나란히 놓여 있다.
기사는 의식을 잃고
처녀는 넋이 나갔다.

한낮의 창공이 빛나고
쪽빛 하늘이 다정하다.
그녀는 누구일까? 황녀일까?
대지의 딸일까? 공후의 딸일까?

행복에 겨워
눈물이 강물처럼 흐르고

영혼은 잠과 망각에
사로잡힌다.

의식은 회복,
그러나 과다 출혈에
기진맥진하여
맥박조차 사라졌다.

하지만 그들의 심장은 두근거린다.
그녀도, 그도
의식을 찾으려 애쓰다가
잠 속으로 빠져든다.

닫힌 눈꺼풀.
높은 곳. 구름.
물. 여울목. 강.
해들과 세기들.

14. 8월

약속했듯, 태양은 어김없이
커튼에서 소파까지
비스듬한 사프란 빛줄기처럼

아침 일찍 스며들었다.

태양은 이웃 숲을, 마을 집을,
나의 침대를, 축축한 베개를,
책장 너머 벽 모서리를
무더운 황토 빛으로 뒤덮었다.

베개가 어쩌다 살짝 젖었는지
기억을 더듬어 보았다.
너희가 나를 장송하러 잇따라
숲을 걸어오는 꿈을 꾸었다.

너희는 무리 지어, 제각기, 짝지어 걸었고
오늘이 구력으로 8월 6일,
현성용(顯聖容) 축일[126] 임을
누군가가 갑자기 떠올렸다.
보통 화염 없는 빛이
이날 다볼산에서 내려오고
그 전조처럼 선명한 가을이
시선을 붙들어 둔다.

---

126) 「마태오 복음서」 17장 1~2장, 「루카 복음서」 9장 28~29절 참조. 예수가 베드로, 야고보, 요한을 데리고 높은 산(다볼산)에 올라가 자신의 천상 형용을 드러냈다고 전해지는 것을 기념하는 축일이다.

너희는 자잘하고 형편없는,
알몸으로 떨고 있는 오리나무를 지나
당밀 과자처럼 타오르는
생강처럼 붉은 묘지 숲속으로 갔다.

잦아든 나무 꼭대기에
하늘이 근엄하게 맞닿아 있고,
저 먼 곳에서 수탉 울음소리가
느릿느릿 서로 화답했다.

숲속에는 묘지 한가운데
죽음이 토지 측량사처럼 서서,
내 키에 맞는 구덩이를 파기 위해
나의 죽은 얼굴을 쳐다보았다.

모두들 누군가의 평온한 목소리가
옆에 있음을 육체적으로 감지했다.
그것은 생전 예언자였던 나의 목소리가
몰락에도 손상되지 않고 울리는 것이다.
"잘 가라, 현성용(顯聖容)의 쪽빛 하늘이여,
두 번째 구세주 축일의 황금빛이여,
여성의 마지막 애무로
나의 숙명적 시간의 고통을 덜어 다오.

잘 가라, 침체기의 세월아!
그만 헤어지자, 굴욕의 심연에
도전장을 던지는 여인이여!
나는 — 너의 전쟁터.

잘 가라, 활짝 편 날개의 퍼덕거림이여,
꺾이지 않는 자유로운 비상이여,
말로 나타난 세계의 형상이여,
창작이여, 기적의 창조여."

15. 겨울밤

모든 대지 위, 모든 경계까지
눈보라, 눈보라가 휘몰아쳤다.
책상 위에서 촛불이 타올랐다,
촛불이 타올랐다.

여름에 날벌레가 떼 지어
불꽃을 향해 날아들듯,
눈송이가 마당에서
창틀로 날아들었다.

눈보라가 유리창 위에 들러붙어

찻잔과 화살표 모양을 그려 놓았다.
책상 위에는 촛불이 타올랐다,
촛불이 타올랐다.

촛불 밝힌 천장 위로
그림자들이 어리었으니,
두 손이 얽히고 두 발이 얽히고
운명이 얽힌다.

두 신발짝이 툭
마룻바닥으로 떨어졌다.
등잔의 밀랍이 눈물처럼
원피스 위로 방울졌다.

모든 것이 눈의 암흑,
회색과 흰색의 암흑 속으로 사라졌다.
책상 위에서 촛불이 타올랐다,
촛불이 타올랐다.

구석에서 바람이 촛불을 향해 불고,
유혹의 열기가
천사처럼 두 날개를
십자가 모양으로 들어 올렸다.

2월 한 달 내내 눈보라가 휘몰아쳤고,
쉴 새 없이
책상 위에서 촛불이 타올랐다,
촛불이 타올랐다.

16. 이별

한 사람이 문지방에서 자기 집을
쳐다보지만 알아보지 못한다.
그녀의 떠남은 도주와 같아,
곳곳에 파괴의 흔적이 있다.

방 안은 어디나 온통 혼돈이다.
눈물이 쏟아져,
편두통이 엄습해,
황폐의 정도를 가늠하지 못한다.

아침부터 어떤 소음이 귓전에 맴돈다.
제정신일까, 아니면 꿈을 꾸는 것일까?
왜 바다가
자꾸 생각날까?

유리창에 낀 성에 때문에

하느님의 세상이 보이지 않을 때,
출구 없는 우수는 황량한 바다와
한층 더 닮았다.

그녀는 어딜 보나
너무 소중한 존재,
해안선이 물결 하나하나로
바다에 가까워지듯.

폭풍이 지나간 후
파도가 갈대를 덮치듯
그녀의 모든 얼굴선과 형상은
그의 영혼 밑바닥에 가라앉았다.

수난의 세월, 생각도
할 수 없는 일상의 시대,
그녀는 운명의 파도에 밀려
밑바닥에서 그에게로 왔다.

무수한 장애물을 헤치며
위험을 피해 가며
파도는 그녀를 싣고, 또 싣고
바로 곁으로 데려왔다.

지금 그녀의 떠남은
강제적인 것이었을까.
이별은 그들 둘을 잠식할 것이고
우수는 뼛속까지 스며들 것이다.

한 사람이 주위를 둘러본다.
그녀는 떠나는 순간에
옷장 서랍을 모조리
뒤죽박죽 뒤집어 놓았다.

배회하는 그,
어두워지기 전에
널브러진 넝마와 옷본을
서랍에 정리해 넣는다.

그러다, 바늘이 꽂힌
바느질감에 손가락이 찔려,
돌연히 그녀의 모습을 보고는
조용히 운다.

17. 밀회

눈이 길 위에 뿌려지고

비스듬한 지붕을 덮는다.
나는 다리를 뻗으러 가리.
문밖에 네가 서 있겠지.

가을 외투를 입고 홀로
모자도, 덧신도 없이
너는 흥분과 싸우며
젖은 눈〔雪〕을 씹고 있다.

나무와 울타리는
멀리 암흑 속으로 사라져 간다.
눈이 펑펑 내리는 가운데
너 혼자 구석에 서 있다.

머릿수건에서 물이 흘러
소매와 옷깃 속에 스며들고
머리카락 위에서
이슬방울처럼 빛난다.

금발의 머리채 덕분에
모든 것이 환하다. 얼굴도,
머릿수건도, 자태도,
이 외투도.

속눈썹 위의 눈(雪)이 촉촉하고,
너의 눈 속에는 우수가 어리고
너의 모든 형상이
한 조각으로 만들어진 것 같다.

안티몬 산(酸)에 담근
철로 너를
나의 가슴에
새겨 놓았다.

이런 겸허한 선이
그 속에 영원토록 침잠하니,
세상이 무정한들
무슨 상관이랴.

그리하여 이 모든 밤은
눈 속에서 더욱 깊어지고
나는 우리 사이에
경계선을 그을 수 없다.

하지만 저 모든 세월이 흐른 뒤
우리는 세상에 없는데
험담만 남아 있을 때
우리는 누구이며 어디서 온 것일까?

18. 크리스마스의 별

겨울이었다.
스텝에서 바람이 불었다.
비탈진 언덕,
동굴 속의 갓난아이는 추웠다.

황소의 숨결이 아이를 데워 주었다.
가축들은
동굴 안에 서 있고
구유 위로 뜨거운 연기가 감돌았다.

목동들은 가죽 외투에 묻은
침상의 지푸라기와 수수 낟알을 떨어 내고
벼랑 위에서 잠결에
한밤의 먼 곳을 바라보았다.

저 멀리, 눈 덮인 들판과 묘지와
울타리와 비석과
눈 더미 속 수레 채와
묘지 위에 별이 빛나는 하늘이 있었다.

그와 나란히, 그 앞에서
움막의 창문에 비치는 작은 등잔보다

더 수줍어하며 미지의 별 하나가
베들레헴으로 가는 길에 반짝였다.

그 별은 하늘과 하느님 옆에서
볏가리처럼 활활 타올랐다,
몰래 질러 놓은 불길처럼,
마을을 휩쓴 화염처럼, 탈곡장의 화재처럼.

그 별은
불타는 짚과 건초 더미처럼 솟아올랐다,
이 새로운 별에 흥분한
전 우주 한가운데로.

별 위로 아침놀이 점점 붉어지며
무언가를 의미했고,
세 명의 점성술사가
이 유례없는 불꽃의 부름에 걸음을 재촉했다.

그들 뒤를 선물 실은 낙타가 따랐다.
마구가 화려하고 올망졸망 작은 나귀들이
산에서 종종걸음을 치며 내려왔다.

이후에 찾아온 모든 것이
다가올 미래의 이상한 환영처럼 멀리서 일어났다.

수세기를 거친 모든 사상, 모든 몽상, 모든 평화,
미술관과 박물관의 모든 미래,
요정의 모든 장난, 마법사의 모든 일,
세상의 모든 크리스마스트리, 어린아이의 모든 꿈.

따뜻해진 촛불의 모든 떨림, 모든 사슬,
총천연색 금사 은사의 모든 장엄함……
…… 스텝의 바람이 점점 더 사악하고 맹렬하게 불었다……
…… 모든 사과, 모든 황금빛 공.

연못의 일부분이 오리나무 꼭대기에 가려졌지만,
이쪽, 까마귀 둥지와 나무 꼭대기 너머로
아주 잘 보였다.
나귀와 낙타가 둑을 따라 걷는 모습을
목동들은 잘 알아볼 수 있었다.
"모두와 함께 가서 기적에 경배합시다."
그들은 이렇게 말하며 가죽 외투를 걸쳤다.

눈길을 걷다 보니 더워졌다.
빛나는 평야를 따라, 맨발 자국이
오막살이 뒤로 운모판처럼 찍혀 있었다.
이 자국 위로 양초 토막의 불꽃처럼
별빛을 받으며 양치기 개들이 으르렁댔다.

동화를 닮은 혹한의 밤,
사나운 눈보라 속에서 누군가가 나와
항상 눈에 보이지 않게 그 대열로 들어섰다.
개들이 어슬렁거리며 흠칫흠칫 주위를 살피고
목동에게 몸을 붙인 채 재앙을 기다렸다.

그 길을 따라, 이 고장을 지나
몇몇 천사가 군중의 무리 속에 섞여 걷고 있었다.
육체가 없는 존재라 눈에 보이지는 않았지만
걸음은 하나하나 자국을 남겼다.

돌 옆에 많은 사람들이 모여들었다.
날이 밝았다. 눈잣나무 줄기들이 도드라졌다.
"대체 누구신지요?" 마리아가 물었다.
"우리는 목자 부족이자 하늘의 사도입니다,
두 분을 찬양하러 왔습니다."
"모두 한꺼번에는 안 됩니다. 입구에서 잠시 기다려 주세요."

아침이 오기 전, 잿빛 암흑 한가운데,
소몰이와 양치기들이 발을 굴렀고,
걸어온 자들과 말 타고 온 자들이 서로 욕설을 주고받았고,
움푹 팬 통나무 물통 옆에서
낙타들은 울부짖고 나귀들은 발길질을 했다.

날이 밝았다. 새벽이 마지막 별들을
잿더미의 가루처럼 창공에서 휩쓸어 갔다.
마리아는 수많은 인간 무리 중 오직 동방 박사만
계곡의 틈새로 들였다.

그는 참나무 구유 안에서 온통 빛을 발하며
움푹 꺼진 공동 속 달빛처럼 자고 있었다.
당나귀의 입술과 황소의 콧김이
그에게 양털 외투가 되어 주었다.

외양간의 어스름 같은 그늘 속에 서서
그들은 말을 아끼며 서로 속삭였다.
갑자기 어둠 속의 누군가가 한 손으로 동방 박사를
구유에서 왼쪽으로 물러나게 했고,
그 물러난 자가 주위를 둘러보니,
손님 같은 성탄의 별이 문지방에서 처녀를 쳐다보고 있었다.

19. 새벽

너는 내 운명에서 모든 것을 의미했지.
그다음 전쟁이, 이별이 찾아왔고,
오래, 오랫동안 너는
소문도, 기척도 없었다.

많은, 많은 세월이 흐르고
너의 목소리는 다시 나를 흥분시켰다.
밤새도록 나는 너의 유언을 읽고
의식을 되찾은 것 같았다.

나는 사람들 속으로 가고 싶다, 그들 무리 속,
그들의 아침 활기 속으로.
나는 모든 것을 박살 내고
모두를 무릎 꿇게 할 준비가 돼 있다.

나는 처음 눈 덮인 이 거리로,
폐로가 된 포장도로로
나가는 것처럼
계단을 뛰어 내려간다.

곳곳에서 사람들이 일어나고, 등불, 안락,
차를 마시고 전차를 타려고 서두른다.
몇 분이 흐르는 동안
도시의 모습은 못 알아볼 만큼 달라진다.

대문에서는 눈보라가
펑펑 쏟아지는 눈송이로 그물을 짜고
모두들 늦지 않으려고
먹는 둥 마는 둥, 마시는 둥 마는 둥 질주한다.

나는 그들의 살가죽 속에 머물렀던 것처럼
그들 모두를 느끼고,
나 자신도 눈 녹듯 녹고
나 자신도 아침처럼 눈살을 찌푸린다.

나와 함께하는 이름 없는 사람들,
나무들, 아이들, 집에 틀어박힌 사람들.
나는 그들 모두에게 패배했고,
오직 여기에 나의 승리가 있다.

20. 기적[127]

그는 미리 불길한 예감에 시달리며
베다니에서 예루살렘으로 가고 있었다.

절벽 위 가시 많은 관목이 다 타고
근처 오두막에는 연기도 피어오르지 않았다.
바람은 뜨겁고 갈대는 잠잠하고
사해(死海)의 평화도 부동이다.

---

127) 「마태오 복음서」 21장 18~22절, 「마르코 복음서」 11장 12~23절에 근거하여 쓴 시.

바다의 고뇌 못지않은 고뇌를 느끼며
그는 큼직한 구름 떼와 함께 걷고 있었고,
도시의 제자들 모임에 가기 위해
누군가의 숙소를 향해 먼지 자욱한 길을 걷고 있었다.

자신의 생각에 너무 골몰한 까닭일까,
우울에 잠긴 들판은 쑥 냄새를 풍겼다.
모든 것이 잠잠해졌다. 그 한가운데 그 혼자 서 있고
그 고장은 몰아지경에 빠져 반듯이 누워 있었다.
따뜻한 날씨와 황야, 도마뱀, 샘물, 시냇물,
모든 것이 뒤섞였다.

멀지 않은 곳, 무화과나무가 솟아 있고,
열매 하나 없이 나뭇가지와 나뭇잎뿐이다.
그가 그녀에게 말했다. "네겐 어떤 이점이 있는가?
너의 어리둥절함에서 나는 어떤 기쁨을 느껴야 할까?

나는 목말라 갈구하건만 너는 — 열매 맺지 못하는 몸,
너와의 만남은 화강암보다 더 쓸쓸하다.
오, 너는 얼마나 무례하고 또 무능한가!
삶이 다하는 날까지 그 모습으로 남으라."

질책의 전율이 번갯불이 피뢰침을 훑듯
나무를 훑고 지나갔고,

무화과나무는 완전히 잿더미가 되었다.
그때 자유의 순간이 있었더라면
나뭇잎, 가지, 뿌리, 줄기에
자연의 법칙이 개입했을 텐데.
하지만 기적은 기적, 그 기적은 하느님.
우리가 당황할 때, 그리하여 혼란의 한가운데서 허우적댈 때
기적은 순식간에 불현듯 덮쳐 온다.

21. 대지

봄은 당돌하게
모스크바의 저택들 속에 잠입한다.
장롱 뒤에서 나방이 날아올라
여름의 모자 위를 기어 다니고
모피 외투는 트렁크 속에 감춘다.
목조 복층 방을 따라
비단향꽃무와 노란 들꽃을 심은
화분이 놓여 있고
방들은 자유를 들이마시고
다락방의 먼지 냄새를 풍긴다.

거리는 작은 창문과
인사를 나누고

백야와 석양은 강가에서
마주친다.

공터에 무슨 일이 있는지
4월이 빗방울과 함께
우연히 무슨 얘기를 나누는지
복도에서도 들리고
4월은 인류의 슬픔에 관한
수천 년의 역사를 알고,
이 담장을 따라 저녁놀이 식고,
이 단조로운 일을 늦춘다.

등불과 공포의 예의 그 혼합은
자유로이 집 같은 안락을 누리고,
곳곳에 공기는 원래의 모습이 아니고,
예의 그 땅버들의 쭉 뻗은 나뭇가지들,
예의 그 하얀 싹의 봉오리들,
창문에도, 사거리에도,
거리에도, 작업장에도.

안개 자욱한 저 먼 곳은 대체 왜 울고
거름은 왜 쓰라린 냄새를 풍길까?
거리(距離)들이 심심해하지 않도록,
도시의 경계 너머

땅이 혼자 우수에 젖지 않도록
하는 것이 곧 나의 소명이다.

그러기 위해 이른 봄,
친구들은 나와 모이고,
우리의 저녁들은 — 작별,
우리의 주연들은 — 맹세,
고통의 은밀한 흐름이
존재의 냉기를 데워 주길.

22. 궂은 날들

지난주,
그가 예루살렘에 들어갔을 때
호산나 소리가 우렁차게 그를 맞이하였고
나뭇가지를 들고 그를 좇아 달렸다.
하지만 날은 점점 무섭고 가혹해져
사랑에 마음이 동하지 않았다.
눈썹은 경멸스러운 듯 치켜 올라가고
자, 이제 마지막 말과 끝.

하늘이 납덩어리 같은 무게로
마당 위에 누웠다.

바리새인들은 증거를 찾으면서도
그 앞에서 알랑대는 모습이 여우 같다.

사원의 어두운 힘으로 인해
그는 인간쓰레기들의 재판에 넘겨졌고
예전에 그를 찬미했던 자들,
예의 그 열렬함으로 그를 저주한다.

이웃 지역의 군중이
대문에서 엿보고
대단원을 기다리며
앞뒤로 밀치고 쑥덕댔다.

쑥덕거림은 옆으로 기어가고
소문은 사방에서 밀려들었다.
이집트로의 도주와 유년 시절은
이미 한낱 꿈처럼 상기되었다.
황야의 장엄한 비탈, 저 가파른 절벽,
그리고 사탄이 세상의 모든 왕국을 주겠노라
그를 유혹한 일이
상기되었다.

가나의 결혼 잔치,
기적에 경탄하는 식탁,

작은 배를 향해 육지를 걷듯,
안개 속에서 걸어갔던 그 바다.

가난한 자들이 오막살이에 모여
촛불을 들고 지하실로 내려갔다가
죽은 자가 부활하여 일어나자
갑자기 경악하며 촛불이 꺼져 버린 일이…….

23. 막달레나 (I)[128]

밤이 되자마자 나의 악마가 여기 와 있고,
과거에 대한 나의 보복이 시작된다.
내가 사내들의 기분풀이 노예,
악귀 들린 바보였을 때,
나의 은신처가 거리였을 때
그 시절 타락의 추억이 찾아와
나의 심장을 빤다.

몇 순간이 남았고
관 속 같은 정적이 엄습하리라.

---

128) 「요한 복음서」 8장 3~11절, 「마태오 복음서」 26장 6~13절, 「마르코 복음서」 14장 3~9절. 「루카 복음서」 7장 36~50절에 근거하여 쓴 시.

하지만 그 몇 순간이 지나기 전
나는 나의 삶을 끝까지 밀고 가
당신 앞에서 설화 석고처럼
산산이 부순다.

오, 나는 지금 어디에 있어야 할까요,
나의 스승이여, 나의 구원자여,
나에게 이끌려 이 직업의
그물에 걸린 새 방문객처럼
밤마다 영원이라는 것이 식탁 옆에서
나를 기다려 주지 않는다면.

하지만 죄악이, 죽음이, 악이,
유황불이 무엇을 의미하는지 설명해 주오,
접붙인 싹이 나무와 하나가 되듯
내가 모두의 눈앞에서, 무한한 우수 속에서
당신과 하나가 될 때.

내가 나의 무릎으로, 예수여,
당신의 두 발을 받칠 때,
나는 아마 십자가의 사각 기둥을
껴안는 것을 배우는 것이요,
당신을 묻을 준비를 할 때,
나는 감각을 잃고 당신의 육신에 달려드는 것이겠지요.

24. 막달레나 (II)

사람들은 축일을 앞두고 대청소를 합니다.
이 북새통에서 비켜나,
나는 너무도 깨끗한 당신의 두 발을
물통의 향유로 씻습니다.

아무리 더듬어도 신발을 못 찾겠나이다.
눈물이 앞을 가려 아무것도 보이지 않아요.
헝클어진 머리 타래가
내 눈 위로 장막처럼 드리워졌습니다.

나는 당신의 두 발을 치마폭에 받치고
눈물로 씻나이다, 예수여,
내가 목에서 흘러내리는 구슬 목걸이로 두 발을 휘감아
아랍인 외투 같은 머리카락 속에 파묻었습니다.

당신이 미래를 정지시킨 양
그것이 그토록 세세히 보여,
시빌라[129]의 예지의 투시력으로
나는 지금 앞날을 예언할 수 있습니다.

---

129) 고대 세계의 여자 예언자(무녀).

내일이면 사원의 장막이 떨어질 것이요,
우리는 한쪽에 동그랗게 모일 것이요,
나에 대한 동정심에
발밑의 땅이 흔들리겠지요.

호위대는 행렬을 정비하고
말 탄 자들이 출발할 것입니다.
폭풍우 속의 회오리바람이 머리 위로 솟구치듯
이 십자가는 하늘에 닿으려 할 것입니다.

나는 십자가에 못 박힌 두 발 아래 땅 위로 몸을 던지고,
까무러치며 입술을 깨물겠지요.
당신은 너무 많은 사람을 안기 위해
십자가 양끝을 따라 두 손을 펼치겠고요.
누구를 위해 이 세상은 이토록 넓을까요,
이토록 많은 고뇌, 이토록 큰 힘이 필요할까요?
이 세계에는 이토록 많은 영혼과 생명이 있는 것일까요?
이토록 많은 마을, 강, 그리고 숲이?

하지만 그런 사흘의 시간이 지나고
그런 공허 속에 처해질 테니,
이 무서운 막간 동안
부활을 맞을 만큼 성장할 것입니다.

25. 겟세마네 동산[130)]

머나먼 별이 무심히 반짝이며
길모퉁이를 밝혔다.
길은 올리브산 주변으로 나 있고,
그 아래로 케드론강이 흘렀다.

풀밭은 산중턱에서 끊어졌다.
그 너머에서는 은하수가 시작되었다.
은회색 올리브 나무들이 저 멀리
허공을 따라 활보하려고 애썼다.

그 끝에 누군가의 동산이, 분여지가 있었다.
제자들을 담 뒤에 남겨 둔 채
그는 말했다. "내 넋이 죽도록 슬프구나,
너희는 여기 머물며 나와 함께 깨어 있으라."

그는 전능과 기적을 행하는 힘을
빌려 온 물건처럼
아무 저항 없이 포기하고
이제는 우리처럼 필멸의 존재가 되었다.

---

130) 「마태오 복음서」 26장 36~46절, 「마르코 복음서」 14장 32~42절, 「루카 복음서」 22장 39~48절에 근거하여 쓴 시.

밤의 먼 곳은 지금
절멸과 비존재의 나라처럼 보였다.
우주의 공간은 불모지,
이 동산만이 살 만한 곳이었다.

그리하여 시작도, 끝도 없이 텅 빈
이 검은 나락을 바라보며
이 죽음의 잔을 피하도록
피땀에 젖어 아버지께 기도했다.

기도로 죽음의 번민을 달랜 다음
그는 울타리 너머로 나갔다.
졸음에 겨운 제자들이 땅바닥,
길가의 잡초 위에서 뒹굴고 있었다.

그는 그들을 깨웠다. "주님이 너희를
나의 날 동안 살도록 하셨거늘 너희는 퍼질러 누웠구나.
인자(人子)의 시간이 왔다.
그는 그 자신을 죄인의 손에 넘길 것이다."

이 말이 끝나자마자 어디서 왔는지 모를
노예 무리와 부랑자 집단,
횃불과 검, 그리고 그 맨 앞에는 —
입술에 배반의 입맞춤을 담은 유다.

베드로는 검으로 자객들을 저지하며
그들 중 한 사람의 귀를 잘랐다.
하지만 이런 말이 들린다. "싸움은 칼로 해결할 수 없는 것,
너의 검을 제자리에 넣어라, 인간아.

정녕 아버지께서 나를 위해 이리로
수많은 날개 달린 군단을 파견하시지 않겠느냐?
그러면 적들은 내 몸의 털 오라기 하나 건드리지 못하고
흔적도 없이 사라지리라.
하지만 삶의 책은 그 어떤 성물(聖物)보다
더 귀중한 페이지에 이르렀다.
거기에 쓰인 것이 지금 기필코 실현될 것이니
그대로 실현되도록 하라. 아멘.

세기들의 흐름이 잠언과 비슷함을,
흐르다가 불붙을 수 있음을 너는 보리라.
그 가공할 만한 위엄의 이름으로
나는 자발적인 고통을 감수하며 무덤에 들리라.

나는 무덤에 들어 사흘째 되는 날 부활하리라,
그리하여 강을 따라 뗏목을 띄우듯
대상(隊商)의 짐배들처럼
수세기가 어둠 속에서 나에게 심판받으러 흘러오리라."

작품 해설

『닥터 지바고』: 혁명, 문학, 불멸

1. 시인 파스테르나크의 삶과 『닥터 지바고』

모든 일에서/ 극단에까지 가고 싶다./ 일에서나, 길에서나,/ 마음의 혼란에서나,

재빠른 나날의 핵심에까지/ 그것들의 원인과/ 근원과 뿌리/ 본질에까지.

운명과 우연의 끈을 항상 잡고서/ 살고, 생각하고, 느끼고, 사랑하고,/ 발견하고 싶다.

아, 만약 부분적으로라도/ 나에게 그것이 가능하다면/ 나는 여덟 줄의 시를 쓰겠네./ 정열의 본질에 대해서 /

오만과 원죄에 대해서/ 도주나 박해,/ 사업상의 우연과/ 척골(尺骨)과 손에 대해서도/

그것들의 법칙을 나는 찾아내겠네./ 그 본질과/ Initial을 나

는 다시금 반복하겠네.

독문학자이자 수필가 전혜린의 수필집 『그리고 아무 말도 하지 않았다』(1966)에 실린 파스테르나크의 시이다. 독일어 중역인 데다가 시의 마지막 네 연이 빠져 있음에도 "모든 일에서/ 극단에까지 가고" 싶은 서정적 자아의 차분한 집념 혹은 조용한 열정은 잘 느껴진다. 『닥터 지바고』(이하 『지바고』)로 잘 알려진 파스테르나크는 실제로 소설가이기보다는 시인이었다.

그는 1890년 모스크바의 유대계 예술가 가정에서 태어났다. 아버지는 명성 있는 화가였고(톨스토이 『부활』의 삽화를 그리기도 했다.) 어머니는 결혼 전까지 피아니스트로 활동했다. 모스크바 대학교에서 법학과 철학을 전공하고 독일의 마르부르크 대학교에서 잠시 철학을 공부했으나 그의 주된 관심사는 음악과 시였다. 이십 대 초반에 이미 문예지에 시를 발표했고 1914년에는 첫 시집 『먹구름 속의 쌍둥이』를 내놓았다. 그의 시에는 상징주의 시의 대가인 알렉산드르 블로크의 영향이 두드러진다. 다른 한편으론, '미래파' 및 그 대표 주자인 시인 블라디미르 마야콥스키와 친분 관계를 유지한다. 모더니즘 시인들이 대체로 과거와의 단절을 선언한 데 반해 파스테르나크는 19세기 러시아 문학의 황금기, 즉 낭만주의 시의 서정적 전통을 비교적 충실히 계승한 것으로 평가된다. 『방책을 넘어서』(1916), 『나의 누이여, 삶은』(1922), 『주제와 변주』(1923), 『제2의 탄생』(1932), 『새벽 열차를 타고』(1943) 등 역사의 격동기에 꾸준히 출간된 여러 권의 시집이 그 증거이다. 그사이 1934년 작가동맹 2차 회의에서 논의되던 사회주의 리얼리즘이 문화 예술의 모든 영역의 유일한 원칙으로 선언된다. 작가동맹과의 관계가 악화되어 사실상 창작 활동이 어려워졌을 때는 「햄릿」을 비롯한 셰익스피어의 희곡과 괴테의 『파우스트』를 번역하기도 했다. 이후 침묵 역시 정치적 발언이요 무위조차 정치적 행위로 받아들여지던 시절, 그가 취한 소위 화이부동(和而不同)의 입장은 '동반자 작가'라는 별칭에 잘 반영되어 있다.

시인이었던 그가 산문 장르에 관심을 가진 것은 이십 대 후반부터이다. 1930년을 전후한 시점에서 몇 편의 서사시와 운문 소설, 자전적 에세이 『안전 통행증』(1931), 중편 소설(「류베르스의 어린 시절」) 등이 쓰인다.[1] 이러한 이력에도 불구하고 『닥터 지바고』의 집필과 그 동기는 작가의 문학적, 내적 욕구와 더불어, 어쩌면 그보다는 시대적 정황과 연결되어 있다. 1940년대, 파스테르나크는 모스크바 근교의 페레델키노에 칩거한 채 일종의 '내적 망명'에 돌입한다. 침묵과 고독 속에서 십여 년(1946~1956년)에 걸쳐 장편 소설을 쓰는데, 그것이 『지바고』이다. 스탈린 사망 직후인 1954년에 이 소설의 말미에 실린 시 중 열 편이 잡지 《깃발》에 발표되기는 했으나 전반적으로 소설의 운명은 순탄치 못했다. 《신세계》에 출간을 의

---

1) 『안전 통행증』과 「류베르스의 어린 시절」은 『어느 시인의 죽음』(까치, 1997, 안정효 옮김)으로 국내에 소개된 바 있다.

뢰했으나 편집진은 꼼꼼한 장문의 '퇴짜' 편지를 보낸다. 이 서간체 평문에서 우선적으로 문제 삼은 것은 "소설의 정신, 그 파토스, 삶에 대한 작가의 시각"이다. "당신의 소설의 정신은 사회주의 혁명을 수용하지 않겠다는 파토스입니다. 당신의 소설의 파토스는 10월 혁명, 내전, 그와 연결된 이후 사회 변화가 민중에게 고통을 제외하면 아무것도 가져다주지 않았고 러시아 인텔리겐치아를 물리적으로 혹은 도덕적으로 파괴했다, 라는 주장의 파토스입니다." 『지바고』의 첫 독자-비평가들이 "극히 그리고 무엇보다도 정치 소설" "소설-설교"라며 내친 소설은 1957년 이탈리아에서 이탈리아어로 번역되어 출간된다. 이듬해 노벨 문학상까지 받게 되자 파스테르나크는 작가동맹에서 제명되고 추방의 위협을 당한다. 결국 그는 상을 거부하고 사실상 거의 직후인 1960년 70세를 일기로 사망한다.

이 소설을 둘러싼 일련의 스캔들, 그리고 친(親)소비에트와 반(反)소비에트 양 진영의 평가를 두루 살펴볼 때 두 가지 점이 눈에 뜨인다. 첫째, 작품의 정치성 내지는 경향성인데, 그토록 '무정치적인' 작가, 또 그런 경향의 소설을 그토록 '정치적인 것'으로 만든 문학 외적 정황이 놀라울 따름이다. 둘째, 작품의 문학성과 관련하여, 사실상 표층적 차원인 문체 외에는 장점이 없다는 식의 평가가 지배적이었다. 출간 이후 반세기가 훌쩍 지난 지금, 물의-스캔들은 가라앉았지만 이 작품이 정치적 정황 때문에 과대평가되었다는 식의 논란은 여전히 진행 중이다. 물론, 이런 혹평이 존재한다는 사실 자체가 소설의 의의에 대한 반증이기도 하다. 어떻든 2018년 현재, 『지바고』는 고리키, 숄로호프, 솔제니친, 불가코프, 플라토노프 등 여타 20세기 러시아 소설과 비교할 때 가장 많이 읽히는 소설이다. 1960년대의 인기는 데이비드 린의 영화(1965년)에 빚진 측면도 있겠다. 하지만 그 역시 과거지사, 『지바고』는 비슷한 식으로 인기를 누린, 가령 마가렛 미첼의 『바람과 함께 사라지다』와는 달리 문학사의 심판에서 문자 그대로 살아남았다. 역사 소설로 읽든 연애 소설로 읽든 어쨌든 대중 통속 소설을 넘어선 맥락에서 작품을 평가해야 할 때이다.

2. 『닥터 지바고』 - 유폐된 지식인의 참회록

제목 그대로 닥터(의사) 지바고의 삶을 다룬 이 소설은 어린 지바고인 유라의 어머니의 장례식에서 시작한다. 화려한 장례 행렬에 관심을 보이는 자에게 주어진 답에서 이미 '산 자를 매장한다'('지바고(Zhivago)'에 '삶(zhizn', zhivoy)'이란 의미가 들어 있다.)라는 중의적인 의미가 생성되고, 다음 장면은 아예 아버지 지바고의 열차 투신 자살을 포착한다. 조실부모한 지바고가 훗날 삶과 죽음의 친연성, 극히 기독교적인 의미의 부활과 불멸에 탐닉하는 것은 당연하다. 위대한 학자임이 수차례 강조되는 그의 외삼촌(니콜라이 베데냐핀)의 영향이기도 한바, 삶의 대극은 죽음이 아니라 '죽음-부활'이다. 이것이 임종을 목전에 둔 안나 이바노브나(토냐의 어머니)에게 들려주는 지바고의 얘기의 핵심이기도 하다. "죽음이란 없습니다. 죽음은 우리의 영역이 아니거든요." 산 자들을 임박한 죽음에서 구해야 하되 그 때문에 또한 죽음을 가장 가까이에서, 가장 자주 접해야 하는 의사라는 직업 역시 양가적이다. 이런 모순에 대한 인식과 수용이 현실 공간(의학)과 나란히, 그러나 외따로 존재하는 문학의 공간에서 이루어진다.

의사이자 작가인 지바고의 실제 삶은 그러나, 유감스럽게도, 소설의 시작과 함께 사라진 자신의 아버지를 그대로 반복한다. 즉, 생활인-가장으로서 그는 예의 그 우유부단함과 나약함 때문에 '퇴폐적'이라는 말에 가장 걸맞은 행태를 보여 준다. 라라와의 관계는 어떤 수사를 동원할지라도 불륜이고 파르티잔 생활 중에도 '내연녀'를 향한 그리움이 가족에 대한 걱정을 압도한다. 뿐더러, 라라는 사랑하되 그녀와의 관계에서 생긴 아이(타냐)에 대해서는 무심하고 사실상 세 번째 아내인 마리나와 두 딸을 낳았음에도 자기만의 세계로 도피한다. 불성실한 가장인 지바고는 사회적 존재로서도 '퇴폐적', 즉 다분히 무기력하고 기회주의적인 지식인의 전형이다. 1차 세계 대전에 군의관으로 참전한 것은 징집을 피하지 못했기 때문이고 파르티잔이 된 것도 라라를 만나러 가던 길에 납치되었기 때문이다.

이렇듯 지바고는 자기에게 주어진 각종 의무를 저버리거나 마지못해 이행하다가 자기만의 골방에 틀어박힌다. 여기에 나름의 이론 내지는 원칙이 없는 것은 아니다. 그는 어떤 순간적이고 강력한 충격을 통해 역사의 흐름을 바꿀 수는 없다고,

역사 위에 뭔가 더 높고 더 숭고한 원칙이 존재한다고 믿는데, 그 전범이 『전쟁과 평화』의 작가 톨스토이다. "톨스토이는 나폴레옹, 통치자, 사령관의 선구자적 역할을 부정했으되 자신의 생각을 끝까지 밀고 나가지는 못했다. …… 역사는 누가 만드는 것이 아니며, 풀이 자라는 것을 볼 수 없듯, 볼 수 있는 것이 아니다. 전쟁, 혁명, 차르, 로베스피에르 같은 자는 역사의 유기체적인 선동자, 즉 발효소일 뿐이다." 역사의 크나큰 원칙 앞에서 고개를 숙이는 것은 무조건적인 회피나 무기력한 수용이 아니라 운명과의 타협 내지는 경건한 운명애에 가깝다. 그리고 그는 자신이 삶의 주체로서 활동할 수 있는 영역을 글쓰기에서 찾는다. 역으로, 오직 이것만이 그의 나태한 삶의 알리바이가 될 수 있다. 특히 17장 '지바고의 시' 중 첫 번째 시 「햄릿」은 혁명의 가두리에 머물다가 불가피하게 그 물결 속으로 휩쓸려 들어간 귀족-인텔리겐치아의 역사와 개인의 소명에 대한 성찰을 담은, 일종의 '지식인을 위한 변명'으로 읽힌다.

> 소요가 멎었다. 나는 무대로 나갔다./ 문설주에 기댄 채 아득한 메아리 속에서/ 나의 인생에 무슨 일이 일어날지,/ 붙잡아 본다.
>
> 한밤의 어둠이 천 개의 쌍안경처럼/ 나를 향하고 있다./ 할 수만 있다면, 하느님 아버지,/ 이 잔을 거두어 주옵소서.
>
> 저는 주님의 확고한 뜻을 사랑하며/ 기꺼이 이 역할을 맡겠나이다./ 그러나 지금은 다른 극이 진행되고 있으니/ 이번에는

저를 면하게 해 주옵소서.

하지만 막(幕)의 순서는 짜여 있고/ 길의 끝은 피할 수 없다./ 나만 혼자이고, 다들 바리새주의에 빠져 있다./ 삶을 사는 것은 들판을 건너는 것이 아니다.

여기서 '서정적 자아'는 정확히 햄릿도 아니고 햄릿 역을 맡은 배우이며 은연중에 스스로를 그리스도와 동일시한다. 러시아 문학사와 지성사에서 '행동'보다는 '사유'의 표상으로 받아들여진 햄릿은 혁명기의 러시아에서는 긍정적인 인물상이 될 수 없었다. 말하자면 지바고는 19세기 이래 러시아 문학이 창조한 잉여 인간의 20세기 버전, 최후의 잉여 인간이라고 할 수 있다. 단, 역사상 가장 치명적인 사건이 이 조용한 낭만주의자의 삶을 강타한다. 햄릿-그리스도의 처절한 고백은 인간 개인의 힘으로는 뒤바꿀 수 없는 절대 법칙에 대한 작가 지바고-파스테르나크의 심오한 통찰과 고뇌의 산물이다. 우유부단해 보이는 삶 역시 이 법칙에 맞서 그가 취할 수 있었던 가장 적극적인 대응 방식이었으리라.

파벨 안티포프(스트렐니코프)는 소설의 구성상, 주제상 지바고의 짝패라고 할 수 있다. 그는 1905년 혁명 때 철도 파업을 주동했다가 투옥되었고 1917년 혁명 이후에는 무자비한 관료가 된 파벨 안티포프의 아들이다. 아버지는 정치적 과업을 위해 가족마저 내팽개친, 피도 눈물도 없는 인물이지만(유형지인 유랴틴의 군법 재판소 위원임에도 아들의 가족을 외면한다는 점이 며느리 라라에 의해 강조된다.) 섬세하고 여린 성정을 타고난 아들은 아버지와는 전혀 다른 삶의 궤적을 좇아간다. 그런 그가 사실상 아버지 못지않게 잔혹한 혁명가로 생을 마감하는 것은 '반복의 비극', 즉 개인사와 역사의 슬픈 아이러니이기도 하다. 1차 세계 대전 발발과 참전, 혁명에의 투신 같은 행동에는 물론 프롤레타리아로서의 계급의식이 개입되어 있다. 지바고 앞에 늘어놓는 기나긴 고백을 들어보자.

> "이 모든 건 당신을 위한 것이 아니죠. 당신이 이해할 건 아니라는 말입니다. 당신은 다른 식으로 자랐으니까요. 도시 변두리의 세계, 철도 길과 노동자 숙소의 세계가 있었습니다. 더럽고 비좁고 죽도록 가난하고 노동자도 더럽혀지고 여자도 더럽혀지는 세상. 또 방탕, 마마보이들, 안감이 하얀 교복을 입은 대학생들, 상인들이 실실 웃어 대는 뻰뻰스러운 무법천지가 있었습니다."

소년 파샤는 자신의 개인적 체험을 보편적인 역사의 차원으로 확대하고 그 구현을 라라에게서 발견한다. "아, 소녀 시절, 김나지움 학생이었을 때 그녀는 정말 예뻤어요! ……이 시대의 모든 주제, 모든 눈물과 모욕, 모든 충동, 그동안 축적된 모든 복수와 오만이 그녀의 얼굴과 자태에, 처녀다운 수줍음과 자신만만한 날씬함의 혼합 속에 쓰여 있었습니다. 그녀의 이름으로, 그녀의 입으로 이 시대에 대한 고소장을 제출할 수 있을 정도였죠." 이어 그는 자신이 그녀를 위해 대학에 들어가고 또 교사가 되었다고, 결혼 후에는 그녀를 새롭게 쟁취하기 위해 전쟁에 나갔다고 고백한다. 혁명에 투신한 것 역시 그녀의 복수를 위해서였다는 것이다. 하지만 실상은 '그녀를 위해서' 저 모든 것을 했다기보다는 저 모든 꿈을 이루기 위한 동력으로서 '라라-순수(이상)'를 필요로 했던 것은 아닐까. 라라는 한층 객관적으로 안티포프를 정의한다. 즉, 그는 "시대의 징후를, 사회적인 악을 가정적인 현상으로 착각"하고 부부의 관계가 망가진 것을 "자기 탓으로 돌려 자기가 벽창호이자 중치, 상자 속의 인간이라고 생각"했으며 전쟁에 나간 다음에는 그저 치기 어린 자존심 때문에 "역사에 심통을" 부리고 계속 "역사와 셈을 치르는 중"이라는 것이다.

어떤 경우든 안티포프의 저돌적인 움직임의 저변에 깔린 것은 프롤레타리아 해방과 같은 거국적인 이데올로기가 아니라 지극히 개인사적인 것(특히 첫날밤에 완전히 확증된 라라와 코마롭스키의 관계)이다. 동기가 어떠했든 그것은 가정으로부터의 도피인바, 생활인-가장으로서의 무책임함에 있어 정녕 지바고와 비슷하다. 그러나 '죽은 혼'이 된 '안티포프'를 확인 사살하고 '스트렐리니코프'로 부활한다는 점에서, 그리하여 저 구시대 러시아의 악의 대변자들에 대한 복수를 감행한다는 점에서는 확실히 방관하는 지식인이 아니라 행동하는 지식인에 가깝다. 혁명이 완성되자 정식 당원이 아님에도 수뇌부와 너무 가까웠던 그가 최고형을 선고받고 쫓기는 신세가 되는 것 역시 혁명(이상)과 정치(현실)가 찰나적으로 결합했다가 영원히 결렬되는 역사의 보편적인 현상을 설득력 있게 보여 준다. 그는 라라가 떠난 이후 바르이키노로 숨어들었다가 자신의 아내와 한 시절을 보낸 남자와의 대화로 지새운 밤이 끝나기 전에 자살한다. 아침녘에 지바고의 눈에 포착된, 하얀 눈밭 위에 번진 선혈은 라라의 비유인 '빨간 마가목 열매'처럼 혁명과 열정과 순수와 파국의 상징이기도 하다. 이런 그야말로 혁명을 소재로 한 이 소설의 '주인공-영웅'이 되어야 마땅할 법한데 실상은 '햄릿'의 짝패를 이루는 '돈키호테'로 형상화된 측면이 있다. 지바고와는 달리 역사의 흐름을 한 인간의 의지로 좌지우지할 수 있다는 신념, 그 한 인간이 자기 자신이라는 선민의식은 비극적 패배를 낳았을 뿐이다.

"닥터 지바고"라는 제목이 붙은 소설에서 주인공만큼이나 비중 있는 인물이 라라이다. 어떤 인물과 관계하느냐에 따라 그녀의 형상은 넓은 스펙트럼에서 진동한다. 또래 친구인 올랴(데미나)와의 관계에서는 야무진 중고생(김나지움 여학생)인 그녀가 거의 동시에 코마롭스키에게는 어린 요부의 전형이다. 라라 입장에서도 독자들의 손쉬운 오독과는 달리 일방적인 성폭력의 도식이 재현되는 것은 아니다. "그녀가 그에게 종속된 것이 아니라 그가 그녀에게 종속된 것이었다. 정녕 그녀는 그가 자기 때문에 얼마나 애를 태우는지 모른단 말인가?" 라라의 성장기가 끝난 모스크바 시절 이후에도 그들의 관계는 유지된다. 코마롭스키는 이미 다른 남자(파벨)의 아내가 되었을뿐더러 심지어 또 다른 남자(유리)의 정부로 살고 있는 라라를 구하기 위해 유랴틴까지, 이어 일부러 며칠을 낭비한 다음 바르이키노까지 찾아온다. 코마롭스키의 감정의 진정성이나 그 전개 방식(가령 정식으로 청혼하지 않음)은 문제 삼을 수 있어도 그가 그녀의 삶에 가장 실질적인 도움을 준 인물이라는 점은 분명하다. 지바고는 심지어 그녀의 남편보다도 코마롭스키에게 "구제불능의 질투"를 느낀다고 고백한다. 끝으로, 타냐의 말을 통해(에필로그) 라라가 말년에도 '코마로프 부인'으로서 코마롭스키의 그늘 아래 있었음을 알 수 있다.

한편 어린 지바고에게 라라는 음란한 욕망과 타락의 상징이었다. 토냐, 미샤(고르돈)와 함께 톨스토이의 『크로이체르 소나타』와 솔로비요프의 『사랑의 의미』를 읽으며 금욕과 순수를 논하던 시절, 라라는 '다른 세계에서 온 소녀', 그만큼 신비스러운 존재이기도 했다. 이후 1차 세계 대전, 사회주의 혁명과 내전 등 운명은 군의관 지바고와 간호병 라라를 한껏 미화된 낭만적 사랑으로 묶어 놓는다. 지바고에게 있어 그녀는 신비한 아름다움의 육화인 '나의 마가목 아가씨'임과 동시에 편안한 자세로 독서를 즐기는 지식인이자 청소와 빨래와 요리 등 각종 가사의 달인-주부이기도 하다. 어느 경우든 라라는 지바고-파스테르나크의 이상향이자 여성에 대한 유구한 표상인 '성녀-탕녀'의 20세기 버전이기도 하다. 그 본원이 막달레나 마리아인데, 유리 지바고의 시 중 「막달레나 (I)」에서는 육욕과 타락의 이미지가 강한 반면, 「막달레나 (II)」는 예수의 십자가 처형 전날 마리아를 포착한 만큼 희생과 구원의 이미지에 방점을 둔다. 이 시들을 소설 텍스트와 병치하면 파르티잔을 탈출하여 유랴틴, 이어 바르이키노로 돌아온 지바고를 간호하고 돌보는 라라의 모습은 예수 그리스도의 발을 씻기던 마리아의 소비에트적 변주로 읽힌다. 비단 지바고뿐만 아니라 혁명기 세 유형의 인물(햄릿-지바고, 돈키호테-안티포프, 고등 속물 코마롭스키)의 운명을 정리해 주는 것도 그녀이다.

* * *

1940년대 후반, 파스테르나크는 자신에 대한 비우호적 분위기가 만연한 가운데 도스토예프스키의 『카라마조프 가의 형제들』, 괴테의 『빌헬름 마이스터의 방랑 시대』(그리고 『수업 시대』), 디킨스의 소설에 맞먹는 작품을 쓰고자 한다. 이런 야망을 갖고 구상한 소설의 첫 제목은 "소년 소녀들"이었다. 혁명과 전쟁을 겪으며 어른이 된 '소년 소녀들'의 이야기는, 그러나, 전통적 의미의 소설이라기보다는 소설의 외피를 쓴 서정적 비망록이 되었다. 시인이 쓴 소설답게 서사 원칙, 즉 인과성과 개연성보다는 우연과 연상이 지배적이다. 많은 인물들, 심지어 주인공들조차 상징성이 너무 강해서 형상성이 다소 떨어진다. 특히 지바고의 이복동생 예브그라프는 '기계 타고 내려온 신(Deus ex Machina)', 즉 인물이 아니라 기능에 가깝다. 더 근원적으로, 『지바고』의 전범처럼 여겨지는 『전쟁과 평화』와 비교할 때 인물 구도도 단순하거니와, 파스테르나크 특유의 온화한 귀족주의와 엘리트주의의의 반영인바, 혁명(전쟁) 소설에 일반적인 갈등의 증폭과 해결(파국)의 서사 구조가 구축되지 않는다. 차라리 소설 전체가 서사화를 원하지 않는 파편적 사건과 서정적으로 유려한 풍경 묘사와 적절히 철학적인 아포리즘의 향연에 가깝다. 이런 독특한 문학적 구조물을 그는 왜 만들어야 했을까. 그 답은 그의 절친한 사촌이자 신화학자였던 올가 프레이덴베르크에게 보낸 편지의 일절에서 찾을 수 있겠다. 굳이 혁명이 필요 없었던, 심지어 혁명 때문에 모든 것을 잃었으나 그럼에도 죽는 순간까지 자기 식으로 시대정신에 화답하고자 한 작가-인텔리겐치아의 조용한 고백이기도 하다.

"나는 모든 사람들 앞에 죄가 있어. 하지만 내가 뭘 어쩌겠어? 그러니까 이 소설은 내 빚의 일부, 내가 조금이라도 '노력했다'라는 것의 증거야."

* * *

『닥터 지바고』를 번역하는 데 꼭 삼 년이 걸렸다. 출간까지는 이 년 정도가 추가되었다.

중학교와 고등학교 사이 겨울방학이었지 싶다. 범우사판(오재국 번역)을 통해 이 소설을 읽었다. 사실상 단칸방이나 다름없는 집, 새벽에 시장에 나가던 부모님과 '국민학교' 다니던 두 동생이 잠든 밤에 카세트라디오로 「라라의 테마」 같은 영화 음악을 즐겨 듣던 시절이다. 노르스름한 스탠드 불빛 아래, 빼곡히 들어찬 자잘한 글자들 속에는 많은 것이 들어 있었다. 혁명, 문학, 불멸, 사랑, 비극, 관념……. 책을 읽는 동안에는 비루하고 옹색한 현실 세계에서 다른 세계로 이월하고 나 역시 그런 다른 존재로 변신하는 것 같은 느낌이 들었다. 책 읽기, 특히 문학이 그런 것임을 그 무렵에는 꽤 난해했던 이 소설을 읽으며 배웠다.

그로부터 삼십여 년이 흘렀다. 강조하건대, 파스테르나크는 시인이고 『지바고』는 시어로 쓴 소설이다. 나는 소설가이고 러시아 문학 박사로서도 주로 소설을 연구해 왔다. 훗날 이 소설을 더 많이 아끼는 역자가 나타나 더 좋은 우리말본을 만들어 주길 바란다. 현재로서는 그래도 이 책이 우리 독자들에게 가장 마땅한 번역본이 되리라 자부한다.

끝으로, '여고 시절' 전혜린의 번역으로 즐겨 읽은 파스테르나크의 시를 마저 옮겨 본다. "모든 일에서/ 극단에까지 가고 싶다."는 이렇게 끝난다.

> 나는 정원처럼 시를 가꾸겠네./ 잎맥을 파르르 떨며/ 보리수들이 잇따라/ 연이어, 일렬로 꽃을 피우리.
>
> 시 속에 나는 장미향과/ 박하향을 넣겠네,/ 풀밭과 사초와 풀베기와/ 천둥번개를.
>
> 언젠가 쇼팽이 소담한 영지와/ 공원과 숲과 무덤,/ 그 살아 있는 기적을/ 자신의 에튀드에 넣었듯.
>
> 다다른 승리의/ 유희와 고뇌— / 팽팽한 활의/ 당겨진 시위.

2018년 12월

김연경

작가 연보

1890년 2월 10일(율리우스력 1월 29일), 모스크바에서 유대인 화가 레오니드 파스테르나크와 피아니스트 로잘리야(결혼 전 성은 카우프만)의 장남으로 태어남.

1893년 남동생 알렉산드르 출생. 아버지가 톨스토이 영지 방문.

1894년 톨스토이가 딸과 함께 파스테르나크 집 방문.

1898년 아버지, 톨스토이 『부활』의 삽화를 그림.

1899년 릴케가 파스테르나크 집 방문.

1900년 여동생 조네피나 출생.

1901년 모스크바 제5 김나지움 2학년에 입학.(그 전해에 유대인 할당 인원 초과로 입학 못함.)

1902년 여동생 리디야 출생.

1905~1906년 가족이 베를린에 체류.

1908년 모스크바 대학 법학부 입학.

1909년 시와 산문 습작. 역사-인문 학부의 철학과로 옮김.

1910년 10월 29일, 톨스토이 가출.

1912년 독일의 마르부르크 대학에서 여름 학기 헤르만 코헨의 수업을 들음. 시 쓰기에 전념. 이 주 동안 이탈리아 여행 후 가을에 귀국.

1913년 문집 《서정시》에 처음으로 시 발표. 대학 졸업.

1914년 첫 시집 『먹구름 속의 쌍둥이』 출간. 미래파 그룹 '원심 분리기'의 첫 문집에 시와 소논문 발표. 5월, 마야콥스키와 처음으로 만남.

1916년 우랄 지역 화학 공장 관리자의 집에서 가정교사로 일함. 12월, 시집 『장벽을 넘어서』 출간.

1917년 모스크바로 돌아옴. 10월 혁명 발발.

1921년 부모가 독일로 떠나 베를린에 정착.

1922년 화가 예브게니야 루리에와 결혼. 시인 오시프 만델슈탐과 교류. 프랑스에 살고 있던 시인 마리나 츠베타예바와 서신 교환 시작. 4월, 시집 『나의 누이여, 삶은』 출간, 동료 시인들의 극찬을 받음. 아내와 함께 베를린으로 감.

1923년 1월, 베를린에서 시집 『주제와 변주』 출간. 첫 아들 예브게니 출생. 서사시 「고상한 병」 집필.

1924년 중편 소설 「류베르스의 어린 시절」 발표. 운문 소설 「스펙토르스키」 집필.

1927년 5월, 레프 그룹과 결별.

1928년 서사시 「시미트 중위」, 서사시 「1905년」 출간.

1930년 마야콥스키 권총으로 자살. 겐리흐 네이가우스 부부와 함께 가족 여행.

1931년 겐리흐의 아내인 지나이다와 결혼.

1932년 자전적 에세이 『안전 통행증』 출간, 시집 『제2의 탄생』 출간.

1933년 작가들과 함께 그루지야 여행.

1934년 5월 14일, 만델시탐 체포. 6월, 스탈린과 전화 통화. 8월, 작가 회의에서 연설.

1935년 번역서 『그루지야 서정시인들』 출간.

1936년 세계 최초의 사회주의 국가에 관한 책을 쓰기 위해 소련을 방문한 앙드레 지드와 만남. 모스크바 근교 페레델키노로 거처를 옮기고 번역에 몰두.

1938년 둘째 아들 레오니드 출생.

1939년 소설 『지불트의 수기』 작업.(전쟁 중 초고가 소실됨.) 6월, 연출가 메이에르홀드가 체포되고 25일 이후 그의 아내가 피살됨. 8월, 10월에 각각 츠베타예바의 딸, 남편이 체포됨.

1941년 「햄릿」 번역 출간, 이후 셰익스피어의 모든 희곡을 번역. 2차 세계 대전 발발.

1943년 시집 『새벽 열차를 타고』 출간.

1945년 시집 『지상의 광활』 출간. 영국의 외교관 이사야 벌린과 알게 됨.

1946년 『닥터 지바고』 집필 시작. 《신세계》 편집부에서 일하는 올가 이빈스카야(라라의 모델로 알려짐)를 만나 사랑에 빠짐. 노벨 문학상 후보로 거론됨. 국내에서 그에 대한 노골적인 비난과 박해가 시작됨.

1949년 올가 이빈스카야 체포, 유형 생활 끝에 1953년에 모스크바로 돌아옴.

1950년 『닥터 지바고』 1부 집필 완료.

1952년 심근 경색으로 입원.

1953년 괴테의 『파우스트』 번역, 출간.

1954년 다시 노벨 문학상 후보로 거론. 소련 정부는 숄로호프를 추천. 《깃발》에 『닥터 지바고』에 포함된 시 열 편 발표.

1955년 『닥터 지바고』 탈고. 사촌인 신화학자 올가 프레이덴베르크 사망.

1956년 『닥터 지바고』 원고를 《신세계》에 보냄. 거의 동시에 이탈리아 출판업자에게도 원고를 넘김. 9월, 《신세계》에서 출간 거부 편지를 보냄. 자전적 에세이 『사람과 상황』 집필.

1957년 이탈리아에서 『닥터 지바고』 출간, 이어 세계 각국 언어로 번역.

1958년 노벨 문학상 수상자로 결정. 작가동맹에서 제명되고 비난 여론이 쏟아져 수상 거부.

1959년 그루지야 방문. 영국 신문에 시 「노벨상」 발표하여 반역죄로 기소됨.

1960년 희곡 「눈먼 미녀」 집필. 5월 30일, 페레델키노의 별장에서 폐암으로 사망, 그곳에 묻힘.

1988년 《신세계》에 『닥터 지바고』 발표됨.

세계문학전집 362

닥터 지바고 2

1판 1쇄 펴냄 2019년 1월 25일
1판 6쇄 펴냄 2024년 2월 22일

지은이 보리스 파스테르나크
옮긴이 김연경
발행인 박근섭, 박상준
펴낸곳 (주)민음사

출판등록 1966. 5. 19. (제 16-490호)
서울특별시 강남구 도산대로1길 62(신사동) 강남출판문화센터 5층 (06027)
대표전화 02-515-2000 팩시밀리 02-515-2007
www.minumsa.com

ISBN 978-89-374-6362-4 04800
ISBN 978-89-374-6000-5 (세트)

* 잘못 만들어진 책은 구입처에서 교환해 드립니다.

세계문학전집 목록

1·2 **변신 이야기** 오비디우스·이윤기 옮김 서울대 권장도서 100선
3 **햄릿** 셰익스피어·최종철 옮김 서울대 권장도서 100선 | 미국대학위원회 선정 SAT 추천도서
4 **변신·시골의사** 카프카·전영애 옮김 서울대 권장도서 100선
5 **동물농장** 오웰·도정일 옮김 미국대학위원회 선정 SAT 추천도서 | 《타임》 선정 현대 100대 영문소설
6 **허클베리 핀의 모험** 트웨인·김욱동 옮김 《뉴스위크》 선정 100대 명저
7 **암흑의 핵심** 콘래드·이상옥 옮김 미국대학위원회 선정 SAT 추천도서 | 《뉴스위크》 선정 10대 명저
8 **토니오 크뢰거·트리스탄·베네치아에서의 죽음** 토마스 만·안삼환 외 옮김 노벨 문학상 수상 작가
9 **문학이란 무엇인가** 사르트르·정명환 옮김
10 **한국단편문학선 1** 김동인 외·이남호 엮음 국립중앙도서관 선정 청소년 권장도서
11·12 **인간의 굴레에서** 서머싯 몸·송무 옮김
13 **이반 데니소비치, 수용소의 하루** 솔제니친·이영의 옮김 노벨 문학상 수상 작가
14 **너새니얼 호손 단편선** 호손·천승걸 옮김
15 **나의 미카엘** 오즈·최창모 옮김
16·17 **중국신화전설** 위앤커·전인초, 김선자 옮김
18 **고리오 영감** 발자크·박영근 옮김
19 **파리대왕** 골딩·유종호 옮김 노벨 문학상 수상 작가 | 《타임》 선정 현대 100대 영문소설
20 **한국단편문학선 2** 김동리 외·이남호 엮음
21·22 **파우스트** 괴테·정서웅 옮김 서울대 권장도서 100선 | 미국대학위원회 선정 SAT 추천도서
23·24 **빌헬름 마이스터의 수업시대** 괴테·안삼환 옮김
25 **젊은 베르테르의 슬픔** 괴테·박찬기 옮김 논술 및 수능에 출제된 책(1998~2005)
26 **이피게니에·스텔라** 괴테·박찬기 외 옮김
27 **다섯째 아이** 레싱·정덕애 옮김 노벨 문학상 수상 작가
28 **삶의 한가운데** 린저·박찬일 옮김
29 **농담** 쿤데라·방미경 옮김
30 **야성의 부름** 런던·권택영 옮김
31 **아메리칸** 제임스·최경도 옮김
32·33 **양철북** 그라스·장희창 옮김 노벨 문학상 수상 작가 | 서울대 권장도서 100선
34·35 **백년의 고독** 마르케스·조구호 옮김 노벨 문학상 수상 작가 | 서울대 권장도서 100선
36 **마담 보바리** 플로베르·김화영 옮김 서울대 권장도서 100선
37 **거미여인의 키스** 푸익·송병선 옮김
38 **달과 6펜스** 서머싯 몸·송무 옮김
39 **폴란드의 풍차** 지오노·박인철 옮김
40·41 **독일어 시간** 렌츠·정서웅 옮김
42 **말테의 수기** 릴케·문현미 옮김
43 **고도를 기다리며** 베케트·오증자 옮김 노벨 문학상 수상 작가 | 서울대 권장도서 100선
44 **데미안** 헤세·전영애 옮김 노벨 문학상 수상 작가
45 **젊은 예술가의 초상** 조이스·이상옥 옮김 서울대 권장도서 100선
46 **카탈로니아 찬가** 오웰·정영목 옮김
47 **호밀밭의 파수꾼** 샐린저·정영목 옮김 《타임》 선정 현대 100대 영문소설 | 미국대학위원회 선정 SAT 추천도서 | 《뉴스위크》 선정 100대 명저 | BBC 선정 꼭 읽어야 할 책
48·49 **파르마의 수도원** 스탕달·원윤수, 임미경 옮김
50 **수레바퀴 아래서** 헤세·김이섭 옮김 노벨 문학상 수상 작가 | 국립중앙도서관 선정 청소년 권장도서

51·52 **내 이름은 빨강** 파묵·이난아 옮김 노벨 문학상 수상 작가
53 **오셀로** 셰익스피어·최종철 옮김 서울대 권장도서 100선
54 **조서** 르 클레지오·김윤진 옮김 노벨 문학상 수상 작가
55 **모래의 여자** 아베 코보·김난주 옮김
56·57 **부덴브로크 가의 사람들** 토마스 만·홍성광 옮김 노벨 문학상 수상 작가
58 **싯다르타** 헤세·박병덕 옮김 노벨 문학상 수상 작가
59·60 **아들과 연인** 로렌스·정상준 옮김 《뉴스위크》 선정 100대 명저
61 **설국** 가와바타 야스나리·유숙자 옮김 노벨 문학상 수상 작가 | 서울대 권장도서 100선
62 **벨킨 이야기·스페이드 여왕** 푸슈킨·최선 옮김
63·64 **넙치** 그라스·김재혁 옮김 노벨 문학상 수상 작가
65 **소망 없는 불행** 한트케·윤용호 옮김 노벨 문학상 수상 작가
66 **나르치스와 골드문트** 헤세·임홍배 옮김 노벨 문학상 수상 작가
67 **황야의 이리** 헤세·김누리 옮김 노벨 문학상 수상 작가
68 **페테르부르크 이야기** 고골·조주관 옮김
69 **밤으로의 긴 여로** 오닐·민승남 옮김 노벨 문학상 수상 작가 | 미국대학위원회 선정 SAT 추천도서
70 **체호프 단편선** 체호프·박현섭 옮김
71 **버스 정류장** 가오싱젠·오수경 옮김 노벨 문학상 수상 작가
72 **구운몽** 김만중·송성욱 옮김 서울대 권장도서 100선 | 국립중앙도서관 선정 청소년 권장도서
73 **대머리 여가수** 이오네스코·오세곤 옮김
74 **이솝 우화집** 이솝·유종호 옮김 논술 및 수능에 출제된 책(1998~2005)
75 **위대한 개츠비** 피츠제럴드·김욱동 옮김 《타임》 선정 현대 100대 영문소설
76 **푸른 꽃** 노발리스·김재혁 옮김
77 **1984** 오웰·정회성 옮김 《타임》 선정 현대 100대 영문소설 | 《뉴스위크》 선정 100대 명저
78·79 **영혼의 집** 아옌데·권미선 옮김
80 **첫사랑** 투르게네프·이항재 옮김
81 **내가 죽어 누워 있을 때** 포크너·김명주 옮김 노벨 문학상 수상 작가
82 **런던 스케치** 레싱·서숙 옮김 노벨 문학상 수상 작가
83 **팡세** 파스칼·이환 옮김
84 **질투** 로브그리예·박이문, 박희원 옮김
85·86 **채털리 부인의 연인** 로렌스·이인규 옮김
87 **그 후** 나쓰메 소세키·윤상인 옮김
88 **오만과 편견** 오스틴·윤지관, 전승희 옮김 미국대학위원회 선정 SAT 추천도서
89·90 **부활** 톨스토이·연진희 옮김 논술 및 수능에 출제된 책(1998~2005)
91 **방드르디, 태평양의 끝** 투르니에·김화영 옮김
92 **미겔 스트리트** 나이폴·이상옥 옮김 노벨 문학상 수상 작가
93 **페드로 파라모** 룰포·정창 옮김
94 **차라투스트라는 이렇게 말했다** 니체·장희창 옮김 국립중앙도서관 선정 청소년 권장도서
95·96 **적과 흑** 스탕달·이동렬 옮김 국립중앙도서관 선정 청소년 권장도서
97·98 **콜레라 시대의 사랑** 마르케스·송병선 옮김 노벨 문학상 수상 작가 | BBC 선정 꼭 읽어야 할 책
99 **맥베스** 셰익스피어·최종철 옮김 서울대 권장도서 100선 | 미국대학위원회 선정 SAT 추천도서
100 **춘향전** 작자 미상·송성욱 풀어 옮김 서울대 권장도서 100선
101 **페르디두르케** 곰브로비치·윤진 옮김
102 **포르노그라피아** 곰브로비치·임미경 옮김
103 **인간 실격** 다자이 오사무·김춘미 옮김
104 **네루다의 우편배달부** 스카르메타·우석균 옮김

105·106 **이탈리아 기행** 괴테 · 박찬기 외 옮김
107 **나무 위의 남작** 칼비노 · 이현경 옮김
108 **달콤 쌉싸름한 초콜릿** 에스키벨 · 권미선 옮김
109·110 **제인 에어** C. 브론테 · 유종호 옮김 BBC 선정 꼭 읽어야 할 책
111 **크눌프** 헤세 · 이노은 옮김 노벨 문학상 수상 작가
112 **시계태엽 오렌지** 버지스 · 박시영 옮김 《타임》 선정 현대 100대 영문소설 | 《뉴스위크》 선정 100대 명저
113·114 **파리의 노트르담** 위고 · 정기수 옮김 미국대학위원회 선정 SAT 추천도서
115 **새로운 인생** 단테 · 박우수 옮김
116·117 **로드 짐** 콘래드 · 이상옥 옮김 《뉴스위크》 선정 100대 명저
118 **폭풍의 언덕** E. 브론테 · 김종길 옮김 미국대학위원회 선정 SAT 추천도서
119 **텔크테에서의 만남** 그라스 · 안삼환 옮김 노벨 문학상 수상 작가
120 **검찰관** 고골 · 조주관 옮김
121 **안개** 우나무노 · 조민현 옮김
122 **나사의 회전** 제임스 · 최경도 옮김 미국대학위원회 선정 SAT 추천도서
123 **피츠제럴드 단편선 1** 피츠제럴드 · 김욱동 옮김
124 **목화밭의 고독 속에서** 콜테스 · 임수현 옮김
125 **돼지꿈** 황석영
126 **라셀라스** 존슨 · 이인규 옮김
127 **리어 왕** 셰익스피어 · 최종철 옮김 서울대 권장도서 100선 | 《뉴스위크》 선정 100대 명저
128·129 **쿠오 바디스** 시엔키에비츠 · 최성은 옮김 노벨 문학상 수상 작가
130 **자기만의 방 · 3기니** 울프 · 이미애 옮김
131 **시르트의 바닷가** 그라크 · 송진석 옮김
132 **이성과 감성** 오스틴 · 윤지관 옮김
133 **바덴바덴에서의 여름** 치프킨 · 이장욱 옮김
134 **새로운 인생** 파묵 · 이난아 옮김 노벨 문학상 수상 작가
135·136 **무지개** 로렌스 · 김정매 옮김
137 **인생의 베일** 서머싯 몸 · 황소연 옮김
138 **보이지 않는 도시들** 칼비노 · 이현경 옮김
139·140·141 **연초 도매상** 바스 · 이운경 옮김 《타임》 선정 현대 100대 영문소설
142·143 **플로스 강의 물방앗간** 엘리엇 · 한애경, 이봉지 옮김 미국대학위원회 선정 SAT 추천도서
144 **연인** 뒤라스 · 김인환 옮김
145·146 **이름 없는 주드** 하디 · 정종화 옮김
147 **제49호 품목의 경매** 핀천 · 김성곤 옮김 《타임》 선정 현대 100대 영문소설
148 **성역** 포크너 · 이진준 옮김 노벨 문학상 수상 작가 | 퓰리처상 수상 작가
149 **무진기행** 김승옥
150·151·152 **신곡(지옥편 · 연옥편 · 천국편)** 단테 · 박상진 옮김 《뉴스위크》 선정 100대 명저
153 **구덩이** 플라토노프 · 정보라 옮김
154·155·156 **카라마조프가의 형제들** 도스토옙스키 · 김연경 옮김
157 **지상의 양식** 지드 · 김화영 옮김 노벨 문학상 수상 작가
158 **밤의 군대들** 메일러 · 권택영 옮김 퓰리처상 수상 작가
159 **주홍 글자** 호손 · 김욱동 옮김 서울대 권장도서 100선 | 미국대학위원회 선정 SAT 추천도서
160 **깊은 강** 엔도 슈사쿠 · 유숙자 옮김
161 **욕망이라는 이름의 전차** 윌리엄스 · 김소임 옮김
162 **마사 퀘스트** 레싱 · 나영균 옮김 노벨 문학상 수상 작가
163·164 **운명의 딸** 아옌데 · 권미선 옮김

165 **모렐의 발명** 비오이 카사레스 · 송병선 옮김
166 **삼국유사** 일연 · 김원중 옮김 서울대 권장도서 100선
167 **풀잎은 노래한다** 레싱 · 이태동 옮김 노벨 문학상 수상 작가
168 **파리의 우울** 보들레르 · 윤영애 옮김
169 **포스트맨은 벨을 두 번 울린다** 케인 · 이만식 옮김
170 **썩은 잎** 마르케스 · 송병선 옮김 노벨 문학상 수상 작가
171 **모든 것이 산산이 부서지다** 아체베 · 조규형 옮김 《타임》 선정 현대 100대 영문소설
172 **한여름 밤의 꿈** 셰익스피어 · 최종철 옮김 미국대학위원회 선정 SAT 추천도서
173 **로미오와 줄리엣** 셰익스피어 · 최종철 옮김 미국대학위원회 선정 SAT 추천도서
174·175 **분노의 포도** 스타인벡 · 김승욱 옮김 노벨 문학상 수상 작가 | 《타임》 선정 현대 100대 영문소설
176·177 **괴테와의 대화** 에커만 · 장희창 옮김
178 **그물을 헤치고** 머독 · 유종호 옮김 《타임》 선정 현대 100대 영문소설
179 **브람스를 좋아하세요...** 사강 · 김남주 옮김
180 **카타리나 블룸의 잃어버린 명예** 하인리히 뵐 · 김연수 옮김 노벨 문학상 수상 작가
181·182 **에덴의 동쪽** 스타인벡 · 정회성 옮김 노벨 문학상 수상 작가
183 **순수의 시대** 워튼 · 송은주 옮김 《뉴스위크》 선정 100대 명저 | 퓰리처상 수상작
184 **도둑 일기** 주네 · 박형섭 옮김
185 **나자** 브르통 · 오생근 옮김
186·187 **캐치-22** 헬러 · 안정효 옮김 《타임》 선정 현대 100대 영문소설
188 **숄로호프 단편선** 숄로호프 · 이항재 옮김 노벨 문학상 수상 작가
189 **말** 사르트르 · 정명환 옮김
190·191 **보이지 않는 인간** 엘리슨 · 조영환 옮김 《타임》 선정 현대 100대 영문소설
192 **왑샷 가문 연대기** 치버 · 김승욱 옮김 퓰리처상 수상 작가
193 **왑샷 가문 몰락기** 치버 · 김승욱 옮김 퓰리처상 수상 작가
194 **필립과 다른 사람들** 노터봄 · 지명숙 옮김
195·196 **하드리아누스 황제의 회상록** 유르스나르 · 곽광수 옮김
197·198 **소피의 선택** 스타이런 · 한정아 옮김 퓰리처상 수상 작가
199 **피츠제럴드 단편선 2** 피츠제럴드 · 한은경 옮김
200 **홍길동전** 허균 · 김탁환 옮김
201 **요술 부지깽이** 쿠버 · 양윤희 옮김
202 **북호텔** 다비 · 원윤수 옮김
203 **톰 소여의 모험** 트웨인 · 김욱동 옮김
204 **금오신화** 김시습 · 이지하 옮김
205·206 **테스** 하디 · 정종화 옮김 미국대학위원회 선정 SAT 추천도서 | BBC 선정 꼭 읽어야 할 책
207 **브루스터플레이스의 여자들** 네일러 · 이소영 옮김
208 **더 이상 평안은 없다** 아체베 · 이소영 옮김
209 **그레인지 코플랜드의 세 번째 인생** 워커 · 김시현 옮김 퓰리처상 수상 작가
210 **어느 시골 신부의 일기** 베르나노스 · 정영란 옮김
211 **타라스 불바** 고골 · 조주관 옮김
212·213 **위대한 유산** 디킨스 · 이인규 옮김 서울대 권장도서 100선 | BBC 선정 꼭 읽어야 할 책
214 **면도날** 서머싯 몸 · 안진환 옮김
215·216 **성채** 크로닌 · 이은정 옮김
217 **오이디푸스 왕** 소포클레스 · 강대진 옮김 서울대 권장도서 100선
218 **세일즈맨의 죽음** 밀러 · 강유나 옮김
219·220·221 **안나 카레니나** 톨스토이 · 연진희 옮김 서울대 권장도서 100선

222 **오스카 와일드 작품선** 와일드 · 정영목 옮김
223 **벨아미** 모파상 · 송덕호 옮김
224 **파스쿠알 두아르테 가족** 호세 셀라 · 정동섭 옮김 노벨 문학상 수상 작가
225 **시칠리아에서의 대화** 비토리니 · 김운찬 옮김
226·227 **길 위에서** 케루악 · 이만식 옮김 《타임》 선정 현대 100대 영문소설 | 《뉴스위크》 선정 100대 명저
228 **우리 시대의 영웅** 레르몬토프 · 오정미 옮김
229 **아우라** 푸엔테스 · 송상기 옮김
230 **클링조어의 마지막 여름** 헤세 · 황승환 옮김 노벨 문학상 수상 작가
231 **리스본의 겨울** 무뇨스 몰리나 · 나송주 옮김
232 **뻐꾸기 둥지 위로 날아간 새** 키지 · 정회성 옮김 《타임》 선정 현대 100대 영문소설
233 **페널티킥 앞에 선 골키퍼의 불안** 한트케 · 윤용호 옮김 노벨 문학상 수상 작가
234 **참을 수 없는 존재의 가벼움** 쿤데라 · 이재룡 옮김
235·236 **바다여, 바다여** 머독 · 최옥영 옮김
237 **한 줌의 먼지** 에벌린 워 · 안진환 옮김 《타임》 선정 현대 100대 영문소설
238 **뜨거운 양철 지붕 위의 고양이 · 유리 동물원** 윌리엄스 · 김소임 옮김 퓰리처상 수상작
239 **지하로부터의 수기** 도스토옙스키 · 김연경 옮김
240 **키메라** 바스 · 이운경 옮김
241 **반쪼가리 자작** 칼비노 · 이현경 옮김
242 **벌집** 호세 셀라 · 남진희 옮김 노벨 문학상 수상 작가
243 **불멸** 쿤데라 · 김병욱 옮김
244·245 **파우스트 박사** 토마스 만 · 임홍배, 박병덕 옮김 노벨 문학상 수상 작가
246 **사랑할 때와 죽을 때** 레마르크 · 장희창 옮김
247 **누가 버지니아 울프를 두려워하랴?** 올비 · 강유나 옮김
248 **인형의 집** 입센 · 안미란 옮김
249 **위폐범들** 지드 · 원윤수 옮김 노벨 문학상 수상 작가
250 **무정** 이광수 · 정영훈 책임 편집 서울대 권장도서 100선
251·252 **의지와 운명** 푸엔테스 · 김현철 옮김
253 **폭력적인 삶** 파솔리니 · 이승수 옮김
254 **거장과 마르가리타** 불가코프 · 정보라 옮김
255·256 **경이로운 도시** 멘도사 · 김현철 옮김
257 **야콥을 둘러싼 추측들** 욘존 · 손대영 옮김
258 **왕자와 거지** 트웨인 · 김욱동 옮김
259 **존재하지 않는 기사** 칼비노 · 이현경 옮김
260·261 **눈먼 암살자** 애트우드 · 차은정 옮김 《타임》 선정 현대 100대 영문소설
262 **베니스의 상인** 셰익스피어 · 최종철 옮김
263 **말리나** 바흐만 · 남정애 옮김
264 **사볼타 사건의 진실** 멘도사 · 권미선 옮김
265 **뒤렌마트 희곡선** 뒤렌마트 · 김혜숙 옮김
266 **이방인** 카뮈 · 김화영 옮김 노벨 문학상 수상 작가 | 미국대학위원회 선정 SAT 추천도서
267 **페스트** 카뮈 · 김화영 옮김 노벨 문학상 수상 작가 | 국립중앙도서관 선정 청소년 권장도서
268 **검은 튤립** 뒤마 · 송진석 옮김
269·270 **베를린 알렉산더 광장** 되블린 · 김재혁 옮김
271 **하얀 성** 파묵 · 이난아 옮김 노벨 문학상 수상 작가
272 **푸슈킨 선집** 푸슈킨 · 최선 옮김
273·274 **유리알 유희** 헤세 · 이영임 옮김 노벨 문학상 수상 작가

275 **픽션들** 보르헤스 · 송병선 옮김 서울대 권장도서 100선
276 **신의 화살** 아체베 · 이소영 옮김
277 **빌헬름 텔 · 간계와 사랑** 실러 · 홍성광 옮김
278 **노인과 바다** 헤밍웨이 · 김욱동 옮김 노벨 문학상 수상 작가 | 퓰리처상 수상작
279 **무기여 잘 있어라** 헤밍웨이 · 김욱동 옮김 미국대학위원회 선정 SAT 추천도서
280 **태양은 다시 떠오른다** 헤밍웨이 · 김욱동 옮김 《타임》 선정 현대 100대 영문 소설
281 **알레프** 보르헤스 · 송병선 옮김
282 **일곱 박공의 집** 호손 · 정소영 옮김
283 **에마** 오스틴 · 윤지관, 김영희 옮김
284·285 **죄와 벌** 도스토옙스키 · 김연경 옮김 미국대학위원회 선정 SAT 추천도서
286 **시련** 밀러 · 최영 옮김
287 **모두가 나의 아들** 밀러 · 최영 옮김
288·289 **누구를 위하여 종은 울리나** 헤밍웨이 · 김욱동 옮김 노벨 문학상 수상 작가
290 **구르브 연락 없다** 멘도사 · 정창 옮김
291·292·293 **데카메론** 보카치오 · 박상진 옮김
294 **나누어진 하늘** 볼프 · 전영애 옮김
295·296 **제브데트 씨와 아들들** 파묵 · 이난아 옮김 노벨 문학상 수상 작가
297·298 **여인의 초상** 제임스 · 최경도 옮김 미국대학위원회 선정 SAT 추천도서
299 **압살롬, 압살롬!** 포크너 · 이태동 옮김 노벨 문학상 수상 작가
300 **이상 소설 전집** 이상 · 권영민 책임 편집
301·302·303·304·305 **레 미제라블** 위고 · 정기수 옮김
306 **관객모독** 한트케 · 윤용호 옮김 노벨 문학상 수상 작가
307 **더블린 사람들** 조이스 · 이종일 옮김
308 **에드거 앨런 포 단편선** 앨런 포 · 전승희 옮김 미국대학위원회 선정 SAT 추천도서
309 **보이체크 · 당통의 죽음** 뷔히너 · 홍성광 옮김
310 **노르웨이의 숲** 무라카미 하루키 · 양억관 옮김
311 **운명론자 자크와 그의 주인** 디드로 · 김희영 옮김
312·313 **헤밍웨이 단편선** 헤밍웨이 · 김욱동 옮김 노벨 문학상 수상 작가
314 **피라미드** 골딩 · 안지현 옮김 노벨 문학상 수상 작가
315 **닫힌 방 · 악마와 선한 신** 사르트르 · 지영래 옮김
316 **등대로** 울프 · 이미애 옮김 《타임》 선정 현대 100대 영문소설 | 《뉴스위크》 선정 100대 명저
317·318 **한국 희곡선** 송영 외 · 양승국 엮음
319 **여자의 일생** 모파상 · 이동렬 옮김
320 **의식** 노터봄 · 김영중 옮김
321 **육체의 악마** 라디게 · 원윤수 옮김
322·323 **감정 교육** 플로베르 · 지영화 옮김
324 **불타는 평원** 룰포 · 정창 옮김
325 **위대한 몬느** 알랭푸르니에 · 박영근 옮김
326 **라쇼몬** 아쿠타가와 류노스케 · 서은혜 옮김
327 **반바지 당나귀** 보스코 · 정영란 옮김
328 **정복자들** 말로 · 최윤주 옮김
329·330 **우리 동네 아이들** 마흐푸즈 · 배혜경 옮김 노벨 문학상 수상 작가
331·332 **개선문** 레마르크 · 장희창 옮김
333 **사바나의 개미 언덕** 아체베 · 이소영 옮김
334 **게걸음으로** 그라스 · 장희창 옮김 노벨 문학상 수상 작가

335 **코스모스** 곰브로비치 · 최성은 옮김
336 **좁은 문 · 전원교향곡 · 배덕자** 지드 · 동성식 옮김 노벨 문학상 수상 작가
337·338 **암 병동** 솔제니친 · 이영의 옮김 노벨 문학상 수상 작가
339 **피의 꽃잎들** 응구기 와 시옹오 · 왕은철 옮김
340 **운명** 케르테스 · 유진일 옮김 노벨 문학상 수상 작가
341·342 **벌거벗은 자와 죽은 자** 메일러 · 이운경 옮김 퓰리처상 수상 작가
343 **시지프 신화** 카뮈 · 김화영 옮김 노벨 문학상 수상 작가
344 **뇌우** 차오위 · 오수경 옮김
345 **모옌 중단편선** 모옌 · 심규호, 유소영 옮김 노벨 문학상 수상 작가
346 **일야서** 한사오궁 · 심규호, 유소영 옮김
347 **상속자들** 골딩 · 안지현 옮김 노벨 문학상 수상 작가
348 **설득** 오스틴 · 전승희 옮김
349 **히로시마 내 사랑** 뒤라스 · 방미경 옮김
350 **오 헨리 단편선** 오 헨리 · 김희용 옮김
351·352 **올리버 트위스트** 디킨스 · 이인규 옮김
353·354·355·356 **전쟁과 평화** 톨스토이 · 연진희 옮김
357 **다시 찾은 브라이즈헤드** 에벌린 워 · 백지민 옮김
358 **아무도 대령에게 편지하지 않다** 마르케스 · 송병선 옮김
359 **사양** 다자이 오사무 · 유숙자 옮김
360 **좌절** 케르테스 · 한경민 옮김 노벨 문학상 수상 작가
361·362 **닥터 지바고** 파스테르나크 · 김연경 옮김 노벨 문학상 수상 작가
363 **노생거 사원** 오스틴 · 윤지관 옮김
364 **개구리** 모옌 · 심규호, 유소영 옮김 노벨 문학상 수상 작가
365 **마왕** 투르니에 · 이원복 옮김 공쿠르상 수상 작가
366 **맨스필드 파크** 오스틴 · 김영희 옮김
367 **이선 프롬** 이디스 워튼 · 김욱동 옮김 퓰리처상 수상 작가
368 **여름** 이디스 워튼 · 김욱동 옮김 퓰리처상 수상 작가
369·370·371 **나는 고백한다** 자우메 카브레 · 권가람 옮김
372·373·374 **태엽 감는 새 연대기** 무라카미 하루키 · 김난주 옮김
375·376 **대사들** 제임스 · 정소영 옮김
377 **족장의 가을** 마르케스 · 송병선 옮김 노벨 문학상 수상 작가
378 **핏빛 자오선** 매카시 · 김시현 옮김
379 **모두 다 예쁜 말들** 매카시 · 김시현 옮김
380 **국경을 넘어** 매카시 · 김시현 옮김
381 **평원의 도시들** 매카시 · 김시현 옮김
382 **만년** 다자이 오사무 · 유숙자 옮김
383 **반항하는 인간** 카뮈 · 김화영 옮김 노벨 문학상 수상 작가
384·385·386 **악령** 도스토옙스키 · 김연경 옮김
387 **태평양을 막는 제방** 뒤라스 · 윤진 옮김
388 **남아 있는 나날** 가즈오 이시구로 · 송은경 옮김
389 **앙리 브륄라르의 생애** 스탕달 · 원윤수 옮김
390 **찻집** 라오서 · 오수경 옮김
391 **태어나지 않은 아이를 위한 기도** 케르테스 · 이상동 옮김 노벨 문학상 수상 작가
392·393 **서머싯 몸 단편선** 서머싯 몸 · 황소연 옮김
394 **케이크와 맥주** 서머싯 몸 · 황소연 옮김

395 **월든** 소로 · 정회성 옮김
396 **모래 사나이** E. T. A. 호프만 · 신동화 옮김
397·398 **검은 책** 오르한 파묵 · 이난아 옮김 노벨 문학상 수상 작가
399 **방랑자들** 올가 토카르추크 · 최성은 옮김 노벨 문학상 수상 작가
400 **시여, 침을 뱉어라** 김수영 · 이영준 엮음
401·402 **환락의 집** 이디스 워튼 · 전승희 옮김
403 **달려라 메로스** 다자이 오사무 · 유숙자 옮김
404 **아버지와 자식** 투르게네프 · 연진희 옮김
405 **청부 살인자의 성모** 바예호 · 송병선 옮김
406 **세피아빛 초상** 아옌데 · 조영실 옮김
407·408·409·410 **사기 열전** 사마천 · 김원중 옮김 서울대 권장도서 100선
411 **이상 시 전집** 이상 · 권영민 책임 편집
412 **어둠 속의 사건** 발자크 · 이동렬 옮김
413 **태평천하** 채만식 · 권영민 책임 편집
414·415 **노스트로모** 콘래드 · 이미애 옮김
416·417 **제르미날** 졸라 · 강충권 옮김
418 **명인** 가와바타 야스나리 · 유숙자 옮김 노벨 문학상 수상 작가
419 **핀처 마틴** 골딩 · 백지민 옮김 노벨 문학상 수상 작가
420 **사라진 · 샤베르 대령** 발자크 · 선영아 옮김
421 **빅 서** 케루악 · 김재성 옮김
422 **코뿔소** 이오네스코 · 박형섭 옮김
423 **블랙박스** 오즈 · 윤성덕, 김영화 옮김
424·425 **고양이 눈** 애트우드 · 차은정 옮김
426·427 **도둑 신부** 애트우드 · 이은선 옮김
428 **슈니츨러 작품선** 슈니츨러 · 신동화 옮김
429·430 **세계의 끝과 하드보일드 원더랜드** 무라카미 하루키 · 김난주 옮김
431 **멜랑콜리아 I–II** 욘 포세 · 손화수 옮김 노벨 문학상 수상 작가
432 **도적들** 실러 · 홍성광 옮김
433 **예브게니 오네긴 · 대위의 딸** 푸시킨 · 최선 옮김
434·435 **초대받은 여자** 보부아르 · 강초롱 옮김
436·437 **미들마치** 엘리엇 · 이미애 옮김
438 **이반 일리치의 죽음** 톨스토이 · 김연경 옮김
439·440 **캔터베리 이야기** 제프리 초서 · 이동일, 이동춘 옮김

세계문학전집은 계속 간행됩니다.